사조선록 역주 1

使朝鮮錄譯註

宋使의 高麗 使行錄

Translations and Annotations of Shi-Chosen-Lú

지은이 서긍(徐兢) 등 **12人**의 저자들은 모두 宋代 및 明淸시대에 使臣으로 선발, 파견된 저명한 文學之士로서, 한국을 다녀간 뒤에 문학적 · 사료적 가치가 매우 높은 詩賦 혹은 산문 형식의 使行錄을 저술하여 출간하였다.

엮은이 은몽하(殷夢霞) · **우호**(于浩)

옮긴이 김한규(金翰奎)는 1950년 大邱 생. 서강대학교 사학과에서 학사 · 석사 · 박사 학위를 받았으며 현재 서강대학교 사학과 교수이다. 주요 저서로는 『古代 中國的 世界秩序 硏究』(1982), 『古代 東亞細亞 幕府體制 硏究』(1997), 『韓中關係史』 I · II(1999), 『티베트와 중국』(2000), 『티베트와 중국의 역사적 관계』(2003), 『遼東史』(2004), 『天下國家—전통시대 동아시아 세계질서』(2005), 『使朝鮮錄 연구』(2011) 등이 있고 번역(共譯)서로는 桓寬, 『염철론(鹽鐵論)』(2002) 등이 있다.

사조선록 역주 使朝鮮錄譯註 **1 —宋使의 高麗 使行錄**

1판 1쇄 인쇄 2012년 2월 10일 **1판 1쇄 발행** 2012년 2월 15일

지은이 서긍 **엮은이** 은몽하 · 우호 **옮긴이** 김한규 **펴낸이** 박성모 **펴낸곳** 소명출판
등록 제13-522호 **주소** 137-878 서울시 서초구 서초동 1621-18 (란빌딩 1층)
대표전화 (02) 585-7840 **팩시밀리** (02) 585-7848
이메일 somyong@korea.com **홈페이지** www.somyong.co.kr

ISBN 978-89-5626-675-6 94820   값 29,000원, ⓒ 2012, 한국연구재단
ISBN 978-89-5626-674-9 (전 5권)

이 번역도서는 2006년 정부재원(교육인적자원부 학술연구조성사업비)으로 한국연구재단의 지원에 의하여 연구되었음.

宋使의 高麗 使行錄

사조선록 역주 1

서긍 지음 은몽하 · 우호 엮음 김한규 옮김

使朝鮮錄譯註

소명출판

◆ 일러두기

1. 본 역주본은 2003년에 北京圖書館出版社에서 출간한『中朝關係史料叢刊-使朝鮮錄』을 譯註한 것이다. 여기에 수록된 徐兢의『宣和奉使高麗圖經』은 乾隆 58년(1793)에 출간된『知不足齋叢書』本이고, 淸人 蔣光照가 校勘한『宣和奉使高麗圖經』은 光緖 9년(1883)에 출간한『聱補隄線』本이며, 徐兢의『使高麗圖』은 淸『說郛』本이다. 倪謙의『奉使朝鮮倡和集』과『朝鮮紀事』는 宣統 2년(1910)에 출간된『玉簡齋叢書』本이며, 倪謙의『遼海編』은 成化 5년(1469)刻本이다. 張寧의『寶顔堂訂正方洲先生奉使錄』은 淸初에 출간된『尙白齋鐫陳眉公訂正秘笈』本이다. 董越의『朝鮮賦』는 民國 9년(1920)에 출간된『豫章叢書』本이고, 董越의『朝鮮雜志』는 民國 30년(1941)에 출간된『玄覽堂叢書』本이다. 龔用卿의『使朝鮮錄』은 中華民國 26년(1937)에 출간된 柳詒徵本이고, 朱之蕃의『奉使朝鮮稿』는 兩江總督本이다. 姜曰廣의『輶軒紀事』는 光緖 21년(1895)에 출간된『豫章叢書』本이다. 阿克敦의『東游集』은 嘉慶 21년(1816)에 출간된『德蔭堂集』本이며, 阿克敦의『奉使圖』는 雍正 3년(1725)에 鄭興에 의해 제작된 유일본이다. 柏葰의『奉使朝鮮驛程日記』는 道光 24년(1844)에 출간된『薛簝吟館鈔存』本이고, 魁齡의『東使紀事詩略』은 同治 5년(1866) 刻本이다. 馬建忠의『東行三錄』은 光緖 23년(1897)에 출간된『小方壺齋輿地叢鈔再補編』本이고, 崇禮의『奉使朝鮮日記』는 光緖 20년(1894)에 출간된『小方壺齋輿地叢鈔補編』本이다.

2. 번역은 사료로서의 가치를 살리기 위해 의역보다는 직역을 원칙으로 했다. 단 한 글자도 더하지도 않고 빼지도 않으려고 노력했다.

3. 역사적 용어나 고유 명사 등은 번역하지 않고 본문에서 그대로 노출시키는 대신, 注에서 풀어서 설명했다. 특수한 詩語 등 문학적 표현은 본문에서 번역하고, 주에서 원문을 노출시켰다. 역사적 용어나 문학적 표현 등의 注記는 먼저 원래의 字意的 뜻을 밝힌 다음, 일반적 의미와 文章에서 사용된 의미 등을 아울러 적시하였다.

4. 본문에서는 가능한 한 漢字 표기를 자제하였다. 다만 한자를 사용하지 않으면 語音이 혼동될 가능성이 있는 어휘 가운데서 누구나 쉽게 알 수 있는 한자는 한글과 병기하지 않은 채 표기했다. 注에서 설명할 역사적 용어나 고유명사 등은 한자를 사용한 다음에 한글로 그 음을 밝혀 두었다. 그러나 주에서는 한자의 음을 한글로 병기하지 않았다.

5. 지명이나 인명, 특수 용어 등 반복적으로 출현하는 용어는 처음 1회만 주기로 설명하고 그 뒤에는 생략했으나, 필요하다고 판단되는 경우에는 독자의 기억을 돕기 위해 몇 번 더 주기로 설명하기도 했다. 예를 들어, '皇華'나 '咨詢', '星槎'와 같은 말은 반복적으로 출현하지만, 일반인들에게는 익숙하지 않은 용어이기 때문에 때때로 거듭 설명해 두었다.

6. 이 역주는 고등 교육을 받은 일반 지식인을 독자로 예상했기 때문에, 전문가들에게는 이미 숙지되어 있는 용어들, 예컨대 연호나 관직, 문헌 등에 대해서도 비교적 상세하고 빈번하게 주기되었다. 따라서 전문가들이 이 역주서를 읽을 때는 주기를 일일이 모두 읽을 필요는 없을 것이다.

7.『 』는 독립된 문헌을 표시하고, 「 」는 문헌에 부속된 문서나 시문의 제목을 표시하며, ( )는 自注 혹은 本注를 표시한다.

8. 18종의 사행록은 시간적 순서에 따라 배치되고 시대적 특성에 따라 分篇되었다.

9. 각 使行錄의 解題는 번역연구자에 의해 작성되었다. 그러나 이 역주본의 서두에 수록된 「서론」은 중국인 학자 劉爲가 서술한 것으로, 그 논지나 논술 내용 가운데는 이른바 '東北工程'에서 볼 수 있었던 중국학계의 입장을 그대로 드러낸 것이 포함되어 있어, 본 역주자나 한국 학계의 사관이나 역사적 지식과 일치하지 않는 부분이 다소 있지만, 역주된 다른 사행록들과 마찬가지로 하나의 역사적 자료로 이해하여 원문을 그대로 번역하고 주기했다.

　힘들었지만, 재미있었다. 18종 使行錄의 번역연구를 2년짜리 과제로 맡아 기한 안에 완수하려니 시쳇말로 '머리에 쥐가 날 지경'이었지만, 수백 년 전의 先人들이 남긴 遺著를 남보다 먼저 탐독하는 즐거움이야 어디에 비길 수 있었겠는가.

　언젠가 북경의 어느 서점을 기웃거리다『中朝關係史料叢刊－使朝鮮錄』이란 제목의 상하 두 책이 서가에 꽂혀있는 것을 보고 깜짝 놀라 뽑아 보았더니, 과연 듣도 보도 못했던 새로운 자료들이 가득 담겨져 있어 흥분을 누르기 어려웠나. 그 뒤에 다른 숙제가 밀려있이 제대로 활용하지도 못한 채 가슴 속에 품고만 있었는데, 마침 한국연구재단 동서양 명저번역지원사업의 2006년도 지정도서로 이 총서가 공고되어 지원했더니, 덜컥 선정되는 바람에 3년간의 긴 고생길로 들어서게 되었다. 2년짜리 과제는 원래 1년의 시간이 더 주어지지만, 3년이란 용기가 18종 문헌의 역주란 내용을 담아내기에 터무니없이 부족해서, 이 기간 동안에는 다른 연구에 짬을 낼 여유가 거의 없었고, 정신노동이라기보다는 차라리 육체노동에 가까운 반복적 사전 찾기 운동으로 결국 병원을 들락거리는 신세가 되기도 했다.

그래도 정밀하게 탐독하는 과정에서 뜻밖의 문장을 찾아 읽는 보물찾기 재미가 쏠쏠하기도 했다. 明, 淸의 사신과 朝鮮 접반관 사이에 수작된 詩賦의 빈번한 唱和와 이를 둘러싸고 흥미롭게 전개된 양국의 倡和 외교, 詔書와 詔使의 영접 방식을 놓고 끈질기게 힐항하는 사신과 禮官의 儀禮 논쟁, 女樂 즉 기생을 물리치는 사신과 굳이 연회에 여악을 동원하려는 조선 정부의 오랜 신강이, 사절단이 遼東과 한국의 연도에서 보고 들은 견문의 내용, 심지어는 한국의 역사와 문화에 대한 중국 사신의 잘못된 인식까지, 특별한 흥미를 불러일으키는 대목이 하나둘이 아니었다. 무엇보다도 당대 일류의 文學之士로서 사신에 선임된 사행록의 저자들이 남겨놓은 고상한 詩文의 예술적 향취는 문외한의 감동을 불러일으키기에도 부족함이 없었다.

본 『中朝關係史料叢刊-使朝鮮錄』은 北宋-高麗 중기부터 淸 末-朝鮮 末까지 중국의 국가가 한국의 국가에 파견한 12명의 使臣들이 使命을 받들어 임무를 수행하고 귀국한 뒤에 편찬하여 출판한 18종의 使行錄을 殷夢霞와 于浩 등 두 사람이 편집하고 劉爲가 解題를 겸한 서론을 첨부하여 北京圖書館出版社를 통해 2003년에 출판한 일종의 '使朝鮮錄〈조선에 사신으로 다녀온 기록〉' 叢書라 할 수 있다. 이 가운데는 宋-高麗 시대의 것이 3종, 明-朝鮮 전기의 것이 9종, 청-조선 후기의 것이 4종, 청 말-조선 말의 것이 2종 포함되어 있으며, 正使가 집필한 것이 16종, 副使가 1종, 提轄官이 집필한 것이 1종이고, 산문으로 기록된 것이 8종, 詩賦 등 운문으로 기록된 것이 4종, 산문과 운문을 겸용한 것이 5종, 시와 그림이 함께 포함된 것이 1종 있다. 이 가운데 2종은 이미 번역된 적이 있으나, 나머지 16종은 모두 이번에 우리말로 처음으로 번역되었다.

이 총서 上冊에 처음으로 실린 『宣和奉使高麗圖經』은 北宋 말기와

南宋 초기에 文學之士 출신의 관료로 활동한 徐兢의 저작이다. 서긍은 徽宗 宣和 5年(1123년; 고려 仁宗 원년)에 國信使 提轄官으로 高麗에 다녀 간 뒤에, 그 기행문이라 할 『선화봉사고려도경』을 저작했다. 산수와 인물을 잘 그리고 篆籀의 글쓰기에 뛰어났던 서긍은 고려에 다녀간 견문을 그림과 글로 정리하였다. 이 책은 비록 출판된 지 수년 뒤에 그림이 전란으로 소실되었지만, 서긍이 직접 보고 들은 고려의 정치와 사회, 경제, 문화, 역사 등에 관한 정보가 상세하게 기재되었고, 중국과 고려를 바닷길로 왕래한 과정과 고려 정부 관원과의 접촉 및 교섭 과정이 구체적으로 기록되었기 때문에, 고려사와 한중관계사 양 방면에서 매우 귀중한 사료로 평가된다. 총서 『사조선록』에는 『知不足齋叢書』 본과 『剳補隅錄』 본 등 두 가지 판본의 『선화봉사고려도경』을 수록하였는데, 특히 후자는 청대의 학인에 의해 교감되었다. 서긍의 『使高麗錄』은 해도를 통한 왕래 과정만 기록한 것으로, 『고려도경』의 일부와 중복된다.

두 번째로 실린 『奉使朝鮮倡和集』은 明 초의 저명한 文學之士 倪謙의 저작이다. 예겸은 明 英宗 正統 4년에 進士에 올라 編修의 직을 받았다가, 天順 초에는 翰林侍講까지 올랐고 南京 禮部尙書까지 이르렀던 명 초의 대표적인 문학지사 출신의 관료였다. 그는 明 景帝 景泰 원년(1450년; 朝鮮 世宗 32년)에 조선에 정사로 다녀간 뒤에, 『奉使朝鮮倡和集』과 『朝鮮紀事』, 『遼海編』 등을 지었는데, 모두 총서 『사조선록』에 수록되어 있다. 예겸이 지은 『봉사조선창화집』은 조선에 도착한 저자가 鄭麟趾 등 조선의 문사 관원들과 주고받은 詩文을 모은 것으로, 문학적 가치가 뛰어남은 물론이기니와 중국인의 한국관 등 한중관계사 상의 사료적 가치가 높은 것으로 평가된다. 『朝鮮紀事』는 예겸이 明의 正使로서 北京을 떠나 조선의 왕도에 도착할 때까지, 그리고 한양을 떠나 압록강을 건널 때까지의 일정을 매우 상세하고 구체적으로 기록한 산문으로, 역시 한중관계사 연구에 대단히 중요한 사료로 평가된다. 특히 『遼海編』은 한양을 다녀간 明使 예겸이 지은 기행문과 시가 등 문학작품을 수록한 책으로, 여기에 수록된 시문은 단순한 문학 작품이 아니라 여행 견문과 감상을 대부분 시로 표현해 놓은 使行詩로서, 문학적 가치는 물론이거니와 한중관계사 상의 사료로서도 매우 높은 가치를 갖는 것들이다. 이 책에는『봉사조선창화집』에 수록된 시문들도 일부 재록되어 있고, 조선 관원들의 시문도 일부 실려 있지만, 대부분은 예겸의 기행을 시로 표현한 것으로, 수백 편의 시가 수록된 방대한 규모의 시집이라 할 수도 있다. 예겸은 조선을 다녀간 뒤 翰林學士를 거쳐 少宗伯에까지 올랐다가 관직을 그만두고 집에 머물고 있었는데, 그의 아들 倪岳이 進士로 급제해서 翰林編修가 되어 歸省하였다가 부친의 오래된 상자에서 부친의 유고를 보고, 끝내 흩어져 없어질까 염려해서 직접 그것을 수집 기록하여, 4권으로 합쳐 만들고 이름을『遼海編』이라 해서 출판했다. 이 책이 처음 출판된 해는 명 憲宗 成化 5년(1469)이었다.

明 張寧이 편찬한『寶顔堂訂正方洲先生奉使錄』은 상하 두 권으로 구성되었는데, 그 중 하권은 바로『皇華集』에 수록된「朝鮮刻本」으로, 장영이 조선에 사행하여 조선 文學之士들과 주고받은 唱和詩를 모은 것이다. 장영은 景泰 연간에 進士가 되어 벼슬이 都給事中과 汀州 知州事에 올랐는데, 詩와 書, 畵에 모두 뛰어났다. 倪謙에게서 사사한 것으로 알려진 張寧은 예겸이 조선을 다녀간 지 10년 뒤인 明 英宗 天順 4년(1460; 조선 世祖 6년)에 禮科 掌科事給事中 欽差正使의 자격으로 조선을 다녀갔다.

『朝鮮賦』는 明 孝宗의 즉위를 알리기 위해 효종 弘治 원년(1488년; 조선 成宗 19년)에 조선에 왔다 간 正使 董越이 귀국한 지 3년만인 弘治 3년(1490)에 중국에서 간행한 기행문 형식의 보고서였다. 이 책의 가장 중요한 특징은 운문의 한 형식인 賦의 양식으로 서술되었다는 것이다. 동월은 자신의 여행 체험을 사실대로 진술하는 데 효과적인 방식이라 판단하고 賦의 양식을 채택하여, 조선의 역사와 지리, 풍속, 물산, 제도, 노정, 경관, 문물, 유적 및 詔書의 전달 의례와 연회 등에 관해 자세하게 기술하여 황제에게 바쳤다. 동월은 倪謙 등과 마찬가지로 당대 최고 수준의 文學之士로서, 成化 연간에 進士에 급제한 뒤에 翰林院 編修와 侍讀을 역임하고, 東宮侍講을 거쳐 春坊右庶子에 오른 황제의 최측근이기도 했다. 『朝鮮雜志』는 『조선부』의 저자 동월이 『조선부』의 편찬 목적과 같은 의도로 저술한 책으로, 그 내용도 『조선부』와 다르지 않다. 특히 이 책은 『조선부』의 本注를 재편집한 것으로, 『조선부』가 賦라는 운문 양식을 취했다면, 『조선잡지』는 산문 양식으로 서술했다는 차이가 있다.

총서 『使朝鮮錄』의 下冊에 실린 『使朝鮮錄』은 明 世宗 嘉靖 15년(1536; 朝鮮 中宗 31년)에 황태자가 태어난 것을 알리기 위해 조선에 파견된 正使 龔用卿이 귀국한 다음 해에 중국에서 출판한 기행문이다. 공용경 역시 당대 저명한 문학지사로, 嘉靖 연간에 장원으로 進士에 급제하여 翰林修撰이 되고 左春坊左諭德 겸 翰林侍讀에 올랐으며, 『明倫大典』과 『明會典』의 편찬에도 참여했다. 出使 당시 그의 관직은 翰林院 修撰 겸 經筵 國史官이었다. 이 책은 상하 2권으로 나뉘어 있는데, 상권은 공용경 자신이 조선에 사신으로 와서 경험한 儀禮에 관한 기술로서 산문으로 이뤄져있고, 2권에는 여로에 지은 수백 편의 시들과 의례에 관한 자신의 견해를 적은 산문으로 구성되어 있다.

『奉使朝鮮稿』 역시 당대 1급 문학지사인 朱之蕃에 의해 저작되었다. 明 神宗 萬曆 34년(1606; 조선 宣祖 39년)에 元孫이 태어난 것을 알리기 위해 조선에 정사로 파견된 주지번이 北京을 출발해서 조선 왕도에 이르렀다가 다시 압록강을 건널 때까지 일련의 여행 과정을 시로 표현했다. 『봉사조선고』는 두 冊으로 구성되었는데, 제1책은 주지번의 시만 모은 것이고, 제2책은 주지번과 贋酬한 遠接使 柳根 등 조선 관원들의 唱和 詩들을 모아놓은 것으로 '東方和音'이라 제목이 붙여져 있다. 주지번은 南京 출신으로, 만력 23년에 장원으로 進士에 급제하여 관직이 吏部右侍郎에 오른 문학지사였는데, 출사 당시의 관직은 翰林院 修撰이었다.

『輶軒紀事』는 明末의 문학지사 姜曰廣이 明 熹宗 天啓 6년(1626; 조선 仁祖 4년)에 천자의 명을 받들어 朝鮮에 사신으로 다녀갔다가 기록한 여행기다. 강왈광이 조선에 출사할 때는 滿洲가 흥기하여 遼東을 석권하고 明將 毛文龍이 압록강 입구의 椵島(皮島)에 東江鎭을 세워 농성하고 있던 매우 특수한 상황이어서, 황태자의 탄생을 알리는 본래 임무 외에도 모문룡을 탐색하여 견제하고 조선으로 피난한 遼民을 보호하는 등 여러 가지 임무를 복합적으로 띠고 東來했다.『유헌기사』에는 당시의 이러한 특수 상황이 잘 묘사되어 있어, 명말 청초의 동북아시아의 미묘한 상황을 이해하는 데 매우 귀중한 사료로서 가치를 갖고 있다. 또한 당시는 평소 한중 사절단의 내왕 통로였던 요동이 女眞에 의해 장악되어 있었기 때문에 강왈광은 부득이 해로를 이용해서 내왕할 수밖에 없었다. 이로 인해『유헌기사』에는 山東에서 廟島 열도를 따라 항해하다가 한국의 서북 해안에 상륙하여 한양에 왔다가 돌아간 해로가 상세하게 기재되어 있어, 이 사행록은 전통시대 한중 해상 교통로를 이해하는 데도 매우 귀중한 사료로 이용될 수 있다. 이 외에도 강왈광이 조선 측의 물적 지원을 일체 거절하는 과정이 생생하게 기술되어 있어, 明使의 일상적 접대에 관한 정보를 얻을 수도 있고, 해상의 풍랑을 만나 天妃에게 기도하는 장면이 여러 번 기술되어, 당시 동아시아에서 유행한 天妃 숭배 민간 신앙의 연구에도 많은 도움을 얻을 수도 있다.

『東游集』은 滿洲人 阿克敦이 조선에 다녀가면서 지은 28편의 시문을 편집한 책이고,『奉使圖』는 아극돈이 사신으로 조선에 다녀간 과정을 雍正 3년(1725)에 鄭璵가 20장 그림으로 그리고,『동유집』에 수록된 시문을 그 좌우 상단에 써넣은 책이다. 아극돈은 滿淸의 滿洲正藍旗 출신으로, 康熙 연간에 進士가 되어 太子太保와 協辦大學士까지 올랐다. 그는 만주인 고급 관리였지만 문학으로도 명성을 날린 문학지사였으며, 조선을 사신으로 네 번이나 다녀간 특수한 경력의 인물이기도 했다. 1차 출사는 翰林院 侍讀學士로 조선 국왕에게 空靑이란 눈약을 가져다주기 위해, 2차 출사는 皇太后의 죽음을 알리기 위해, 3차 출사는 內閣學士의 신분으로 世子 冊封使로, 4차는 조선 국왕(=英祖) 책봉을 위해 조선을 방문했다. 특히 『봉사도』는 奉使의 과정을 정밀한 그림으로 전해주는 문헌으로, 徐兢의 『高麗圖經』이 그림을 상실하여 아쉬운 상황에서, 남아있는 유일한 '奉使圖'로서 문화사적 가치가 높게 평가된다.

『奉使朝鮮驛程日記』는 淸代 蒙古 正黃旗 소속의 柏葰 저작으로, 淸 宣宗 道光 23년(1843년; 조선 憲宗 9년)에 왕비 金氏의 제사를 지내기 위해 파견되었다가, 그 다음 해에 일기 형태의 산문 기행문과 수십 편의 시문을 함께 엮어 출간한 것이다. 백준도 道光 연간에 進士가 되어 戶部尙書와 文淵閣大學士를 지낸 문학지사였는데, 출사 당시의 관직은 戶部右侍郞이었다. 이 책에 수록된 일기는 그 내용이 매우 상세하고 정밀해서, 한중관계사 혹은 교류사에 매우 귀중한 자료로 활용될 수 있다.

『東使紀事詩略』은 만주인 문학지사 魁齡의 저작으로, 淸 德宗 同治 5년(1866년; 조선 高宗 3년)에 王妃 책봉을 위해 조선에 다녀간 뒤에 일기 형식의 산문으로 일정을 서술하면서 각 지역에 도착할 때마다 시를 한, 두 수씩 지어서 함께 병기하여, 기행문과 시를 함께 견주며 감상하게 한 매우 독특한 작품으로, 특히 청-조선 시대의 한중관계사를 이해하는데 큰 도움을 받을 수 있는 자료다. 괴령은 咸豊 2년에 進士가 되어, 理藩院右侍郞으로 冊封朝鮮國王妃正使가 되었는데, 조선에 다녀간 뒤에도 계속 승진해서 經筵講官과 文淵閣提擧閣事 등 고위 관료직을 지냈다.

『東行三錄』은 청 말에 漢人 馬建忠이 조선을 세 번 다녀간 뒤에 기록한 기행문으로, 청 말-조선 말의 한중관계와 동아시아 정세를 이해하는 데 빠뜨릴 수 없는 매우 귀중한 사료다. 마건충은 프랑스 유학을 다녀온 뒤에 李鴻章의 幕下에서 洋務의 일을 맡았는데, 古文辭에 뛰어났을 뿐만 아니라 서양 각국의 언어에도 능통했다. 이로 인해 그는 당시 滿淸의 실권자요 北洋艦隊를 지휘하면서 동북아 외교를 관장했던 北洋大臣 이홍장의 지시를 받아 일개 道員으로 조선에 세 차례나 왕래하면서 조선이 미국과 영국, 프랑스 등 서양 각국과 수교하는 과정에 깊이 개입하여 만청의 국익을 위해 봉사했고, 조선의 壬午軍亂 때에는 大院君 李昰應을 중국으로 연행하여 조선의 내정에 개입하기도 했다.

마지막으로 수록된 『奉使朝鮮日記』는 滿淸 內務府 漢軍 正白旗에 소속된 崇禮의 저작으로, 德宗 光緒 16년(1890년; 朝鮮 高宗 27년)에 조선의 王大妃 趙氏의 제사를 지내기 위해 戶部右侍郞으로서 副使로 선발되어 조선을 다녀간 뒤에 그 기행문을 산문으로 기록하여 광서 20년(1894)에 출판한 것이다. 이 책은 趙大妃의 사망 소식을 접한 뒤에 사신을 파견할 때까지의 행정적 과정이 상세하게 기술되어 있어, 朝淸 冊封-朝貢 관계의 제도적 관계를 이해하는 데 많은 도움을 얻을 수 있다. 숭례 일행의 使行은 조선 측의 요구에 응하여 경비가 많이 드는 육로를 버리고 산동 반도에서 인천으로 직행하는 해로를 취함으로써, 한중관계사 상의 매우 독특한 한 사례를 남기기도 했다. 그러나 이 총서에 수록된 판본은 滿淸 사신 일행이 산동을 떠날 때까지의 일만 기술되어 있고, 그 이후의 기재가 결락된 불완전 판본이다.

이상 본 총서 『使朝鮮錄』에 수록된 총 18종의 문헌 가운데 일부는 서로 일치, 혹은 중복되거나 부수적인 존재의미만을 갖는 경우가 있다. 그 예로서, 두 번째로 수록된 『宣和奉使高麗圖經』은 처음 수록된 徐兢 『宣和奉使高麗圖經』의 校勘本이고, 세 번째로 수록된 『使高麗錄』은 『선화봉사고려도경』의 권34 海圖 1 '招寶山' 조항 이하에 수록된 항해 과정만을 초록한 것이다. 그리고 『奉使朝鮮倡和集』과 『朝鮮紀事』는 倪謙 『遼海編』의 일부로 재수록되어 있다. 『朝鮮雜誌』는 董越 『朝鮮賦』의 注記를 차례로 재정리하고 보완한 것이다. 『東游集』은 阿克敦 『奉使圖』에 쓰인 시문만을 정리한 것이다. 崇禮의 『奉使朝鮮日記』는 본 원고의 일부만 수록된 불완전 판본이다. 따라서 본 총서 『使朝鮮 錄』에 수록된 18종 문헌 가운데 가장 기본이 되는 중심 자료는 徐兢의 『宣和奉使高麗圖經』과 倪謙의 『遼海編』, 董越의 『朝鮮賦』, 龔用卿의

『使朝鮮錄』, 朱之蕃의 『奉使朝鮮稿』, 姜曰廣의 『輶軒紀事』, 阿克敦의 『奉使圖』, 柏葰의 『奉使朝鮮驛程日記』, 魁齡의 『東使紀事詩略』, 馬建忠의 『東行三錄』 등 10종 문헌이라 할 수 있다. 이들 문헌들의 몇 가지 특징을 중심으로 『사조선록』이 갖는 사료적 가치를 좀 더 설명하면, 다음과 같다.

徐兢의 『宣和奉使高麗圖經』은 지금까지 高麗史에 대한 기존의 사료, 예컨대 『高麗史』와 같은 正史를 보완하는 사료로서 주로 한국사 연구자들의 관심을 받아왔다. 그러나 이 문헌은 北宋 徽宗 宣和 연간에 고려를 찾은 북송의 사절단이 본국으로 돌아간 뒤에 사절단의 일원이었던 徐兢이란 문학지사가 황제에게 올린 復命 보고서로서, 당연히 북송 말기의 한중관계에 관한 갖가지 정보를 담고 있다. 특히 북송 사절단이 어떠한 使命을 띠고 파견되었는지, 어떻게 구성되었는지, 어떠한 경로를 통해 고려에 입국하였는지, 고려에서 어떠한 의전 절차를 통해 사명을 수행하였는지, 고려에서 어떻게 예우하였는지 등 여러 가지 정보를 이 문헌에서 확인할 수 있기 때문에, 북송과 고려의 외교 관계 등 한중관계사를 이해하는 데 적지 않은 도움을 얻을 수 있다. 宣和 사절단은 형식적으로는 祭奠과 弔慰의 의전을 실행하기 위해 파견되었지만, 실제로는 '咨詢', 즉 현지의 상황을 파악하여 황제와 조정에 보고하는 것이 보다 중요한 사명이었다. 선화 사절단은 황제의 측근이자 명망 높은 문학지사 가운데서 선발된 正使와 副使, 都轄과 提轄, 書狀官 등 '上節', 실무 책임자인 '中節', 하급 관리와 서리, 士兵 등 '下節' 등으로 구성되었다. 또한 선화 사절단은 遼東을 경유하는 육로와 山東에서 한국으로 가는 북방 해로를 포기하고, 중국 浙江 明州 定海에서 출발하여 대양을 건너 한국의 禮成港으로 가는 남방 항로를 선택하여 갈 때는 순풍을 타고 19일 만에 도착했으나, 귀국할 때는 역풍을 만나 42일 만에 돌아갔다. 선화 사절단은 고려에 입국할 때부터 詔書의 전달, 祭奠과 弔慰, 表文 접수, 연회와 전별 등 일련의 의식을 통해 사명을 수행했다. 당시 宋과 고려는

通使 관계에 머물러 있었지만 이들 선화 사절단은 책봉-조공 관계에 있었던 遼의 사절단보다 훨씬 더 극진한 예우를 받음으로써, 韓中 관계가 단순히 외교적, 제도적 관계만으로 설명될 수 없는 성격의 것이었음을 보여주었다. 이 책은 한국 역사와 문화에 대한 저자의 독특한 인식을 보여 주기도 한다. 서긍은 한국의 역사가 箕子 朝鮮에서 출발하였고 그 문화도 중국과 '同文'임을 강조함으로써, 양국 관계가 보다 긴밀한 외교 관계, 즉 책봉-조공 관계로 복원되기를 기대하였다.

『遼海編』의 찬자인 倪謙이 正使로서 조선에 간 이유는 明 景帝가 즉위한 사실을 알리기 위한 것이었지만, 예겸의 출사는 한중관계사 상에서 상당한 의미를 갖는 일이었다. 翰林院에서 經筵에 참여하며 황제를 측근에서 모시는 저명한 文學之士가 조선에 出使한 것은 倪謙이 첫 경우였기 때문이다. 이는 예겸의 지인인 經筵官 習嘉言이 「中朝贈言」의 서문에서, 천자가 "조선은 평소에 儒術을 사모하고 禮文을 숭상하니, 禮部에서는 詞臣 가운데서 文學의 깊이가 심오하고 儀觀이 훌륭한 자를 골라서 가게 하라"고 하여 翰林 侍講인 倪謙이 뽑혀졌다고 한 것에서 알 수 있듯이, 조선의 문화적 수준을 높이 평가해서 이를 압도할만한 인물을 고르고 뽑아 보낸 것이다. 그 결과, 조선에서는 예겸과 상대할만한 인물을 골라서 遠接使 등 接伴官으로 삼았는데, 鄭麟趾와 申叔舟, 成三問 등 世宗朝 당대의 최고급 文學之士들은 예겸과 동반하며 접대하면서 그 문학적 역량을 은근히 겨루었다. 이로 인해 예겸과 정인지 등이 서로 문학을 겨루며 唱和한 시가 수백 편이 쌓였고, 그것은 대부분 이 책에 수록되었다. 예겸과 같이 명조의 講官으로 황제를 가까이 모시는 淸華의 지위에 처한 문학지사가 正使로 뽑혀 조선에 오는 일이 이로부터 관례화 되었고, 이들 문학지사 출신의 明使가 사행의 과정을 律詩나 賦로 지어 기록으로 남기고 조선의 저명한 문학지사들과 창화한 시가를 모아 출판하는 일도 이로부터 관행이 되었다. 조선에서는 이들 문학지사 출신 명사들이 조선인 문학지사와 주고받은 창화시를 모아 『皇華集』으로 출판했는데, 『요해편』에 수록된 창화시의 일부는 『황화집』 첫 권으로 출간되기도 했다.

『寶顔堂訂正方洲先生奉使錄』의 상권에는 張寧이 북경을 떠나기 전, 도중, 다녀온 뒤에 조정에 올린 공문서들이 수록되어 있는데, 여기에 수록된 4편의 題本에 의하면, 장영의 출사 목적은 女眞과 관련된 외교 현안을 해결하기 위한 것이었다. 여진 毛憐衛 都指揮 尙董加 등이 병마를 모아 조선국으로 가서 원수를 갚으려 한다는 遼東鎭守 등 관원들의 보고를 받고, 張寧 등이 조선국왕에게 칙서를 전해 모련위의 都督僉事 卜兒哈 등 16명을 유인하여 살해한 연유를 문책하는 것이었는데, 장영은 귀국한 뒤에 조선 측의 변명을 듣고 양해되었다고 復命했다. 이들 제본 가운데 「名次를 정해달라는 題本」은 明使의 정, 부사가 품계에 따라 정해지는 것이 아니라 역할에 따라 정해졌음을 보여주기도 한다. 장영 역시 그의 스승 倪謙과 마찬가지로, 황제를 측근에서 모시는 近侍官이요 文學之士라는 이유로 조선에 가는 正使로 선발되었으니, 그 역시 조선의 淸流 문학지사들과 唱和詩를 나누었음은 당연한 일이었다.

董越이 지은 『朝鮮賦』는 중국에서 간행된 직후에 조선으로 전해져서, 조선에서 다시 인행, 유포되었다. 이로 인해 중국뿐만 아니라 한국에서도 일찍부터 널리 읽혀져 조선 초기의 한국 사회와 정치, 문화, 및 한중 관계를 전하는 매우 귀중한 사료로 인식, 활용되었다. 이 책은 중국의 『四庫全書』에 포함되었고, 한국의 『增補東國輿地勝覽』에도 수록되었으며, 『增補文獻備考』와 여러 실학자들의 저서에 자주 인용되었다. 동월의 『조선부』는 1937년에 朝鮮史編修會에 의해 紹修書院 소장본을 저본으로 영인되었고, 1994년에 우리말로 번역되기도 했다. 그러나 이 번역본은 주해가 충실하게 갖춰졌음에도 불구하고, 본문의 번역에 잘못이 많아, 어차피 다시 번역되지 않을 수 없었다.

龔用卿이 『使朝鮮錄』을 쓰게 된 목적은 「使朝鮮錄序」에서, "뒤에 오는 사람이 참고할 만한 것이 있고, 또 그것을 따른다고 해서 잘못될 바가 없다면, 작으나마 도움이 될 수도 있을 것이라 생각해서 이 책을 쓰게 되었다"고 밝혀 두었다. 공용경 자신이 직접적 경험을 통해 확인하여 상권에 기술한 의례는 세 가지인데, 그 하나는 詔書를 맞이하는 의례와 조서를 열어서 읽는 의례, 길가에서 조서를 맞는 의례, 文廟를 알현하는 의례 등 '出使의 禮'고, 그 다음에는 국왕이 베푸는 茶禮와 국왕이 접견하는 예절, 국왕이 연회를 베푸는 예절, 世子가 연회를 베푸는 예절, 대신들이 參見하는 예절, 국왕이 송별하는 예절, 연도에서 맞아 위로하는 예절, 연도에서 연회를 베푸는 예절 등 '邦交의 예'며, 세 번째는 여로의 거리와 산천의 경계, 각 道, 州, 府, 郡, 縣 등의 분류, 연도에서 진행된 각 관리들의 영접과 환송의 禮, 軍夫가 遞送하는 예절 등 '사자가 맡은 임무'다. 공용경은 조선에서 진행된 의례의 과정에서 몇 가지 문제를 제기하여 자신의 주장을 관철시켰는데, 이에 대해 副使인 吳希孟은 "국왕이 교외까지 나와서 다섯 번 절하며 머리 숙여 조서를 맞이한 일, 弟子員이 일을 올바르게 집행한 일, 王世子가 侍坐하고 待宴한 일, 공식 연회에서는 동쪽과 서쪽으로 자리를 치워서 비우고 비공식 연회에서는 그 좌석을 아래위로 놓은 일 등은 처음 보는 것이었다"(「後語」)라고 증언했다. 이처럼 이 책의 전반부는 조선과 명의 의례적 관계에 관한 매우 귀중한 정보를 담고 있다.

『奉使朝鮮稿』를 편찬한 朱之蕃은 출사 당시에 龔用卿과 같이 翰林院 修撰 겸 經筵 國史官으로 '太史'라 불렸는데, 저명한 문학지사답게 조선에 온 명의 사자 가운데서 가장 많은 시를 지었으니, 무려 259편의 시를 남겼다. 倪謙 이후 조선을 내방한 명의 사신들이 조선의 接伴使 등 名流 관원들과 시를 주고받은 뒤에 책으로 출판하는 것이 관례가 되었는데, 주지번의 『봉사조선고』는 그 전형적인 경우라 할 수 있어, 주지번이 지은 시도 많았지만 그와 창화한 조선인의 수나 작품의 수도 매우 많았다. 따라서 조선에 온 明使와 이를 접대한 접반사 사이에 교환된 唱和詩를 통해 한중관계사의 한 특수한 측면이 이해될 수 있다면, 주지번의『봉사조선고』는 그 대표적인 자료로 이용될 수 있을 것이다. 시가의 창화를 통해 외교적 행위가 이뤄진 경우는 중국과 越南의 관계에서도 엿볼 수 있지만, 중국과 조선의 외교는 '倡和外交'라고 부를 수 있을 정도로 외교관들의 시가 창화는 널리 일반화된 관행이었으니, 그 중에서도 명사 주지번과 조선 遠接使 柳根의 창화 사례가 으뜸이었다.

『輶軒紀事』에는 읽는 사람의 눈길을 강하게 끄는 몇 가지 이야기가 들어있다. 그 하나는 女眞의 위협을 피해 선택한 海路의 위험성에 관한 것이다. 저자 姜曰廣은 遼東의 육로를 피해 山東-廟島-椵島의 海路를 선택했는데, 이 뱃길이 몹시 험난해서 몇 차례나 죽을 고비를 넘기며 天妃에게 생명을 구걸했다. 그 둘은 단도에서 농성하며 조선을 괴롭히면서 明廷의 명령도 듣지 않아 큰 골칫거리가 되고 있던 毛文龍에 대한 대응이다. 이 대목은 단도를 중심으로 미묘하게 전개된 明, 朝鮮, 女眞 등 3자 관계의 특수성에 보다 가깝게 접근하게 해 준다. 그 셋은 明使에 동반하여 조선으로 들어가서 온갖 이권을 착취하던 상인 등에게 동행을 불허하고, 명사에 대한 조선 측의 勅使 접대와 뇌물 공여를 일체 거절하여, 조선 정부를 감동케 하고 조선 인민이 生祠를 세워 감사를 표하게 한 일도 이채로운 장면이다. 강왈광의 이러한 청렴은 그의 강직한 품성에 기인한 측면도 있지만, 조선을 움직여 명의 국익을 확보하려는 고도한 외교술의 일환이기도 했다. 당시 여진의 공격을 받은 遼民들이 대거 조선 방면으로 피난하여 조선 정부를 어렵게 하고 있었는데, 강왈광의 이런 청렴한 태도는 조선 정부가 요민을 원조히도록 하는 압력이 되었나. 강왈광은 황태자의 탄생을 알리는 공식적 임무 외에도, 단도 東江鎭의 모문룡을 제압하고, 조선 변방을 떠돌던 遼民 집단을 보호하며, 여진과 명 사이에서 모호한 태도를 취하고 있던 조선의 성의를 확인하는 등, 다방면의 외교적 목적을 동시에 추구하였다.

阿克敦의『奉使圖』는 20장의 그림과 28편의 題詠으로 구성되었는데, 모두 使命을 수행하는 여정을 따라 주변 풍경과 민속, 의례, 인물 등을 묘사하였기 때문에, 사료적 가치가 적지 않다. 이 책에는 4편의 序文과 16종의 跋文이 附載되어 있는데, 대부분 草書나 行書로 쓰인 이들 수많은 서문과 발문들은 당대 翰林院 學士 등 저명한 고위 문학지사들이 쓴 글이어서, 아극돈의 정치, 문화계 상의 위상과 당시 출판문화의 한 특징적 측면을 이해하는 데도 도움을 준다.

『奉使朝鮮驛程日記』는 산문 일기와 詩歌 등 2部로 구성되어 있는데, 그 중에서도 특히 전반부의 산문 일기가 눈에 띤다. 이 문장은 奉使 여정을 일기 형식으로 자세하게 기록한 것으로, 특히 몇 시부터 몇 시까지 몇 里를 가면 어느 곳에 도착하게 된다는 형식으로 기술되어 있어, 당시 한중 양국 사절단의 旅程을 구체적으로 확인할 수 있게 해준다.

『東使紀事詩略』은 다른 기행문과 다른 독특한 형식이 주목된다. 『奉使朝鮮驛程日記』가 전반부에 산문 일기, 후반부에 詩歌 등 두 부분으로 구성된 것에 반해, 이 책은 산문으로 일정을 설명하면서, 동시에 여정의 각지에서 보고 느낀 바를 詩로 지어 넣어, 산문과 운문을 함께 섞은 독특한 체재를 갖추었다. 『奉使圖』와 『奉使朝鮮驛程日記』 및 『東使紀事詩略』은 그 서술 체제가 이처럼 독특하지만, 모두 한중 관계가 안정된 시기의 사절단 교환을 기술하여 이른바 전형적 한중관계의 제 양상과 의미를 보여주고 있다는 점에서 공통점을 갖는다.

『東行三錄』은 3종의 기행문으로 구성되었는데, 『동행삼록』의 제1부인 「東行初綠」은 馬建忠이 滿淸 光緖 8년(1882년, 朝鮮 高宗 19년)에 北洋艦隊 提督 丁汝昌이 이끄는 군함을 타고 인천 앞바다로 가서 조선에서 파견한 金弘集 등과 상의하여 미국 및 영국과 통상조약을 체결하게 하고 프랑스와의 조약 체계에 관해 조언한 과정과 내용을 매우 상세하게 정리, 기술한 문헌이다. 제2부인 「東行續錄」에는 마건충이 같은 해에 다시 인천으로 와서 조선이 독일과 통상조약을 체결하는 것을 도와주고 차관 등 문제에 대해 조언한 내용이 기재되어 있다. 마지막 「東行三錄」에는 역시 같은 해에 조선에서 이른바 '壬午軍亂'이 발생하여 조선이 일본의 위협을 받게 되자, 마건충이 다시 이홍장의 지시를 받아 군함을 타고 조선으로 와서 당시 군란의 배후로 지목된 大院君을 연행하여 강제로 중국으로 데려오고 군란을 일으킨 조선 군사들을 공격하여 진압하는 과정이 상세하게 기술되었다. 『東行三錄』은 光緒 23년(1897)에 출판되어 한, 중, 일 삼국의 일부 역사학자들에 의해 조선의 개방과 임오군란 등의 연구 과정에서 기본 사료로 인용되기도 했으나, 아직까지 한 번도 우리말로 번역된 적은 없다.

이 총서 『使朝鮮錄』에 수록된 18종의 기행문들은 773년이라는 긴 기간에 걸쳐 12명의 저자에 의해 저술되었다. 따라서 이들 문헌들에서 특수성을 보는 것이 일반성을 발견하는 것보다 당연히 더 쉽다. 그럼에도 불구하고 이들 문헌을 통해 전통시대 한중관계의 일반성을 몇 가지 확인하는 것은 어렵지 않은 일이다.

그 하나는 冊封-朝貢 관계의 지속성이다. 한국과 중국에 고대 국가가 형성되어 양자 간에 修交를 위한 제도적 관계가 성립된 초기부터 책봉과 조공의 禮를 서로 교환하는 일은 전통 시대가 종결될 때까지 지속적으로 이뤄졌다. 비록 宋代에는 遼, 金 등 遼東 국가의 출현으로 인해 중국 宋과 한국 高麗의 책봉-조공 관계는 간헐적으로 단절되기도 했고 徐兢의 『高麗圖經』도 바로 이 일시적 단절의 시대에 저술되었지만, 고려에서 진행된 宣和 사절단의 활동은 한중 간 책봉-조공 관계의 관성이 얼마나 지속적인 것인가를 역설적으로 잘 보여준다. 이들 18종의 기행문 가운데 가장 마지막으로 저술된 馬建忠의 『東行三錄』 역시 한중 책봉-조공 관계의 깅인한 관성을 여실히 보여준다. 마건충이 東行한 때는 이미 滿淸 帝國이 붕괴되어 중국 중심의 전통적 동아시아 세계질서가 와해되고 있던 시점이었는데, 조선과 미국, 영국의 통상조약을 알선, 중재하던 마건충이 시종일관 "조선은 中國의 屬邦으로 평소에 中國을 받들어 宗主로 여긴다"는 내용을 조약문 가운데에 포함시키기를 원한 것은 한중 책봉-조공 관계의 관성을 역설적으로 보여주는 것이다.

전통시대의 韓中 관계는 시종일관 冊封-朝貢 관계의 성격을 띠고 있었다. 책봉-조공 관계란 책봉과 조공의 儀禮를 서로 교환하는 관계로서, 기본적으로 通使, 즉 使節의 내왕을 통해 이루어졌다.『使朝鮮錄』은 바로 책봉-조공 관계를 실행, 혹은 조절하기 위해 내한한 중국 사신들의 귀국 보고서들을 모은 총서이기 때문에, 한중 책봉-조공 관계의 실상에 접근하는 데 필요한 정보를 직접, 그리고 체계적으로 제공한다. 책봉-조공 관계란 전통시대 동아시아 국제사회를 주도한 '宗主國'과 그 구성원인 '藩屬國'이 책봉과 조공의 禮를 교환하는 차등적 국제관계이기 때문에, 그 동안 한국의 역사학계에서는 기피해온 연구 대상이었으며, 이로 인해 한중관계의 역사에 대한 인식이 상당 부분 왜곡, 혹은 제한되어 있었다. 따라서 한중 간의 책봉-조공 관계를 직접적으로 서술한 자료들이 대량으로 공개되고, 그 이해의 기초적 과정이라 할 수 있는 譯註 작업도 이루어진 이 단계에서, 이들 자료를 활용하여 한중 책봉-조공 관계에 대한 연구가 시작되어야 할 필요성은 따로 강조할 필요가 없을 것이다.

『사조선록』의 여러 문헌에서 일반적으로 확인되는 또 하나의 특성은 '同文', 즉 문화적 동질성에 대한 공동 인식이다. 중국과 한국은 전통적으로 문화적 융합을 통해 동아시아 문화를 함께 창조하고 공유해왔다. 특히 전통시대의 한중 양국은 漢文學과 儒敎, 佛敎 및 律令制와 같은 고급문화를 공유하였으며, 이러한 문화의 공유는 역사의 공유에서 출발한 것으로 인식되었다. 明淸 시대 중국의 국가에서 한국으로 파견된 사절단은 으레 平壤을 경유하여 漢陽에 당도하였는데, 중국인 사절단이 평양에 체류할 때는 箕子 사당을 참배하는 것이 관례적이었다. 중국인 사절단이 기자 사당을 참배한 까닭은 기자가 중국인이 숭앙하는 문화적 영웅이기 때문이기도 하지만, 보다 깊은 이유는 중국인 사신과 한국인 接伴官 모두 기자를 중국과 한국의 역사와 문화를 이어준 연결 고리로 인식하고 있었기 때문이다. 양자 모두 중국의 聖賢인 기자가 朝鮮으로 東來하여 禮義, 즉 중국의 문화를 가르쳐 준 문화적 스승이었다는 전설을 믿고, 그것을 양국의 외교적 관계가 강화되어야 할 이념적 근거로 활용했던 것이다. 중국인 사절단이 한양에 체류할 때 成均館의 文廟, 즉 孔子 사당을 방문하여 참배한 까닭도 이와 크게 다르지 않았다. 한중 양국이 역사와 문화를 공유한다는 자의식은 한중 관계를 안정적으로 유지하게 하는 데 적극적으로 기여하였다.

이와 관련하여, 총서『사조선록』에 수록된 여러 使行錄에서 '倡和外交'라는 독특한 외교 양식을 발견하는 것도 몹시 흥미로운 일이다. '倡和'란 앞에서 先唱하면 뒤에서 호응한다는 뜻으로, 唱和, 즉 한쪽에서 시를 지어 노래하면 다른 한쪽에서 韻을 맞추어 화답의 시를 짓는 것과 의미가 서로 통한다. 倪謙의 東行 이후로 明, 淸의 사신과 조선 접반사 사이에 시문을 교환하는 창화의 관행이 일반화되었는데, 이는 단순히 시문을 주고받는 데 그치지 않고 외교적 현안을 해결하는 미묘한 방법으로 활용되는 데까지 이르렀다. 이러한 관행은 '同文', 즉 문화적 동질성에 대한 공동 인식에 근거하였을 뿐만 아니라, 詩라는 문학 양식이 갖는 독특한 기능이 작용된 것으로 보인다. '倡和外交'가 韓中 관계에서만 발견되는 것은 아니지만, 그 잦은 빈도나 깊은 심도로 보아 전통시대 한중관계의 한 특성으로 이해할 수도 있을 것이다. 총서『사조선록』은 '창화외교'와 같은 이러한 한중관계의 특성을 확인할 수 있는 사료의 보고라 할 수 있다.

『中朝關係史料叢刊－使朝鮮錄』의 이러한 문헌적 특성과 사료적 가치를 고려하여, 본 번역연구는 다음과 같은 원칙과 기준에 따라 진행되었다.

첫째, 총서『使朝鮮錄』에 수록된 문헌의 각종 문장 가운데 절반 이상이 漢詩의 형식으로 기술되어 문학작품으로서의 가치가 높은 것으로 보이지만, 기본적으로는 使臣의 復命 보고서의 성격을 띠고 있다. 특히 번역연구자가 한문학을 전공한 문학도가 아니라 한중관계사에 관심이 있는 역사학도이기 때문에, 이들 도서들을 번역하는 목적 자체가 한중관계사의 사료를 번역, 이해하려는 데 있었으며, 그 당연한 결과로서 문학작품이라는 관점에서 번역하기보다는 역사적 자료라는 관점에서 번역했다.

둘째, 이 총서에 수록된 18종 도서들은 한중관계사의 중요 史料로서 번역되었기 때문에, 그 사료적 가치를 가능한 한 그대로 보전하기 위해 意譯보다는 直譯의 방법이 선택되었다. 이를 위해 단 한 자도 더 번역되지도 않고 덜 번역되지도 않도록 노력하였고, 번역자의 창의적 해석에 따라 창조적 표현이 사용되지 않도록 자제하였다. 다만 漢詩 형식의 문장일 경우, 운문이라는 사실을 전혀 도외시할 수 없었기 때문에, 가능한 한 운문의 형식이 유지되도록 노력하였으나, 운문의 형식과 사료적 가치의 보전이 양립하기 어려운 경우에는 차라리 후자를 우선적으로 배려하였다.

셋째, 역시 사료적 가치를 훼손하지 않으려는 뜻에서, 고유명사나 역사적 용어 등은 우리말로 풀지 않고 원래의 용어를 그대로 본문에서 유지하고, 그 구체적 내용과 의미는 주석을 이용해서 설명했다. 漢詩 특유의 詩語도 가능하면 본문에서 그대로 보전하여 독자로 하여금 미묘한 문학적 뉘앙스나 역사적 개념을 직접 시각적으로 감지할 수 있게 하고 싶었지만, '可讀性'의 문제가 있어 부득이한 경우가 아니면 대부분 본문에서는 우리말로 풀어 쓰고 주석에서 원문을 보여주는 방식을 택했다. 또한 시어를 본문에서 우리말로 표현할 경우, 시문의 형식이 지나치게 파괴된다고 판단되면, 그 부족한 설명을 注記를 통해 보완했다. 특히 주기에서는 그 시어나 특수 용어의 본래 뜻을 먼저 밝히고, 역사적 전개를 통해 변화된 의미를 함께 밝혀 둠으로써, 읽는 이의 편의를 돕도록 했다.

넷째, 이 번역은 한문학이나 역사학을 전문적으로 연구하는 전문 연구자를 독자로 설정한 것이 아니라, 한문 사료를 직접 읽을 능력이 없는 대학생이나 고등교육을 받은 지식인들이 이 번역 도서를 통해 새로 발굴된 한중관계사의 기본 사료를 직접 대면할 수 있게 되기를 기대하면서 이뤄졌다. 원 사료를 쉽게 읽을 수 있는 능력이 있는 이 방면의 전문가들이 번역서를 읽을 가능성이 낮고 또 그럴 필요도 없기 때문이다. 이로 인해 고유명사나 역사적 용어는 물론이거니와 시어와 관련된 기본적 용어들도 모두 주기를 통해 설명되었으며, 그 당연한 결과로서 기초적 설명이 많아졌고 주기의 수와 양도 많아졌다. 반복적으로 출현하는 특수한 시어나 역사 용어는 독자의 기억을 돕기 위해 의도적으로 다시 주기한 경우도 있다.

다섯째, 이 18종 도서 가운데 『宣和奉使高麗圖經』과 『朝鮮賦』를 제외한 나머지 사행록은 모두 이번에 처음으로 번역되었다. 기존의 번역문은 물론이거니와 연구논문이나 解題와 같은 참고할만한 자료가 거의 없었기 때문에, 註釋에서 사전적 설명을 많이 하는 등 일차적 작업에 주력하였다. 더구나 이들 문헌의 상당 부분이 漢詩라는 특수한 양식의 문장으로 구성되었기 때문에, 이들 문헌의 이해와 연구에 초석을 놓는다는 심정으로 역주에 임했다. 이들 도서에 게재된 한시 가운데는 조선의 저명한 문학지사들이 창화한 시들도 다수 포함되어 있는데, 이러한 시들도 아직 번역되지 않았고 주해나 연구의 대상도 거의 되지 않았다. 본 번역은 대부분 初譯인 만큼 정확한 번역에 주력하였으니, 특히 詩賦의 경우 차후에 이를 바탕으로 해서 특히 한문학 분야에서 '제2의 창작'으로서의 번역이 다시 이뤄지게 되기를 기대한다.

이들 18종의 사행록을 번역하면서 모두 12,529개의 주석을 달았으니, 이는 곧 이 작업을 진행하면서 적어도 일 만 회 이상 사전을 열어보았음을 의미하기도 한다. 주로 諸橋轍次의 『大漢和辭典』(1960)과 上海 漢語大詞典出版社의 『漢語大詞典』(1990), 檀國大學校 東洋學研究所의 『韓國漢字語辭典』(2002)과 『漢韓大辭典』(2008), 동아출판사의 『東亞漢韓中辭典』(1987), 香港 商務印書館의 『中國古今地名大辭典』(1931) , 上海 古籍出版社의 『中國歷代人名大辭典』(1999), 李弘稙의 『國史大事典』(1978) 등을 많이 이용했는데, 특히 최근에 완간된 『漢韓大辭典』의 신세를 톡톡히 졌다. 檀國大學校 東洋學研究所의 노고에 대해 찬탄과 감사의 뜻

을 함께 표하고 싶다.

끝으로, 이 번역연구는 처음부터 끝까지 모든 범위의 모든 과정이 본 번역연구자 한 사람에 의해 수행되었음을 밝혀둔다. 애초에 다른 이에게 는 민폐를 끼치지 않겠다고 작심하고 시작한 일이었다. 그럼에도 불구하 고 불가피하게, 혹은 뜻하지 않게 도움을 받은 이들이 있어, 이 기회에 감사의 뜻을 표하지 않을 수 없다. 이 자료집에는 草書로 쓰인 부분이 상당량 포함되어 있어 解草하는데 어려움을 겪었는데, 초서의 전문가인 許芝銀 박사가 유용한 초서 사전들을 빌려 주어서 많은 도움이 되었다. 또한 이 자료집에는 『皇華集』과 중복되는 부분 역시 상당량 포함되어 있어 두 판본을 비교해 봐야 할 필요가 있었는데, 연세대학교에서 근무 하고 있는 鄭勉 박사가 필요한 부분을 찾아 복사해 주어서 많은 도움이 되었다. 동북아역사재단의 李成制 박사와 성균관대학교 동아시아학술원 의 미야지마 히로시(宮島博史) 교수도 소장 자료를 이용할 수 있도록 기꺼 이 도와주었다. 이 기회에 고마운 마음을 전하고 싶다. 또한 심사에 참여 하여 꼼꼼하게 읽어주고 고상한 의견을 제시해주신 未知의 심사위원들 께도 심심한 감사의 말씀을 드린다.

『사조선록』 역주 작업을 마치고 곧 『사조선록』의 사료적 가치를 학술 적으로 정리하여 『사조선록 연구—송, 명, 청 시대 조선 사행록의 사료 적 가치』(서강대학교 출판부, 2011)를 출간했다. 원래는 『역주』와 『연구』가 동시에 출간되어 짝을 이루기를 기대했지만, 모든 인간사가 그러하듯이 뜻대로 되지 않았다. 『역주』가 예상치 못한 일로 인해 출간이 긴 시간 늦추어졌기 때문이다. 그러나 여러 관계자들이 이 책의 조속한 출간을 위해 많은 애를 써 주었다. 특히 서강대학교 문과대학장 姜榮安 교수와 연구처 안은진 선생의 배려와 노고에 대해 깊은 감사의 마음을 표하고 싶다.

번역이란 두 종류의 언어에 모두 정통해야 가능하다는데, 漢字의 함 의를 제대로 파악하지 못해 고생한 적도 적지 않았지만, 적절한 우리말을 찾지 못해 애를 먹었던 적이 한두 번이 아니었다. 그럴 때마다 으레 책상 옆을 지켜주는 걸어 다니는 한글사전에 도움을 청하기 마련이었다. 무엇보다도 지루하기 그지없는 중노동을 버티어낼 수 있도록 힘을 보태주며 범상한 삶을 동행해준 吳桂玉에게 새삼 고마운 마음을 느낀다.

『사조선록』 총서에 수록된 십 수 종의 사행록은 모두 중국에서 조선을 방문한 사신들이 여로에서 보고 들은 바를 기록한 견문록의 성격도 띠고 있어, 遼東史나 한국사 연구자가 전통시대 요동이나 한국의 정치와 사회, 문화, 지라, 역사 등을 연구하는데 긴요하게 활용할 수 있는 사료적 가치를 갖는 자료이지만, 기본적으로는 宋, 明, 淸 등 중국을 지배한 국가들이 파견한 사신들이 외교적 임무를 수행한 과정을 기록한 使行錄이기 때문에 한중관계사 연구에 필수적인 사료로 활용될 수 있을 것이다. 이 자료집을 역주하기로 한 첫 번째 이유도 바로 이것이 한중관계사를 이해하는데 긴요한 도움을 얻을 수 있는 사료라고 기대했기 때문이었고, 실제로 역주하는 과정에서 이러한 기대를 확인할 수 있었다. 이 새로운 한중관계사 자료를 주역하면서, 于湖 全海宗 선생님의 한중관계사 강의를 들었던 대학원 시절이 늘 생각났다. 우호 선생님의 한중관계사 강의는 대부분 『二十五史』 東夷列傳 등 한중관계사 사료를 정밀하게 주해하는 방식으로 진행되었는데, 그때의 힘들고 지루한 훈련이 없었다면 이 총서의 주역도 불가능했을 것임이 분명하다. 이 기회에 우호 선생님의 학은에 대해 한 번 더 감사의 마음을 드러낸다. 오래 오래 건강하시기를 기원하면서 …….

2012년 2월에 악양 문성재에서
번역연구자 씀

사 조 선 록 역 주 전 체 차 례

『使朝鮮錄』序論

劉焉

　　최근 수십 년 이래로 朝鮮 반도의 고고 자료는 부단히 축적되었고, 그 연구 결과가 증명하듯이, 遠古 시대의 中國 대륙과 조선 반도의 관계는 매우 긴밀해서, 조선 반도 최초의 거주민은 대륙, 즉 中原과 蒙古 고원 등 두 방향에서 왔다. 문명 시대로 진입하면서 중원과 조선 반도 등 쌍방 거주민의 상호 왕래가 더욱 빈번해졌고, 중국 연해 지구의 '東夷人'은 육로와 해로를 통해 조선 반도로 대거 이주하여, 더 오래 전부터 옮겨와서 살던 사람들과 서로 융합해서 조선 반도의 주인이 되었다. 그들은 중원의 선진 청동기 문명을 가지고 가서 반도의 청동기 시대를 열고, 반도 역사상 첫 번째 정권, 즉 기원 전 11세기에 殷商의 왕족이 건립한 '箕子朝鮮'을 세웠다. 秦, 漢 시대부터 西晉 시대까지 중앙 왕조는 조선 반도의 북부에 군현을 설치해서 유효한 관할을 진행하였다. 이와 동시에, 조선 반도 남부는 선진 漢 문화의 강력한 영향을 받아서, 新羅 왕국이 성읍 왕국의 기초 위에서 점차 발전하여, 마침내 기원 후 7세기 중엽에 남부의 여러 나라를 통일하니, 고대 조선 민족이 형성되기 시작하였다. 신라 왕국은 조선 민족 국가의 형태로 고대 동아시아 문명사회에 출현하였고, 중앙 왕조와 고대 조선 민족 국가의 관계도 唐代에 시작되었는데, 이러한 관계는 동방의 전통적 禮儀 정치의 색채를 선명하게 띠고 있었다.

고대 동방 禮治 사회의 가장 중요한 사상적 기초는 封建 禮法 제도로서, 이를 통해 일종의 고대 봉건 국가의 관계 형태가 형성되었으니, 이는 곧 봉건 예법 제도를 유대로 하고 冊封-朝貢 관계를 표현 형식으로 하는 宗藩 관계였다. 그 현저한 특징을 이루는 '책봉-조공' 형식은 先秦 시대에 중앙 왕조가 분봉한 각 제후국을 관리하는 일종의 책략에 기원을 두고 있었지만, 중앙 왕조의 집중적 봉건 권력이 건립되고 공고해진 뒤에는 전환되어, 이를 주로 주변의 민족 정권과 국가에 대한 외교적 사무를 실천하는 데 응용하였다. 예치 사회 체계로 들어간 동방의 각 藩屬 國들은 모두 중원 왕조의 '天子'에게 朝覲과 貢物의 의무를 이행하였고, 각 번속국의 '國王'에 대한 중앙 왕조의 책봉은 정통적이고 합법적인 지위를 취득하게 하였다. 이를 통해 알 수 있는 것은, 그 사이를 왕래한 사자들은 정치적 사명을 어깨에 짊어졌으며 그들은 동방 예의 세계의 전통적 질서의 형상을 대표하였다는 것이고, '宣敕'은 '君臨'[1]을 의미하고 '朝覲'은 '臣服'[2]을 상징했다는 것이다. 漢 문화에 대한 신라인의 숭상은 그 국왕이 唐 초에 "章服을 바꾸어 中華의 제도를 따르도록" 결정하게 하였고, 당 왕조의 正朔을 받들고 당 제도를 모방한 봉건 제도를 추진해서 실행하게 하였으며, 유교와 불교, 도교를 포괄한 한 문화에 대해 학습과 보급을 진행하였다. 통일 후의 신라는 당 왕조의 정치 제도와 중화 문명을 자각적으로 받아들여 중국과 조선의 종번 관계가 확립될 수 있게 하였다. 신라부터 시작해서 高麗와 朝鮮 등 역대 왕조가 모두

---

1   군주로서 다스림.
2   신하의 예절로 섬김.

儒家의 三綱五常 학설을 기초로 한 봉건 예법 제도를 그 건국의 근본으로 삼는 것을 받아들이고 인정하여, 중국과 조선의 종번 관계가 고대 동방 사회의 가장 전형적이고 안정된 종번 관계가 되었다.

고대 중국과 조선의 종번 관계가 무려 12세기 동안이나 이어져, 기나긴 역사의 세월 중에 중국과 조선은 서로 사신을 파견하여 그 사이를 왕래하게 했다. 이들 고급 사자들은 단순한 사절이 아니었고 그 使命의 명목도 복잡하게 많았다. 중국 측 사자에는 冊封, 宣敕(선칙),[3] 問慰, 弔祭, 査勘(사감)[4] 등의 사명이 있었다. 조선 측으로 말한다면, 그 사명에는 謝恩, 陳奏(진주),[5] 賀節(하절),[6] 奏請, 問安, 進香(진향)[7] 등등이 있었다. 사자를 수행하는 동행은 통상적으로 방대한 규모의 사절단이 있어, 총 인원수가 항상 수 백 명에 달했다. 사절단 중에는 문인 묵객과 거상에서 행상과 일군에 이르기까지 여러 종류의 사람들이 있었으니, 이는 사절단이 쌍방의 경제적, 문화적 교류의 중요한 운반 도구와 통로가 되게 했다.

봉건 시대에 사신의 지위는 숭고했고, 사절단을 따라서 진행된 경제 무역과 문화 교류도 영향이 거대하여 쌍방의 정치, 사회 생활의 큰 일이 되었다. 참여해서 직접 다녀온 사람들에 대해 말한다면, 멀리 이역으로 건너간 경력은 마치 그 인생의 소중하고 귀한 재부와 같은 것이어서, 사신과 사절단의 문인들은 항상 저술을 남겨 행적을 기록해 두었다. 『使朝鮮錄』은 중국의 사자가 조선에 사자로 나간 행적을 기록한 기행문 10여 종류를 모아서 편집한 것으로, 현존하는 모든 중국 측 기행문 가운데서 비교적 중요한 것을 거두어 모았다. 조선 측 기행문은 통상적으로 '朝天錄' 혹은 '燕行錄'이라 부르는네, 통계에 의하면 60종류 가까이 세상에 아직 남아있다고 한다.

---

3   천자의 칙령을 선포함을 말한다.
4   실제로 현장에 가서 사정을 조사하여 살핌.
5   신하가 임금에게 의견을 아뢰거나 글을 올리는 것을 말한다.
6   명절을 축하함.
7   귀신이나 부처에게 향을 피우고 절하는 것을 말한다.

『사조선록』 중의 문헌은 대다수가 사신 본인에 의해 지어졌는데, 통상적으로 일의 기록은 중시하지 않고, 예의 제도와 의식 儀規에 대해 자세하게 기록한 것 외에, 보다 많은 부분은 유람기 성격의 사신 개인의 관광 감흥을 적은 것으로, 그 가운데는 비교적 높은 문학적 가치를 가진 詩賦가 적지 않다. 이와는 달리, 조선 측의 '조천록'과 '연행록'은 대다수가 사절단의 하급 관원과 문인들의 손에서 나왔다. 이 두 종류 사람들의 시각과 관심은 현저히 다 같지는 않았으니, '조천록'과 '연행록'은 경제, 문화 교류의 실황과 연도의 하층민 풍속을 대량으로 기록하였고, 조선의 문사와 학자들은 사절단을 따라 출국해서 중국을 방문한 뒤에는 그 저술 중에서 중원 왕조의 사상과 문화, 과학, 기술의 연구와 평론과 같은 내용을 많이 포함시켜, 朴趾源(박지원)[8]의 『熱河日記』나 洪大容(홍대용)[9]의 『湛軒燕記』 같은 저술들은 당시 조선의 학술과 사상의 발전에 거대한 영향을 미쳤다. 『사조선록』의 여러 편은 이 같은 영향력을 만들어 내지 못했는데, 이는 아마도 『사조선록』에 수록된 글들은 '조천록'이나 '연행록'과 유사한, 중시하기에 충분한 주요 원인을 갖지 못했기 때문일 것이다.

『사조선록』 가운데서 가장 일찍 책으로 만들어진 『宣和奉使高麗圖經』은 사료적 가치가 비교적 높은 작품이다. 작자 徐兢(서긍)[10]은 어렸을 때부터 "총명하고 뛰어나 발군이었으며," 회화와 서예에 능하였다. 北宋

---

8   조선 正祖 때의 학인으로, 자는 仲美, 호는 燕巖. 襄陽府使로 치사하고, 청의 문물을 받아들일 것을 주장하는 北學派로 활약했다. 저서에 『燕巖集』 등이 있다.

9   조선 正祖 때의 실학자로, 자는 德保, 호는 湛軒. 英祖 41년에 書狀官으로 청에 가는 숙부를 따라 중국에 가서 중국 학자들과 친교를 맺고 중국의 문물에 대한 식견을 넓히고 돌아와서 실학을 연구했다. 벼슬은 榮州郡守에 이르고, 저서로는 『湛軒說叢』 등이 있다.

10   1091-1153년. 송 和州 歷陽 출신이나, 뒤에 蘇州 吳縣으로 옮겼다. 호는 自信居士. 나이 18세에 太學에 들어갔고, 徽宗 宣和 6년에 國信使 提轄官으로 高麗에 다녀온 뒤에, 徽宗에게서 同進士出身을 하사 받아, 大宗正丞事 겸 掌書學으로 발탁되었다. 산수와 인물을 잘 그리고 篆籀의 글쓰기에 뛰어났다. 篆書를 잘 쓰고 관직이 吏部侍郎과 龍圖閣學士에까지 오른 徐林의 동생이다.

宣和 5년(1123)에 서긍은 사절단 가운데 한 하급 관원이 되어 사절단을 따라 바닷길로 高麗에 사신으로 나갔다가, 귀국한 뒤에 『선화봉사고려도경』을 창작했다. 그러나 몇 년이 지나지 않아 서긍이 정성을 기울여 만든 '圖'가 전란에서 훼손되었고, 이로 인해 이 책은 겨우 '經'만 남고 '圖'는 없게 되었다. 『선화봉사고려도경』은 모두 40권으로, 내용이 매우 풍부해서, 조선의 왕실과 관원, 성읍, 건축, 민간 풍속, 물산, 기물, 예의, 제도, 선박, 바닷길 등이 모두 상세하게 기술되었기 때문에, 中古 시기의 中朝 宗藩 관계와 조선 사회발전사, 고대 교통사 등을 연구하는데 극히 중요한 원시 자료가 된다. 이 책에서 서씨는 고려국의 건국 역사에 대해 '연구'를 진행하였지만, 소식이 가로막혀 두절되고 자료가 부족했기 때문에 서씨 '연구'의 결론은 오류를 면치 못한 곳이 있으니, 고려의 世系 가운데 착오로 사실을 잃은 곳이 많을 뿐만 아니라 고려와 高句麗를 한 나라로 혼동하기도 했다.

고구려는 기원 후 1세기에 고대 중국의 동북에서 형성된 일개 지방 민족 정권으로, 중원 왕조의 압력을 받아 고구려는 기원 후 5세기에 도성을 平壤城(지금의 조선 평양)으로 옮겼지만, 이것이 고구려가 고대 조선 민족 국가의 일부분임을 설명하는 것은 아니다. 영토가 서로 접해 있었다는 것을 제외하고는, 고구려와 百濟, 新羅의 정치 체제와 종족은 완전히 달랐다. 고대 중국의 일개 지방 민족 정권이 되어, 고구려는 정치적으로 중앙 왕조에 예속되어 있었고, 경제, 문화적으로도 중앙 왕조에 의존하였으며, 그 관할 범위 안에는 원래의 '四郡' 거주민 등 다수의 漢族을 계속 포함하고 있었다. 기원 후 /세기에 唐 왕조가 신라와 연합하여 고구려를 공격해서 멸망시킨 뒤, 당 왕조는 고구려 옛 땅에 都護府를 설치하였다. 기원 후 10세기 초에 당 왕조가 멸망한 뒤, 중국 북방 지역에 수십 년에 걸친 혼란된 국면이 출현하였다. 이와 동시에 신라 왕국도 붕괴되어 쪼개어졌고, 고려국이 신라국의 폐허 위에서 건립되었을 때는 고구려가 멸망한 지 이미 3백여 년이 지났다. 고려가 건국한 지 40여 년이 지나서, 北宋이 건립되었다. 그때 북방에서 일어난 遼와 金이 宋 왕조와 고려의 육로를 통한 직접적 연계를 차단해서, 고려는 바닷길을 통해 북송과 조공 관계를 건립하지 않을 수 없었고, 바닷길이 곤란하고 위험해서 송과 고려 사이의 정치적 연계는 긴밀하지 않았으니, 경제적 무역은 고려가 한 동안 송 왕조에 조공 사절단을 파견하게 한 주요 동력이 되었지만, 이때의 고려는 실제로 요와 금을 신하의 예절로 섬기고 있었다. 기원 후 12세기, 서긍이 고려에 도달했을 때는 당 왕조와 신라의 관계가 밀접했던 시대와 이미 2백여 년이 떨어졌고 고구려가 멸망된 지 이미 5백여 년이 지난 뒤였다. 그 사이의 혼란과 단절로 인해, 북송인은 신라-고려의 정권이 교체된 정황에 대해 흐릿하고 혼란스러워 분명하게 인식하지 못하였고, 고구려와 고려의 관계에 대해서도 잘 알지 못했다. 당시의 북송 조정의 신하들도 한동안 진실로 여기고 있었다. 그리고 당시 고려가 '삼국'에서 나왔다는 설은 고려의 조상을 전승 상으로 고구려까지 거슬러 올라가게 해서, 唐代 이후의 史家들이 역사를 편찬할 때 고구려와 고려를 하나로 혼동해서 이야기하게 하는 주요한 원인을 조성하였다.

고대 조선 민족의 자아 민족의식은 조선 반도 남부의 여러 연맹과 여러 성읍 국가들을 통일한 신라 왕국에서 형성되었지만, 신라인이 민족의식을 표현한 최초의 방식은 '向心'[11]이었지 '自外'[12]가 아니었으며, 대규모 신라인이 중국에서 '坊'을 이루며 모여 살았던 것은 唐 제국의 번영과 풍요, 관용과 광대함으로 인해 비상한 응집력을 갖게 되었기 때문이다. 기원 후 10세기 말에 개시되었지만,[13] 이에 앞서 契丹人이 건립한 바 있는 遼朝와 그 뒤에 女眞人이 건립한 金朝가 무력으로 고려를 압박하여 신하의 예절로 섬기게 하고, 요와 금이 고려인이 漢 문화로 향해 가는 것을 차단하였고, 그래서 조선 민족의식 중의 자존과 대항 의식을

---

11 중국을 향해 마음을 기울임.
12 스스로 중국에서 벗어남.
13 이 문장은 주어가 생략되어 있다.

일깨웠으니, 金富軾(김부식)[14]의 '三國' 설은 이러한 배경 하에서 출현한 것이다. 김부식 본인은 漢 문화의 영향을 매우 깊게 받은 학자형 관료로서, 바로 이 한 문화를 농후하게 띠었다는 우월감과 '戎狄'을 신하의 예절로 섬기게 되었다는 굴욕감, 그리고 이와 동시에 宋 왕조에 대한 외교 정치적 수요 때문에, 그는 자신이 지은『三國史記』에서 고구려와 신라, 백제를 나란히 나열하고 조선 민족 국가 역사상의 '삼국' 시대라고 부르면서, 고려는 역사상 강대한 고구려의 계승인이라고 고취하였다. 김부식이 '삼국' 설을 만들어 세운 것은, 고려인들이 조상에 의지하여 따르고 조상을 추모하여 받들게 함으로써 고려 정권의 정치적 지위와 역사적 가치를 높이 끌어올리고, 그를 통해 고려인이 요, 금의 압박에 반항하는 것을 돕고, 요, 금과 조선 반도의 북방 영토를 다툴 때 이론적, 심리적 우세를 점거할 수 있도록 돕기 위한 것이었다. 이처럼 조상에 의지하여 따르고 조상을 추모하여 받드는 현상은 역사상에서 적지 않게 발견되지만, 사람들이 언제나 자기가 역사상 제왕이나 귀족, 명인의 후예라고 자랑하고 빛내는 것과 마찬가지로, 그 중 다수는 아마도 거짓말 같은 허구로 날조된 것일 것이다. 다만 사람들이 허영의 목적에서 만들어 낸 것과 비교한다면, 민족사 연구 중에 출현하는 조상에 기대고 추모하는 것은 따로 깊은 뜻이 있다. 조선 민족 국가의 첫 역사 저작으로 지어진『삼국사기』의 이 위급한 상황을 맞아 어려움을 구하기 위해 만들어진 '삼국' 설은 후세 사가들에게 미친 영향이 대단히 커서, 그 폐해가 지금까지도 계속 끼쳐지고 있다. 이는 우리가 역사를 읽을 때 마땅히 주의해서 삼별하여 진실은 남기고 허위는 제거해야할 문제다.

　『선화봉사고려도경』에 있었던 그림이 흩어져 없어진 뒤, 淸代의『奉使圖』가 고대 중국에서 조선으로 사신을 내보낸 정황을 묘사해서 그린 圖錄으로는 지금까지 발견된 유일한 것으로, 中朝 관계사와 조선 사회

14　고려 毅宗 때의 문신으로, 자는 立之, 호는 雷川. 문과에 급제하여 直翰林, 右司諫 등을 지냈다. 仁宗 23년에『三國史記』50권을 편찬했다.(『高麗史』97)

사 등을 연구하는 데 흔치 않은 보배스럽고 귀중한 자료로서, 예술적, 역사적 가치를 한 몸에 모와 진귀함을 풍부하게 갖추었다. 작자 阿克敦(아극돈)¹⁵은 康熙, 雍正, 乾隆 등 세 시기에 걸친 중신으로, 일찍이 4차례나 조선에 사신으로 나갔는데, 최후의 한 차례는 옹정 3년(1725)에 있었다. 이때 조선 국왕 肅宗(숙종)¹⁶이 병으로 세상을 떠서 옹정제가 사신을 보내 원래 왕세자였던 李昑(이금)¹⁷을 조선 국왕으로 책봉하였는데, 이 행차에서 散秩大臣(산질대신)¹⁸ 舒魯(서노)가 正使가 되고 아극돈이 副使가 되었지만, 정사 서노가 여로에 병으로 계속 고생하다가 귀국할 때 평양성에서 병사했기 때문에, 실제로는 아극돈에 의해 사신의 임무가 완수되었다. 『봉사도』는 이때 사신으로 나갔다 온 뒤에 책으로 만들어졌다.

『봉사도』는 두 권으로, 한 권은 그림으로 돼있고 한 권은 그 당시 후배의 題(제),¹⁹ 咏(영),²⁰ 序(서),²¹ 跋(발)²² 등으로 되어있는데, 그 중에는 같은 시기의 유명한 신하였던 史貽直(사이직)²³과 陳世倌(진세관)²⁴ 등이 포함되어 있다. 『봉사도』는 그림으로 사실을 기록했는데, 모두 20폭의 그림이 있고, 그림 한 폭마다 시가 한 수씩 짝지어져 있다. 첫 번째 그림은

---

15 滿淸의 滿洲正藍旗 출신으로, 성은 章嘉 씨이고 자는 仲和, 立恒, 恒巖. 康熙 연간에 進士가 되어, 太子太保와 協辦大學士까지 올랐다. 저서로 『德蔭堂集』이 있다.(『淸史稿』 309; 『淸史列傳』 16; 『滿洲名臣傳』 35)

16 1724년에 죽은 조선왕은 肅宗이 아니라 景宗이었다. 숙종은 1720년, 즉 康熙 59년에 죽었다.

17 조선 21대 왕 英祖의 이름이다. 영조는 肅宗의 넷째 아들로, 淑嬪 崔 씨의 소생으로, 景宗 원년(1721)에 王世弟로 책봉되었다가, 1725년에 경종의 뒤를 이어 왕위에 올랐다.

18 일정한 직무가 없는 대신을 말한다.

19 책의 내용을 요약하여 권두에 적는 글.

20 詠, 詩歌.

21 머리말.

22 그 책의 내용과 그에 관계되는 일을 적어 책 끝에 붙이는 글.

23 淸代 溧陽 사람으로, 자는 儆弦이고 호는 鐵崖. 康熙 연간에 進士가 되어, 文淵閣大學士, 吏部尙書를 지내면서 20년 동안 재상으로 있었다.(『淸史稿』 309)

24 淸代 浙江省 海寧 사람으로, 자는 秉之, 호는 蓮宇. 康熙 연간에 進士가 되어, 山東巡撫와 工部尙書, 文淵閣學士를 역임했다.(『淸史稿』 309)

아극돈의 화상이고 나머지 그림들은 조선에 사신으로 나간 실제 상황을 반영하였는데, 연도의 의례 장비와 머무름, 연회 등의 정황이 그려져 있을 뿐만 아니라, 漢城에 도달한 뒤의 사자의 중요 행사를 담은 화면도 있고, 조선의 성곽과 시장, 촌락과 들판, 산과 내, 사자의 숙소, 촌락의 가옥 및, 당시 조선의 관원, 민중, 기생, 잡기 등을 묘사한 그림도 있으니, 모두 형체와 정신이 다 갖춰져 있어 비교적 높은 감상과 연구의 가치를 갖고 있다.

아극돈이 조선에 사신으로 나갔을 때는 바로 淸 왕조의 국력이 한창인 시기여서, 청조와 조선이 入關(입관)[25] 전에 두 차례 전쟁을 치른 뒤에 비교적 긴장된 관계가 이미 상당히 개선되어 전통적 종번 관계의 안정적 궤도로 진입하였고, 조선은 한 뜻으로 '事大(사대)'[26]하고 '가장 공손하게 臣事(신사)'[27]하였으며, 청 왕조는 조선을 종번 관계의 모범으로 삼아 매우 많이 우대해 주었으니, 『봉사도』는 바로 이같이 양호한 관계를 객관적으로 반영한 역사 그림이다. 그러나 청 말에 책으로 만들어진 『奉使朝鮮日記』와 『東行錄』은 중국과 조선의 종번 관계가 열강이 둘러싸고 엿보고 있는 아주 위급한 상황에 놓여 있었던 역사의 한 대목을 반영하였다.

『奉使朝鮮日記』는 청 말에 崇禮(숭례)가 지었다. 光緒 16년(1890)에 조선의 사자 洪鐘永(홍종영)과 趙秉聖(조병성)이 국왕의 母妃 趙氏의 喪을 알려 와서, 청조는 戶部左侍郎 續昌(속창)과 戶部右侍郎 崇禮를 정, 부사로 파견해서 조선에 가서 조문하고 제사를 드리게 했다. 이번 사신 행차는 전통적 종번 관계의 틀 아래서 이뤄진 것으로, 청조가 전통적 관례에 따라 조선에 파견한 최후의 사절단이었는데, (이전의 경우와) 다른 것은 조선 측에서 "해를 이어 화란과 기근이 일어나 국가의 재정이 몹시 어렵

---

25   만주인이 山海關으로 들어가 중국을 지배하게 된 사건을 말한다.
26   큰 나라를 섬김.
27   신하로서 섬김.

고 곤란하다"는 의견을 제출해서, 청조에서 원래 "동쪽 변경의 육로로 가던 것"을 "天津에서 北洋 (함대의) 기선을 타고 가서 곧바로 그 나라의 仁川 해안에 오르도록 바꾸게" 하고 "육로로 갈 때 드는 供帳(공장)[28]의 번잡한 비용을 모두 절약, 생략할 수 있도록" 한 것이다. 다만 이와 동시에 "쓸데없는 비용인지 여부와 관계없이 일체의 예의를 행해야 하고, 모든 것을 옛 규칙을 삼가 좇아서 행하되, 일을 줄이거나 간략하게 해서는 안 된다"고 조선 측에 요구했다. 열강이 침략에 더욱 박차를 가하고 동아시아의 여러 나라들이 근대화를 향해 달려가는 정황 하에서, 청 정부가 여전히 중국과 조선 양국의 전통적 종번 관계를 유지하려 시도한 것은 이미 일방적인 바람에 지나지 않았으니, 4년 뒤에 청조는 일본과의 甲午(갑오)[29] 전쟁에서 참패해서 결국 조선에 대한 宗主國의 지위를 상실하였다.『봉사조선일기』의 현행본은 불완전해서, 단지 함대가 威海衛에서 바다로 나가는 데까지만 기술하고 그쳤으니, 이로 인해 그 가치가 크게 뒤떨어지게 되었다.

　　『東行錄』은 청 말에 외교가 馬建忠(마건충)[30]이 지은 것으로,『東行初錄』과『東行續錄』,『東行三錄』 등으로 나누어서, 마 씨가 1882년에 조선으로 가서 조선과 미국, 일본, 독일 등의 통상 담판에 참여한 세 차례의 경험을 기술하였다. 그때 19세기 후반에 프랑스와 미국, 영국, 일본 등 제국주의 국가들이 중국을 침략함과 동시에 조선의 침략에 박차를 가하는 과정에 있었고, 일본은 뒤졌다가 오히려 다른 나라를 추월해서 1876년에 솔선해서 조선을 강제로 압박해서 불평등한 '江華條約'을 체

28　연회석이나 휴게소에 쓸 휘장이나 장막을 치는 일.

29　滿淸 德宗 光緖 20년, 朝鮮 高宗 31년, 서력기원 1894년. '甲午戰爭'이란 곧 이른바 淸日戰爭을 말한다.

30　滿淸 江蘇 丹徒縣 사람으로, 자는 眉叔, 호는 適可齋. 벼슬은 道員을 지냈다. 프랑스 유학을 다녀온 뒤에 李鴻章의 幕下에서 洋務의 일을 맡았다. 朝鮮의 壬午軍亂 때에는 大院君을 중국으로 연행하기도 했다. 古文辭에 뛰어났고, 서양의 언어에 능통했다. 저서로는『適可齋記言記行』과『馬氏文通』 등이 있다.(『淸史稿』 452)

결하게 하니, 중국과 조선의 전통적 종번 관계는 위협과 도전을 받게 되었다. 청 정부는 이를 위해 적극적인 외교 행동을 취했다. 청 정부의 '권유와 지도' 아래, 조선은 미국 등과의 통상 조약에 관해 담판하는 것에 동의하고, "외교에 대해 잘 알지 못한다"거나 "屬藩을 보호해 달라"는 이유를 들어 중국 정부의 도움을 청구했는데, 청 정부의 주요한 의도는 미국 등 열강이 와서 일본을 견제해서 일본의 조선 침략을 저지하게 하는 것이었다. 1882년 봄과 여름에 北洋 (함대의) 해군 統領(통령)[31]이었던 丁汝昌(정여창)[32]이 두 차례에 걸쳐 명령을 받들고 威遠艦 등을 이끌고 조선으로 가서 담판을 협조하였는데, 道員(도원)[33] 馬建忠은 외교 전문가로서 책략을 꾸미는 중요한 인물로 담판에 참여하였다. 같은 해 여름에, 조선에서 일본을 찌르는 군사 변란이 발생해서, 일본은 이 기회를 타서 조선에 대한 침략을 확대하려 기도했다. 청 정부는 마건충을 세 번째 파견해서 정여창의 함대를 따라 조선으로 가서 변란을 살피게 했다. 마건충은 기약한 때보다 앞서 도달한 일본 군대와 상대함과 동시에 군대로 변란을 평정하자고 조정에 청하니, 청조는 신속하게 병력을 보내 조선이 군사 변란을 평정해서 종식시키는 것을 돕게 함으로써, 일본의 침략 기도가 잠시 좌절하게 했다. 마건충은 모든 사건에서 매우 중요한 배역을 맡아 출연했다.『동행록』은 근대 중국과 외국의 관계 역사 및 조선과 일본의 교섭, 洋務 운동 등의 분야를 연구하는 데 중요한 사료다.

이 외에도,『사조선록』에 수록된 여러 편은 각각 특색을 갖고 있고 매우 높은 연구 가치를 갖고 있다. 明代 중엽에 책으로 만들어진『奉使朝鮮倡和集』(倪謙)이나『朝鮮賦』(董越), 청대 중엽의『東使紀事詩略』(魁齡) 등과 같은 편은 본래 그 자체가 표현이 우아하고 아름다운 詩賦로서 뛰

---

[31] 군사를 통솔한다는 뜻으로, 宋代와 淸代에 설치된 軍官의 명칭이다.

[32] 청말의 安徽 사람으로, 자는 禹亭. 北洋艦隊의 提督으로, 淸日戰爭에서 일본에 항복하고 음독 자살했다.(『淸史稿』 468)

[33] 道臺, 즉 청대에 省의 각 부처 장관이나 각 府縣의 행정을 감찰하던 관리를 말한다.

어난 작품이다. 명대의 龔用卿(공용경)[34]이 지은 『使朝鮮錄』은 조선에 사신으로 나갈 때의 예의 제도와 일정한 격식에 대해 귀납과 설명을 가해서, 사자가 반드시 갖추어야 할 예의 지침이라 칭할 만하다.

본 『사조선록』에서 거두어 모은 문헌은 국내에서 찾을 수 있는 가장 좋은 판본을 골라 썼는데, 위로는 12세기 초의 宋代까지 거슬러 올라가고 아래로는 19세기 말의 淸代까지 내려오니 시간적으로는 8세기에 걸친다. 이들 문헌의 정리와 출판은 독자들이 고대 중조 종번 관계의 전모와 실제 내용을 이해하는 데 극히 큰 도움이 될 것이라는 점에 본서가 갖는 가장 큰 가치가 있다. 이와 동시에, 우리는 北京圖書出版社가 계속 해온 '조천록'과 '연행록'의 정리 및 출판 계획에 대해 아름다운 기대와 충분한 믿음을 품을만한 이유를 갖고 있다.

2003년 6월

---

[34] 1500-1563년. 明 福建省 恢安人. 자는 鳴治, 호는 雲岡. 嘉靖 5년에 進士第一로, 翰林修撰이 되고, 左春坊左諭德 겸 翰林侍讀에 올랐다. 明倫大典과 明會典의 편찬에 참여했다. 관직은 南京國子監祭酒에 이르렀다. 저서로는 『使朝鮮錄』과 『雲岡集』 등이 있다.(『獻徵錄』 74)

『宣和奉使高麗圖經』

『宣和奉使高麗圖經』(羣補隅錄本)

『使高麗錄』

徐兢의『宣和奉使高麗圖經』解題

『宣和奉使高麗圖經』은 徽宗 宣和 5년(1123; 高麗 仁宗 원년)에 高麗를 찾은 北宋 사절단이 본국으로 돌아간 뒤에 사절단의 일원이었던 徐兢이라는 文學之士가 황제에게 올린 復命 보고서로서, 당연히 북송 말기의 한중관계에 관한 갖가지 정보를 담고 있다. 특히 북송 사절단이 어떠한 사명을 띠고 파견되었는지, 어떻게 구성되었는지, 어떠한 경로를 통해 고려에 입국하였는지, 고려에서 어떠한 의전 절차를 통해 사명을 수행하였는지, 고려 정부에서는 이들을 어떻게 예우하였는지 등 여러 가지 정보를 이 문헌에서 발견하여 정리할 수 있어, 북송과 고려의 외교 관계에 관한 이해에 적지 않은 도움을 얻을 수 있다.

서긍이『宣和奉使高麗圖經』을 편찬한 목적은 그가 생각한 '사신의 임무'와 직접 관련되어 있었다. 서긍은『고려도경』의「서문」에서 사신의 전통적 임무의 하나로 '咨詢', 즉 현지의 상황을 파악해서 문서로 작성하여 군주에게 보고함으로써, 군주로 하여금 현지의 상황을 명료하게 인식할 수 있게 하는 것으로 규정했다. 이에 그는 "귀와 눈이 닿는 대로 많은 이야기를 널리 채집하여, 그 가운데 中國과 같은 것은 간추리고, 다른 것 300여 조목만 취해서 40여 권으로 정리했다. 물건은 그 형상을 그림으로 그렸고, 일은 이야기로 설명하여, 『宣和奉使高麗圖經』이라 이름지었다"고 했다. 사실 한국에 파견된 중국 사절단의 가장 중요한 역할은 바로 이 '咨詢'이었으며, 『고려도경』은 이러한 '자순'의 결과를 조정에 보고한 使行 보고서였다. 서긍은 『고려도경』에서 고려에 관한 300여 종목, 29개 종류의 각종 정보를 모두 40권으로 나누어 정리했는데, 제1권과 2권에서는 한국의 여러 왕조 역사와 고려의 王系 등을 서술했고, 제3권에서 7권까지는 開京의 성곽과 궁문, 궁전, 관복 등을, 제8권에서는 고려의 주요 인물들을 소개했으며, 제9권부터 15권까지는 의례용품과 의장호위대, 무기, 기치, 수레 등에 관해, 제16권부터 19권까지는 사당과 도교, 불교 등 종교와 사찰 등에 관해, 제20권부터 23권까지는 사회 계층과 풍속 등에 관해, 제24권부터 32권까지는 사절단에 대한 각종 예우와 의례 절차 및 숙소의 비품 등에 관해, 제33권부터 39권까지는 고려의 각종 배와 海道, 특히 한중간의 바닷길에 관해, 마지막 제40권에서는 曆法과 儒學, 음악, 도량형 등 중국과 같은 한국의 문물에 관해 자세하게 설명하였다. 한국의 역사에 관한 서술 부분을 제외하고서는, 대부분 서긍 자신이 직접 경험하고 목도한 바를 서술한 것으로, 이렇게까지 갖가지 일을 이토록 자세하게 보고할 필요가 있었을까 의심이 들 정도로 면밀하게 정리되었다. 서긍 자신도 "이제 신이 저술한 『圖經』을 손으로 펼치고 눈으로 살펴보면, 멀고 먼 異域의 사물을 모두 눈앞에 모아 놓은 듯하니, 이는 '聚米'의 고사를 흉내 낸 것이라" 할 정도로, 그가 수집해서 정리한 정보는 매우 정밀한 것이었다. 특히 서긍이 직접 체험하고 목격하여 수집한 정보는 그때까지 중국인들이 의존하고 있던 한국에 관한 정보 기록을 크게 보완할 수 있었다. 宣和 연간에 고려로 파송된 북송 사절단에서 서긍이 담임한 직책은 提轄官으로, 그 정식 명칭은 '充奉使高麗國信所提轄人船禮物'이었다. 正使 路允迪과 副使 傅墨卿은 國信使로서 송 휘종의 詔書를 고려 국왕에게 전달하고 고려왕의 조문과 위로의 예를 수행하는 사명을 띠고 있었지만, 고려의 정보를 수집하여 황제와 조정에 보고하는 역할은 바로 서긍이 담임한 제할관에게 주어졌다. 그리하여 서긍은 「서문」에서 "실제 정보를 수집하여 조정에 보고함으로써 사신의 책임을 조금이나마 면할 수 있었다"고 했다.

선화 사절단의 사명은 복합적이었다. 북송 사절단은 기본 임무인 '告訃' 외에도, 遼가 패망하는 상황을 틈타서 고려인에게 책봉의 청원을 권유함으로써 고려와의 책봉-조공 관계를 복원하는 사명을 띠고 있었다. 즉 북송과 고려 사이에 거란의 요가 개재함으로써 단절되었던 고려와의 冊封-朝貢 관계를 복원시켜 동아시아 국제 사회의 중심적 위상을 회복하려는 세계 전략의 일환으로 선화 사절단이 고려에 파견된 것이다. 이와 함께 고려국왕의 죽음에 즈음하여 奠慰, 즉 祭奠과 弔慰의 의전을 실행하는 것도 선화 사절단의 한 사명이었다. 현지 상황을 파악하고 고려인에게 책봉을 청원하도록 권유하며 전위의 의전을 실행하는 등, 선화 사절단의 세 가지 사명은 서로 유기적 관련성을 갖고서 북송의 세계 전략에 기여하도록 기획되었다.

선화 사절단은 正, 副使와 上節, 中節, 下節 등 네 종류의 그룹으로 구성되었다. 사절단의 대표이자 최고위직인 정사와 부사는 황제의 측근이자 명망 높은 文學之士 가운데서 신중하게 선발되었는데, 이는 문학지사의 파견을 희망한 고려인의 열망에 부응하는 것일 뿐만 아니라, 고려의 높은 국제적 위상을 중시하는 북송 황제의 의지를 보여주고, 문화 대국으로서의 중국의 힘을 과시하여 고려인을 압도하기 위한 것이었다. 文名이 드러나지 않았다는 이유로 書狀官을 교체하였다는 『宋史』의 기사나 提轄을 맡은 서긍이 문명이 높은 문학지사였다는 사실 등으로 보아, 都轄과 제할, 서장관 등으로 짜여진 상절도 대부분 뛰어난 문학지사로 구성되었던 것으로 보인다. 중절은 실무 책임자들이었고, 하절은 실무를 담당한 하급 관리나 서리, 혹은 土兵 등으로 구성되었다. 선화 사절단을 형성한 이들 네 종류의 그룹은 엄격한 禮的 계급을 이루고 있었다.

선화 사절단은 遼東을 경유하는 육로는 물론, 山東에서 한국으로 가는 북방 해로로 한국을 가시 못하고, 중국의 浙江 明州의 定海에서 출발하여 대양을 건너 한국의 禮成港으로 갔는데, 이는 북송과 고려 사이에 거란의 遼가 개재하였다는 특수한 상황으로 인한 불가피한 선택이었다. 宣和 사절단은 선화 4년(1122) 봄 3월에 황제가 사절단 파견을 명하였는데, 그 해 9월에 고려국왕 王俁(즉 睿宗)가 사망했다는 소식을 듣고, 그 다음 해인 선화 5년 봄 2월 18일에 서둘러 배를 장식하고 수리하여, 3월 14일에 배를 풀어 汴京(=開封)을 나갔으며, 5월 3일에 배가 四明에 머물렀다가, 16일에 神舟가 明州를 출발하여, 19일에 定海縣에 도달하였다. 선화 사절단은 선화 5년 5월 24일에 여덟 척의 배를 타고 차례로 출발했다. 6월 1일에 "華夷가 경계로 삼고 있던 곳"을 지나 한국의 경역으로 들어가서, 6일에 群山島에 이르러 고려인의 영접을 받고, 12일에 마침내 禮成港에 다다랐다. 선화 사절단은 고려로 갈 때는 남풍을 타고 가고, 중국으로 귀국할 때는 북풍을 탔는데, 갈 때는 3월 24일에 定海를 출발해서 순풍을 타고 19일 만인 4월 12일에 禮成港에 도착하였지만, 귀국할 때는 7월 15일에 예성항을 출발해서 역풍을 만나 42일 만인 8월 27일에 정해에 도착했다. 『고려도경』에 6권에 걸쳐 상세하게 기재된 '海道'의 여정은 전통시대의 물길을 통한 한국인과 중국인의 내왕을 이해하는데 더할 수 없이 귀중한 자료로 이용될 수 있다.

선화 사절단이 고려에 입국할 때부터 詔書의 전달, 祭奠과 弔慰, 表文 접수, 宴會 및 餞別 등에 이르기까지 使命을 수행하는 일체의 공식 과정이 엄정한 예규에 의해 진행되었다. 선화 사절단은 고려의 경내로 들어가기 전에 그 명단과 소개서를 고려 정부에 미리 보내주어야 했다. 사절단이 고려 경내로 들어가면 공식적 영접을 받기 전부터 이미 음식과 식수를 제공받았고, 群山島에 이르면 고려 接伴官의 遠迎狀과 사절단의 國王先狀, 고려국왕의 先書 등이 교환되었다. 선화 사절단이 禮成港에 다다르면 詔書를 받들고 상륙해서 碧瀾亭에서 일박한 뒤에, 수많은 의장대의 호위를 받으며 숙소인 順天館으로 들어갔다. 점쳐서 길일이 잡히지면, 선화 사절단은 조서를 앞세우고 왕성으로 들어가 고려 국왕에게 조서를 전달하였다. 조서를 授受하는 의례, 즉 宣命禮가 끝나면 사절단에 연회를 베푸는 엄숙한 燕禮가 뒤따랐고, 사절단이 객관으로 들어간 뒤에도 왕이 관리를 보내어 拂塵會라고 하는 연회를 베풀었다. 선화 사절단은 다시 날을 잡아 궁성으로 들어가서 祭奠과 弔慰의 의례를 진행하면서 황제가 직접 지은 祭文을 읽고 조문의 조서를 전달하였다. 그 뒤에 다시 좋은 날을 잡아서 고려 국왕이 송의 황제에게 보내는 表章을 전달하는 의례를 준행하였고, 拜表宴이 끝난 뒤에는 門餞 즉 전별식이 진행되었다. 선화 사절단은 이 외에도 사찰 등을 방문하며 직접 '咨詢'의 임무를 수행하기도 했는데, 이 일련의 과정은 모두 매우 엄격한 의례의 절차에 따라 이루어졌다.

선화 사절단은 사명을 수행하는 의전적 과정뿐만 아니라 한국에 체재하는 기간 내내 갖가지 방면에서 극진한 예우를 받았다. 우선 그 숙소의 격식과 제도가 장대하고 화려하여, 契丹이나 女眞의 사신을 맞는 거처와는 비교가 되지 않을 정도였다 하는데, 거란의 遼와 冊封-朝貢 관계를 맺고 북송과는 通使 관계만을 갖고 있었던 당시의 고려로서는 매우 파격적인 예우였다. 고려는 조정의 핵심적인 인적 역량을 총동원하여 북송 사절단을 영접하였으며, 성문과 전각의 이용도 宋使를 위해 특별히 배려하였고, 말과 수레, 기치, 복식, 기물 등도 송사를 위해 특별히 사용하였다.

선화 사절단에 대한 고려인의 각별한 의전적 배려와 극진한 각종 예우는 당시의 한중관계가 단순히 외교적, 제도적 관계만으로는 설명될 수 없음을 보여준다. 선화 사절단이 고려에 파견된 당시에는 북송과 고려 사이에 책봉-조공 관계가 단절되어 있었음에도 불구하고, 고려인들이 책봉-조공 관계를 유지하고 있던 거란의 遼보다 더 극진하게 북송 사절단을 예우하였음은 외교적, 제도적 관계를 넘어 중국과의 역사적, 문화적 관계를 중시하였음을 보여주는 사례라 할 수 있다. 『고려도경』에는 한국의 역사, 특히 중국과의 역사적 관계 및 한국의 문화, 특히 중국과의 문화적 관계에 관한 당시 중국인의 인식이 찬자 서긍의 관찰과 논평을 통해 잘 나타나 있다.

『고려도경』에 보이는 서긍 등의 한국 역사 인식에는 사실과 일치하지 않거나 정확하지 않은 내용이 적지 않게 포함되어 있다. 그 대표적인 예로서, 高句麗와 高麗를 동일한 국가로 간주하여 구별하지 못하거나, 渤海의 역사를 한국사에 포함시키는 대신 新羅와 百濟의 역사는 한국사에서 배제한 것을 들 수 있는데, 고려 국왕의 世系에 관한 기록도 잘못 된 부분이 자주 산견된다. 그럼에도 불구하고, 서긍 등 송대 지식인들의 한국사 인식은 매우 우호적이었는데, 그 까닭은 한국사의 시작이 箕子 朝鮮에서 비롯되었다고 생각했기 때문이다. 그들은 한국이 다른 나라들과 달리 箕子 이래 대대로 중국 국가와 冊封-朝貢 관계를 유지해 온 사실을 각별하게 기억하고 있었으니, 한중간의 전통적 책봉-조공 관계의 회복이라는 선화 사절단의 사명은 바로 이러한 기억에서 출발한 것이다.

한국 문화에 대한 서긍의 인식 체계도 한국 역사에 대한 그것과 크게 다르지 않았다. 한국사가 기자 조선에서 출발하였다는 사실이 서긍에게 우호적인 것으로 인식되었듯이, 한국 문화 역시 기자에 의해 중국화 되었다는 사실로 인해 서긍에 의해 적극적으로 평가되었다. 서긍은 중국적 문화의 외형 속에서 살아남은 한국 고유의 문화에 대해서는 신랄하게 비판하였으나, 고도로 중국화 한 한국 문화에 대해서는 매우 긍정적으로 평가하였는데, 이러한 한국 문화의 중국화가 기자의 전래뿐만아니라 宋朝에 의한 문화적 '施惠'의 결과로 이해되었다. 서긍이 기자 조선 이래로 한중간에 책봉-조공 관계가 지속되었음을 강조하였듯이, 기자 이래로 한중간에 문화 교류가 계속되어 한중 양국이 동질적 문화를 공유하고 있음을 누누이 강조한 것역시, 북송과 고려의 책봉-조공 관계를 회복시켜야 했던 선화 사절단의 사명에 논리적 당위성을 제공하려는 노력이었던 것으로 보인다.

『선화봉사고려도경』은 선화 연간에 고려에 다녀온 사절단에 上節 提轄官으로 참여한 徐兢이 귀국한 뒤에 황제에게 복명하여 보고한 문서의 일종이었다. 서긍이 이 책을 편찬한 일은 그 서문에서도 밝혔듯이 황제의 적극적 의지에 부응하는 것이기도 하고 사신 본연의 임무와 부합하는 것이기도 했다. 그는 이 보고서에서 중국과 긴밀한 관계를 유지한 한국의 역사와 '同文' 즉 동일한 문물을 중국과 공유하는 한국 문화의 성격으로 보아, "이제 北虜가 이미 멸망하였으니 고려가 곧 사신을 보내 正朔을 청할 것으로 보인다"(권40 同文 正朔)고 기대하였다. 유감스럽게도 실제로는 이 보고서의 예측과 달리 北宋이 곧 멸망하였고 고려는 이후 南宋과 외교적 관계를 장기간 단절하였지만, 서긍이 대표하는 宋人의 한국 역사와 문화에 대한 인식, 그리고 이러한 인식에 근거한 선화 사절단의 사명과 역할은 한중관계사의 한 독특한 측면을 보여주는 것이었다.

徐兢은 비록 높은 관직에 오르지는 못했지만, 문장과 글씨, 그림과 음악 등에 능통한 다재다능한 文學之士였다. 1091년부터 1153년까지 생존한 서긍의 자는 明叔이고 호는 自信居士로, 윗대는 福建의 建州 甌寧縣 사람이었는데, 할아버지 대에 和州 歷陽으로 옮겼고 본인 당대에 다시 蘇州 吳縣으로 옮겨 살았다. 그는 宋 초에 篆書를 잘 쓰고 그림을 잘 그려서 이름을 떨쳤던 徐鉉의 후손이요, 역시 篆書를 잘 쓰고 관직이 吏部侍郎과 龍圖閣學士에까지 오른 徐林의 동생이었으니, 서화로 명성을 날린 집안의 출신이었지만 본인의 타고난 자질이 본래 출중하였다. 그 고향의

지인 張孝伯이 쓴 「宋故尙書刑部員外郞徐公行狀」에 의하면, 그는 "章句學을 천하게 여겨, 고금의 전적을 섭렵해서 그 심오한 도리를 탐구하고 중요한 요점을 파악했는데, 아래로는 釋老와 孫吳, 盧扁 등의 책과 山經, 地誌, 方言, 小說 등, 무엇 하나 꿰뚫어 통달하지 않은 것이 없었다"고 한다. 서긍은 특히 詩歌에 능하였고, 그림에서도 일가를 이루었는데, 특히 산수화와 인물화를 아주 잘 그렸다고 한다. 장효백은 그의 "그림이 神品의 경지에 들었다"고 평가했다. 그러나 서긍의 가장 뛰어난 장기는 글쓰기였다. 특히 "篆籀에 있는 힘을 다 들여" 연마한 결과, 사람들이 그를 "騎省(즉 그의 선조 徐鉉)의 후신"이라고 할 정도로, "천하의 무거운 이름을 독차지했다". 장효백은 "천하에서 글쓰기에 대해 말하는 자들은 공을 마루로 여겼다"고 전한다. 그러나 서긍은 科擧에 필요한 章句學은 싫어했기 때문에, 높은 관직에 오르는 일에는 성공하지 못했다. 「행장」에 의하면, "나이가 18살이 되어 太學에 들어가서는 기예를 겨루어 여러 차례 높은 등급을 차지했지만, 큰 시험(즉 과거)에 응시해서는 번번이 실패했다. 지방의 미관을 전전하던 서긍이 송조의 중앙 정부로 진출할 수 있게 된 계기가 바로 高麗에 사신으로 다녀온 일이었다. 徽宗 宣和 6년(1124)에 고려가 조공하러 와서 글씨를 잘 쓰는 사람을 구해서 그 나라로 데리고 갈 수 있게 해 달라고 황제에게 청하였다. 그 뒤를 이어 給事中 路允迪을 보내 報聘하게 하였는데, 이때 서긍을 國信使의 提轄人船禮物官으로 삼았다. 이로 인해 서긍이 『高麗圖經』40권을 편찬하니, 황제가 札文을 보내 그 책을 올리도록 명했다." 휘종은 그 책을 보고 크게 기뻐하며 편전으로 불러서 대면하고, 同進士出身을 내려주고 知大宗正丞事로 발탁해서 掌書學을 겸임하게 하였다가, 尙書刑部員外郞으로 옮겼다고 한다. 그 뒤에 서긍은 정치적 사건에 연루되어 縣監으로 좌천되었다가, 台州의 崇道觀 일을 세 번 맡았다. 그는 그곳에서 채마밭 수십 畝를 가구어 '洗硯池'라고 이름 지었는데, 경치가 그윽하고 좋아서 江南에 알려졌다. 스스로 '自信居士'라고 부르면서, 제사하는 일을 맡아 한가롭게 물러나 지내다가, 紹興 21년(1151)에 歷陽으로 귀향하려 하였는데, 吳門에 다다랐을 때 병이 들어 세상을 떠났다. 그는 北宋 哲宗 元祐 6년(1091)에 태어나 南宋 高宗 紹興 23년(1153)에 일생을 마쳤으니, 향년 63세였다.

서긍이 작성한『선화봉사고려도경』은 正副 두 본이 만들어져서, 정본은 御府에 올리고 그 副本은 집에 보관하였다. 그러나 선화 6년(1124)에 어부에 진상된 정본은 그 3년 뒤에 일어난 '靖康의 變' 때 소실되었던 것으로 추량된다. 그리고 집에 보관한 부본도 정강의 변란 때 분실되었다. 그의 큰조카 徐蕆이 쓴「跋文」에 의하면, "靖康 丁未(1127)년에 같은 里에 사는 사람 徐周賓이 빌려가서 보았는데, 미처 돌려주기도 전에 도적들이 들이닥쳐서 책의 소재를 잃어버렸다"고 한다. 그 뒤 10년이 지나서 서긍이 江西 洪州에 갔을 때, 그곳에서 우연히 부본의 잔질을 발견하였지만, 그 중에 성한 곳은 단지 '海道'에 관한 2권뿐이었다. 서긍은 조카 蕆에게, "세상에 전해지고 있는 내 책은 왕왕 '圖'(그림)는 없어지고 '經'(글)만 남아있는데, 내가 이를 보충해서 그려 넣는 것은 어렵지 않지만, 끝내 해내지 못했구나"라고 하였다 하고, 知不足齋本의「발문」을 쓴 鮑廷博이 "송의 서긍이 편찬한『선화봉사고려도경』은 靖康의 변란을 당해 이미 그 그림을 잃어버렸다"고 한 것으로 보아, 이 책의『經』부분은 轉寫를 통해 일반에 '왕왕' 유통되고 있었고 그 출판은 처음부터『圖』는 상실된 채『經』만 판각되었음을 알 수 있다.

『고려도경』의『經』부분은 서긍이 죽은 지 13년 뒤인 南宋 孝宗 乾道 3년(1176)에 조카 徐蕆이 雲南 澂江郡齋의 仁和 趙氏 小山堂에서 처음 출간했다.「발문」을 쓴 포정박은 "또 高麗本이 있지만, 언제 출간했는지는 알지 못한다"고 했다. 아마도『고려도경』에 당연히 관심을 가진 고려인들이 轉寫本이나 澂江本 한 질을 수입해서 자국에서 출판하였던 것으로 보인다. 그러나 淸 乾隆 연간에 저명한 장서가로 활동한 포정박이 "양자 모두 볼 수가 없다"고 한 것으로 보아, 이미 청대에는 고려본은 물론이거니와 宋本 혹은 乾道本으로도 불리는 징강본도 세상에 널리 유통되지 못하였음이 분명하다. 포정박 당시에 널리 전해진 것으로는 明末에 浙江 海鹽에서 鄭休仲이 重刊한 판본이 있었지만, "그 사이에 탈락된 글자가 무릇 수천 자에 달하고, 제27권 또한 내용의 순서가 뒤섞여 읽을 수가 없어, 同里의 胡夏客이 鈔錄宋本과 대조하며 바로잡았지만, 역시 겨우 십 수 자만 교정했을 뿐이라"고 했다. 포정박은 장서가 매우 풍부해서 건륭 38년(1773)에 '四庫館'이 열리자 집에 소장하고 있던 善本 600여 종을 바쳤는데, 대부분이 宋元 시대의 舊籍으로 천하 獻書의 으뜸이었다고 한다. 그는 이처럼 방대한 장서를 校刻해서 건륭 58년(1793)에 『知不足齋叢書』를 출판했는데, 자신이 소장한 『고려도경』도 그 일부로 포함시켰다. 그의 증언에 의하면, "우리 집에서 소장하고 있는 것은 비록 繕寫가 정교하지는 않지만 비교적 잘 갖추어져서 결함이 없다. 그래서 鄭本과 대조하고 모아서 출간하여 세상에 내놓게 되었지만, 그 중에는 정본과 서로 다른 것도 있고 빠진 것도 조금 있다"고 한다.

鮑廷博은 知不足齋本 『고려도경』의 「발문」에서 "이에 옛 일에 널리 정통하고 집에 宋刻本을 소장하고 있는 이를 기다렸다가 틀린 곳을 바로잡고자 한다"고 기대했지만, 사실 그때 그가 보고 싶어 한 宋本, 즉 澂江本 『고려도경』은 청 황실의 장서각인 天祿琳瑯殿에 보존되고 있었다. 이로 인해 청조가 멸망한 뒤, 청 황실의 장서를 인수한 故宮博物院에서 중화민국 20년(1931)에 『天祿琳瑯叢書』를 발간하면서 澂江本 『고려도경』도 영인, 출판하고 중화민국 63년(1974)에 다시 영인, 출판함으로써, 『고려도경』이 비로소 세상에 널리 유포되게 되었다.

서긍과 『선화봉사고려도경』의 연구 성과로는 다음과 같은 논문이 있다.

金東旭, 「『高麗圖經』의 복식사적 연구 1－『高麗圖經』의 풍속사적 연구」, 『연세논총』 7, 연세대 대학원, 1970.
全海宗, 「『高麗圖經』에 보이는 玄菟郡에 대하여」, 『혜암유홍렬박사화갑논총』, 1971.
金榮胤, 「고려청자를 높이 평가한 서긍과 그의 저 『高麗圖經』」, 『월간문화재』, 1974.
민족문화추진회, 『국역 고려도경』, 민족문화추진회, 1977.
이화사학연구소, 「『高麗圖經』 색인」, 『이대사원』 14, 이화여자대학교 사학회, 1977.
吉熙星, 「고려시대의 승계제도에 대하여－특히 『高麗圖經』을 중심하여」, 『규장각』 7, 서울대 도서관, 1983.
尹以欽, 「『高麗圖經』에 나타난 종교사상－민간신앙을 중심으로」, 『동방사상논고』(도원유승국박사화갑논총), 1983.
韓永愚, 「『高麗圖經』에 나타난 서긍의 한국사체계」, 『규장각』 7, 서울대 도서관, 1983.
宋芳松, 「『高麗圖經』 소재 향악기의 음악사적 의의」, 『한국학보』 39, 일지사, 1985.
崔夢龍, 「『高麗圖經』에 보이는 器皿」, 『한국문화』 6, 서울대 한국문화연구소, 1985.
顧吉辰, 「徐兢和他的 『宣和奉使高麗圖經』」, 『東疆學刊』, 哲學社會科學版, 1987-3.
謙若逸之, 「『고려사』 方三十三步 및 『高麗圖經』 每一百五十步의 면적에 대하여」, 『孫寶

基박사정년기념한국사학논총』, 지식산업사, 1988.

朴慶輝, 「서긍과 『宣和奉使高麗圖經』」, 『퇴계학연구』 4, 1990; 『延邊大學學報』, 1988-7.

尹德仁, 「고려시대의 식생활에 관한 연구-『高麗圖經』을 중심으로」, 『관대논문집』 18, 1990.

祁慶富, 「『宣和奉使高麗圖經』의 판본과 그 원류」, 『書誌學報』 16, 한국서지학회, 1995.

祁慶富, 「『宣和奉使高麗圖經』版本源流考」, 『社會科學戰線』, 1996-3.

祁慶富, 「『高麗圖經』의 원양선대와 항해기술」, 『정신문화연구』 64, 한국정신문화연구원, 1996.

祁慶富, 「關于宋乾道本『宣和奉使高麗圖經』的幾個問題」, 『中國文化研究』, 1997-3.

李玉昆, 「『宣和奉使高麗圖經』與宋代的海外交通」, 『中國航海』, 1997-1.

朴京安, 「고려중기 서민들의 경제생활 소고-徐兢의 『高麗圖經』을 중심으로」, 『한국사의 구조와 전개(하현강교수정년기념논총)』, 2000.

臧健, 「송대 문헌 중의 고려사회-『宣和奉使高麗圖經』을 예로」, 『이화사학연구』 28, 2001.

김병인, 「『高麗圖經』 인물조에 나타난 '족망'과 고려중기의 정치세력」, 『전남사학』 19, 2002.

서긍, 조동원 역, 『고려도경』, 황소자리, 2005.

서긍, 『고려도경』, 서해문집, 2005.

昌彼得, 「跋宋乾道本宣和奉使高麗圖經」, 『故宮季刊』 10-1, 1975.

蔣復, 「景宋本宣和奉使高麗圖經序」, 『故宮季刊』 10-1, 1975.

程光裕, 「宣和奉使高麗圖經 考略」, 『史學彙刊』 12, 1983.

徐兢, 『宣和奉使高麗圖經』, 中華書局, 1985.

中吉功, 「宣和奉使高麗圖經の圖解の再現について」, 『韓國佛敎學 seminar』, 1986.

王德毅, 「徐兢宣和奉使高麗圖經的史料價值」, 『韓國學報』 7, 中華民國韓國學研究會, 1988.

徐兢 撰, 朴慶輝 標註, 『宣和奉使高麗圖經』(中文), 吉林文史出版社, 1991.

車今順, 「宣和奉使高麗圖經的史料價值」, 『延邊大學學報』, 1997.

祁慶富, 「關於宋乾道本宣和奉使高麗圖經的幾個問題」, 『中國文化研究』, 1997.

梁利, 「論徐兢與宣和奉使高麗圖經」, 『河南大學學報(社會科學)』, 1998.

孫希國, 「關于『宣和奉使高麗圖經』需要說明的幾個問題」, 『蘭台世界』, 2009-24.

『宣和奉使高麗圖經』

乾隆 58년,[1] 『知不足齋叢書』本[2]

(宋) 徐兢

서문

신이 듣기에, 天子(천자)[3]는 정월 초하루에 큰 朝會(조회)[4]가 끝난 뒤에 四海(사해)[5]의 圖籍(도적)[6]을 (궁궐의) 뜰에 벌여놓았다고 하고, 王(왕), 公

---

[1] 1793년. '건륭'은 淸 高宗의 연호.

[2] '知不足齋'는 청대 장서가로 유명한 鮑廷博이 書室 이름이고 『지부족재총서』는 포정박이 간행한 총서로, 모두 240冊에 이른다. 뒤에 그의 아들 鮑士恭이 續刊을 냈고, 光緖 연간에는 鮑廷爵이 『後知不足齋叢書』를 냈다. 수록된 내용은 주로 筆記類와 謾錄類다.

[3] '天子'는 天의 아들이라는 뜻으로, '天의 命'을 받아 天을 대신해서 '普天之下', 즉 '天下'를 다스린다는 天命觀에서 나온 말. 孟子의 '革命'論에 의하면, 天子가 德을 잃으면 '革命', 즉 天命이 바뀌는데, 천명이 바뀌어졌음은 民心의 소재를 통해 확인할 수 있다고 한다.

[4] 諸侯와 百官이 궁궐의 正殿 앞에 모여 天子에게 朝見하는 일.

(공), 侯(후), 伯(백)[7] 등 萬國(만국)[8]이 사방에서 모여들었다고 하는데, 이는 모두 헤아려 볼만한 까닭이 있다. 담당 관리가 (도적을) 보관하는 일은 특히 아주 엄격했고, 使者(사자)[9]의 직분 가운데서 이 일은 더욱 중요했다.

옛날 成周(성주)[10]의 職方氏(직방씨)는 천하의 지도를 관장해서, 그 邦國(방국)의 都鄙(도비)와 四夷(사이), 八蠻(팔만), 七閩(칠민), 九貊(구맥), 五戎(오융), 六狄(육적)[11]의 인민을 변별하여 그 利害를 두루 알았으며,[12] 行人(행인)[13]의 직분을 맡은 관리는 도로를 끊임없이 왕래하면서, 축하하거나 군대를 위로하는 일과 같은 종류의 다섯 가지 일들은 모두 빠짐없이 처리하였고, 태평이나 빈곤과 같은 종류의 다섯 가지 일들은 모두 분별하여 기록해서 왕에게 보고함으로써, (왕이) 천하의 실정을 두루 알게 하였다.[14] 外史(외사)는 이를 기록하여 四方의 志를 만들고,[15] 司徒(사도)는 이

---

5   고대 중국인의 '세계'에 대한 한 표현. '九州'나 '天下'와 비슷한 의미를 가졌다.

6   주로 地圖와 戶籍을 가리키는 말이다.

7   周代의 爵稱으로, 周와 冊封-朝貢 관계를 갖고 있던 城邑 국가 군주들의 제도적 칭호였다. '中國'인 周邦의 군주, 즉 天子는 '四國'인 여러 성읍 국가 군주들에게 公, 侯, 伯, 子, 男 등 이른바 五等 爵稱을 주거나 뺏거나 높이거나 낮추는 등의 조작을 통해 주변의 성읍 국가들을 통제하며 호령하였다.

8   과장된 표현이지만, 당시 성읍 국가들이 중원에 수없이 많이 존재하고 있었던 상황을 반영하고 있다.

9   '使者' 혹은 '使臣', '使人' 등은 모두 군주의 명령을 받아 군주 대신 지방이나 외국에서 군주의 의지와 권력을 실현하는 자를 말하는데, 보통 군주를 대신한다는 징표로서 '符節'을 사용하기 때문에 '使節'이라고 부르기도 한다.

10   西周의 정치적 중심인 洛邑에 대한 별칭. 周王이 거처한 鎬는 宗周라고 불렀다.

11   邦國은 성읍 국가들, 都鄙는 도읍과 그 주변, 夷는 中國의 동방, 蠻은 남방, 閩은 동남방, 貊은 동북방, 戎은 서방, 狄은 북방에 위치한 별개의 역사 공동체들을 가리킨 말인데, 각 역사 공동체들은 복수의 국가 혹은 정치체를 보유하고 있었기 때문에 四夷, 八蠻 등으로 표현되었다. 여기서 말하는 '四夷'의 뜻은 東夷, 西戎, 南蠻, 北狄 등 4方을 가리키는 후대의 '四夷' 개념과 다르다.

12   『周禮』 夏官 職方氏에 나오는 말.

13   길을 가는 사람이란 뜻으로, 使臣을 통칭하는 말로 쓰였다. 원래 周代에는 朝觀과 聘問을 관장하던 벼슬로 秋官에 속하였고, 漢代에는 大行令이라고도 했다.

14   『周禮』 秋官 小行人에 있는 구절.

15   『周禮』 春官 外史.

를 수집하여 지도를 만들며,[16] 誦訓(송훈)은 方志를 설명해서 살필 일을 알려주고,[17] 土訓(토훈)은 지도를 설명해서 토지에 관한 일을 알려주었다.[18] 이것이 바로 한 명의 존귀한 이가 九重(구중)[19] 깊은 곳에 거처하며 높이 팔짱을 끼고서도 마치 손바닥을 들여다보듯이 사방 만 리 먼 곳을 살필 수 있었던 까닭이다.

沛公(패공)[20]이 처음 關(관)[21] 안으로 들어갔을 때, 蕭何(소하)[22]가 홀로 秦의 圖書(도서)[23]를 수습하였는데, 천하가 평정된 뒤에 漢이 천하의 험한 요새와 호구 수를 다 알 수 있었던 것은 오로지 소하의 공 덕분이었다. 隋의 長孫晟(장손성)[24]이 突厥(돌궐)[25]에 갔을 때, 사냥할 때마다 그 국토에 대해 찬찬하고 자상하게 기록해 두었다가, 돌아온 뒤에 文帝에게 表文(표문)[26]을 올려 보고하였는데, 입으로는 (돌궐의) 형세를 설명하고 손

---

16 『周禮』地官 大司徒.
17 『周禮』地官 誦訓.
18 『周禮』地官 土訓.
19 겹겹이 싸여있는 궁중.
20 漢 高祖 劉邦이 沛에서 기병한 초기의 칭호.
21 關中의 동쪽 關門인 函谷關을 가리킨다. 골짜기가 상자 속처럼 깊고 험하다 해서 이름이 붙여진 함곡관은 중국의 山東 세력이 관중으로 들어가기 위해서는 경유하지 않을 수 없는 관문이다. 秦代에는 河南省 靈寶縣 서남쪽에 있었으나, 漢 武帝 때에 하남성 新安縣 동북쪽으로 옮겨졌다.
22 漢 高祖 劉邦과 함께 沛에서 기병한 漢의 건국 공신으로, 文事에 능하여 漢의 초대 丞相이 되었다.
23 지도와 호적, 문서 등을 가리킨다. 『漢書』권39 蕭何曹參傳에서, "高祖가 일어나 沛公이 되자, 소하는 일찍이 丞이 되어 일을 감독하였다. 패공이 咸陽에 이르렀을 때, 여러 장수들은 모두 다투어 금, 비단, 재물 등이 있는 창고로 가서 나눠가졌지만, 소하만 홀로 먼저 들어가 秦 丞相과 御史의 律令과 圖書를 거두어 보관했다. 패공이 천하의 험한 요새와 호구의 다소, 상하고 약한 곳, 백성의 어려움 등을 모두 안 것은 소하가 진의 도서를 얻었기 때문이다"라고 했다.
24 隋代 河南 洛陽 사람으로, 자는 季晟. 開皇 연간에 突厥의 침입을 막은 공으로 車騎將軍이 되었다.(『隋書』51)
25 6세기 중엽 알타이산맥 부근에서 일어나 북방 초원지대에 대 유목제국을 세운 나라의 이름. 隋代에 동서로 나뉘어지고, 唐代에는 그 羈縻府州 체제 하에 놓여 있다가, 回紇이 일어나자 그 일부로 병합되었다.
26 천자나 조정에 올리는 글의 한 양식.

으로는 산천을 그려 보여, 뒷날에 그 효험을 보게 했다. 따라서 輶軒(유헌)[27]을 타고 邦國(방국)[28]에 사신으로 가는 자는 圖籍(을 만드는 일)을 우선해야 할 일로 삼아야 할 것이다.

하물며 高麗는 遼東(요동)[29]에 있어, 侯服(후복)이나 甸服(전복)[30] 등 가까이 있는 제후국처럼 아침에 명을 내리면 저녁에 와서 바치게 할 수 있는 나라가 아니기 때문에, 圖籍을 만드는 것이 더욱 어렵다. 皇帝(황제)[31]는 하늘과 같은 덕택과 땅과 같은 왕업으로 萬國이 다 來朝하게 하였고, 高麗도 신묘한 배려를 받을 수 있도록 돌아보아, 더욱 어루만지고 위로했다. 이에 조정에서 (인재를) 가려 뽑아서 (그를 사신으로 고려에 보내) 위로하고 하사하게 하니, 그처럼 융숭한 은총과 두터운 예우는 이전에는 없던 것이었다.

그때 給事中(급사중)[32] 臣 允迪(윤적)[33]이 경전에 밝은 재주와 뛰어난 문장력으로 甲科(갑과)[34]에 합격하여 전부터의 명망을 드러내었고, 中書

---

27 천자의 사자가 타는 가벼운 수레.

28 나라, 혹은 국가라는 뜻이지만, 여기서는 '제후국'이라는 전통적 개념이 전제되어 있다.

29 '遼東'은 원래 '遼河의 동쪽' 혹은 '먼 동쪽 땅'이란 뜻을 갖고 있었는데, 戰國 시대에 遼東郡이 설치된 뒤부터 좁게는 요동군의 치소인 遼東城이나 요동군의 경역을 가리키기도 하고 넓게는 山海關 이동의 광역에 대한 범칭으로 사용되기도 했다.

30 고대 중국인의 세계관의 하나인 五服 관념에 의하면, 세계는 王畿를 중심으로 그 외곽에 甸服과 侯服, 賓服, 要服, 荒服 등 5服이 동심원을 이루고 있었다고 한다.(『書經』 禹貢; 『國語』 周語; 『史記』4 周本紀 등)

31 '皇帝'는 秦始皇이 중국을 통일한 직후에, 전 중국을 일원적으로 지배할 절대권력을 표현하기 위해 인위적으로 조작한 용어다. '天子'가 天命 관념의 소산이라면, '皇帝'는 천명 관념의 한계를 극복하기 위해 생산되었다.

32 궁정 안에서 복무한다는 뜻으로, 漢代에는 內朝를 구성하는 관직의 하나였다. 秦代에 加官으로 처음 설치되었고, 한대에도 가관으로 황제의 고문 역할을 맡았다. 宋代에는 門下省에 소속되어 중외의 出納을 담당하였는데, 만약 政令이나 人事에 문제가 있으면 封駁해서 바로 잡는 역할을 했다.

33 성은 路 씨. 1123년에 宋 徽宗이 고려에 보낸 國信使의 正使.

34 漢代의 察擧에서는 試題의 난이도에 따라 甲乙 2科로 나누었고, 唐代에는 科擧 明經을 甲乙丙丁 4科, 進士는 갑을 2과로 나누었으며, 宋代에는 進士科 등의 합격자를 몇 等, 혹은 몇 甲 등으로 나누어, 이른바 第一等이나 第一甲을 '甲科'라 부르고, 그

舍人(중서사인)[35] 臣 墨卿(묵경)[36]은 학문이 고명할 뿐만 아니라 행실도 뛰어났으며 충성과 효성을 힘써 지키고 일을 맡으면 어긋나지 않았기 때문에, 양자 모두 使命(사명)[37]을 받아 (고려로) 가게 되었으니, 이들이 使節(사절)[38]을 갖고서 일을 재량껏 처리함이 옛날에 이름을 떨쳤던 사신들보다 못하지 않았을 뿐만 아니라, 그 풍채와 명망이 조정의 위엄을 드높이고 外夷(외이)[39]의 눈과 귀를 압도하기에 충분했다. 그러나 사명을 받고 미처 떠나기도 전에, (고려) 왕 俁(우)[40]가 죽었다는 소식을 들었기에, 조문과 위로의 예를 수행하는 직분도 함께 띄고 가게 되었다.

臣은 어리석지만 외람되이 남의 빈자리를 이어 사절단의 말석에 합류할 수 있게 되었다. 중대한 일을 처리할 때는 수장의 뜻을 따르기만 하면 되지만, 사소해서 재량껏 처리할 수 있는 일[41]도 조정에서 그릇으로 여겨 맡긴 기대의 만 분의 일도 더 보태 갚기에는 부족하였다. 물러나 "널리널리 물어서 일을 꾀하리"라는 싯구[42]를 읊조리며 반성해보면, 이 「皇華(황화)」의 시에서 노래한 것은 두루 탐문하는 일이 바로 사자의 직분이라는 것이다. 이에 삼가 귀와 눈이 닿는 대로 많은 이야기를 널리

아래는 차례로 '乙科', '丙科'로 불렀다. 明淸 시대에는 進士를 甲科라 하고 擧人은 乙科라고 했다.

35 中書舍人은 晋代에 中書省에 설치해서 상주문을 올리는 일을 맡게 했고, 南北朝 시기에는 황제 명령을 출납하면서 정책 결정에 참여해서 사실상 재상의 권력을 행사했다. 宋代에는 조칙을 기초하고 정사와 인사의 잘못을 지적해서 바로잡는 역할을 맡았다.

36 성은 傅 씨. 국신사의 副使.

37 사신으로 가라는 명령, 혹은 사신으로 부여받은 임무.

38 漢代 이래로 황제의 명을 받들어 사신으로 나갈 때 사용한 징표. 漢代에는 손잡이의 길이가 8尺이었고 순 적색이었는데, 漢武帝 시기 戾太子 사건 이후 황색 旄牛毛를 덧붙였으며, 역대 왕조가 이 제도를 계승했다.

39 중국 밖에 있는 夷狄이란 뜻. 여기서의 '夷'는 이른바 '東夷'만을 가리키는 말이 아니라 '四夷', 즉 사방의 戎狄蠻夷를 총칭하는 말이다.

40 고려 睿宗의 본명. 예종의 치세 기간은 1105-1122년.

41 "小事則專達"(『周禮』)

42 『詩經』「小雅」皇皇者華. 사신을 파견하는 연회에서 노래됐던 시.

채집하여, 그 가운데 中國과 같은 것은 간추리고, 다른 것 300여 조목만 취해서 40여 券으로 정리했다. 물건은 그 형상을 그림으로 그렸고, 일은 이야기로 설명하여, 『宣和奉使高麗圖經』이라 이름 지었다.

신이 일찍이 崇寧(숭녕)[43] 연간에 王雲(왕운)이 찬술한 『鷄林志(계림지)』[44]를 보았는데, 처음으로 거칠게 설명한데다가 형상도 그려져 있지 않았다. 이번에 사신으로 갔다가 서로 견주어 헤아려서 보완한 바가 많았다. 이제 신이 저술한 『圖經』을 손으로 펼치고 눈으로 살펴보면, 멀고 먼 異域의 사물을 모두 눈앞에 모아 놓은 듯하니, 이는 '聚米(취미)'의 고사[45]를 흉내 낸 것이다. 그러나 옛날에 漢의 張騫(장건)은 月氏(월지)에 사신으로 나갔다가 13년이 지난 뒤에야 돌아와, 자신이 돌아다닌 나라의 지형과 물산을 겨우 설명할 수 있었다.[46] 그런데 신은 어리석어서 재주

---

43 宋 徽宗 年號. 1102-1106년.

44 『宋史』357 王雲傳에 의하면, "왕운은 進士가 되어 사신을 따라 高麗로 갔다 와서 『雞林志』를 찬술해서 바쳤다." 『계림지』는 지금 전해지지 않는다.

45 後漢 초에 馬援이 황제 앞에서 쌀을 모아 군사의 형세를 설명한 고사. 『後漢書』24 馬援傳에 의하면, "建武 8년에 光武帝가 친히 서쪽으로 隴囂를 정벌할 때 …… 마원이 외효의 장수들이 土崩의 형세에 놓여있어 군대가 진군하면 반드시 깨뜨릴 수 있음을 설명했다. 그리고 황제 앞에서 쌀을 모아 산과 계곡을 만들어 손가락으로 형세를 그려 보이니 …… 황제가 '적이 내 눈앞에 있구나'라고 했다"고 한다.

46 『漢書』61 張騫傳에 의하면, "장건은 漢中 사람으로, (武帝) 建元 연간에 郎이 되었다. 그때 匈奴에서 항복해 온 자가 말하기를, '흉노가 月氏王을 깨뜨리고 그 머리로 마시는 그릇을 만들었기 때문에, 월지는 도망간 뒤에도 흉노를 원망하고 있지만, 함께 흉노를 공격할 나라가 없다'고 했다. 漢은 바야흐로 胡를 멸망시키려 했던터라, 이 말을 듣고는 월지와 사신을 통하려 했지만, 월지로 가려면 반드시 흉노 땅을 지나가야 하기 때문에, 사자로 갈 자를 모집하였다. 장건은 郎의 신분으로 모집에 응해서 월지에 사신으로 가게 되었지만 …… 隴西를 나가서 흉노 땅을 지나가다가, 흉노에 잡혀서 單于에게 보내졌다 …… 선우는 장건을 10여 년이나 머무르게 하고 처를 주어 아들을 갖게 했지만, 장건은 漢의 符節을 간직하고 잃지 않았다. 흉노의 서방에 있다가, 장건은 그 가속과 함께 도망쳐서 월지로 갔다 …… 장건은 1년 여 머무르다가 돌아왔는데, 南山을 끼고 羌中을 따라 귀국하려다가 다시 흉노에 붙잡혔다. 1년여 머무르다가, 선우가 죽고 국내가 어지러워지자, 장건은 …… 다시 도망쳐서 한으로 돌아왔다 …… 장건이 직접 가본 곳은 大宛과 大月氏, 大夏, 康居 등이었고, 전해들은 그 이웃 대국들도 5, 6국이어서, 모두 천자를 위해 그 지형과 그 물산에 대해 이야기했다."

가 옛 사람에 미치지 못하는데다가, 高麗에 머무른 기간이 불과 1개월 정도밖에 되지 않았고, (고려가 신에게) 객관을 준 뒤에는 군사로 지키게 하였기 때문에 객관 밖으로 나간 것이 5, 6차례에 지나지 않았다. 또한 수레와 말을 달리게 하는 동안이나 주객이 술잔을 주고받으며 연회 하는 동안에 귀와 눈이 닿을 수 있었던 것이 13년이란 오랜 기간에 보고들을 수 있었던 것과는 같을 수 없다. 그러나 그 나라의 건립 과정과 정치 체제, 풍속과 사물 가운데 볼만한 것에 대한 정보를 대강이나마 얻을 수 있었기 때문에, 회화와 목차의 배열에 모두 포함시킬 수 있었다. 감히 박식을 과시하거나 허황한 일을 꾸며내어 황상의 귀를 더럽히려는 것이 아니라, 실제 정보를 수집하여 조정에 보고함으로써 사신의 책임을 조금이라도 면해보려 한 것일 뿐이다. 황상께서 御府(어부)[47]에 올리라 명하셨기에, 삼가 그 대강을 엮어서 서문으로 지었다.

宣和(선화) 6년[48] 8월 6일, 奉議郞(봉의랑)[49]
充奉使高麗國信所提轄人船禮物(충봉사고려국신소제할인선예물)[50] 賜緋魚袋(사비어대)[51] 臣
徐兢(서긍)이 삼가 서문을 쓰다

[52]작은 아버지[53]께서는 책을 御府에 올리고, 그 副本은 집에 보관하셨

---

47   황제의 물건을 넣어두던 곳집.
48   1124년. '宣和'는 北宋 徽宗의 연호.
49   宋代 宗正寺 소속의 벼슬.『文獻通考』宗止卿 소에 의하면, 송대 봉의랑은 漢代 宗正丞의 후신이다.
50   황명을 받들어 고려로 가는 國信使의 인원과 선박, 예물 등을 관장하는 관직에 충임되었다는 뜻으로, 앞으로는 '提轄官'이라 약칭된다. '國信所'란 宋代에 國信使에 관한 일을 주관하던 기관으로, 뒤에 國信司로 고쳤다. '國信使'는 송대에 국가의 사신을 이르는 말이었다.
51   緋衣와 魚符袋를 하사 받은 官階란 뜻으로, 비의와 어부대는 唐宋 시대 5품 이상 朝官의 복식이었다. '비의'는 홍색 관복을 말하고, '어부대'는 관리가 띠는 符契의 하나로서, 나무 또는 구리로 물고기 모양을 만들어 글을 새겨 나누어 가진 것이다.
52   이 글은 宋澂江本에서는 跋文으로 책 뒤에 위치해 있지만, 知不足齋本에서는 徐兢

다. 靖康(정강) 丁未(1127)년에 같은 里에 사는 사람 徐周賓(서주빈)이 빌려 가서 보았는데, 미처 돌려주기도 전에 도적들이 들이닥쳐서[54] 책의 소재를 잃어버렸다. 그 뒤 10년이 지나서 아버님[55]께서 江西(강서)[56]에서 漕運(조운)[57]을 맡아 洪州(홍주)[58]에서 머무르고 계셨기에, 작은 아버지께서 오셔서 문안하신 적이 있다. 이때 어떤 사람이 "郡에 북방의 의원 上宜生(상의생)[59]이란 이가 있는데, 그가 분명 이 책을 갖고 있다"고 해서 서둘러 찾아가 보았더니, 그 중에 성한 곳은 단지 '海道'에 관한 2권뿐이었다. 작은 아버지께서는 일찍이 (나) 葳(천)을 위해 말씀하시기를, "세상에 전해지고 있는 내 책은 왕왕 '圖'(=그림)는 없어지고 '經'(=글)만 남아있는데, 내가 이를 보충해서 그려 넣는 것은 어렵지 않지만, 끝내 해내지 못했구나"라고 하셨다. 아아, 관에 뚜껑을 덮으면, 일은 다 끝나는 법이다. 일단 이것이라도 板刻(판각)[60]해서 澂江郡齋(징강군재)[61]에 놓아두니, 뒷사람들 가운데 이를 살펴보는 이가 있기를 바란다.

乾道(건도) 3년[62] 夏至 일에 左朝奉郎(좌조봉랑)[63]

權發遣江陰軍主管學事(권발견강음군주관학사)[64] 徐葳(서천)이 쓰다

---

53 이 글을 쓴 徐葳의 仲父인 徐兢을 가리킨다.

54 金의 침공으로 北宋의 수도 汴京(開封)이 함락되고 徽宗과 欽宗 등 두 황제가 동시에 포로로 잡혀간 '靖康의 變'을 말한다. '靖康'은 북송 欽宗의 연호로, 1126년부터 1127년까지 사용되었다.

55 서긍의 형 徐林을 말하는데, 당시 서림은 江西轉運副使를 맡고 있었다.

56 隋唐 이전에는 長江 하류의 북쪽, 淮水 이남의 지역을 두루 이르던 말이었으나, 宋代 이후에는 장강의 중류와 하류의 남쪽 지역을 가리키는 말로 사용되었다.

57 배로 수로를 따라 양식을 운송하여 수도나 軍에 공급하는 것을 이르는 말이다.

58 隋代에 설치한 州로, 소재지는 豫章縣으로, 지금의 江西省 南昌市다.

59 宋澂江本에서는 '上官生'이라 했는데, '上官生'이 옳다고 생각된다. '上官'은 성이고, '生'은 儒生의 약칭이다.

60 송대에는 아직 활자가 발명되지 않았기 때문에, 책을 만들기 위해서는 板刻, 즉 글씨나 그림을 나무판에 새겨야 했다. '出版(板)'이나 '刊行'이란 말이 여기서 나왔다.

61 澂江郡은 지금의 雲南省 澂江縣에 소재하였고, 郡齋란 郡廳을 가리킨다.

62 1167년. '乾道'는 南宋 孝宗의 연호.

63 송대 諫官 품계의 하나.

제1권 국가의 건립〈建國〉

　신이 듣기에, 蠻夷의 군장들은 대개 속임수나 완력으로 스스로 자신을 높이고, 單于(선우)나 可汗(가한)⁶⁵과 같이 별난 이름이나 괴이한 칭호를 사용했지만, 그 가운데 칭찬할 만 한 것은 없다. 오직 高麗만은 箕子(기자)⁶⁶가 德을 베풀어 侯爵(후작)⁶⁷을 얻은 이래로, 그 후대에 차츰 쇠약해진 뒤에도, 다른 姓(을 가진 왕조)들도 여전히 漢(한)⁶⁸의 爵을 사용하여 대대로 그 지위를 누렸고, 위에는 안정된 왕권이 있고 아래에는 높고 낮은 질서가 있었기 때문에, 나라를 이어 대대로 전승하는 과정에 대해 기록할만한 것이 많다. 이제 삼가 여러 史書를 살펴, 그 역대 왕들(의 치적)을 차례로 서술하여 建國記를 짓는다.

첫 책봉〈始封〉

　高麗의 선조는 周 武王이 朝鮮에 책봉한 箕子 胥餘(서여)⁶⁹인데, 실제

64　'江陰軍에 임시로 파견되어 學事를 주관하는 관직'이란 뜻.
65　單于는 匈奴, 可汗은 突厥 등 북방 초원 유목민 국가 군주의 고유한 칭호였다.
66　殷 말에 살았다는 중국의 聖賢. 『尙書大傳』殷傳 洪範條에 의하면, "武王이 殷을 이긴 다음, 公子 祿父로 하여금 (그 社稷을) 잇게 하고 갇혀 있던 箕子를 풀어 주었으나, 기자는 周에 의해 석방되는 것을 원치 않아 朝鮮으로 갔다. 무왕이 이를 듣고 그를 조선에 冊封하였다" 하고, 『史記』38 宋微子世家에서는 "箕子는 紂의 친척이었다……紂가 淫佚하여 기자가 諫하였으나 듣지 않았다……武王은 기자를 朝鮮에 봉하였지만, 不臣하였다"고 했다.
67　商周 시대에 시행된 公, 侯, 伯, 子, 南 등 五等爵稱의 하나. 상주 시대의 오등작제는 '中國'인 商, 혹은 周라는 성읍 국가와 '四國'이라 불린 주변의 성읍 국가들 사이의 제도적 관계를 표현한 것으로, 양자 사이에는 冊封과 朝貢의 禮가 교환되었다.
68　여기서 말하는 '漢'이란 漢이라는 특정한 국가의 명칭이라기보다는 中國이라는 역사 공동체의 代稱으로 사용되었다.
69　'箕子'는 箕國에 봉해진 제후란 뜻이고, '胥餘'는 기자의 이름이다.

성은 子 씨다. 周代와 秦代를 거쳐 漢 高祖(고조) 12년(기원전 195년)에 燕人 衛滿(위만)이 亡命하여, 무리를 모아 상투를 틀고 (蠻夷의 옷을) 입고서, (주변의) 蠻夷를 복속시키며 朝鮮 땅을 침탈하여 왕이 되었다.[70] 子姓이 나라를 가진지 8백여 년 만에 衛氏(위씨)[71]가 (나라를 차지하게) 되었고, 위씨가 나라를 가진 것은 80년 정도였다.

이에 앞서 夫餘王(부여왕)[72]이 河神의 딸을 얻었는데, (하신의 딸은) 햇빛에 쬐여 감응해서 잉태하였다가 알을 낳았다. (알에서 태어난 아이가) 자라서는 활을 잘 쏘았다. 그곳에서는 활 잘 쏘는 것을 朱蒙(주몽)이라 하였기 때문에, 이름을 주몽이라 불렀다. 부여인은 그 태어난 과정이 기이해

---

70 『史記』115 朝鮮列傳에서는, "燕王 盧綰이 反하여 匈奴로 들어가자, 滿이 망명하여, 무리 천여 명을 모아 상투를 틀고 蠻夷의 옷을 입고서 동쪽으로 도망해서 …… 점차 眞番과 朝鮮의 蠻夷 및 옛 燕, 齊의 망명자를 役屬시켜 왕이 되었다"고 했고, 魚豢의 『魏略』(『三國志』 東夷傳 韓條 인용)에서도 "盧綰이 배반하여 흉노로 들어가자, 燕人 衛滿도 망명하여 胡服을 입고 동쪽으로 浿水를 건너 …… 망명자들을 유인하여 무리의 수가 점차 많아지자 ……(조선왕) 準을 공격하였다"고 했다.

71 『魏略』에서는 '衛滿'이라 했지만 『史記』 朝鮮列傳에서는 '滿'이라 했기 때문에, '衛'가 '滿'의 姓氏인지는 확인하기 어려운데도 불구하고, 『高麗圖經』처럼 '衛滿朝鮮'을 '衛氏' 왕조로 이해하는 경우가 있다. 위만조선에 대한 고전적 연구인 李丙燾의 논문도 그 제목이 「衛氏朝鮮興亡考」(『한국고대사연구』, 1976)라 되어있다.

72 『三國志』30 夫餘傳에 의하면, "부여는 長城의 북쪽, 玄菟郡으로부터 천 리 떨어진 곳에 있었다. 남으로는 高句麗, 동으로는 挹婁, 서로는 鮮卑와 접하였고, 북쪽에는 弱水가 있었으며, 사방의 넓이가 2천여 리에 달하였다. 戶數는 8만이었고, 그 사람들은 토착 생활을 영위하였다." 부여와 고구려의 긴밀한 來源 관계에 관해서는 『三國史記』32 祭祀志에서 고구려에는 "神廟가 두 곳 있었는데, 하나는 夫餘神으로 나무를 조각하여 부인의 상을 만들었으며, 둘은 高登神으로 시조 夫餘神의 아들이라고 하였다"는 기사를 통해서도 알 수 있다. 그러나 부여와 고구려는 그 구성 성분이 본질적으로 다르다. 『삼국지』 부여전에서 부여왕이 사용한 도장의 "印文에 '濊王之印'이라 했다. 그 나라에 옛 성 하나가 있어 濊城이라 부르는데, 대체로 원래 濊貊의 땅이었으며, 부여왕이 그곳에 있었다"고 하였듯이, 부여는 濊人으로 구성된 국가였다. 이에 비해, 『後漢書』85 고구려전에서 "句驪는 일명 貊이라고 부르는데, 별종이 있다. 小水에 의지해서 살아가는 이들은 小水貊이라고 불렀다"고 하고, 『삼국사기』13 高句麗本紀 1에서 "서쪽으로 梁貊을 정벌하여 그 나라를 멸망시켰다"고 하였듯이, 초기의 고구려는 貊人으로 구성되었다. '濊'와 '貊'은 원래 별개의 역사공동체였으나, 고구려와 부여의 병합 등으로 인해 후에는 점차 융합되어 흔히 '濊貊'으로 연칭되었다.

서 상서롭지 못하다 하여, 그를 제거하도록 청했다. 주몽은 두려워서 도망하였는데, 큰 강을 만났으나 다리가 없어 도저히 건널 수 없게 되었을 때, 가지고 있던 활로 강물을 치면서 주문을 외니 물고기와 자라들이 물 위로 떠올라서, 그것을 타고 건널 수 있었다. 紇升骨城(흘승골성)[73]에 다다라 그곳에 머무르면서 스스로 高句驪(고구려)[74]라 부르고, 그로 인해 '高'로 성씨를 삼았으며 '高驪'를 나라의 이름으로 삼았다. 모두 5部가 있어, 消奴部(소노부)〈鄭刻에서는 아래 4部에 각각 '日'자가 있다〉, 絶奴部(절노부), 順奴部(순노부), 灌奴部(관노부), 桂婁部(계루부)라 하였다.[75]

漢 武帝(무제)가 朝鮮을 멸망시키고 高麗를 縣으로 삼아 元菟郡(원도군)에 속하게 했다.[76] 그 군장에게는 鼓吹(고취)와 伎人(기인)[77]을 내려 주었더니, 항상 郡에서 朝服(조복)과 衣幘(의책)[78]을 받아갔고, 縣令이 그 名

---

73 『三國遺事』 1 紀異 2에서는 "天帝가 紇升骨城에 내려와 五龍車를 타고 도읍을 세우고 왕이라 칭했다. 국호는 北扶餘라 하고, 스스로 이름을 解慕漱라 칭했다"고 했다.

74 '高句驪'는 맥인 사회의 토착어를 한자로 표현한 것으로, '高句麗'로 기록되기도 했지만, 고대 중국의 독특한 華夷 관념에 의해 夷狄의 국가 이름을 짐승의 이름이나 좋지 않은 뜻을 가진 글자로 표기하는 관행에 따라 '高句驪'라 표기되었다. '高麗' 혹은 '高驪'로 기록되기도 했다.

75 『三國志』 30 高句麗傳에 의하면, "본래 5族이 있어 消奴部, 絶奴部, 順奴部, 灌奴部, 桂婁部 등이 있었는데, 본래 연노부가 왕이 되었으나, 차츰 쇠약해져서 지금은 계루부가 그것을 대신하였고 …… 절노부는 대대로 왕과 통혼하여 古鄒의 칭호를 더하였다"고 한다.

76 元菟郡은 玄菟郡을 말한다. 여기서 '屬'했다 함은 漢代 특유의 '內屬' 체제를 가리킨다. 한대에는 夷狄의 인구와 땅이 漢의 郡縣 안으로 편입되는 것을 가리켜 '內屬'이라 했지만, 夷狄을 '내속'시킨 한의 邊郡(外郡)에서는 內郡, 즉 中國과 달리 명실상부한 군현 지배가 관철되지 못하였다. 즉 형식상으로만 이적의 거주지에 한의 변군이 설치되었을 뿐, 실제로는 인두세나 병력, 요역 등을 착취하지 못하였고 한의 법률이 적용되지도 못하였다. 단지 그 지역의 군장들을 '冊封'하고 '朝貢'을 받을 뿐이었다. 고구려는 현도군 뿐만 아니라 혹은 遼東郡에 '屬'하기도 하고 혹은 樂浪郡에 '속'하기도 했는데, 그 선택권은 고구려에 있었다.

77 '鼓吹'는 북과 피리 등으로 구성된 악대, '伎人'은 광대나 배우 등을 가리키는데, 고취와 기인은 대체로 한데 어울려 고대 중국의 '樂'을 구성하여, 궁중에서 연주되기도 하고, 혹은 夷狄의 군주에게 하사되기도 했다.

78 '朝服'이란 조정에서 관리가 입는 관복, '衣幘'이란 의복과 모자를 말하는데, 책봉을 받으면 조복과 의책을 받게 되기 때문에, 이 기사는 당시의 고구려가 漢과 책봉-조

籍(명적)[79]을 주관하였다. 그러나 그 뒤에 차츰 교만해져서 다시는 郡에 가지 않고, 동쪽 경계 상에 작은 성을 쌓고 해마다 그것을 받았다.[80] 이로 인해 그 성을 이름 하여 幘溝漊(책구루)라고 하였는데, 溝漊란 高麗에서 城을 가리켜 부르는 말이다.[81] 이때에 처음으로 왕을 칭하였다. 王莽(왕망)[82]이 그 군사를 징발하여 匈奴(흉노)[83]를 정벌하려 했지만, (고구려 군대가 도우러) 오지 않았기 때문에, 王을 侯로 격하시켰다. 이로 인해 고구려 인은 더욱 (빈번하고 격렬하게) 변방을 침공했다.

(後漢) 光武帝(광무제)가 (漢 왕조를) 中興하자,[84] 고구려는 변방의 관리를 보냈다. 建始(건시) 8년[85]에 사자를 보내어 來朝(내조[86]했다. 이에 王號를

공 관계에 있었음을 보여준다.

79 '名籍'이란 성명과 신분 등을 적어놓은 대장을 말한다. 『後漢書』 85 고구려전에서, "武帝가 朝鮮을 멸망시키고 高句麗를 縣으로 만들어 玄菟郡에 속하게 하고 鼓吹伎人을 하사했다"고 하였듯이, 고구려는 현도군의 일개 현인 '高句麗縣'으로 편입되었기 때문에, 그 '名籍'을 고구려현의 縣令이 관리한 것은 당연한 일이다. 그러나 "뒤에 차츰 교만해져서 郡에 가지 않았다"고 하였듯이, 고구려인이 현도군 고구려현의 현령에 의해 직접 관리된 기간은 매우 짧았을 것이다. 적어도 前漢이 끝나기 전에 고구려의 군장은 한의 황제에 의해 '王'으로 책봉 받았고, 그 인민을 직접 지배했다.

80 夫餘와 漢의 관계도 고구려와 한의 관계와 같았다. 『三國志』 30 고구려전에 의하면, "漢代에 夫餘王은 장례를 지낼 때 玉匣을 사용했는데, 항상 미리 玄菟郡에 맡겨 두었다가, 왕이 죽으면 가져가서 장례를 지냈다. 公孫淵이 멸망되었을 때, 현도군의 창고에는 여전히 옥갑 한 구가 있었다." 玉匣은 한대에 제후왕이 장례를 지낼 때 사용한 옥으로 만든 壽衣를 말하니, 이 기사는 당시의 부여가 한과 책봉-조공 관계에 있었음을 시사한다.

81 『三國志』 30 高句麗傳의 기사가 그대로 轉載되었다.

82 漢의 외척으로 輔政하다가, 기원전 9년에 前漢을 멸망시키고 新이라는 왕조를 창건하였다. 왕망은 王田策이라는 토지 정책을 실시하다가 豪族들의 저항을 받았고, 匈奴 등 군장들의 印章 문자를 바꾸어 일원적 세계질서를 확립하려다가 夷狄의 공격을 받아, 기원후 23년에 패망하였다.

83 기원전 戰國 시대부터 長城 이북 초원 유목 지역에서 군림한 국가의 명칭이자, 역사 공동체의 명칭이기도 하다. 중국이 秦 始皇에 의해 통일되었을 때는 오르도스(河套) 지역에서 퇴각했으나, 중국이 漢에 의해 지배되었을 때는 長城을 기점으로 하여 漢과 더불어 세계를 양분하는 帝國으로 세력을 떨쳤다.

84 光武帝 劉秀가 기원후 25년에 漢 왕조를 다시 일으킨 것을 말하는데, 이후 220년에 멸망할 때까지 존립한 漢을 後漢이라고 하고, 前漢(西漢)이 長安(西安)에 도읍을 정한 데 반해 後漢은 山東의 洛陽에 도읍을 정했기 때문에 東漢이라고도 한다. .

회복시켜,[87] 外藩(외번)[88]으로 삼았다. 安帝(안제) 시기(107-125) 이후에는 部(부)[89]의 무리가 번성하여, 비록 간혹 약탈할 때도 있었지만 곧 다시 와서 복종했다. 처음에는 消奴部에서 왕이 되었으나, (소노부가) 쇠퇴한 뒤에는 桂婁部가 그 역할을 대신했다. 왕 宮(궁)[90]은 태어날 때부터 눈을 떠서 볼 수 있었기 때문에, 國人들이 이를 싫어했다. 그는 성장한 뒤에 힘이 세고 용맹했다. 和帝(화제) 때[91]에 빈번하게 遼東(요동)[92]을 노략하였다. 왕위가 伯固(백고)[93] 때까지 전해지다가, 백고가 죽었을 때 두 명의 아들이 있었는데, 장자인 拔奇(발기)〈鄭刻에서는 '者'자가 있다〉란 이가 不肖(불초)[94]하여, 나라 사람들이 차남인 伊夷模(이이모)[95]를 왕으로 세웠다.

漢 말에 公孫康(공손강)[96]이 이이모를 그 나라의 丸都山(환도산)[97] 아래

---

85 '建始'는 建武의 誤記, 건무 8년은 기원후 32년.

86 '來朝'는 '入朝'와 같은 뜻으로, 중국으로 들어와서 朝賀 혹은 朝貢, 朝覲한다는 의미를 갖는 말이다. '내조'는 '冊封'과 인과, 혹은 표리 관계를 갖는다. 내조는 책봉의 주체를 승인하는 과정이고, 책봉은 내조의 주체를 승인하는 과정이다. 이 두 과정이 동시에 이뤄짐으로써 책봉-조공 관계가 성립된다.

87 『三國志』 30 고구려전에서는 고구려는 "新 대에 侯國이 되었는데, 漢 光武 8년에 고구려 왕이 사자를 보내어 朝貢하고 비로소 王을 칭하게 되었다"고 하였지만, 『後漢書』 85 고구려전에서는 "建武 8년에 高句驪가 사자를 보내 조공하니, 光武帝가 그 王號를 회복시켰다"고 했으니, 고구려는 王莽 이전부터 왕을 칭하였음이 분명하다.

88 '外藩'이란 '外臣'을 말한다. '藩'이란 울타리란 뜻으로, 天子의 울타리 역할을 하는 제후국을 '藩國'이라고 한다. 그러나 '외번'은 '內諸侯'와 달리 中國 밖에서 독립성을 유지한 채, 중국의 국가와 책봉-조공 관계를 갖고 있던 국가를 말한다.

89 '部'란 長城 이북의 역사공동체들에 관한 사료에서 흔히 볼 수 있는 말로서, 鮮卑 慕容部라든가, 고구려의 5部, 契丹 8部, 鞜鞨 7部 등이 그것으로, 部族이나 國家 개념과는 구별되는 독특한 공동체 개념이다.

90 太祖王의 이름.

91 서력기원 89-104년.

92 여기서 말하는 '遼東'은 광의의 요동을 가리키는 것이 아니라, 협의의 요동, 즉 遼東郡이나 遼東城을 가리킨다.

93 新大王의 이름.

94 자식이 어버이를 닮지 않았다는 뜻으로, 재능이 없어 소임을 감당하지 못하는 사람을 이르는 말이다.

95 故國川王의 이름.

96 公孫度의 아들. 漢 靈帝 中平 6년(189)에 公孫度이 遼東太守가 되어 요동의 중심부

에서 격파하니, 나라 사람들이 그 아들 位宮(위궁)[98]을 세웠다. 위궁도 용기와 힘이 있고 말타기를 좋아했다. 그 할아비 宮이 태어나면서 볼 수 있었는데 지금의 왕도 그러하다고 해서, 句驪 사람들은 서로 비슷한 것을 가리켜 '位'라고 했기 때문에, 이름을 位宮이라 했던 것이다. 魏의 장수 毋丘儉(관구검)[99]이 그를 쳐서 肅愼(숙신)[100]〈今上의 御名, 孝宗의 諱가 '愼'이다〉까지 다다라, 돌을 새겨 공을 기록하고 돌아왔다.[101] 위궁의 5대 손자인 劉(유)[102]는 晋 永嘉(영가)[103] 중에 遼西(요서)[104]의 鮮卑(선비)[105] 慕容

를 지배한 이후, 그 지위가 아들 康과 恭, 손자 淵까지 계승되다가, 魏 明帝 景初 2년(238)에 司馬懿에 의해 멸망될 때까지 모두 4대 50여 년 간, 公孫氏가 遼東의 중심부를 장악했다. 공손씨는 漢人이지만, 요동 토착의 한인으로, 중국의 漢, 魏 등과 사실상 독립적인 왕국을 운영했고, 그로 인해 요동 방면의 夷狄은 모두 그 세력권 아래에 놓여있었다. 이에 대해『三國志』30 東夷傳 서문에서도, "公孫淵은 父祖 3대를 이어가며 遼東을 가졌다. 천자는 그곳이 絶域이라 하여, (그에게) 海外의 일을 위임하였다. 이에 드디어 東夷가 격절되어 諸夏와 통하지 못하게 되었다"고 하였다.

97   遼寧省 輯安縣 북쪽에 있는 산으로, 長壽王 15년(427)에 平壤으로 수도를 옮길 때까지 고구려의 수도가 있던 곳이다.『新唐書』地理志에 의하면, "압록강 하구에서 배로 백여 리 가서 작은 배로 강물을 거슬러 동북으로 30리 올라가면 泊汋口에 이르러 渤海의 경역에 다다르고, 다시 5백 리를 거슬러 올라가면 丸都縣城에 이르는데, 옛 高麗王의 도읍이다"라고 했다.

98   山上王의 이름.

99   삼국시대 魏의 河東 사람으로, 자는 仲恭. 벼슬은 明帝 때 尙書郞과 荊州刺史 등을 지내고 列侯에 봉해졌다. 正始 연간에 고구려를 침공해서 공을 세웠으나, 司馬 씨의 專政에 저항하다가 죽었다.(『三國志』28)

100 商周 시대부터 黑龍江과 松花江 유역에 존속해온 역사공동체의 이름으로, 漢代에는 挹婁라 하고, 그 이후에는 勿吉, 靺鞨, 女眞, 滿洲 등으로 불려졌다.

101 244년에 魏의 幽州刺史 毋丘儉이 고구려를 침공해서 丸都城을 점령했을 뿐만 아니라 국왕(東川王)을 동해안까지 추적하고, 환도성과 東濊에 두 개의 기념비를 세웠는데(『삼국지』30 沃沮傳), 그 중의 하나가 1905년에 輯安 부근에서 발견되었다.

102 故國原王의 이름.

103 懷帝 시의 年號, 307-312년.

104 遼河의 서쪽 지역이란 뜻으로, 지금의 遼寧省 서부를 가리키는 말이지만, 시대에 따라 일정하지 않았다. 이곳에는 전국시대부터 遼西郡이 설치되어 있었다. '遼西'는 '遼東'과 대비되는 말이면서, 아울러 '遼東'의 범주에 포함되는 말로도 쓰였지만, 여기서는 전자의 의미로 사용되었다.

105 東胡의 별종으로, 漢代부터 大興安嶺 북부 일대에 분포해 있던 역사공동체로, 한말부터 대흥안령 남부의 烏桓과 함께 남하해서 五胡十六國 시대의 한 주역이 되어, 여

廆(모용외)[106]와 이웃하였는데, 瘣가 제압하지 못했다. 康帝(강제)[107] 建元
(건원)[108] 초에 瘣의 아들 皝(황)[109]이 군사를 이끌고 그를 정벌하여 대패
시켰으나, 그 뒤에 百濟에 의해 멸망되었다.[110] 그 후 慕容寶(모용보)[111]는
그 왕 高安(고안)[112]을 平州牧(평주목)[113]으로 삼았다. 그 손자[114]인 璉
(연)[115]은 義熙(의희)[116] 중에 長史(장사)[117] 孫翼(손익)을 보내어 赭白馬(자백
마)[118]를 바쳐, (東晉 安帝는 그를) 營州牧(영주목)[119] 高麗王 樂浪郡公으로

러 燕國과 魏國을 건립하였다.

106 鮮卑의 일파인 慕容氏가 세운 前燕의 武宣帝. 묘호는 高祖. 西晉 永嘉 초에 鮮卑大
單于라 자칭하였고, 太興 초에는 遼東公에 봉해졌다.(『晉書』108)

107 東晉의 4대 황제로, 치세기간은 기원후 342-344년.

108 343-344년.

109 前燕의 文明皇帝. 瘣의 셋째 아들로, 자는 元眞, 묘호는 太祖. 모용외로부터 遼東公
을 이어 받고 晉 咸康 3년(333)에 燕王에 즉위하여 龍城으로 천도했다.(『晉書』109)

110 慕容廆가 세운 前燕은 370년에 前秦 苻堅에 의해 멸망되었다(『資治通鑑』102「晉
紀」24 海西公 太和 5年條). 百濟에 의해 멸망되었다는 착오가 어디에 기인한 것인
지는 확인하기 어렵지만, 이른바 '百濟遼西占有說'과 관련되었을지도 모른다.『宋書』
97 東夷傳에서 "그 후 고구려가 遼東을 略有하고 백제가 遼西를 약유하였는데, 백제
가 다스린 곳을 晉平郡 晉平縣이라고 한다"고 하였는데, 요서 지방은 당시 鮮卑 慕
容氏에 의해 지배되고 있었던 곳이다.

111 鮮卑 後燕의 惠愍帝. 후연을 세운 慕容垂의 넷째 아들로, 치세 기간은 396-398년이
고, 묘호는 烈宗. 모용수가 죽은 뒤에 즉위하였다가, 재위 3년에 피살되었다.

112 廣開土王의 이름.

113 晉代에 昌黎, 즉 遼寧省 朝陽 일대에 둔 州의 장관. 평주는 前燕 때는 襄平에 있었
고, 後燕 때는 다시 창려에 있었다.

114 아들의 誤記.

115 長壽王의 이름.

116 東晉 安帝의 연호, 405-418년.

117 '長史'는 고대 중국 幕府의 최고위 幕僚 지명이다. 고구려 왕이 중국에 세워진 국가
들의 군주로부터 將軍 號를 받았기 때문에, 이론상 幕府를 개설하게 되고, 일개 將
軍의 신분으로 사신을 파견할 때, 그 사신의 직책은 長史 등 막료 직이었다.『梁書』
54와『北史』94 고구려전에 의하면, "後燕의 慕容垂가 죽고 아들 寶가 즉위하여, 句
麗王 安(廣開土王)을 平州牧으로 삼고 遼東帶方二國王으로 봉했다. 安은 처음으로
長史, 司馬, 參軍官을 설치했다." 이 기사에 표현된 책봉 내용에는 將軍 직명이 생략
되었다.

118 붉은 털과 흰 털이 섞인 준마를 말한다.

119 산동반도에 있었던 州의 장관. 北魏 때는 요녕성 朝陽 일대에 있었다.

삼았다.[120] 璉의 7대 손 元(원)[121]은 隋 文帝(문제)[122] 때에 靺鞨(말갈)[123]을 이끌고 遼東을 침공했다. 唐 太宗(태종)[124] 때에 그 東部의 大人인 蓋蘇文(개소문)[125]이 잔학무도하여, 황제가 친히 정벌하여 遼海(요해)[126]에 위세를 떨쳤다. 高宗(고종)[127]도 李勣(이적)[128]에게 명해 고구려를 토벌, 평정하게 하여, 그 왕 高藏(고장)[129]을 포로로 잡고, 그 땅을 찢어 郡縣으로 만들었다. 安東都護府(안동도호부)를 平壤城에 세우고 군대를 주둔시켜 지키게 했다.[130]

---

120 『宋書』97과 『南史』79 고구려전에서는, "고구려왕 高璉(長壽王)이 東晋 安帝 義熙 9년(413)에 長史 高翼을 보내 奉表하고 赭白馬를 바쳤으므로, 璉을 使持節 都督營州 諸軍事 征東將軍 高句麗王 樂浪公으로 삼았다"고 했다. 따라서 '孫翼'은 '高翼'의 誤記이고, 책봉 내용에는 '정동장군' 등이 생략되었다.

121 嬰陽王의 이름.

122 隋를 건국한 楊堅의 廟號. 치세 기간은 581-604년.

123 遼東 동부에 위치한 肅愼系 역사공동체. 周代의 肅愼과 漢代의 挹婁, 南北朝 시대의 勿吉 등을 이었고, 宋, 明 시대의 女眞과 淸代의 滿洲를 낳은 모태. 그러나 이들 숙신계의 여러 역사공동체들은 시대에 따라 이름만 바뀌어진 것이 아니라, 주변의 다른 공동체와 융합하여 확대 발전한 것이다. 靺鞨은 원래 "그 部가 7종 있었는데, 그 중 粟末部는 고구려와 인접하였고 …… 黑水部가 가장 강력하였으며,"(『北史』94 勿吉傳) "白山部는 평소에 高麗에 부속해 있었다."(『舊唐書』199 靺鞨傳)

124 唐朝의 사실상 건국자인 李世民의 廟號. 치세 기간은 627-649년. 중국에서는 이른바 '貞觀之治'로 영웅시된 인물이다.

125 성은 淵. 『三國史記』 등에서는 당 高祖 李淵의 이름을 避諱하기 위해 "泉蓋蘇文"이라 기술하기도 했다. 榮留王과 정적들을 죽이고 大莫離支로 정권을 장악하여 독재하고, 唐에 대해 사신을 구속하는 등 강경 정책을 고수하여 당군의 침입을 여러 차례 초래했다. 645년에 당 太宗은 직접 대군을 이끌고 연개소문이 "군주를 시해하고 백성을 학대했다"는 명분으로 고구려를 침공, 요동의 중심인 遼東城 등을 함락시켰다.

126 遼東의 별칭.

127 당 태종의 아들. 치세 기간은 650-683년.

128 원래 성은 徐 씨였으나 高祖의 신임을 받아 李 성을 하사 받고 英國公에 봉해졌다. 太宗과 高宗 조에서는 幷州都督과 尙書左僕射에까지 올랐다. 645년과 666년, 두 차례에 걸쳐 遼東道行軍大總管으로 고구려를 침공, 668년에 멸망시킨 당의 명장.(『舊唐書』67; 『新唐書』93 李勣傳)

129 寶藏王. 642년에 즉위하였으나, 668년에 고구려 패망과 동시에 당의 포로가 되어 중국으로 끌려갔다.

130 『舊唐書』4 高宗本紀에 의하면, "總章 원년(668)에 司空 英國公 李勣이 高麗를 깨뜨리고 平壤城을 함락시키고, 그 왕 高藏과 그 대신 男建 등을 잡아 돌아왔다. (고구

그 뒤 武后(무후)[131]가 장수를 보내어 그 군주 乞昆狒(걸곤우)를 쳐서 죽이고 그 군주 乞仲象(걸중상)을 세웠다. 그러나 걸중상도 병으로 죽고, 중상의 아들 祚榮(조영)이 즉위하였는데, (조영은) 그 무리 40만을 거느리고 桂婁(계루)[132]에 웅거하면서 唐에 신하를 자칭하며 복속했다. 中宗(중종)[133] 때에 忽汗州(홀한주)를 설치하고 조영을 都督(도독),[134] 渤海郡王(발해군왕)[135]으로 삼았다. 그 뒤부터 마침내 渤海(발해)라 칭했다.[136] 처음 藏

려) 경내가 모두 항복했다. 그 城은 170, 戶는 69만 7천이었는데, 그 땅으로 安東都護府를 만들고 42州를 나누어 설치했다."『구당서』199 高麗傳에서는, "그 땅을 나누어 都督府 9, 州 41, 縣 100개를 설치했다. 또 安東都護府를 두어, 이를 통할케 했다"고 했다. 당대에는 夷狄의 거주지에 羈縻都督府와 羈縻州縣 등을 설치해서 '故俗'에 의한 '自治'가 이뤄질 수 있도록 했는데, 都護府는 이들 기미도독부 등을 통할하기 위해 설치된 기관이다. 그래서 고구려를 멸망시킨 뒤에도, "그 추장들을 기용하여 都督과 刺史, 縣令 등으로 삼고, 將軍 薛仁貴에게 명해서 군사 2만으로 安東府에 주둔하게 했다."(『舊唐書』38 地理志) 그러나 안동도호부는 설치된 지 몇 년 지나지도 않아, 大非川 전쟁의 패배와 고구려 유민의 저항 등으로 인해 676년에 遼東郡 古城으로 옮긴 뒤부터 사실상 그 기능을 상실하였다.(『新唐書』39 지리지)

131 중국 역사상 유일무이한 여자 황제로서, 일시 唐 왕조를 중단시키고 周라는 왕조를 창건했다. 흔히 則天武后라고 부르는데, 이는 高宗의 황후였기 때문이다. 치세 기간은 684-705년.

132 宋澂江本에는 '挹婁'라고 되어있다. '桂婁'라면 고구려의 5部 가운데 하나인 桂婁部가 있던 곳을 말하고, '挹婁'라면 漢代에 요동 동부에 있었던 肅愼系의 옛 땅을 가리킨다. 『舊唐書』199 渤海靺鞨傳에서는 "桂婁의 故地"라고 했고 『新唐書』219 渤海傳에서는 "挹婁의 東车山"이라고 했다.

133 唐의 4대 황제로서, 치세 기간은 684-709년.

134 원래는 군대를 통솔하는 장군에 대한 칭호였으나, 위진남북조 시대에 이르러 '都督某州諸軍事'(어떤 州의 군사를 모두 지휘한다는 뜻) 준말로 사용되다가 특정한 군정지구의 장관을 지칭하는 관직이 되었다.

135 '渤海'는 遼東半島와 山東半島 사이의 바다를 이르는 말이자, 漢代에 河北省 滄州市 남동쪽에 설치한 郡의 이름이기도 했다. '郡王'은 晉代 이래로 천자의 지제니 공이 높은 신하에게 내려진 爵號로, '王'보다는 한 단계 아래의 爵稱이었다. 渤海國의 경우, 처음에는 '渤海郡王'이었으나, 이후에 '渤海王'으로 격상되었다.

136 渤海의 건국 과정에 대해 『新唐書』219 발해전에서는 다음과 같이 전하고 있다. "(則天武后) 萬歲通天(696) 중에 契丹 (李)盡忠이 營州都督 趙翽를 죽이고 반란을 일으키자, 舍利 乞乞仲象이란 자가 있어, 靺鞨 추장 乞四比羽와 高麗의 유민들과 함께 동쪽으로 도망해서 遼水를 건너 太白山 동북부에 자리를 잡았다 …… 武后는 걸사비우를 봉해서 許國公으로 삼고 걸걸중상은 震國公으로 삼아 그 죄를 용서해 주었다. 그러나 비우는 명을 받지 않아, 무후가 玉鈐衛大將軍 李楷固 …… 등에게 명하여

(장)이 포로가 되었을 때, 그 추장 가운데 劍牟岑(검모잠)[137]이란 자가 있어 藏의 외손 舜(순)[138]을 왕으로 세웠기에, 또 高侃(고간)[139]에게 명하여 그를 토벌하여 평정하게 했다. 都護府는 여러 차례 옮겨 다녔고, 적지 않은 옛 성들이 新羅로 들어갔으며, 그 유민들은 흩어져 突厥과 鞨鞨 등으로 도망갔다. 高氏가 절멸된 지 오래된 뒤에, 조금씩 회복되어 唐 말에는 마침내 그 나라를 다스리게 되었다.[140] 後唐 同光(동광)[141] 원년에는 사자를 보내어 來朝하였으나, 국왕의 성씨는 역사에서 잃어버려 기재되지 않았다. 長興(장흥) 2년[142]에 王建(왕건)이 나라 일을 임시로 맡아보다가 사자를 보내 공물을 바쳐, 마침내 爵을 받고 나라를 갖게 되었다고 한다.[143]

그를 공격해서 목베게 했다. 이때 중상은 이미 죽었기 때문에, 그 아들 祚榮이 잔여 무리를 이끌고 도망쳐서 …… 황량하고 먼 곳에 의지해서 나라를 세우고 스스로 震國王이라 칭했다 …… 中宗 때에 侍御史 張行岌을 사자로 보내 招慰하니, 조영이 아들을 보내 入侍케 했다. 睿宗 先天(712) 중에 사자를 보내 조영을 左驍衛大將軍 渤海郡王으로 삼고, 그가 다스리는 곳을 忽汗州로 만들어 忽汗州都督을 겸령하게 하니, 이 때부터 비로소 鞨鞨이란 칭호를 버리고 오로지 渤海라고 칭했다." 忽汗州는 중국 안에 설치한 正州와는 달리, 夷狄의 거주지에 설치한 羈縻州였다. 당은 新羅에도 雞林州라는 기미주를 설치하고 그 국왕을 雞林州大都督으로 책봉했다.

137 고구려의 大兄으로, 고구려 부흥을 주도했다. 고구려가 망하자, 신라 文武王 10년 (670)에 유민들을 규합하여 漢城을 근거로 해서 安勝을 맞아 왕으로 삼고 신라와 연합하여 당군을 축출하려 했으나, 뒤에 안승에게 피살되었다.

138 安勝의 다른 이름으로, 뒤에 신라에 망명하여 報德王이라 칭해졌다.

139 『唐書』220 東夷傳 高麗條에 의하면, "摠章 2년에 高麗民 3만을 江淮 山南으로 옮기니, 大長 鉗牟岑이 무리를 이끌고 반란을 일으켜 藏의 외손인 安舜을 세워 왕으로 삼았다. 이에 황제가 高侃에게 명하여 東州道, 李謹行은 燕山道의 行軍總管을 삼아 그를 토벌하게 했다 …… 舜이 겸모잠을 죽이고 新羅로 도망갔다. 고간은 都護府를 옮겨 遼東州에 치소를 두게 하고, 반란군을 安市城에서 깨뜨렸다"고 한다.

140 唐은 907년에 멸망되었고, 高麗는 918년에 건국되었으니, '唐末'에 고려가 건국되었다는 잘못된 기억은 아마도 『宋史』487 高麗傳의 "당 말에 中原에 일이 많아지자 마침내 스스로 군장을 세웠다"는 기사에 기인한 것으로 보인다.

141 莊宗의 연호, 923-926년.

142 長興은 後唐 明宗의 연호로, 그 2년은 기원후 931년에 해당한다.

143 『宋史』487 高麗傳에 의하면, "長興 중에 權知國事 王建이 高 씨의 지위를 계승하여 사자를 보내 조공하니, 왕건을 玄菟州都督으로 삼고 大義軍使의 직을 맡김과 아울

제2권 왕위의 계승 차례〈世次〉

신이 듣기에, 史家의 법도는 오래 된 시기의 것은 간략히 전하고 가까운 시대의 것은 상세하게 전한다고 한다. 고(구)려의 역대 왕들에 관해서는 이미 앞에서 대략 서술하였다. 王氏같은 경우는 나라를 세운 뒤 여러 대에 걸쳐 本朝(본조)[144]를 존숭하며 섬겨왔고, 왕 俁(우)[145]와 지금의 왕 楷(해)[146]에 이르러서도 그 예우가 더욱 두터웠으니, 조목조목 들어내지 않을 수 없다. 그 왕위 계승 차례와 종실의 계보에 따라 楷에까지 이르는 행적을 삼가 기술할 것이다.

왕씨 왕조〈王氏〉

왕씨의 선조는 고(구)려의 大族이었는데, 高氏의 정치가 쇠퇴해지자 나라 사람들이 建(건)[147]이 임금의 자질을 갖추었다고 하여, 마침내 그를 옹립하여 군장으로 세웠다. 後唐(후당) 長興(장흥) 3년(932)에 마침내 '權知國事(권지국사)'[148]라 자칭하면서 明宗에게 책봉의 명을 내려줄 것을 청하였다. 이에 建을 元菟州都督(원도주도독)을 제수하고 大義軍使(대의군사)[149]에 충임하면서 高麗王으로 책봉하였다.

리 高麗國王에 봉하였다"고 한다.

[144] (北)宋 王朝.

[145] 고려왕 睿宗의 이름.

[146] 仁宗의 이름.

[147] 고려 太祖의 이름.

[148] 임시로 나라의 일을 맡는다는 뜻으로, 중국 국가의 승인 절차, 즉 '冊封'을 받지 않은 상태이기 때문에 이렇게 자칭했다.

[149] '都督'은 군을 감독하는 최고 지휘자를 말하는데, '監軍'과 '督軍' '都督' 등 3급 가운데 최고위직이다. '軍使'란 조정에서 파견되는 군사 감독관을 말한다.

晋(진) 開運(개운)[150] 2년(945)에 建이 죽고 아들 武(무)[151]가 즉위하였다. 後漢(후한) 乾祐(건우)[152] 말년에 武가 죽고 아들 昭(소)[153]가 즉위하였다. 皇朝(황조)[154] 建隆(건륭)[155] 3년(962)에 太祖(태조)[156] 황제가 등극하여 萬國에 군림하게 되었을 때, 昭가 사자를 보내 來朝하여, 功臣의 칭호를 내리고 食邑을 더해 주었다. 開寶(개보)[157] 9년(976)에 昭가 죽고 아들 仙(주)[158]가 즉위하고, 사신을 보내 책봉해 줄 것을 청해서 高麗國王으로 책봉했다. 太宗(태종)[159] 황제가 즉위한 뒤, 大順軍使(대순군사)로 바꾸어 책봉했다. 太平興國(태평흥국)[160] 7년(982)에 仙가 죽자, 그 아우 治(치)[161]가 글을 올려 封爵을 계승할 수 있게 해달라고 청하였기에, 황제가 명을 내려 그대로 해주었다.

淳化(순화)[162] 6년(995)에 契丹(거란)[163]이 고려를 침공하자, 治가 겁이 많고 나약하여 나라를 지키지 못하고 北境(북경)[164]을 신하의 예로 섬김으로써, 마침내 朝貢을 빠뜨리게 되었다. 治가 죽고 아우 誦(송)[165]이 즉위하였다. 咸平(함평)[166] 3년(1000)에 그 신하 朱仁紹(주인소)가 入朝하여, "나

---

150 後晋 出帝의 연호, 944-946년.
151 惠宗의 이름.
152 隱帝의 연호, 948-950년.
153 光宗의 이름.
154 北宋을 가리킨다.
155 宋 太祖의 연호. 960-962년.
156 北宋을 건국한 趙匡胤. 치세기간은 960-976년.
157 宋 太祖의 연호, 968-976년.
158 景宗의 이름.
159 北宋 2대 황제, 치세기간은 976-997년.
160 太宗의 연호, 976-983년.
161 成宗의 이름.
162 太宗의 연호, 990-995년.
163 東胡系의 역사공동체로, 耶律阿保機 때에 渤海를 멸망시켜 遼東을 통일하고, 중국의 五代 변천에 개입하여 燕雲十六州를 탈취, 遼라는 통합 국가를 건립하였다.
164 거란을 가리킴.
165 穆宗의 이름.
166 眞宗의 연호, 998-1003년.

라 사람들은 황제의 德化를 사모하고 있지만, 강대한 이웃 나라의 핍박을 받아 원하는 대로 하지 못하고 있다"고 말했다. 조정은 이를 가상히 여겨 詔書를 내려 칭찬했다. 大中祥符(대중상부)[167] 7년에 誦이 죽고 아우 詢(순)[168]이 스스로 나라 일을 맡아 다스리면서, 거란을 크게 깨뜨리고 다시 조공을 바쳤다. 또한 尊號를 하사하고 正朔을 반포해 달라고 하면서 책봉을 요청했다.[169] 眞宗(진종)[170] 황제는 처음에는 이를 그대로 따르려 했지만, 의논하는 이들이 반대하였기 때문에 마침내 그 일을 그만두고 조서를 내리는 것에 그쳤다. 天聖(천성)[171] 연간에 (고려의) 사신이 여러 차례 女眞(여진)[172]과 함께 와서 方物(방물)[173]을 바쳤기 때문에, 천자가 은혜를 베풀어 특별히 융숭한 예우로 답하였다. 그 뒤 詢이 죽고 아들 隆(융)[174]이 즉위하였으나, 우유부단하고 정사가 어지러우며 힘이 모자라서, 北境(즉 거란)을 두려워하며 끝내는 다시 신하의 예로 섬겼고, (송에 보내는) 조공 사절은 또 끊어졌다. 隆이 죽은 뒤에는 자기네들 마음대로 謚號(시호)[175]를 '正(宗)'이라고 했다.[176] 아들 德王(덕왕) 欽(흠)[177]과 흠의 아우 穆

---

167 眞宗의 연호, 1008-1016년.
168 顯宗의 이름.
169 '尊號'는 황제의 칭호를 말한다. 『魏書』 100 高句麗傳에 의하면, 北魏 太武帝 때에 고구려 長壽王이 사자를 보내 國諱를 청하여, 世祖가 그 정성을 가상히 여겨 帝系와 名諱를 그 나라에 내려주게 했다"고 하였다. 이처럼 책봉을 받는 나라에서 '尊號'를 청한 까닭은 避諱하는 성의를 보이기 위해서였다. '正朔'은 정월 초하루라는 뜻으로, 日曆을 말한다. 고대 동아시아 인들은 天人相關說을 신봉하여, 王者가 成功하여 王業을 이루면 새로 '正朔'을 정해 새 달력을 만들어 반포했는데, 이는 인간사의 변화가 天文의 변화와 짝지어지고 천문의 변화는 달력에 반영된다고 믿었기 때문이다. 따라서 제후가 천자에게서 새 달력을 받아 가는 일은 천자의 왕업을 인정해서 그 신하임을 스스로 자인하는, 매우 중요한 정치적 행위로 인식되었다.
170 북송 제3대 황제, 치세기간은 997-1022년.
171 仁宗의 연호, 1023-1031년.
172 肅愼系의 역사공동체로, 北宋과 함께 거란의 遼를 협공하여 멸망시키고, 淮水 이북의 중원을 탈취, 金이라는 통합 국가를 건설하였다.
173 그 지방의 특산물을 말하는데, '朝貢'이나 '貢獻'의 '貢'을 가리켜 흔히 '방물'이라고 한다.
174 德宗의 이름 欽의 誤記.

王(목왕) 亨(형)[178] 때에도 朝貢이 통하지 못하였고, 조정도 사신을 파견하지 않았다.

亨의 아우 徽(휘)[179]는 熙寧(희녕)[180] 4년(1071)에 '權知國事'의 자격으로 다시 방물을 바쳤다. (희녕) 7년과 9년에도 사신이 잇따라 왔다. 神宗(신종)[181] 황제는 그 충성을 가상히 여겨, 元豊(원풍)[182] 원년(1078)에 左諫議大夫(좌간의대부)[183] 安燾(안도)[184]를 國信使(국신사)[185]로 삼고 起居舍人(기거사인)[186] 陳睦(진목)을 副使로 삼아 明州(명주)[187] 定海(정해)[188]에서 출발하여 큰 바다를 가로질러 (고려로) 가게 했다. 이때에 徽는 중풍을 앓고 있던 차여서 간신히 임명을 받을 수 있었다. 그리고 의약을 보내 달라고 청했는데, 황제가 그 상주문을 읽고는 청을 들어주었다. 3년과 4년에 사

---

[175] 諸王이나 公卿, 儒賢 등의 생전의 공적을 사정하여 사후에 부여하는 칭호를 말한다.

[176] 宋朝의 책봉을 받지 않았기 때문에, "자기네들 마음대로"라는 표현을 썼다. 諡號란 죽은 뒤에 생전의 행적에 의해 임금이 내려 주는 칭호인데, 고려왕이 송조의 제후라는 관점에서 이런 표현을 썼다. 고려왕의 世系는 王詢(顯宗; 1009-1031) 다음에 곧 王欽(德宗; 1031-1034)으로 이어졌으니, '正宗'은 『高麗史』에 기재되지 않은 허구의 廟號다.

[177] 德宗의 이름. 祖宗은 황제의 廟號로 사용되었기 때문에, 宋朝의 徐兢은 '德宗'이란 묘호를 인정하지 않고 '德王'이라 표현하였다.

[178] 穆王은 靖王의 誤記.

[179] 文宗의 이름.

[180] 神宗의 연호, 1068-1077년.

[181] 北宋의 제7대 황제, 1067-1085년.

[182] 神宗의 연호, 1078-1085년.

[183] 漢代 이래로 황제에게 諫爭하는 일을 맡아보던 관직으로, 元代까지 존속되다가 明代에 이르러 폐지되었다.

[184] 宋 開封 사람으로, 자는 厚卿. 벼슬은 門下侍郎, 知樞密을 지냈다.(『宋史』 328)

[185] 宋元 시대 국가의 사신을 이르는 말이다. '國信'이란 두 나라가 사신을 교환할 때 이를 증빙하기 위해 보내는 문서와 符節을 말한다.

[186] 起居注를 편찬하는 관직으로, 隋代에 설치되었고 唐과 宋도 이를 이었다. 起居注는 황제의 언행록으로, 漢代에는 궁내에서 편찬했으나 魏晉 이후에는 따로 관직을 두어 편찬케 했다. 唐宋 시대에는 조정의 명령이나 예악, 법도, 상벌, 제수, 군신의 건의, 제사, 향연, 행차, 인견, 사시 기후, 호구 증감, 주현 치폐 등의 일도 모두 기재했다.

[187] 唐代에 浙江省 鄞縣의 동쪽에 둔 州로, 경내에 四明山이 있어 붙여진 이름이다.

[188] 縣 이름으로, 송대에는 浙江省 鎭海縣 지역에 두었고, 청대에는 鄞縣 북동쪽에 두었다.

자를 보내 來朝했다. 6년(1083)에 徽가 죽으니, 재위 기간이 모두 36년이었다. 시호는 '文(문)'이라 하였다. 세자 勳(훈)[189]이 즉위한 지 백일 만에 죽고, 아우 國原公 運(운)[190]이 즉위하였다. 이에 左諫議大夫 楊景略(양경략)을 祭奠使(제전사),[191] 禮賓使(예빈사)[192] 王舜封(왕순봉)을 副使로 삼고, 右諫議大夫 錢勰(전협)[193]을 弔慰使(조위사),[194] 西上閤門副使(서상합문부사)[195] 朱球(주구)를 副使로 각각 삼아, 7년 7월에 密水(밀수)[196] 板橋(판교)[197]에서 배를 타고 바다를 건너가게 했다. 원풍 8년(1085)에 哲宗(철종)[198] 황제가 등극하자, 사신을 보내어 와서 조문한 뒤에, 다시 사신을 보내어 와서 즉위를 축하했다. 運이 즉위한 지 4년[199] 만에 죽으니, 시호를 '宣(선)'이라 했다. 아들 堯(요)[200]는 즉위한 지 1년도 못되어 병으로 쓰러지니, 나라 사람들이 그 숙부 熙에게 섭정을 청했다. 얼마 지나지 않아 堯가 죽어, 시호를 '懷(회)'라 했다.[201] 이에 熙(희)[202]가 왕위를 계승했

---

189 順宗의 이름.
190 宣宗의 이름.
191 祭奠의 임무를 수행하는 사신. '祭奠'이란 靈前이나 무덤 앞에 제물을 차려놓고 제사를 지내는 것을 말한다.
192 빈객을 접대하는 직무를 맡은 관직.
193 宋 杭州 臨安 사람으로, 자는 穆父. 벼슬은 龍圖閣待制, 戶部尚書를 지냈다. 장서가 많았으며, 行書와 草書에 능하였다.(『宋史』 317)
194 弔慰의 임무를 수행하는 사신. '弔慰'란 죽은 이를 조상하고 유족을 위로하는 것을 말한다.
195 '西上'은 문으로 들어가 위쪽에 있는 자리를 말하는데, 곧 손님을 예우하여 앉히는 윗자리를 뜻한다. '閤門'은 고대 궁전의 側門을 말하는데, 송대에는 朝參과 宴飮, 禮儀 등 사무를 맡은 기관의 이름으로 사용되었나. 그 책임자로 閤門使가 있었다.
196 山東省 蓬萊縣 남쪽에 있는 하천으로, 崇神山에서 발원하여 黑水와 합류, 바다로 흘러 들어간다.
197 널빤지로 놓은 다리. 널다리.
198 北宋 제8대 황제, 치세 기간은 1085-1100년.
199 宣宗의 재위 기간은 1083-1094년으로 11년간이니, '4년'은 서긍의 착오
200 憲宗의 이름.
201 『宋史』 487 高麗傳에서도 "運이 즉위한 지 4년 만에 죽고, 아들 懷王 堯가 뒤를 이었다"고 하였지만, 『高麗史』 31 獻宗世家에서는 "獻宗 恭殤大王은 諱가 昱으로, 宣宗의 元子"라고 하였으니, '懷'는 '獻'으로, '堯'는 '昱'으로 바로잡아야 한다.

다. 元祐(원우)[203] 5년(1090)부터 元符(원부)[204] 원년(1098)까지 조공 사절이 두 번 왔다. 이에 3년(1100)에 사신을 보내 위무하여, 元豐 연간에 있었던 故事(고사)[205]를 따랐다.

(지금의) 황제[206]께서 황위를 이어받아, 선조를 뒤좇아 사모하며 효성을 이루고 그 위업을 계승하자, 海內(해내)와 海外(해외)[207]에서 臣妾(신첩)[208]이 되지 않은 자가 없고, 덕택이 藩服(번복)[209]까지 미치고 은혜가 해외의 구석까지 베풀어지게 되었다. 이에 崇寧(숭녕)[210] 원년(1102)에 戶部侍郎(호부시랑)[211] 劉逵(유규)[212]와 給事中(급사중)[213] 吳栻(오식)[214]에게 명하여 符節(부절)[215]을 갖고 사신으로 가서, 풍성한 예물을 갖추어 황제의 은혜

---

[202] 肅宗의 이름.

[203] 哲宗의 연호, 1086-1094년.

[204] 哲宗의 연호, 1098-1100년.

[205] 전례, 즉 옛날의 典章制度를 말한다.

[206] 북송의 제9대 황제 徽宗을 말한다. 치세 기간은 1100-1125년.

[207] ‘海內’는 ‘四海之內’, ‘海外’는 ‘四海之外’의 준말로서, 전자는 中國을 말하고, 후자는 중국의 밖을 이르는 말이다.

[208] ‘臣’은 남자 노예, ‘妾’은 여자 노예를 각각 가리키는 말이었으나, 여기서는 臣下를 의미한다.

[209] 九服의 하나로서, 고대에 王畿를 중심으로 거리에 따라 나눈 아홉 종류의 구역 중 가장 멀리 떨어진 지역을 말한다. 藩國 혹은 藩臣을 이르는 말이다. ‘藩’이란 울타리 라는 뜻으로, ‘藩國’은 王畿를 지키는 울타리 국가, 곧 諸侯國을 말한다.

[210] 徽宗의 연호, 1102-1106년.

[211] ‘戶部’는 吏戶禮兵刑工의 6部 가운데서, 국가의 재정을 맡아 보던 관서를 말한다. ‘侍郎’은 六部의 부장관으로, 장관은 尙書라 했다.

[212] 宋 隨州 사람으로, 자는 公路. 벼슬은 資政殿學士를 지냈다.(『宋史』 351)

[213] 秦漢 시대에는 황제의 비서관이었으나, 武帝 이후 列侯나 將軍 등의 加官으로 황제 의 자문과 정사의 논의에 참여하였다. 隋唐 시대에는 門下省의 요직으로 잘못된 政 令의 논박과 시정을 맡았다.

[214] 宋 甌寧 사람으로, 자는 顧道. 進士에 급제하여 龍道閣學士와 中山府知府事를 지냈 다.(『金史』 125)

[215] 금속이나 대나무, 옥 따위로 만들어 신표로 삼은 물건이다. 그 위에 문자를 새기고 둘로 갈라서 한 쪽씩 갖고 있다가 사용할 때 이를 맞추어 증빙하였다. 흔히 지방관 이 파견될 때 부절의 한 쪽을 받아가고, 使節이 지방에 파견될 때 다른 한 쪽을 가 져가는데, 이를 맞추어 보는 것을 ‘符合’이라고 한다.

로운 분부가 환하게 내려지게 했는데, 이는 고려국에 은혜를 더 많이 베풀어서 칭찬하고 총애하며 어루만져 줌으로써 神考(신고)[216]의 뜻을 이어 더욱 크고 융숭하게 하려는 것이었다. 2년 5월에 明州道의 梅岑(매잠)[217]에서 출발하여 큰 바다를 가로질러 갔다. 그때 熙는 거란 군주의 이름을 피해 熙를 고쳐 顯(옹)이라 했다. 그러나 神考 시기부터 먼 곳에 있는 사람들을 오게 하는 일에 힘써왔고 하늘도 (항상의) 뛰어난 계획을 도와주었기 때문에, 王徽가 封爵을 계승하여 그 뜻을 받든 것은 거의 우연한 일이 아니었을 것이다. 徽는 충성스럽게 순종하고 사리를 잘 따라 中國을 존중할 줄 알았고, 중국의 사신을 접대할 때도 예의와 뜻이 성실하고 두터웠으며, 상인을 대우할 때조차도 예의를 갖추어 경의를 표하였다. 다스리는 과정에서도 어질고 자애로움을 중시하였으니, 나라를 오래도록 다스린 것은 당연한 일이었다. 숭녕 2년(1103)에 顯이 죽으니, 향년 50이었다. 세자인 俁(우)가 즉위하였다. 長興(장흥) 3년(932) 壬辰년부터 宣和(선화)[218] 6년(1124) 甲辰년 현재까지 王氏가 나라를 다스린 지 9대, 모두 17명[219]이 193년을 다스렸다고 한다.

世系[220]

---

216   先皇, 즉 神宗을 가리킴.
217   浙江省 普陀山의 별칭으로, 漢의 梅福이 丹藥을 만들던 곳이라 한다.
218   徽宗의 연호, 1119-1125년.
219   서긍은 고려 世次에서 제3대 국왕인 定宗을 빠뜨리고, 그 대신 顯宗과 德宗 사이에 제9대 왕으로 '正宗'을 넣었는데, 이는 『高麗史』世家에 나오지 않는 허구의 인물이다. 아마노 土建의 부진인 世祖 土隆의 이름을 잘못 포함시켜서 17명으로 계산한 것 같다.
220   이 고려 왕실 계보도에는 착오가 있기 때문에, 다음과 같이 바로잡는다.
   1 王建(太祖)─2 武(惠宗)
           3 堯(定宗)
       4 昭(光宗)─5 伷(景宗)─7 誦(穆宗)
               6 治(成宗)
           8 詢(顯宗)─9 欽(德宗)
                   10 亨(靖宗)

건(建)－무(武)－소(昭)－주(伷)

　　　　　　　　　－치(治)

　　　　　　　　　－송(誦)

　　　　　　　　　－순(詢)－옹(隆)－흠(欽)

　　　　　　　　　　　　　　－형(亨)

　　　　　　　　　　　　　　－휘(徽)－훈(勳)

　　　　　　　　　　　　　　　　　　－운(運)－요(堯)

　　　　　　　　　　　　　　　　　　－옹(顒)－우(俁)－해(楷)

고려국왕 왕해(高麗國王 王楷)

　楷는 王俁의 世子였다. 壬寅년(1122) 봄 3월에 俁가 병이 위독하여, 李
資謙(이자겸)[221]을 불러 들여 후사의 일을 의논하였는데, 여름 4월에 俁가
죽자, 資謙 등이 楷를 세워 왕으로 삼았다. 楷는 얼굴이 잘 생겼고, 키는
작고 몸집이 커서 살이 쪄 보이지만, 성품이 지혜롭고 학식이 많다. 또한
매우 엄격하고 공명해서, 세자궁에 있었을 때에 관속들이 잘못을 저지르
면 반드시 꾸짖고 욕하였다. 즉위한 뒤에도 비록 나이는 어렸지만 나라
의 관리들이 그를 두려워하고 어렵게 여겼다. 이번에 사자가 도착하여,
詔書(조서)를 받고 表文(표문)을 올리며[222] 향연의 예를 행할 때에, 올라가

---

　　　　　　　　11 徽(文宗)－12 勳(順宗)
　　　　　　　　13 運(宣宗)－14 昱(獻宗)
　　　　　　　　15 熙(肅宗)－16 俁(睿宗)－17 楷(仁宗)

[221]　고려의 대표적 戚臣. 둘째 딸을 睿宗에 비로 들여보내고, 예종이 죽은 뒤에는 연소
　　한 태자를 즉위시켜 셋째 딸과 넷째 딸을 연이어 仁宗의 왕비로 들이게 해서 국정
　　을 장악, 전횡하였다. 그 뒤 "十八字(=李)가 왕이 되리라"는 讖緯說을 믿고 왕위까
　　지 찬탈하려다가, 왕의 밀지를 받은 拓俊京에 의해 제거되었다.(『高麗史』 127 李資
　　謙傳)

[222]　'詔書'는 황제의 명령서로서, 秦始皇이 '皇帝'라는 칭호를 만들면서 처음으로 사용

고 내려가거나 나아가고 물러남에 어른 같은 침착한 풍모가 있어, 역시
東夷(동이)[223]의 賢王(현왕)[224]이 됨직 해 보였다.

제3권 성곽과 읍락〈城邑〉

신이 듣기에, 四夷의 군장들은 흔히 산과 계곡에 의지하거나 물과 풀
을 따라 수시로 옮겨 다니는 것을 편리하고 당연한 일로 여기는 경우가
많아서, 國邑의 제도가 있음을 일찍이 알지 못했다고 한다. 西域(서역)[225]
의 車師(거사)[226]와 鄯善(선선)[227] 정도가 겨우 담장을 쌓고 거처하는 성곽
을 지을 수 있었을 뿐이다. 그래서 史家들이 (그 나라들을) 가리켜 '城郭

하였다. '表文'은 신하가 군주에게 올리는 書狀을 말한다. 따라서 여기서 말하는 '조
서'는 北宋의 황제가 고려 국왕에게 보내는 글이고, '표문'은 고려 국왕 仁宗이 북송
황제 徽宗에게 올리는 글이다.

223 중국 문헌에 보이는 '東夷'는 두 가지 개념이 있다. 하나는 先秦 시대 山東과 浙江
등지에 분포해 있던 역사공동체를 가리키고, 다른 하나는 秦漢 시대 이후 遼東과 韓
國, 일본 등 중국의 동방에 있는 일체의 夷狄을 통칭하는 것으로, 여기서는 후자를
가리킨다.

224 군주로서 적절한 역량을 갖춘 왕을 말한다. '賢'은 흔히 '어질다' 혹은 '현명하다'라
는 뜻으로 이해하지만, 『墨子』의 '尙賢'이나 漢代의 '賢士' 등의 개념에서 볼 수 있
듯이, 가문이나 혈통적 배경보다는 그 자신이 스스로 갖추게 된 문화, 사회, 정치적
역량을 의미하였다.

225 중국외 서쪽 지역이란 뜻으로, 두 가지 개념이 있다. 립의의 '西域'은 土門關 이서
葱嶺, 즉 파미르 고원 이동의 타클라마칸 사막 아래 위의 3, 40개 오아시스 성곽 국
가들을 말하고, 광의의 '서역'은 중국 이서의 모든 국가들을 총칭하는 말인데, 여기
서는 전자를 뜻한다.

226 漢代 西域의 국가 이름. 한 宣帝 시에 그 땅을 나누어 車師 前後 양부로 나누었는데,
그 뒤에는 모두 西域都護의 통령을 받았다. 車師前部는 交河城, 後部는 務涂谷에 치
소를 각각 두었다. 漢은 戊己校尉의 屯田을 車師前王庭에 두었다.

227 옛 서역 국가의 이름. 漢 昭帝 이전에는 樓蘭이라 했는데, 치소인 扞泥城은 지금의
新疆 鄯善縣 동남쪽에 있었다. 唐代 이후에는 사막의 일부가 되었다.

諸國(성곽제국)'[228]이라 하여, 그 특이함을 기록하였던 것이다. 그러나 高麗와 같은 나라는 그렇지 않아서, 宗廟(종묘)와 社稷(사직)[229]을 세우는가 하면, 邑에는 집을, 州에는 동네 문을 만들고 그 주위에 높은 성곽을 둘러 세우는 등, 中華를 본받고 있다. 아마도 그곳이 箕子가 옛날에 책봉받은 곳이어서 中華의 오랜 풍습이 아직까지 남아있는 것이 아닌가 싶다. 朝廷(조정)[230]이 근래에 사자를 보내어 그 나라를 살펴보고 위로하게 하였는데, (사자가) 그 경역에 들어가자, 성곽이 우뚝 높이 서있어, 실로 쉽사리 멸시하거나 얕볼 수 없었다. 이제 그 건국의 형세에 관한 정보를 모두 얻어, 그림으로 그려둔다.

영토〈封境〉

고려는 남쪽이 遼海(요해)[231]로 막히고 서쪽은 遼水(요수)[232]에 이르며, 북쪽으로는 契丹(거란)[233]의 옛 땅과 접하고 동쪽으로는 大金(대금)[234](의

---

228 (협의의) 西域의 오아시스에서 성곽을 쌓고 정착해 살던 국가들을 말한다.

229 '宗廟'는 천자나 제후의 선조를 제사지내는 사당을 말하고, '社稷'은 천자나 제후가 제사를 지내는 토지신과 穀神을 말한다. 商周 이래로 조상신과 토지신, 곡신에 대한 祭禮는 국가 행위의 중심을 이루고 있었기 때문에, 이후 '종묘사직'은 국가 또는 조정 그 자체를 지칭하는 말로도 사용되었다.

230 원래 임금이 신하의 알현을 받고 정무를 처리하는 곳이란 뜻으로, 군왕을 수반으로 하는 중앙정부를 이르는 말인데, 여기서는 宋朝를 가리킨다.

231 '遼海'는 원래 '遼東'의 별칭이었다. 예컨대, 『魏書』庫莫奚傳에서 "遼海를 열어 和龍에 戍를 두니, 諸夷가 두려워하며 方物을 바쳐왔다"고 하였을 때, '遼海'는 곧 '遼東'이었다. 이와 함께, '遼海'가 요동의 바다를 지칭할 때도 있었다. 예컨대, 『北史』來護兒傳에서 내호아가 '遼東之役' 시에 "成山에서 큰 바다로 나가, 登州와 萊州를 돌아, 遼海로 향했다"고 했을 때, '遼海'는 현 渤海 遼東灣 일대를 지칭했다.

232 지금의 遼河를 가리킨다.

233 『新唐書』219 契丹傳에 의하면, "거란은 東胡種으로, 그 선조는 匈奴에 의해 격파되어 鮮卑山에서 살았다. 魏 靑龍(233-237) 중에 部의 추장 比能이 차츰 강성해져서 幽州刺史 王雄에게 죽음을 당하자, 무리가 마침내 쇠미해져서 潢水의 남쪽, 黃龍(=朝陽) 북쪽으로 도망했다. 元魏 때에 이르러 스스로 契丹이라 불렀다" 한다. 거란은 唐

영토)에 다다른다. 또한 日本(일본)[235]과 琉球(유구),[236] 聃羅(담라),[237] 黑水
(흑수),[238] 毛人(모인)[239] 등의 나라들과 개의 이빨처럼 서로 맞물려있다.

의 羈縻府州 체제 안으로 들어가, 그 왕이 松漠都督府 都督으로 책봉되기도 했지만,
당 중기 이후부터는 자립해서 강성해졌다. 916년에는 그 군주 耶律阿保機가 稱帝하
고 국호를 契丹으로 정하였으며, 潢水 연안에 皇都를 건립했다. 그는 926년에 渤海
를 쳐서 멸망시키고, 遼東을 통일했다. 그 아들 耶律德光은 중국으로 들어가 이른바
'燕雲十六州'를 점유하고, 947에는 중국의 後晉을 멸망시키고 국호를 大遼로 바꾸
어, 요동과 중국 일부를 함께 지배하는 통합 국가를 수립했다. 중국은 960년에 五代
十國의 분열기가 종식되고 宋에 의해 재통일되었지만, 거란은 宋도 압박해서 1004
년에 '澶淵의 盟'을 강요, 연운16주의 점유를 확인하고 매년 막대한 歲幣를 바치게
했다. 徐兢이 고려로 使行한 北宋 말기까지 거란과 북송의 이러한 관계는 지속되었
다. 거란의 大遼는 1125년에, 중국의 北宋은 1127년에, 각각 女眞의 大金에 의해 멸
망되었고, 서긍의 고려 사행은 1123년에, 『高麗圖經』의 저술은 1124년에 각각 이루
어졌다.

234 '大金'은 女眞이 세운 통합 국가다. 『金史』 1 世紀에 의하면, "金의 선조는 靺鞨에서
나왔다. 말갈은 본래 勿吉이었고, 물길은 옛 肅愼 땅이었다. 元魏 때에 물길에는 7部
가 있었으니, 粟末部와 …… 黑水部, 白山部 등이 그것이다 …… 五代에는 契丹이 渤
海 땅을 모두 빼앗으니, 黑水靺鞨은 거란에 부속했다." 거란에 부속했던 흑수말갈은
遼代에는 女眞 혹은 女直이라고 불렸다. 이들 여진은 遼 말에 完顔部의 추장 阿骨打
를 중심으로 통합되어, 1115년에 大金을 건립했다. 여진의 大金은 1124년에 거란의
大遼를 멸망시키고, 1126년에는 중국의 北宋까지 멸망시켜, 요동과 중국을 아우른
제2의 통합국가로 발전하였다. 이때 송의 두 황제, 徽宗과 欽宗이 포로가 되었는데,
이를 두고 역사에서는 '靖康의 變'이라고 한다. 徐兢이 그린 『高麗圖經』의 「圖」는
바로 이 '정강의 변' 과정에서 소실되었다.

235 '日本'은 일본 열도에 형성된 역사공동체의 이름으로, 唐代 이전에는 '倭'라고 불리
졌으나 당대부터 '日本'이란 칭호가 사용되었다. 『舊唐書』 199 東夷傳에 의하면, "日
本國은 倭國의 별종으로, 그 나라가 태양이 뜨는 변두리에 있다고 해서 日本을 이름
으로 삼았다. 왜국은 스스로 그 이름이 아름답지 않다고 싫어해서 日本으로 바꾸었
다"고 했다.

236 '琉球'는 '流求'라고도 쓴다. 宋, 元代까지는 臺灣을 지칭하는 말이었으나, 明代 이후
부터는 대만 동북, 일본 남서쪽에 있는 琉球列島 혹은 그곳에 있었던 琉球十國을 지
칭하는 말로 바뀌었다. 유구 왕국은 19세기 말에 일본에 의해 병합되어, 오키나와(沖
繩)현으로 편입되었다.

237 '聃羅'는 제주도의 耽羅國을 가리킨다.

238 '黑水'는 黑龍江을 가리키는 고어이지만, 여기서는 흑룡강 유역에서 거주하고 있던
'黑水靺鞨'을 가리키는데, 흑수말갈은 女眞을 형성한 모태였다.

239 '毛人'은 일본열도의 북방에 위치한 한 역사공동체의 이름으로, 『南史』 79 夷貊傳에
서는, 倭王 武가 478년에 劉宋에 사자를 보내, 자기의 조상이 "동쪽으로 毛人 55국
을 정벌하고 서쪽으로 衆夷 66국을 복속시켜 海北을 평정했다"고 한 말을 전하고

新羅와 百濟가 그 영토를 지키지 못하고 고려인에게 병합되었으니, 지금의 羅州道(나주도)와 廣州道(광주도)[240]가 그곳이다. 그 나라는 京師(경사)[241]의 동북쪽에 있는데, 燕山道(연산도)[242]에서 육로로 가다가 遼水를 건너 동쪽으로 그 경역까지 이르는 거리가 모두 3790리다. 바닷길로 간다면 河北(하북)과 京東(경동), 淮南(회남), 兩浙(양절), 廣南(광남), 福建(복건) 등[243]에서 모두 갈 수 있는데, 지금 세워진 나라는 바로 登州(등주)와 萊州(내주), 濱州(빈주), 隸州(체주)〈鄭刻에서는 '演', '棣'라고 썼다〉 등[244]과 서로 마주본다. 元豊(원풍)[245] 연간 이후에 조정에서 사자를 보낼 때는 언제나 明州의 定海(정해)[246]에서 출항해서 바다를 가로질러 북쪽으로 나아간다. 배를 운행할 때는 언제나 夏至 이후에 부는 남풍을 타고 가는데, 순풍을 타면 닷새가 지나지 않아 곧 해안에 닿을 수 있다.

있다. 또 『舊唐書』199 東夷傳 日本國條에서는 "그 나라의 동쪽 지역과 북쪽 지역에는 큰 산이 있어 가로막혀 있는데, 산 밖은 곧 毛人의 나라"라고 했다.

240 '나주도'는 지금의 전라남도 錦城市와 羅州郡 지역에 있었던 道이고, '광주도'는 경기도 광주군과 하남시, 성남시, 서울 강동구 일부 지역에 있었던 道. 道는 지방 행정 구역의 단위로, 『增補文獻備考』15 興地考에 의하면, 고려 成宗 때 "경내를 나누어 10道, 12州를 만들고, 각각 節度使를 두었는데, 그 관할하는 州郡이 모두 580여 곳이었다"고 한다.

241 北宋의 수도 汴京(開封)을 가리킨다.

242 지금의 北京 일대에 설치된 道의 이름. '燕山'은 河北省 薊縣 남동쪽에서 동쪽으로 뻗어 바다로 이어지는 燕山山脈을 말한다.

243 모두 北宋 시대에 沿海에 설치된 路의 이름이다. 河北路는 지금의 河北省, 京東路는 山東省, 淮南路는 江蘇省, 兩浙路는 浙江省, 廣南路는 廣東省, 福建省은 지금의 福建省에 각각 설치되었다.

244 등주와 내주는 지금의 산동성, 빈주와 체주는 지금의 하북성 바닷가에 설치되었던 州 이름이다.

245 北宋 神宗의 연호. 1078-1085년.

246 明州에 속한 縣의 이름. 송대에는 浙江省 鎭海縣에 있었다.(『讀史方興紀要』浙江, 寧波府) 원래 北宋에서 고려로 건너갈 때는 山東半島의 登州 등에서 출항하였지만, 契丹이 遼東과 燕雲十六州를 장악하여 양국을 압박한 뒤에는 그 항로를 바꾸어 주로 江南의 明州에서 출항하였다. 『宋史』487 高麗傳에서도, "지난 날 고려인은 왕래할 때는 언제나 登州에서 출발하였지만, (宋 徽宗 熙寧) 7년(1074)에는 그 신하 金良鑑을 보내어 와서 말하기를, 契丹을 밀리하고 싶으니 길을 바꾸어 明州를 경유해서 대궐로 가겠다고 해서, 그렇게 하도록 했다"고 했다.

예전에는 그 영토가 동서로 2천여 리, 남북으로는 1천 5백여 리에 달하였는데, 지금은 신라와 백제를 병합하여 동북방이 조금 더 넓혀지고 서북방은 契丹(거란)과 접하고 있다(鄭刻에서는 契丹과 '接連'하고 있다고 하였다). 예전에는 大遼(대요)[247]와 경계를 접하고 있었지만, 그 뒤에 (대요의) 침략을 받게 되자 來遠城(내원성)을 쌓아 방비했다.[248] 이와 아울러 鴨綠江(압록강)에 기대어 방어선을 구축하였다. 압록강 물줄기는 靺鞨(말갈)[249] 지역에서 발원하는데, 그 물색이 오리의 머리색과 같다고 해서 그렇게 부르게 된 것이다. 遼東에서 5백 리 떨어진 곳에서 國內城(국내성)[250]을 지나가고, 다시 서쪽으로 흐르다가 한 강과 합류하게 되는데, 곧 鹽難水(염난수)가 그것이다. 두 강이 합류하여 서남쪽으로 흐르다가 安平城(안평성)에 이르러 바다로 들어간다.[251] 고려에서는 이 강이 가장 크다. 물결이 맑고,

---

247 契丹이 遼東과 燕雲十六州에 세운 통합국가로, 947-1125년에 존속했다.

248 '來遠城'은 외국의 투항을 받기 위해 만든 성이란 뜻으로, 압록강변에는 이미 고구려 시대부터 내원성이 구축되어 있었다. 그러나 고려 시대의 압록강변 내원성은 원래 契丹에 의해 수축되었다. 거란은 983년에 고려 북변의 女眞을 토벌하고 985년에는 발해 유민이 세운 定安國을 멸망시킨 뒤에, 991년에 압록강 연안에 威寇, 振化, 來遠 등 세 城을 쌓고 고려 침입을 준비하였다.(『遼史』13 聖宗本紀;『遼史』38 地理志2, 東京道 來遠城)

249 隋唐 시대에 遼東의 동부 肅愼 지역에 위치한 역사공동체.

250 현재 吉林省 輯安縣에 소재한 고구려 전기의 수도 제20대 長壽王 15년(427)에 平壤城으로 도읍을 옮긴 뒤에도 '別都'의 지위에 있었다. 『北史』82 高句麗傳에서는 "도읍은 평양성으로 長安城이라고도 한다……그 외에 또 國內城과 漢城이 있었는데, 역시 別都다. 그 나라에서는 三京이라고 부른다"고 했다. 국내성은 丸都城이라고도 했다.

251 이 기사는 『新唐書』220 東夷傳의 다음과 같은 기사에 근거한 것으로 보인다. "高麗……의 강에는 大遼水와 少遼水가 있는데, 대요수는 靺鞨의 서남쪽에 있는 산에서 발원하여 남쪽으로 安市城을 지난다. 소요수는 遼山의 서쪽에서 흘러나와 역시 남쪽으로 흐르는데, 梁水가 塞外에서 나와 서쪽으로 흐르다가 이 강과 합쳐진다. 馬呰水가 있어 말갈의 白山에서 흘러나오는데, 색깔이 鴨頭와 같아서 鴨淥水라고 부른다. 國內城의 서쪽을 거쳐 鹽難水와 합쳐지고, 또 서남쪽으로 흘러 安市에 이르러 바다로 들어간다. 平壤은 압록수의 동남쪽에 있는데, 큰 배로 사람들이 드나들 수 있어, 이 강에 의지해서 해자로 여긴다." 『高麗圖經』과 『翰苑』高麗條 所引 『高麗記』에서는 '安平城'이라 하고, 상기 『신당서』에서는 '安市城'이라 했다.

지나는 나루터마다 큰 배가 정박해 있다. 그 나라에서는 이 강을 의지하여 자연의 해자로 삼고 있다. 강물의 너비가 3백 步나 되고, 平壤城에서 서북쪽으로 4백 50리 떨어져 있다〈鄭刻에는 '遼水에서 東西(동서)[252] 쪽으로 4백 8십 리 떨어져 있다'는 구절이 있다〉. 遼(水) 이동은 예전에는 契丹에 속하였는데, 지금은 그 오랑캐 무리가 이미 멸망하였고, 大金은 그 땅이 불모지라 하여 다시는 성을 세워 지키지 않고 다만 왕래하는 길로 삼고 있을 뿐이다.

압록강의 서쪽에는 白浪水(백랑수)와 黃嵓水(황암수) 등 두 강이 또 있는데, 頗利城(파리성)에서 몇 리를 더 가서 강물이 합쳐져 남쪽으로 흐르니, 이것이 遼水(요수)[253]가 된다. 唐 貞觀(정관)[254] 연간에 李勣(이적)[255]이 南蘇(남소)[256]에서 高麗를 크게 깨뜨리고 강을 건넌 뒤에, 그 강물이 얕고 좁은 것을 괴이하게 여겨 물었더니, "이곳이 遼水의 발원지라" 대답하였고, 이를 통해 옛날에 이 강을 의지해서 방어선을 구축하지 못한 까닭을 알게 되었다고 한다. 이것이 바로 고려가 뒤로 물러나 압록강의 동쪽만을 지키는 까닭이 아니겠는가.

지형과 지세〈形勢〉

고려인은 본디 글을 알고 도의 이치에 대해 밝았지만, 陰陽說(음양

---

[252] '東南'의 誤記로 보인다.
[253] 遼河의 옛 이름. 요하는 遼寧省 남부 평야를 흐르는 강으로, 大興安嶺 남부에서 발원하여 東遼河江과 합쳐져서 遼東灣으로 흘러든다.
[254] 唐 太宗의 연호. 627-649년.
[255] 唐代 曹州 사람으로, 자는 懋功. 본성은 徐 씨고 본명은 世勣이었으나, 太宗의 諱(世民)을 피하고 李 성을 하사받아 李勣이라 했다. 李密을 따르다가 唐에 귀부하여 秦王을 따라 지방 호걸들을 평정하고, 突厥과 薛延陀를 격파하여 英國公에 봉해졌다. 高宗 때는 尙書左僕謝, 司空이 되어, 高句麗를 정벌했다.(『新唐書』93)
[256] 東遼河. 遼寧省 興京縣 경계에 고구려가 설치한 城의 이름이기도 했다.

설)[257]에 얽매여 꺼리는 바가 있었기 때문에, 국가를 세울 때는 반드시 그 지형과 지세가 (국가의) 장구함을 꾀할 만한지를 살핀 다음에야 자리를 잡았다. 漢의 말엽부터 九都山(구도산) 아래[258]로 옮겨가 살았고, 後魏부터 唐代까지는 계속 平壤에서 살았다. 李勣이 그 땅을 평정하고 都護府(도호부)[259]를 세운 뒤에는 도피해서 동쪽으로 조금씩 옮겨가 살았기 때문에, 그 위치를 자세하게는 알지 못한다.

唐의 말엽에 국가를 회복한 곳은 지금 도읍으로 삼고 있는 땅으로, 일찍부터 開州(개주)라 하였고 지금도 여전히 開成〈鄭刻에서는 '城'이라 하였다〉府(개성부)[260]를 두고 있다. 그 성은 북쪽으로 崧山(숭산)[261]에 의거하고 있는데, 그 형세는 乾亥(건해)[262] 쪽에서 뻗어내려 오다가 산의 등성마루에 이르러 점차 두 갈래로 나뉘어져 다시 둥글게 껴안는 모양이니, 陰陽家(음양가)[263]들이 이를 두고 용과 호랑이의 팔[264]이라고 한다. 五音(오음)[265]으로 논한다면 王 씨는 商(商)에 해당하는 성씨여서 서쪽을 높이면 흥성할 것이니, 이는 乾이 서북 방향에 해당하는 卦이기 때문이다. 뻗어

---

257 陰陽 二元의 消長으로 우주 만물의 생성과 변화를 설명하는 학설.
258 '丸都城'을 말한다. 『三國志』 30 東夷傳 高句麗條에서는 "丸都의 아래에 도읍을 정했다"고 했다.
259 唐代에는 중국의 밖 夷狄의 땅에 都護府와 羈縻府州를 설치하여 夷狄 諸部를 통령했는데, 기미부주의 장관인 都督과 刺史는 土人 추장에게 맡기고 도호부의 都護는 중국인 관리가 파견되어 기미부주를 관할하였다. 도호부는 漢代의 西域 都護에 기원을 두었다.
260 고려 시대에 開京의 戶口와 田土, 學校, 牧民 등의 일을 맡아 보던 관청, 혹은 그 관할 행정구역을 말한다. 太祖 2년에 開州라 하였다가, 光宗 11년에는 開京이라 하고, 成宗 14년에 개성부로 고치고 尹을 두고, 文宗 때는 知府事를 두었다.
261 松嶽山.
262 서북 방향.
263 漢初의 太史令 司馬談(司馬遷의 父)에 의해 道德家, 儒家, 墨家, 法家, 名家와 더불어 '六家'의 하나로 분류된 춘추전국 시대의 한 주요 사상적 경향. 흔히 天文과 曆數, 卜筮, 禍福을 예언하는 학파나 그 학자를 이르기도 했는데, 여기서는 음양설을 생업으로 삼는 사람들을 가리킨다.
264 풍수학 상의 靑龍과 白虎를 가리킨다.
265 五聲, 즉 宮, 商, 角, 徵, 羽의 다섯 음률.

내려 오는 산등성이가 亥(해)²⁶⁶ 방향에서 끊어지고, 그 오른편에 있는 산 하나가 굴절되어 서쪽에서 북쪽으로 돌다가 정남 방향에 이르러 봉우리 하나가 홀로 솟았는데, 그 모양이 마치 엎어놓은 사발 같다. 그 까닭에 이 봉우리를 案山(안산)²⁶⁷으로 삼는다. 그 밖에 다시 안산이 하나 더 있어 그 산의 높이가 두 배나 되는데, 두 산의 앉은 방향이 서로 호응하여 實〈鄭刻에서는 賓이라 하였다〉山은 丙(병)²⁶⁸에 있고 主山(주산)²⁶⁹은 壬(임)²⁷⁰의 방향에 있다. 그 물은 崧山의 뒤에서 발원하여 子(자)²⁷¹ 쪽으로 곧바로 흐르다가, 艮方(간방)²⁷²에 이르러 방향을 바꾸어 뱀처럼 굽이치며〈鄭刻에서는 '曲'이라 하였다〉 성안으로 들어가, 廣化門(광화문)을 지나면서 조금 꺾어져 북쪽으로 향하다가 다시 丙〈鄭刻에서는 '南'이라 하였다〉의 지점에서 밖으로 흘러 나간다. 대개 '乾' 괘는 '金'에 해당하고, '金'은 巳(사)²⁷³의 방향에서 長生하니, 이는 곧 길한 운세다.

崧山의 중턱에서 성안을 내려다보면, 왼편에는 시내가 흐르고 오른편에는 산이 있으며, 뒤에는 산등성이, 앞에는 고개가 있는데〈鄭刻에서는 '앞에는 산등성이, 뒤에는 고개가 있다'고 하였다〉, 숲과 나무는 울창하고 무성하다. 그 지형과 지세가 마치 시냇물을 마시는 푸른 용과 같으니, (고려가) 오랜 동안 동녘 땅을 지키면서 항상 聖朝(성조)²⁷⁴에 臣屬하는 국가가 된 것은 당연한 일이다.

---

266 북북서 방향.
267 집터나 묏자리의 맞은편에 있는 산을 가리키는 말로서, 靑龍과 白虎, 主山과 함께 風水學 상의 가장 중요한 네 가지 요소의 하나를 이룬다.
268 남쪽 방향.
269 '主山'은 여러 산 중에서 가장 높고 큰 산을 말하고, '賓山'은 그 대응 개념이다.
270 북쪽 방향.
271 정북쪽을 말한다.
272 동북 방향.
273 동남 방향.
274 宋朝를 자칭하는 말.

도읍〈國城〉

고려(의 도읍)는 唐代 이전에는 대체로 平壤에 있었다. (평양은) 본래 漢武帝가 樂浪郡(낙랑군)을 설치했던 곳이고,[275] 唐 高宗이 都護府를 세웠던 곳이다. 唐代에 관한 기록을 통해 살펴보면 平壤城은 鴨綠水의 동남쪽에 있었는데, 唐의 말엽에 고려의 군장이 여러 대에 걸쳐 겪었던 전쟁의 어려움을 경계하여 점차 동쪽으로 옮겨갔다. 지금의 왕성은 압록수에서 동남쪽으로 1천여 리 떨어진 곳에 있으니, 옛날의 그 평양성은 아니다.

그 성은 주변 둘레가 6십 리이고, 산으로 둘러 싸여 있으며, 모래와 자갈이 섞인 땅으로, 그곳 땅의 형세를 따라 성을 쌓았다. 성 밖에는 참호가 없고, 女牆(여장)[276]도 설치하지 않았다. 줄지어 이어진 집들은 마치 행랑과 같아, 그 모양이 敵樓(적루)[277]와 아주 비슷하다. 비록 병장기를 비치해 두어 불의의 변란에 대비하고 있지만, 산세에 의지하여 성을 쌓았기 때문에 완벽하게 견고하지도 않고 높지도 않다. 특히 성벽이 낮은 곳에서는 적을 감당할 수 없어, 만의 하나 불시에 위급한 일이 있게 되면 지켜낼 수 없을 것이다.

바깥문은 12곳이 있는데, 모두 표시하는 이름이 있다. 옛 문헌에서는 겨우 7개 문의 이름만 알려져 왔지만, 지금은 모두 다 알려져 있다. 정동 방향에 있는 문은 宣仁〈옛 기록에는 이름이 보이지 않고, 단지 '東大門'이라고 하였다〉門(선인문), 崇仁〈옛 기록에서는 '東門'이라 하고, 鄭刻에서는 '求門'이라 하였다〉門(숭인문), 安定〈옛 기록에는 '須恤'이라 하였는데, 이는 고려인의 사투리다. 鄭刻에서는 須恤을 '須知'라고 하였다〉門(안정문)이라 하고, 동남방에 있는 문은

---

275 『漢書』 28 地理志에 의하면, "玄菟郡과 樂浪郡은 武帝 때에 설치되었는데, 모두 朝鮮, 穢貉, 句驪 蠻夷(가 사는 곳)였다."

276 女垣. 성가퀴, 즉 성 위의 얕은 담.

277 성채의 누대, 즉 망루.

長霸〈鄭刻에서는 '長朔'이라 잘못 적고 있다〉門(장패문)이라 하며, 정남방에 있는 문은 宣華〈옛 기록에는 이 문이 보이지 않는다〉門(선화문), 會賓門(회빈문), 泰安〈옛 기록에서는 '眞觀'이라 하였는데, 지금은 이 이름으로 바꾸었다〉門(태안문)이라 하고, 서남방에 있는 문은 光德〈옛 기록에서는 '正州'라고 하였지만, 그곳으로 가는 길과 통할 뿐, 州郡의 이름으로 문의 이름을 삼는 것은 적당하지 않다〉門(광덕문)이라 하였다. 정서방에 있는 문은 宣義門(선의문), 狻猊門(산예문)²⁷⁸이라 하고, 정북방에 있는 문은 北昌〈옛 기록에서는 '崧山'이라 하였지만, 단지 산에 오르는 길일 뿐, 본래의 이름은 아니다〉門(북창문)이라 하며, 동북방에 있는 문은 宣祺〈옛 기록에서는 '金郊'라 하였으나, 지금은 이 이름으로 바뀌었다〉門(선기문)이라 한다.

서남쪽 모퉁이에는 王府(왕부)²⁷⁹와 宮室이 있다. 그 동북쪽 모퉁이에 있는 順天館(순천관)은 수리가 완전하게 잘 되어 있고 서문도 장대하고 아름다운데, 모두 中朝(중조)²⁸⁰에서 오는 사신을 위해 설치한 것이다. 京市司(경시사)²⁸¹에서 興國寺(흥국사)²⁸² 다리까지, 廣化門을 거쳐 奉先庫(봉선고)²⁸³까지 긴 행랑채 수백 칸을 만들었는데, 그곳 민간 거처가 좁고 누추하며 가지런하지 않고 고르지 않아서, 그것으로 가리고 숨겨서 그 누추함이 사람들 눈에 쉽게 띄지 않게 하려는 것이다. 동남방의 문은 巳方(사방)²⁸⁴으로 흐르는 모든 시냇물이 모이는 곳이고, 나머지 여러 문들

---

278 '狻猊'는 사자를 뜻한다.
279 궁궐의 관부. 주로 왕실의 사무를 관장하는 관청이다.
280 중국의 조정이란 뜻으로, 宋朝를 자칭하는 다른 말이다.
281 고려 시대에 市廛의 감독에 관한 일을 맡아 보던 관아로, 京市署라고도 했다. 『高麗史』百官志에 의하면, "경시서는 市廛의 勾檢을 담당하였는데 …… 文宗 때에 令 한 명을 두고 품질은 正7品으로 했으며, 丞 두 명은 정8품이었다"고 한다. '京市'란 서울에 있는 저자란 뜻.
282 고려 시대에 開城 滿月洞에 있었던 절로, 고려 太祖 7년(924)에 창건하여, 佛恩寺, 國清寺 등과 함께 중요 國刹의 하나로 존중되었다.(『高麗史』6)
283 고려 시대에 先王과 先后의 忌晨祭에 쓸 미곡을 저장하던 창고로, 宣宗 10년(1093)에 廣仁館에 설치하여 使 1인, 副使 1인, 判官 2인 등을 두었다.(『高麗史』百官志)
284 동남 방향.

과 官府, 宮祠(궁사),[285] 道觀(도관),[286] 僧寺(승사),[287] 別宮, 客館 등은 모두 땅의 형세에 따라 여러 곳에 별처럼 흩어져 있다. 민간의 거처는 10여 家씩 모여서 하나의 취락을 이루고 있다. 읍락이나 도시에 관해서는 특기할만한 것이 없다. 이상 그 건국의 대강을 총괄하여 설명하고 이를 그림으로 그려 두었다. 그 나머지 사항은 따로 편을 나누어 함께 보일 것이다.

누각〈樓觀〉

예전에는 왕성에 누각이 없었는데, 사자의 왕래가 있은 후부터 上國(상국)[288]의 풍경을 구경하면서 그 크기나 구조에 대한 지식을 얻어서 조금씩 지을 줄 알게 되었다. 처음에는 왕성의 궁궐과 관청에만 있었지만, 지금은 官道(관도)[289]의 양옆과 재상이나 부자들의 집에도 세워져서 점점 지나치게 사치스러워졌다. 宣義門에 들어서면 수십 집마다 한 채씩 누각이 세워져 있다. 興國寺 부근에도 두 채의 누각이 서로 마주 보고 있는데, 왼편에 있는 것을 博〈鄭刻에서는 '溥'라 하였다〉濟樓(박제루)라 하고 오른편에 있는 것은 益平樓(익평루)라 부른다. 王府의 동쪽에도 두 채의 누각이 큰 길 가에 서 있는데, 이름이 적힌 현판은 보이지 않지만, 주렴과 장막이 화려하게 빛난다. 듣기로는 모두 왕족들이 노니며 구경하는 곳이라고 한다. 사신이 지나갈 때, 부녀자들이 그 사이에서 훔쳐보고 있었는데, 의복의 꾸밈새가 일반 민간인과 다르지 않았다. 왕이 나들이 할 때면, 그들은 비로소 비단 옷으로 갈아입는다고 말하는 이도 있다.

---

285 왕실 사당.
286 道敎 사원.
287 불교 사찰.
288 중국의 宋國을 자칭하는 말.
289 국가에서 만든 관용 도로.

민가〈民居〉

왕성이 비록 크다고는 해도, 돌이 많고 메마른 땅이고 산과 언덕이 많아서, 땅이 평탄하지도 않고 넓지도 않다. 따라서 그 민간 거처의 형세와 높낮이가 마치 벌집이나 개미구멍과 같다. 띠를 베어서 지붕을 얽어 겨우 비바람을 막을 뿐, 그 크기가 서까래를 2열로 얹는 정도에 그쳤다. 비교적 부유한 집에서는 기와집을 짓는 경우도 가끔 있지만, 그것은 겨우 열에 한, 두 집 정도에 지나지 않는다. 예전부터 전해지는 말에 의하면, 광대들이 사는 곳에는 긴 장대를 세워 양민의 집과 구별한다고 하지만, 지금 듣기로는 그렇지 않다고 한다. 아마도 고려에서는 사사로이 귀신에게 제사지내는 풍속이 있어, 주술로 사람을 굴복시키거나 재앙을 없애고 복을 비는 데〈'禳'은 鄭刻에서 '禱'로 쓰였다〉 도구로 사용될 뿐이다.

시가지〈坊市〉

왕성에는 본래 시가지가 없다. 단지 廣化門에서 관부와 객관까지 모두 긴 행랑을 만들어 민간 거처를 엄폐하였을 뿐이다. 때로는 행랑 사이에 동네 문을 만들고, 방문을 내걸어 혹은 '永通'이라 하고, 혹은 '廣德', '興善', '通商', '存信', '資養', '孝義', '行遜'이라 하였다. 그러나 그 안에는 실제로 큰 거리나 저자거리가 없고, 심지어는 깎아지른 절벽이나 초목만 무성하고 황량한 공터만 있는 경우도 있으니, 단지 밖에서 보기에만 좋게 하였을 뿐이다.

교역〈貿易〉

고려의 오랜 관행에 의하면, (宋의) 사자가 도착할 때마다 모여서 큰 시장을 벌여 갖가지 물건들을 진열했다고 한다. 붉은 색 칠기와 비단은 모두 화려하고 좋게 보이도록 힘쓰지만, 금과 은으로 만든 기물은 모두 왕부의 물건으로, 때에 맞추어 진열해 놓을 뿐, 고려의 풍속이 본래 그러한 것은 아니다. 崇寧(숭녕)[290] 연간과 大觀(대관)[291] 연간에 고려에 온 사자들은 여전히 그러한 풍경을 볼 수 있었지만, 지금은 그렇지 않다. 대체로 고려의 풍속에는 상설 가게가 없다. 다만 임시로 서는 장을 한낮에 열어, 남녀노소, 관리와 공장이들이 모두 자기가 가진 것을 가지고 나와서 서로 교역할 뿐이다. 화폐를 사용하는 제도가 없어, 오직 모시 베나 은병만으로 그 값을 헤아리고, 한 匹이나 한 兩에 미치지 못하는 작은 일용품은 그 무게를 계산하여 쌀로 값을 치를 뿐이다. 그러나 백성들은 그러한 풍속에 오랫동안 익숙해져 왔기 때문에, 스스로 편하게 여기고 있다. 그동안〈'中間' 아래에, 鄭刻에서는 '六字闕'이라 注記하였지만, 문장의 뜻을 보면 闕文이 없는 것 같다〉 우리 조정에서 틈틈이 화폐를 (고려에) 내려주었지만, 지금은 모두 府庫(부고)[292]에 저장해 두었다가, 때때로 꺼내어서 관속들에게 보여주어 노리개로 전하고 있을 뿐이다.

군현〈郡邑〉

州縣(주현)[293]의 설치는 그 실제가 이름과 부합하지 않으니, 단지 취락

---

290 北宋 徽宗 연호, 1102-1106년.
291 북송 휘종의 연호, 1107-1110년.
292 국가에서 재물이나 병기, 갑옷 따위를 저장하는 창고 『禮記』「曲禮」下의 鄭玄注에서 "府는 재화와 예물 등을 저장하는 곳이고, 庫는 車馬와 兵甲을 보관하는 곳이라"고 했다.

가운데 번화한 곳을 주현이라 할 뿐이다. 거란이나 大金과 접경하고 있는 국토의 서북방에 성채와 참호가 조금 있고, 그 동남방 바닷가 도서 지역에도 주현을 설치한 경우가 있다. 오직 西京(서경)[294]이 가장 번성해서, 그 城市가 왕성과 대체로 비슷하다. 그 외에도 3京(경)[295]과 4府(부),[296] 8牧(목)[297] 등이 있고, 防禦郡(방어군)이 118, 縣(현)과 鎭(진)[298]이 390, 洲島(주도)[299]가 3700개 있는데, 모두 守(수)와 令(령), 監(감) 등의 관

---

293 여기서 말하는 '州縣'은 곧 고대 중국의 지방정부인 '郡縣'을 말한다. 郡과 縣은 군주가 관료를 통해 인민을 직접, 개별적으로 지배하는 공간을 말하는데, 중국에서는 春秋 시대에 발생해서 戰國 시대에 발전하였고, 秦이 중국을 통일한 뒤에는 전 중국을 36개의 郡으로 재편성하고 한 개의 군에 여러 개의 현을 배속시켜, 郡에는 守, 縣에는 令이나 長이라는 지방관을 보내어 통령하게 했다. 漢代에는 여러 개의 군을 감찰하는 刺史가 파견되고 자사의 관할 구역을 州라고 했는데, 漢 말부터는 州가 郡의 상급 행정기관으로 변질되었다. 이로 인해 州郡縣 3급 체제가 확립되었지만, 隋, 唐 시대 이후에는 혹은 州가 생략되기도 하고, 혹은 郡이 생략되기도 했다.

294 平壤을 말한다. 고려 시대에는 왕경인 開京 외에, 太祖 때에 평양에 西京을 설치하고, 成宗 때에 東京을 慶州에 설치하였으며, 文宗 때에는 南京을 楊州 즉 지금의 서울에 설치하였다. 개경은 흔히 上都라 불리워졌고, 서경은 西都, 동경은 東都라 불려지기도 했는데, 개경을 제외한 3경 중에서 서경이 가장 중시되어, 중앙정부와 유사한 기구와 체제를 갖추고 있었다.(국사편찬위원회 『한국사』13 「(고려) 지방의 통치조직」, 184쪽)

295 고려 시대의 세 도성을 말하는데, 고려 시대에는 開城의 中京 외에도 서울의 南京과 平壤의 南京, 慶州의 東京이 있었다.(『고려사』 金謂磾傳)

296 고려 시대에 설치한 4都護府를 말한다. 『고려사』 지리지에 의하면, "顯宗 초에 節度使를 철폐하고 5都護와 75道 安撫使를 설치하였다가, 곧 안무사를 철폐하고 4都護와 8牧을 설치했다"고 한다. 大都護府에는 3품 이상, 중, 소 도호부에는 3품 이하 4품 이상의 都護府使를 두었다.

297 고려 顯宗 때 설치한 지방 행정 구역으로, 廣州와 忠州, 淸州, 晉州, 尙州, 羅州, 黃州, 全州 등을 말한다.(『고려사』 地理志)

298 고려 시대의 지방 행정 단위들을 말한다. 고려는 成宗 14년(995)에 지방 행정 구역을 개편하여 10道, 12州를 두고, 12주에 각각 節度使를 두었으며, 그 관할 하의 작은 州와 郡에는 都團練使, 團練使, 知事, 防禦使 등을 두었다가, 文宗 때에 관제를 고쳐 防禦鎭에는 防禦使와 副使, 判官, 法曹, 文學, 醫學 등을 두었다. 『增補文獻備考』職官考에 의하면, "고려는 3京과 여러 大都護府, 여러 牧, 大都督府, 防禦鎭, 여러 州郡에 醫師 한 명씩을 두었다"고 하고, 『高麗史節要』 顯宗에서는 "9년 2월에 여러 道의 安撫使를 철폐하고 4都護와 8牧, 56知州郡事, 28鎭將, 20縣令을 두었다"고 했다.

299 강 가운데의 섬과 바다의 섬을 말한다.

리를 두어 백성을 다스린다.[300] 그러나 단지 牧(목)과 守(수), 都護(도호)[301] 등의 관청만 여러 칸의 규모를 갖추고 있을 뿐, 令(영)과 長(장)[302] 등은 곳에 따라 민가에 거처하는 경우도 있다. 夷人(이인)[303]의 정치에서는 조세 문제 외에는 소송하기를 좋아하지 않는다. 관직에 있는 자가 公田으로 비용을 충당하기에 부족하면 부자들한테서 지원 받기도 한다고 한다.

제4권 궁문〈門闕〉

신이 듣기에, 黃帝(황제)와 堯(요), 舜(순)[304] 등은 앞으로 일어날지도 모를 일을 미리 예방하는 것을 중시하여, 겹문을 설치하고 딱따기를 쳐서 사나운 외부인의 침범에 대비하였다. 후대의 성인들도 존비의 차이에 따라 차등을 두어, 천자의 궁궐에는 皐門(고문)[305]과 庫門(고문),[306] 雉門(치

---

300 『高麗史』 56 志 10, 地理志1의 서문에 의하면, 고려는 "전국을 5道 兩界로 정하고 …… 모두 京 4, 牧 8, 府 15, 郡 129, 縣 335, 鎭 29곳을 두었다." 고려의 군현제는 기능상 京-牧-知事府-知事郡-縣令官 계열의 민정적 군현계통과 都護府-防禦郡-鎭 계열의 군정적 군현계통으로 나뉘어져 있었다.(朴宗基, 『高麗時代 部曲制度硏究』, 서울대출판부, 1990)

301 都護府의 준말로, 대도호부와 중도호부, 소도호부가 있었고, 관원으로는 使와 副使, 判官 등이 있었다.

302 牧은 州, 守는 郡, 都護는 都護府, 令과 長은 縣의 장판을 말하는데, 중국에서는 큰 縣의 징관을 令, 작은 현은 長이라 했지만, 고려에서는 작은 현의 상관을 監이라 했다.

303 중국인은 한국을 '夷狄' 공동체로 보았기 때문에, 고려인을 '夷人'이라 표현하였다.

304 중국 전설 시대의 군주들로, 顓頊과 帝嚳 등과 함께 이른바 '五帝'라 칭해졌다. 중국 최초의 通史인 『史記』는 「五帝本紀」의 黃帝에 대한 기술로 시작한다. 黃帝는 중국 고유의 문화를 창제한 인물로 묘사되었고, 堯와 舜은 '禪讓'과 '無爲而治', '治水' 등 중국 고유의 중요한 정치적 양식을 실행한 인물로 기록되었다.

305 왕궁의 外門, 혹은 國門을 이르는 말이다. 『禮記』 明堂位의 「鄭玄注」에 의하면 "'皐'는 높다는 뜻이다".

306 천자궁의 五門 가운데 가장 바깥에 있는 문이다. 『禮記』 明堂位의 「鄭玄注」에 의하

문), 應門(응문), 路門(노문) 등 모두 다섯 개의 문을 두고, 제후의 궁궐은 그 가운데서 두 개를 빼고 庫門과 雉門, 路門 등만 두었을 뿐이다.[307] 魯 나라는 周公의 후예였는데도 雉門과 두 개의 누각을 새로 더 지었다 가『春秋』의 나무람[308]을 피하지 못하였는데, 하물며 그 외의 다른 제후 들이야 어떠했겠는가. 고려의 궁문 제도도 옛 제후의 예법을 많이 좇았 다. 비록 그들이 여러 차례 上國을 방문하면서 열심히 흉내 내고 본뜨려 애를 썼지만,[309] 재료가 부족하고[310] 솜씨가 서툴러서 결국 질박하고 촌 스럽게 되었다고 한다.

면, "庫門은 雉門의 밖에 있었다. 庫門에 들어가면 廟門의 밖에 이른다"고 했다.

307 『禮記』明堂位의 「鄭玄注」에 의하면, "天子의 五門에는 皐, 庫, 雉, 應, 路가 있다. 魯 에도 庫, 雉, 路가 있으니, 諸侯의 三門인가"라고 했지만, 「孫希旦集解」에서는 "『春 秋』와 『詩』, 『書』, 禮 등을 살펴보면, 천자에게는 皐, 應, 畢이 있으나 庫, 雉, 路가 없고, 諸侯에게는 庫, 雉, 路가 있으나, 皐, 應, 畢이 없다. 천자의 세 문과 제후의 세 문은 문은 같지만 이름이 다르다…… 明堂位에서 말하는 것은, 아마도 魯가 王의 禮 를 써서 문의 제도가 王 門의 제도와 같아졌지만, 이름은 같지 않았다"고 했다.

308 원문에서는 '春秋之譏'라 하였다. 『春秋』는 孔子가 魯國의 史書를 筆削하여 編年體 로 엮은 역사책으로, 魯 隱公 원년(기원전 722)부터 哀公 14년(기원전 481)까지 242 년간의 일을 기록했다. 『春秋』는 史實을 지나치게 간략하게 서술했기 때문에, 공자 사후에 많은 해석서(傳)가 나왔는데, 그 가운데 『左氏傳』과 『公羊傳』, 『穀梁傳』이 가장 유명하다. 특히 『좌씨전』은 공자를 '述而不作'한 한 명의 역사가로 간주하여 자세한 사실을 부연 기록하였으나, 『공양전』은 공자를 '微言大義'하는 사상가로 이 해해서 『춘추』의 '간략한 말'에 숨겨진 '큰 뜻'을 찾아 밝혔다. 이로 인해 '春秋之義' 라든가 '春秋褒貶', 春秋之譏' 혹은 '春秋筆法'과 같은 개념이 후대 중국인에 큰 영 향을 미쳤다.

309 원문에서는 '效顰學步'라 하였는데, '效顰'은 越의 미인 西施가 속병으로 얼굴을 찡 그리고 다니는 것을 이웃의 醜女가 흉내를 내 더 추하게 보였다는 고사에서 유래된 말이다. 『莊子』天運篇에 나온다. '學步'라는 말은 '學步邯鄲'이란 숙어에서 따온 구 절이다. '學步邯鄲'이란 燕 나라 소년이 한단에 가서 그 나라의 훌륭한 보행법을 배 우려다가 배우지 못하고 오히려 자기의 고유의 보행법도 잊어버렸다는 고사로서, 함부로 남의 흉내를 내면 도리어 자기 고유의 것까지 잃게 됨을 비유하는 말이다. 『莊 子』秋水篇에 나온다.

310 본문에서는 '材之'라 하였으나, 澂江本에서는 '材乏'이라 하였는데, 후자를 택하는 것이 합리적이다.

선의문(宣義門)

선의문은 곧 왕성의 정 서쪽에 있는 문이다. 서쪽은 '金'의 방향으로,[311] 五常(오상)[312]에서는 '義'에 속하기 때문에, 그렇게 이름을 지은 것이다. 그 정문은 이중으로 되어 있고, 위에는 누각이 있는데, 합쳐서 甕城(옹성)[313]을 만들었다. 성의 남쪽과 북쪽 양편에 따로 문을 열어 서로 마주보게 하고, 각 문에는 무사를 배치하여 수비하게 한다. 그 중문은 항상 열어놓지는 않고, 오직 왕과 사자만 드나들고, 나머지 사람들은 모두 偏門(편문)[314]으로 다닌다. 碧瀾亭(벽란정)[315]에서 서쪽 교외에 이르러 이 문을 지난 뒤에야 객관으로 들어간다. 왕성의 문 가운데서 이 문이 가장 크고 화려한데, 아마도 國朝(국조)[316]의 사신을 위해 설치한 것 같다.

바깥문〈外門〉

왕성의 여러 문들은 대부분 거칠고 소박하다. 단지 宣義門은 사자가 출입하는 곳이고 北昌門(북창문)은 사자가 돌아가거나 사당으로 가는 길이라고 해서 아주 엄숙하게 꾸며졌으니, 다른 문들은 이에 미치지 못한

---

311 '西'는 四時에서는 가을, 五行에서는 金, 干支에서는 酉, 八卦에서는 兌에 배당한다. 王充의 『論衡』에서 "西方은 金"이라고 했다.

312 漢儒 董仲舒는 「賢良策」에서 "仁, 義, 禮, 智, 信 등 五常의 道는 王者가 마땅히 닦아야 한 바다"라고 했다.

313 성문을 보호하고 성을 튼튼히 지키기 위해 큰 성문 밖에 원형 또는 방형으로 쌓은 작은 성. 송대 曾公亮의 『武經總要』守城篇에서 "성 밖의 甕城은 둥글기도 하고 네모나기도 한데, 지형에 따라 만들고, 높이와 두께는 城과 같다"고 했다.

314 정문 옆에 딸린 곁문.

315 碧瀾渡에 있었던 정자. 벽란도는 경기도 開豊郡 西面의 禮成江 하류에 있었던 나루로, 고려 시대에 중국, 일본, 남양, 서역 등 지역의 海商들이 자주 드나들며 교역을 하던 국제 무역항이었다.(『고려사』 地理志)

316 宋朝를 자칭하는 말.

다. 會賓門(회빈문)과 長霸門(장패문) 등부터는 그 만듦새가 대체로 비슷한데, 한가운데에 두 짝의 문을 만들어, 높고 낮은 신분의 구별 없이 누구나 드나들 수 있게 했다. 이 성들은 모두 겹 기둥이 없는 대신에 철로 된 통으로 보호하고, 위에는 작은 회랑을 만들었으며, 산의 형세와 높낮이에 맞추어 쌓았다. 밑에서 崇山의 등성이를 바라보면, 성의 담이 꾸불꾸불 두르고 감긴 모양이 마치 뱀이 굼틀거리며 기어가는 형상과 같다. 長霸門은 安東府로 통하고, 光德門(광덕문)은 正州와 통하며, 宣仁門(선인문)은 揚州와 全州, 羅州 등 세 주와 통한다. 崇仁門(숭인문)은 日本과 통하고, 安定門(안정문)은 慶州와 廣州, 淸州 등 세 주와 통하며, 宣祺門(선기문)은 大金國과 통한다. 그리고 北昌門(북창문)은 三角山의 땔나무와 숯, 잣, 베와 비단 등이 생산되는 곳으로 가는 길로 통한다.

광화문(廣化門)

광화문은 王府의 偏門인데, 그 방향은 동쪽을 향하고 있다. 그 형태와 제도는 대체로 宣義門과 같지만, 단지 甕城이 없고 아름답게 꾸민 솜씨가 선의문보다 더 낫다. 또한 문 셋을 열었는데, 남쪽의 편문에는 儀制令(의제령)[317]의 네 자를 게시하였고, 북쪽 문에는 『周易』乾卦(건괘)[318]의 繇辭(요사)[319] 다섯 글자를 써 붙여 두었다. 그리고 春帖子(춘첩자)[320]에는

---

317 禮儀에 관한 제도와 그 세부 규정.
318 宋澂江本에서는 '軋卦'라고 했다.
319 '繇辭'는 爻辭, 즉『周易』에서 64卦의 각 爻에 붙인 설명문. '爻'는 卦를 구성하는 부호로서, 一은 양효, --은 음효이며, 세 효가 포개져서 하나의 괘를 이루어 經卦 8괘를 얻고, 두 괘가 포개져서 別卦 64괘를 얻는다. 각 괘에는 6개의 효사가 있어,『주역』전체에 384개의 효사가 있다.
320 立春 날에 대문이나 기둥 등에 써서 붙이는 對聯. 송대에 입춘 날에 學士院에서 태평을 송축하거나 간쟁하는 문구를 써서 대궐 문에 붙이는 관행에서 유래했다. 보통 五言이나 七言으로 짓는다.

"눈 자취가 아직도 三雲宮(삼운궁)[321] 돌계단에 남아 있는데, 햇살이 이제 막 五鳳樓(오봉루)[322]에 오른다. 수많은 제후들이 잔 올려 축수하니, 곤룡포 자락에 서광이 비친다"라고 하였다.

승평문(昇平門)

　승평문은 왕궁의 정 남문이다. 위에는 2층 누각을 만들고, 양옆에 두 누각을 세워, 3개의 문이 나란히 늘어서니, 그 규모가 더욱 굉장하고 웅대하다. 문의 네 모서리는 구리로 만든 火珠(화주)[323]로 장식되었다. 문 안에는 좌우로 나누어 두 개의 정자를 만들었는데, 둘 다 同樂亭(동락정)이라 부른다. 수 백의 나지막한 담장이 서로 이어져 神鳳門(신봉문)까지 이르는데, 신봉문의 규모는 승평문보다도 더 장대하다. 신봉문의 동쪽 문은 春德門(춘덕문)이라 하는데, 세자궁으로 통한다. 그리고 서쪽 문은 太初門(태초문)이라 하는데, 왕이 거처하는 곳으로 통한다. 또 10여 步(보) 떨어진 곳에 閶闔門(창합문)이 있는데, 왕이 詔書를 맞아 받드는 곳이다. 좌우 양 옆에는 承天門(승천문)이 있는데, 여기서부터 산세가 조금씩 가까이 다가와, 가운데 뜰이 좁아지고, 會慶殿의 문〈鄭刻에는 外자가 있다〉과의 거리가 불과 몇 丈(장)[324]에 지나지 않는다. 昇平門과 神鳳門, 閶闔門 등 세 문은 제도와 장식이 대체로 비슷하지만, 그 가운데서도 신봉문이 으뜸이니, 현판의 글자는 금니로 쓰고 그 바탕은 붉은 색으로 칠해졌는데,

---

321　甘泉宮 안에 있었던 漢代의 궁전. 『西京雜記』 1에서, "成帝가 雲帳과 雲幄, 雲幕을 甘泉紫殿에 설치하니, 세상에서는 三雲殿이라 했다"고 전한다.

322　唐代에 洛陽에 세워 玄宗이 큰 잔치를 베풀었던 누각. 그 뒤에 後梁 太祖가 낙양에 중건했다.(『五代史』 羅紹威傳)

323　'火珠'는 火齊珠를 말하는데, 寶珠의 일종으로, 일설에는 구슬처럼 생긴 돌이라고도 한다. 『南史』 夷貊傳과 『唐書』 南蠻西南蠻傳에서 扶南國과 林邑國이 '火(齊)珠'를 貢獻하였음을 전한다.

324　1丈은 10자(尺).

歐率更(구솔경)[325]의 서체를 갖추고 있다. 대개 고려인들은 옛 서체를 본받는 경우가 많아, 감히 억설이나 자기의 소견을 가지고 함부로 속된 서체를 만들어 쓰지는 않는다.

동덕문(同德門)

동덕문은 좌우로 두 문이 서로 마주보고 있는데, 그 가운데에 있는 문이 昇平門이다. 형태와 제도가 殿門과 대체로 비슷해서 아주 높지만, 단지 臺觀(대관)[326]이 없다. 昌德門과 會賓門, 春宮門, 承休門 등은 그 제도가 동덕문과 차이가 없는데, 단지 閤門과 承天門 등 두 문이 조금 좁을 뿐이다.

궁전문⟨殿門⟩

會慶殿의 문은 산 중턱에 있고, 돌계단 비탈길은 높이가 5丈이나 되는데, 이것이 正殿(정전)[327]의 문이다. 3개의 문이 나란히 열 지어 서있는데, 그 가운데 문으로는 詔書만 들어갈 수 있고, 왕과 사신은 좌우로 나누어 들어간다. 문 밖에는 24자루의 창이 늘어 세워져 있고, 갑옷을 입고 투구를 쓴 군사가 그 의장과 호위를 담당한다. 수비하고 호위하는 병력

---

325 唐代의 명필 歐陽詢을 말한다. '率更'은 그가 당 太宗 때에 太子率更令을 지냈기 때문에 흔히 별칭으로 사용되었다. 구양순은 자를 信本, 少信이라 하는데, 經史에 박통해서 隋代에는 太常博士를 지냈고, 서예에 뛰어나 王羲之를 능가하는 독자적 서체를 만들었다. 그이 서체는 歐體 혹은 率更體라고 부르기도 한다.(『舊唐書』 189上; 『新唐書』 198)
326 樓臺나 宮觀 등, 경관을 조망하기 위해 지은 높은 건축물.
327 궁궐의 중앙에 위치한 主殿.

이 매우 많아, 다른 문에 비해 (수비와 호위가) 특히 엄중하다.

제5권 궁전(宮殿) 1

　신이 우러러 생각해 보니, 神宗(신종) 황제[328]께서 예악 법도를 크게 펴서 먼 나라에까지 널리 미치게 하자, 보배를 공납하면서 안으로 찾아오는 자들이 산을 넘고 물을 건너 먼 곳에서 자꾸 몰려왔는데, 오직 고려만 특별히 예우하여, 가까이 모시는 신하를 사신으로 보내 위무하고 황제의 뜻을 전하게 하였다. 눈에 띄는 곳에 있는 궁전의 명칭이나 鴟吻(치문)[329] 등 장식물이 모두 回避(회피)[330]하지 않은 채 (황궁의 그것과 차별을 두지 않고) 제 멋대로 만들었지만, 이를 통해서 황제의 계획이 굉장하고 심원하여 蠻夷를 작은 일로 나무라지 않고 오히려 그들의 충성과 순종을 가상히 여기는 큰 뜻을 알 수 있다. 夏童(하동)[331]이나 北虜(북로)[332]는 털로 짠 장막으로 성과 집을 삼고 계절마다 물과 풀이 있는 따뜻하고 서늘한 곳을 찾아 수시로 옮겨 다니기 때문에, 고정된 도읍은 처음부터 없었

328　北宋의 제6대 황제. 치세기간은 1068-1085년.

329　'치문'은 고대 궁전의 지붕 용마루 양단에 놓는 장식 기와를 말하는데, '鴟尾'라고도 한다. 唐代 蘇鶚의『蘇氏演義』上에서는 "蚩는 바다 짐승이다. 漢武帝가 栢梁殿을 만들 때 上疏한 자가 있어 이르기를, '蚩尾는 물의 정령으로 火災를 막을 수 있으니 宮殿에 두는 것이 좋다'고 했다. 오늘 날 사람들은 鴟자를 많이 쓰고, 그 입이 소리개와 같아서 鴟吻이라고 부른다"고 했다.

330　꺼리어 피한다는 뜻으로, 신하된 자가 임금이 거처하는 궁전이나 사용하는 물건, 혹은 이름 등을 피해서 사용하지 않는 예법을 말한다.

331　西夏를 낮추어 부르는 말. 송대의 중국은 동남방의 宋, 동북방의 遼 혹은 金, 서북방의 西夏 등 삼국에 의해 분점되어 있었다. 서하는 党項羌人이 주축이 되어 河西에 건립된 국가로, 1038-1227년에 존속하였다.

332　契丹을 낮추어 부르는 말.

다. 그러나 고려와 같은 나라는 전대의 역사에 이미 기록되어있듯이 산과 골짜기에 정착해서 살아가기 때문에, 농지가 적어서 힘써 농사지어도 자급자족하기에는 부족해서 음식을 절약하는 풍속이 있지만, 그래도 궁실을 갖추고 꾸미는 것을 좋아한다. 이런 까닭에 지금 왕이 거처하는 건물⟨鄭刻에서는 아래에 '仍在' 두 자가 있다⟩은 (기둥 위에 짜놓은) 두공이 둥글고 정수리 부분은 네모지게 만들어졌으며, 翬雉(휘치)[333]가 나는 듯한 화려한 용마루가 연이어지고, 붉고 푸른 단청으로 아름답게 단장되었다. 멀리서 바라보면 깊고 그윽하다. 그러나 崇山의 등성이에 의지하고 있어, 길이 곧지도 않고 평탄하지도 않은데다가, 고목이 우거지고 그늘져서, 마치 큰 산에 있는 사당이나 산사와 흡사하다는 느낌이 들게 한다. 이제 그 형상과 제도를 그림으로 그리고, 그 이름도 그대로 남기려 한다.

왕부(王府)

왕부는 內城(내성)[334]으로 둘러싸였는데, 13개의 문마다 이름을 적은 현판이 걸려있고, 그 방향에 따라 각각 다른 의미를 드러내 보이고 있다. 특히 廣化門은 정동 방향에 있고 긴 거리로 통한다. 궁전의 문은 모두 15개 있는데, 그 가운데서 神鳳門이 가장 화려하다. 궁내의 관부는 모두 16개가 있는데, 그 가운데서 尙書省(상서성)[335]이 으뜸이다. 9개의 궁전은 각각 차이가 있는데, 그 가운데서 會慶殿이 正寢(정침)[336]이다. 3개의 殿

---

333 흰 바탕에 오색 무늬가 있는 꿩.
334 '外郭'의 상대어로, 내부에 있는 성곽이란 뜻인데, 外城으로 둘러쌓여 있는 성을 말한다.
335 고려 시대에 백관을 총령하던 관아로,『고려사』백관지에 의하면, "상서성은 太祖가 泰封의 제도로 이어서 廣評省을 두어 백관을 總領하게 하였는데 …… 成宗 원년에 광평성을 고쳐서 御事都省이라 하였고, 14년에 尙書都省으로 고쳤으며, 文宗 때 尙書令 한 명을 두고 품질을 從1品으로 하고, 左右僕射 각 한 명씩 정2품 …… 으로 정했다."

閣〈鄭刻에서는 '閤'이라 하였다〉이 솥발처럼 벌여 서 있는데, 그 가운데서도 淸燕閣(청연각)[337]이 가장 웅장하고 화려하다. 그 외에도 작은 궁전이 하나 있어, 한가히 쉬는 곳으로 이용하고 있다. (그 왕은) 매일 便座(편좌)에서 정사를 보는데, (임금만이 앉는 특수한) 의자 위에 자리를 깔고 앉는다. 나라의 관리들과 친척, 측근들이 그 옆에 줄지어 꿇어앉아서, 왕명을 받들어 차례에 따라 밖으로 전달한다. 대신은 닷새에 한 번씩 왕을 뵙는데, 알현할 때마다 곧바로 큰 건물로 간다〈鄭刻에서는 '每見直至大堂'이라는 구절이 없고 '別有議政之堂'이라는 구절이 있다〉. 나머지 관리들은 매달 초하루와 보름날 외에도 네 번 더 왕을 알현해서 그 분부를 듣고 명령을 받는다〈鄭刻에서는 ('슈'이라 하지 않고) '事'라고 하였다〉. 무릇 일이 있을 때에는 上〈鄭刻에는 '凡有事當上'의 5자가 없고, '則立於門外惟執'이라는 7자가 있다〉奏를 주관하는 관리가 문에서 명령을 전달한다. 계단을 오르거나 제 자리로 돌아갈 때는 누구나 신발을 벗고 무릎걸음으로 나아가거나 물러나면서 왕래한다. 궁정 안에서 빨리 움직일 때는 반드시 왕을 향해서 경쇠 모양으로 허리를 깊이 굽혀 공손하게 절하니, 그 삼가는 태도가 이와 같다. 나머지 건물들은 모두 거칠고 소박해서 이름이 실제와 부합하지 않기 때문에, 상세하게 기록할만한 가치가 없다. 이제 하나하나 나누어 그림으로 그리려 하는데, 어떤 것은 다른 편에서 그려 보이는 것도 있다.

회경전(會慶殿)

회경전은 閶閤門 안에 있는데, 따로 궁전 문이 있다. 그 규모가 매우

336　천자나 제후가 거처하며 일을 집행하던 '寢' 가운데서 가장 중앙에 있는 궁실이다. 동서 양쪽에 있는 寢을 小寢이라고 한다.
337　고려 시대에 學士들이 아침저녁으로 모여 經書를 강론하며 왕에게 進講하던 곳으로, 睿宗 11년(1116)에 궁중 안에 이를 짓고 종3품의 學士와 直學士, 直閣 각 1인을 두었는데, 그 해에 寶文閣으로 옮겼다.(『고려사』 백관지)

장대해서, 집터의 높이가 5丈 남짓하고, 동서 양편에 계단이 있으며, 난간은 붉게 옻칠하고 구리 꽃으로 장식하였는데, 그 꾸밈이 웅장하고 화려하여 여러 궁전 가운데서도 으뜸이다. 양편의 행랑은 모두 30칸이다. 가운데 뜰에는 벽돌이 깔렸는데, 지반이 비어있어 견고하지 않기 때문에, 다닐 때마다 소리가 난다. 평상시에는 그곳에서 거처하지 않고, 오직 사신이 오면 뜰 아래에서 조서를 받거나 표문을 올리는데 사용한다. 연회를 베풀 때는 正使와 副使의 자리를 궁전의 서쪽 기둥 아래에 동쪽을 향하도록 배치한다. 上節(상절)은 동쪽 廊下(낭하)[338]에 위치하고, 中節(중절)은 서쪽 낭하에 위치하며, 下節(하절)[339]은 문의 양편 행랑에서 북쪽을 향하도록 자리잡게 한다.[340] 나머지 예식은 다른 전각에서 따로 치른다.

건덕전(乾德殿)

건덕전은 회경전의 서북쪽에 있는데, 궁전문이 따로 있다. 그 규모는 5칸으로, 회경전에 비해 조금 작다. 예전에는 사자가 그곳에 도착하면 세 차례 왕과 회동하게 되는데, 예우를 더할 때는 특별히 여인을 보내어 모시게 하고 그(건덕전) 안에서 연희를 베풀었다고 한다. 이번에 사자가 갔을 때는, (王)楷(왕해)[341]가 아직 상복을 벗지 못했기 때문에, 단지 會慶殿에서 자리를 함께 해서 술잔을 주고받았을 따름이다. 조정에서 전권 사절을 파견하지 않고 비록 郡吏가 사신으로 공문을 가지고 가서 명을

---

338   방과 방을 잇는 복도
339   '상절'과 '중절', '하절' 등의 명칭은 宋朝에서 파견한 사절단의 구성 인원을 등급에 따라 삼분한 것으로, 그 구체적 내용은 뒤의 본문에 나온다.
340   宋의 사절단 가운데서 正使와 副使를 제외한 나머지 인원은 上節과 中節, 下節 등 세 등급으로 분류되었다. 提轄官으로 사절단에 참여한 徐兢은 상절에 속했다. '節'은 등급의 뜻과 符節의 뜻을 함께 갖고 있다.
341   고려 仁宗을 가리킨다.

전달할 때에도 이 궁전에서 연회를 베풀었는데, 단지 대접하는 예의에서 더하거나 더는 차이가 있을 뿐이다.

장화전(長和殿)

장화전은 會慶殿 뒤편 정 북방의 한 산등성이 위에 있어 지세가 높고 험한 까닭에, 그 형태와 규모가 더욱 좁아서 乾德殿에 미치지 못한다. 양편의 거느림채는 모두 재화를 간직하는 창고로 사용하고 있는데, 그 동쪽 거느림채에는 聖朝에서 하사한 물건과 內府(내부)[342]의 보물을 저장하고, 서쪽 거느림채에는 그 나라의 금과 비단 종류를 쌓아둔다. 경비를 서는 병졸들이 다른 곳보다 더 엄중하게 지킨다.

원덕전(元德殿)

원덕전은 長和殿의 뒤편에 있는데, 지세가 더욱 높고 축조 방식이 거칠다. 들기에, 그 왕은 그곳에 상주하지는 않고, 단지 이웃 나라가 침범하여 변경이 위태로울 때에 이곳으로 가서 군사를 일으키고 장수들에게 명령을 내린다고 한다. 또한 형벌을 내려 처형하거나 기밀을 요하는 국가의 중대사가 있을 때에는 가까운 신하나 친밀한 자 한 두 명과 함께 이곳에서 의논하여 결정한다고 한다.

---

342 漢代 桓寬의 『鹽鐵論』 力耕篇에서 "文罽 등을 內府에 넣었다"고 하였듯이, '內府'는 진귀한 물건을 보관하는 왕실의 창고를 가리킨다.

만령전(萬齡殿)

만령전은 건덕전의 뒤편에 있는데, 그 규모는 조금 작지만 장식은 화려하다. 이곳이 바로 왕의 침실이다. 姬嬪(비빈)[343]과 시녀들이 양편 거느림채의 열 지은 방들에서 거처하면서 왕을 둘러싸고 살고 있다. 崧山 중턱에서 그 안을 내려다보면, 역시 그다지 넓지는 않다. 그 후궁과 시녀들의 숫자도 거처의 수를 통해 헤아릴 수 있을 듯하다.

제6권 궁전(宮殿) 2

장령전(長齡殿)

장령전은 乾德殿의 동쪽, 紫門(자문) 안에 있다. 규모는 3칸으로, 그 화려함은 萬齡殿에 미치지 못하지만 규모는 더 크다. 中朝(중조)[344]의 사자가 (고려에) 가려면 언제나 기일에 앞서 반드시 소개서를 먼저 써야 하는데, 그것이 도착하면 이곳에서 받게 된다. 상인들이 국경에 이르면, 관리를 보내어 맞이하고 위로하는데, 숙소가 정해진 뒤에 장령전에서 그들이 바치는 물건을 받아, 그 값어치를 계산하여 특산물로 몇 배나 갚아준다.

---

343 '姬'는 應劭의 『漢官儀』에서 "姬는 內官으로, 秩이 比二千石이고 지위가 婕妤의 아래고 八子의 위다"라고 하였듯이, 漢代 이후 궁중 女官의 한 칭호였다. '嬪'은『禮記』「昏義」에서 "옛날에는 천자의 후궁으로 6宮과 3夫人, 9嬪, 27世婦를 세웠다"고 하였듯이, 황제의 후궁을 가리키는 칭위의 하나였다.
344 중국의 조정이란 뜻으로, 宋朝를 자칭한 말이다.

장경전(長慶殿)

　장경전과 重光殿, 宣政殿 등 세 궁전은 비록 옛 기록에 그 이름이 기재되어 있지만, 지금 듣기로는 중광전과 장경전을 다시 수리해서 便〈鄭刻에서는 '別'이라 하였다〉殿(편전)[345]으로 바꾸었다 하니, 아마도 지금 전각〈정각에서는 '閤'이라 하였다〉을 세운 곳에 있었을 것이다. 선정전은 곧 外朝(외조)[346]다. (국왕은) 매년 때에 따라 그 신하들과 회동하여 연회를 갖는다. 왕이 태어난 날에도 명절 이름이 있다. 王俣(왕우)[347]는 8월 17일에 태어났는데, 이날을 咸寧節(함녕절)이라 한다. 그 날 귀족들과 대신 및 측근 신하들이 모두 장경전에 모이고, 객관에 묵고 있는 중국 상인들도 관리를 보내어 연회에 참석하게 하는데, 연회에서는 華夷(화이)[348] 2部의 음악이 함께 연주된다. 또한 致語(치어)[349]도 있는데, 그 口號(구호)[350]를 기록하면 다음과 같다. "때에 맞추어 상서로운 빛이 궁궐 숲에 비치고, 온화한 기운이 짙게 무르익어 쌓인 음기를 깨뜨린다. 집집마다 향불 피워 나라의 장구를 기원하고, 생황에 맞추어 두 나라 음악을 노래하여 손님의 마음을 즐겁게 한다. 연회가 무르익어 흥취가 일어나니 해 그림자가 주렴으로 옮겨가고, 춤을 마친 기생의 옥비녀가 삐딱하게 기울여져 있다. 모름지기 마음껏 즐겨서 아름다운 경치에 답해야 하니, 술잔 깊다 불평 말고 조용히 마셔보세."

345　임금이 평상시에 거처하는 궁전.
346　임금이 국정을 처리하는 곳. 『禮記』「文王世子」의 鄭玄 注에서 "外朝는 路寢門의 外庭이라" 하고, 孫希旦의 集解에서는 "外朝는 治朝라"고 했다.
347　고려 睿宗을 가리킨다.
348　중국과 한국을 지칭한다.
349　宋, 元代에 樂人이 바치던 頌詞. '致辭'라고도 한다.
350　송, 원대에 樂人이 바치던 聖德을 기리는 詩體.

연영전각(延英殿閣)

연영전각은 長齡殿의 북쪽에 있는데, 제도와 크기가 乾德殿과 대략 같다. 왕은 이곳에서 進士科(진사과)[351] (과거)시험을 직접 주재한다. 또한 그 북쪽에 있는 것은 慈和殿(자화전)이라고 하는데, 이 역시 연회를 위해 모이는 곳이다. 그 앞에 세〈아래에서 寶文閣과 淸燕閣에 대해서만 서술하고 臨川閣(임천각)[352]에 대해서는 언급하지 않았으니, '三'자는 '二'자로 써야 할 것 같다〉 전각을 세웠는데, 寶文閣(보문각)[353]이라 하는 곳에서는 누대의 황제들이 내린 조서를 받들어 간직하며, 그 서쪽에 있는 淸燕閣(청연각)이라 하는 곳에서는 여러 종류의 역사서와 제자백가서, 문집 등을 보관한다. 일찍이 그 燕記(연기)[354]를 얻은 바 있었는데, 그 문장의 내용은 다음과 같다.

"開府儀同三司(개부의동삼사)[355] 守太保(수태보)[356] 兼門下侍郎(겸문하시랑)[357] 監〈鄭刻에서는 '兼'이라 하였다〉修國史(감수국사)[358] 上柱國(상주국)[359]

---

351 고려 시대 科擧의 한 과목으로, 製述業(科)라고도 했다. 光宗 9년(958)부터 시작된 진사과는 詩, 賦, 頌, 時務策 등을 시험하였다.

352 뒤에 '臨川閣' 조 본문에서 설명이 있다.

353 고려 시대에 왕에게 進講하는 일을 맡아 보던 관아와 그 전각을 말한다. 淸燕閣이 궁중에 있어 學士들의 숙직이 불편해서, 睿宗 11년(1116)에 청연각 남쪽에 따로 전각을 지어 보문각이라 하여, 學士와 直學士, 直閣 등의 관원을 두었다.(『고려사』 백관지)

354 여기서 말하는 '燕記'란 '淸燕閣에 관한 기록'으로 이해할 수도 있지만, 그 내용으로 보아 '(청연각에서 열린) 燕會에 관한 기록'으로 해석하는 것이 합리적일 것이다.

355 幕府를 열 수 있고 그 儀禮를 三司와 같이 예우한다는 뜻으로, 고려 시대 문관의 가장 높은 官階의 이름이었다. 成宗 14년에 大匡이란 관계를 고쳐서 불렀는데, 文宗 때에 품계를 종1품으로 했다.

356 '守'는 品階가 낮고 관직이 높을 경우에, 직함 앞에 붙여 쓰는 말이다. '太保'는 大保, 즉 고려 시대 三師의 하나로, 품계는 정1품이었다.

357 '兼'은 품계보다 두 등급 낮은 관직을 가질 때, 직함 앞에 표기하는 방법이다. '문하시랑'은 門下侍郎平章事의 준말로, 고려 시대 門下省의 정2품 벼슬로, 門下侍中의 차관이었다. 문하성은 국왕의 명령을 선포하며 국무를 총리하던 관청이다.

358 고려 시대 국사를 편찬하는 史館의 으뜸 벼슬로, 흔히 侍中이 겸하였다.

359 고려 시대 첫째 등급의 勳位로, 文宗 때에 정2품으로 정해졌다.

江陵郡開國侯(강릉군개국후)[360] 食邑一千三百戶 食實封三百戶 臣 金緣 (김연)이 왕명을 받들어 글을 짓고, 通奉大夫(통봉대부)[361] 寶文閣學士(보문 각학사)[362] 左散騎常侍(좌산기상시)[363] 上護軍(상호군)[364] 唐城郡開國男(당성 군개국남) 食邑三百戶 賜紫金魚袋(사자금어대)[365] 신 洪灌(홍관)[366]이 왕명 을 받들어 글을 쓰고 아울러 篆書體(전서체)[367]로 현판을 썼다.

왕은 밝고 깊으며 독실하고 빛나는 덕으로 유학을 숭상하고 중국의 기풍을 기꺼이 흠모했다. 그런 까닭에 大內(대내)[368]의 옆, 延英書殿의 북쪽과 慈和殿의 남쪽에 따로 寶文閣과 淸燕閣 등 두 전각을 창건하여, 聖宋(성송)[369]의 황제들이 지은 조칙과 서화를 받들어 걸어두고 가르침과 모범으로 삼아, 반드시 절하며 정중한 몸가짐을 갖춘 다음에야 그것을 우러러 보았다. 한결같이 周公(주공)[370]과 孔子, 孟子, 揚雄(양웅)[371] 등 이

---

360 爵號. '개국후'는 고려 시대의 爵位의 하나로, 文宗 때에 公, 侯, 伯, 子, 男 등 다섯 등급의 작위를 두었다.
361 고려 시대의 문관 官階.
362 보문각에 소속된 學士로, 임금에게 進講하는 일을 맡아 보았다.
363 고려 시대 門下省에 소속된 관원으로, 품계는 정3품이었다. 左右 산기상시가 있었다.
364 고려 시대 二軍 六衛에 두었던 정3품 무관직으로, 上將軍을 고친 이름이다.
365 자색 금어대를 하사받은 관원이란 뜻. '금어대'는 금으로 장식된 魚袋로, 金魚符를 넣는 데 사용했다. 唐代에는 3품 이상의 관리가 찼지만, 宋代에는 魚符 없이 장식으 로만 썼다.
366 고려 仁宗 때의 문신으로, 자는 無黨. 문과에 급제하여 直史館, 御史中丞, 兵馬使, 禮 部尙書, 守司空尙書左僕射 등을 역임했다. 李資謙의 난 때 인종을 호위하다가 난군 에게 살해되었다. 金生의 필법을 이어받은 명필로, 보문각과 청연각의 편액을 썼다 고 한다.(『고려사』 121)
367 한자 글씨체의 하나로서, 大篆가 小篆이 있다. 元代 盛熙明의 『法書考』에 의하면, "大篆은 周의 史官 籒가 만든 것이고 … 小篆은 秦의 丞相 李斯가 만든 것으로 …… 秦篆이라고도 한다."
368 일반적으로 임금의 궁전을 뜻하나, 여기서는 특히 大殿(중요한 의식을 거행하거나 사신이나 대신을 접견하는 궁전)을 지칭함.
369 宋朝를 높여서 부르는 말.
370 周 文王의 아들이고 武王의 아우로서, 성은 姬이고 이름은 旦이다. 어린 조카 成王 을 대신해서 攝政하면서 管蔡의 난을 평정하고 禮樂을 제정하여 중국 문화의 기초 를 확립한 문화적 영웅으로, 孔子 등 후인에 의해 칭송 받았다.
371 前漢 후기의 대학자. 많은 賦를 지었고, 『揚子法言』과 『方言』, 『太玄經』 등을 저술하

후의 고금의 문서를 모아두고, 매일 연륜 깊은 스승과 학덕 높은 儒者들과 함께 先王의 道(도)[372]를 탐구하고 널리 펴서, 품고 익히며 키우고 즐기니, 堂上으로 나서지 않더라고 三綱(삼강) 五常(오상)[373]의 가르침과 性命(성명) 道德(도덕)[374]의 이치가 온 나라에 가득 차서 넘쳐흐른다.

이에 이번 丁酉年[375] 4월 甲戌 2〈鄭刻에서는 '3'〉일에 守太傅 尙書令 帶方公(대방공)[376] 臣 (王)俌(보)[377]와 守太傅 尙書公(상서공)[378] 太原公 臣 (王)侾(효), 守太保 齊安侯 신 (王)偦(서),[379] 守太保 通義侯 신 (王)僑(교), 守太保 樂浪侯 신 (金)景庸(경용),[380] 門下侍郎 신 (王)偉(위), 門下侍郎 신

_____

였다.

372 여기서 말하는 '先王'이란 堯舜이나 周 文王 武王과 같은, 먼 옛날 중국의 위대한 王者들을 가리킨다. 孟子 등 儒者들이 지향하는 '先王之道'도 이들 왕자들의 治道를 말한다. '儒者' 혹은 '儒生'이란 '선왕의 도'를 주된 내용으로 하는 중국의 고전적 禮 문화를 이어 지키며 전승하는 독서인층을 가리킨다.

373 유교의 가장 기본적인 도덕규범. 三綱은 君臣과 父子, 夫婦의 도리를 가리키니, 『禮記』「樂記」의 孔穎達 疏에서 "三綱이란, 임금은 신하의 벼리가 되고, 아버지는 아들의 벼리가 되며, 남편은 아내의 벼리가 되어야 함을 이른다"고 했다. '五常'은 사람이 행해야 할 다섯 가지 바른 도리를 가리키니, 『書經』「泰誓」下의 공영달 소에서 "五常, 곧 五典은 아버지는 義(理), 어머니는 慈(愛), 형은 友(愛), 아우는 恭(敬), 자식은 孝(誠), 이 다섯 가지는 사람이 항상 행해야 하는 것이다"라고 했다. '五常'은 父子有親, 君臣有義, 夫婦有別, 長幼有序, 朋友有信의 '五倫'을 뜻할 수도 있다.

374 '性命'은 만물이 하늘로부터 부여받은 것. 『周易』「乾」卦의 孔穎達 疏에서 "性이란 天生의 質로서, 剛柔나 遲速 등의 구별과 같은 것이고, 命이란 사람이 받은 것으로, 貴賤이나 天壽와 같은 것이다"라고 했고, 「朱熹本義」에서는 "사물이 받은 것을 性이라 하고, 하늘이 부여한 것을 命이라고 한다"고 했다. '道德'은 우주만물의 근본 원리인 道와 德을 말하기도 하고, 혹은 人倫五常과 같이 사람이 반드시 행해야 할 바른 길을 의미하기도 한다.

375 고려 睿宗 12년(1117).

376 封號. '帶方'은 後漢 獻帝 建安 연간에 公孫康이 樂浪郡 남부를 할거하여 설치한 郡의 이름이다.

377 肅宗의 아들이고 睿宗의 아우로서, 예종 원년에 帶方侯로 봉해졌다가 뒤에 帶方公으로 進封되었으나, 仁宗 즉위 초에 李資謙에 의해 유배되었다가 配所에서 죽었다. (『高麗史』90)

378 '尙書令'의 誤記. 상서령은 尙書省의 으뜸 벼슬로, 품계는 종1품.

379 肅宗의 아들. 仁宗 때에 많은 종실이 李資謙에게 화를 당했으나, 미친 체 하여 화를 면했다.

(李)資謙, 신 (金)緣, 中書侍郎 신 (趙)仲璋(중장),[381] 參知政事 신 (金)晙(준),[382] 守司空 신 (金)至和(지화),[383] 樞密院使 신 (李)軌(궤),[384] 知樞密院事 신 (王)字之(자지),[385] 同樞密院事 신 (韓)安仁(안인)[386] 등을 특별히 불러, 청연각에서 연회를 성대하게 베풀면서 조용하게 말했다.

'내가 돌아보니, 내 덕은 부족하지만, 하늘이 평안함을 내려 준 덕에 종묘와 사직에 복이 쌓여, 세 방면의 변경에서 전란이 끊어지고, 文軌(문궤)[387]가 中夏(중하)[388]와 같게 되었다. 무릇 立政(입정)[389]하여 일을 만들 때는 큰일이든 작은 일이든 묻고 아뢰지 않는 것이 없으니, 이는 崇寧(숭녕)[390] 연간과 大觀(대관)[391] 연간 이래로 베풀어서 갖추거나 조치를 취하는 방도였다. 文閣(문각)[392]에서 經筵(경연)[393]해서 훌륭한 儒者를 찾아 불

---

380 兵部尚書 金元晃의 아들로, 肅宗 때에 병부상서 등을 역임하고, 睿宗 시에는 門下侍中 등을 지낸 중신.

381 睿宗 시에 吏部侍郎 등을 거쳐 門下侍郎平章事에 이르렀다.

382 開城 金씨의 시조 文科에 장원하여, 兵部尚書, 知樞密院事, 參知政事, 門下侍郎平章事 등 중책을 역임했다.

383 睿宗 시에 工部尚書, 刑部尚書, 吏部尚書, 守司空參知政事 등을 역임하고, 仁宗 초에는 判兵部事에 이르렀다.

384 宣宗 때 小府注簿로서 宋에 보내는 表文에 遼의 연호를 썼다가 그 표문이 되돌아와 파면된 적이 있고, 肅宗 때에는 禮部郎中으로 遼에 使行할 때 義天의 부탁으로 금종을 요에 바친 일을 묵인했다가 귀국 후에 사사로운 선물을 금하지 않은 죄로 면직당한 적도 있다. 睿宗 때에 政堂文學 戶部尚書 修國史에 오르고, 守司空參知政事로 致仕했다. 文名이 있었다.

385 胥史에서 출발, 肅宗 때에 殿中侍御史가 되고, 睿宗 때에는 兵馬判官으로 尹瓘 휘하에서 女眞을 격파하기도 했고, 1115년에는 吏部尚書로 謝恩 겸 進奉使로 宋에 가서 大晟雅樂을 가지고 왔다. 兵部尚書, 知樞密院事, 吏部尚書, 參知政事 등을 역임했다.

386 肅宗 때에 文科에 급제하고, 睿宗이 세자로 있을 때 輔導한 인연으로 즉위 뒤에 왕의 총애를 받아, 同知樞密院事, 禮部尚書, 參知政事 등을 역임하였으나, 仁宗 초에 李資謙을 제거하려다가 도리어 유배되어 살해당했다.

387 문자와 轍迹 즉 수레바퀴의 폭, 王者가 천하를 통일하는 데 갖추어야 할 것.

388 中國의 다른 표현.

389 『史記』范雎蔡澤傳에서 "明主가 立政함에 있어 공이 있는 자는 상을 주지 않을 수 없다"고 한 사례로 보아, '立政'은 정사에 임한다, 혹은 군림한다는 등의 뜻을 갖는다.

390 宋 徽宗 시기의 연호, 1102-1106년.

391 송 휘종 시기의 연호, 1107-1110년.

러들이는 것은 宣和(선화)[394] 연간의 제도를 좇는 것이고, 궁궐 깊숙한 곳의 은밀한 자리에 보필하는 대신들을 불러들여 만나는 것은 太淸(태청)[395] 연간의 연회를 본받는 것이다. 비록 예의에는 차등이 있다 하더라도, 현자를 예우하고 능력 있는 이를 존중하는 뜻은 마찬가지다. 이번에 (宋에) 조공하러 들어갔던 進貢使(진공사)[396] (李)資諒(자량)[397]이 계수나무 향과 황제가 내려준 술, 龍鳳茗團(용봉명단),[398] 진기한 과일, 보배로운 기물 등을 가지고 돌아왔기에, 이 지극히 좋은 일을 경들과 함께 기꺼운 마음으로 즐기려 한다.'

신료들은 모두 당황하고 두려워하며 뒤로 물러나 섬돌에 엎드리며, '견문이 좁고 적어서 감히 성대한 예식에 참여할 수 없다'고 사양하였다. 그러나 왕은 그들을 재촉하여 자리에 가서 앉게 하고, 온화한 얼굴로 대하면서 준비된 음식을 들게 하였다. 이때 쳐놓은 휘장과 장막, 배열된 그릇, 잔과 접시에 담긴 술과 고기, 과일 등은, 六尙(육상)[399]의 이름난 진품

---

392 책을 쌓고 文士를 모아놓고 경전과 문학을 硏討하는 건물.

393 漢唐 이래로 천자가 학식이 높은 신하를 불러 經書와 史書 등의 강론을 듣고 토론하는 자리를 마련했는데, 宋代부터 이를 經筵이라고 불렀다. 주로 翰林學士들이 侍講官에 충임되어 강론했다.

394 송 휘종 시기의 연호, 1119-1125년.

395 梁 武帝 시기의 연호, 547-549년.

396 고려에서 宋에 貢物을 바치러 보낸 사신.

397 侍中 李子淵의 손자이고 권신 李資謙의 동생. 睿宗의 외척으로, 1107년에 尹瓘의 女眞 정벌에 종군해서 공을 세우고, 1116년에는 宋에 謝恩使로 가서 詩名을 떨쳤다. 仁宗이 즉위한 뒤에는 刑部尙書, 樞密院使를 지내고, 守司空 中書侍郞平章事에 이르렀다.

398 龍鳳團茶를 말한다. 송대에 圓餠 모양으로 만든 貢茶로, 위에는 용과 봉황의 문양이 있다. 송대 歐陽修의 『歸田錄』권2에 의하면, "차 중에서 龍鳳보다 더 귀한 것이 없으니, 이를 團茶라고 하는데, 8餠의 무게가 1斤이다. 慶歷 중에 蔡君謨가 福建路轉運使가 되어 처음으로 작은 조각의 龍茶를 만들어 바쳤는데, 그 품질이 매우 뛰어났다. 이를 小團이라고 불렀는데, 20餠의 무게가 1근으로, 그 가치가 금 2兩과 맞먹었다……宮人들이 왕왕 金花를 그 위에 새겨 넣었으니, 그 귀중함이 이와 같았다"고 한다.

399 궁중에서 供奉을 맡은 벼슬을 통칭하는 말로서, 秦代에 尙冠, 尙衣, 尙食, 尙沐, 尙書를 처음 두었고, 隋代에는 殿內省에 尙食, 尙藥, 尙衣, 尙舍, 尙乘, 尙輦을 두었는데,

과 사방의 맛좋은 음식 가운데서 하나도 빠뜨리지 않고 모두 갖추어 놓았다. 이 외에도 上國에서 가져온 유리와 瑪瑙(마노),[400] 비취, 무소 뿔 등 아름답고 진기한 놀이용 물건들을 상 위에 뒤섞어 놓고, 질나팔(塤),[401] 저(篪),[402] 강(桟),[403] 갈(楬),[404] 거문고(琴), 큰 거문고(瑟), 종(鐘), 경쇠(磬)[405] 등 악기들의 편안하고 즐거우며 고상하고 바른 소리가 당 아래에서 화성을 이루며 연주되었다. 왕은 잔을 들고 근신을 시켜 살피게 한 뒤, 술을 권하면서 말하기를, '군주와 신하의 교제는 오로지 지극한 성의로만 하는 것이니, 각자 사양하지 말고 양껏 마시라'고 하였다. 이에 좌우의 신하들이 거듭 절하면서 마음을 아뢰고 잔을 비웠다. 혹은 술잔을 바치기도 하고 혹은 술잔을 받기도 하면서, 화기애애한 즐거움을 함께 나누었다. 술잔이 아홉 번 돌자, 물러나 쉬게 한 뒤에, 이어서 中貴人(중귀인)[406]을 시켜 襲衣(습의)와 寶帶(보대)[407]를 하사하여 그 두터운 뜻을 전하였다. 그리고서 다시 불러 자리를 권하여 앉히고, 먹고 마시거나 들고 앉는 행동을 각자 편한 대로 하게 하니, 어떤 이는 마음을 열고 말하거나 웃기도 하고, 어떤 이는 주변을 두리번거리며 구경하기도 했다. 난간 밖에는 돌을 쌓아 산을 만들고 정원 사이에는 물을 끌어들여 못을 만들었

宋代에는 상승 대신에 尙醖을 두었다.

400 石英의 일종으로, 기물과 장식물을 만드는데 쓰이고 약물로도 복용된다. 삼국시대 曹丕의 『瑪瑙勒賦序』에서 "마노는 玉 종류로, 西域에서 나오는데, 무늬가 섞여있고 馬腦와 비슷해서, 그 지방 사람들이 이렇게 이름을 지었다"고 했다.

401 '塤'(훈)은 '壎'이라고도 하는데, 흙을 구워 만든 취주 악기의 하나로, 여섯 개나 여덟 개의 구멍이 뚫려있는 卵 형의 악기.

402 '篪'(지)는 기로 부는 관악기, 즉 저(笛)의 하나.

403 '桟'(강)은 柷의 작은 것. 축은 모양은 네모지고 한가운데에 방망이를 넣어 좌우 양쪽을 치는 타악기.

404 '楬'(갈)은 울려서 연주를 멎게 하는데 쓰이는, 敔(어)와 비슷한 악기.

405 '磬'(경)은 구부러진 옥이나 돌로 만든 타악기.

406 내관 중에서 총애를 받는 사람, 후세에는 오로지 환관을 이르게 되었다.

407 '襲衣'는 딸린 옷가지를 모두 갖춘 한 벌의 옷을 말하고, '寶帶'는 보석으로 장식된 허리띠를 말하니, 『續資治通鑑』宋 高宗 紹興 27년 조에서 "襲衣와 金帶, 기물, 幣物 등을 차등 있게 하사했다"고 한 것과 같다.

으니, 높고 험한 산의 갖가지 형상과 사방에 괴여있는 맑은 물은 洞庭湖(동정호)⁴⁰⁸나 吳 會稽山(회계산)⁴⁰⁹과 같이 그윽하고 뛰어난 경치를 보는 듯한 흥취를 불러일으킨다. 향연이 다 끝날 때까지 더위를 피하려는 뜻도 없이, 한껏 취하도록 마음껏 술을 마시다가, 밤이 깊어져서야 끝마쳤다. 이에 搢紳(진신)⁴¹⁰ 사대부들이 모두 만족해하면서 기쁜 기색을 띠고 서로 말하였다. '우리 임금님은 자애와 검약을 보배로 삼되, 정도를 넘는 지나친 행동은 하지 않으시며, 옷은 무늬 있는 비단을 입지 않고 그릇은 조각된 것은 쓰지 않으면서, 오히려 한 사람이라도 제 자리를 얻지 못할까 염려하고 한 가지 일이라도 법도에 맞지 않을까 걱정하시니, 날마다 새벽에 일어나 옷을 입고 해가 진 뒤에나 저녁밥을 먹으면서⁴¹¹ 노심초사하며 가엾게 여기신다. 또한 뭇 신하들과 귀한 손님을 대접할 때는 內府에서 간수해온 귀한 것을 내어놓고 上國에서 보내온 진기한 하사품까지 다 사용하면서, 해가 지면 불을 밝혀 가며 연회를 계속하면서도 여전히 지나치다고 여기지 않으니, 현자를 존중하고 예의를 중시하며 선행을 좋아하고 권세를 부리지 않는 그 마음은 실로 어느 왕보다도 뛰어나다고 말할 수 있다.'

신이 일찍이 들기로, 옛날에 魯公(노공)⁴¹²이 천자의 예악을 써서 풍속을 새롭게 바꾸었기 때문에 泮宮(반궁)⁴¹³에서 先生(선생)⁴¹⁴과 君子(군

---

408 중국 湖南省 동북에 있는 큰 호수. 湘水가 흘러들고, 岳陽樓 등 명승으로 유명하다.
409 중국 浙江省 紹興市 남동쪽에 있는 산으로, 夏의 禹가 제후를 모아 공로를 논정한 데서 유래한 명칭이라고 한다. 춘추시대에 越王 勾踐과 吳王 夫差가 싸운 곳으로도 유명하다.
410 笏을 띠에 꽂는다는 뜻으로, 벼슬하는 사람이나 士人의 별칭으로 사용되었다.
411 '宵衣旰食(소의간식)', 즉 未明에 일어나 正服을 입고 해가 진 후에 저녁밥을 먹는다는 뜻으로, 임금이 政事에 부지런함을 비유하여 이르는 말.
412 춘추시대 魯의 군주, 여기서는 魯 僖公을 가리킨다.
413 周代에 諸侯가 세운 大學. 일설에는 춘추시대 魯 僖公이 泮水 가에 세운 궁실에서 음주 가무와 무예 단련 및 공로를 축하하는 장소로 사용한 데서 기원했다 하고, 漢代에 들어서 제후의 學宮을 가리키는 말이 되었다고 한다. 『漢書』 郊祀志에서는 "周公이 成王을 도와 王道를 크게 베풀고 禮樂을 제작하니, 천자는 明堂 辟雍이라 하고

자)[415] 등과 같이 즐거움을 함께 했다고 한다. 그 일에 대해 『詩經』에서는, '魯侯가 泮宮에 와서 술을 마시네, 이미 좋은 술을 마셨으니 길이 장수하리라'[416]고 하였다. 路寢(노침)[417]에서 열린 연회에서도 大夫와 여러 士人들[418]이 그와 함께 화목한 시간을 가졌는데, 이 일에 대해서는 『시경』에서 '魯侯가 연회를 열고 기뻐하니, 대부와 여러 士人들도 함께 즐거워한다. 邦國을 잘 다스려, 이미 복을 많이 받았다'고 했다.[419] 지금 우리 임금이 천자의 은혜로운 뜻을 받들어 신하들을 사랑으로 대하니, 公卿大夫들도 『시경』의 「天保」편에서 노래한 군주에게 보답하는 뜻을 마음속에 품고, 말을 잘 하는 사람들은 어가를 따르면서[420] '이리도 좋은 손님이 오셨으니'[421]라는 (시구가 있는) 시를 지었으며, 瞽史(고사)[422]와 歌

제후는 泮宮이라 했다"고 했다.

414 儒者 혹은 儒生의 다른 표현. 중국의 고전 문화인 禮를 학습하고 보존, 전승하는 역할을 한 지식인 층을 말하는데, 뒤에는 학문이 높은 사람에 대한 존칭으로 사용되었다.

415 원래는 君主의 아들, 즉 세습적 통치계급을 가리키는 말이었지만, 신분 질서가 무너지고 孔子가 '君子'에 도덕적 의미를 부여한 춘추시대 이후에는 학식과 덕망이 높은 사람을 가리키는 일반적 존칭어가 되었다.

416 『詩經』「魯頌」泮水에 보이는 싯귀.

417 천자와 제후의 正廳. 『詩經』「魯頌」閟宮의 「毛傳」에서 "路寢은 正寢이라"고 했고, 『文選』에 수록된 張衡 「西京賦」의 薛綜 注에서는 "周代에는 路寢이라 하고 漢代에는 正殿이라 했다"고 했다.

418 『禮記』王制에서 "天子, 3公, 9卿, 27大夫, 81元士."라 하여, 마치 周代에 한 국가 안에 公, 卿, 大夫, 士의 여러 계급이 공존하고 있었던 것 같이 표현하고 있으나, 天子와 公, 卿大夫는 모두 대소 城邑 국가의 군장을 표현하는 말이었고, 士는 평화시에는 禮를 학습하고 유사시에는 戰士로서 활동하며 民을 지배하는 통치 계급을 표현하는 말이었다. 漢代 이후에는 大夫는 여러 관식 명칭으로 차용되었고, 士는 지배 계층을 표현하였다.

419 『詩經』「魯頌」閟宮에서는 "魯侯燕喜 (令妻壽母) 宜大夫庶士 邦國是有 旣多受祉 (黃髮兒齒)"라고 하였다.

420 '法從(법종)', 즉 임금의 車駕를 따라 수행하는 것을 말한다. 『漢書』揚雄傳에서 "황제의 총애를 크게 받아, 황제가 甘泉宮에 갈 때마다 항상 法從했다"고 했다.

421 '我有嘉賓(아유가빈)', 즉 내게 귀한 손님이 있다는 뜻으로, 『詩經』「小雅」鹿鳴에 있는 시구인데, 이 녹명편은 임금이 群臣을 불러 잔치하는 노래였다.

422 樂師와 史官을 아울러 이르는 말. 『國語』「周語」上의 韋昭 注에서 "瞽는 樂太師, 史는 太史를 말한다"고 했다.

工(가공)[423]은 군주와 신하가 서로 좋아한다는 (내용의) 음악을 연주하고 불러, 기쁨이 서로 통하고 예의가 법도에 맞게 되었다. 이때에 사람과 신령의 기운이 서로 조화하고, 하늘과 땅이 서로 아름답게 감응하며, 위와 아래가 서로 보답하고, 풍속이 근원부터 새롭게 변화하는 등, 이 모든 것이 음식을 즐기며 기쁜 낯빛으로 담소하는 가운데서 나왔으니, 어찌 (『시경』의 구절처럼) '길이 늙지 않는다'거나 '이미 많은 복을 받은' 것에 그칠 뿐이겠는가. 반드시 억만 년이 지나도록 태평의 복을 누리며, 천자의 영원무궁한 복락을 드날릴 것이다.

신은 어리석고 솜씨가 서투른데도 행운이 아주 많은 시대를 만나 宰府[424]에 몸을 담고 있는데, 신의 재주가 없다 하지 않고 글 지으라는 특별한 명이 있어 사양하였으나 받아들여지지 않았다. 이에 삼가 허리 숙여 깊이 절하고 머리를 조아리며, 어쩔 수 없이 記文을 짓는다."

임천각(臨川閣)

임천각은 會慶殿의 서쪽, 會同門 안에 있다. 건물은 4개의 둥근 기둥으로 세워졌는데, 창문이 환히 통해있고 밖에는 겹처마가 없어, 누각의 문과 흡사하다. 연회하는 곳이 아니라, 그 안에는 수만 권의 책이 소장되어 있을 뿐이다.

장경궁(長慶宮)

장경궁은 王府의 서남쪽, 由嵓山(유암산) 기슭에 있다. 두 갈래의 작은

---

423   음악을 연주하거나 노래 부르는 일에 종사하는 사람.
424   재상이 집무하는 관청.

길이 있는데, 북쪽으로는 왕부와 통하고 동쪽으로는 宣義門과 통한다. 길고 큰 거리에 오래된 집 수 십 칸이 있는데, 王顒(왕옹)[425]의 여러 누이들이 그 안에 거처했다. 그 뒤에 다른 사람에게 출가하자 그 땅을 비워 두었기 때문에 더욱 심하게 황폐해졌다. 王俁가 병이 깊어져서 다시 그곳에 가서 치료를 받았는데, 끝내 일어나지 못했기 때문에, 그곳을 제사 받드는 곳으로 삼았다. 왕우를 모시던 궁녀와 옛 신료 수십 명이 그곳을 지킨다. 근래에 (송의) 사자가 (고려왕을) 돌아보는 천자의 두터운 뜻을 받들고서, 元豊(원풍)[426] 연간의 전례에 따라, 전대의 왕(=睿宗)에 제사 올리고 그 뒤를 이은 새 왕(=仁宗)에게 조문하고 위로하였는데, 모두 장경궁에서 절하고 받았다.

좌춘궁(左春宮)

좌춘궁은 會慶殿의 동쪽, 春德門의 안에 있다. 왕의 적장자가 처음 책립되어 세자라 하고, 冠禮(관례)[427]를 치른 뒤에는 이곳에서 거처하는데, 건물의 제도는 왕궁만 못하다. 그 대문의 현판에는 '太和門(태화문)'이라 쓰고, 그 다음 문은 '元仁門(원인문)', 그 다음 문에서는 '育德門(육덕문)'이라 했다. 사무를 보는 건물에는 현판이 없다. 대들보와 기둥은 길고 크다. 병풍에는 (『禮記』의) 「文王世子(문왕세자)」[428] 편이 쓰여 있다. 이곳에서도 관속 십 수 명을 두었다. 右春宮(우춘궁)은 昇平門 밖, 御史臺 서쪽에 있는데, 왕의 자매 등 여러 여인들이 거처한다.

---

425 고려 肅宗을 가리킨다.
426 北宋 神宗의 연호, 1078-1085년.
427 남자가 스무 살이 되면 어른이 된다 하여 관을 쓰게 하는 예식.『禮記』冠義에서는 "옛날의 冠禮는 날자와 賓을 정할 때 점을 쳤으니, 그만큼 冠事를 중시했다"고 했다.
428 『禮記』의 편명이다.

별궁(別宮)

왕의 별궁은 그 자제들이 거처하는 곳과 함께 모두 宮이라고 부른다. 왕의 어머니와 후궁, 자매 가운데 따로 기거하는 자는 궁과 경작지를 받아 湯沐(탕목)[429]으로 사용하는데, 혹 비워 두고는 거처하지 않는 경우에는 백성에게 그 이익을 추구하게 하는 대신 세금을 바치게 한다. 鷄林宮(계림궁)은 王府의 서쪽에 있고, 扶餘宮(부여궁)은 由巖山의 동〈鄭刻에서는 '皇'라 하였다〉쪽에 있다. 또한 辰韓(진한)〈鄭刻에서는 '敔'라 하였다〉, 朝鮮(조선), 長〈정각에서는 '常'이라 하였다〉安(장안), 卞韓(변한), 金冠(금관) 등 여섯 궁을 성안에 나누어 두었는데, 모두 왕의 백부와 숙부, 형제 등이 거처하는 곳이다. 왕의 계모가 거처하는 궁〈鄭刻에서는 '宅'이라 하였다〉은 積慶宮(적경궁)이라 부른다. 지금은 公族 가운데서 높은 지위에 오른 이는 보이지 않고, 별궁은 열 채 가운데 아홉 채는 비어있다. 그 경작지와 토지는 예전에는 壽昌宮(수창궁)에서 관할하였는데〈鄭刻에서는 '土'와 '昔' 등 두 자를 '上', '等'으로 잘못 썼다〉, 지금은 王府에 속하게 하고 따로 관리를 두어 관장하게 한다.

제7권 관복(冠服)

신이 듣기로는, 東夷의 풍속은 머리카락을 자르고, 몸에 문양을 그려

---

[429] 湯沐邑을 말한다. 周代에 제후가 천자를 朝見할 때 묵고 재계할 수 있도록 마련해 준 封地를 탕목읍이라 하는데, 漢代 이후에는 제후와 황후, 公主 등이 부세를 받는 영지를 이르기도 한다. 『禮記』 王制에서 "方伯이 天子에게 朝見하기 위해 모두 천자의 縣 안에서 湯沐의 邑을 가졌다"고 했다.

넣으며, 이마에 문신을 하고, 交趾(교지)[430]한다고 한다. 그러나 고려는 箕子가 책봉 받을 때부터 이미 농사짓고 누에치는 일의 이로움을 가르쳤기 때문에, 당연히 의관을 갖추게 되었을 것이다. 漢代의 역사에서는 그들이 "공식 모임에서 입는 의복은 모두 비단에 수를 놓고 금과 은으로 머리를 장식하며, 太加와 主簿는 幘을 쓰는데 冠과 같고 小加는 折風을 쓰는데 弁〈고깔〉과 같다"[431]고 하였다. 그러나 어찌 이것이 商과 周의 冠과 弁의 제도를 모방해서 그렇게 되었다고 할 수 있겠는가. 唐 초기부터 차츰 다섯 가지 색의 옷을 입고 흰색 비단으로 관을 만들어 썼으며 가죽으로 된 허리띠와 금으로 만든 귀걸이를 착용했다〈鄭刻에서는 '革帶皆金飾'이라고 했다〉. 우리 中朝(=宋代)에 이르러 매년 信使(신사)[432]의 내왕이 있게 되어, 여러 차례 襲衣를 내려 주었기 때문에 점차 중국의 풍습에 젖어들었고, 은혜를 입고 복을 받아 많은 것을 한꺼번에 크게 바꾸면서 오로지 우리 宋의 제도를 좇았다. 비단 辮髮(변발)[433]을 풀고 左袵(좌임)[434]

---

430 『禮記』 王制에서 "남방을 蠻이라 하는데, 雕題하고 交趾한다"고 했고, 『後漢書』 南蠻傳에서 "그 풍속은 남녀가 같이 내에 들어가서 목욕한다. 그래서 交趾라고 한다"고 했다. 漢 武帝 이전에는 五嶺 이남을 交趾라고 하다가, 무제 이후부터 廣東, 廣西의 대부분과 越南의 북부와 중부까지 포괄해서 交趾라고 불렀다. 따라서 交趾는 東夷의 풍속이 아니라 南蠻의 풍속이었다.

431 『後漢書』 85 東夷傳 高句驪 조에서는 "大加와 主簿는 모두 幘을 썼는데 冠幘과 같지만 뒤가 없다. 그 小加는 折風을 썼는데, 모양이 고깔과 같다"고 했으니, 약간의 異同이 있다. '大加'와 '小加'는 대소 부족장을 가리키는 말이고, '主簿'는 원래 중국의 관직 명칭이었지만 고구려에서는 독특한 官階의 명칭으로 사용되었다. '幘'은 머리를 싸매는 두건 혹은 망건을 말하고, '折風'은 고구려 고유의 冠을 가리킨다.

432 使者의 다른 표현.

433 길게 땋아 늘인 머리를 말하는데, 주로 북방 유목민과 거란, 여진 등 遼東人들이 변발했다. 그래서 『資治通鑑』 魏文帝 黃初 2년 조에서 "南朝에서 北朝를 가리켜 索虜라 한다" 하고, 胡三省은 "索虜란 北人이 辮髮하기 때문에 索頭라고 하는 것이라"고 주해했다.

434 왼쪽 섶, 혹은 왼쪽 섶을 오른쪽 섶 안으로 넣는 방식, 즉 옷깃을 왼쪽으로 여미는 방식으로 夷狄의 복식을 상징한다. 『尚書』 畢命에서 "四夷左袵"이라 하였고, 『論語』 憲問에서는 孔子가 "管仲이 없었다면 내가 被髮(=머리를 풀어헤침) 左袵했을 것이라"고도 했다.

을 떼어내는 정도에 그친 것이 아니다. 그러나 관직의 명칭이 (우리 송의 제도와) 차이가 있고, 조정에서 입는 옷과 연회에서 입는 평상복이 간혹 (우리 송의 그것과) 다른 점이 있어, 삼가 이를 열거하여 冠服圖를 그린다.

왕의 복식〈王服〉

(고려) 왕은 평소에는 높은 烏紗帽(오사모)[435]를 쓰고, 소매가 좁은 담황색 비단 겉옷을 입으며, 자색 비단으로 만든 허리띠를 두르는데, 그 중간에는 금실과 푸른 실로 수를 놓았다. 왕이 그 나라의 관리나 士人, 백성 등을 만날 때는 幞頭(복두)[436]를 쓰고 束帶(속대)[437]를 두르고, 제사를 지낼 때는 冕旒冠(면류관)[438]을 쓰고 옥으로 만든 笏(홀)[439]을 든다. 다만 中朝의 사신을 맞을 때는 자색 비단으로 만든 공식 복장과 상아로 만든 笏, 옥으로 만든 허리띠 등을 갖추고서 拜舞(배무)하고 忭蹈(변도)[440]할 때는 신하의 예절을 다하려 한다. 평상시에 편안히 쉴 때는 검은 두건을 쓰고 흰 모시 도포를 입기도 해서, 일반 백성과 다를 게 없다〈鄭刻에서는 '聞'자가 있다〉.

---

[435] 검은 색 비단으로 만든 관모
[436] 頭巾의 하나로서, 3尺의 검은 명주천으로 머리털을 싸고, 네 가닥의 띠 가운데 두 개는 아래로 늘어뜨리고 두 개는 머리 위로 올려서 묶었다.
[437] 입은 옷을 여미는 띠.
[438] 천자나 제후, 卿, 大夫 등이 朝儀나 祭禮 때에 쓰는 冠으로, 平天板 앞뒤로 珠玉을 늘어뜨린다. 천자는 12旒, 제후는 9旒, 上大夫는 7旒, 하대부는 5旒를 단다.
[439] 신하가 임금을 만날 때에 손에 쥐던 물건으로, 옥이나 상아, 대나무, 나무 등으로 만들었다. 『廣韻』 沒韻에서는 "笏은 일명 手板이라고도 하는데, 品官이 잡았다. 천자는 옥, 제후는 상아, 大夫는 魚須文竹, 士는 나무로 만든다"고 했다.
[440] '拜舞'는 절을 하고 춤을 추는 것이고, '忭蹈'는 기뻐하며 춤을 추는 것으로, 모두 조정에서 신하가 임금을 뵙는 예절이다.

고관의 복식〈令官服〉

고려는 唐 武德(무덕)[441] 연간에 관제를 세웠는데, 모두 아홉 등급이 있었다. 첫째 등급은 大對〈鄭本에는 이 이하 모두 281자를 빠뜨렸다. 國相 조의 끝 부분 '樞密使副同知院奏事等官通詐服'이란 구절은 그 아래에 잘못 붙여졌다〉靈(대대령)인데, 나랏일을 총괄하여 책임졌다. 그 다음은 太大兄(태대형)이라 하고, 그 다음은 鬱折(울절), 그 다음은 大大夫人使者(대대부인사자), 그 다음은 衣頭大兄(의두대형)이라 했는데, 기밀을 관장하여 정사를 모의하고 병마를 일으켜 보내며 관직과 爵稱을 골라 주는 일 등을 맡았다. 그 다음은 大使者(대사자)라 하고, 그 다음은 大兄(대형), 그 다음은 位使者(위사자), 그 다음은 上位使者(상위사자), 그 다음은 小兄(소형), 그 다음은 諸過節(제과절), 그 다음은 先人(선인)이라고 했다. 또한 빈객을 관장하는 鴻臚卿(홍려경)이 있었는데, 大兄使者가 그 일을 맡았다. 그리고 國子博士(국자박사)와 通事舍人(통사사인), 典書客(전서객) 등이 있었는데, 모두 小兄 이상이 맡았다. 또 여러 큰 城에는 傉薩(욕살)을 두었는데, (중국의) 諸督에 비할 수 있다. 또한 여러 성에는 處間近支(처문근지)를 두었는데, (중국의) 刺史에 비견되며, 都使라고도 했다. 무관으로는 大模達(대모달)이 있어, (중국의) 衛將軍에 견줄 수 있는데, 皂衣頭大兄(조의두대형) 이상이 맡았다. 그 다음은 末客(말객)이라 하였는데, (중국의) 中郞將에 비견되는 것으로, 大兄 이상이 맡았다. 그 다음은 領千人(영천인)이라 하였고, 그 아래도 각각 차등이 있었다.[442] (그런데) 지금은 그 관직이나 훈직의 명칭이

---

[441] 唐 高祖의 연호, 618-626년.

[442] 고구려 관제에 관한 『高麗圖經』의 이 기록은 중국 正史에 기재된 것과 약간의 異同이 있다. 『舊唐書』 199 東夷傳 高麗 조에서는 "그 官 가운데 큰 것은 大對盧라고 하는데, (중국의) 1品과 비견되고, 국사를 총괄해서 책임졌다 …… 그 다음은 太大兄이라 하는데, 正二品과 비견된다. 對盧 이하의 官은 모두 12級이다. 밖에는 州縣 60여 城을 두었는데, 큰 성에는 傉薩 하나를 두었는데, 都督과 비견된다. 여러 성에는 道使를 두었는데, 刺史와 비견된다"고 했다. 『新唐書』 220 東夷傳 高麗 조에서는 "官은 모두 12級이다. 大對盧는 吐捽이라고도 한다. 鬱折은 圖籍을 주관했다. 太大使者

왕왕 中朝의 것을 몰래 모방하고 있어, 간혹 그 까닭을 물으면, 開元(개원) 故事(고사)[443]를 좇아 쓰고 있다고 말한다.

그 의관조차도 어떤 것은 (중국의 그것과) 비슷하다. 전대(즉 고구려 시대)의 신하 복식은 푸른 색 비단으로 관을 만들어 쓰고, 붉은 색 비단으로 귀고리를 만들어 착용하고 새 깃으로 장식했다. 요즘의 고려 관리들은 모두 자색 문양의 비단 겉옷을 입고, 엷은 깁으로 만든 幞頭를 쓰며, 옥으로 만든 허리띠에는 金魚(금어)[444]를 차는데, 이러한 복식은 관직이 太史(태사)[445]나 太尉(태위),[446] 中書令(중서령),[447] 尙書令(상서령)[448] 등에 이른 자만이 착용할 수 있다.

가 있고, 帛衣頭大兄이 있는데, 帛衣란 先人으로, 국정을 장악한다 …… 大使者, 大兄, 上位使者, 諸兄, 小使者, 過節, 先人, 古雛大加 등이 있다. 그 州縣은 60개인데, 큰 성에는 傉薩 한 명이 있고, 나머지 성에는 處閭近支를 두었는데, 道使라고도 부르며, 刺史와 비견된다 …… 大模達이 있는데, 衛將軍과 같다. 末客이 있는데, 中郎將과 비견된다"라고 했다.

443 '開元'은 唐 玄宗의 연호(713-741년)이고, '開元故事'란 開元 26년에 완성된 『唐六典』의 편찬을 말한다. 고려는 成宗 원년(982)에 唐制를 모방하여 3省 6部 제도를 채택했다.(국사편찬위원회, 『한국사』 13, 25쪽)

444 금 칠한 魚袋를 말한다. 어대란 원래 금은으로 장식한 물고기 모양의 符契로, 좌우 두 쪽으로 나뉘어 관직의 명칭과 성명을 새겨 왼쪽은 궁정에 비치하고 오른쪽은 주머니에 넣어 차 궁정 출입시에 맞추어 보던 것인데, 宋代에는 그 기능이 달라졌다. 『宋史』 輿服志 5에 의하면, "魚袋는 그 제도가 唐代에서 시작되었는데, 대개 符契로 삼았다 …… 宋은 이를 따랐지만, 그 제도는 금은으로 장식하여 물고기 모양을 만들어, 관복의 허리띠에 묶어 뒤로 늘어뜨려 貴賤을 밝혔을 뿐, 다시는 唐代처럼 符契로 삼지는 않았다."

445 '太師'의 誤記로 보인다. 태사는 大師, 즉 고려 시대 국왕의 스승, 즉 三師의 하나로, 품계는 정1품이었다.

446 大尉, 즉 고려 시대 三公의 하나로, 품계는 정1품이었다.

447 고려 시대 中書省의 으뜸 벼슬로, 품계는 종1품이었다. 중서성은 국정을 총괄하고 政案과 詔勅의 초안을 작성하여 왕에게 上奏하는 일을 맡아 보는 관청이었다.

448 고려 시대 尙書省의 으뜸 벼슬로, 품계는 종1품이었다. 상서성은 백관을 총령하던 관아였다.

재상의 복식〈國相服〉

재상의 복식은 자색 문양의 비단 겉옷을 입고, 둥근 공 모양의 문양이
있는 금으로 된 허리띠를 두르며, 金魚袋(금어대)[449]를 찬다. 侍中(시중)[450]
과 太尉, 司徒(사도),[451] 中書門下侍郎(중서문하시랑),[452] 平章事(평장사), 參
知政事(참지정사), 左右僕射(좌우복야),[453] 政堂文學(정당문학),[454] 判尙(書)吏
部〈鄭刻에서는 이상의 문장이 모두 빠졌고, '事'자 이하가 위의 조목 '一曰大對' 구절
아래와 잘못 이어졌다. 또한 鄭刻에서는 '事' 위에 '盧'자가 있는데, 이는 아마도 위의
조목 '大對' 아래에 있는 '靈'자의 오기인 것 같다〉事(판상서이부사),[455] 樞密使(추
밀사),[456] 樞密副使(추밀부사),[457] 同知院奏事(동지원주사)[458] 등 관리들에게
모두 이러한 복식이 허락된다.

근시관의 복식〈近侍服〉

근시의 복식은 자색 문양의 비단 겉옷을 입고 御仙金帶(어선금대)[459]를

---

449 금으로 꾸민 魚袋로, 金魚符를 넣는 데 사용했다. 唐代에는 3품 이상의 관리가 찼지
      만, 宋代에는 魚符 없이 장식으로만 썼다. 金魚符는 금으로 만든 魚符로, 唐代에는
      親王과 3품 이상 관리만 패용했으나, 開元 이후에는 5품까지도 찼다.
450 고려 시대 門下省의 으뜸 벼슬로, 국정을 총괄하였는데, 그 품계는 종1품이었다.
451 고려 시대 三公의 하나로, 품계는 정1품.
452 中書門下省의 정2품 벼슬. 중서문하성은 고려 시대의 중서성과 문하성을 아울러 이
      르던 말이다.
453 고려 시대 尙書省의 차관으로, 좌복야와 우복야가 있었다. 품계는 정2품.
454 고려 시대 門下省의 종2품 벼슬.
455 고려 시대 吏部의 장관으로, 품계는 정3품.
456 고려 시대 樞密院의 종2품 벼슬. 추밀원은 왕명의 출납과 궁중의 숙위 및 군사기밀
      등에 관한 일을 맡아보던 관청이다.
457 고려 시대 樞密院의 정3품 벼슬.
458 고려 시대 樞密院의 정3품 벼슬.
459 御仙花를 수놓은 금띠. 송대에 中書省과 樞密院의 해직자와 學士, 散官 등이 어선대

두르며 金魚袋를 찬다. 左右常侍(좌우상시),[460]와 御史大夫(어사대부),[461] 左右丞(좌우승),[462] 六部尙書(육부상서),[463] 翰林學士(한림학사),[464] 承旨學士(승지학사)[465] 이상과 國朝(국조)[466]의 사신을 삼가 모시는 接伴官(접반관)[467]과 館伴官(관반관)[468] 등은 모두 이러한 복장을 착용한다.

시종관의 복식〈從官服〉

시종관의 복식은 자색 문양의 비단 겉옷을 입고 御仙金帶를 두른다. 御史中丞(어사중승)[469]과 諫官(간관),[470] 給事(급사),[471] 侍郎(시랑),[472] 州牧(주목),[473] 留守使(유수사),[474] 副使(부사),[475] 閣門執贊(합문집찬),[476] 六尙直

를 착용한 데서 유래되어 이들을 이르는 말로도 사용되었다.

460　常侍는 고려 시대 門下省의 정3품 郎舍 벼슬로, 좌상시와 우상시가 있었으며, 원래는 散騎常侍라 했다.

461　고려 시대 御史臺의 으뜸 벼슬로, 품계는 정3품이었다. 어사대는 時政을 논하고 풍속을 교정하며 백관을 규찰, 탄핵하는 일을 맡아 보던 관청이다.(『增補文獻備考』職官考)

462　고려 시대 尙書省의 종3품 벼슬.

463　고려 시대 吏部와 兵部, 戶部, 刑部, 禮部, 工部의 으뜸 벼슬로, 품계는 정3품이었다.(『고려사』 백관지)

464　고려 시대 翰林院의 정4품, 혹은 정3품 벼슬. 한림원은 임금의 詞命을 짓는 일을 맡아 보던 관아였다.

465　學士承旨, 즉 고려 시대 翰林院의 정3품 벼슬. 『고려사』 백관지 藝文館 조에 의하면, "太祖가 泰封의 제도를 이어서 元鳳省을 두었다가 뒤에 學士院으로 고쳤는데, 翰林學士가 있었다. 顯宗 때에 翰林院으로 고치고, 文宗 때에 判院事를 두어 宰臣이 겸하게 하고, 學士承旨 한 명은 정3품, 學士 두 명은 정4품, 侍讀學士 한 명과 侍講學士 한 명, 直院 네 명 등을 두었다"고 한다.

466　宋朝를 지칭하는 또 다른 표현.

467　외국 사신의 접대를 맡은 관원. 接伴使라고도 한다.

468　외국 사신을 모시고 동행하는 관원. 館伴使라고도 한다.

469　고려 시대 御史臺의 종4품 벼슬.

470　諫諍하는 일을 맡은 관원으로, 言官이라고도 한다.

471　給事中, 즉 고려 시대 門下省에 소속된 종4품 벼슬로, 임금에게 간쟁하는 일을 맡았다.

472　고려 시대 六部의 차관으로, 정4품 벼슬이었다.

官(육상직관)[477]〈鄭刻에서는 '宮'〉, 都知兵馬(도지병마),[478] 四部護使(사부호사) 등과 (왕의) 특별한 은총을 입은 자는 모두 이러한 복장을 착용하며, 왕의 세자와 왕의 형제도 마찬가지다.

경과 감의 복식〈卿監服〉

卿(경)과 監(감)[479]의 복식은 자〈정각에서는 '緋'〉색 문양의 비단 겉옷을 입고, 홍색 가죽의 무소 뿔 허리띠에 銀魚袋(은어대)[480]를 찬다. 六寺(육시)[481]의 卿과 부책임자〈즉 少卿〉, 省(성)[482]의 丞과 郎, 國子監(국자감)[483]의 儒官, 秘書省(비서성)[484]의 典職 이상은 모두 이러한 복장을 착용한다.

---

473 牧使, 즉 州의 장관으로, 고려 시대에는 3품 이상이었다.
474 留守官의 으뜸 벼슬로, 처음에는 정3품이었으나 뒤에 종3품으로 바뀌었다. 유수관은 고려 시대에 西京과 東京, 南京에 두었던 지방 행정 단위.
475 留守官의 副留守를 달리 이르는 말로, 품계는 4품 이상이었다.
476 朝會와 儀禮의 일을 맡아 보던 관원.
477 六尙局, 즉 고려 시대에 궁중의 생활 용품과 의약을 공급하는 일을 맡아 보던 여섯 관아의 장관.
478 都知兵馬事, 즉 고려 시대에 변란이 일어나면 왕의 명령을 받고 그 지방으로 나가서 군무를 총괄하던 임시 벼슬.
479 고려에는 서무를 관장한 행정기관으로 漢代 중국의 九卿을 모방한 太常寺 등 7寺 혹은 6寺가 있었고, 寺와 동직인 國子監, 少府監, 將作監 등이 있었는데, 寺의 장관은 卿이라 하고 監의 장관은 監이라고 했다.(『한국사』 13, 100-101쪽)
480 은으로 장식하여 銀魚符를 넣는 데 쓴 魚袋의 하나. 은어부란 은으로 만든 물고기 모양의 符節로, 중국 唐代에는 5품 이상의 관원에게 발급하였다.
481 고려 시대의 典儀寺, 宗簿寺, 司僕寺, 典農寺, 內府寺, 禮賓寺 등 여섯 관아를 말한다.
482 고려 시대의 三省, 즉 門下省, 中書省, 尙書省을 말한다.
483 고려 시대 儒學의 敎誨를 맡아보던 관청으로, 成宗 때에 처음 설치했다.
484 고려 시대에 祝文과 經籍을 맡아 본 관청으로, 成宗 14년(995)에 內書省을 개칭하였다.

조관의 복식〈朝官服〉

朝官(조관)[485]의 복식은 붉은빛 문양의 비단 겉옷을 입고, 검은 색 가죽의 뿔 띠를 두르며, 銀魚袋를 찬다. 司業博士(사업박사)[486]와 史館校書(사관교서),[487] 太醫(태의)[488]와 司天(사천),[489] 兩省(양성)의 錄事(녹사)[490] 이상은 모두 이 복장을 착용한다. 그〈鄭刻에서는 '於'자가 있다〉 관직을 오르는 데는 햇수의 제한을 받는데, 반드시 승진을 기다린 다음에야 (복식을) 고치고 바꾼다. 館伴이 객관에서 中朝의 사신을 만날 때는 붉은 색 옷을 입은 두 사람을 두어 앞에서 길을 안내하게 하는데, 이들은 魚袋를 차지 않는다. 이는 당연히 本朝의 朱衣雙引(주의쌍인)[491] 제도를 모방한 것이다.

일반 관리의 복식〈庶官服〉

일반 하급 관리의 복식은 녹색 옷을 입고, 나무로 만든 홀을 들며, 복두를 쓰고, 검은 가죽 띠〈정각에서는 '韠'라 하였다〉를 두른다. 進士로 省과 曹의 관리가 되고 州와 縣의 令과 尉, 主簿, 司宰(사재)[492] 등으로 보임

---

485 조정의 관원, 또는 중앙 정부의 관리라는 뜻으로, 宋代에는 1品 이하로서 常參하는 관원을 이르는 말로 사용되었다. 明 柯維麒의 『宋史新編』 職官4에서는 "一品 이하로서 常參하는 자를 朝官이라고 하고, 秘書郎 이하로서 常參하지 않는 자는 京官이라고 한다"고 했다.
486 고려 시대 國子監의 종4품 벼슬.
487 史館의 관원. 고려 시대의 사관은 時政의 기록을 맡아보던 관청이었다.
488 太醫監, 즉 고려 시대 의약과 치료의 일을 맡아보던 관청으로, 穆宗 때 처음 설치되었다.
489 司天監, 즉 司天臺는 고려 시대에 천문과 卜筮의 일을 맡아보던 관청으로, 顯宗 때에 太卜監을 고친 이름이다.
490 中書門下省 등에 딸린 7품의 벼슬아치.
491 붉은 옷을 입은 관리 두 명이 귀족이나 고관을 앞에서 인도하는 관행. 송대 周必大의 『玉堂雜記』下에서 "궁전에 입조하는 날, 황태자와 재상, 親王, 使相, 參政 등은 각각 朱衣吏 두 명씩 있어, 말에서 내리는 곳에서 궁전 문까지 앞에서 인도한다"고 했다.

되면 모두 이 복장을 착용한다.

제8권 인물(人物)

신이 듣기로는, 동방과 남방의 夷人 가운데서 고려에 인재가 가장 풍성하다고 한다. 나라에 벼슬하는 것은, 오직 고귀한 신분의 신료직만 가문의 명망을 통해 오를 수 있고, 나머지 다른 벼슬은 혹은 進士(진사)[493]를 거쳐 뽑혀지기도 하고 혹은 재물을 바쳐서 되기도 한다. 무릇 대대로 나라에서 녹봉을 받는 이와 하급 관리에 이르기까지 모두 등급이 있었으니, 이로 인해 職(직)과 階(계)[494]가 있고 勳(훈)[495]과 使(사)〈鄭刻에서는 '賜'라 하였다〉[496]가 있으며 檢校(검교)[497]와 功臣(공신)이 있고 여러 衛(위)[498]가

---

492 司宰寺, 즉 고려 시대에 魚梁과 川澤의 일을 맡아보던 관아의 관리.

493 '進士'란 士人의 반열에 참여할 수 있는 자격을 얻었다는 뜻으로, 進士科 시험에 합격하면 이 칭호를 얻을 수 있었다.

494 '職'은 관리의 직책과 직분을 말하고, '階'는 관리의 등급, 즉 官次를 말한다.

495 '勳'은 공훈이 있는 신하에게 주는 명예로운 칭호로서, 한 예를 들면, 唐의 韓愈는 「故金紫光祿大夫董公行狀」에서 "階가 여러 단계 올라가서 金紫光祿大夫에 이르고, 勳은 여러 단계 올리서 上柱國이 되었다"고 히여, 階와 勳을 구별히였다.

496 '使'라는 명칭은 "唐 睿宗 先天 2년(713)에 李傑이 처음으로 水陸發運使가 되어 처음으로 사용된"(『文獻通考』 職官考 轉運使), 지방에 파견되어 정무를 맡아보던 임시관직을 가리키니, 唐 柳宗元의 「諸使兼御史中丞壁記」에서 "옛날에 四方에서 交政하던 것을 가리켜 使라고 했다. 지금 제도에서는, 명령를 받고 전쟁에 임하되 그 직책이 統屬하는 바가 없는 자를 가리켜 역시 使라고 한다. 대저 使라는 칭호는 오직 그 道에서만 행해진다"고 했다.

497 중국에서는 진晉代부터 생긴 散官의 칭호로서, 唐 張鷟의 『朝野僉載』1에서 "正員이 부족하여, 試, 攝, 檢校 등의 관직을 임시로 임명했다"고 했다. 한국에서는 정원 이상으로 벼슬자리를 늘이거나 公事를 맡기지 않고 이름만 가지게 할 경우, 그 벼슬이름 앞에 붙이던 말이다.

498 '衛'는 막아 지킨다는 뜻으로, 衛士 혹은 近衛의 兵營을 가리킨다.

있다. 이는 本朝의 관제를 견주어 헤아리고 開元禮(개원례)[499]를 참작한 것이다. 그러나 명칭과 실제가 일치하지 않고 청탁이 뒤섞여 분간할 수 없게 되었으니, 한갓 虛文에 지나지 않는다.

이번에 사자가 고려 땅으로 들어가니, 신하들 가운데서 식견이 넓고 민첩한 이들만을 뽑아서 영접하는 禮를 맡겼다. 州牧으로는 刑部侍部(형부시부)[500] 知全州 吳俊和(오준화)와 禮部侍郎 知清〈鄭刻에서는 青이라 하였다〉州 洪若伊(홍약이), 戶部侍郎 知廣州 陳淑(진숙)과 같은 이들이 있었고, (사신을) 맞아 위로하고 전송하는 일은 銀青光祿大夫(은청광록대부)[501] 吏部侍郎 朴昇中(박승중)[502]과 開府儀同三司(개부의동삼사)[503] 守太保(수태보)[504] 中書侍郎(중서시랑)[505] 中書門下平章事(중서문하평장사)[506] 金若溫(김약온),[507] 開府儀同三司 守太保 門下侍郎(문하시랑)[508] 同中書門下平章事(동중서문하평장사)[509] 崔洪宰(최홍재),[510] 開府儀同三司 守太保 門下侍郎 兼中書門下平章事(겸중서문하평장사)[511] 林文友(임문우), 同知樞密院事

---

499   제7권 「令官服」 조에 나오는 '開元故事'와 같은 의미를 갖는다.
500   '刑部侍部'는 '刑部侍郎'의 誤記.
501   고려 시대 문관의 정3품 또는 정2품의 官階로, 국초에 두었다.
502   文科에 급제하여, 睿宗을 도와 清燕閣과 寶文閣에서 학문을 연구하며 문명을 떨치고, 『海東秘錄』을 편찬했다. 권신 李資謙 아래에서 參知政事를 거쳐 守太尉 中書侍郎平章事가 되었으나, 이자겸이 죽자 유배되었다가 배소에서 죽었다.(『고려사』 125)
503   고려 시대 문관의 가장 높은 官階로, 成宗 때에 大匡에서 고쳤고, 文宗 때 품계를 종1품으로 했다.
504   '守'는 품계가 낮고 벼슬이 높을 경우에 직함 앞에 붙여 쓰는 말이고, '太保'는 임금의 스승인 三師의 하나.
505   中書侍郎平章事의 준말로, 고려 시대 中書省의 정2품 벼슬.
506   고려 시대 중서성과 문하성의 정2품 벼슬.
507   侍中 金良鑑의 아들로, 文科에 급제하여 戶部尚書, 知樞密院事, 參知政事를 거쳐 門下侍中에 이르렀다.(『고려사』 97)
508   門下省의 정2품 벼슬.
509   고려 시대 중서성, 문하성의 정2품 벼슬.
510   稷山 최씨의 시조. 무인의 가문에서 태어나 尹瓘을 따라 女眞 정벌에 공을 세우고, 西北面兵馬使, 同知樞密院事, 御史大夫, 刑部尚書, 樞密院使를 역임, 仁宗 시에는 參知政事 權判樞密院事, 門下侍郎平章事가 되었으나, 李資謙에 의해 유배되었고, 이자겸이 죽은 뒤에는 參知政事 判吏部事, 佐理功臣이 되었다.(『고려사』 125)

拓俊京(척준경),[512] 李資德(이자덕)[513] 등과 같은 이들이 맡았으니, 이들은 모두 왕의 측근 신하들이다. 王府에서 네 차례 모인 것 외에도 이들과 같이 따로 연회를 갖고 술을 마셨는데, 화기애애하게 술잔을 주고받았다.

개인적으로 찾아보거나 선물을 보내는 일은 戶部侍郞 梁麟(양인)과 金惟棟(김유동), 刑部侍郞 林景淸(임경청), 工部侍郞 盧令琚(노영거), 中侍大夫 黃君裳(황군상), 工部郞中 鄭俊(정준), 左司郞中 李之甫(이지보), 殿前承旨 林寵臣(임총신), 朝散郞 秘書丞 金端(김단)〈鄭刻에서는 '瑞'라고 오기했다〉, 閤門使 金輔臣(김보신), 閤門通事舍人 李穎之(이영지), 曹祺(조기), 內殿崇班 胡仁穎(호인영), 引進使 王儀(왕의), 閤門祗候 高唐愈(고당유), 敏仲衡(민중형), 通事舍人 李漸(이점), 梁文矩(양문구), 中衛郞 劉及(유급), 中亮郞 彭京(팽경), 忠訓郞 王承(왕승), 成忠郞 李俊琦(이준기), 金世安(김세안), 保義郞 李俊異(이준이), 承節郞 許宜(허의), 何景(하경), 陳彥卿(진언경) 등과 같은 이들이 맡았고, 명령을 전하고 안내하는 일은 正義大夫 禮部尙書 金富佾(김부일), 通義大夫 殿中監 鄭覃(정담), 尙書 李璹(이도), 中亮大夫 知閤門事 沈安之(심안지), 中亮大夫 閤門副使 劉文志(유문지), 閤門引進使 金義元(김의원), 閤門通事舍人 沈起(심기), 王洙(왕수), 金澤(김택), 李銳材(이예재), 金純正(김순정), 黃觀(황관), 李淑(이숙), 陳迪(진적), 閤門祗候 尹仁勇(윤인용), 朴承(박승), 鄭擇(정택), 陳俌(진칭), 通事舍人 李德升(이덕승), 吳子嶼(오자서), 卓安(탁안) 등과 같은 이들이 맡았는데, 모두

---

511 '兼'은 품계보다 두 등급 낮은 벼슬을 맡을 때 직함 앞에 붙이는 말.
512 무신으로, 谷山 척씨의 시조. 檢校大將軍 謂恭의 아들로, 女眞 정벌에 공을 세워 西北面兵馬使가 되고, 仁宗 초에는 吏部尙書, 參知政事, 開府儀同三司, 檢校司徒, 守司空, 中書侍郞平章事에 올랐다. 李資謙과 함께 인종을 폐위하려 대궐을 침범했다가 왕의 권유로 이자겸을 잡아 귀양보내고, 그 공으로 門下侍郞 同中書門下平章事가 되었다. 그러나 권세를 함부로 부리다가 탄핵을 받아 유배되기도 했다.(『고려사』 127)
513 中書令 子淵의 손자이고 재상 顗의 아들. 睿宗 시에 刑部侍郞으로 遼에 使行하고, 仁宗 시에는 樞密院副使로 宋에 謝恩使로 갔다와서, 參知政事가 되었다. 李資謙이 실각하자, 그 일파로 탄핵되어 지방 牧使로 좌천되기도 했지만, 中書侍郞平章事로 죽었다.(『고려사』 95)

재주가 있고 유능하며 언변이 뛰어나고 식견이 넓어서 선발되었다. 처음 서로 만날 때부터 귀국을 알릴 때까지, 그들과 함께 연회하며 즐기고 돌아다니며 구경하였는데, 겸손하게 상대를 예우하는 모습이나 품위 있는 풍채, 온화하고 조용한 자세 등, 볼만한 점이 있었다.

이제 잠시 李資謙 이하 다섯 명의 용모를 그림으로 그리고, 아울러 그 가문의 명망에 대해서도 설명하겠다.

수태사 상서령[514] 이자겸[515](守太師 尚書令 李資謙)

고려는 본래 가문의 명망을 중시하여, 國相(국상)[516]의 다수가 勳戚(훈척)[517] 가운데서 임용되었다. 王運(=宣宗) 이래로 李 씨의 후손을 처로 맞이하였는데, 王俁(=睿宗)도 세자 시기에 이 씨의 딸을 (세자)비로 맞아들였다. 이로 인해 (이 씨) 가문이 크게 드러나기 시작했다. 이자겸의 형 資義(자의)[518]가 전 왕 시기에 이미 국상이 되었다가 (어떤) 일에 연루되어 유배된 적이 있었기 때문에, 이자겸은 (형의) 전철을 밟지 않기 위해 항상 스스로 조심하였다. 이에 왕우는 그를 깊이 신뢰하고 중히 여겨, 세자의 스승이자 벗으로 삼았다. 그때 王楷(=仁宗)가 아직 어렸기 때문에, 이자겸은 학문이 넓고 견문이 많은 士人 8명을 뽑아서 그를 훈도하고 돕게

---

514 고려 시대 尚書省의 으뜸 벼슬로, 품계는 종1품.
515 고려 仁宗 때의 척신으로, 順宗 妃의 오라비였다. 蔭補로 閤門祗候에 이르렀다가, 둘째 딸이 睿宗의 妃가 되어 中書侍郎 同中書門下平章事에 올랐다. 외손인 仁宗을 즉위하게 하여 공신이 되고, 두 딸을 인종의 妃로 삼게 하여 專政하였고, 왕을 독살하려 하다가 拓俊京에 의해 유배되어 죽었다.(『고려사』 127)
516 재상.
517 나라에 공훈이 있는 임금의 친척.
518 中書令 子淵의 손자이고, 侍中 頲의 아들이다. 宣宗 때 戶部尚書를 지내고 獻宗 때 中樞院使가 되었다. 헌종이 유약하여 모후가 국사를 대리함을 기화로, 그의 누이와 宣宗이 낳은 아들을 즉위시키려 모의하다가, 肅宗에 의해 살해되었다.(『고려사』 127)

하였는데, 金端과 같은 이들이 이 무렵 本朝에서 賜第(사제)[519] 받고 귀국하여 바로 이 선발에 참여하게 되었던 것이다.

壬寅년[520] 여름 4월에 왕우가 죽자, 여러 아우들이 왕위를 다투었다. 이에 앞서 王顒(=肅宗)은 다섯 명의 아들이 있었는데, 왕우가 장남이었다. 이자겸이 王楷(=仁宗)를 세우자, (왕해의) 仲父(중부)[521]인 帶方公 王俌(왕보)가 왕위를 빼앗으려는 뜻을 품고, 마침내 門下侍郎 韓繳如(한교여)[522]와 樞密使(추밀사)[523] 文公美(문공미)[524] 등과 모의하여 반란을 꾀하니, 禮部尙書 李永(이영)[525]과 吏部侍郎 鄭克永(정극영),[526] 兵部侍郎 林存(임존)[527] 등 10여 인이 내응하기로 하였으나, 미처 거사하기도 전에 음모가 누설되어, 곧 체포되어 법관에게 넘겨졌다. 이에 이자겸은 왕에게 넌지시 말해서, 왕보를 섬으로 쫓아내게 하고 여러 악인들을 주살하는

---

519 급제한 이와 같은 자격을 특별히 받음.

520 睿宗 17년, 1122년.

521 둘째 아버지.

522 韓安仁. '繳如'는 '皦如'의 誤記이고, '皦如'는 한안인의 初名이다. 한안인은 戶部侍郎 圭의 아들로, 肅宗 때에 文科에 급제하여, 세자 시절의 睿宗을 보필한 인연으로, 예종이 즉위한 뒤에는 禮部尙書, 參知政事 등 청요직을 두루 역임하였다. 仁宗이 즉위하자 中書侍郎平章事에 올랐으나, 권신 李資謙을 제거하려다가 도리어 유배당해 살해되었다.(『고려사』 127)

523 樞密院의 종2품 벼슬. 추밀원은 왕명의 출납과 궁중의 宿衛 및 군사 기밀 등에 관한 일을 맡아 보던 관청이다.

524 公美는 初名이고 성장한 뒤에는 公仁이란 이름을 썼다. 문과에 급제하여, 樞密院副使에 이르렀으나, 李資謙의 미움을 받아 유배되었다. 이자겸이 몰락한 뒤에는 吏部尙書, 禮部尙書, 同知樞密院事, 中書侍郎平章事, 西京留守, 監修國史 등을 역임했다. 妙淸의 난에 연루되어 탄핵받기도 했다.(『고려사』 125)

525 고려 睿宗 때의 문신으로, 자는 大年. 문과에 급제하여 直史館이 되었고, 普文閣學士가 되었으나, 仁宗 원년(1122)에 李資謙이 韓安仁을 죽일 때 안인과 동서 관계로 연좌되어 진도로 유배되었다가 분사했다.(『고려사』 97)

526 고려 睿宗 때의 문신으로, 자는 師古. 문과에 급제하여, 翰林學士 등을 지냈다. 이자겸의 참소로 유배되었다가 풀려나, 翰林學士知制誥가 되었다. 文詞에 뛰어났다.(『고려사』 98)

527 고려 仁宗 때의 문장가로, 睿宗 때는 起居舍人으로 청연각에서 시경을 강의했고, 인종 때 翰林侍讀學士 등을 거쳐 中書舍人과 知貢擧가 되었다.(『고려사』 97, 98)

한편, 그 支黨 수백 명도 연좌시켜 잡아들이게 하였다. 이 일로 인해 (이자겸은) 반란을 평정한 공으로 太師(태사)[528]로 進封되고, 식읍과 采地(채지)[529]를 더 받게 되었으며, 직위는 尙書令(상서령)[530]에 이르게 되었다.

이자겸은 풍모가 바르고 단정하며 거동은 온화하고 조용하다. 현인을 좋아하고 선행을 즐겨, 비록 국정을 장악하고 있으면서도 자못 王 씨를 받들고 존중할 줄 알아서, 夷狄 가운데 있으면서 왕실을 떠받치고 도울 수 있으니, 賢臣이라 할 만하다. 그러나 참소하는 말을 믿고 이권을 탐하며, 전답과 가옥을 경영하여 阡陌(천맥)[531]이 이어지고 저택의 규모와 장식이 사치스럽고, 사방에서 선물을 보내어 썩는 고기가 늘 수만 근에 이르니, 다른 것도 모두 이와 같다. 나라 사람들이 이 때문에 수치로 여기니, 애석한 일이다.

접반 정봉대부[532] 형부상서 주국[533] 사자금어대 윤언식[534](接伴 正奉大夫 刑部尙書 柱國 賜紫金魚袋 尹彦植)

윤 씨 가문은 평소에 유학으로 이름이 알려져 있었다. 尹瓘(윤관)[535]이

---

528 고려 시대 국왕의 스승인 三師의 하나로, 관계는 正一品.
529 卿大夫의 封邑으로, 그 땅의 조세로 祿을 삼았다.
530 고려 시대 尙書省의 으뜸 벼슬로, 품계는 從一品.
531 '阡陌'은 『史記』 秦本紀에서 처음 나오는 말인데, 여기서 商鞅이 "爲田開阡陌"했다고 했다. 이 말이 무엇을 뜻하는지는 의견이 분분해서 아직 정설이 없지만, 천(阡)백(陌) 단위로 분획되어 경작지로 조성된 땅으로 이해하면 무난할 것이다.
532 고려 시대 문관의 종2품 官階.
533 고려 시대의 勳爵으로, 文宗 때 上柱國을 정2품, 柱國을 종2품으로 정했다.
534 고려 仁宗 때의 문신으로, 尹瓘의 아들이다. 仁宗을 세자 때부터 가까이 모셔 즉위 후에 淸宦職을 두루 역임하여 守司空 左僕射에 이르렀다. 인종 14년에는 殿中監으로 弔祭使가 되어 金에 다녀왔다.(『고려사』 96)
535 坡平 윤씨로, 三韓功臣 莘達의 4대손이다. 文宗 때에 文科에 급제하고, 肅宗이 즉위한 뒤에는 遼와 宋에 차례로 使行해서 왕의 즉위를 알리고 『資治通鑑』을 받아왔다. 1104년에는 樞密院使로 여진을 정벌하다가 실패, 1107년에 別武班을 이끌고 다시

王俣(=睿宗) 시기에 中樞府使(중추부사)[536]가 되어 일찍이 조공하러 중국에 온 적이 있었는데, 윤언식은 바로 그의 아들이다. 대대로 李 씨 가문과 혼인 관계를 맺었고, 李資謙과도 사이가 두텁고 좋았다. 王楷(=仁宗)가 春宮(춘궁)[537]에 있었을 때, 윤언식도 그를 이끌고 돕는 대열에 참여하였기 때문에, 왕해가 왕위에 오른 뒤에 높고 귀한 벼슬에 올랐다. 윤언식은 용모가 아름답고 몸이 훤칠하며 儒者의 풍모를 뚜렷이 갖추고 있어, 蠻夷로 대할 수가 없었다.[538]

동접반 통봉대부 상서 예부시랑 상호군[539] 사자금어대 김부식[540](同接伴 通奉大夫 尙書 禮部侍郞 上護軍 賜紫金魚袋 金富軾)

김 씨 가문은 대대로 고려의 大族(대족)[541]이어서, 전대의 역사에도 이미 실려 있다. 김 씨는 박 씨와 가문의 명망이 서로 비등해서, 그 자손 가운데 문장과 학문으로 벼슬길에 나아간 자가 많다. 김부식[542]은 용모

여진을 정벌해서 9城을 쌓았다. 그 공으로 功臣 칭호를 받고 門下侍郞 判尙書吏部事 知軍國重事에 올랐으나, 다시 출전해서 패전하여 9성을 여진에 돌려주고 공신 칭호를 삭탈 당하였다. 睿宗廟에 配享되고, 文肅이란 諡號를 받았다.(『고려사』 96)

536 고려 시대 中樞院의 종2품 벼슬. 중추원은 왕명의 출납과 궁중의 宿衛, 군사 기밀 등을 관장했다.

537 太子 혹은 世子가 거처하는 궁. 東宮이라고도 한다. 『資治通鑑』 陳 宣帝 太建 8년조에서 "황태자가 春宮에서 덕을 기르다"고 하고, 胡三省은 "태자는 東宮에 서처하는데, 동방은 春을 주관하기 때문에 春宮이라고 한다"고 주해했다.

538 윤언식은 이후, 仁宗 14년(1136)에 殿中監으로 弔祭使가 되어 金에 다녀왔다. 毅宗 때는 守司空 左僕謝를 지냈다.(『고려사』 16 · 17 · 96)

539 고려 시대 二軍六衛에 두었던 정3품 무관직으로, 上將軍을 고친 이름이다.

540 고려 毅宗 때의 문신, 학자로, 자는 立之, 호는 雷川. 문과에 급제하여 直翰林, 右司諫 등을 지냈다. 妙淸의 난을 평정하여 공신 칭호를 받고 樂浪郡開國侯의 작위를 받았다. 『三國史記』 50권을 편찬했다.(『고려사』 97)

541 名門 豪族.

542 慶州 김씨로, 左諫議大夫 覲의 아들이다. 肅宗 때 文科에 급제하여 中書舍人이 되었다. 仁宗 때에는 御史大夫, 戶部尙書, 翰林學士承旨, 平章事, 守司空 등을 역임했다.

가 풍만하고 체구가 장대하며 얼굴이 검고 눈이 튀어나왔다. 그러나 학문이 넓고 기억력이 강하여 박식하며, 글을 잘 짓고 고금의 일에 정통하여, 그곳 학자들의 신뢰과 추종을 그보다 더 많이 받는 이가 없다. 그 아우 金富轍(김부철)[543]도 당대의 명성[544]을 얻고 있어, 일찍이 그 형제가 이름을 지은 뜻을 조심스레 물어보았더니, (蘇軾과 蘇轍 형제를) 사모하는 마음이 있어 그렇게 지은 것 같다고 했다.[545]

관반 금자광록대부[546] 수사공 동지추밀원사 상주국 김인규[547](館伴 金紫光祿大夫 守司空 同知樞密院事 上柱國 金仁揆)

金景融(김경융)[548]은 王顒(=肅宗) 시기에 太傅(태부)[549] 守中書令(수중서

妙淸이 圖讖說로 西京 遷都를 주장하자, 극력 반대해서 중지시켰고, 묘청이 서경에서 반란을 일으켰을 때도 元帥로 출전해서 평정하고, 그 공으로 功臣의 칭호를 받았다. 1145년에는 『三國史記』를 편찬하고, 樂浪郡開國侯로 책봉되었다. 仁宗廟에 배향되었고, 文烈이란 시호를 받았다.(『고려사』 97)

543 金富儀. '富轍'은 初名이다. 肅宗 때에 문과에 급제하여, 睿宗 6년(1111)에는 書狀官으로 宋에 다녀왔고, 仁宗 2년(1124)에는 謝恩副使로 송에 사행했다. 大司成과 이, 호, 예부의 尙書를 거쳐 翰林學士承旨를 역임했다. 妙淸의 반란을 형과 함께 평정해서, 寶文閣大學士, 知樞密院事 知制誥에 이르렀다. 詩文에 능했다.(『고려사』 97)

544 본문에서는 '時譽'라 했으나, 澂江本에서는 '詩譽'라 하였는데, 『高麗史』 97 열전에 "金富儀(轍)가 詩文에 뛰어나 사람들 입에 회자되었다"고 한 것으로 보아, '詩譽', 즉 "시를 잘 짓는다는 명성이 있었다"로 쓸 수도 있다.

545 蘇軾은 호가 東坡居士. 唐宋八大家의 한 사람으로, 시는 당대 최고로 평가되고 글씨와 그림도 뛰어났다. 저서로 『東坡七集』 등이 있다. 蘇轍은 소식의 아우로서, 형과 함께 唐宋八大家의 한 사람으로 꼽힌다. 형은 大蘇, 아우는 小蘇로 불렸다. 시문에 뛰어난 金富軾, 富轍 형제도 소식, 소철 형제를 흠모해서 이름을 부식, 부철로 지은 것이다.

546 고려 시대 문관의 종2품, 또는 종1품의 관계.

547 고려 仁宗 때의 문신으로, 문과에 급제하여 左諫議大夫 등을 거쳐 中書侍郎平章事가 되었으나, 李資謙 난에 연루되어 좌천되었다가 參知政事가 되었다.(『고려사』 127)

548 『高麗史』 97 열전에서는 '金景庸'이라 되어 있다. 김경용은 慶州 김씨로, 兵部尙書 元晃의 아들이다. 숙종 때 兵部尙書 同知樞密院事를 지내고, 예종 때는 中書侍郎 同中書門下平章事, 門下侍中을 역임하였으며, 功臣의 칭호를 받고 樂浪郡開國侯로 책

령)[550]을 지냈는데, 金仁揆(김인규)[551]는 바로 그의 아들이다. 왕옹의 아비 王徽(=文宗)가 일찍이 김 씨 가문의 여인을 부인으로 맞았으니, 김인규는 임금의 외숙으로 존중되었다. 韓繳如 등이 모반하여 李資謙이 王楷를 옹위하며 반역의 무리를 주살하였을 때, 김인규도 이 일에 참여하여 힘이 되었기 때문에, 司空(사공)[552]으로 승진시켜 중추적인 관부에 있게 했다. 김인규는 풍채가 장대하고 수염이 아름다워 용모가 빼어나며 행동거지가 단정하고 신중하여, 중국에서 온 사신을 접대하는 책임자로 간택되었다.

동관반 정의대부[553] 수상서 병부시랑 상호군 사자금어대 이지미[554]

(同館伴 正議大夫 守尙書 兵部侍郞 上護軍 賜紫金魚袋 李之美)

고려는 中朝의 사신이 올 때마다 반드시 인재를 선발하거나 조공하러 (중국에) 다녀온 적이 있는 이를 館伴으로 삼는다. 이지미는 李資謙의 아들로, 풍채와 용모가 수려하고, 일찍이 天闕(천궐)[555]에 入覲(입근)[556]하러

봉되었다.
549 太師, 太保와 더불어 三師의 하나.
550 고려 시대 中書省의 으뜸 벼슬로, 품계는 종1품. 중서성은 국정을 총할하고 政案과 왕명의 초안을 작성하여 上奏하는 일을 맡았다.
551 문과에 급제한 뒤, 예종 때에 守太尉 中書侍郞平章事에 이르렀다. 李資謙과 사돈간이어서, 이자겸이 실각한 뒤에 좌천되었다가, 다시 左僕射, 參知政事를 지냈다.(『고려사』 127)
552 고려 시대 二公의 히나로, 품계는 정1품. 삼공은 司徒와 太尉, 司空을 말한다.
553 고려 시대 문관의 정4품 또는 정3품 관계.
554 고려 仁宗 때의 문신으로, 李資謙의 아들이다. 睿宗 13년(1118)에 宋에 가서 고려인이 과거에 합격한 것을 사례하고 돌아왔다. 仁宗 때는 知樞密院事로 知貢擧를 맡았다. 이자겸 일당이 제거될 때 유배되었다.(『고려사』 14)
555 천자의 대궐이란 뜻으로, 宋帝의 궁을 말한다.
556 제후가 가을에 천자를 알현하는 것. 『詩經』 「大雅」 韓奕의 "韓侯入覲 …… 入覲于王"이란 시귀에 대해, 『鄭玄箋』에서 "제후가 가을에 천자를 뵙는 것을 覲이라 한다"고 하고, 『周禮』 「春官」 大宗伯에서도 "봄에 뵙는 것을 朝라 하고, 여름은 宗, 가을은 覲, 겨울은 遇라고 한다"고 했다.

가서 객관에 수개월 머무르면서 그 나라의 일에 관해 크고 작은 일을 가리지 않고 모두 아뢰었다. 이지미는 일을 처리하고 결정할 때는 언제나 예에 맞게 하며 동작이 안정되고 예의가 바르는 등, 중국적인 품성을 넉넉하게 가졌다. 조정에 대해 언급할 때마다 해바라기 꽃이 해를 향해 기울 듯이 항상 진심을 다해 (송에) 충성하고 공경하는 뜻을 보였으니, 그 충성스러운 마음도 가상하다 할 만하다.

제9권 의례용품〈儀物〉

신이 듣기로는, 여러 蠻夷의 나라들은 비록 군장은 있다 하더라도 군장이 출입할 때 깃대를 든 사람이 불과 10명 남짓 뒤따를 뿐이어서, 신하들과 분별되는 것이 거의 없다. 다만 고려는 평소에 (중국에) 朝聘(조빙)[557]하면서 오래 동안 조금씩 영향을 받아왔기 때문에, 군주와 신하, 윗사람과 아랫사람이 거동할 때는 각각 예에 맞는 법도가 있다. 왕이 巡行할 때는 각 의례에 필요한 물품을 갖추었는데, 앞에서는 神旗(신기)[558]가 말을 몰고 갑옷 입은 병사들이 길을 막았으며 六衛軍(육위군)[559]이 각 군

---

[557] 제후가 몸소 천자를 알현하거나 사신을 보내 알현하는 일, 혹은 제후가 覇主를 알현하는 일. 『禮記』「王制」에 의하면, "諸侯는 天子에 대해 매년 한번씩 小聘하고, 3년에 한번씩 大聘하며, 5년에 한번씩 朝한다"고 하였고, 「鄭玄注」에서는 "小聘은 大夫를 시키는 것이고, 大聘은 卿을 시켜서 하는 것이며, 朝는 君이 직접 가는 것이라"고 했다. 한편, 『左傳』昭公 3년 조에서는 "옛날에 文公과 襄公이 覇者가 되었을 때는 제후를 번거롭게 하지 않기 위해서, 제후에게 3년에 한번씩 聘하고 5년에 한번씩 朝하게 하였다"고 했다.

[558] 고려군 조직의 하나인 神騎軍를 말한다. 肅宗 9년(1104)에 尹瓘이 女眞 정벌에 대비해서 別武班이라는 특수 군대를 만들었는데, 신기군은 이 별무반에 속한 기병이었다.

[559] 고려의 중앙군은 2軍 6衛로 구성되었으니, 2군은 鷹揚軍과 龍虎軍, 6위는 左右衛, 神虎衛, 興威衛, 金吾衛, 千牛衛, 監門衛 등으로, 2군은 국왕을 호위하고 의장하는 친

의 의례용품을 잡고 가니, 비록 모든 것이 다 전례에 맞는 것은 아니었지만, 다른 蠻夷들과 비교하면 분명 볼 만하다. 이것이 바로 孔子가 그곳에서 살고 싶다 하고 그곳을 누추하게 여기지 않은 까닭이다.[560] 하물며 그곳이 箕子의 나라이고 聖朝가 오래 동안 두텁게 돌보고 보살펴 준 나라이니, 더 말할 나위가 있겠는가. 이제 그 의식용 물품들을 뒤에 그림으로도 그려둔다.

반리선(盤螭扇)[561]

반리선[562]은 두 개가 있는데, 붉은 색⟨鄭刻에서는 '綠'이라 하였다⟩ 비단으로 만들어졌다. 붉은 색 자루는 금으로 장식되었다. 그 가운데에는 한 마리의 교룡이 구불구불 굼틀거리는 모양을 수놓았는데, 뿔은 하나요 비늘은 없지만 그 형상이 용의 부류이니, 아마도 蛟虬(교규)[563]의 종류인 것 같다. 왕이 행차할 때는 앞에 두고, 비단 보자기를 덮어씌워 바람을 막는데, 親衛軍(친위군)[564]이 이것을 잡는다. 연회 시에는 마당에 세워 두었다

위부대였으며, 좌우, 신호, 흥위 등 3위는 開京의 수비와 변방 방위의 임무를 맡았고, 금오위는 치안, 천우위는 儀仗과 경호, 감문위는 궁궐 문의 수위를 맡았다. 2군이 6위보다 뒤에 설치되고 병력 수도 훨씬 적었으나, 국왕을 직접 경호하는 역할로 인해 지위는 2군이 6위보다 높았다. 2군은 약 3천명, 6위는 4만2천 명으로 구성되었다.(李基白,『高麗兵制史研究』, 1968, 69쪽; 국사편찬위원회,『한국사』13, 281-293쪽)

560 『論語』子罕篇에서, "孔子가 九夷에서 살고 싶다고 하자, 어떤 이가 '누추한 곳인데, 어찌하려 하는가'라고 하니, 공자가 '君子가 그곳에서 사는데, 어찌 누추함이 있겠는가'라고 했다" 한다.

561 구불구불한 교룡이 그려진 부채.

562 盤螭란 구불구불한 뿔 없는 용을 말한다. 삼국시대 曹植이 쓴 「桂之樹行」에서 "위에는 棲鸞이 있고 아래에는 盤螭가 있다"고 하였다.

563 교룡과 규룡. 모두 龍의 종류다.『說文』虫部에서 "蛟는 龍의 종류다. 못에 물고기 3600마리가 가득 차있는데, 蛟가 와서 우두머리 노릇을 하면서, 물고기를 거느리고 날 수가 있다"고 하고, "虬는 龍의 새끼로, 뿔이 있다"고 했다.

564 황제나 국왕을 侍衛하는 부대. 중국은 隋代에 처음 설치했고, 唐宋 시대에는 親衛府를

가, 예식이 끝나면 물린다〈鄭刻에서는 ‘徹’이라 하였다〉.

쌍리선(雙螭扇)[565]

쌍리선은 네 개가 있는데, 채색과 장식은 단리선과 대체로 비슷하지만, 수를 놓은 용의 형상은 두 개가 병렬되어 있다. 예를 행할 때는 역시 친위군이 이것을 잡는다.

수화선(繡花扇)[566]

수화선은 두 개가 있는데, 붉은 비단으로 만들어졌다. 붉은 자루는 금으로 장식되었다. 그 가운데에 두 송이의 모란꽃을 수놓았다. 부채의 모양은 교룡 문양의 부채에 비해 윗부분이 약간 오목하다. 예를 행할 때는 교룡 문양의 부채 다음에 배열하는데, 역시 친위군이 잡는다. 위의 세 종류 부채는 폭이 2자(尺)고 높이가 4자인데, 그 자루의 길이는 1丈이라고 한다.

우선(羽扇)[567]

우선은 4개가 있는데, 물총새의 푸른 깃털을 주위 모아 차례로 엮어 만든다. 아랫부분은 은으로 장식했는데, 그 모양이 마치 공작과 같다. 황

두었다. 『朱子語類』 112에 의하면, 唐代의 “親衛는 親王侯의 아들로 만들었다”고 했다.
565 두 마리 교룡이 그려진 부채.
566 꽃을 수놓은 부채.
567 깃털 부채.

금을 칠해서 색채가 자못 화려하게 느껴지지만, 잘 보전하여 지키기〈鄭刻에서는 '愛'라 하였다〉는 쉽지 않으니, 오래 되면 깃털이 떨어져 나가서 윗부분이 각진 모양이 된다. 지금 그린 것은 그 완전한 형태인데, 처음 만든 것처럼 오래되지 않은 것이어서, (원형이 어떠했는지) 거의 짐작할 수 있을 것이다. 그 규정은, 자루의 길이가 1丈이고 부채 너비는 1자 5치, 높이가 2자로, 예를 행할 때는 金花로 장식한 曲幞脚頭(곡복각두)[568]를 쓰고 비단옷을 입은 친위군 장수가 이것을 잡는다〈鄭刻에는 이 조문 13자가 빠졌다〉.

곡개(曲蓋)[569]

곡개[570]는 2개가 있는데, 그 모양은 육각형이고, 각각 流蘇(유소)[571]가 있다. 붉은 비단으로 장식하고, 윗부분은 아름다운 빛깔의 구슬과 금, 은 등을 섞어 만들었으며, 자루는 약간 굽었다. 왕이 출입할 때는 왕을 직접 덮지 않고, 단지 친위군이 그것을 잡고서 수십 보 앞에서 가게 하는 것으로 의식을 갖출 뿐이다. 그 규정은, 높이가 1丈 2자고 너비는 6자다.

568　宋澄江本에서는 '曲脚幞頭'라 하였는데, 이것으로 바로 잡아야 한다. 『廣韻』燭韻에서 "幞은 幞頭다. 周 武帝가 만들었다. 幅巾을 잘라서 4脚을 내어 머리를 감싸기 때문에 幞頭라고 한다. 頭巾이라고도 한다"고 했다 따라서 복두의 네 가닥 띠를 가리켜 '脚'이라고 하였음을 알 수 있으니, '曲脚'이란 곧 복두의 띠가 굽은 모양을 가리킨다. 『三才圖會』에는 '交脚幞頭'가 그려져 있는데, 그림에 보이는 '교각'은 띠가 서로 교차하는 모양이다.
569　자루가 굽은 양산.
570　晉 崔豹의 『古今注』輿服에서 "曲蓋는 太公이 만든 것이다. 武王이 紂를 쳤을 때, 센 바람에 양산대가 부러졌기에, 太公望이 양산대가 부러진 모양을 본떠서 곡개를 만들었다. 戰國 시대에는 항상 장수에게 하사했고, 漢代부터 乘輿에 4개를 써서 輜軿蓋라고 했는데, 軍號를 가진 자에게 하나씩 하사했다"고 한다.
571　旗나 乘轎 등에 다는 五色 실로 만든 술.

청개(靑蓋)[572]

그 규정은〈鄭刻에서는 '靑蓋之制'라 하였다〉 대체로 중국과 같다. 붉은 색 비단으로 안을 댄 넓은 천을 아래로 늘어뜨린 뒤, 다시 황색 실로 짠 끈을 채색 장식으로 사용했다. 듣기에는, 평소에는 홍색을 사용하지만, (중국에서) 사자가 올 때만 청색 비단으로 가린다고 한다. 고려인은 홍색을 가장 귀하게 여기기 때문에 국왕이 아니면 사용하지 못하는데, 이제 (청색 비단으로) 덮어서 가리는 것은 아마도 聖朝를 공손하게 따르고 사절에게는 (천자만이 사용하는 황색을) 겸손하게 회피하겠다[573]는 뜻의 한 자락을 내보인 것일 뿐이리라.

제10권 의례용품〈儀物〉 2

화개(華蓋)[574]

화개의 규정은, 무늬 있는 비단에 그림과 수를 섞어 놓아 만드는데, 위에는 六角이 있고 각 모(서리)마다 流蘇가 나와 있어, 그 모양이 마치 허리에 차는 구슬 고리와 같다. 다섯 가지 색[575]의 띠를 가지런히 내리

---

572 청색의 차 덮개. 漢代에는 皇太子와 皇子들이 타는 수레에 사용했다. 『後漢書』 興服志 上에서 "황태자와 황자는 모두 安車와 朱班輪, 靑蓋를 사용했다"고 한다.
573 천자의 수레에 받드는 일산을 黃屋이라 해서, 천자를 상징한다.
574 화려한 가리개란 뜻으로, 제왕이나 고관이 타는 수레 위에 펼치는 일산을 말한다. 華覆이라고도 한다. 晋 崔豹의 『古今注』 興服 조에 의하면, "華蓋는 黃帝가 만든 것으로, 蚩尤와 涿鹿에서 싸울 때 언제나 오색의 雲氣가 있어 金枝玉葉이 帝의 위에서 멈추었는데, 花葩 모양을 하고 있어, 그 모양을 따서 화개를 만들었다"고 한다.
575 靑, 黃, 赤, 白, 黑色.

고, 鸞(난) 새[576]의 소리가 나는 방울도 있다. 그 덮개는 세로가 3자, 가로는 6자, 길이가 2장 5자다. 큰 예식이 있을 때는 金吾仗衛軍(금오장위군)[577]이 이것을 잡고, 閶闔門 밖에 서 있다.

황번(黃幡)[578]

황번의 제도는 무늬 있는 비단으로 만들고 그 위에 상서로운 구름을 수놓는 것이다. 그 형상은 윗부분이 뾰쪽하고, 두 귀 부분에 流蘇를 설치하여, 움직이거나 흔들면 소리가 난다. 깃발의 머리 부분에서 꼬리 부분까지 전체 길이가 9자고, 너비는 1자 5치〈鄭 刻에서는 '1丈 5尺'이라 하였지만 잘못인 것 같다〉, 자루의 길이는 1장 5자다. 큰 예식를 행할 때는 華蓋와 함께 나란히 배치하는데, 그것을 잡는 군사의 복식도 등급이 같다.

표미(豹尾)[579]

표미의 제도는 (표범 꼬리를) 창 위에 세우는 것인데, 그 크기가 같지 않다. 이것은 당연히 그 짐승(표범)의 형상을 좇아 만든 것이다. (천자의) 조서를 맞을 때는 千牛衛軍(천우위군)[580]이 이것을 잡고 앞에 서며, 문에 다다르면 同德門과 昇平門 사이에 세운다.

---

576 봉황의 일종인 靈鳥인데, 털빛은 붉은 바탕에 五彩가 섞였으며 소리는 五音에 맞는다는 새로, 천자가 타는 마차의 말고삐에 다는 방울을 뜻하기도 한다. 『舊唐書』 文苑傳上에서 "鸞은 태평의 상서로운 징조라"고 했다.
577 6衛의 하나인 金吾衛의 儀仗兵. 금오위는 주로 치안의 임무를 맡았는데, 精勇 6領(1領은 1000명)과 役領 1營으로 구성되었으며, 정3품의 上將軍이 지휘했다.
578 황색 기.
579 표범 꼬리.
580 6衛의 하나로, 주로 儀仗을 맡았다.

금월(金鉞)[581]

금월의 제도는 柱斧(주부)[582]와 대략 같다. 자루 끝에 한 마리의 비상하는 모양의 鸞(난) 새를 세워, 행차할 때 움직이거나 흔들면 높이 날아오르는 듯한 기세가 있다. 왕이 행차할 때는 龍虎親衛軍(용호친위군)[583]의 장수 한 명이 그것을 잡고서 그 뒤를 따른다.

구장(毬杖)[584]

구장의 제도는 나무를 깎아 만들어서 白金(=銀)으로 이를 감싸고, 가운데에 작은 구멍이 있어 채색 끈을 꿰어 늘어뜨리는 것이다. 큰 예식을 행할 때는 散員校尉(산원교위)[585] 10명이 그것을 잡고서 會慶殿의 양쪽 계단 아래에 선다.

기패(旂旆)[586]

기패의 제도는 (깃발을) 붉은 색 비단으로 만들어서 차례로 서로 이어

---

581 금도끼.

582 水晶으로 만든 작은 도끼. 『朱子語類』 128에 의하면, "祖宗 시에 조정에 관리가 출입할 때 柱斧가 있었는데, 그 제도는 水精으로 만든 작은 도끼 머리를 轎 앞에 놓았다"고 한다.

583 고려 2軍의 하나로, 6衛보다 뒤에 설치되었지만, 6위보다 상위에 있었다. 정3품의 上將軍이 지휘했다. 뒤에 虎賁親禦軍으로 명칭이 바뀌기도 했다.

584 擊毬 공채. 擊毬할 때 쓰는 공채에 金銀을 칠한 儀仗으로, 길을 인도할 때 썼다. 『宋史』 儀衛志6에서 "毬杖은 금은으로 칠해서 官騎가 그것을 잡고 좌우로 나누어 앞에서 길을 인도하는 데 사용한다"고 했다.

585 고려 시대 二軍과 六衛, 都府外, 儀仗府 등에 두었던 정8품의 무관직.

586 기.

깃대 위에 매달고 그 끝에 백색 깃털을 꽂아 장식하는 것이다. 群山島 (군산도)서부터 보이기 시작했지만, 오직 군사를 통령하거나 국가 의식을 집행하는 관리에게만 지급한다. 흔히 그것을 지휘하는 물건으로 삼았으니, 이것이 바로 衛軍(위군)[587]이 旅頭(기두)[588]를 높은 지위로 여기는 까닭이다.

제11권 의장호위대〈仗衛〉

신이 듣기로, 고려 왕성의 의장호위대는 다른 郡과 비교해서 가장 기세가 성하다고 하니, 아마도 날래고 용맹한 병사들이 여기에 다 모인 것 같다. 中朝의 사신이 도착하면, 이들을 모두 내어 보내서 기세 좋은 광경을 보여준다. 그 제도는, 백성이 16세 이상이면 병역에 충당되는데, 六軍(육군)[589]의 上衛는 관부에 항상 머무르고, 나머지 병사는 모두 경작지를 지급 받아 생업에 종사하게 된다. 불시에 사변이 일어나면 병기를 집고 적에게 달려가고, 일을 맡게 되면 公役을 치르기 위해 수고로움을 마다하지 않으며, 일이 끝나면 다시 농토로 돌아가니, 뜻밖에도 옛날의 鄕民(향민) 제도와 부합한다.[590]

---

587 六衛軍, 즉 고려 시대 중앙군의 조직 체계의 하나로, 左右衛와 神虎衛, 興威衛, 金吾衛, 千牛衛, 監門衛를 이른다. 각 위에는 上將軍 1명과 大將軍 2명이 있었다.

588 군기를 맡은 병사의 우두머리.

589 고려 시대 六衛를 달리 이르는 말이다.

590 여기서 말하는 '鄕民' 제도란 北魏 이후 唐代까지 중국에서 시행되었던 府兵制와 같은 兵農一致의 제도, 즉 농민이 국가로부터 토지를 받는 대가로 일정 기간 兵役을 제공하는 제도를 말한다. 『高麗史』 81 兵志 서문에서 "고려 태조는 三韓을 통일하고 비로소 6衛를 두었는데, 衛에는 38領이 있고, 각 영에는 천 명씩 있으며, 상하가 서로 연결되고 體統이 서로 이어져있어, 唐의 府衛制와 비슷했다"고 하고, 『宋史』 487 外國傳 高麗 조에서는 "나라 안에 私田이 없다. 백성은 가족수에 따라 役을 부여받으며, 16살이 넘으면 軍役에 충당된다. 6軍 가운데 3衛는 항상 官府에 머물러 있다.

처음 고려는 魏代에는 戶數가 3만에 지나지 않았지만, 唐 高宗이 平
壤을 함락시키고 그 병사를 거두니 30만이었다. 지금은 이전 시대에 비
해 또 배가 늘었다. 왕성에 머무르면서 지키는 병력은 언제나 3만 명을
유지하면서 당번을 나누어 교대로 수비한다. 병력을 통제하는 방법으로,
軍에는 將이 있고 將에는 領(영)[591]이 있으며, 隊伍에는 正이 있고 步列
에는 等이 있는데, 모두 六軍으로 배열하여 龍虎軍, 神虎軍, 興威軍,
金吾軍, 千牛軍, 控鶴軍이라 하고, 6군을 다시 두 개의 衛로 나누어 左
衛, 右衛라 하였으며, 다시 세 등급으로 구별하여 超軍, 海軍, 猛軍이라
하였다〈鄭刻에서는 猛軍을 海軍 앞에 두었다〉.[592]

黥墨(경묵)[593]의 형벌 제도가 없고, 군영이나 주둔지에 상주하는 제도
도 없다. 단지 공적인 일에 종사하거나 사역될 경우, 입는 옷으로 구별할
뿐이다. 투구와 갑옷은 아래위로 이어져 있는데, 그 제도가 逢掖(봉액)[594]
과 같아 형상이 특이하다. 金花로 장식한 높은 모자는 (높이가) 거의 2〈鄭
刻에서는 '3'〉자나 되고, 비단 옷과 청색 겉옷에 느슨하게 두른 허리띠는
사타구니〈鄭刻에서는 '袴'라 하였다〉까지 내려온다. 아마도 그 나라 사람들
은 신체가 작아서 특별히 높은 모자를 쓰고 비단 옷〈鄭刻에서는 '柔'라 하였
다〉을 입어 그 모습을 장대하게 보이려 하는 것 같다. 이제 그림을 그려서,

3년마다 선발되어 서북의 국경지대를 파수하는 군인들은 반년마다 교대된다. 군인
들은 비상시에는 무장을 하고, 役事가 있을 때는 징발된다. 일이 끝나면 농사짓는
곳으로 돌아간다"고 했다. 徐兢은 이러한 전거에 근거하여 고려 병제가 唐의 府兵制
(府衛制)를 모방한 兵農一致制로 설명하고 있다. 그러나 고려의 2군 6위는 軍班氏族
이란 군인으로 편성되었고, 이들 군반씨족 출신의 군인은 세습적, 전업적 직업군인
이었다는 학설이 유력하다.(李基白, 『고려병제사연구』, 141-289쪽)

591   六衛의 하부 조직으로 領이 있어 將軍 등의 지휘관을 두었다.
592   고려의 중앙군제인 2軍6衛에 관한 『高麗圖經』의 설명은 실제와 다른 점이 많다. 제9
       권 서문 注를 참조할 것.
593   고대 肉刑의 하나로서, 墨刑, 혹은 黥刑이라고도 한다. 범죄자의 얼굴에 글자를 새
       기고 먹을 칠한다. 『三國志』魏志 毛玠傳에서 "漢의 법률에 죄인의 처자는 沒籍해
       서 奴婢로 삼고 黥面한다. 漢法에서 행한 黥墨의 형벌은 古典에 있다"고 했다.
594   '逢掖之衣'의 준말로서, 유학자가 입는 소매가 넓은 옷, 도포의 하나.

각각의 명목에 따라 뒤에 배열한다〈鄭刻에서는 이 조항의 32자가 빠졌다〉.

용호좌우친위기두(龍虎左右親衛旗頭)

용호 좌우 친위군의 기두는 공 모양의 문양이 있는 비단 겉옷을 입고 도금한 허리띠를 두르며 展脚幞頭(전각복두)[595]를 쓰는데, 이는 中朝의 복식 제도와 대체로 비슷하다. 작은 깃대를 들고서 六軍을 호령하니, 이들이 바로 軍과 衛에 소속된 隊의 우두머리다. (이들 가운데서) 王府 안에서 시위하는 자는 두 명뿐인데, (중조의) 사자가 도착하면 (그 중의) 한 사람을 의장대〈鄭刻에는 ('仗'자 앞에) '兵'자가 있다〉 안에 배치하여, 앞에서 말을 타고 선도하게 한다. 이는 아마도 사신을 대접〈鄭刻에서는 ('待'자 대신) '侍'라 하였다〉하기 위해 왕을 시위하던 사람을 그만 두게 하고 배치한 것이니, 예우가 이 정도에 이르면 가히 지극하다 할 수 있겠다.

용호좌우친위군장(龍虎左右親衛軍將)

용호 좌우 친위군의 군장도 공 모양의 문양이 있는 비단 겉옷을 입고 도금한 허리띠를 둘렀지만, 모자는 두 다리(뿔)가 꺾여 위로 올라갔는데, 오른편으로 조금 더 굽었으며, 금 꽃으로 장식되었다. 왕이 출입할 때는 10여 명이 羽扇(우선)[596]과 金鉞(금월)[597]을 들고 뒤따른다.

---

[595] 다리, 즉 뿔을 좌우로 펼친 두건.
[596] 새 깃털로 만든 부채.
[597] 도금한 도끼.

신호좌우친위군(神虎左右親衛軍)

신호 좌우 친위군은 공 모양의 문양이 있는 비단 겉옷을 입고 도금한 허리띠를 두른다. 금꽃을 꽂은 큰 모자를 쓰고, 여기에 더하여 자색 띠를 턱 아래에 맸는데, 마치 갓끈 종류와 같다. 모자의 모양이 아주 높아서, 그것을 바라보면 높이 솟은 것처럼 보인다. 옛날 北齊 永寧(영녕),[598] 연간에 高麗의 사신이 (북제에) 도착하였을 때, 窮袴(궁고)[599]라는 바지를 입고 拒風(거풍)[600]이라는 모자를 썼는데, (북제의) 中書郎(중서랑)[601] 王融(왕융)이 이를 놀리며 말하기를, "의복이 맞지 않는 것은 몸에는 재앙이다. 머리 위에 얹은 것은 어떤 물건인가"라고 하니, (고려의 사신이) 답하여 말하기를, "이것은(정각에서는 '則'자가 있다) 옛날에 쓰던 고깔의 흔적이 남은 것이라"고 하였다.[602] 지금 (고려의) 높은 모자의 제도를 보니, 그 거풍의 풍속이 아직도 여전히 남아있는 것 같다.

흥위좌우친위군(興威左右親衛軍)

흥위 좌우 친위군은 홍색 무늬 비단으로 만든 겉옷을 입고 오색의 둥근 꽃무늬를 옷자락에 넣어 장식하였으며, 금꽃을 꽂은 큰 모자를 쓰고 검은 무소뿔로 만든 허리띠를 둘렀다. 왕의 좌우에 있는 20여 명은 (왕이) 출타할 때, 螭文扇(이문선)[603]과 繡花扇(소화선),[604] 大扇(대선),[605] 曲蓋(곡

598 '永寧'은 '永明'의 誤記. '永明'은 南齊 武帝의 연호로서, 483-493년.
599 가랑이가 이어진 바지.
600 '折風'의 誤記.
601 中書省의 侍郎. 중서성은 기무와 詔命, 秘記 등을 관장하는 최고 관서.
602 『南齊書』58 東南夷傳 東夷高麗國 조의 기사와 같다.
603 蛟龍 문양의 부채.
604 꽃을 수놓은 부채.
605 의장용 큰 부채.

개)[606] 등을 잡고서 앞과 뒤에서 수행한다. 평상시에는 龍虎軍과 神威軍 이하가 모두 자색 모자를 쓰는데, 금으로 장식하지는 않는다. 여러 衛 가운데서도 이들 일등급 군사들의 자질이 조금 뛰어난다.

상육군좌우위장군(上六軍左右衛將軍)

상육군 좌우위 장군은 갑옷을 입고 투구를 썼는데, (특히 갑옷은) 검은 가죽 사이에 쇳조각을 넣어 만든 것으로, 무늬 있는 비단으로 얽고 꿰매어 서로 이어지게 하였다. 허리 아래로 10여 개의 띠를 늘어뜨리고, 오색으로 꽃을 수놓아 장식했다. 왼 편에 활과 칼을 차고 손을 맞잡고 몸을 굽힌 자세로 궁 문 위에 서있다. 단지 (황제의) 조서를 받거나 (국왕의) 표문을 올리는 날에는 會慶殿 중문에 6명, 그 양쪽 곁문에 각각 4명이 산처럼 의연히 서있는데, 그 모습이 마치 흙이나 나무로 만든 인형 같다. 그 공손하고 정중한 모습도 가히 칭찬할 만하다.

상육군위중검랑장(上六軍衛中檢郎將)

상육군위 중검랑장은 대개 왕궁에서 공이 있는 자가 승진하여 임용되는데, 왕은 이들을 가까이 여기고 믿으며, 이들의 힘에 의지해서 왕궁 안팎을 보전하고 지킨다. 이들은 평상시에는 언제나 자색 옷을 입고 幞頭를 쓴다. 단지 큰 예식이 있거나 불공을 드리고 제사를 올릴 때, (황제의) 조서를 받거나 (국왕의) 표문을 올릴 때에는 갑옷과 투구를 착용하고 나가는데, 투구는 머리에 쓰지 않고 등 뒤에 매달고 간다. 무늬가 있는 자

---

606 자루가 굽은 의장용 日傘.

색 비단 두건을 쓰고, 이를 구슬과 패물로 장식했다. 왼편에 활과 칼을 차고, 손에는 彈弓(탄궁)[607]을 들었다. 왕이 행차할 때는 앞에 서는데, 시끄럽게 떠드는 일이 생기면 활시위를 당기되 화살을 쏘지는 않으면서 경계하여 사람들을 모두 숙연하게 한다. 날아가는 새가 지나가면 탄환을 쏘아 떨어뜨린다. 밤에는 횃불을 들고 다니면서 순찰하기를 게을리 하지 않는다. 일찍이 탄궁을 든 까닭이 궁금해서 물어보았더니, "御史(어사)[608]가 彈劾하는 뜻을 취한 것이라"고 하였다.

용호중맹군(龍虎中猛軍)

용호중맹군은 품이 좁은 푸른 색 베옷과 흰 모시로 만든 窮袴(궁고)[609]를 입고, 그 위에 투구와 갑옷을 덧입는데, 단지 覆膞(부박)[610]은 없다. 투구는 머리에 쓰지 않고 등에 매고 다닌다. 각자 작은 창을 잡고 있는데, 그 창 위에는 흰 깃발을 묶는다. 창의 크기는 1자도 되지 않고, 구름(문양)을 그려 넣어 장식한다. (황제의) 조서를 맞기 위해 성안으로 들어오거나 조서를 받고 표문을 올릴 때는 여러 의장대의 뒤편에 위치해서 길을 끼고 행진한다. 軍府(군부)[611]의 연회에 참석하거나 놀이나 구경 나갈 때는 갑옷과 투구를 착용하지 않는다. 의장호위대 가운데서 이 부대의 병력 수가 가장 많아, 약 3만 명에 달한다.

---

607 탄자활. 탄력을 이용해서 탄환을 발사하는 활.
608 춘추전국시대에는 군주 측근에서 문서나 記事에 관한 일을 맡았고, 秦漢 시대 이후에는 감찰과 탄핵만을 담당하였다. 宋 王讜의 『讜語林』補遺4에 의하면, "御史는 불법을 탄핵하여 아뢰어 내외를 肅淸케 하는 일을 맡았다."
609 가랑이가 이어진 바지, 즉 밑 막은 바지.
610 어깨 덮개.
611 幕府, 즉 將軍의 관부를 가리키는 다른 말.

금오장위군(金吾仗衛軍)

금오장위군은 소매가 넓은 자색 윗도리〈원문에는 '彩'라고 되어 있으나, 原
註에서 "'衫'자인 것 같다"고 하였다〉를 입는다. 幞頭는 말아서 쓰는데, 채색
끈으로 위를 묶는다. 각자 소속된 方의 색을 따르는데, 방은 한 隊를 이
루기 때문에 한 대는 한 가지 색으로 통일된다. 사이사이에 둥근 꽃무늬를
수놓아 장식한다. 깃발과 가리개 등 의장용 물품을 들고 閶闔門 밖에 선다.

공학군(控鶴軍)[612]

공학군은 자주색 무늬 비단으로 만든 겉옷을 입는데, 오색으로 사이
사이에 크고 둥근 꽃무늬를 수놓아 장식한다. 折脚幞頭(절각복두)[613]를 쓴
다. 수십 명의 공학군 병사가 조서를 실은 수레를 받들고, 왕과 사신이
비공식적으로 만나기 위해 왕래할 때는 대광주리를 받든다.

제12권 의장호위대〈仗衛〉 2

천우좌우장위군(千牛左右仗衛軍)

천우 좌우 장위군은 붉은 색 좁은 옷을 입고 머리에는 가죽 고깔을 쓰

---

612 '控鶴'이란 宿衛하는 近臣을 가리키는 말이었는데, 唐 則天武后 때 처음으로 控鶴府
     를 두었고, 昭宗 때 控鶴排馬官을 두면서 禁軍을 공학이라 명명하였다.
613 脚, 즉 뿔이 꺾인 복두.

며, 검은 뿔로 만든 허리띠를 두른다. 허리에는 두 쪽의 무릎 가리개[614]가 있는데, 짐승 문양으로 장식했다. 손에는 작은 창을 들었는데, 창 위에 한 개의 북을 꿰어 달았으니, 그 제도가 마치 (중국의) 鞉(도)[615]와 같다. 그 외에도 畵戟(화극)[616]이나 鐙杖(등장),[617] 豹尾(표미)[618] 등 따위를 든 사람도 있는데, 의복의 꾸밈새는 모두 같다.

신기군(神旗軍)

신기군은 가죽으로 머리를 덮어 가리고 그 위에 나무로 코를 만들어 붙였는데, 이는 짐승의 이마 모양을 만들어 사나움을 꾸며 보이려는 것이다. 뒤가 짧은 붉은 색 옷을 입고, 여기에 다시 두 쪽의 무릎 가리개를 덧대었는데, 짐승 문양으로 장식했다. 조서를 맞이하여 예를 받들 때에는 앞에 늘어서서 五方大神旗를 펼쳤다. (조서를) 수레에 싣고 가는 곳으로 (신기군도) 따랐는데, 수레 1대마다 10여 명씩 안전하게 세웠다. 산길이 가끔 불룩하게 솟은 장애에 막히기도 하고, 그때 마침 더위가 혹심해서 땀이 흘러 등을 흠뻑 적셨기 때문에, 다른 의장호위대와 비교하면 가장 노고가 많았다.

---

614 襜, 즉 蔽膝.
615 鞉鼓. 손잡이가 있는 작은 북.
616 채색하거나 장식을 한 창으로 警衛할 때 썼다.
617 鐙棒을 말하는데, 鐙仗이라고도 한다. 棒 모양의 무기로, 한쪽 끝은 馬鐙(말 등자) 모양의 구리 제품으로 장식했다. 뒤에 儀仗으로 사용되었다.
618 장수 깃발의 장식물. 표범의 꼬리를 매달거나 표범의 무늬를 그렸다.

용호상초군(龍虎上超軍)

　　용호상초군은 품이 좁은 푸른 색 베옷을 입고 무늬 있는 비단 두건을 썼다. 앞깃과 등배에 모두 둥근 모양의 표지가 있는데, 그 모양은 같지 않다. 왕궁에서 심부름하는 이들은 모두 용 무늬로 하고, 나머지는 꽃이 얽혀있는 문양으로 한다. 모두 금실로 수를 놓아 그 무늬가 오그라들었고, 그 사이 사이에 수를 섞어 놓았는데, 만든 수법이 정밀하고 교묘하다. (사신이 묵는) 객사에서 三節이 있는 곳 곁에도 2,3명씩 배치되었는데, 명분은 순찰하기 위한 것이라 하지만 실제로는 비상 상황을 살피기 위한 것이다. 사신이 출입할 때도 심부름하는 인원을 배치하는데, 上節은 10〈鄭刻에서는 '千'이라 하였다〉여 명을 배치하고, 나머지는 등급에 따라 수를 줄인다.

용호하해군(龍虎下海軍)

　　용호하해군은 품이 좁은 청색 베옷을 입었는데, 빙빙 도는 (독)수리를 황색 실로 수놓았다. 홍색 가죽과 구리로 만든 허리띠를 두르고, 붉은 색 손잡이의 채찍을 들었다. 順天門을 지키는 수위 20여 명은 객관에서 연회가 있을 때마다 뜰 안에 늘어서 있다가, 술잔이 돌기 시작하면 '옛' 하는 소리를 내면서 물러나, 동서로 두 줄을 지어 (돌돌) 말듯이 행군헤서 다시 문 밖으로 나간다.

관부문위교위(官府門衛校尉)

　　관부문 위교위는 자주색의 무늬 비단으로 만든 품 좁은 옷을 입고 展

脚幞頭를 썼으며, 오른 편에 긴 칼을 차고서 손을 맞잡고 서 있다. 이들이 맡은 직책을 살펴보면, 병사의 계급을 총괄하여 관할하는 것이다. 전쟁터에서 적의 머리를 노획하고서도 銀子를 하사 받는 것을 원하지 않는 자가 차례에 따라 승진되어 이 직책을 맡아 王府에 머무르면서 여러 문을 지킨다. 會慶門부터 좌우 親衛將軍을 두었고, 그 외에도 안으로는 廣化門, 밖으로는 宣義門 등 여러 문에도 모두 이들이 있으며, 심지어는 (불교의) 사찰이나 (도교의) 道觀과 官府 등에서도 때때로 이들을 활용한다. 그러나 복장이나 인재가 모두 (앞의 여러 부대에) 미치지 못한다. 한때에 배치해 두었다가 다른 부류의 사람들로 충당하여 대리케 하기도하니, 일등의 品秩은 아니다.

육군산원기두(六軍散員旗頭)

육군 산원기두는 紫燕島(자연도)에서부터 보기 시작했는데, 이들도 군대 안에서 총괄하여 통솔하는 자다. 전각복두를 쓰고 자주색 무늬 비단으로 만든 품 좁은 옷을 입으며, 허리띠를 두르고 가죽신을 신는다. 손에는 깃대와 의장 호위에 필요한 의례용 물품을 든다. 군사를 통솔하고 사무를 관장하는 이가 隊마다 한 명씩 있어, 열 지어 앞뒤로 움직일 때 이들을 기준으로 삼으니, 중국의 인원과 비슷하다.

좌우위견롱군(左右衛牽攏軍)

좌우위 견롱군은 자주색 좁은 옷을 입는데, 까치 문양을 비단에 누이고 검은 깁과 부드러운 명주를 꿰매었다〈鄭刻에서는 ('絹'을) '帶'라 하였다〉. 베저고리를 입고 가죽신을 신고서, 여러 마리의 말을 몬다. 오직 正使와

副使 및 上節官에게만 배치되고, (사절단의) 나머지 인원에게는 龍虎超軍이 대신 배치된다.

영군낭장기병(領軍郎將騎兵)

영군 낭장 기병은 의복과 장식의 등급이 모두 같지는 않다. 자주색 비단으로 만든 戰袍(전포)[619]와 흰색 바지를 입고 검은 신발을 신으며 무늬비단으로 만든 두건에 구슬로 장식한 사람들은 모두 고려인이다. 그러나청록색의 촘촘한 실로 짠 옷감에 큰 꽃문양을 새긴 전포를 입고, 바지는자주색이나 황색, 혹은 검은 색을 입는 이들도 있다. 이들은 머리를 깎고두건을 쓰지만, 그 모양이 길지 않고 정수리에 착 붙게 쓰는데, 듣기에는이들이 契丹에서 항복해온 병졸이라 한다. 정사와 부사가 왕부에서 모임을 갖고 돌아가다가 奉先庫(봉선고)[620] 앞 언덕 위에서 앞서 가던 수십기의 기병을 보았는데, 그들은 말방울을 울리며 빨리 달리기도 하고 안장과 등자 사이에서 날뛰기도 했다. 그 동작이 가볍고 재빠르며 날랜 것이 아마도 무예를 뽐내려 한 것 같다. 외지고 먼 곳에 있는 島夷(도이)[621]가 어쩌다가 날쌘 병졸을 갖게 되었다고 남에게 알리기에 급급하니, 가소로운 일이다.

---

[619] 戰士가 입는 긴 웃옷.
[620] '奉先'이란 선조의 제사를 받드는 일을 말하니, '奉先庫'는 선왕의 제사에 필요한 물품을 보관하는 창고를 가리킨다.
[621] 중국의 동쪽 근해 일대와 섬에 사는 사람들을 낮춰 부르는 말인데, 서긍은 고려도이 범주에 포함시켰다.

영병상기장군(領兵上騎將軍)

영병 상기장군은 자주색 비단으로 만든 품 좁은 옷을 입고 전각복두를 썼으며, 오른쪽 허리에는 호랑이 문양을 새긴 활집을 차고 왼쪽으로는 활과 화살 등 병장기를 들었다. 안에서는 모두 100여 명이 두 隊로 나누어 도열해 있다가, 사자가 외출할 때마다 앞에 서서 가는데, 廣化門에 도착하면 말에서 내려 멈추고 들어가지 않는다. 객관으로 돌아가면 順天外門〈'門外'인 것 같다〉에 멈추어 선다. 행진 대열이 아주 가지런하게 정렬된 것이 郎騎(낭기)[622]에 비할 바가 아니다.

제13권 무기〈兵器〉

신이 듣기에, 范曄(범엽)이 지은 책[623]에서 말하기를, "夷(이)[624]란 뿌리이니, (품성이) 어질어서 (사물을) 살리는 것을 좋아한다는 뜻이다. 만물은 땅에 뿌리를 내리고서 태어나온다. 따라서 (夷는) 타고난 성품이 부드럽고 온순하다"[625]고 했다. 그래서 싸움을 좋아하는 西戎(서융)[626]하고는 같

---

622 앞 조의 郎將騎兵을 가리킨다.
623 『後漢書』를 말한다. 范曄은 南朝 宋에서 尚書吏部郎, 左衛將軍, 太子詹事 등을 지냈으나, 義康을 옹립하려 모의하다가 주살되었다. 문장을 잘 짓고 隸書를 잘 썼으며 音律에도 밝았다.(『宋書』 69)
624 先秦 시대에는 山東과 江蘇, 浙江 등지에 분포해 있던 역사공동체를 가리키는 명칭이었으나, 秦漢 통일 시대 이후에는 중국의 동방, 즉 遼東과 한국, 일본 등을 포괄적으로 지칭하는 범칭이었다. 『後漢書』는 『三國志』 이후에 편찬된 사서로서, 전자와 후자의 '東夷' 개념을 혼동했다.
625 『後漢書』 85 東夷傳 序文에서 인용.
626 先秦 시대에는 淸海와 甘肅 등지에 분포한 특정한 역사공동체를 가리키는 명칭이었으나, 진한 시대 이후에는 중국의 서북방에 대한 범칭으로 사용되었다.

지 않다. 고려는 본래 箕子 八條의 가르침을 받은 땅이지만, 그 병기가 간단하고 조악한데, 이것이 어찌 그 (타고난) 성품이 그러하기 때문이겠는 가. 병법에서 말하기를, "병기가 견고하고 예리하지 않으면 맨손으로 치는 것과 다를 바 없다"[627]고 하였다. 고려인은 병기가 조악하고 간단했기 때문에, 匈奴(흉노)[628]가 여러 차례나 내리 눌러 꼼짝 못하게 하여도 그들과 대적하지 못하였다. 그러나 異俗(이속)[629]의 병기와 기계라 하더라도 나름대로 쓰일 곳이 있을 것이니, 알아두지 않을 수는 없다. 이제 그 명칭과 특징을 모두 적고, (글의) 왼편에는 그림을 그려둔다.

행고(行鼓)[630]

행고의 모양은 雅樂(아악)[631]의 搏拊(박부)[632]와 조금 비슷하다. 속이 빈 부분이 조금 길고, 구리 고리로 장식하였으며, 자주색 띠를 꿰어 허리 아래에 묶는다. 군대가 행진할 때는 앞에 서서 쇠징과 서로 간격을 두고 치는데, 그 음절이 사뭇 느리다. 쇠징의 모양은 中華의 제도와 다르지 않기 때문에, (여기서는) 생략하고 그리지 않는다.

---

627 宋 陳造, 『江湖長翁文集』 33.
628 '匈奴'는 중국의 漢과 병존한 북방 유목 帝國의 이름이지만, 여기서는 契丹을 가리킨다.
629 중국과는 풍속이 다른 황량하고 외진 곳을 가리키는 말로서, 흔히 夷狄의 별칭으로 사용되었다.
630 왕의 거동 때에 치는 북.
631 중국에서 전래되어 宗廟와 궁정에서 연주된 음악의 총칭.
632 鼓보다 작은 북. 『釋名』 釋樂器에서, "박부는 가죽에 겨를 채운 것으로, 모양이 鼓와 같고, 손으로 그것을 친다"고 했다.

궁시(弓矢)[633]

활과 화살의 제도는, 그 형상이 간략해서 彈弓(탄궁)[634]과 같다. 몸체의 전체 길이가 5자고, 화살은 대나무를 사용하지 않고 버드나무 가지로 만드는 경우가 많은데, (몸체보다) 더 짧고 작다. 화살을 쏠〈鄭刻에서는 '射'라 하였다〉 때는 시위를 다 당기지 않은 채 몸을 세우며 화살을 보내기 때문에, 비록 화살이 매우 멀리 가기는 하지만 힘이 없다. 궁전 문의 수위와 의장호위대의 기병 및 中檢郎將 등은 모두 호랑이 문양이 새겨진 활집을 끼고 있는데, 이는 뜻하지 않은 돌발 사태에 대비하는 것이다.

관혁(貫革)[635]

관혁의 모양은 대체로 鞉鼓(도고)[636]와 같다. 양 쪽 가장자리에 가죽으로 만든 귀가 있어, 움직이거나 흔들면 소리가 나는데, 창끝에 꿰어 단다. 각 隊마다 20여 명씩 있어, 큰 의식이 있을 때는 千牛左右仗衛軍이 이것을 잡는다.

등장(鐙杖)[637]

등장은 국왕이 조서를 받을 때 설치하는데, 윗〈鄭刻에서는 '止'라고 하였다〉부분에는 말 등자를 달고, 그 장대는 붉게 칠하였다. 사자가 앞으로

---

633 활과 화살.
634 탄자활, 즉 탄력을 이용해서 탄환을 발사하는 활을 말한다.
635 창끝에 매다는 작은 북.
636 路鼓. 작은 북.
637 말등자를 매단 장대.

나갈 때, 千牛衛軍 수 십 명이 이것을 든다. 왕이 행차할 때는 앞에 서는데, 등자는 금을 입혀서 꾸미고, 나머지 부분은 모두 쇠로 만들었다.

의극(儀戟)[638]

창에는 두 등급이 있다. 會慶門 안에 배열된 12자루의 창은 아래위가 금동으로 장식되었고 모양새가 아주 크다. 그러나 조서를 맞아 잔치를 열 때 병장기 가운데에 배열된 창은 겨우 6자쯤 된다. 대체로 中華의 것과 비슷하고, 단지 만듦새와 크기가 다를 뿐이다.

호가(胡笳)[639]

호가의 제도는 위가 뾰쪽하고 아래는 퉁퉁하며, 그 모양새는 약간 짧다. 사자가 처음 群山島에 다다라 巡尉將이 맞이할 때, 수병들이 푸른색 옷을 입고 이것을 불었는데, 그 소리가 흐느껴 우는 것 같고, 곡조를 이루지 못한 채 단지 무리 지어 소란스럽게 떠드는 것이 마치 모기나 등에가 앵앵거리는 소리처럼 느껴졌다. 조서를 맞이할 때는 앞에 서는데, 수십 보씩 가다가 조금씩 물러나 조서를 실은 가마를 돌아보며 피리를 불고, (피리 부는) 소리가 그쳐지면 다시 간다. 그런 다음 징과 북을 쳐서 박자를 맞추었다.

---

638 의례용 창.
639 胡人이 갈대 잎으로 만든 피리.

수패(獸牌)[640]

수패의 제도는 나무로 된 몸체에 가죽을 씌우고 사자 형상을 그렸으며, 그 위에는 다섯 자루의 칼[641]을 꽂고 꿩 꼬리털로 가렸다. 이는 스스로 자신을 지킬 수도 있고 상대를 찌를 수도 있지만, 그 견고하고 예리함은 상대에게 보여주지 않으려는 것이다. 그러나 한갓 작은 아이가 百戲(백희)[642]에서 갖고 노는 것과 비슷해서, 과연 화살과 돌을 막을 수 있을지 의문이다. 지금 고려의 병장기는 두 등급이 있지만, 모두 크고 작은 차이가 있을 뿐이다.

패검(佩劍)[643]

패검은 형체가 길고 칼날이 날카로우며, 白金(=은)과 검은 무소뿔 사이에 바다 상어 가죽을 섞어 넣어 칼자루를 만든다. 그 옆에 環紐(환뉴)[644]를 만들어 채색 끈을 꿰기도 하고, 혹은 가죽 띠나 象玉彘(상옥체),[645] 琫珌(봉필)[646] 등을 꿰는데, 이 역시 예로부터 내려온 제도다. 門衛校尉와 中檢郞騎는 모두 이것을 찬다.

---

640 짐승 문양을 그린 방패.
641 본문에는 '五兩'이라 하였으나, 宋澂江本에서는 '五刃'이라 해서, 후자를 택했다.
642 樂舞와 演戲의 총칭. 宋 高承의 『事物紀原』 博奕嬉戲部 百戲 조에 의하면, "백희는 秦漢의 曼衍之戲에서 기원했는데, 뒤에 高絙, 呑刀, 履火, 尋橦 등이 포함되었다."
643 차는 칼.
644 둥근 고리.
645 상아나 옥돌로 만든 돼지.
646 칼자루 장식, 천자는 玉, 제후는 金, 대부는 銀, 士는 蜃으로 꾸민다.

제14권 기치(旗幟)

신이 듣기에, 고려의 의례 제도에서는 재계하여 불공을 드리거나 하늘에 제사를 올릴 때마다 언제나 큰 깃발을 열 방향으로 세웠는데, 각 깃발의 색깔은 그 방향을 따랐으며, 신령한 사물을 그려 넣고서, 이를 神旗라 불렀다. 깃발의 폭은 아주 넓어서, 깃발 한 장에 몇 匹씩의 비단이 사용되었다. (깃대) 아래에는 수레바퀴의 굴대가 있어 수레를 움직이는데, 붉은 옷을 입은 의장대 군사 10여 명이 이를 몰아 왕이 있는 곳을 따르다가, 차례대로 안정되게 선다. 사면에는 각각 굵은 줄을 매달아 바람의 기세에 대비하는데, 높이가 10여 丈이나 된다. 그 나라 사람들은 신기가 세워져 있는 곳을 보면, 감히 그곳을 향해 가지 못한다. 오직 (황제의) 조서가 처음 성안으로 들어가 예를 받을 때까지만 특별히 사용하였으니, 이는 아마도 上命(상명)[647]을 존중한다는 뜻일 것이다. 그밖에도 五方中旗(오방중기)가 있는데, 군산도에 오를 때 이미 보았다. 紅旗에만 장식이 있고, 갑옷 입은 龍虎猛軍 병사가 잡고 있다. 또 작은 백기가 있어, 크기가 손바닥보다도 작고 창끝에 매다는데, 마치 아이들 장난감 같다. 이제 모두 그림으로 나열한다.

상기(牽旗)

상기는 두 가지가 있다. 그 제도는 旗身(기신)[648]과 旗旒(기류)[649]가 모

---

647 여기서는 황제의 명령을 가리킨다.
648 깃발. 기의 근본 목적을 나타내는 부분, 곧 기가 바람에 날리어 흔들리는 부분으로 흔히 포백으로 만들며, 그 모양은 정방형, 矩形, 또는 삼각형 등 여러 가지가 있고, 旗面, 旗葉, 旗幅이라고도 한다.
649 깃대에 매지 않는 쪽의 기폭 귀에 붙인 긴 오리. 보통은 붉은 비단으로 한다. 旗脚.

두 검은데, 이는 水의 數(수)[650]를 좇은 것이다. 가운데에는 한 마리의 코끼리를 그리고 胡兒(호아)[651] 한 명이 그 앞에서 금으로 만든 창 한 자루를 들고 굵은 밧줄로 코끼리의 머리를 끌어당기는 모양을 그렸는데, 이는 左顧(좌고)[652]의 뜻을 갖고 있다. 행차할 때는 그것을 들어 수레에 싣고 지세에 따라 붙들고 앞으로 나아가며, 예를 행할 때가 되면 방향을 따라 기를 세우는데, 여러 기의 위치는 흑색 기를 맨 앞에 둔다. 『禮經(예경)』[653]을 살펴보면, "武車(무거)[654]는 깃발을 드리우고, 德車(덕거)[655]는 깃발을 묶는다"고 하였으니, 깃대를 수레에 세우는 것이 옛날부터 이미 그러했던 것이지 특별히 東夷에서만 그런 것이 아님을 알 수 있다.

응준기(鷹隼旗)

응준기는 두 가지가 있다. 그 제도는 기신과 기류가 모두 적색이니, 이는 火의 數를 좇은 것이다. 가운데에 매와 새매가 높이 날아오르는 모

---

[650] 水德을 말한다. 水德의 數는 6이고 색은 黑이다. 『史記』 秦始皇本紀에 의하면, "始皇이 終始五德의 傳을 미루어, 周가 火德을 얻고 秦이 周의 德을 이어서 이길 수 없는 것을 뒤따랐으니 바야흐로 지금은 水德의 시작이라고 생각해서, 年始를 고쳐서 朝賀를 모두 10월 초하루에 하게 하였고, 의복과 旄旌, 節旗 등은 모두 흑색을 높이고, 數는 6을 기준으로 하여 符와 法冠을 모두 6寸으로 하고 輿는 6尺, 6尺을 1步, 1乘은 6馬로 하게 했다."

[651] 胡人 어린이. '胡人'은 유목 초원 지대와 西域에 거주하는 사람들을 가리키는 말이었는데, 여기서는 코끼리와 관련된 것으로 보아 '胡兒'는 서역의 어린이로 이해하는 것이 자연스럽다.

[652] 枉臨. 枉顧. 枉駕. 남이 자기가 있는 곳으로 오는 일의 경칭. 즉 남의 방문을 감사하는 뜻으로 이르는 겸사. 『漢書』 淮陽憲王劉欽傳의 顔師古 注에서 "左顧는 枉顧라고 말하는 것과 같다"고 했다.

[653] 『禮記』「曲禮」

[654] 위용 있는 전쟁용 수레, 즉 전차를 말한다. 「孔穎達疏」에 의하면, "武車는 革路라고도 한다 …… 그 威猛을 취하기 때문에 武車라 한다"고 했다.

[655] 천자가 타던 五輅(오로) 가운데 玉輅와 金輅, 象輅, 木輅를 이르는 말이다. 「孔穎達注疏」에 의하면, "四路(輅)는 兵을 사용하지 않기 때문에 德車라고 한다"고 했다.

양을 그렸는데, 이는 빠르다는 뜻을 갖고 있다. 『周官』에서 "새와 새매로 기를 만든다"[656]고 하였으니, 지금 이 붉은 기에서 매를 사용한 것도 공교롭게도 옛 제도와 부합한다. 행렬 시에는 상기 다음에 위치한다.

해마기(海馬旗)

馬旗는 두 가지가 있다. 그 제도는, 기신과 기류는 모두 청색이니, 木의 數를 좇았다. 그 가운데에는 한 마리의 말을 그렸는데, 앞 어깨에 있는 갈기가 마치 불이 치솟는 형상과 같으니, 이는 말이 火의 축생이기 때문이다. 푸른 (바탕의) 깃발에 (말을) 그려서, 木과 火가 相生함을 상징하였다. 그 지위는 靑龍(청룡)과 朱雀(주작) 등 두 神(신)[657]에 상응한다. 행렬 시에는 웅(준)기 다음에 위치한다.

봉기(鳳旗)

봉기는 두 가지가 있다. 그 제도는, 기신과 기류가 모두 황색이니, 土의 數를 좇은 것이다. 그 가운데에 날아가는 봉황을 그렸다. 봉황이란 새는 몸이 五彩(오채)[658]로 덮이고, 지위가 中宮(중궁)[659]에 상응한다. 대개 五行(오행)[660]에 있어 土가 아니면 生할 수 없고, 五方의 색이 (봉황의) 깃딜에 다 깃추어져 있기 때문에, 마땅히 그 형상을 취한 것이나. 행렬 시

---

656 『周禮』 「春官」 司常에 나오는 말이다.
657 '靑龍'은 동방의 신, '朱雀'은 남방을 지키는 신이다. 宋 趙彦衛의 『雲麓漫鈔』 권9에 의하면, "朱雀과 元武, 靑龍, 白虎가 四方의 神이다."
658 청, 황, 홍, 백, 흑 등 다섯 가지 색.
659 五行에서 중앙의 자리(位)라는 뜻으로, 土를 이르는 말이다.
660 만물이 생성하고 변화하는 다섯 가지 원소, 즉 金, 木, 水, 火, 土.

에는 太白旗의 다음에 위치한다.

태백기(太白旗)

태백기는 두 가지가 있다. 그 제도는, 기신과 기류가 모두 백색이니, 金水의 數를 좇은 것이다. (깃발의) 가운데에는 한 사람을 그렸는데, (그 사람은) 금으로 만든 관을 쓰고 옥으로 만든 圭(규)[661]를 들었으며 황색 옷을 입고 녹색 배자[662]를 걸쳤다. 이렇게 太白(태백)[663]을 표현하였다. 그는 한 마리의 거북이 위에 타고 있는데, 거북이는 뱀의 머리를 갖고 있다. 두 형체를 합친 것은 金이 水의 어머니이고 水는 金을 낳기 때문이다. 그 지위는 白虎(백호)와 眞武(진무)[664] 등 두 신에 상응한다. 『禮經』에 "나라의 임금이 행차할 때, 앞에는 朱雀, 뒤에는 眞武가 있고 왼쪽에는 靑龍, 오른쪽에는 白虎가 있다"[665]는 말이 실려 있는데, 두 기에 (이것이) 보이는 것이 자못 옛 제도와 부합된다. 행차 시에는 마기의 다음에 위치한다.

---

661 옥으로 만든 笏.
662 소매 없는 겉옷.
663 金星의 다른 이름.『爾雅』釋天의 郭璞 注에서 "새벽에 동방에 보이는 것을 啓明이라 하고, 저녁에 서방에 보이는 것은 太白이라 한다"고 했다.
664 玄武. 28宿 가운데 북쪽에 있는 일곱 개의 별자리를 통틀어 이르는 데에서 유래한 말이다. 宋 趙彦衛의 『雲麓漫鈔』 권9에 의하면, "祥符 연간에 聖祖의 諱를 피해서 처음으로 玄武를 바꾸어 眞武라고 했다…… 그 뒤에 醴泉觀를 지을 때 龜蛇를 잡았는데, 道士가 그것을 眞武의 발현이라 여겨서, 그 모양을 그려 北方의 神으로 삼으니, 머리를 풀어헤치고 검은 옷을 입었으며 칼을 기대고 龜蛇를 밟았고 종자가 검은 기를 잡았다."
665 『禮記』「曲禮」

오방기(五方旗)

북방의 기는 흑색이고 기류가 하나다. 그 너비가 두 폭인데, 그렸거나 수놓은 문양이 없다. 사신이 처음 국경에 다다라 성안으로 들어갈 때까지 다른 여러 기와 함께 앞장서 갔다. 그 행렬에 순서가 없고 세워놓은 기의 수도 헤아릴 수가 없는데, 청색 옷을 입은 군사가 이것들을 들었다. 처음 國信使(국신사)⁶⁶⁶의 정사와 부사가 옛 관례에 따라 비단에 轉光(전광)⁶⁶⁷을 수놓아 새긴 깃발 40面을 주었다. 조서가 처음 성안으로 들어갈 때, 뱃사람에게 (기를) 들고 앞장서 가도록 시켰더니, (깃발에 수놓인 전광으로 인해) 교외의 들판이 밝게 빛나자, 고려인들이 놀라 구경하고 칭송하면서 자기들의 비루함을 부끄러워했다.

남방의 기는 적색이고 기류가 하나다. 그 가운데에 神人을 그렸는데, 손에 나무 채찍을 든 것이 다른 기와 차이가 있다. 유독 오방의 기 가운데에 적색의 기가 많다.

동방의 기는 청색이고 기류가 하나다. 가운데에 그림이나 수놓은 것이 없고, 넓고 좁음과 많고 적음이 다른 기들과 다르지 않다.

서방의 기는 백색이고 기류가 하나다. 역시 그림이나 수놓은 것이 없다. 다른 기에 비해 수효가 조금 적다.

중앙의 기는 황색이고 기류가 하나다. 역시 그림이나 수놓은 것이 없다. 오직 群山島와 紫燕島에서 국신사를 맞이하여 바닷가에 배열하였을 때만 있었다. 또 한 가지가 있는데, 여러 색이 섞여 있고 가운데에는 轉光이 있으며 네 귀퉁이에는 구름을 그려놓았다. 여러 州의 巡尉(순위)⁶⁶⁸와 戰船으로 순라하는 병사⁶⁶⁹들이 이것을 들었다.

---

666 '國信'은 두 나라가 사신을 교환할 때 이를 증빙하기 위해 보내는 문서와 符節을 말하고, '國信使'는 국신을 가지고 외국에 가는 국가의 사신을 말하는데, 특히 宋元 시대에 주로 사용한 말이다. 宋 葉夢得의 『石林燕語』 권7에서, "契丹館을 都亭驛에 두고 使命이 왕래하였는데, 國信使라고 칭했다"고 했다.

667 회전하는 빛.

소기(小旗)

소기의 제도는 기류가 홍색이고 깃발은 백색이며, 그 위에 녹색 구름을 그려놓았다. 사신이 성안으로 들어가고 국왕이 조서를 맞이할 때, 龍虎軍 수만 명이 갑옷을 입고 그것을 들고서 길 양옆으로 행진했다.

제15권 수레와 말〈車馬〉

신이 듣건대, 나라가 있으면 반드시 군사가 있기 마련이며, 군사는 수레로 운송하고 수레는 말로 가기 때문에, 옛날에 나라를 판가름할 때는 반드시 수레의 수를 보고 그 크고 작음을 나누었다고 한다. 그리고 『詩經』의 「頌」에서는 魯와 衛의 부유함을 칭송할 때 모두 말의 수를 가지고 말했다. 고려는 비록 海國(해국)[670]이긴 하지만 무거운 것을 끌어 먼 곳까지 운반할 때는 수레와 말을 사용하지 않을 수 없다. 그러나 그곳 땅이 낮고 좁은데다가 돌이 많고 메말라서, 中華와는 비교가 되지 않는다. 이로 인해 끌채나 수레의 제도와 말을 제어하는 방법도 (중국과) 같지 않다고 한다.

---

668 고려 시대에는 巡尉使, 즉 지방을 순행하며 군사들을 위무하기 위해 왕이 파견하던 임시 벼슬이 있었는데, 여기서는 각 州에 소속되어 巡邏하는 벼슬을 말한다.
669 巡邏軍, 즉 야간에 도적을 막고 혼란을 막기 위해 경내의 구역을 순찰하는 군사.
670 바다로 에워싸인 나라라는 뜻으로 이렇게 표현되었다.

채여(采輿)[671]

채여는 세 채가 있는데, 그 하나는 詔書(조서)[672]를 받들 때 사용하고, 다른 하나는 御書(어서)[673]를 받들 때 사용하며, 앞의 또 다른 한 수레에는 금으로 만든 큰 香毬(향구)[674]를 간직해 둔다. 그 제도는, 오색 무늬가 있는 비단을 사용하는데, 그 사이 사이에 수놓은 비단을 섞어 잇는다. (가마) 위에는 날아가는 모양의 봉황을 만들어 세우고 네 모퉁이에는 연꽃이 나와 있어, (가마가) 움직이면 (봉황과 연꽃이) 흔들린다. 밑에서는 붉게 옻칠한 의자를 받아 올리게 되어있고, 네 개의 장대에는 모두 용 머리가 갖추어져 있는데, 控鶴軍(공학군) 군사 40명이 그것을 든다. 앞에는 두 명이 儀仗(의장)[675]을 들고 맞이하여 소리를 길게 끌어 외치는데, 가고 서는 동작이 아주 가지런하다. 왕의 세자와 나라 관리들이 조서를 맞이할 때, 길에서 수레를 바라보며 절하였다.

---

671 채색 가마.
672 황제의 명령을 기록한 문서. 南朝 梁 劉勰의 『文心雕龍』 詔策 조에 의하면, "漢이 처음 儀則을 정해서 命에는 4品이 있게 되었는데, 그 하나는 策書라 하고, 둘은 制書, 셋은 詔書, 넷은 戒敕이라 했다."
673 황제가 직접 지은 글이나 쓴 글씨.
674 금속으로 만든 구멍 뚫린 둥근 공으로, 그 안에는 금속으로 만든 주발이 있어, 공이 어떻게 움직이든 상관없이 주발이 위를 향하게 되어 있어, 주발에서 향을 피우면 향 연기가 뚫린 구멍을 통해 밖으로 뿜어 나오게 되어 있다. 宋 陸游의 『老學庵筆記』 1에 의하면, "종실과 척신들이 歲時에 禁中을 출입할 때, 부녀자들은 犢車를 타고 두 명의 계집종을 시켜 香毬를 옆에 가지고 다니며, 스스로 소매 안에 두 개의 작은 香毬를 넣고 다니기도 했다. 수레가 달려가면, 향 연기가 구름처럼 피어올라 수 里에 끊어지지 않고 塵土가 모두 향기로 가득 찼다."
675 儀式에 쓰는 무기와 繖, 旗 등의 물건.

견여(肩興)[676]

견여의 제도는 대체로 胡床(호상)[677]과 비슷하다. 등나무에 비상하는 모양의 鸞(난)[678] 새를 새기고 꽃문양에 붉게 옻칠하였으며, 사이사이에 금을 입혀 넣어 장식하였다. 위에는 비단 방석을 깔고, 네 개의 장대는 모두 채색 실로 땋은 끈을 묶어놓았다. 군산도서부터 성안에 들어갈 때까지 객관을 나갈 때마다 반드시 견여로 정사와 부사를 모시려 했지만, 그 예가 분수에 넘치는 것이라고 해서 감히 타지 못하고, 단지 앞서 가는 의장대 가운데에서 행진케 함으로써 의식으로 삼았을 뿐이다.

우거(牛車)[679]

우차는 만드는 방법이 거칠고 간략해서 무슨 법도가 특별히 있는 것이 아니다. 아래 부분에 끌채[680]와 바퀴가 두 개씩 있는데, 끌채의 앞부분을 소가 멍에를 매고 끈다. 그 위에 물건을 실을 때마다 반드시 새끼줄로 동여매어서 (하물이) 기울어 엎어지는 것을 면하게 한다. 하물며 그 나라는 대부분 산이어서 길을 가면 산이 높아 흔들거리기 때문에, (우차는) 단지 예를 위해 갖추는 것일 뿐이다.

---

676   어깨에 매는 가마.
677   胡人이 사용하던 중국식 의자. 등을 기댈 수 있게 되어 있고 쓰지 않을 때는 접게 되어 있다.
678   전설상의 신령한 새로, 봉황의 한 종류다.
679   소가 끄는 수레.
680   큰 수레의 양쪽으로 길게 앞으로 내밀어 있는 두 개의 나무. 그 끝에 멍에를 걸어 마소에 씌워 끌게 한다.

왕마(王馬)[681]

왕이 타는 말은 안장과 언치[682]가 아주 화려해서, 금이나 옥으로 장식되었는데, 모두 조정에서 내려준 것이다. 평소에 탈 때는 (말에) 갑옷을 입히지 않지만, 오직 八關齋(팔관재)[683]와 조서를 받는 큰 예식 때에만 말의 갑옷 위에 다시 안장을 얹고 고삐를 맨 다음, 수놓은 휘장을 덮는다. 가죽 띠와 뱃대끈,[684] 가슴걸이[685] 등에서 모두 방울 소리가 울려 서로 어울리니, 역시 매우 화려하고 환하다. 단지 中國과 비교한다면, 안장 뒤에 다시 수놓은 방석을 더 놓았는데, 이 역시 시종관이 狨坐(융좌)를 갖는 것[686]과 다를 바 없다.

사절마(使節馬)[687]

고려는 大金과 멀지 않아, 그 나라에는 잘 달리는 좋은 말이 많다. 그러나 말 기르는 관리들이 말을 잘 다룰 줄 모른다. 그곳 말이 걷고 달리

---

681 왕이 타는 말.
682 안장이나 갈마 밑에 까는 깔개.
683 고려 시대의 불교 의식. 八關會라고도 했다. 그 기원은 신라 시대에 있었으나, 고려 太祖의 「訓要十條」에서 그 중요성이 지적되어, 燃燈會와 함께 국가의 2대 의식이 되었다. 仲冬(11월 15일)에 開京에서, 孟冬(10월)에 西京에서만 행해졌는데, 불교적 색채는 거의 띠지 않고 天靈과 五嶽, 大川, 龍神 등 토속신에게 제사를 지내는 의식으로 발전하였다. 이 행사 중에 국왕은 신하들의 獻壽와 축하를 받았고, 외국 사신이나 상인들의 朝賀를 받기도 했으며, 이를 기회로 무역이 이뤄지기도 했다.
684 繁. 마소의 배에 매는 끈.
685 鞅. 말의 가슴에 걸어 안장을 매는 가죽 끈.
686 '狨坐(座)'는 狨(원숭이의 일종)의 가죽으로 만든 방석을 말하는데, 『宋史』 輿服志 2에 의하면, "乾元 9년에 儀制를 다시 정해서, 侍郎과 太中大夫 이상, 學士와 待制에게 恩賜를 내려 狨坐를 타는 것을 허락하고, 二衙와 節度使, 曾任執政官도 이와 같이 했다."
687 宋朝의 사신이 타는 말.

는 것은 모두 본래 그렇게 타고났기 때문이지 사람의 힘을 빌려서 그렇게 된 것은 아니다. 안장과 언치의 제도는, 왕이 타는 말의 경우, 붉은 비단에 수를 놓아 언치를 꾸미고, 여기에 더하여 금과 옥으로 장식한다. 國官(국관)[688]과 대신들은 자주색 비단에 수를 놓은 언치에 은으로 장식을 더하였다. 나머지 다른 사람들이 타는 말의 경우는 거란의 풍속과 같고, 차등도 없다. 처음 사자가 객관에 도착해서 길일을 점쳐 조서를 받았는데, 그때 바친 안장과 말이 왕이 타는 것의 제도와 대체로 같았기 때문에, 사자는 그것이 분수에 넘치고 너무 사치스럽다고 해서 몇 번이나 굳이 사양하다가, 결국 국관이 타는 다른 말로 바꾸었다. 上節이 타는 말은 정사와 부사가 타는 말보다 한 등급 예를 낮추었고, 中節이 타는 것도 등급에 따라 낮추었다.

기병마(騎兵馬)[689]

기병이 타는 말의 안마와 언치는 아주 정밀하고 교묘하다. 나전으로 안마와 언치를 만들고, 밀치끈과 고삐는 측백나무 가지와 마노석 사이사이에 황금과 烏銀(오은)[690]을 섞어 넣어 장식하였다. 언치 양편에는 거위를 그렸는데, 목이 몸보다 배나 길다. 고려인은 이를 '天鵝(천아)'라고 부른다. 가죽으로 만든 고삐에서 방울 소리가 나게 하는 것에도 옛 뜻이 담겨있다.

---

688 '國官'이란 중국에서는 諸侯王의 屬官을 가리켰으니, 『隋書』 百官志下에서 "諸王은 國官을 두었다"라고 하고, 『資治通鑑』 陳 宣帝 太建 12년 조의 胡三省 注에서도 "諸 國公은 각각 國官을 가졌다"고 했다.
689 기병이 타는 말.
690 유황 연기에 그슬린 은.

기타〈雜載〉

고려국에는 산이 많고 도로가 험난해서 수레로 운반하는 일이 쉽지 않다. 또 무거운 것을 끌 수 있는 낙타도 없고, 사람이 등짐 지고 갈 수 있는 것은 아주 가벼운 것뿐이다. 이런 까닭에 잡다한 물건을 싣고 가는 데는 말을 이용하는 경우가 많다. 그 제도는, 두 개의 용기를 양옆에 실어 말 등에 가로로 걸쳐지게 하고, 사용할 물건을 모두 용기 안에 넣는다. 말 머리에 고삐를 두르고 흉부에 가슴걸이를 하는 것은 승마용 말의 방식과 같다. 앞에서 끌고 뒤에서 모는데, 가는 속도가 사뭇 빠르다고 한다.

제16권 관청〈官府〉

신이 듣기에, 唐虞(당우)[691] 때에는 관직을 백여 개만 두었지만, 夏代와 商代에 이르러 배로 늘어나고 잘 다스릴 수도 있었다 한다. 또한 周代(주대)[692]에 이르러서는 더욱 세밀하게 갖추어져, 天地와 四時(사시)[693]를 우러러 관찰하고 엎드려 살펴서 도에 맞게 운용하니, 정사가 잘 행하여졌다고 한다. 그러니 어찌 형식만 갖추어지고 실제는 여기에 상응하지 못하는 폐단이 있었겠는가. 고려가 처음 관직을 설치할 때는 12등급을

---

[691] 陶唐과 有虞. '唐'은 堯의 號였고, '虞'는 舜의 호 따라서 요와 순의 시대를 이른다.
[692] 기원전 1100년경부터 770년까지의 西周와 기원전 770년부터 256년까지의 東周 시대 (즉 春秋戰國 시대)를 모두 합쳐서 '周代'라고 부른다. 앞서 있었던 夏代와 商代까지 합쳐서 흔히 '三代'라 하여 중국 최초의 세 왕조로 칭하지만, 甲骨文의 발견에 의해 그 존재가 문자로써 확인된 商代 중기 이전의 역사, 즉 夏代와 商代 前期의 역사는 아직 '역사 시대'로 확인하기는 어렵다.
[693] 사철. 四季.

두었지만, 夷語(이어)⁶⁹⁴를 계승해서 이름을 지었지, 바르고 우아한 이름을 짓는 일에 힘쓰지는 않았다. 皇化(황화)⁶⁹⁵가 점차 (고려에) 미쳐지면서, 관직과 관청을 설치할 때는 (중국 관부의) 명칭을 따라 모방하기도 했지만, 막상 관직에 임하여 일을 처리할 때는 여전히 夷風(이풍)⁶⁹⁶을 따랐으니, 왕왕 형식만 갖추고 실제는 이에 상응하지 못하였다. 그러나 바른 道를 사모하는 뜻은 역시 가상하다 할 것이다.

성과 감〈省監〉

(고려의) 관청은 대개 (宋) 조정의 아름다운 명칭을 몰래 취하여 설치되었으나, 막상 직책을 맡기고 관직을 줄 때는 그 실제가 명칭과 일치하지 않는다. 한갓 그럴듯한 형식만 갖추어 그 아름다운 외관만 볼뿐이다. 尙書省(상서성)⁶⁹⁷은 承休門 안에 있는데, 그 앞에 큰문이 있고 그 양측에는 10여 칸의 행랑이 있다. 그 가운데에 세 칸짜리 堂을 만들었으니, 관원들이 일을 보도록 한 곳으로, 정사가 여기에서 나온다. 상서성의 서쪽, 春宮(춘궁)⁶⁹⁸의 남쪽 앞에 문 하나가 열리는데, 그 안에는 세 채의 건물이 나란히 있다. 가운데 있는 것이 中書省(중서성)이고, 왼편에 있는 것은 門下省(문하성), 오른편에 있는 것은 樞密院(추밀원)이니, 곧 國相(국상)⁶⁹⁹과 平章事(평장사), 知樞密院事(지추밀원사) 등이 일을 보는 곳이다.⁷⁰⁰ 禮

694　夷狄의 말. 여기서는 漢字語가 아닌 한국 토착의 언어를 말한다.

695　皇帝의 德化. 王化라고도 한다. 황제의 어진 덕으로 천하를 敎化한다는 뜻을 함축하고 있다.

696　夷狄의 풍속. 여기서는 한국 고유의 풍속을 말한다.

697　3省의 하나로, 吏部와 戶部, 禮部, 兵部, 刑部, 工部 등 6部로 나뉘어 百官을 관할하였다. 장관인 尙書令 아래에 左右僕射, 知省事, 左右丞, 左右司郎中 등이 있었다.

698　世子가 거처하는 궁.

699　여기서는 中書門下省의 장관인 門下侍中을 가리킨다.

700　고려는 成宗 초에 당의 제도를 모방하여 3省6部의 중앙정부 체제를 확립하였다. 그

賓省(예빈성)은 乾德殿 앞의 측면에 있는데, 사방의 이웃 나라에서 오는 빈객(즉 사신)을 관장하는 곳이다. 八關司(팔관사)는 昇平門의 동쪽에 있는데, 齋祭 드리는 일을 맡아 하는 곳이다. 御史臺(어사대)는 左同德門 안에 있는데, 풍기와 법규를 단속하는 곳이다. 翰林院(한림원)은 乾德殿의 서쪽에 있는데, 글 짓고 학문하는 신하들이 거처하는 곳이다. 尙乘局(상승국)은 수레와 말을 보관하고, 軍器監(군기감)은 갑옷과 무기를 간수하는 곳이다. 또한 賓省(빈성)은 전례를 담당하고, 閤門(합문)은 도와서 인도하는 일을 맡는다. 大盈倉(대영창)은 보화를 저장하는 창고이고, 右倉(우창)은 곡식을 쌓아두는 곳이다. 이러한 관청들은 모두 왕이 거처하는 內城에 있다. 廣化門 밖에 있는 관청들에 관해 말한다면, 官道의 북쪽에는 尙書戶部(상서호부)가 있고, 또 그 동쪽에는 工部(공부)와 考功(고공),[701] 大樂局(대악국), 良醞局(양온국)[702] 등이 있는데, 네 개의 문이 북쪽에 나란히 열 지어 남쪽을 향해 서 있고, 각 문에는 이름이 표기되어 있다. 관도의 남쪽에는 兵部(병부)와 刑部(형부), 吏部(이부) 등 세 관청이 있는데, 그 문

러나 실제로는 3省이 병립된 唐制와 달리, 고려에서는 中書省과 門下省이 한 기관으로 합병되어 있었고, 정책 결정 기관인 中書門下省을 정점으로 그 아래에 행정 실무 기관인 尙書省이 부속되어 있었다. 『高麗史』 76 百官志1에 의하면, "門下府(즉 중서문하성)는 百揆와 庶務를 관장하고, 그 郞舍는 諫爭과 封駁을 관장했다." 특히 중서문하성의 상층부를 구성하는 門下侍中과 平章事, 參知政事, 政堂文學, 知門下省事 등 2品 이상의 최고급 관원은 '5宰'라 하여 中樞院의 '7樞'와 함께 宰相을 구성하였고, 尙書 6部의 判事를 겸하고 있었다. 이에 비해, 尙書省은 그 장관인 尙書令이 虛職이었고, 左右僕射는 재상에 끼지 못하였으며, 6部는 5宰에 의해 장악되어 있었기 때문에, 상서성은 중서문하성에 예속된 행정기관에 지나지 않았다. 그러나 '樞密院'은 中樞院을 말하는 것으로, '宰樞兩府'로 병칭되는 바아 같이 중서문하성과 함께 중앙정부의 최고 권력기관을 구성하였다. 成宗 10년(991)에 宋의 樞密院을 모방하여 설치한 고려의 中樞院은 왕명을 출납하고 宿衛하는 承宣과 軍國機務를 관장하는 樞臣 등 이원적 구조로 이뤄져 있었는데, 특히 中樞院判事와 院使, 知院事, 同知院事, 副使, 簽書院事, 直學士 등은 '7樞'라 하여 '5宰'와 함께 宰相으로서 議政에 참여하였다.(국사편찬위원회, 『한국사』 13, 9-57쪽)

701 관리의 공과를 심사, 판정하던 관청으로, 국초에는 司績이라 하던 것을, 成宗 14년(995)에 尙書考功이라 개칭했다.

702 궁중에 술을 만들어 바치는 일을 맡아보던 관청.

은 남쪽에 열 지어 북쪽을 향해 서 있다. 또 동남쪽으로 수십 步 떨어진 곳에 鑄錢監(주전감)[703]이 있고, 조금 북쪽에 있는 것은 將作監(장작감)[704]이다. 監門衛와 千牛衛, 金吾衛 등 세 위는 북문 안에 있는데, 금오위가 좀 더 동쪽에 있는 까닭은 병력으로 경호하는 일을 맡고 있기 때문이다. 大市司(대시사)와 京市司(경시사) 등 두 관청은 남쪽의 큰 거리에서 동서로 마주보고 있는데, 關市와 저자에 관한 업무를 관리하는 곳이다. 이외에도 관현악기를 관리하기 위해서는 坊이 있고, 활과 화살을 관리하는 司가 있으며, 幞頭를 관리하는 所가 있고, 천문을 관찰하는 臺가 있으니, 이러한 관청들은 모두 外城 안에 있다. 또한 開成〈鄭刻에서는 '城'이라 하였다〉府(개성부)가 성에서 40리 떨어진 곳에 있는데, 모든 백성들의 혼인과 전답, 싸움, 송사 등 여러 일들을 모두 관할한다.

국자감(國子監)

국자감은 예전에는 南會賓門 안에 있었는데, 그 앞에 큰문이 있어 '國子監'이라고 쓴 편액을 내걸었다. 그 가운데에는 宣聖殿(선성전)[705]을 세우고 양편에 거느림채를 세웠으며, 齋舍(재사)[706]를 열어 여러 유생들을 거처하게 했다. 예전에는 아주 좁았지만, 지금은 禮賢坊(예현방)으로 옮겨가 있으니, 학도들이 많아져서 그 규모를 확장한 것이다.

---

[703] 鑄錢, 즉 동전을 주조하는 일을 맡아 보던 관청. 宣宗 때 大覺國師 義天이 宋에 갔다와서 주전의 필요성을 주창한 뒤, 肅宗 6년(1101)에 鑄錢都監을 설치하고, 그 다음 해에 海東通寶를 제조, 반포하였다.

[704] 토목과 營繕을 맡아 보던 관청.

[705] '宣聖'이란 孔子를 이르는 말이니, 漢 平帝 元始 원년(1)에 공자의 시호를 襃成宣尼公이라 한 데서 온 말이다. 따라서 '宣聖殿'은 공자의 위패나 영정를 모신 곳.

[706] 원래는 재계하며 공부하는 집이라는 뜻인데, 여기서는 학생들이 거처하는 집을 가리킨다.

창름(倉廩)[707]

창름의 제도는 빗장이나 자물쇠를 채우지 않고, 밖에 담장을 쌓되 오직 문 하나만 내어, 도둑이 훔쳐갈 것에 대비한다. 內城 안에 예전에는 창고가 세 곳 있었지만, 지금 보이는 것은 단지 右倉뿐이다. 宣義門 밖에 창고가 하나 있는데, 龍門倉(용문창)이라 한다. 洪州(홍주)[708]에도 창고가 있어 富用倉(부용창)이라 하는데, 민간에서 전해지기로는 芙蓉倉(부용창)이라고도 하지만 잘못된 것이다. 大義倉(대의창)은 예전에는 西門 안〈鈔本에서는 '西南門'이라고 하지만, 여기서는 鄭刻에 따른다〉에 있어 쌀 3백만 섬을 쌓았지만, 화재를 겪어 모두 재가 되었기 때문에 마침내 長霸門으로 옮겼다. 고려인들은 그곳이 많은 물이 모이는 곳이어서 화재를 막을 수 있을 것이라 여겼다. 또 海鹽倉(해염창)과 常平倉(상평창) 등 두 창고가 있는데, 서로 수백 보 떨어져 있다. 부용창과 우창은 평소에는 (곡식을) 내어주지 않고, 전쟁과 수재, 한발 등에 대비하여 저장해둔다. 곡식을 쌓아두는 모양은 마치 둥근 집과 같아서, 『詩經』에서 "높은 곳집도 있구나"[709]라고 한 것이 바로 그것이다. 아래에는 흙으로 기초를 쌓았는데, 토대의 높이가 몇 자(尺) 된다. 짚을 엮어 섬[710]을 만들고, 그 안에 미곡 1石씩 담아 쌓았는데, 그 높이가 몇 길(丈)이나 되도록 쌓아올려져 벽 위까지 나오기도 한다. 그 위에 다시 짚으로 덮어서 바람이나 비를 막는다. 보통 쌀은 공기가 통하지 않으면 썩기 마련인데, 지금 고려의 곡물 창고에서 여러 해가 지나도 쌀이 햅쌀처럼 유지되는 것은 섬으로 쌓는 방법이 공기를 통하게 하기 때문이다. 國相에게는 매년 쌀 420섬을 시급하고, 관직을 내놓고 물러나면 그 반액을 준다. 尙書侍郎 이하는 250섬을

---

[707] 곡물 창고.
[708] 고려 시대에 충청남도 洪城郡에 있었던 州로, 원래는 運州라 했으나 顯宗 9년에 홍주라 했다.
[709] 「周頌」豊年.
[710] 苫. 곡식을 담기 위해 짚으로 엮은 멱사리.

주고, 卿과 監, 郞官 등에게는 150섬, 南班官(남반관)[711]에게는 45섬, 여러 軍衛의 綠事에게는 19섬을 주며, 무신은 이러한 등급에 견주어 문신과 비슷하게 올려 준다. 도읍과 지방의 현직에서 녹을 받는 관리는 3천여 명이고, 散官(산관)과 同正(동정)[712] 등 녹은 없고 경작지만 지급 받는 자 또한 1만4천여 명이나 된다. (이들에게 지급되는) 경작지는 모두 지방 고을 에 있고, 佃軍(전군)[713]이 경작해서 때에 맞추어 가져다 바치면, 고르게 지급해 준다.

부고(府庫)[714]

奉先庫(봉선고)는 廣化門 동쪽, 順天館의 官道 북쪽에 있다. 앞에는 두 칸짜리 문이 있는데, 약간 동쪽으로 문을 내었다. 왼쪽에 堂 한 채가 있는데, 그 규모가 아주 높아 담장 밖으로 솟아있다. 오른쪽에는 누각 한 채가 있어, 동쪽을 향하고 있고, 창문은 내지 않았으며, 그 기둥에다 "저 수방화(貯水防火)"[715]라는 방문을 써 붙여 놓았다. 그 안에 보관하고 있는 것은 대개 先王에게 드리는 제사용 기물과 희생 제물 등으로, 國忌(국 기)[716] 때는 齋를 올리는 데 필요한 재료를 이곳에서 공급하여 여러 사찰 에 나누어주었다.

---

711 東班(文班)과 西班(武班)의 兩班에 들지 못하는 제3의 계급으로, 주로 內僚職에 속하 여 천시되었다. 唐, 宋, 遼 등의 南班制의 영향을 받은 것으로 보인다.
712 '散官'은 職事官에 대응하는 말로서, 한산한 지위에 있는 관리를 가리킨다. 散職이 라고도 한다. '同正'은 正員 외에 따로 둔 관직을 말한다.
713 고려 시대 州縣의 二品軍과 三品軍을 이르는 말로, 이들은 집단적으로 科田의 경작 에 동원되었다.
714 문서나 재물을 넣어두는 곳집.
715 물을 저장해서 화재에 대비한다는 뜻.
716 임금이나 왕후의 제삿날.

약국(藥局)[717]

　고려의 예전 풍속으로는, 백성들이 병에 걸려도 약은 복용하지 않고, 단지 귀신을 섬길 줄만 알아서 주술을 부려 병을 이기려고 애썼다. 王徽(=文宗)가 사신을 보내 조공하면서 의약을 보내 달라고 요청[718]한 뒤부터 사람들이 조금씩 의술을 배우고 익힐 줄 알았지만 깊고 자세히 알지는 못했다. 宣和 戊戌(무술)[719]년에 (고려의) 사신이 와서 글을 올려, 醫官을 (고려에) 내려 줘 訓導(훈도)[720]로 삼게 해 달라고 빌었다. 상(=황제)께서 그 요청을 허락하여, 마침내 藍茚(남줄) 등에게 그 나라에 가게 하였는데, (남줄 등은) 2년이 지나서 돌아왔다.[721] 그 뒤부터 (고려에) 의술에 정통한 사람들이 많아졌다. 이에 普濟寺(보제사)의 동쪽에 藥局을 세우고, 세 등급의 관리를 두어 첫째(등급의 관리)는 太醫(태의)라 하고 둘째는 醫學(의학), 셋째는 局生(국생)이라 하였다. 이들은 녹색 옷을 입고 나무 홀을 들고서 매일 그 직무에 임하였다. 고려에서는 다른 물품은 모두 물품을 이용하여 교역하였지만, 오직 약을 사고 팔 때만은 간혹 화폐를 써서 거래하였다.

감옥〈囹圄〉

　감옥의 설치는, 그 담벽이 높고 형상이 고리 모양의 옥(반지) 같으며 담

717　약을 조제하는 기관.
710　『宋史』497 外國傳 高麗 조에서, 熙寧 7년(10/4)에 "徽가 表를 올려 醫藥과 畵工, 塑工 능을 보내 달라"고 요청하였고, 元豊 원년(1078)에도 "徽가 병이 들어 겨우 칙명만을 받고, 또 의약을 보내 달라고 했다. 2년에 王舜封을 파견하여 의원을 데리고 가서 진찰하고 치료해 주도록 했다"고 하였다.
719　1118년, 睿宗 13년.
720　가르치고 이끌어주는 사람.
721　『宋史』고려전에서는 "俁가 왕위에 있을 때 조정에 醫員을 보내 달라고 청해서, 의원 두 사람을 가게 했는데, 그들이 2년 동안 머물러 있다가 귀국하였다"고 했다.

장 안에는 역시 집이 있으니, 아마도 옛날에 (감옥을 가리켜) '圜土(환토)'[722]라 한 뜻을 취한 것이리라. 지금은 官道의 남쪽에 있어, 刑部와 서로 마주 보고 있다. 죄가 가벼우면 형부로 보내고 도둑과 중죄인은 옥사로 보내는데, 검은 포승으로 묶어 한 사람도 달아날 수가 없다. 또한 칼을 씌우고 쇠고랑을 채우는 형벌도 있지만, 판결이 오래도록 지체되어 계절을 거치고 해를 넘기다가, 오직 금전으로 속죄하여 형벌을 면할 수 있다. 杖刑(장형)[723]으로 결정 나면, 큰 나무 하나를 가로로 놓고 그 위에 두 손을 묶어 땅에 엎드리게 한 뒤에 매질한다. 笞刑(태형)[724]과 장형은 매우 가벼운 형벌로, 백 대에서 열 대까지 죄의 가볍고 무거움에 따라 더하기도 하고 감하기도 한다. 오직 대역과 불효의 죄를 지은 자만 斬刑(참형)[725]에 처하고, 그보다 조금 덜한 죄는 두 넓적다리뼈를 뒤로 묶어 가슴에서 맞닿도록 해서 피부가 터져 찢어질 때까지 멈추지 않는 형벌에 처하는데, 이 역시 車裂刑(차열형)[726]과 같은 종류의 형벌이다. 外郡(외군)[727]에서는 사형을 집행하지 않고 모두 형틀을 채워 왕성으로 보내는데, 매년 8월에 慮囚(여수)[728]한다. 夷人의 성품은 본래 인자해서, 죽을죄를 지었어도 관대히 다스려서 산이나 섬으로 유배 보내는 경우가 많고, 여러 차례 사면해서, 세월의 경과 정도에 따라 죄의 경중을 헤아려 용서해 준다.

---

722 둥글게 에워싼 땅이란 뜻.
723 곤장으로 볼기를 치는 형벌.
724 매로 볼기를 치는 형벌.
725 목을 베는 극형.
726 사지를 두 대의 牛車에 나누어 묶고 좌우로 찢어 죽이던 혹형.
727 원래 중국에서는 內郡과 대응하는 邊郡을 의미했으나, 여기서는 서울이 아닌 지방에 있는 郡縣이란 뜻이다.
728 죄수의 죄상을 조사하여 기록하는 것을 말한다. 『漢書』 雋不疑傳에서 "縣을 순행할 때마다 囚徒를 錄하여 돌려보냈다"고 하고, 그 顏師古 注에서는 "省錄하여 그 情狀에 억울함이 있는지 여부를 안다는 뜻으로, 지금은 慮囚라고 하는데, 이는 본래 錄과 慮의 음이 같기 때문이다"라고 했다.

제17권 사당 집〈祠宇〉

신이 듣기에, 고려인은 평소에 귀신을 두려워하고 믿으며, 음양에 얽매이고 꺼림하게 여긴다고 한다. 그로 인해 병에 걸려도 약을 먹지 않고, 아비와 자식의 사이 같이 아주 가까운 육친끼리도 서로 보지 않는 등, 오로지 주술을 부려서 병을 이기려 할 뿐이다. 전대의 역사에서, "그 풍속에 邪神(사신)[729]을 받드는 풍습이 있어, 밤이 되면 남녀가 무리 지어 노래하고 즐기며 귀신과 社稷(사직),[730] 靈星(영성)[731] 등에 제사 지내고, 10월에는 하늘에 제사를 지내기 위해 큰 모임을 갖는데, 이름하여 東盟(동맹)이라 한다. 그 나라의 동쪽에 굴이 하나 있어 襚神(수신)이라 하는데, 이 역시 10월에 맞이하여 제사 지낸다"고 했다.[732] 왕 씨가 나라를 세운 뒤, 산에 의지해서 나라 남쪽에 성을 쌓고, 建子月(건자월)[733]에 관속을 거느리고 의례 물품을 갖추어 하늘에 제사를 지냈다. 그 뒤, 거란의 책봉을 받을 때와 세자를 세울 때도 이곳에서〈鄭刻에서는 '如'라 하였다〉예식을 거행하였다. 10월의 동맹이라는 모임은 지금은 그 달 보름날에 素饌(소찬)[734]을 갖추고 八關齋(팔관재)[735]라 하는데, 그 의례가 아주 성대하다. 조

---

[729] 사악한 신이란 뜻이나, 여기서는 민속신을 말한다.
[730] 토지의 신과 곡식의 신. 國家를 가리키는 말로 발전했다.
[731] 稼穡을 맡은 별의 이름.
[732] 『三國志』30 「魏書」東夷傳 高句麗 조에서는, "거처하는 곳의 좌우에 큰 집을 세워 귀신에게 제사 지내고, 靈星과 社稷에도 제사 지낸다 …… 10월에는 하늘에 제사 드리는데, 온 나라에 큰 모임을 갖고 '東盟'이라 부른다 …… 그 나라의 동쪽에는 큰 굴이 있어 隧穴이라고 한다. 10월에 나라에서 여는 큰 모임 때에 隧神을 맞아 나라의 동쪽(에 있는 강) 위에 모셔와서 제사를 드리는데, 神坐에 木隧를 놓아둔다"고 했다.
[733] 月建이 子인 달, 곧 음력 11월.
[734] 과일과 채소류의 음식물. 채식.
[735] 불교에서 在家 신도들이 밤낮없이 지켜야 할 여덟 가지 계율이란 뜻으로, 한국에서는 신라 시대부터 시작하여 고려 시대에 매년 11월에 성대하게 거행한 국가적 제전을 말한다. 팔관회는 중국의 팔관재 영향을 받았지만, 한국 고유의 신앙과 의식이 가미되었다.

상의 신주를 모시는 사당은 나라의 東門 밖에 있는데, 오직 왕이 처음 왕위를 계승할 때와 3년에 한 번씩 큰 제사를 올릴 때만 특별한 예복[736]과 면류관, 홀 등을 갖추고 친히 제사 지낸다. 나머지(다른 제사 때)는 관속들을 나누어 파견한다. 설날과 매달 초하루, 봄가을, 重午(중오)[737] 등에는 언제나 조상의 사당[738]에 제사 지내는데, 사당 안에 그 초상을 그려놓고 승려들을 거느리고 찬불가를 부르는 소리가 밤낮으로 끊어지지 않는다. 또한 그 풍속에 불교를 좋아해서, 2월 보름날에는 여러 절에서 촛불을 밝히는데, 아주 화려하고 사치스럽다. 왕과 왕비, 후궁 등이 모두 가서 구경하고, 나라 사람들은 떠들썩하게 길을 가득 메운다. 100리 안에 있는 神祠(신사)[739]에서는 계절마다 관리를 보내어 太牢(태뢰)[740]로 제사 드린다. 또 3년에 한 번씩 있는 큰 제사는 그 경내 곳곳에서 두루 올린다. 그러나 제사지내는 기일이 다가오면 신에게 제사 드린다는 명목으로 백성들의 재물을 거두어들여, 백금(은) 1천 兩을 모으고 다른 물품도 그만큼 모아서 신하들과 나누어 가지는데, 가소로운 일이다. 왕이 거처하는 궁실을 제외하면, 오직 사당집만이 그 제작이 매우 화려하다. 여러 道觀(도관)[741]과 사찰 가운데서 安和寺(안화사)[742]가 으뜸인데, 그 까닭은 宸翰(신한)[743]을 받들어 모시고 있기 때문이다. 이제 사자가 길에서 겪은 일과 유람하면서 齋祠(재사)[744]에 관해 보고들은 것을 취해서 그림으로 그리고, 그 외에 (직접) 보지 못한 제도에 관해서는 생략해서 싣지 않는다.

---

[736] '專服(전복)', 宋澂江本에서는 '車服'이라 했다.

[737] 重五, 음력 5월 5일, 端午.

[738] '祖禰(조녜)', 즉 조상과 아버지를 모신 사당.

[739] 각종 신에게 제사 지내는 사당.

[740] 제사에 소, 양, 돼지의 세 犧牲이 갖추어짐을 이름.

[741] 道敎의 사원.

[742] 開城의 송악산 紫霞洞에 있었던 절로, 고려 태조 때 짓고, 예종 때 중수했다.

[743] 宸筆, 천자의 친필.

[744] 齋戒하여 제사를 지낸다는 뜻으로, 불교의 승려나 도교의 道士가 독경하면서 참회하고 복을 비는 일을 말한다.

복원관(福源觀)[745]

복원관은 왕부의 북쪽, 大和門의 안에 있는데, 政和(정화)[746] 연간에 세워졌다. 앞에는 '敷錫之門(부석지문)'이라 쓴 방문이 있고, 그 다음에는 '福源之觀(복원지관)'이라는 방문이 있다. 일찍이 듣기로, 殿 안에 三淸像(삼청상)[747]을 그려두었는데 混元皇帝(혼원황제)[748]의 수염과 머리털이 다 감색이라고 한다. 聖朝에서 眞聖(진성)[749]의 모습과 형상을 그림으로 그린 뜻과 우연히 부합되니, 역시 칭찬할만한 일이다. 이전에는 이 나라 사람들이 아직 虛靜(허정)의 가르침[750]을 듣지 못하였는데, 지금은 사람들마다 모두 (도교를) 알고 귀의해서 믿고 있다고 한다.

정국안화사(靖國安和寺)

안화사는 왕부의 동북쪽에서 산길을 3, 4리 정도 가면, 점차 나무 그늘이 맑고 무성하며 덤불과 숲이 험하게 우거진 곳이 보인다. 관도에서 남쪽으로 玉輪寺(옥륜사)를 지나 수십 보를 가면, 구불구불 굽은 길이 휘어 감기고 높은 소나무들이 길 양옆에 빽빽이 늘어선 모양이 마치 만 자루의 창이 꽂혀있는 것과 같다. 맑은 물이 여울이 되어 세차게 흐르다가, 깜짝 놀란 듯 달려가 바위에 부딪히는 것이 마치 거문고를 울리고 옥돌

---

745 '觀'은 道觀, 즉 도교의 사원을 말한다.

746 송 徽宗 연호, 1111-1117년.

747 '三淸'이란 玉淸元始天尊과 上淸靈寶道君, 太淸太上老君 등 세 神을 말하기도 하고, 仙人이 사는 곳인 玉淸과 上淸, 太淸을 뜻하기도 한다.

748 '混元'이란 천지의 元氣, 혹은 천지가 막 열린 때를 말한다. 『雲笈七籤』 2에서도 "混元이란 混沌의 전, 元氣가 시작할 때의 일을 기록한 것이라"고 했다.

749 神仙을 이르는 말.

750 '虛靜'이란 망상이나 잡념이 없이 마음이 항상 병정함을 뜻하고, '虛靜之敎'란 곧 道敎를 말한다.

을 부수는 것 같다. 개울을 가로질러 다리가 놓여있고, 건너편 기슭에 정자 두 채가 세워져 있는데, 여울가 서덜⁷⁵¹에 반쯤 잠겨있다. ○○⁷⁵²亭과 漣漪亭(연의정)이라 불리는 두 정자는 서로 수 백 보 떨어져 있다. 다시 깊은 골짜기 속으로 들어가서 山門關(산문관)⁷⁵³〈혹은 '閣'으로도 쓴다〉을 지나 시냇물을 끼고 몇 리를 가면 安和門으로 들어가고, 그 다음에는 靖國安和寺로 들어가게 된다.

절의 현판은 지금의 太師 蔡○〈缺字, 鄭刻에서는 '京'이라 하였다〉⁷⁵⁴이 쓴 것이다. 문의 서쪽에 정자가 있는데, 榜文에 '冷泉亭(냉천정)'이라 써져 있다. 북쪽으로 조금 더 가면 紫翠門(자취문)으로 들어가게 되고, 그 다음에는 神護門(신호문)으로 들어간다. 문의 동쪽에 있는 거느림채에는 像이 하나 있는데, 帝釋(제석)⁷⁵⁵을 형상화한 것이라 한다. 서쪽 거느림채는 香積堂(향적당)이라고 한다. 절의 가운데에는 無量壽殿(무량수전)⁷⁵⁶을 세웠다. 그 옆에는 두 채의 누각이 있는데, 동쪽에 있는 것은 陽和閣(양화각)이라 하고 서쪽의 것은 重華閣(중화각)이라고 한다. 그 뒤에는 세 문이 늘어서 있는데, 동쪽에 있는 문은 神翰門(신한문)이라 하고, 그 뒤에 있는 큰 건물은 能仁殿(능인전)⁷⁵⁷이라고 한다. 이 두 건물의 현판은 실은 今上 황제께서 내려주신 친필 글씨다. 가운데 문은 善法門(선법문)이라 하는데,

---

751 礫. 냇가나 강가의 돌이 많은 곳.

752 이름 2자가 빠져있으나, 宋澂江本에서는 '淸軒'이라 하였음.

753 宋澂江本에는 '山門閣'이라 했다. '山門'은 절이나 도관의 바깥 문으로, 흔히 누각으로 되어 있다.

754 蔡京(1046-1125)은 北宋 말의 정치가로, 司空과 太師 등 요직을 거치며 네 차례나 재상에 올라 국정을 장악했다. 王安石이 新法을 시행할 때는 元祐 대신들을 奸黨으로 몰아 黨人碑를 세웠다가, 元符 말에는 도리어 新法黨 3백여 명을 모함하여 그 자손까지 禁錮시켰다.(『宋史』 472)

755 梵語로 釋迦提桓因陀羅에서 온 말로, 須彌山 忉利天의 임금을 가리킨다. 善見城에 있어 四天王과 32天을 통솔해서 불법과 불법에 귀의하는 사람을 보호하며 阿修羅의 군대를 정벌한다는 神이다. 帝釋天이라고도 한다.

756 阿彌陀如來를 모신 전각. '無量壽'는 아미타불 및 그 국토의 백성의 수명이 한량없다는 뜻이다.

757 '能仁'은 釋迦(Saka)의 譯語.

그 뒤에 善法堂(선법당)이 있다. 서쪽 문은 孝思門(효사문)이라 한다. 담장 뒤에는 큰 건물이 하나 있는데, 彌陀殿(미타전)[758]이라고 한다. 선법당과 미타전 사이에는 두 채의 큰 집이 있는데, 그 하나는 觀音(관음)[759]을 모셨고, 다른 하나는 藥師(약사)[760]를 모셨다. 동쪽 거느림채에는 祖師像(조사상)[761]이 그려져 있고, 서쪽 거느림채에는 地藏王(지장왕)[762]이 그려져 있다. 나머지는 승려들이 거처하는 방으로 사용된다. 그 서쪽에는 齋宮(재궁)[763]이 있다. 왕이 그 절에 갈 때는 尋芳門(심방문)을 통해 그 곳을 지나간다. 앞에 있는 문은 凝祥門(응상문)이라 하고, 북쪽 문은 嚮福門(향복문)이라 한다. 그 가운데에는 仁壽殿(인수전)이 있고, 그 뒤에는 齊雲閣(제운각)이 있다.

산 중턱에 샘이 나오는데, 달고 깨끗해서 즐길만하다. 그 위에 정자를 세웠는데, '安和泉(안화천)'이라는 방문이 있다. 화초와 대나무를 심고 기이하게 생긴 바위 등을 놓아서 편안히 쉴 수 있는 놀이터로 만들었으니, 흙과 나무를 사용한 공력이나 단장하고 꾸민 솜씨가 中國의 제도를 몰래 엿본 것일 뿐만 아니라, 풍경이 맑고 아름다워서 마치 병풍과 장지 속에 있는 듯하다. 고려인들은 奎章(규장)[764]과 睿藻(예조)[765]가 그곳에 있다고 해서 더욱 엄숙하게 받들고 있다. 이제 사자가 그곳에 가서, 三節의 관속과 시중드는 관리들을 거느리고, 御書殿(어서전)[766] 아래에서 절하

---

758 '彌陀'는 阿彌陀如來의 준말.
759 觀世音菩薩, 즉 勢至菩薩과 함께 阿彌陀佛의 좌우에 있어 부처의 교화를 돕는 자비의 화신.
760 藥師如來, 즉 중생의 병을 구한다는 藥師琉璃光如來. 大醫王이라고도 한다.
761 '祖師'는 불교나 도교에서 한 종파를 창립한 사람을 가리킨다. 조사의 초상을 봉안하는 묘당을 祖師堂이라고 한다.
762 地藏菩薩, 즉 부처가 入滅한 뒤부터 彌勒佛이 出世할 때까지 六道衆生을 제도한다는 보살을 가리킨다.
763 천자가 大廟에서 제사 전에 齋戒하는 궁전. 여기서는 왕이 불공을 드리기 전에 재계하는 곳을 가리킨다.
764 황제의 글씨. 奎翰이라고도 한다.
765 황제가 지은 詩文. 睿製라고도 한다.

였다. 그리고 승려들에게 공양하며 복을 빌고, 날이 저물어서야 객관으로 돌아오니, 실로 宣和 5년 7월 2일 癸丑 일이었다.

광통보제사(廣通普濟寺)

광통보제사는 왕부의 남쪽, 泰安門 안에서 북쪽으로 곧바로 1백여 步 가면 있다. 사찰의 현판은 관도에서 남쪽을 향해 걸려있는데, 中門의 방문에는 '神通之門(신통지문)'이라고 써져있다. 正殿은 아주 웅장해서, 왕의 거처보다도 더하다. 방문에는 '羅漢寶殿(나한보전)'이라 하였는데, 그 가운데에 金仙(금선) 불상[767]과 文殊(문수) 보살상,[768] 普賢(보현) 보살상[769] 등이 놓여 있고, 그 옆에는 5백 羅漢(나한)[770]을 늘어놓았는데, 그 자태와 형상이 높고 예스럽다. 양쪽 거느림채에는 그 형상이 그림으로 그려져 있다. 정전의 서쪽에는 오층탑이 있는데, 높이가 2백 척이 넘는다. 뒤에는 法堂이 있고, 옆에는 승려의 거처가 있어 1백 명을 수용할 수 있다. 맞은편에는 거대한 종이 있지만, 소리가 억눌려 멀리 울리지는 못한다. 전례에 따라, 예물 가운데 여분의 말과 고려에서 정사와 부사에게 보내온 것까지 합해 모두 두 필의 말과 여기에 백금 2근을 더해서 香花(향화)[771]와 과일, 채소 등 공물을 마련하여 佛事(불사)[772]를 치르고 승려들에

---

766 황제가 쓴 글과 글씨를 보관한 전각.
767 '金仙'은 부처를 가리킨다. 佛身은 금색이며, 생사를 초월해 있기 때문에 金仙이라 한다.
768 '文殊'는 梵語 'Manjusri'의 音譯으로, 妙德, 또는 吉祥이란 뜻이 있다. '文殊菩薩'은 法身과 般若, 解脫의 세 가지 덕을 갖추었다는 보살이다. 그 像은 보통 오른 손에 智劍을, 왼손에는 蓮華를 가졌다.
769 '普賢'은 梵語 'Samantabbadra'의 意譯으로, 普吉, 篇吉 등의 뜻을 갖는다. '普賢菩薩'은 文殊菩薩과 함께 如來佛의 양대 脇士로서 오른쪽에 侍立한다.
770 阿羅漢의 준말로서, 小乘 불교의 최상급 수행자로 공덕을 구비한 聖者를 이른다.
771 부처에 바치는 향과 꽃.
772 부처에게 공양하는 모든 행사. 佛會 혹은 法事라고도 한다.

게 공양하였다. 정사와 부사가 직접 가지는 않고, 단지 都轄官(도할관)[773]과 提轄官(제할관)[774] 이하 三節을 보내어 의례를 거행하게 했다.

흥국사(興國寺)

흥국사는 廣化門 동남쪽 길옆에 있다. 그 바로 앞에 시냇물이 지나가기 때문에, 다리를 가로질러 놓았다. 대문은 동쪽을 향해 있고, 방문에는 '興國之寺'라고 써져있다. 그 뒤에 법당과 정전이 있는데, 역시 매우 웅장하다. 뜰 가운데에는 구리로 주조한 幡竿(번간)[775]이 서있는데, 아랫부분의 지름이 2자〈尺〉, 높이가 10길〈丈〉쯤 된다. 그 형태는 윗부분이 뾰쪽하고, 마디를 따라 이어졌으며, 황금으로 칠해놓았다. 꼭대기는 봉황 머리로 되어있어 비단 깃발을 물고 있다. 나머지 다른 사찰에도 이것이 있는 경우가 있지만, 오직 安和寺의 그것에만 "大宋皇帝聖壽萬○(대송황제성수만○)"[776]이라 써져있다. 그들이 마음을 기울여 칭송하는 뜻이 정성스러운 마음에서 나왔음을 보니,[777] 그들이 聖朝의 돌봄과 총애, 그리고 위로를 두텁게 받는 것이 마땅한 일이라 하겠다〈이 조항은 鄭刻에서 40여 자나 탈락되어 있다〉.

---

773 宋代에 도적의 체포를 담당하던 치안관을 말한다.
774 宋代에 각 州郡에 설치하여 兵事와 捕盜를 관장하게 하기도 하고, 都茶場이나 文思院, 左藏庫 등에서 매매 업무를 담당하게 하기도 한 벼슬이다.
775 기를 다는 당간.
776 缺字; 宋澂江本에는 '年'자가 있다. 그러나 '歲'가 옳을 것이다.
777 4자가 빠져있는데, 宋澂江本에는 '觀其傾頌'이란 4자가 있다.

국청사(國淸寺)

국청사는 西郊亭(서교정)에서 서쪽으로 3리 정도 떨어진 곳에 있다. 긴 행랑과 넓은 거느림채, 높은 소나무와 기괴한 바위 등이 서로 비치면서 어울리니, 풍경이 맑고 아름답다. 그 옆에는 돌로 만든 관음상이 벼랑 아래에 가파르게 서있다. 근래에 사자가 지나는 길에 국청사 문을 경유하게 되었는데, 褐衣(갈의)[778] 차림의 그곳 승려 백여 명이 무리 지어 나와서 구경하였다.

王城 안팎의 여러 사찰〈王城內外諸寺〉

興王寺(흥왕사)는 國城의 동남쪽 구석에 있다. 長霸門을 나와 2리 정도 가면, 앞에 시냇물을 만나게 된다. (절의) 규모가 아주 크다. 그 안에는 元豊(원풍)[779] 연간에 내려준 夾紵佛像(협저불상)[780]과 元符(원부)[781] 연간에 내려준 大藏經(대장경)[782]이 있다. 양쪽 벽에는 그림이 있는데, 王顒(=肅宗)이 일찍이 崇寧(숭녕)[783] 때에 온 사자 劉逵(유규)[784] 등에게, "이것은 文

---

778 거친 베옷. 승려들이나 빈천한 사람들이 입었다.
779 북송 神宗의 연호, 1078-1085년.
780 '夾紵'란 塑像을 만드는 방법의 하나로서, 흙으로 모양을 만들어 그 겉에 麻布를 붙이고, 여러 차례 칠한 다음, 속의 흙을 빼내어 완성시킨다. 脫空像 혹은 行像이라고도 한다.
781 북송 哲宗의 연호, 1098-1100년.
782 불교 경전의 총칭. 釋迦如來의 설교를 기록한 經藏과 계율을 기록한 律藏, 불제자들의 논설을 모은 論藏 등으로 구성되었다. 남북조 시대에는 一切經이라 하다가 隋代 이후 대장경이라 불렸다. 大藏이라고도 한다.
783 북송 徽宗의 연호, 1102-1106년.
784 進士에 급제한 뒤, 당시의 집정관이었던 蔡京에 아부해서 中書侍郎까지 올랐다. 그러나 채경이 실권한 뒤에는 채경이 만든 「元祐黨碑」를 부수자고 徽宗에게 가장 먼저 권유하였다. 그 뒤 채경의 복권과 실권이 반복됨에 따라 그 관운도 반복되었다. 資政殿學士로 있다가 죽었다. 휘종 崇寧 2년(1103)에는 戶部侍郎으로 國信使가 되어

王(=文宗)께서[785] 사자를 보내어 神宗 황제께 아뢰어 相國寺(상국사)[786]를 본떠서 얻은 것으로, 본국인들이 우러러 쳐다보면서 황제의 은택에 감사할 수 있게 되었기 때문에, 지금까지 보배롭게 여기면서 아끼고 있다"고 하였다. 약간 서쪽으로 더 가면 洪圓寺(홍원사)가 있고, 長霸門으로 들어가 시냇물의 북쪽에는 崇化寺(숭화사)가 있으며, 남쪽에는 龍華寺(용화사)가 있다. 그 뒤로 작은 산 하나를 사이에 두고 彌陀寺(미타사)와 慈氏寺(사씨사)가 있지만, 아주 완전하게는 수리되어 있지 않다. 崇教院(숭교원)은 會賓門 안에 있고, 普濟寺(보제사)와 道日寺(도일사), 金善寺(금선사) 등 세 절은 泰安門 안에서 세 발 달린 솥 다리처럼 서 있다. 관도의 맞은편 북쪽에 있는 由嵓山(유암산)에도 奉先寺(봉선사)와 彌勒寺(미륵사) 등 두 절이 나란히 있고, 서쪽으로 조금 더 가면 곧 大佛寺(대불사)가 있다. 왕부의 동북쪽에, 春宮과 멀리 떨어지지 않은 곳에 두 절이 있는데, 하나는 法王寺(법왕사)라 하고, 그 다음은 印〈鄭刻에서는 '卽'이라 하였다〉經寺(인경사)라고 한다. 太和北門으로 들어가면 龜山寺(구산사)와 玉輪寺(옥륜사) 등 두 절이 있는데, 安和寺로 가려면 거쳐야 하는 길이다. 廣眞寺(광진사)는 將作監(장작감)[787]의 동쪽에 있고, 普雲寺(보운사)는 長慶宮의 남쪽에 있다. 崇仁門에서 나와 동쪽으로 곧바로 가면 洪護寺(홍호사)가 있고, 또 동북쪽으로 安定門을 나가면 歸法寺(귀법사)와 靈通寺(영통사) 등 두 절이 있다. 順天館 북쪽에 작은 집 수십 칸이 있는데, '順天寺(순천사)'라는 방문이 붙어있다. 사자가 (순천)관에 도착한 뒤로 한 달 동안, 승려들이 밤낮으로 찬불가를 부르는 소리가 끊어지지 않았다. 방을 걸어

고려에 다녀간 적이 있다.(『宋史』 351)

[785] 본문에서는 '翊德山'이라 하고, 협주에서 '謂徽也'라고 하였는데, 宋澂江本에는 '익덕산'이란 세 글자가 없다.

[786] 河南省 開封 시에 있는 절로, 본래 이름은 建國寺였다. 北齊 天保 연간에 창건되었고, 당 睿宗 때 상국사로 고쳤다.

[787] 고려 시대에 토목과 營繕의 일을 맡아 보던 관아로, 穆宗 때에 처음 두었다. 장관은 정4품의 監.

"國信使와 부사 일행이 편안하고 잘되기를 빈다"고 써놓았다. 아마도 충심에서 우러난 신심이지 일시적으로 속이기 위한 거짓말을 아닌 것 같다. 또 紫燕島에는 濟物寺(제물사)가 있고, 群山島에는 資福寺(자복사)가 있지만, 정전과 문, 행랑채 외에는 다른 법당이나 방이 없고, 승려도 두 세 명밖에 없다. 무릇 이런 절들은 건물이 좁고 누추한데다 수도 너무 많아서, 그림은 생략하고 이름만 적어 둔다.

숭산묘(崧山廟)

숭산의 神祠는 왕부의 북쪽에 있다. 順天館에서 나와 兵部까지 가서 곧장 북쪽으로 시냇물을 따라 가다가, 龜山寺(구산사)와 福源觀을 지나고 北昌門을 나와서 5리 정도 가면 산길이 험하고 높은 소나무가 빽빽하게 우거져있는데, 성안을 굽어보면 마치 손바닥을 가리켜 보는 것 같다. 그 신은 본래 高山(고산)이라고 불렸다. 그 나라 사람들이 전하기로는, 祥符(상부)[788] 연간에 거란이 침입하여 왕성을 위협하자,[789] 신이 밤에 소나무 수만 그루로 변하여 사람 소리를 내니, 오랑캐들이 원군이 있는 것으로 의심해서 즉시 군사를 이끌고 갔다고 한다. 뒤에 그 산을 봉해서 崧山이라 하고, 그 신에게 제사를 올려 받들었다. 백성들은 재난을 겪거나 병에 걸리면 옷을 베풀고 좋은 말을 바치며 기도한다. 근래에 사자가 (그 나라에) 가서 6월 26일 丁未 일에 관리를 (숭산묘에) 보내 제사를 드리게 했는데, 사당이 생각과는 달리 너무 멀어서, 산 중턱까지만 가서 술과 안주를 차려놓고 그곳을 바라보며 절하였으니, 이는 옛 예법에 따른 것이다.

---

[788] 大中祥符. 북송 眞宗의 연호, 1008-1016년.
[789] 顯宗 2년(1011)에 거란이 開京을 침입하여 太廟와 궁궐, 민가 등을 불태운 사건을 말하는데, 이때 고려 국왕은 羅州까지 피신했어야 했다.(『高麗史』 4)

동신사(東神祠)

동신사는 宣仁門 안에 있는데, 땅이 조금 평평하고 넓지만, 正殿은 낮고 누추하며, 행랑채와 거느림채 30칸은 황폐하여 처량하나 수리되지 않았다. 정전에는 '東神聖母之堂(동신성모지당)'이라는 방이 걸려 있지만, 신상은 장막으로 가려서 사람들이 볼 수 없게 하였다. 아마도 나무를 깎아서 여인의 형상을 만들어 놓은 것 같은데, 어떤 이는 그가 夫餘의 처, 河神의 딸로서, 朱蒙을 낳아 高麗의 시조가 되게 했기 때문에 제사를 지내게 되었다고 한다.[790] 옛 관례로는 사자가 (그 나라에) 가면 관리를 그곳에 보내어 제수를 차리게 했는데, 희생과 술잔을 바치는 의식은 숭산신에 대한 예식과 같았다.

합굴룡사(蛤窟龍祠)

합굴룡사는 急水門 위쪽의 공터에 있다. 몇 칸짜리 작은 집 안에 神像이 있다. 물이 얕아서 뱃길로는 가까이 갈 수가 없고, 다만 뱃사공들이 작은 배로 맞아주어야 제사를 드릴 수 있다. 근래에 사자가 그곳에 가서 제수를 차려놓고 제사를 드렸더니, 그 다음 날에 청색의 작은 뱀한 마리가 나와, 모두들 신이 변화한 것이라고 한다. 이 역시 彭蠡(팽려)[791]를 순조롭게 건너게 한 기이한 현상과 같으니, 神物(신물)[792]이란 없는 곳이 없어, 소정의 위엄이 미쳐지는 곳이리면 비록 蠻貊(만맥)[793]의 나라일지라도 (정성이) 통함을 알 수 있다.

---

[790] 天帝의 아들 解慕漱와 혼인해서 朱蒙을 낳은 柳花에 관한 설화.
[791] 江西省에 있는 호수 鄱陽湖를 말하는데, 彭蠡澤이라고도 한다.
[792] 불가사의한 것.
[793] 여기서 말하는 '蠻貊'은 蠻과 貊이라는 특정한 두 역사공동체를 지칭한 말이 아니라, '夷狄'이나 '夷人'과 같이 非中國系의 역사공동체들을 총칭한 말이다.

오룡묘(五龍廟)

오룡묘는 군산도 객관의 서쪽에 있는 한 산봉우리 위에 있다. 예전에는 작은 집이 있었는데, 지금은 그 뒤 몇 걸음 떨어진 곳에 두 기둥만 있는 집 한 채를 새로 지었을 뿐이다. 정면으로 벽을 세워 다섯 神像을 그려놓았는데, 뱃사람들이 그것에 무척 엄숙하게 제사지낸다. 또 그 서남쪽 큰 숲 속에 작은 사당이 있는데, 사람들이 崧山神의 別廟라고 말했다.

제18권 도교(道敎)

신이 듣기에, 고려는 땅이 동해 가에 있어, 당연히 道山(도산)[794]이나 仙島(선도)[795]와는 멀리 떨어져 있지 않아, 그 백성들이 마음을 기울여 '長生久視(장생구시)'[796]의 가르침을 사모할 줄 몰랐던 것은 아니다. 다만 그 전에는 中原에서 전쟁을 일삼는 경우가 많아, 淸淨無爲(청정무위)[797]의 도를 가지고 그들을 교화시키는 자가 없었을 뿐이다.

唐朝가 일어나 混元始祖(혼원시조)[798]를 존숭하여 섬겼기 때문에, 武德(무덕)[799] 연간에 高麗가 사자를 보내어 道士(도사)[800]가 그들에게 와서 五

---

794 전설 상의 仙山.
795 仙人이 살고있다는 섬. 흔히 '蓬萊仙島'라 한다.
796 『道德經』 59장 守道에 나오는 말로, 오래 살고 멀리 내다본다는 뜻이다.
797 道家 사상의 핵심적 내용. 마음을 비우고 고요함을 유지함으로써 인위적인 것을 버리고 다시 자연 상태로 돌아가야 한다는 주장. 宋 蘇軾의 「上淸儲祥宮碑」에서 "신이 삼가 道家流를 살펴보니, 본래 黃帝와 老子에서 나왔으며, 그 도는 淸淨無爲을 종지로 삼는다"고 했다.
798 老子를 말한다.

千文(오천문)[801]을 강설하여 심오하고 미묘한 뜻을 깨우치고 풀어낼 수 있게 해 달라고 요청하였고, 당 高祖 神堯(신요)[802]는 이를 기이하게 여겨 그 청을 모두 들어주었다. 그 뒤로부터 비로소 도교를 불교보다 더 숭상하게 되었다.[803]

(徽宗) 大觀 연간 庚寅년(1110)에 저 먼 곳(=고려)에서 현묘한 도를 듣고 싶어 하는 바람을 천자께서 돌아보시어, 국신사를 파견하면서 羽流(우류)[804] 두 명이 따라가게 해서, 교법에 통달한 사람을 골라 가르치고 이끌게 하였다. 王俁(=睿宗)는 신앙이 돈독하여, 政和(정화)[805] 연간에 처음으로 福源觀을 세워 고매하고 진실된 도사 10여 명을 모셨다. 그러나 이들은 낮에는 齋宮(재궁)[806]에 있다가 밤이 되면 사저로 돌아갔기 때문에, 그 뒤에 言官(언관)[807]들이 이를 비판하여, 금지하는 조처를 조금씩 강화하였다. 혹은 오우가 나라를 다스리고 있었을 때에는 도가의 籙(녹)[808]을 내려 받아 胡敎(호교)[809](의 지위)를 바꾸어 버리려는 생각을 늘 갖고 있었는

---

799 唐 高祖의 연호, 618-626년.
800 道敎를 신봉해서 長生不死의 神仙術을 연구하는 사람. 方士라고도 한다.
801 老子의 『道德經』을 말한다. 『도덕경』은 5천 자로 써졌다.
802 당 高祖 李淵의 諡號.
803 『三國史記』20에 의하면, "榮留王 7년에 왕이 사자를 唐에 보내 日曆을 보내줄 것을 청하니, (당에서) 刑部尙書 沈叔安을 보내 왕을 上柱國 遼東郡公 高句麗國王으로 책봉하고, 道士에게 명해 天尊像과 道法을 가지고 가서 老子를 강설하게 하니, 왕과 國人들이 이를 들었다……8년에 왕이 사자를 당에 보내 불교와 老子의 敎法을 가르쳐 주기를 청하니, 황제가 허락했다."
804 神仙術을 닦는 사람들. 羽士, 羽客, 道士라고도 한다.
805 북송 徽宗의 연호, 1111-1117년.
006 재계할 때 거처하는 궁실이나 가옥을 말한다.
007 諫官을 말한다. 『高麗史』76 百官志에 의하면, "門下府의 郎舍가 諫爭 封駁했다"고 한다. 따라서 中書門下省의 郎舍에 散騎常侍, 諫議大夫 등 諫官이 존재하여 言官의 직무를 맡고 있었다.(『한국사』 13, 83쪽)
808 도교의 秘訣을 말한다. 『隋書』 經籍志 4에 의하면, "그(=도교) 受道의 방법은 처음에는 五千文(=道德經)을 받고, 그 다음에는 三洞籙을 받고, 그 다음에는 洞玄籙을 받고, 그 다음에는 上淸籙을 받는다. 籙은 모두 素書인데, 여러 天曹의 官屬 佐吏 이름이 다소 적혀 있다."
809 佛敎를 말한다. 불교가 西域(인도)에서 들어왔다고 해서 胡敎라고 부른다.

데, 결국은 그 뜻을 이루지는 못하였지만 기대는 걸고 있었던 것 같다고
한다.

도사(道士)

도사의 옷은 羽衣(우의)[810]를 입지 않고 흰 베로 갖옷을 만들어 입으며,
烏巾四帶(오건사대)[811]를 쓴다. 일반 백성의 풍속과 비교하면, 단지 그 소
매가 약간 넓고 넉넉할 뿐이다.

불교(釋氏)

부처의 가르침은 처음에는 天竺(천축)[812]에서 나왔지만, 마침내 四夷까
지 전파되어 그 (불)법이 숭앙되고 성행하였다. 고려는 비록 海東(해동)[813]
에 있지만, 淸凉法眼(청량법안)[814]의 한 가지가 동쪽으로 건너온 뒤부터
승려들이 性理(성리)[815]에 대해 많이 알게 되었다고 한다. 일찍이 普濟寺
僧堂(승당)[816]에서 승려들이 榜을 내걸고 대중들에게 보인 글을 본 적이
있는데, 그 대략의 내용은 다음과 같았다.
　"언어가 道를 담기에 부족한지는 오래되었다. 大千(대천)[817] 經卷(경

810　새의 깃으로 만든 옷으로, 道士들이 입는다.
811　띠가 네 가닥 있는 흑색 두건.
812　印度의 옛 이름. 『後漢書』 西域傳에 의하면, "天竺國은 일명 身毒이라고도 하는데,
　　月氏의 동남쪽 수천리 떨어진 곳에 있었다."
813　바다의 동쪽 지역이란 뜻으로, 중국에서는 흔히 한국과 일본을 지칭하지만, 한국인
　　들은 한국의 별칭으로 '海東'이란 말을 자주 사용했다.
814　建康 淸凉寺의 法眼(文益) 스님을 통해 전해진 禪宗의 일파.
815　人性과 天理.
816　坐禪하는 곳. 禪堂이라고도 한다.

권)[818]은 모두 병을 치료하는 약과 같은 말씀이기는 하지만, 正法眼藏(정법안장)[819]을 맡길 데가 없어, 世尊(세존)[820]께서 이에 꽃을 들어 보이시니, 미소를 짓는 이가 있었다. 그러나 자손 대에 이르러서는, 언변으로 서로 보여주는 것을 일컬어 '談禪(담선)'[821]이라 하니, 어찌 망령된 일이 아니겠는가. 靈山(영산)[822]의 모임에서도 오직 한 사람 迦葉(가섭)[823]만이 그 뜻을 알았는데, 이 같은 깨달음을 뭇 사람들에게도 쉽게 기대할 수 있겠는가.[824] 옛 사람들도 아까운 (희생)양을 남겨서 예의 큰 뜻을 잊지 않으려 했는데,[825] 하물며 언어라는 통발이 그 뜻을 다 잡아낼 수 있겠는가. 듣기에, 시를 설명할 때는 마음으로 그 뜻을 맞아들이는 것[826]이 중요하다고 하는데, 우리 종문에서도 역시 그러하다. 언어를 통해 의미를 찾을 수는 있지만, 의미가 따르는 바를 언어로써 전달할 수는 없는 것이다. 역시 아무 말도 하지 않으면서도 알 수 있는 것인데, 도리어 문자나 언어와 같이 지엽적인 것에서 황급히 구할 것인가."

---

817 三千大千世界의 준말로, 광대무변의 세계라는 뜻.
818 經典을 뜻한다.
819 正法眼, 즉 진리를 비추어 볼 수 있는 눈으로 깨달은 藏, 즉 만유의 법이라는 뜻으로, 佛法 전체를 이르는 말이다. 석가모니가 대제자 迦葉에게 부여하였는데, 가섭이 禪宗의 初祖로서 불법을 以心傳心하는 시초가 되었다 한다.
820 釋迦牟尼의 높임 말.
821 불교의 禪에 대해 담론하는 것을 말한다.
822 인도의 불교 성지 靈鷲山의 약칭.
823 迦葉은 梵語 Kasyapa의 音譯으로, 석가모니의 10대 제자 중 한 명이다.
824 '拈花微笑'의 故事. 靈山에서 석가모니가 연꽃을 들어 제자들에게 보였으나 아무도 그 뜻을 몰랐지만, 오식 迦葉만이 그 뜻을 알아 혼자 미소 지음으로써, 문자나 말에 익하지 않고 마음에서 마음으로 진리를 전할 수 있음을 보여주었다. 이를 계기로 석가모니는 正法眼藏, 즉 불교의 진리를 가섭에게 전해 주었다고 한다.
825 『論語』八佾篇에서, 子貢이 초하루를 고하는 제사에서 쓸 희생 양을 없애려 하자, 공자가 '賜야, 너는 그 양을 아까워하느냐, 나는 그 예(가 사라지는 것)를 아까워한다'고 하였다.
826 '以意逆志'. 『孟子』萬章上篇에 "詩를 설명할 때는 글자 때문에 말을 해치지는 않아야 하고, 말 때문에 그 의미를 해치지는 않아야 한다. '以意逆志', 즉 마음으로 그 뜻을 맞아들이는 것이 곧 (시의 뜻을 제대로) 터득하는 것이다"라고 했다.

이 수백 자의 말을 읽어보니 종문의 취지를 깊이 새기고 있다. 불상과 供具(공구)[827]는 모두 닦아서 깨끗하게 해 놓았고, 깃발은 화려하고 덮개는 비단으로 만들었으며, 행렬은 질서가 있다. 大經(대경)[828]으로는『華嚴經(화엄경)』[829]과『般若經(반야경)』[830]이 있고, 사소한 것은 모두 헤아릴 수도 없을 정도로 많다. 또한 원서와 번역서가 있다. 中國에 다녀와서 華言을 할 줄 아는 자가 있어 일찍이 불경을 소리 내어 읽게 하였더니 또렷하게 알아들을 수 있었다. 그러나 梵唄(범패)[831]를 부르는 소리는 鴃舌(격설)[832]이어서 전혀 알아들을 수가 없다. 그 鐃鈸(요발)[833]은 모양이 작지만 소리가 구슬프고, 소라는 소리가 아주 커서 마치 범이 울부짖는 것 같다.

그보다 앞서 元豊(원풍)[834] 연간에 上節 사신 宋密(송밀)이 紫燕島에서 죽었는데, 그 뒤부터 사신이 그곳에 가게 되면 반드시 濟物寺에서 승려들에게 공양하면서 제사를 드리고, 상절이 무덤 아래에 차례로 늘어서서 절하였다. 이번에 황명을 받들고 그 나라에 갔을 때도 전례를 따랐으니, 비록 살아 있는 이와 죽은 이의 인정과 도리가 응당 그러하다 하더라도, 사람의 마음이란 다른 나라에 처음 도착하면 멀리서 고국을 그리워하게 마련인데, 객사한 이를 갑자기 보게 되니 눈시울을 적시지 않을 수 없다.

---

827 부처나 보살에게 供養하는 香華, 幡蓋, 燈明 따위, 또는 거기에 쓰이는 그릇.
828 불교 교리의 근본을 담고있는 가장 중요한 경전.
829 불교 경전의 하나로서, 원명은 大方廣佛華嚴經. 부처가 成道한 깨달음의 내용을 기록하였다. 이 화엄경을 근본 경전으로 하여 세운 종파가 華嚴宗이다.
830 般若波羅蜜多心經의 준말로, 唐 玄奘이 번역했다. 色卽是空, 空卽是色의 이치를 설법한 불경이다. '般若'는 범어 Prajna의 음역으로, 미망을 버리고 만물의 참다운 실상을 깨닫고 불법을 깨뚫는 지혜라는 뜻이다.
831 석가여래의 공덕을 찬양하는 梵音의 노래.
832 蠻夷人의 알아들을 수 없는 말. 때까치 소리처럼 들리기 때문에 이르는 말이다.『孟子』滕文公上篇에서 "南蠻鴃舌之人이 先王之道를 비난하고 있다"고 한 데서 나온 말로, 중국어와 다른 夷狄의 말을 경멸하여 표현한 것이다.
833 불교의 법회에서 사용하는 타악기. 고대에는 銅鈸이라고 했다. 쌍으로 되어있어, 서로 부딪혀서 화음을 낸다.
834 북송 神宗의 연호, 1078-1085년.

대체로 絶域(절역)⁸³⁵으로 사행을 나갈 경우, 오직 遼東(요동)⁸³⁶(으로 가는 것)이 가장 어렵다. 큰 바다가 가로 막혀 갖가지 위험이 도사리고 있고, 온전히 일을 잘 끝내고 조정에 復命(복명)⁸³⁷할 수 있다면, 어찌 다행한 일이 아니라 하겠는가. 스스로 王靈(왕령)⁸³⁸에 의존하지 않는다면 상어나 이무기의 뱃속에 장사 지내지 않을 자가 거의 없을 것이니, 어찌 부처만이 지켜주고 보호해줄 수 있단 말인가. 이제 그들의 의복 제도를 그림으로 그려서, 같고 다른 점을 살펴볼 것이다.

국사(國師)

國師(국사)⁸³⁹라는 호칭은 대체로 중국의 승려 직책인 綱維(강유)⁸⁴⁰와 같다. 그보다 한 등급 더 높은 승려를 王師(왕사)⁸⁴¹라고 하는데, 왕이 그를 보면 절한다. 이들은 모두 出水衲袈裟(출수납가사)⁸⁴²와 소매가 긴 偏衫(편삼)⁸⁴³을 입고 도금한 跋遮(발차)⁸⁴⁴를 든다. 아래에는 자주색 치마를

---

835 멀리 떨어져 있는 땅.

836 '遼東'은 원래 遼河의 동쪽 땅, 혹은 동쪽으로 아주 멀리 떨어진 땅이라는 뜻을 갖는데, 후대에는 遼東郡이나 遼東城, 遼東都司 등의 준말로 사용되기도 하고, 혹은 山海關 이동의 광역을 포괄하는 말로 사용되기도 했다. 여기서 徐兢은 고려의 한국도 遼東의 일부로 간주하고 있다.

837 명령을 받고 일을 처리한 사람이 그 결과를 보고한다는 뜻으로, 反命이라고도 한다.

838 왕조의 威德.

839 덕행이 높은 중에게 주던 칭호의 하나로서, 고려 光宗이 惠居에게 국사의 칭호를 내린 것이 그 시초였다. 王師가 국왕의 스승의 지위인데 비해 국사는 국가의 사표로서 왕사보다도 높은 최고의 僧職이었다.

840 寺內를 다스리고 佛事를 유지하는 스님.

841 덕행이 높은 중에게 주던 영예직의 하나로서, 光宗 19년(968)에 중 坦文을 왕사로 삼은 것이 그 시초였다. 국가적 師表의 지위인 國師보다는 아래지만, 왕사는 임금의 스승으로서 모든 중과 백성들의 존경을 받았다.

842 宋澂江本에서는 '出水'라 하지 않고 '山水'라 하였다. '山水衲袈裟'는 산수 문양을 누빈 가사.

843 한 쪽 어깨만 덮어서 가리는 法衣.

입고 검은 가죽으로 만든 방울 달린 신발을 신는다. 인물과 의복은 中華와 비슷하지만, 고려인은 대체로 머리에 枕骨(침골)[845]이 없는데 승려가 되어 머리카락을 깎으면 그것이 보이는 것이 아주 놀랍다. 晉의 역사에서 "三韓 사람은 아이를 낳으면 곧 돌로 그 머리를 눌러서 납작하게 만든다"[846]고 하였지만, 사실과 다르다. 인종의 부류와 타고난 자질 때문에 그런 것이지 꼭 돌 때문에 납작해 진 것은 아니다.

삼중화상대사(三重和尙大師)

삼중화상은 長老(장로)[847]나 律師(율사)[848]와 같은 부류다. 자황색의 貼相(鄭刻에서는 廂이라 하였다)福田(첩상복전)[849] 가사와 긴 소매 편삼을 입고, 아래에는 역시 자주색 치마를 입는다. 지위는 국사의 아래고, 經論(경론)[850]을 강설하고 性宗(성종)[851]을 전수하고 학습한다. 귀가 밝고 슬기로우며 말 잘하고 식견이 넓은 이를 골라서 삼는다.

---

[844] 金剛杵를 말한다. 금강저는 번뇌를 타파하는, 菩提心을 상징한 쇠붙이로 만든 法具.
[845] 두개골의 뒤쪽 아래 부분을 이루는 뼈.
[846] 『晉書』 97 四夷傳 辰韓 조에서, "처음 아이를 낳으면 곧 돌로 그 머리를 눌러 납작하게 한다"고 했다.
[847] 중에 대한 존칭으로, 흔히 住持僧에 대한 존칭으로 사용되었다.
[848] '長老'는 학덕이 많은 중, '律師'는 계율을 잘 아는 중을 말한다.
[849] 부처를 공양하여 복을 얻는 일. 부처를 섬기어 복을 얻는 일을 밭을 경작하여 곡식을 얻는 일에 비유하여 이르는 말이다.
[850] 三藏 가운데서 經藏과 論藏.
[851] 法性宗을 말한다. 법성종은 일체 만유는 같은 법성을 가졌고 모두 成佛할 수 있다는 불교의 한 종파로서, 新羅에서는 元曉가 처음으로 芬皇寺에서 시작했고, 고구려에서도 성행했다.

아사려대덕(阿闍黎大德)

아사려[852] 大德(대덕)[853]의 지위는 삼중 화상보다 한 등급 떨어진다. 教門(교문)[854]의 직무를 나누어 맡는다. 그 복식은 짧은 소매의 편삼과 壞色(괴색)[855]의 걸치는 옷 다섯 벌을 입고, 아래에는 황색 치마를 입는다. 국사와 삼중은 불과 몇 명뿐이지만, 아사려 등급에 속하는 사람은 그 수가 아주 많은데, 왜 그런지는 아직 알아보지 못했다.

사미비구(沙彌比丘)

沙彌(사미)[856] 比丘(비구)[857]는 어린 나이에 출가한 뒤부터 具足戒(구족계)[858]를 받기 전까지(의 승려)를 말하는데, 壞色의 베옷을 입고 貼相〈鄭刻에서는 '廂'이라 하였다〉도 없다. 계율이 높아지면 자색 옷으로 바꿔 입고, 차례에 따라 지위가 올라가면 衲衣(납의)[859]를 갖게 된다. 대개 고려에서는 승복으로 오직 磨衲(마납)[860]만을 가장 중히 여긴다.

852　宋澄江本에서는 阿闍梨라 하였다. 梵語 Acarya의 音譯으로, 意譯하면 軌範師라는 뜻이다. 제자의 행동을 교정할 수 있도록, 그 행동을 모범으로 삼을만한 고승에 대한 경칭이다.
853　높은 덕을 지닌 고승에 대한 칭호
854　불교의 교파. 宗門이라고도 한다.
855　正色이 아닌 색깔. 주로 僧服의 색깔을 이른다. 승복은 정색과 間色을 피하고 회색으로 물들이므로 '壞衣'라고도 한다.
856　범어 Sramonera의 음역. 불문에 들어가 수행 중에 있는 미숙한 중을 가리키는 말이다.
857　범어 Bhiksu의 음역. 출가하여 佛門에 들어가 具足戒를 받은 남승.
858　比丘와 比丘尼가 갖추어야 할 계율. 비구의 250戒와 비구니의 500계를 말한다.
859　중이 이는 검정옷. 장삼.
860　고된 수행으로 인해 닳은 납의(장삼).

재가화상(在家和尙)

재가화상은 가사를 입지 않고 계율도 지키지 않는다. 품이 좁은 흰 모시 옷을 입고, 검은 비단으로 만든 허리띠를 두른다. 맨발로 다니는데, 간혹 신을 신는 자도 있다. 거처할 집을 스스로 만들고, 부인을 얻어 자식을 기른다. 그들은 관가에서 용기를 짊어지고 도로를 청소하고 도랑을 치며 성곽과 집을 수축하는 일 등에 종사한다. 변방에 위급한 일이 생기면 많은 사람들이 한 덩이로 뭉쳐서 출전하는데, 비록 달려가 뒤쫓는 일에 익숙하지는 않지만 사뭇 씩씩하고 용감하다. 그들이 군대의 전투에 쫓아갈 때는 각자가 스스로 양식을 가져가기 때문에, 국가에서는 비용을 들이지 않고서도 싸울 수가 있다. 듣기로는, 그 간에 거란이 고려인에게 패한 것도 바로 이들 덕분이라고 한다. 그러나 그들은 실제로는 형벌을 받고 복역하고 있는 사람들로, 夷人들이 그들의 수염과 머리카락을 깎고서 화상이라고 불렀을 뿐이다.

제19권 일반 백성〈民庶〉

신이 듣기에, 고려는 영토는 넓지 않지만 백성은 대단히 많다고 한다. 四民(사민)[861]의 생업 가운데서 儒者(유자)[862]의 일을 (가장) 귀하게 여기기 때문에, 그 나라에서는 글을 알지 못하는 것을 부끄럽게 여긴다. 산과 숲

---

861 네 가지 신분의 백성. 곧 士, 農, 工, 商. 『穀梁傳』成公 원년 조에서, "옛날에는 四民이 있어, 士民이 있고, 商民이 있고, 農民이 있고, 工民이 있었다"고 했다.
862 원래는 중국의 전통적 禮 문화를 학습해서 익히고 전승하는 사람들을 지칭하는 말이었으나, 儒學이 보편화된 漢代 이후에는 독서인층을 총칭하는 말로 사용되었다.

이 대부분을 차지하고〈鄭刻에서는 ('居'를 '衆'이라 하였다〉 평평하고 넓은 땅이 적기 때문에, 경작하는 농민은 匠人에 미치지 못한다. 州와 郡의 토산물은 모두 公上(공상)[863]으로 귀속되기 때문에, 상인들은 먼 곳까지 다니지는 않고, 단지 한낮에 성읍의 저자에 나가서 가지고 있는 물건을 갖고 있지 않은 물건과 바꾸는 것에 만족해하는 것 같다. 그러나 그곳 사람들은 은혜를 베푸는 일이 적고 여색을 좋아하여, 쉽게 사귀고 재물을 중시한다. 남녀가 결혼할 때도 가볍게 합쳐졌다가 쉽게 헤어지는 등, 법도와 예의를 따르지 않으니, 참으로 가소로운 일이다. 이제 그 나라의 백성들을 그림으로 그리되, 進士 조항을 이 편의 첫머리에 둔다.

진사(進士)

진사[864]의 이름은 하나가 아니어서, 왕성 안에서는 土貢(토공)[865]이라 부르고, 郡邑에서는 鄕貢(향공)이라 하는데, 國子監(국자감)[866]에 모여 함께 시험 보는 이가 거의 4백 명에 이른다. 그런 뒤에 왕이 詩(시)[867]와 賦

---

863 조정이나 관청을 가리키는 말.

864 士類에 參列하게 된 자격을 얻었다는 뜻으로, 고려 시대에는 製述科에 합격한 이에게 주어진 칭호.

865 '土貢'이란 각 지방에서 공납하는 토산품을 말하는데, 여기서는 '上貢'의 착오인 것으로 보인다. 고려의 科擧는 중앙과 지방에서 제1차 시험을 보았는데, 중앙에서 1차 시험에 합격한 자를 上貢이라 하고, 지방에서 합격한 자는 鄕貢, 중국인으로 합격한 자를 賓貢이라 해서, 이를 三貢이라 했다.

866 고려 시대의 최고급 교육기관으로, 成宗 11년(992)에 종래의 京學에서 개편되었다. 국자감에는 國子學과 大學, 四門學, 律學, 書學, 算學 등 전문학과가 있었고, 博士와 助敎 등이 교수했다. 국자감의 학생들은 『孝經』과 『論語』, 『尙書』, 『公羊傳』, 『穀梁傳』, 『周易』, 『毛詩』, 『周禮』, 『儀禮』, 『禮記』, 『左傳』 등을 모두 학습해야 했는데, 학생수는 많을 때는 600명까지 되었다. 德宗 때는 國子監試를 실시해서 학생들의 사기를 북돋아 주었다.

867 韻文의 한 體로, 古詩와 近體詩 등 두 가지로 크게 분류할 수 있다. 고시는 隋代 이전의 시를 말하는데, 句數와 平仄에 제한이 없고 五言과 七言 長短句 등이 있다. 고

(부),[868] 論(논)[869] 등 세 가지 문제를 친히 시험하여, 합격한 자를 관리로 삼는다. 政和(정화)[870] 연간에 학생 金端(김단) 등을 보내어 入朝케 하였을 때, 은혜를 입어 과거의 합격을 허락 받았는데,[871] 이 뒤부터 士人을 뽑을 때는 간혹 經術(경술)[872]과 時務策(시무책)[873]을 가지고 그 시험 성적의 우열을 비교하여 높고 낮음을 정하였다.[874] 그로 인해 儒者를 생업으로 삼는 이가 더욱 많아졌으니, 아마도 마음을 기울여 (중국을) 사모하는 바

체시는 唐代 이후의 詩體로, 律詩와 絶句가 있다.

868 文體의 하나로서, 諷詠하여 윗사람을 깨우치려는 뜻을 담은 운문.

869 文體의 하나로서, 자신의 의견을 서술하여 주장하는 글. 삼국 魏 曹丕의 『典論』 論文에서, "奏와 議는 아름다워야 하고, 書와 論은 논리적이어야 한다"고 했다.

870 북송 徽宗의 연호, 1111-1117년.

871 『宋史』 487 高麗傳에 의하면, "顯이 죽고 아들 俣가 왕위를 계승하자, 朝貢하는 사신들이 연달아 왔다. 또 사인 金瑞 등 5명을 太學에 들어가도록 하니, (송) 조정에서는 그들을 위해 博士를 두었다."『宋史』 徽宗本紀에는 이들의 태학 입학이 政和 5년(1115)에 이뤄진 것으로 되어있다. 『高麗史』 睿宗 10년 조에는 '金瑞'가 아니라 '金端'으로 되어 있다. 이들 5명 중 3명은 太學의 上舍及第에 등제하였고,『송사』휘종 본기 정화 7년 조에는 "황제가 集英殿에 나아가 高麗 進士를 策問하였다"고 했다. 급제한 이들 3명은 그 해에 고려로 귀국해서, 淸讌閣에서 국왕에게 여러 경전을 강론했다고 한다.

872 유교의 경전을 연구하는 학문, 즉 經學.

873 제때에 마땅히 힘 쓰야 할 일에 대해 논한 策文.

874 고려는 後周에서 귀화한 雙冀의 건의에 따라 光宗 9년(958)에 唐制를 모방하여 처음으로 科擧를 시행하였는데, 처음에는 製述科(進士科), 明經科, 醫科, 卜科 등을 두었다가, 仁宗 14년(1136)에 과거제를 크게 정비하였다. 가장 중시된 제술과의 시험은 東堂試라고도 했는데, 주로 經義와 詩, 賦, 頌, 策, 論 등을 시험하였고, 명경과는 書, 易, 詩, 春秋, 禮記 등을 시험하였다. 시험 절차는, 먼저 중앙과 지방에서 제1차 시험을 보고, 그 합격자(三貢)는 國子監에서 시험을 본 뒤, 그 합격자와 국자감에서 3년 이상 공부한 학생, 벼슬에 오른 지 300일 이상 되는 자를 모아 최종시험을 보게 했는데, 이를 監試라고 했다. 때로는 감시에서 합격한 자를 모아 왕이 다시 詩, 賦, 論 등을 친히 시험했는데, 이를 覆試 혹은 簾前重試라고 했다. 고려의 과거 제도에 대해, 『宋史』 487 高麗傳에서는, "貢士에는 3등급이 있는데, 왕성은 土貢, 郡邑은 鄕貢, 외국인은 賓貢이라고 했다. 3년마다 그 소속된 곳에서 시험을 치르고, 2차는 太學에서 시험을 보는데, 선발된 사람은 3,40명에 지나지 않았다. 이렇게 한 뒤에 왕이 친히 詩, 賦, 論 등 세 가지 과목으로 시험했는데, 이를 簾前重試라고 했다. 制科와 宏詞科 등의 과목이 있었으나 다만 형식적일 뿐, 士人들은 聖律만 숭상하여 經傳에 통달한 자는 적었다"고 했다.

가 있기 때문에 그러한 것 같다. 이들은 四帶文羅巾(사대문라건)[875]을 쓰고 검은 색 명주로 겉옷을 만들어 입으며, 검은 띠와 가죽신을 착용한다. 貢(공)[876]에 참여하면 모자를 더 쓰게 되고, 급제하면 靑蓋(청개)[877]와 노복, 말 등을 지급하여 성안에서 즐겁게 놀게 하니, (사람들은 이를) 영광스러운 볼거리로 여겼다.

농민과 상인〈農商〉

농업과 상업을 생업으로 하는 백성들은, 농민은 빈부의 차이가 없이, 그리고 상인은 원근의 구별 없이, 모두 흰 모시로 겉옷을 만들어 입고 烏巾四帶(오건사대)[878]를 쓰니, 오직 베가 곱고 거친 차이가 있을 뿐이다. 나라의 관리들이나 (신분이) 귀한 사람들도 퇴근하여 사가에서 지낼 때는 이것을 입는다. 다만 두건에 띠를 두 가닥으로 해서 구별하는데, 간혹 거리를 걸어가다가 아전이나 백성들이 이를 보고 피하기도 한다.

장인〈工技〉

고려는 장인의 기술이 아주 정교한데, 그 가운데서도 절묘한 기예를 가진 사들은 모두 관가에 귀속되어 있으니, 幞頭所(복두소)[879]나 將作監

---

875 무늬 있는 비단으로 만든 두건으로, 띠가 네 가닥 있다.
876 上貢과 鄕貢.
877 푸른 빛깔의 수레 덮개나 일산을 말한다.
878 검은 두건이란 뜻으로, 烏角巾이라고도 한다.
879 '幞頭'는 과거에 급제한 사람이 紅牌를 받을 때 쓰던 관으로, 사모와 비슷하나 턱이 지지 않고 각이 졌으며 위가 평평하다. 신라 시대에 唐에서 수입해서 사용했고, 고려 시대에는 宋의 본을 따라 다리가 있는 것을 사용했다. 복두를 만드는 곳으로 『高麗史』77 百官志 2 諸司都監各色 조에는 '幞頭所'가 아닌, '幞頭店'이 기재되어 있

(장작감)[880] 같은 곳이 바로 그런 곳이다. 평상시에는 흰 모시로 만든 겉옷을 입고 검은 두건을 쓰지만, 복역해서 일을 할 때는 관아에서 자주색 겉옷을 지급한다. 또한 듣자하니, 거란에서 항복해 온 포로 수 만 명 가운데 장인이 열에 한 명 꼴로 있어, 솜씨가 정교한 자를 골라서 왕부에 머무르게 한다고 한다. 근래에는 기물과 의복을 만드는 기술이 더욱 교묘해졌다. 다만 사치와 겉치레가 너무 많아져서, 예전의 순수함과 질박함은 되찾을 수가 없게 되었다.

민장(民長)[881]

민장이란 칭호는 鄕兵(향병)[882]이나 保伍(보오)[883]의 長과 같다. 백성 가운데서 부유한 자를 골라서 (민장으로) 삼는다. 마을에 큰 일이 일어나면 관부에 가지만, 작은 일이면 그에게 맡긴다. 이런 까닭에 곳에 따라서는 빈천한 백성들이 그를 매우 존중하고 섬기기도 한다. 그 복장은, 무늬 있는 비단으로 두건을 만들어 쓰고, 검은 명주로 겉옷을 만들어 입으며, 검은 뿔로 만든 허리띠를 두르고, 검은 가죽으로 만든 句履(구리)[884]를 신으니, 아직 上貢이나 鄕貢에 들지 못한 진사의 복식과 비슷하다.

다. '所'는 국가에서 필요로 하는 금, 은, 동, 철, 실, 종이, 도기, 먹 등을 만들기 위해 두었던 특수 기관으로, 여기서 일하는 工匠은 죄인 또는 천민의 집단이었다.

880 고려 때 토목과 營繕을 맡아 보던 관청으로, 忠烈王 때에는 繕工監으로 개칭했다.
881 백성의 우두머리.
882 鄕民으로 조직된 지방 군대.
883 5戶나 10戶로 구성한 지방 행정 조직. 혹은 함께 5호나 10호가 된 이웃.
884 신코에 장식이 있는 신. 『漢書』王莽傳 上의 韋昭 注에서 "句는 신코의 장식으로, 그 모양이 刀鼻와 같다"고 했다.

뱃사람〈舟人〉

고려에서는 두건 가운데서도 오직 文羅巾(문라건)[885]만 중히 여겨, 두건 하나의 가격이 쌀 한 섬〈石〉 값과 같다. 빈천한 백성은 이를 장만할 재화가 없고, 또 머리를 드러내어 죄수와 다를 바 없게 되는 것을 부끄럽게 여기기 때문에, 대나무로 冠을 만들어 쓰는데, 어떤 것은 모나기도 하고 어떤 것은 둥글기도 해서 일정한 규격이 없다. (뱃사람은) 짧은 베옷을 걸치고 아래에는 바지를 입지 않는다. 배 한 척에 10여 명씩 (타고서) 밤이면 노를 울리고 키를 두들기면서 노래를 화답하며 부르는데, 마치 거위와 집오리가 떼지어 짖는 것처럼 요란스러울 뿐, 소리에 곡조도 없고 감정이나 의미도 없으니, 아마도 그 풍속이 그런 것 같다.

제20권 부녀자〈婦人〉

신은 三韓(삼한)[886]의 의복 제도에서 염색을 금지한다는 것은 듣지 못했지만, 단지 꽃무늬를 넣는 것을 금한다는 이야기는 들었다. 이로 인해 御史(어사)[887]가 있어 백성들의 복장을 조사하고 살펴서 무늬 있는 비단이나 꽃문양이 새겨신 비단으로 옷을 지어 입은 자는 죄를 판단하여 벌

---

[885] 무늬 있는 비단으로 만든 두건.

[886] 高麗라는 국가를 건립한 역사공동체의 명칭. 辰韓, 馬韓, 弁韓의 3韓에 기원을 둔 말인데, '韓國'이라고도 했다. 宋朝를 건립한 '中國'이라는 역사공동체와 병립한 개념이다.

[887] 時政을 논하고 풍속을 바로잡으며 백관을 감찰, 탄핵하는 일을 맡은 관원으로, 御史臺에 소속되었다. 정3품의 御史大夫 아래에, 侍御史, 殿中侍御史, 監察御使 등이 있었다.

로 재물을 내게 하니, 백성들은 이 금령을 좇아 지켜 감히 무시하지 못한다. 옛 풍속에서는, 여자들의 옷차림은 흰색 모시(저고리)에 노란색 치마를 입는 것이었고, 위로는 왕공의 일족과 존귀한 가문에서 아래로는 일반 백성의 부인이나 첩실에 이르기까지 모두 같아서 구별이 없었다. 근래에 (고려의) 조공 사절이 (宋朝의) 대궐에 이르러, 조정에서 내려주는 10등급의 冠服을 얻어, 마침내 교화를 따르게 되었다. 지금 왕부와 재상 가에는 華風(화풍)[888]이 많이 (유행하고) 있으니, 세월이 더 지나게 되면 응당 풀잎이 (바람 따라) 드러눕듯 더욱 교화될 것이다.[889] 이제 잠시 중국과 다른 것을 주워 모아서 그림으로 그려둔다.

귀부인〈貴婦〉

부녀자가 꾸밀 때는 칠하여 꾸미거나 윤을 내는 것을 좋아하지〈鄭刻에서는 '뿔'이라 하였다〉 않아, 분은 바르지만 연지를 칠하지는 않는다. 버드나무 잎같이 가늘고 아름다운 눈썹이 이마를 똑같이 둘로 나눈다. 검은 비단으로 만든 머리 덮개는 세 폭으로 만드는데, 한 폭의 길이는 8자로, 목덜미[890]에서 늘어뜨려 얼굴과 눈만 내놓게 하고 나머지는 모두 땅까지 내린다. 흰 모시로 겉옷을 만들어 입는데, 대체로 남자의 그것과 비슷하다. 무늬가 있는 비단으로 품이 넓은 바지를 만들고 그 안에 生絹(생건)[891]〈鄭刻에서는 '綃'라 하였다〉 속옷을 받쳐 입어, 품을 넉넉하게 해서 몸에 착 붙지 않게 하려 한다. 橄欖(감람)[892] 勒巾(늑건)[893]에 채색 끈으로 금

---

888 중국의 풍속.
889 『論語』 顔淵에서, 孔子는 "君子의 德은 바람과 같고 小人의 덕은 풀과 같아서, 풀 위에 바람이 불면 (풀이) 반드시 드러눕는다"고 했다.
890 원본에서는 '項'(목덜미)이라 하였으나, 宋澂江本에서는 '頂'(정수리)라 했다.
891 生絲로 짠 깁. 생명주.
892 감람나무. 또는 감람나무의 열매. 상록 교목으로 열매는 푸른빛이 나는 타원형 核果

방울을 달고, 비단으로 만든 향주머니를 차는데, 많을수록 귀한 분으로 여긴다. 부잣집에서는 큰 자리를 깔고[894] 시중드는 계집종이 그 옆에 늘 어서서 각기 수건이나 병을 들고 있는데, 아무리 더운 날씨라도 괴로운 내색을 하지 않는다. 가을과 겨울에 입는 치마는 간혹 황색 명주를 사용하는데, 어떤 것은 색이 짙기도 하고 어떤 것은 엷기도 하다. 公卿大夫의 부인이든, 士人이나 일반 백성의 부인이든, 혹은 *游女*(유녀)[895]든, 입는 옷(의 색깔)에는 구별이 없다. (그러나) 어떤 이는, "왕비나 (공경대부의) 부인들은 홍색을 좋아해서 (홍색으로) 그림을 그려 넣거나 수를 더 놓기도 하지만, 관리나 일반 백성(들의 부인)은 감히 그렇게 하지 못한다"고 말하기도 한다.

계집종⟨婢妾⟩

宮府(궁부)[896]에는 媵(잉)[897]이 있고 나라의 관리들에게는 妾(첩)[898]이 있는데, 일반 백성들의 부인이나 잡역을 맡아하는 계집종도 복식은 서로 비슷하다. 그들은 힘든 일을 맡아 종사하기 때문에, 머리 덮개(=너울)를 아래로 늘어뜨리지 않고 머리 정수리에 접어 얹고, 옷자락은 추어올리고 다니며, 손은 비록 부채를 잡고 있더라도 손톱 보이는 것을 부끄럽게 여겨 붉은 색 주머니로 그것을 가리는 경우가 많다.

인데, 식용, 약용으로 쓰이고 기름을 짜기도 한다.
[893] 부녀자가 쓰는 冠을 가리켜 '勒'이라고 한다.
[894] 원문에서는 '籍'이라 하였으나, 宋澂江本에서는 '藉'라 하였다. 후자가 옳다.
[895] 집을 나가 밖에서 노는 여자를 뜻하지만, 흔히 賣春婦를 말한다. 遊女라고도 한다.
[896] 궁중과 관서.
[897] 몸종. 옛날 귀인이 시집갈 때 데리고 간 여자.
[898] 계집종. '臣妾'의 臣은 남자 종이고, 妾은 여자 종을 가리킨다.

천한 심부름꾼〈賤使〉

부녀자의 머리 모양은 귀천의 구별이 없이, (머리카락을) 오른쪽 어깨로 늘어뜨리며, 나머지 머리카락은 아래로 풀어 헤쳐 붉은 비단으로 묶고 작은 비녀를 꽂는다〈鄭刻에서는 '竪'라고 하였다〉. 빈천한 백성의 집에는 머리를 덮을 물건이 없는데, 그 값이 대개 백금 한 근 값과 같아서 살 힘이 미치지 못하기 때문이지, 그것을 못하게 하는 금령이 있어서 그런 것은 아니다. 또 빙 두르는 치마를 입는데, 여덟 폭으로 만들어 겨드랑이에 껴서 높게 묶는다. 수도 없이 여러 겹 겹쳐서 입는데, 많이 겹칠수록 좋게 여겼다. 그곳 부잣집이나 신분이 귀한 집의 부인이나 첩실은 치마를 여러 겹 겹치게 만들 때 7, 8匹까지 사용하는 경우도 있다하니, 더욱 우스운 일이다. 崇寧 연간에 從臣(종신)[899] 劉逵와 吳栻 등이 使命을 받들고 그 나라로 갔는데,[900] 이래 째 되는 날 저녁 모임에서 館伴使 柳伸(유신)[901]이 음악을 연주하는 창부를 돌아보면서 정사와 부사에게 말하기를, "우리나라에서는 (머리카락을) 빗어 머리 모양을 느슨하게 하는데, 이는 필시 예로부터 전래되어온 墮馬髻(추마계)[902]일 것이라" 하였다. 이에 유규 등이 대답하기를, "추마계는 東漢 梁冀(양기)[903]의 부인 孫壽(손수)[904]가 한 것이지만, 본받을 만한 것은 못되는 것 같다"고 하였다. 유신 등은

---

[899] 황제를 시종하는 신하, 수행하는 신하라는 뜻.

[900] 『宋史』 487 高麗傳에 의하면, "崇寧 2년(고려 肅宗 8년, 1103)에 조칙을 내려 戶部侍郎 劉逵와 給事中 吳栻 등을 사신으로 (고려에) 보냈다."

[901] 고려 肅宗 때의 문신으로, 처음 이름은 仁. 문과에 급제하여 宣宗 10년(1093)에 工部侍郎으로 謝恩副使가 되어 宋에 다녀왔다. 禮部와 吏部 尙書를 거쳐 政堂文學에 이르렀는데, 글씨가 뛰어났다.(『고려사』 95)

[902] 추마계란 여자의 머리 모양새의 하나를 가리키니, 墮髻, 墮馬妝, 墮馬髻라고도 한다.

[903] 두 누이가 後漢 順帝와 桓帝의 황후였던 外戚. 大將軍으로 輔政하면서 質帝를 시해하고 환제를 세우는 등 온갖 전횡을 저지르다가 宦官 單超에 의해 제거되었다.(『後漢書』 64)

[904] 梁冀의 아내. 미색으로 요염한 자태를 짓고 愁眉와 折腰步, 墮馬髻 등으로 갖은 아양을 떨다가, 남편이 제거되자 자신도 자살했다. '孫壽折腰'라는 말을 남겼다.

"예, 예" (하며 순순히 인정)했지만, 지금까지도 그대로 따르면서 고치지 못하고 있으니, 그들의 옛 풍속인 椎結(추계)[905]에서 비롯되어 그렇게 된 것이 아니겠는가.

귀한 집안의 여자아이〈貴女〉〈鄭刻에서는 이 제목이 빠져있다. 글의 뜻을 깊이 검토하면 제1행 앞에도 빠진 문장이 있다〉

蠻夷의 의복은 대략 서로 비슷하기는 하지만, 일정한 제도가 있는 것도 아니다. (우리) 사절단이 처음 성안으로 들어갔을 때, 길 양옆으로 늘어서 누각들 사이에서 난간에 기대고 있는 이 부류의 여자아이를 몇 번 보았다. 겨우 열 살 남짓한 이들 여자아이들은 당연히 아직 시집을 가지 않은 처녀들인데도 머리를 풀어 헤치지 않았고, 노란 옷도 여름옷으로는 적당하지 않은 것이어서, 일찍이 시험 삼아 물어보았지만 끝내 자세히 알 수가 없었다. 어떤 이는 이것이 왕부의 어린애 옷이라고도 하였다.

일반 여자아이〈女子〉

일반 서민 집안에서는 여자아이가 아직 시집을 가지 않았을 때는 홍색 비단으로 머리카락을 묶고, 나머지 머리카락은 아래로 풀어 늘어뜨린다. 남자아이도 그렇게 하는데, 단지 홍색 (비단)을 흑색 끈으로 바꿀 뿐이다.

---

[905] 『史記』 115 朝鮮傳에서 "朝鮮王 滿이 …… 魋結하고 蠻夷의 옷을 입고서 동쪽으로 도망쳐 塞를 나가 浿水를 건넜다"고 했다. 魋結는 椎結(추계)라고도 한다. 모두 망치 모양의 북상투를 가리키는 말이다.

짐 지는 여자〈負〉

고려에서는 법으로 관비를 두어 대대로 물러 받게 한다. 따라서 왕부에서 관청, 도관, 사찰 등에 이르기까지 모두 이들을 지급하였다. 이들이 부역할 때는 어깨로 감당하지 못하면 등 뒤에 〈짐을〉 지는데, 가는 것이 아주 빨라서 남자도 그만 못하다.

짐 이는 여자〈載〉

〈짐을〉 지는 일이나 이는 일은 그 수고로움이 매한가지다. 물이나 쌀, 밥〈鄭刻에서는 '未飮'이라 하였다〉, 마시는 음식 등은 모두 구리 항아리에 담아, 어깨에 메지 않고 머리 위에 인다. 항아리에는 두 개의 귀가 있어, 한 손으로 그것을 붙잡고 〈다른 한 손으로는〉 옷을 추어올리며 가는데, 등에는 아이를 업고 있다. 경전에서 찾아보면, "머리에 희뜩희뜩 백발이 섞인 사람은 길에서 짐을 지거나 이지 않는다"[906]고 하였는데, 그 까닭은 〈지거나 일 때〉 힘을 쓰는 것이 정말 수고로워서 그 괴로움이 힘줄과 뼈에 더해지기 때문이 아니라 실제로 그 일을 할 수 없기 때문이다. 그런데 아이까지 업었으니, 이른바 "아이는 강보에 싸서 업고 찾아온다"[907]는 것이 이를 두고 한 말인가.

---

[906] 『孟子』 梁惠王上에 나오는 말이다.
[907] 『論語』 子路에 나오는 말이다.

제21권 하인〈皁隷〉

신이 듣기로는, 여러 蠻夷의 나라들은 雕題(조제)하고 交趾(교지)[908]하며 被髮(피발)하고 文身(문신)[909]한다 하고, 승냥이나 이리와 같이 살고 큰 사슴이나 사슴과 같이 노닌다고 하니, 어떻게 관청을 설치하고 관리를 두는 법을 알겠는가. 오직 고려만은 그렇지 않으니, 의관과 예의, 군신과 상하 관계에 분명한 법도가 있어, 그에 따라 서로 관계한다. 안(=중앙)에는 臺와 省, 院, 監 등을 설치하고, 밖(=지방)에는 州와 府, 郡, 邑 등을 설치하여, 관직을 두어 직무를 나누고, 관리를 뽑아서 일을 맡겼다. 위에 있는 관리는 가장 근본이 되는 사항만 관장하고, 아래에 있는 자는 번거롭고 잡다한 실무를 맡는다. 비록 한 나라의 일이지만 간략하고 이치에 합당하게 이루어지기 때문에, 뒤를 쫓아 함께 부르고 찾을 때에도, 단지 한 조각의 종이에 글자 몇 자만으로도, 백성들은 모이는 시기를 감히 놓치지 않는다. 이런 까닭에 中書給事(중서급사)[910]와 中樞堂官(중추당관)[911]에서 民長에 이르기까지 누구도 감히 게을리 하거나 미적거리지 않는다. 그 나라의 관리들은 길에서 만나면 반드시 무릎을 꿇어 절하거나 몸을 굽혀 공손히 대한다. 일에 대해 이야기할 때는 무릎걸음으로 앞으로 나아가서 손을 들어 올리고 얼굴은 낮추면서 이를 듣고 받드니, 오래도록 聖化(성화)[912]에 교화되지 않았다면 이처럼 될 수 있었겠는가. 이제 吏職

---

[908] 『禮記』 王制에서 "南方을 蠻이리 히느데, 雕題 交趾하고 火食하지 않는 자가 있다"고 했는데, '조제'란 이마에 먹물을 넣어 새기는 것을 말하고, '교지'는 남녀노소가 함께 물에서 목욕하는 풍습을 말한다.

[909] 『禮記』 王制에서 "東方을 夷라고 하는데, 被髮 文身하고 火食을 하지 않는 자가 있다"고 했다. '피발'은 머리를 묶지 않고 풀어헤치는 것을 말하고, '문신'은 몸에 무늬를 새기는 풍습을 말한다.

[910] 中書省에서 일하는 재상들을 가리킨다.

[911] 中樞院의 장관을 말한다. '堂官'이란 堂上에서 공무를 수행한다 해서 붙여진 명칭이다. 독립 관청이나 지방의 장관도 당관이라 했다.

(이직)⁹¹³에서 驅使(구사)⁹¹⁴에 이르기까지 모두 그림으로 그려 다음에 나열한다.

서리〈吏職〉

서리의 복색은 일반 관리의 복색과 다르지 않다. 단지 綠衣의 색이 때로는 짙기도 하고 때로는 옅기도 하는 차이가 있을 뿐이다. 예로부터 "고려가 당의 제도를 모방하여 碧色(벽색)⁹¹⁵의 옷을 입는다"는 말이 전해지고 있지만, 이번에 물어보았더니 그렇지 않다고 한다. 대개 그 나라는 백성이 가난하여 검약하는 풍속이 있는데, 겉옷 한 벌 값이 거의 백금(=은) 한 근과 맞먹기 때문에, 매번 세탁하고 다시 염색해서 색깔이 벽색처럼 짙어진 것이지, 다른 한 등급의 옷이 따로 있는 것은 아니다. 그러나 省府(성부)⁹¹⁶에 보임된 관리는 流品(유품)⁹¹⁷의 제한 없이(때때로 이것을 입으며), 귀한 집안의 자제들도 때로는 이 옷을 해 입는다. 지금 여기에 그려둔 청색 옷은 당연히 서리직을 세습하는 자들의 것이다.

산원(散員)⁹¹⁸

산원의 복장은 자주색 비단으로 만든 품 좁은 상의에 복두와 가죽신

---

⁹¹² 황제의 德化.
⁹¹³ 아전, 서리.
⁹¹⁴ 부리는 사람.
⁹¹⁵ 짙은 푸른빛.
⁹¹⁶ 中書門下省과 尙書省의 관청.
⁹¹⁷ 등급. 官階. 뒤에 문벌이나 사회적 지위를 이르는 말로도 사용되었다.
⁹¹⁸ 정8품관의 군관. 각 領에 5명씩 배치되었다. 別將 다음가는 벼슬자리다.

을 착용하는데, 이들은 中華의 班直(반직)[919]과 殿侍(전시)[920]의 부류와 같다. 武臣의 자제로서 무력으로 호위하는 임무를 맡는 자들은 모두 산원으로 임명된다. (송의) 사신이 갈 때마다, 소반을 받들고 술잔을 올리며 옷을 받아들고 수건을 대령하는 등의 일에 모두 이들을 쓴다.

인리(人吏)

인리라는 칭호는 省府의 서리직과는 비교가 되지 않는다. 倉廩司(창름사)[921]는 대개 州縣에 속하여 금전과 곡물, 포백 등을 출납하는 부류인데, 검은 옷에 복두를 쓰고 검은 가죽으로 만든 句履를 신는다. 때때로 거리와 저자에 빽빽하게 많이 모인 사람들 가운데서 그들을 볼 수 있다. 어떤 이가 말하기를, 관부에 들어 갈 때는 간혹 색깔 있는 옷으로 갈아입는 경우도 있다고 한다.

정리(丁吏)

정리는 대개 한창나이의 젊은 남자로서 처음 관아로 들어가 일하는 자를 말한다. 예전에는 말이 바뀌어 '頂禮(정례)'라고도 하였지만, 이는 발음이 잘못 와전된 것이다. 여기에서 뽑아 올려 서리로 삼고 서리를 거

---

919 宋代에 御前에서 당직하는 禁衛軍. 分行門班, 弓箭班 등 24班을 통틀어 諸班直이라고 한다.
920 송대에 설치된 武臣本官階로, 品級이 없었다. 政和 2년(1112)에 武階官으로 바꾸고, 下班祗應이라 칭했으나, 秩은 流官에 들지 못했다.
921 宋澂江本에서는 '倉庫司'라 했다. '倉廩'은 곡물을 저장하는 곳집이고, '倉庫'는 곡식과 兵車를 저장하는 곳이다. 즉, '倉'은 곡식을, '庫'는 병거 등 무기를 저장하는 곳을 말한다.

친 뒤에 관직을 준다. 令官(영관)[922] 이하 관리들에게 각기 정리를 지급해 서 심부름꾼으로 삼게 하는데, 관품의 높낮이에 따라 많고 적은 차이를 둔다. 그들이 평소에 일을 할 때는 무늬 있는 비단으로 만든 두건을 쓰 지만, (송의) 사신이 오면 幘을 더 얹어 쓴다. 귀한 신분의 신하들에게는 따르는 정리가 한두 명씩 있다. 伴官(반관)[923]과 屈使(굴사)[924]의 종자는 정 사와 부사에게 지급한 종자와 같은 복식을 갖추고 있다.

방자(房子)

방자는 사신이 묵는 객관에서 잡역을 담당하는 자들이다. 각 방마다, 정사와 부사 이하 사절단 인원에게 관품의 높낮이에 따라 많고 적게 배 당되었다. 그들이 입는 옷차림은 무늬 비단으로 만든 두건을 쓰고 자주 색 상의에 뿔로 만든 허리띠와 검은 신을 착용한다. 대개 응대를 잘하는 자를 골라서 (방자로) 삼는데, 법을 지키는 태도를 보면 조심스럽기가 그 지없고, 공문서도 잘 쓴다. 고려는 봉록이 몹시 적어서, 겨우 생쌀과 채 소만 줄뿐이니, 평상시에는 고기 먹는 일이 드물다. (송의) 사신이 올 때 는 언제나 아주 무더운 계절이라, 음식이 상해서 나쁜 냄새가 나면 먹다 남은 음식을 꼭 물려주는데, 그것을 태연하게 마시고 먹을 뿐만 아니라 남은 것은 집으로 가져간다. 예를 마치고 객관을 나갈 때는 몇 줄기 눈 물도 흘린다. 고려 사람들은 대개 中國에 대한 정이 아주 두터워서, 방 자까지 진심을 다해 섭섭해 한다.

---

[922] 中書令이나 尙書令 등, 각 관부의 최고 장관을 말한다.
[923] 接伴使 등, 사신과 동반, 수행하는 관리.
[924] 사신을 모시고 접대하는 관원.

소친시(小親侍)

소친시는 자주색 옷에 두건을 쓰고, 또 머리카락을 풀어 헤친다. 대개 宮帷(궁유)[925]에서 심부름하는 작은 아이들인데, 때로는 왕의 귀한 친척이나 從臣들에게도 지급된다. 고려인들은 대개 아직 장가들지 않은 자들은 모두 수건으로 머리를 싸고 머리카락을 뒤로 풀어 내리다가, 장가든 뒤에는 머리카락을 묶는다. 소친시는 모두 겨우 열여 살 남짓하기 때문에, 조금 더 자라면 궁에서 나간다.

구사(驅使)

구사는 仙郎(선랑)[926]과 비슷한 또래로, 거의 다 아직 장가들지 않은 소년들이다. 귀한 집안의 자제들은 선랑이라고 부른다. 따라서 그 옷은 엷고 가는 깁이나 비단으로 만들고, 모두 검은 색이다. 또 다른 한 부류가 있는데, 이들은 繆袖(삼수)[927]가 있는 옷을 입고 검은 두건을 썼으니, 곧 일반 관리나 서리들의 사내종으로, 驅使(구사)[928]라고 부른다.

---

925 궁중의 婢妾이 있는 곳.
926 唐代 尙書省의 郎官을 이르는 말. 상서성의 별칭이 仙臺였다.
927 넓게 드리워진 소매.
928 『高麗史』72 輿服志 1에서는 '丘史'라고 하고, "守太師와 守太傅, 守太保에게는 22명씩 …… 門下侍郎平章事와 中書侍郎平章事에게는 20명씩" 지급했음을 전하고 있다.

제22권 갖가지 풍속〈雜俗〉

신이 듣기에, 「王制」[929]에서 "넓은 골과 큰 내를 경계로 제도가 달라지고, 백성들은 그 사이에 살면서 풍속을 달리 한다"고 하였는데, 여기서 말하는 '넓은 골과 큰 내'가 반드시 멀리 떨어져 있는 이역만을 가리키는 것은 아닐 것이다. 中國의 땅만 하더라도 내와 골[930]이 다르면 관습과 풍속도 각각 다르니, 모두 같아질 수는 없는 것이다. 그런데 하물며 蠻夷의 지경은 海外(해외)[931]에 있으니, 그 관습과 풍속이 어떻게 같을 수 있겠는가. 고려는 여러 夷狄의 나라들 가운데서도 문물과 예의의 나라로 불리고 있다. 그들은 먹고 마실 때 俎豆(조두)[932]를 사용하고, 문자는 楷書(해서)[933]와 隷書(예서)[934]를 모두 쓰며, 주고받을 때는 절하거나 꿇어앉으니, 그 공손하고 정중하며 삼가고 성실한 태도는 칭찬할 만하다. 그러나 실제로는 더럽고 비루하며 경박하고 천한 夷狄의 풍속이 뒤섞여 있어, 끝내 바꾸지 못하고 있다. 冠婚喪祭(관혼상제)[935] 가운데 禮(예)[936]를 잘 따르는 것은 드물다. 남자가 쓰는 巾幘 같은 것은 唐의 제도를 약간 모방한 것이지만, 부녀자들이 땋은 머리를 아래로 늘어뜨리는 풍습에는 아직도 髽首(좌수)[937]와 辮髮(변발)[938]의 흔적이 완연히 남아있다. 귀인이

---

929 『禮記』의 한 편명.
930 본문에서는 '川俗'이라 하였지만, 위의 「王制」 문장에서 "廣谷大川"이라 하였으니, '川谷'으로 이해해야 할 것이다.
931 '四海之外'의 준말로, '海內' 즉 中國의 밖, 四夷의 거주 지역을 말한다.
932 고대 중국인들이 사용한 도마와 그릇. 禮 문화의 상징 가운데 하나.
933 隷書에서 발전한 書體로서, 字劃이 엄정하다. 점과 획을 따로따로 하여 方正하게 쓰는 글씨로서, 正書 또는 眞書라고도 한다.
934 篆書의 자획을 간략하게 고친 書體. 秦始皇 때 程邈이 小篆을 더욱 생략하여 만들었다고 한다.
935 성인식과 결혼, 장사, 제사.
936 여기서는 중국의 商周 이래 고유한 문화양식을 뜻한다.
937 북상투 머리.

나 벼슬아치 집안에서 혼인할 때는 聘幣(빙폐)[939]를 사용하지만, 일반 백성들의 경우는 단지 술이나 쌀로 인사를 나눌 뿐이다. 또한 부잣집에서는 부인을 서너 명이나 맞이하지만, 조금만 맞지 않아도 헤어진다. 자식을 낳으면 딴 방에서 거처하게 하고, 병에 걸리면 가장 가까운 친족조차도 약을 먹이지 않으며, 죽어서 염한 뒤에도 棺(관)[940]에 넣지 않는다. 왕이나 귀족들조차도 그렇게 하니, 가난한 사람들은 장사 지낼 도구가 없어, 들판에 아무것도 덮지 않은 채 그냥 두어 봉분도 만들지 않고 나무도 심지 않으며, 땅강아지나 개미, 까마귀, 솔개 등이 먹도록 놓아두지만, 사람들은 이를 그르다고 하지 않는다. 부정한 신에게 제사를 지내고, 부처를 좋아해서 종묘 제사에도 불승을 참여시켜 梵唄(범패)[941]를 부르게 하는데, 범패에는 무슨 뜻인지 알 수 없는 말도 섞여있다. 욕심이 많아서 뇌물이 성행하고, 다닐 때는 뛰어 가기를 좋아하며, 서 있을 때는 등 뒤로 두 손을 맞잡는(즉 뒷짐 지는) 경우가 많고, 부녀자와 비구니들이 모두 남자처럼 절을 하니, 이런 관습들은 몹시 놀랄만한 것들이다. 상도에 어긋나는 불합리한 관습들을 자질구레한 것까지 들려면 한두 가지가 아니지만, 이제 잠시 귀와 눈으로 듣고 본 것을 모아서 그림으로 그리고, 토산품 가운데 양생에 도움이 되는 물품을 뒤에 붙여둔다.

궁정 횃불〈庭燎〉

고려에는 밤에 술 마시는 풍속이 있어, 사신을 접내할 때 더욱 징중하게 한다. 향연은 언제나 한 밤중에 끝나고, 섬이나 州郡의 교외 정자와

---

938 뒤로 길게 땋아 느린 머리. 주로 북방 유목민 사회에서 유행한 풍습이다.
939 納幣의 예물.
940 '棺'은 시체를 넣는 속 널을 말하는데, 중국에서는 속 널 외에 다시 겉 널, 즉 槨을 사용한다.
941 예불할 때 부르는 노래와 찬송을 말한다.

관사〈鄭刻에서는 "自山島州郡郊亭館舍"라고 하였다〉 등 어디든 뜰 가운데에 홰를 묶어 불을 밝게 비춘다. 散員들이 이를 잡고서, 사자가 객관으로 돌아 갈 때 앞에 늘어서서 줄지어 간다.

초롱 잡음〈秉燭〉

예전에는 왕부의 공식 모임에서도 촛불을 켜지 못하였지만, 요즘은 점점 잘 만들 수 있게 되어, 큰 것은 서까래만하고 작은 것도 길이가 2자(尺)나 되는데, 아직도 불빛은 그렇게 밝지 않다. 會慶殿과 乾德殿에서 연회가 열렸을 때, 뜰〈정각에서는 '筵'이라 하였다〉 가운데에 홍사초롱[942]을 밝히고, 녹색 옷을 입은 사람들이 笏(홀)[943]을 띠에 꽂고 초롱을 들고 있어 물어보았더니, "새로 벼슬길에 오른 사람이라"고 하였다. 옛 기록에서는 "처음으로 급제한 자라"고 하였으니, 이제 (벼슬길에 처음 올랐다고 해서) 반드시 모두 같은 流品(유품)[944]은 아니라는 것을 알게 되었다.

설호(挈壺)[945]

설호란 관직은 그 명칭과 실제가 옛날과 비슷하다. 그들은 새겨진 時刻을 좇아 북을 쳐서 알린다. 뜰 가운데에 돌기둥을 세워 표찰〈牌〉을 걸고, 매 시 정각에 자주색 옷을 입은 한 관리가 패를 받들고 왼편에 서면,

---

[942] 紅紗燭籠. 홍색 깁으로 만든 촛불 넣는 籠.
[943] 手板, 즉 신하가 임금을 만날 때에 손에 쥐던 물건으로, 옥이나 상아, 竹木 등으로 만든다.
[944] 관직의 등급, 즉 官階란 뜻으로, 뒤에는 문벌이나 사회적 지위를 이르는 말로도 쓰였다.
[945] 시간 알리는 관리.

녹색 옷을 입은 사람이 와서 "몇 시"라고 직접 알린 뒤에, 笏을 허리에 꽂고 돌기둥으로 가서 패를 바꿔놓고 물러간다.

향음(鄉飲)[946]

고려의 풍속에서는 술과 단술을 중히 여긴다. 공식적 모임에서는 왕족과 國官들만 식탁과 소반을 사용하고, 나머지 관리들이나 士人, 백성 등은 단지 평상에 앉을 뿐이다. 東漢의 豫章太守(예장태수) 陳蕃(진번)이 특별히 徐穉(서치)를 위해 평상 하나를 마련했다고 하니,[947] 옛날에도 이 같은 예법이 있었음을 알 수 있다. 요즘 고려인들은 평상 위에 다시 작은 俎(조)[948]를 얹어놓는데, 그릇은 구리를 사용하고, 말린 물고기와 육포, 생선, 채소 등을 섞어 내오지만 풍성하게 차리지는 않는다. 술을 치는 것[949]도 절도가 없어, 많이 치는 것만 부지런히 할 뿐이다. 평상 하나에는 두 사람이 앉을 수 있어, 모임에 손님이 많을 경우에는 (손님) 수에 따라 평상 수도 늘리는데, 두 사람이 서로 마주 보며 앉는다. 그 나라에는 밀이 적어서, 나라 사람들이[950] 모두 京東道(경동도)[951]에서 사 온다. 그로 인해 밀가루 가격이 아주 비싸서, 성대한 전례 때가 아니면 사용하지 않

---

946 술 마시는 잔치.
947 『後漢書』 53 徐穉傳에 의하면, "그때 陳蕃이 (豫章)太守가 되어 예로서 (서치를) 청하여 功曹로 삼으려 했으나, 서치는 거절하지는 않았시만 만나본 뒤에 곧 물러났다. 진번이 군에 있을 때 賓客을 접대하지 않았으나, 오직 서치가 오면 득별히 楊(평상) 하나를 펼쳐놓았다가, 그가 떠나면 곧 걸어두었다"고 한다.
948 음식물을 받치는 물건으로, 도마처럼 생겼다.
949 行酒. 잔에 술을 쳐서 손에 드림.
950 본문에서는 '國人'이라 했지만, 宋澂江本에서는 '賈人'이라 하였다.
951 宋代에 설치되었는데, 京東路라고도 했다. 그 지경은 동으로 바다, 서로는 汴京, 남으로는 淮泗, 북으로는 黃河까지 이르렀다. 지금의 河南省 開封, 商丘 일대와 山東省 황하 이남 전역으로 포함했다. 治所는 開封府였고, 16개 州와 4개 軍, 2개 監을 통할했다.

는다. 식품 가운데도 (국가에서) 금하는 것이 있으니, 이는 더욱 우스운 일이다.

일 처리 〈治事〉〈鄭刻에서는 이 조항이 탈락되었다〉

　고려의 정치는 간편한 것을 중시해서, 소송 문서는 생략해서 글로 기록하지 않고, 관부에서 일을 처리할 때도 책상 앞에 앉아서 하지 않고 평상 위에 올라앉아서 지시하여 명령할 뿐이다. 서리가 案牘(안독)[952]을 받들고 그 앞에 꿇어앉아 아뢰면, 상관은 이를 듣는 즉시 결재해서, 쌓아두고 남기는 일이 없다. 일이 끝나면 폐기해서, 架閣(가각)[953]을 따로 설치하지 않는다. 단지 國朝(국조)[954]의 詔命이나 사신의 글은 왕부의 창고에 소중하게 간수해서 법식(=본)을 갖추는 도구로 삼는다. 음식을 올리거나 손 씻는 그릇을 받들 때는 머리를 숙이고 무릎으로 꿇고 가며 손을 높이 받들어 올리니, 그 규율에 맞는 기거동작이 아주 공손하다. 夷狄이면서도 이러할 수 있으니, 가상한 일이다〈"饋食云云"과 위의 문장은 기맥이 이어지지 않는다. 아마도 다른 한 조목의 끝 부분이 여기에 잘못 이어진 것 같다. 그렇지 않으면 "서리가 안독을 받들고 그 앞에 꿇어앉아 아뢴다"는 두 구절과 멀리 이어져, 끊겼다 이어져 여기에 썼을 뿐이리라. 그 考定을 잠시 따른다〉.

952　조사하는데 필요한 서류.
953　문서를 보관하던 宋元 시대의 중앙 관서, 즉 架閣庫를 말한다. 『宋史』 職官志 3에 의하면, "예전에 管幹架閣庫官이 있었는데, 宜和 연간에 철폐했다가 紹興 15년에 다시 설치했다. 吏部와 戶部에서 각각 한 명씩 파견하고, 禮部와 兵部가 같이 한 명을 보냈으며, 刑部와 工部가 함께 한 명을 보내, 尚書 某部 架閣庫를 주관하게 했다."
954　宋朝를 자칭한 말.

답례(答禮)〈鄭刻에서는 이 조항이 탈락되었다〉

고려의 풍속에서, 관리와 병졸은 분수를 엄격하게 지키지만, 일상생활의 예의에서는 겉모양을 일삼지 않는 경우가 간혹 있다. 재상이나 시종관이 자기가 관할하는 사람과 오가다가 만나게 되면, 반드시 몸가짐을 가다듬고 일어선다. 다른 관리들도 자기가 관할하지 않는 사람을 만나거나 서리나 병졸들이 오랫동안 보지 못한 사람을 만나더라도, 길거리에서든 궁정 안에서든 반드시 절하는데, (그렇게 하면) 관직에 있는 사람들도 머리를 숙인 뒤에 들어서 (상대의) 절에 답하는 것처럼 한다. 대개 "다른 사람에게 경의를 표했는데도 답례가 없으면 (제대로) 경의를 표했는지 반성해 보라"[955]고 하고, "예를 (중국에서) 잃었으면 野(야)[956]에서 구하라"[957]고 하였는데, (그 말의 의미를) 대략 여기에서 볼 수 있다.

남을 부리는 일〈給使〉〈鄭刻에서는 이 조항이 탈락되었다〉

부릴 수 있는 천인은 관직과 품계에 따라 수에 많고 적음이 있다. 國相은 丁吏(정리) 4명과 騶使(구사) 30명을 부릴 수 있고, 令官(영관)[958]은 그 두 배를 부릴 수 있다. 앞에는 靑蓋가 있는데, (부리는 사람이) 수십 보 밖에서 이것을 잡고 있고, 말을 탈 때는 2명에게 고삐를 잡게 한다. 그(=국상) 아래로는 (부리는 사람이 수가) 줄고, 앞에 가리개를 벌이지 못하며 말고삐 잡는 일에 누 명을 사용할 수노 없다. 일반 백성이 말을 탈 때는 단지 채찍을 들고 제어할 뿐이다. 丁吏가 앞에서 말을 몰고 급사는 수건이

---

955 『孟子』離婁上에 나오는 孟子의 말이다.
956 교외란 뜻으로, 여기서는 '中國'에 대응하는 '夷狄'을 가리킨다.
957 『漢書』「藝文志」에 나오는 孔子의 말이다.
958 令公, 즉 諸王(즉 종실)과 中書令, 尙書令 등에게 대하여 이르던 존칭이다.

나 병 같은 딸린 물품들을 가지고 뒤따른다. 여러 卿(경)[959] 이상은 정리가 3명, 구사가 20명이고, 正郞(정랑)[960]은 정리가 2명, 구사가 15명이며, 員外(원외)[961] 이상은 정리가 한 명, 구사는 10명이고, 처음으로 품계를 받은 관리에게는 3명을 내려주는데, 모두 관노예이고, 대를 이어 물려받는다.

부녀자 말 타기〈女騎〉

부녀자가 출입할 때도 마부와 말을 지급하는데, 대개 公卿이나 貴人의 부인으로, 따르며 말을 모는 자는 서 너 명 정도에 지나지 않는다. 검은 색 비단으로 머리를 덮고, 남은 자락은 말까지 덮으며, (너울) 위에 삿갓을 더 쓰기도 한다. 왕비와 (공경 귀인의) 夫人은 홍색만으로 장식하지만, 수레나 가마는 없다. 예전에 唐 武德(무덕)[962] 貞觀(정관)[963] 연간에 궁인들이 말을 탈 때 冪籬(멱리)[964]를 써서 온 몸을 가린 경우가 많았는데, 지금 고려의 풍속을 보니, 蒙首(몽수)[965] 제도는 멱리에서 유래된 법식이 아닐까 싶다.

---

959 고려 시대에 兵部와 여러 寺에 두었던 벼슬. 여기서는 六部 등 주요 관서의 장관이나 2품 이상의 고관을 이르는 말로 쓰였다.
960 고려 시대 六部 등에 딸린 정5품 벼슬.
961 員外郞, 즉 고려 시대 六部 등에 딸린 정6품 벼슬.
962 唐 高祖의 연호, 618-626년.
963 당 太宗의 연호, 627-649년.
964 머리를 덮는데 쓰는 수건. 冪籬라고도 한다.
965 머리를 가리는 너울.

제23권 갖가지 풍속〈雜俗〉 2

목욕과 빨래〈澣濯〉

옛 역사서에서는 고려인은 모두 깨끗하다고 하였는데, 지금도 여전히 그러하다. 그들은 번번이 중국인은 때가 많이 묻고 기름이 많이 끼었다고 비웃는다. 그래서 아침에 일어나면 반드시 먼저 목욕한 뒤에 문을 나서며, 여름에는 하루에도 두 번씩 몸을 씻는데, 시냇물에서 하는 경우가 많다. 남녀가 구별 없이 모두 의관을 물가 높은 곳에 벗어두고, 부끄럼 없이 흐르는 물에 벗은 몸을 맡기지만, 그것을 이상하게 여기지 않는다. 의복을 세탁하거나 비단실과 베를 누이는 일 등은 모두 부녀자들이 하는 일로, 밤낮으로 부지런히 일하면서도 감히 힘들다고 하지 않는다. 우물을 파거나 물을 긷는 일도 시내 가까이에서 하는 경우가 많아, 그 위에다가 도르래를 만들어 놓고 물을 길어 나무통으로 옮기는데, 그 나무통의 모양이 흡사 배처럼 생겼다고 한다.

농사〈種藝〉

그 나라의 封地(봉지)[966]가 동해에 닿아 있고, 큰 산과 깊은 골이 많으며, 산길이 험하고 산이 높다. 평탄한 땅이 석기 때문에, 경작지는 산간에다 조성하는 경우가 많다. 지형의 높낮이로 인해 갈고 일구는데 힘이 많이 든다. 멀리서 바라보면 마치 계단이나 돌 비탈길 같다. 그러나 그곳에서는 감히 私田을 가질 수 없어, 마치 丘井(구정)[967]의 제도와 같아서,

---

[966] 分封 받은 땅이라는 뜻으로, 고려 국왕이 宋帝와 책봉-조공 관계를 가졌다는 전제로 인해, 고려 국왕이 통치하는 땅을 '封地'라 표현하였다.

관리와 民兵(민병)[968]에게 등급의 높고 낮음에 따라 (경작지를) 지급한다.[969] 국모와 왕비, 세자, 왕녀 이하는 모두 湯沐田(탕목전)[970]이 있다. 150步를 1結(결)[971]이라 한다. 백성의 나이가 여덟 살에 이르면 글을 올려서 경작 지를 지급 받는데, 結數에는 차이가 있다. 國官 이하 兵吏와 驅使, 進士, 工技 등도 일이 없으면 경작 일을 한다. 다만 변경을 지키는 병사들 에게는 미곡을 지급한다. 그곳 땅은 메조와 옻기장, 좁쌀, 참깨, 보리와 밀 등에 적합하다. 그곳 쌀은 멥쌀을 있지만 찹쌀은 없고, 낟알이 유별나 게 크고 맛이 달다. 牛耕의 방식이나 농기구 등은 대동소이하기 때문에, 생략하고 기재하지 않는다.

고기잡이〈漁〉

그 나라에 양과 돼지가 있지만 王公 등 귀인이 아니면 먹지 않고, 빈 천한 백성들은 해산물을 많이 먹는다. 그래서 미꾸라지, 전복, 조개, 진 주조개, 왕새우, 무명조개, 대게, 굴, 거북이다리 등이 있고, 해조류인 다 시마 같은 것은 귀천의 구별 없이 모두 좋아하는데, 입맛을 돋우어 주기 는 하지만, 비린 냄새와 짠맛이 나서 오래 먹으면 질리게 된다. 바닷사람

---

967   丘는 16井, 井은 900畝.『周禮』地官 小司徒에 의하면, "9夫가 1井이 되고, 4井이 1邑 이 되며, 4邑이 1丘가 된다"고 하고, 그 鄭玄 注에서 "4邑이 1丘가 되니, 사방 4里다" 고 했다. '丘井制'란 이른바 井田制에 기초를 둔 옛 중국의 토지 제도를 말한다.

968   民軍, 즉 정규군이 아닌, 보통 주민으로 조직한 군병을 말한다.

969   『高麗史』食貨志에 의하면, "고려의 토지 제도는 대체로 唐의 제도를 모방했으니, 개간한 경작지의 수를 총괄해서 비옥한 땅과 척박한 땅을 나누어, 문무백관에서 府 兵과 閑人에 이르기까지 규정에 따라 지급하지 않은 자가 없고, 또 정해진 규정에 따라 樵採地도 지급하였으니, 이를 田柴科라고 불렀다. 당사자가 죽으면 관가에 이 를 반납했다."

970   왕비나 왕자, 공주, 옹주 등에게 목욕하고 재계하는 데 드는 비용을 마련하기 위해 지급하는 전지.

971   목. 토지 면적의 단위로, 1백 짐〈負〉, 즉 1만 줌〈把〉을 1結이라 한다.

들은 조수가 밀려나면 섬에 배를 정박시키고 고기를 잡지만, 어망을 잘 엮지 못해서 단지 성긴 천으로 고기를 걸러낼 뿐이어서, 힘을 많이 써도 잡는 고기는 많지 않다. 다만 굴과 조개 종류는 조수가 밀려나가도 가지 못하기 때문에, 사람들이 아무리 힘껏 주워도 다 없어지지 않는다.

나무하기〈樵〉

나무꾼은 처음부터 오로지 그 일만 하는 사람은 없다. 단지 일에 틈이 생기면 젊은이나 나이 든 이들이 자신의 힘에 맞추어 성 밖에 있는 산에 가서 나무를 해온다. 대개 성 부근의 산은 음양설에서 꺼리는 바가 있어 (땔나무를) 채취하거나 (나무를) 베는 일을 허락하지 않는다. 그래서 그곳에는 아름드리 큰 나무들이 많아 녹음이 아름답게 우거져 있다. 사자가 객관에 묵을 때, 배에 오를 때까지 언제나 有司(유사)[972]가 (땔나무를) 공급해서 밥을 지을 수 있게 해 주었는데, 어깨에 메는 것은 잘하지 못하고 단지 등에 지고 다니기만 한다.

새겨서 기록하기〈刻記〉

고려의 풍속에는 籌算(주산)[973]이 없어, 관리가 금전이나 비단을 출납할 때는 회계를 맡아보던 관리가 칼을 삽고 나무 조각에 새긴다. 한 가지 물건을 기록할 때마다 하나의 자국을 새기고, 일이 끝나면 버리고 쓰지 않는다. 그것을 남겨두어 다시 상고할 일에 대비하지 않는 것이다. 그 행정이 그토록 심히 간이한 까닭은 역시 옛 結繩(결승)[974]의 전통이 남긴

---

972 담당 관리라는 뜻.
973 주판으로 하는 셈.

자취가 아니겠는가.

가축 도살〈屠宰〉

夷人의 정치가 매우 너그럽고 불교를 좋아해서 살생을 삼간다. 그래서 국왕이나 재상이 아니면 양고기나 돼지고기를 먹지 않는다. 또한 가축을 잡아서 요리하는 일을 잘 하지 못한다. (송의) 사자가 올 때는 기일 전에 미리 길러두었다가 기일에 맞추어 사용하는데, 네 발을 묶어 세차게 타오르는 불 속에 던져두었다가, 그 숨이 끊어지고 털이 없어질 때까지 기다렸다가 물로 씻는다. 만약 다시 살아나면 몽둥이로 쳐서 죽인 뒤에 배를 가르는데, 장과 위가 다 잘라지기 때문에 똥과 오물이 쏟아져 나와서, 국이나 적(=구이)을 만들어도 고약한 냄새가 없어지지 않으니, 도축의 서투름이 이와 같다.

죽을 베푸는 일〈施水〉

왕성의 긴 회랑에는 10칸마다 장막을 치고 불상을 모시고, 큰 항아리에 흰 쌀죽을 담아두고 그릇과 국자 등을 놓아두고서, 지나가는 사람들이 마음대로 먹게 하는데, 신분이 귀한 자와 천한 자를 묻지 않는다. 승려들이 이 일을 맡아 한다.

---

974 새끼를 매듭짓는다는 뜻으로, 옛날 문자가 없었을 때 계약의 보장으로 삼았다.

토산물〈土産〉

고려는 산에 기대고 바다를 내려다보는 곳에 있어, 땅이 척박하고 돌이 많다. 그러나 곡식을 심고 거두는 농사가 있고, 삼베의 이로움이 있으며, 소와 양을 기르기에 적합하고, 갖가지 해산물의 맛이 뛰어나다. 廣州와 揚州, 永州(영주)[975] 등 세 주는 큰 소나무가 많다. 소나무는 두 종류가 있는데, 잎이 다섯인 소나무만 열매를 맺는다. 羅州道에도 (소나무가) 있지만, 이들 세 주만큼 많지는 않다. 처음 생긴 것을 솔방울이라 하는데, 그 모양이 모과와 같고, 푸르고 윤기가 나며 단단하다. 서리를 맞게 되면 그것이 터지고, 그 열매가 비로소 익게 되며, 솔방울은 자주색을 띠게 된다. 그 나라의 풍속으로는 이것을 과일 안주로 사용하기도 하고 국이나 고깃점 등에 쓰기도 하지만, 많이 먹을 수 없는 것이, (많이 먹으면) 구역질이 멎어지지 않는다.

인삼 뿌리는 (고려의) 특산품으로 곳곳에 있지만, 春州(춘주)[976] 것이 가장 좋다. 인삼도 생삼과 熟蔘(숙삼)[977] 등 두 가지가 있다. 생삼은 색깔이 희지만 물러서, 약에 넣으면 맛은 그대로 보전되지만 여름이 지나면 좀이 먹기 때문에, 가마솥 끓는 물에 쪄서 오래 보존할 수 있게 하는 것(=숙삼)보다 못하다. 예로부터 전해지기를 그 모양이 납작한 것은 고려 사람들이 돌로 눌러서 즙을 짜내고 달였기 때문이라고 하지만, 이번에 물어보니 그렇지 않다고 한다. 찐 삼을 포개어 쌓아두었기 때문에 그렇게 되었을 뿐, 인삼을 달이는 데에는 나름대로의 법도가 있기 마련이다.

객관에서 매일 내놓는 채소 가운데는 沙蔘(사삼)[978]이라고 하는 것도 있는데, 그 모양이 크고 부드러워 맛이 좋지만, 약에 쓰이는 것은 아니

---

975 경상북도 永川의 고려 시대 이름.
976 강원도 春川의 고려 시대 이름.
977 찐삼.
978 더덕, 혹은 더덕의 뿌리.

다. 또 그 땅이 소나무에 적합해서 茯笭(복령)[979]이 있고, 산이 깊어 硫黃
(유황)[980]이 생산된다. 羅州道에서는 白附子(백부자)[981]와 黃漆(황칠)[982]이
나는데, 모두 (송에) 공납되는 토산품이다. 그 나라에서는 모시와 삼을 심
어 베옷을 입는 사람이 많다. 품질이 아주 뛰어난 것은 絶('絶'자의 잘못인
것 같다. 鄭刻도 같다)이라고 하는데, 옥과 같이 깨끗하고 희지만 폭이 좁
다. 왕과 신분이 고귀한 신하들은 모두 이것을 입는다. 누에치기는 잘 하
지 못해서, 그 실과 천은 모두 상인들을 통해 山東이나 閩浙(민절)[983] 지
방에서 사들인다. 그러나 무늬 있는 비단에 꽃은 수놓은 견직물이나 질
긴 실로 짠 비단과 모직물은 아주 잘 짠다. 근래에 北虜(북로)[984]에서 항
복해온 병졸 가운데 장인이 아주 많아, 기교가 더욱 좋아지고 염색도 예
전보다 나아졌다.

그 땅에서는 금과 은은 적게 나지만 구리는 많이 난다. 그릇에 옻을
사용하지만 만드는 솜씨는 그다지 좋지는 않다. 그러나 螺鈿(나전)[985] 솜
씨('子'는 '工'자의 잘못인 것 같다. 정각도 같다)는 섬세하고 치밀해서 귀하게
여길 만하다. 松煙墨(송연묵)[986]은 猛州(맹주)[987] 것을 귀하게 여기지만, 색
이 흐리고 아교가 적게 사용된 반면, 모래와 돌이 많다. 黃毫筆은 연하
고 약해서 글을 쓸 수가 없다. 예로부터 전해져 오는 바로는 원숭이 털
로 만든다고 하지만, 반드시 그런 것은 아니다. 종이는 오로지 닥나무만

---

979 복령은 소나무 뿌리에 기생하는 擔子菌 종류에 속하는 버섯의 일종으로, 水腫이나
임질 등에 利尿劑로 쓰인다.
980 의약품이나 화약의 원료로 쓰이는 광물.
981 미나리아재빗과의 여러해살이풀. 烏頭와 비슷하고 독이 있으며, 뿌리는 중풍이나 외
과 약으로 쓰인다.
982 황금빛이 나는 칠.
983 '閩'은 福建省, '浙'은 浙江省 지역을 지칭하는 말이다.
984 거란의 遼를 낮추어 표현한 말.
985 광채가 나는 자개 조각을 섬세하게 오려 여러 가지 형상으로 박아 붙여 꾸미는 기
술, 혹은 그 공예품.
986 소나무의 그을음을 아교로 반죽해서 만든 먹.
987 평안남조 猛山의 고려 시대 이름.

을 써서 만드는 것은 아니고, 간혹 등나무로 만들기도 하는데, 방망이로 두드려서 모두 반들반들 매끄럽고, 높고 낮은 등급이 몇 가지 있다.

그곳의 과실 중에는 크기가 복숭아만 한 밤이 있는데, 달고 맛이 좋아 먹을 만하다. 옛 기록에서는 "여름에도 (밤이) 있다"고 하였기에 일찍이 그 까닭을 물어 보았더니, "질그릇에 담아 땅 속에 묻어 두면 해를 넘겨도 상하지 않는다"고 하였다. 또 6월에는 앵두도 있지만 맛이 초처럼 시고, 개암(나무)과 비자(나무)가 아주〈鄭刻에서는 '最'라고 하였다〉많다고 한다. 倭國 것도 있다. 來禽(내금)[988]과 靑李(청리),[989] 참외, 복숭아, 배, 대추 등은 맛이 담박하고 모양이 작다. 연 뿌리와 연밥은 모두 감히 캐거나 따지 못하는데, 그 나라 사람들은 "그것이 부처가 밟고 탔던 것이기 때문이라"고 한다.

제24권 사절의 의장〈節仗〉

신이 듣기에, 『春秋』의 필법에서는 王人(왕인)[990]은 비록 그 신분이 보잘 것 없다 하더라도 서열을 諸侯보다 높게 하였으니, 이는 왕(=천자)의 명령을 존중하려는 것이었다. 그 당시에는 周 왕실의 기강이 무너지고 세후는 강대하여 주 왕실을 가볍게 여기는 마음을 갖고 있었기 때문에, 孔子가 빈 말에 의탁해서라도 천하의 후세 신하된 자들이 본받노록 곡 진하게 가르침이 이와 같았다. 하물며 태평성세에 친히 왕인을 멀리 외

---

988 능금. 林檎, 文林果라고도 한다. 晋 郭義恭의 『廣志』에 의하면, "林檎은…… 來禽이라고도 하는데, 맛이 달고 익으면 새를 오게 한다."

989 李子(오얏)의 일종.

990 천자의 신하, 혹은 천자가 보낸 사람. 여기서의 '王'은 戰國 후기 이후의 諸侯王 개념이 아니라 周代의 王, 즉 天子를 가리킨다.

국에 사신으로 보냈으니, 저들이 (왕인을) 존중하고 받드는 예의를 어찌 감히 조금이라도 소홀히 할 수 있겠는가. 삼가 생각해 보건대, 宋이 천하를 다스린 지 2백 년이 되어, 전쟁은 점차 그쳐지고, 夷狄의 군장은 황제의 명령과 통고를 기다리지도 않고도 믿고 따르니, 그 정성은 금석과 같이 견고하다. 아마도 容成氏(용성씨)[991] 이래로 태평이 이처럼 성대했던 적은 없었을 것이다. 제후가 왕인을 받들어 존중하고 그 禮文(예문)[992]이 번거롭고 화려한 것은 당연한 일이다. 근년에 使命이 고려국에 이를 때마다, 화려한 의장과 수많은 호위 병력을 죄다 갖추어 詔書를 맞이하고 旄節(모절)[993]을 인도함에 그 예의가 매우 정성스럽고 지극하다고 들었지만, 이번 행차는 마침 王俁의 服制(복제)[994]가 아직 끝나지 않은 때여서 북이나 피리 같은 종류는 모두 잡고만 있고 연주하지는 않았으니, 이 또한 예의를 아는 것이라 할 수 있다.

맨 앞에는 신기대〈初神旗隊〉

神舟(신주)[995]가 禮成港(예성항)[996]에 다다라 닻을 내리면, 고려인들이

991　黃帝의 스승. 律曆을 처음 만들었고, 房中術의 효시인『容成陰道』26권을 지었다고 한다.
992　예악과 문물제도 여기서는 사신을 맞이하는 儀禮를 말한다.
993　사신이 소지하는 符節.『史記』秦始皇本紀에서 "의복과 旄旌, 節旗 등은 모두 흑색을 숭상했다"고 하고, 그 張守節 正義에서 "旄節이란 털을 엮어서 竹節 모양으로 만든다.『漢書』에서 '蘇武가 節을 잡고 匈奴에서 양을 쳤는데, 節毛가 다 떨어졌다'고 한 것이 바로 그것이다"라고 했다.
994　상복 입는 기간.
995　徐兢 일행이 고려에 오기 위해 특별히 제작한 두 척의 巨艦이다. 자세한 정보는 본서 제34권 '神舟' 조에 있다.
996　禮成江 연안에 있는 항구. 고려 국도 開城의 門戶로서, 송과의 교통에서 매우 중요한 역할을 했다. 예성강은 황해도 高達山에서 시작해서 경기도와 황해도의 경계를 흘러 臨津江과 漢江과 합쳐서 황해로 들어간다. 본서의 제39권에「禮成港」조가 있다.

채색한 배를 타고 와서 맞이한다. 사자가 조서를 받들고 해안에 오르면, 三節은 그 뒤를 따라 걸어서 碧瀾亭(벽란정)[997]으로 들어간다. 조서를 받들어 안치한 뒤에는 숙소로 물러나 쉰다. 그 다음 날 새벽에 都轄官과 提轄官이 조서를 마주 받들고 채색 가마 안으로 들어가면, 의장대가 앞에서 인도한다. 여러 의장 가운데서 神旗가 맨 앞에 서는데, 西郊亭부터 관사 앞에 미리 세워 두고 조서가 도착하는 것을 기다렸다가, 다른 의장과 만나 인도하고 호위하며 성으로 들어간다. 신기는 10면이 늘어서서 수레에 실려 가는데, 수레마다 10여 명이 탄다. 이때부터 조서를 받고 표문을 올리는 의식은 언제나 의장대 앞에서 거행한다. 푸른 옷을 입은 龍虎軍은 갑옷을 입고 창을 들었는데, 거의 만여 명에 이르는 군졸들이 두 줄로 나누어 길을 끼고 행진한다.

그 다음에는 기병〈次騎兵〉

神旗의 다음에는 비단 옷을 입은 龍虎軍이 직접 호위하는데, 旗頭 한 명이 말을 타고 앞서 달리면서 작고 붉은 기를 잡고 있다. 그 뒤에는 領軍上將軍이 있고, 그 다음에는 領軍郞將이 있는데, 모두 기병이다. 이들은 활과 화살을 지녔고 칼을 찼으며, 말을 꾸미는 모든 장식구에서 방울소리를 울리며 아주 빠르게 달리는데, 자못 스스로 뽐내는 듯하다.

그 다음은 요고〈次鐃鼓〉

기병 다음에는 鳴笳軍(명가군)[998]이 가고, 그 다음에는 鐃鼓軍(요고

---

997   예성항의 나루터 碧瀾渡에 있던 정자.
998   피리를 부는 의장대.

군[999]이 가는데, 1백 여 보씩 갈 때마다 명가군은 반드시 뒷걸음질하면서 조서를 실은 수레를 마주 보고 함께 피리를 분다. (피리) 소리가 그쳐지면 징과 북을 쳐서 박자를 맞춘다.

그 다음은 천우위〈次千牛衛〉

북과 피리 다음에는 貫革(관혁)[1000]이나 鐙杖(등장)[1001]과 같은 의장 물품이 가는데, 千牛軍이 이것들을 잡고 나란히 행진한다.

그 다음은 금오위〈次金吾衛〉

천우위의 뒤에는 金吾杖衛가 뒤따르는데, 黃幡(황번)[1002]과 豹尾(표미),[1003] 儀戟(의극),[1004] 華蓋(화개)[1005] 등을 가지고 조금 거리를 두고 행진한다.

그 다음은 백희〈次百戱〉

金吾杖衛의 뒤에는 百戱小兒(백희소아)[1006]가 뒤따르는데, 복식 종류는

---

999 징과 북을 치는 의장대.
1000 의장용 병기. 본서 「兵器」 貫革 조 참조
1001 본서 제13권 「貫革」과 「鐙杖」 조에서 설명되어 있음.
1002 황색 깃발.
1003 표범 꼬리.
1004 의식용 창.
1005 화려한 가리개.
1006 ‘百戱’란 樂舞와 演戱의 총칭이고, ‘百戱小兒’란 각종 놀이를 공연하는 작은 아이들

華風과 대체로 같다.

그 다음은 악부〈次樂部〉

歌工(가공)[1007]과 樂色(악색)[1008]도 세 등급의 복식이 있고, 그들이 지니는 악기도 간혹 조금씩 차이가 있다. 이들의 행렬은 小兒隊의 뒤에서 간다. 근래에 사자가 그 곳에 갔을 때 마침 王俁의 服制(상)가 끝나지 않았기 때문에, 樂部(악부)[1009]는 모두 그 악기를 잡고 있기만 할 뿐 연주는 하지 않았다. 특별히 詔命을 받드는 행사였기 때문에 베풀어 두지 않을 수 없었던 것이다.

그 다음은 예물〈次禮物〉

예물 상자는 크기가 각각 다르다. 그 표면에는 하사하는 물품의 이름을 적어두고 황제의 信寶(신보)[1010]를 찍어 봉인하였다. 고려인은 (황제의) 총애를 존중하고 받들어 이를 要舁(요여)[1011]에 신고 황색 보로 덮는다. 가마 한 대에 控鶴軍 4명씩 쓰는데, 이들은 꽃무늬 수를 놓은 자색 겉옷을 입고 折脚幞頭를 쓴다. 그 행렬은 樂部 다음에 선다.

을 말한다.
1007 노래 부르는 예인.
1008 樂工. 가무와 연주를 전문으로 하는 藝人.
1009 음악을 관장하는 관청. 北周 시대에 처음 두었고, 唐代에는 太常에 딸린 樂隊의 立部와 坐部를 일컬었다.
1010 옥새. 황제의 印信. 『新唐書』 車服志에 의하면, "武后 때에 여러 璽를 바꾸어 모두 寶라고 했다. 中宗이 즉위한 뒤에 다시 璽라고 했다가, 開元 6년에 다시 寶라고 했다."
1011 허리까지 들어 올리는 가마.

그 다음은 조여〈次詔輿〉[1012]

채색 가마는 수놓은 화려한 비단으로 장식되었는데, 오색이 섞여있고 만듦새가 화려하고 정교하다. 맨 앞의 가마에는 큰 금향로가 안치되었고, 그 다음 가마에는 조서와 王侯의 祭文이 봉안되었으며, 그 다음 가마에는 御書가 봉안되었는데, 이들 가마도 控鶴軍이 든다. 表文을 올리는 의식을 행한 뒤에 관사로 돌아가면, 그 가운데 한 가마는 사용하지 않는다.

그 다음은 충대하절〈次充代下節〉

國朝의 故事(고사)[1013]에 의하면, 황명을 받들어 고려에 사절로 가는 下節은 모두 군졸들이었다. 그러나 근래에 들어서는 차츰 命官(명관)[1014]이나 士人(사인),[1015] 藝術(예술),[1016] 工技(공기)[1017] 등도 하절로 뽑혀질 수 있도록 허락하였다. 이번 사자의 행차에서는 고려를 보듬고 위로하려는 聖上(성상)[1018]의 뜻을 누구나 우러러 본받아, 채찍을 잡고 이역의 풍속을

1012 조서를 실은 수레.
1013 예로부터 전해 오는 관례. 先例.
1014 조정의 관원. 관원의 품계가 1命에서 9命까지 나누어 진 데에서 유래한 말이다.
1015 道藝를 배우고 무술을 익힌 사람. 『唐六典』3 戶部尙書 조에서는 "文武를 學習한 자를 士라고 한다"고 했고, 『儀禮』喪服의 賈公彦 疏에서는 "士란 조정에 있는 士人과 성곽에 있는 士民으로 예의를 아는 자를 총칭해서 士라고 한다"고 했다.
1016 六藝와 術數, 醫術 따위의 각종 기예나 기능, 혹은 그 일에 종사하는 사람. 『後漢書』 伏湛傳의 李賢 注에 의하면, "藝는 書, 數, 射, 御 등을 말하고, 術은 醫, 方, 卜, 筮 등을 말한다."
1017 기술직에 종사하는 사람. 『管子』七臣七主에서 "남자가 밭갈지 않고 여자가 길삼하지 않으며 工技가 쓸모없는 것을 만드는데 힘쓰면서, 땅에서 나는 곡식이 창고에 가득하게 할 수는 없다"고 했다.
1018 임금을 높여서 부르는 말.

살피려 하였다. 더구나 陛辭(폐사)[1019]를 올리는 날에 황제께서 간곡히 宣諭(선유)[1020]하시는 말씀을 직접 듣게 되어, 사람들이 모두 감격해서 바닷길에서 겪게 될 생사의 어려움도 걱정하지 않았다. 이들 (하절) 가운데는 成忠郎(성충랑) 周通(주통), 承信郎(승신랑) 趙漑(조개), 登仕郎(등사랑)[1021] 熊樗年(웅저년), 尹京(윤경), 文學(문학)[1022] 江大亨(강대형), 李訓(이훈), 唐浚(당준), 翰林醫學(한림의학)[1023] 楊寅(양인) 같은 이가 있고, 進士(진사)[1024]로 는 晁正之(조정지), 徐亨(서형), 黃大本(황대본), 葉彦資(섭언자), 石懌(석역), 陳興祖(진흥조), 陶挺(도정), 孟徽(맹휘), 高伯益(고백익), 李銳(이예), 崔世美(최세미), 顧大範(고대범), 金安止(김안지), 王居仁(왕거인), 劉緝熙(유집희) 같은 이들이 있었으며, 副尉(부위)[1025]로는 李暉(이휘), 王澤(왕택), 呂漸(여점), 徐珙(서공), 徐可言(서가언), 施祐鍾(시우종), 禹功(우공) 등이 있고, 省과 府, 寺, 監 등의 胥吏(서리)[1026]로는 董琪(동기), 牛敏年(우민년), 鄒恭(담공), 陳佐(진좌), 楊大同(양대동), 楊渙(양환), 劉宗武(유종무), 孫洵(손순), 王祐(왕우), 尹公立(윤공립), 孫琬(손완), 曹裕(조유), 王伯全(왕백전), 陳惟漑(진유개), 王道深(왕도심), 楊革(양혁), 張雩桂(장우계), 林范(임범), 敏求(민구), 舒障(서장), 鄒琼志(추종지), 張若朴(장약박), 范寧之(범영지), 朱言康(주언강), 劉桼(유절), 胡允升(호윤승), 周郁(주욱), 鄒伯成(담백성) 등과 같은 이들이 있었다. 그들은 자주색 비단으로 만든 품 좁은 옷과 烏紗帽(오사모),[1027] 한 쌍의 사슴을 도금한 허리띠 등을 착용하고 두 줄로 나누어서 詔書를 실은 가마를

[1019] 계단 아래에서 황제에게 떠나는 인사를 올림.
[1020] 황제의 訓諭를 널리 보고함.
[1021] 隋代에 설치한 散官으로, 청대까지 존치되었다.
[1022] 漢代 이래로 州郡과 諸侯國 등에 둔 屬官으로, 宋代 이후에 철폐되었다.
[1023] 翰林院에 소속된 文學.
[1024] 科擧 殿試에 합격한 사람을 이르는 말이다.
[1025] 副校尉의 준말. 武散官으로 6품 이하의 하급 관리였다.
[1026] 관아에 소속되어 행정 실무를 담당하는 관리. 중국의 서리는 한국과 달리 세습하지는 않았다.
[1027] 검은 깁으로 만든 모자.

따라 행진했다.

그 다음은 선무하절〈次宣武下節〉

宣武下軍은 明州(명주)[1028]의 土兵(토병)[1029]으로, 모두 50명이다. 복식은 充代下節과 다르지 않지만, 단지 옷자락을 추어올리며 행군함으로써 화려하게 수놓은 비단이 뚜렷하게 드러나 보이게 하는 것이 다를 뿐이다. 사자가 처음 도성 문을 나설 때에는 도금한 그릇과 딸린 물건을 내려주고, 다시[1030] 나갈 때는 節을 나누어주는데, 사람들은 각기 그것을 앞에 들어 찬연한 빛으로 보는 이의 눈을 빼앗음으로써, 빛나는 영예를 外國(외국)[1031]에 과시하려 하였다.

그 다음은 정사와 부사〈次使副〉

國信使(국신사)[1032]와 副使는 詔書를 따라 성안으로 들어가 공식 회합에 이를 때까지, 그들의 두 필 말이 모두 가지런히 나아간다. 그 복식은 자색 옷에 御仙花(어선화)[1033] 金帶(금대)[1034]를 두르고 金魚袋(금어대)[1035]

[1028] 唐代에 浙江省 鄞縣(은현)의 동쪽에 둔 州로, 경내에 四明山이 있어서 이런 이름이 붙여졌다.

[1029] 지방 토착민, 非中國系 인원으로 조직된 군사. 土軍이라고도 한다.

[1030] 원문에서는 '再'라고 했으나, 宋澂江本에서는 '每'라고 하였다.

[1031] '外國'이란 원래 西域 諸國을 가리키는 말이었다. "온 天下에 王土가 아닌 곳이 없다"는 천하관에 의하면 전통시대 중국인에게는 '外國'(즉 다른 나라)이란 존재할 수 없다. 따라서 高麗를 가리켜 '외국'이라 한 徐兢의 표현은 宋과 高麗의 특수한 관계, 혹은 송대 중국인의 독특한 세계관을 시사한다.

[1032] 宋代와 元代에 국가의 사신을 이르는 말. 국신사에 관한 일을 주관하던 기관을 國信所 혹은 國信司라고 했다.

[1033] 荔枝(여지)의 별칭.

를 찬다. 고려의 접반사는 말을 타고 副使와 오른편으로 몇 걸음 떨어져서 나란히 가고, 屈使(굴사)〈鄭刻에서는 '使'자가 빠졌다. '屈使'는 두 번 보이지만, 그것이 무엇인지는 알 수 없다〉가 또 그 뒤를 따른다.

그 다음은 상절〈次上節〉

上節인 都轄은 武翊〈鄭刻에서는 '翼'이라 하였다〉大夫(무익대부) 忠州刺史(충주자사) 겸 閣門宣贊舍人(합문선찬사인)[1036]인 吳德休(오덕휴)였는데, 그의 복식은 자색 옷에 金帶를 둘렀고 正使의 뒤에서 말을 타고 갔다. 提轄은 朝奉大夫 徐兢으로, 緋色 옷에 魚袋를 차고 副使〈鄭刻에서는 '使'자가 빠졌다〉의 뒤에서 말을 타고 갔다. 法籙道官(법록도관)[1037]은 太虛大夫(태허대부) 蘂珠殿校籍(예주전교적)[1038] 黃大中(황대중)과 碧虛郎(벽허랑) 凝神殿校籍(응신전교적) 陳應常(진응상)으로, 청색 가선 장식을 한 자색 옷에 金方符(금방부)[1039]를 찼다. 書狀官(서장관)은 宣教郎(선교랑) 滕茂實(등무실)과 崔嗣道(최사도)로, 提轄官의 복식과 같았다. 隨船都巡檢(수선도순검)[1040] 吳敵(오창)과 指使(지사)[1041] 겸 巡檢인 路允升(노윤승)과 路逵(노달),

---

1034 어선화를 수놓은 금띠. 송대에 中書省과 樞密院의 해직자와 學士, 散官 등이 주로 착용했다.

1035 금칠을 한 어대. '魚袋'란 唐代에는 魚符를 넣고 허리에 차던 袋였는데, 송대 이후에는 魚符는 없고 단지 魚袋만 찼다.

1036 '閣門'은 송내에 판원의 朝參과 燕飮, 儀禮 등의 일을 맡아보던 관청이었고, '宣讚舍人'은 송대에 천사의 조직을 진하고 친지를 알현하는 일을 관장하던 벼슬이다. 원래는 '通事舍人'이라 했는데, 政和 연간에 이름을 고쳤다.(『宋史』 職官志)

1037 '법록'은 귀신을 쫓고 사악한 기운을 억누르는 주술이나 부적을 말하고, '도관'은 道教를 관장하는 벼슬.

1038 예주전은 도교의 경전에 나오는 仙宮을 말하고, 교적은 典籍을 교정하는 직책을 말한다.

1039 사각형의 금색 護符.

1040 배를 타고 다니며 순시하는 巡檢使. 순검사는 後唐 시대에 창설되어 淸代까지 존치되었다.

傅叔承(부숙승), 許興文(허흥문), 管勾舟船(관구주선)[1042]인 王覺民(왕각민)과 黃處仁(황처인), 葛成仲(갈성중), 舒紹弼(서소필), 賈垣(가원), 語錄指使(어록지사)인 劉昭慶(유소경)과 武悅(무열), 楊明(양명), 醫官(의관)인 李安仁(이안인)과 郝洙(학수), 書狀使臣(서장사신)인 馬俊明(마준명)과 李公亮(이공량) 등은 자주색 옷에 도금한 御仙花帶를 둘렀다. 引接(인접)인 荊珣(형순)과 孫嗣興(손사흥)은 녹색 옷을 입었다. 이들은 각기 관직의 서열에 따라 말을 타고 詔書를 좇아 성안으로 들어갔다. 정사와 부사의 행차를 모실 때는 席帽(석모)[1043]를 쓰고 채찍을 잡았고, 단독으로 의례를 행할 때도 靑蓋를 펼쳤다. 저들 나라에는 접반관이 있어 사신을 모시고 따라다니는데, 引進官(인진관)[1044]이 이 일을 맡는 경우가 많다.

맨 마지막에는 중절〈終中節〉

中節로는, 管勾禮物官(관구예물관)[1045]인 承直郞(승직랑) 朱明發(주명발)과 承信郞(승신랑) 婁澤(누택), 范旼(범민), 迪功郞(적공랑) 崔嗣仁(최사인), 劉璹(유도), 將仕郞(장사랑) 吳○太上御名, 構)(오구),[1046] 行遣迪功郞(행견적공랑) 汪忱(왕침), 進士 王處仁(왕처인), 占候風雲官(점후풍운관)[1047]인 承信郞 董之邵(동지소)와 王元(왕원), 書符禁咒(서부금주)[1048] 張洵仁(장순인), 技術(기

1041 송대에 고급 장교나 州縣에 소속되어 일하던 낮은 계급의 군관.
1042 배를 관리하는 관원.
1043 등나무 줄기로 만든 氈笠 모양의 모자. 가장자리가 아래로 처지며 얼굴을 가려 해를 막아 준다. (晋 崔豹, 『古今注』 席帽)
1044 引進使. 고려 文宗 때 설치되어 閤門에 소속되었다. 정원은 2명이고 품계는 정5품이었다. 宋에도 있었으니, 『宋史』 職官志 6에 의하면, "引進司使와 副使 각 2명이 신료와 蕃國에서 예물을 進奉하는 일을 관장했다."
1045 예물을 관할하는 관원.
1046 太上皇帝인 高宗의 諱이기 때문에 避諱했다.
1047 천문의 변화를 관찰하여 人事의 길흉을 점치는 관리.
1048 부적과 주문으로 재액을 막는 관리. '書符'는 符籍, '禁咒'는 呪文을 말한다.

術)[1049] 郭範(곽범)과 司馬瓘(사마관), 使副親隨(사부친수)[1050] 徐閎(서굉)과 張皓(장호), 李機(이기), 許興古(허흥고), 親從官(친종관)[1051]인 王瑾(왕근)과 魯蹲(노준), 宣茂十將充代(선무십장충대)[1052]인 趙祐(조우), 正名(정명)인 程政(정정), 都轄親隨人吏(도할친수인리)[1053]인 王嘉賓(왕가빈)과 王仔(왕자) 등이 복두와 품 좁은 자색 옷, 도금한 寶瓶帶(보병대)[1054]을 착용하고, 말을 타고 上節의 뒤를 따랐다.

제25권 조서 수령〈受詔〉

신이 듣기로는, 周가 宰孔(재공)[1055]을 사자로 보내어 齊侯(제후)[1056]에게 제 지낸 음복 고기를 내려 주었다. (이에 제후가 뜰로) 내려가 절하려 하자, 孔이 말하기를 "또 뒤따르는 왕명이 있다. 천자께서는 伯舅(백구)[1057]

[1049] 기예와 方術.

[1050] 正使와 副使의 측근. '親隨'는 가까이 따라 모시는 사람을 말한다.

[1051] 수행원.

[1052] '宣武'는 宣武軍, 즉 唐代에 하남성 商丘縣 부근에 설치한 행정구획. '充代'는 代用으로 충당한다는 뜻.

[1053] 도할관을 가까이 따라 모시는 사람.

[1054] '寶瓶'은 佛具나 法具를 담는 병 따위 그릇의 높임말이니, '보병대'는 이런 보병 장식을 붙인 허리띠.

[1055] 周 襄王 때의 大夫로, 齊 桓公 35년에 蔡丘에서 諸侯들이 會하였을 때, 왕명으로 이 모임에 참석해서, 제 환공이 교만해져서 덕에 힘쓰지 않고 遠略에 힘씀을 지적한 적이 있다.

[1056] 齊 桓公 (기원전 685-643년). 이름은 小白이고, 이른바 '春秋五霸'의 한 명이다. 저명한 정치가 管仲의 도움을 받아 齊를 '富國强兵'케 하여 霸權을 장악, '尊王攘夷'를 실현했다.

[1057] 『儀禮』覲禮에 의하면, "同姓의 大國은 伯父라 부르고, 異姓(大國)은 伯舅, 同姓 小邦은 叔父, 異姓 小邦은 叔舅라고 불렀다."

께서 연로하심을 위로하시기 위해 爵 한 급을 내려주셨으니, 내려가서 절하지 마시라"고 하였다. (제후가) 대답하기를, "천자의 위엄이 얼굴에서 지척도 떨어져 있지 않은데, 저 小白(소백)[1058]이 감히 천자의 명을 탐하여 (예법을) 밑으로 무너뜨려 천자께 수모를 끼치게 될까 두렵다. 어찌 감히 내려가서 절하지 않을 수 있겠는가"라고 하면서, 내려가 절한 다음에, 올라가서 (고기를) 받았다.[1059] 무릇 周 왕실이 쇠퇴하여 禮가 典籍(에 기록된)대로 실행되지 않고 간신히 조금 남아있었을 뿐인데, 齊侯는 覇者였음에도 불구하고 감히 예를 폐하지 않았던 것이다. 그러나 지금은 천자의 위엄과 신령함이 海表(해표)[1060]에까지 미쳐져서 두려움에 떨게 하고 있지만, (해표를) 편안히 하여 따르게 하려는 뜻이 실질적으로나 형식상으로나 모두 두텁고 아름답다. 이로 인해 고려인들은 마땅히 하늘을 우러러 보듯 밝은 황명을 삼가 받들어, 감히 조금이라도 게을리 하여 예를 떨어뜨리지 않도록 경계한다. 이제 저들이 부지런히 일을 서둘러 예를 집전하는 모양을 그림으로 그려, 살펴보고 상고하실 수 있도록 했다.

조서 영접〈迎詔〉

정사와 부사가 조서를 받들고 順天館으로 들어가면, 10일 안에 길일을 점쳐서, 왕이 조서를 받게 된다. 그 하루 전에 먼저 說儀官(설의관)[1061]을 보내어 정사 및 부사와 만나게 하였다. 그 다음 날 屈〈鄭刻에서는 빠졌다〉使 한 명을 보내어 순천관에 이르자, 都轄官과 提轄官이 조서를 받들고 채색 가마 안으로 들어가고, 의장병들이 맞이하여 앞에서 인도하여

[1058] 齊 桓公의 이름.
[1059] 『春秋左傳』僖公 9년 조에 나오는 故事.
[1060] 四海의 바깥이란 뜻으로, 海外(四海之外)와 같이 夷狄을 지칭하는 말이다.
[1061] 의례의 내용과 절차를 의논해서 결정하는 관원.

갔다. 정사와 부사 및 館伴과 屈〈鄭刻에서는 빠졌다〉使 등은 같이 말에 오르고, 下節은 그 앞에서 걸어서 갔으며, 上節과 中節은 말을 타고 뒤따랐다. 고려국 관리들은 먼저 순천관 문밖에 줄지어 서서 조서가 관 밖으로 나오기를 기다렸다가, 길에서 두 번 절한 뒤에 말을 타고 앞장서서 인도하여 王府로 갔다. 廣化門으로 들어간 다음, 다시 左同德門으로 들어갔다가 昇平門 밖에 이르자, 상절과 중절이 말에서 내리고, 引接〈인접〉[1062]과 指使〈지사〉[1063] 등은 말 앞에서 걸어갔고, 상절은 그 뒤를 따라갔다. 神鳳門으로 들어가서 閶闔門 밖에 다다르자, 정사와 부사가 말에서 내리고, 국왕은 그 나라 관리들과 함께 차례로 조서를 맞이하여 두 번 절하였다. 재배가 끝나자 채색 가마가 〈창합문 안으로〉 들어가 會慶殿門 밖에서 멈추었다.

조서 인도〈導詔〉

채색 가마가 들어가 會慶殿門 밖에 멈추자, 都轄官과 提轄官이 가마 안에서 조서를 받들고 나와 幕位〈막위〉[1064]에 봉안하고, 정사와 부사는 잠시 휴식을 취했다. 국왕이 다시 문 아래로 내려와 서쪽을 향해 서고, 정사와 부사가 국왕과 같이 나란히 가면서 中門으로 인도해 들어갔다. 상절과 禮物官〈예물관〉[1065] 등은 두 줄로 나누어 회경전 아래로 들어가, 국왕이 조서를 반기를 기다렸다

[1062] 맞이하여 접대함. 혹은 그러한 일을 하는 관원.
[1063] 송대에 고급 장교나 州縣에 소속되어 일하던 낮은 계급의 軍官.
[1064] 장막 안에 설치한 자리.
[1065] 선물로 주는 물품을 관리하는 관원.

조서 접수〈拜詔〉

국왕은 조서를 인도하여 會慶殿으로 들어가 궁정 아래에 香案(향
안)[1066]을 차려놓고 서쪽을 향해 서고, 정사와 부사는 북쪽 위에 자리 잡
고 남쪽을 향해 섰으며, 상절관은 서열에 따라 정사와 부사의 뒤에 섰고,
그 나라의 관리들은 왕의 뒤에 반차에 따라 섰다. 왕이 두 번 절한 뒤에
직접 聖體(성체)[1067]에 대해 문안하고 다시 자리로 돌아갔다. 舞蹈(무
도)[1068]와 再拜(재배)[1069]가 끝나자, 國官들도 무도하고 재배하기를 왕이
한 의례와 같이 했다. 國信使가 조직이 있다고 이르자, 국왕이 두 번 절
하고 일어나, 구두로 전하는 조직을 직접 들은 뒤에, 笏을 꽂고 꿇어앉
았다. 부사가 조서를 정사에게 주고, 정사는 조서를 왕에게 주었는데, 조
서의 내용은 다음과 같다.

"고려국왕 王楷여, 멀리서 듣기에 나라를 이어받아 매우 삼가며 나라
를 다스리고 있다고 하니, 잘 계승한 초기라 믿어 의심치 않으니, 왕통을
잇는 데 대한 바람을 이루도록 힘써라. 갑자기 변고를 겪어 슬픔이 매우
깊을 것이라, 신속히 사자를 시켜 象賢(상현)[1070]에게 가서 총애한다는 뜻
을 알려주게 하고, 많은 예물을 실어 보내면서 애도하고 경하하는 마음
을 아울러 보여주게 하였으니, 마땅히 王靈(왕령)[1071]에 공경하는 마음으
로 복종하여 제후의 법도를 영구히 준수해야 할 것이다. 이제 通議大夫
守尙書禮部侍郎 元城縣開國男 食邑三百戶 路允迪과 太中大夫 中書
舍人 淸河縣開國伯 食邑九百戶 傅墨卿을 國信使(국신사)[1072] 정사와

1066 향로와 촉대 등을 올려 놓는 탁자.
1067 황제의 몸, 건강.
1068 신하가 조정에서 천자를 알현할 때 행하는 예절.
1069 두 번 하는 절로, 극도의 공경을 표시하는 예절이다.
1070 왕위를 계승한 제후.
1071 황제의 존엄.
1072 宋元 시대에 국가의 사신을 이르는 말. 『宋史』 高麗傳에서 "政和 중에 그 사신을 승
격시켜 國信이라 하고, 그 禮를 夏國보다 높게 했다" 하고, 宋 葉夢得의 『石林燕語』

부사로 보내, 國信(국신)[1073]과 예물 등을 별도로 기록한 바와 같이 갖추어 내리니, 도착하면 수령하도록 하라. 이 조서를 통해 알리고자 하는 바를 응당 잘 이해하리라 생각한다. 봄 날씨가 따뜻한데, 경도 요즈음 평안히 잘 지내리라. 글을 이만 줄이겠다."

왕은 조서를 받아 그 나라 관리에게 주고, 홀을 꺼내어 춤추기를 처음 행한 의례와 같이 했으며, 그 나라 관리들도 그와 같이 하였다.

안부 묻기〈起居〉

정사와 부사가 조서를 인도하여 궁정에 다다르자, 왕이 두 번 절하고 일어나 자리를 피하면서 몸소 聖體의 안부를 물었고, 정사도 자리를 피하면서 직접 대답하기를, "근자에 대궐을 떠났는데, 황제의 옥체는 만복을 누리고 계신다"고 한 다음, 각각 자리로 돌아가 절하고 춤추기를 조서를 받을 때 행한 의례와 같이 하였다. 이에 앞서, 全州에서 廣州에 이르는 3개 州의 牧使들이 황제의 옥체에 대해 안부를 물으면서 왕이 행한 의례와 같이 하였는데, 영접하고 전송하는 館伴官들과 만났을 때도 그렇게 했다.

제사〈祭奠〉

壬寅년 봄 2월에 정사와 부사가 황명을 받아 國信使의 일로 행차하게 되었는데, 여름 4월에 王俁가 사망하였다는 소식을 듣고 祭奠(제전)[1074]과 弔慰(조위)[1075]를 겸하게 되었으니, 이는 元豊 연간에 만든 제

7에서 "契丹館을 都亭驛에 두고 使命이 왕래하였는데, 國信使라 칭했다"고 한다.
[1073] 두 나라가 사신을 교환할 때, 이를 증빙하기 위해 보내는 문서와 符節.

도[1076]를 따른 것이다. 癸卯년 6월 13일 甲午 일에 정사와 부사가 (順天)館에 도착하고, 왕이 조서를 받은 뒤, 이틀이 지나, 왕이 먼저 사람을 보내어 都轄館 吳德休에게 佛事(불사)[1077]를 올릴 준비가 되었음을 알렸고, 그 다음 날 提轄館 徐兢이 (황제가) 내려준 祭奠 예물을 살펴보고 앞에 진열하였다. 날이 밝자, 정사와 부사가 三節 관리들과 함께 조서를 실은 가마를 받들고 長慶宮으로 갔다. 삼절은 임시 처소에서 쉬고, 정사와 부사는 허리띠를 烏犀帶(오서대)[1078]로 바꿔 지난날의 법식을 따랐다. 시간을 기다렸다가 祭室로 들어가니, 王楷가 소복을 입고 동쪽 기둥 옆에 서고, 정사와 부사는 두 번 절하고 일어난 다음, 정사가 꿇어앉아 황제가 직접 지는 제문을 다음과 같이 읽었다.

"宣和 5년, 干支로는 癸卯년 3월 甲寅 달 14일 丁卯 일에 황제가 通議大夫 守尚書禮部侍郎 元城縣開國男 食邑三百戶 路允迪과 太中大夫 中書舍人 淸河縣開國伯 食邑九百戶 傅墨卿을 사신으로 보내어 고려 국왕의 영전에서 제사를 올린다. 생각건대 왕은 한결같은 덕을 지녀 東土(동토)[1079]를 계승하였다. 효성과 우애가 지극하고 정숙하고 공손하며, 神民(신민)[1080]을 은혜롭게 이끌고, 전대의 文人(문인)[1081]을 계승하여, 四國(사국)[1082]의 모범이 되었다. 또한 (송조에 대한) 성실한 마음이 일찍부

1074 의식을 갖춘 제사와 의식을 생략한 제사의 총칭. 제사.
1075 죽음에 대해 애도의 뜻을 표함과 동시에 유족을 위로함.
1076 '元豊'은 북송 神宗의 연호로, 1078-1085년. 이 시기에 대폭적인 관제 개혁이 있었다.
1077 부처에게 供養하는 모든 행사. 佛會 혹은 法事라고도 한다.
1078 무소뿔로 만든 검은 색 허리띠.
1079 중국에서는 중국의 동부, 즉 '東中國'을 지칭하는 말로 사용되기도 했지만, 여기서는 중국 밖의 동쪽 땅이라는 뜻으로 사용되었다.
1080 신과 백성.
1081 文德이 있는 선조. 『詩經』 大雅 江漢의 "告于文人"이라 싯귀에 대해, 孔穎達 疏에서 "文德이 있는 先祖에게 告祭한다"고 주해했다.
1082 四方의 여러 나라들. 원래 '中國'이란 말도 '四國'과 대응하는 말로 출현했는데, '사국'은 '중국'의 사방에 있는 여러 성읍 국가들을 지칭했다. 영토 국가가 나타난 뒤에는 '四國'은 세계를 뜻하는 말로 그 의미가 확대되었다.

터 드러나, 의롭고 신실한 자세로 왕실을 도와 충성을 다하였으니, 자제를 바쳐 조정에 있게 하는 등, 황명에 순종함이 공손하였다. 짐이 생각건대, 왕은 (중국의) 밖, 바다 한 모퉁이에 끼어있으면서도, 바치는 일에 뜻을 기울일 줄 알았고, 마음을 왕실에 두지 않은 적이 없었으니, 그 큰 공적을 가상히 여기고 잊지 않고 되돌아보아, 바야흐로 해를 거듭하여 단단히 준비해서 사람을 보내어 짐의 뜻을 가서 깨우치게 함으로써 그대의 나라를 어루만져 편안하게 하려는 마음을 보이게 하려 하였는데, 누가 말했던가, '하늘은 억지로 남겨 두지 않는다'[1083]고 큰 변고가 있어 온 나라가 모두 지쳐 괴로워한다는 소식을 갑자기 듣고 가슴이 떨리고 슬펐다. 이제 그대에게 恤典(휼전)[1084]을 내려, 그 빛나는 덕을 기리고 그대의 나라를 편안하게 하려 하니, 바라건대 신령을 총애하는 나의 마음을 받아들여 그대의 후손에게 영원히 도움을 내려 주어 끝없는 행복을 누릴 수 있게 하시라. 尙饗(상찬)."[1085]

조문과 위로〈弔慰〉

이날 祭奠의 예를 마친 다음, 잠시 물러나 있다가 弔慰의 예를 거행하였다. 먼저 궁정 안에 香案을 마련하고, 서쪽 천자가 계신 궁궐을 향해 바라보았다. 王楷는 소복을 입고 서쪽을 향해 서고, 정사는 남쪽을 향해 서쪽 윗자리에 섰으며, 부사는 ㄱ 다음 자리에 섰다. 부사가 조서를 정사에게 주고, 정사가 조서를 왕에게 주자, 왕이 경식 모양으로 허리를 굽혀 공손스럽게 두 번 절하고 꿇어앉아 조서를 받았다. 조서에서 다음

[1083] 『詩經』 小雅 十月之交에 '不憖遺一老'란 싯귀가 있다. '憖遺一老'는 '속으로 바라던 바는 아니지마는, 한 사람의 老成人일지라도 잠시 남겨 두고 싶다는 뜻이다.
[1084] 大喪을 위로하기 위한 각종 恩典.
[1085] 歆饗하기를 바란다는 뜻.

과 같이 일렀다.

　"고려국왕 王楷여, 생각건대 그대의 先王은 삼가 밝은 덕으로 그 왕위를 편안히 지키면서 나 한 사람을 도와주었는데, 천명이란 難諶(난감)하여,[1086] 갑자기 부음을 알려오니, 먼 곳에서나마 그 영원한 아름다움을 생각하게 된다. 참으로 슬픔이 지극할 것이나, 왕위를 계승한 초기인지라, 삼가 덕을 실천하고 닦아, 재앙을 막는 일을 힘써 생각해서, 총애하는 나의 마음에 부응하게 하라. 이제 國信使인 通議大夫 守尙書禮部侍郎 元城縣開國男 食邑三百戶 路允迪과 太中大夫 中書舍人 淸河縣開國伯 食邑九百戶 傅墨卿을 파견해서 祭奠과 弔慰의 임무를 겸하게 하고, 아울러 제전과 조위의 예물 등을 별도로 기록한 바와 같이 갖추어 내렸으니, 도착하면 수령하도록 하라. 이 조서를 통해 알리고자 하는 바를 응당 잘 이해하리라 생각한다. 봄 날씨가 따뜻한데, 경도 요즈음 평안히 잘 지내리라. 글을 이만 줄이겠다."

제26권 연회 의례〈燕禮〉

　신이 듣기에, 先王 시대의 燕饗(연향)[1087] 의례에는 그 작위의 등급에 따라 높이고 줄이는 절도가 있었고, 술을 따라 손에게 권하는 데도 예법이 있고 주객이 서로 술잔을 주고받는 일에도 예의가 있었다고 한다. 本朝(=宋朝)에서는 이를 상세하게 검토해서, 옛 것을 본받아 오늘날(의 생활)을 편리하게 함으로써, 선왕의 뜻을 잃지 않았다. 그런데 고려의 제도에

1086　『書經』咸有一德에서 "天難諶, 命靡常"이란 구절이 있어, 孔穎達의 疏에서는 "천명이 無常하여 믿기 어렵다"는 뜻으로 해석했다.
1087　제왕이 群臣이나 國賓을 초대해서 베푸는 잔치.

서는 술잔을 잡아 술을 따르고 무릎을 꿇은 채 앞으로 나와서 빈객에게 올리는데, 이는 옛 사람의 풍습이 남아있는 것이다. 실로 저들이 사신에 게 더 후하게 대한 것은 王人(=황제가 보낸 사람)을 존중하기 위한 것이었 지, 그 나라에서 하는 것이 반드시 이와 같지는 않을 것이다.

사적 알현〈私覿〉[1088]

왕이 조서를 받은 뒤, 왕과 정사, 부사는 임시 처소에서 잠시 휴식을 취하였는데, 왕은 동쪽에 자리 잡고 정사와 부사는 서쪽에 자리 잡았다. 贊者(찬자)[1089]가 정사와 부사의 기거 상황을 왕에게 고하고, 왕은 介 (개)[1090]를 보내 復命(복명)[1091]하게 했다. 引接官들이 좌우로 나뉘어 왕과 정사, 부사를 인도하여 會慶殿 뜰 가운데로 나가게 했다. 서로 마주보고 揖(읍)[1092]하는 의식이 끝난 뒤에 회경전으로 올라, 왕은 동쪽 기둥(옆)에 서고 정사와 부사는 서쪽 기둥(옆)에 섰는데, 각각 褥位(욕위)[1093]를 깔아 놓았다. 왕과 정사가 서로 마주보며 두 번씩 절한 뒤에, 각각 몸을 조금 앞으로 내어 서로 문안 인사를 나누고 나서, 다시 두 번 절하였다. 정사 가 잠시 물러나고, 부사가 정사의 자리에 서서 왕과 마주보며 처음 행한 예와 같이 절하고 각각 자리로 돌아갔다. 그렇게 한 뒤에 각자 원래 있

1088 사신으로 간 나라의 임금을 예물을 갖추어 사사로이 알현하는 것을 말한다.
1089 의례의 신행을 돕는 사람을 말하는데, '贊禮'라고도 한다.『金史』禮志 7에서는 "奉 禮가 '再拜'라고 말하면, 贊者가 이를 전한다"고 했다.
1090 朝聘할 때 손님의 편에서 손님의 말을 주인에게 전하는 일을 맡은 사람.『禮記』聘 義에서 "上公은 7介, 侯와 伯은 5介, 子와 男은 3介로 (구별)하여, 귀천을 밝힌다"고 했고, 孔穎達은 "이 한 구절은 聘禮에 介가 있어 손님과 주인의 명을 전달하였음을 밝히는 것이라"고 주해했다.『荀子』에서도 "諸侯가 相見할 때는 卿이 介가 되었다" 고 했다.
1091 명령을 받고 일을 처리한 사람이 그 결과를 보고함.
1092 손을 가슴에 대고 절하는 예.
1093 '욕위'는 비단 요를 편 자리를 말한다.(『宋史』輿服志 1)

었던 자리에 나뉘어 섰다. 상절관들은 榜子(방자)[1094]를 통하여 참여하였다. 도할관과 제할관 이하는 절하지 않고 몸을 굽혀 왕에게 읍하는 것으로 그쳤고, 왕도 몸을 굽혀 답하였는데, (그런 뒤에 이들은) 물러나 동쪽 회랑에 가서 섰다. 그 다음에는 중절관을 뜰 아래로 인도하여 참여케 하였는데, 이들이 네 번 절하고 왕이 몸을 조금 굽혀 읍한 뒤에, 물러나 서쪽 회랑에 섰다. 왕과 정사, 부사가 자리로 가서 앉았고, 상절과 중절도 그렇게 했다. 그 다음에는 하절관들을 뱃사람들과 함께 역시 뜰 아래로 인도해서 여섯 번 절하고 문의 동쪽과 서쪽에 두 줄로 나뉘어 북쪽을 향해 앉게 했는데, 동쪽이 상석이다. 그런 뒤에 술이 돌았는데, 그 獻酬(헌수)[1095]하는 예절은 별개의 편에서 보인다.

연음(燕飮)[1096]

연음의 의례에서는 각종 장막 종류를 쳤는데, 모두 빛나고 아름다웠다. 마루 위에는 비단 자리를 펴놓았고, 兩⟨鄭刻에서는 '西'라 하였다⟩편 회랑에는 緣⟨정각에서는 '綠'이라 하였다⟩席(연석)[1097]을 깔아놓았다. 그 술은 맛이 달고 빛깔이 무거웠지만, 사람을 취하게 하지는 못했다. 과일과 채소는 풍성하게 차려졌는데, 껍질과 씨를 먹지 않는 경우가 많았다. 안주로는 양고기와 돼지고기가 있었지만, 해산물이 더 많았다. 식탁 위는 종이로 덮어 깨끗하게 했다. 그릇은 도금한 경우가 많고 어떤 경우는 은으로 만든 것도 있었지만, 청색 도기를 귀하게 여겼다. 술잔을 주고받는 의식에서는 손님과 주인이 백 번이나 절을 하면서 감히 예법에서 벗어나

1094 일종의 명함이다. 淸 兪樾의 『茶香室續鈔』「宋人書帖猶用竹簡」에 의하면, "紹興 초에 百官들이 相見할 때는 榜子를 사용했는데, 여기에는 직함과 성명 등을 썼다."
1095 술을 권하여 잔을 주고받는 예.
1096 주연을 베풀고 즐겁게 술을 마심. 宋澂江本에서는 '燕儀'라고 했다.
1097 가선을 꾸민 자리.

지 않았다. 令官과 國相, 尙書 이상은 궁전의 동쪽 지붕 가장자리, 왕의 뒤편에 서고, 나머지 관리들은 문관과 무관이 동쪽과 서쪽의 두 줄로 나뉘어 뜰 가운데에 섰다. 뜰 가운데에는 하나의 푯말을 세워 시각을 나타냈고, 그 옆에 나열한 녹색 옷을 입은 사람들은 홀을 꽂고 붉은 색 초롱을 들고는 백관 앞에 섰으며, 또 衛軍을 시켜 각각 의례용 기물을 들고 그 뒤에 서게 하였다. 고려인들이 왕을 받들어 모시는 것은 아주 엄숙해서, 燕樂〈정각에서는 '飮'이라 하였다〉에서 예를 행할 때마다 늘어선 관리와 위병들은 햇볕이 뜨겁게 내려쬐고 갑자기 비가 쏟아져도 마치 산처럼 움직이지 않고 안색을 바꾸는 법도 없으니, 그 공손하고 엄숙함도 가상하다 할만하다.

헌수(獻酬)[1098]

왕과 정사, 부사가 자리로 가서 앉은 뒤에, 왕은 介를 보내어 정사와 부사에게 "직접 일어나 술을 따라 권하고 싶다"고 알려 와서, 사자가 굳이 사양했지만, 두 세 차례 사양한 뒤에는 그 뜻을 따랐다. 각각 자리를 피해 일어서서 마주보며 읍한 뒤에, 執事者(집사자)[1099]가 정사의 술잔을 가지고 왕 앞에 가니, 왕은 꿇어앉아 술병을 들어 술을 따랐고, 정사가 무릎을 꿇은 채 (술잔을) 앞으로 가져왔다. 정사도 꿇어앉아 술잔을 받은 뒤에, 다시 술잔을 집사자에게 주고, 각각 다시 자리로 돌아갔다. 술을 마신 뒤에는 몸을 일으켜 마주 보고 읍하면서 간단하게 감사의 뜻을 표하였다. 왕은 또 부사에게도 정사에게 행한 예와 같이 몸소 술을 따라 주었다. 정사와 부사가 왕에게서 잔을 받는 일이 끝난 뒤에는 처음 행한

1098 술을 권하여 잔을 주고받고 하는 예.
1099 執事官. 국가의 의식을 집행하던 관리.

예와 같이 술을 따라 왕에게 잔을 되돌려 주었다. 술이 세 차례 돈 뒤에는 일상의 의례와 같이 하였고, 술이 열다섯 차례 돈 뒤에는 임시로 마련한 처소에서 중간 휴식을 취하고, 조금 시간이 지난 뒤에 다시 자리로 가서, 정사와 부사 및 그 아랫사람들에게 襲衣와 金帶, 銀帶 등을 각각 차등을 두고 선사하였다. 술이 다시 열 여 차례 돌고 밤중이 되어서야 파하였는데, 왕은 정사와 부사가 궁전 문밖으로 나갈 때까지 전송하였고, 三節人들은 차례대로 말을 타고 관사로 돌아갔다.

상절의 자리〈上節席〉

상절의 자리는 서쪽을 향하였는데, 북쪽이 상석이었다. 그릇은 도금한 것을 사용하였고, 예우는 정사나 부사와 같지만 보다 더 낮추었다. 그래서 왕은 친히 술을 따라주지 않고, 단지 尙書郎이나 卿, 監 등을 보내어 대신 따르게 하였다. 먼저 그 예절에 대해 왕에게 고해서 왕이 그 말을 좋다고 하니, 두 번 절하고 물러나 부리는 사람에게 "주군께서 某官을 보내어 上節에게 술을 권하신다"고 말하였고, 都轄官과 提轄官 이하는 몸을 굽혀 그 말에 답하였다. 처음 앉아서 두 번 권하였고, 연회가 끝나갈 무렵에는 다시 자리로 가서 세 번 권한 뒤에 뿔로 만든 큰 술잔으로 모두 바꾼 다음, 술이 다 없어진 뒤에야 물러났다. (왕이) 보낸 관리들은 궁전 뜰에서 왕에게 다시 두 번 절하고 물러났다.

중절의 자리〈中節席〉

중절의 자리는 동쪽을 향하였는데, 북쪽이 상석이었다. 상절과 마주 보게 했다. 그 과일과 안주 및 그릇 등은 상절보다 한 등급 더 떨어졌다.

(왕이) 보낸 관리가 술을 권하였는데, 그 들에 대한 예우는 상절과 대체로 같았다.

하절의 자리〈下節席〉

하절의 자리는 궁전 문의 안에 있었는데, 북쪽을 향하였고 동쪽이 상석이었다. 그 자리에는 걸상과 탁자가 놓이지 않고 단지 작은 (도마 같은) 소반을 땅에 놓고 앉았다. 그릇은 은으로 만든 것을 사용하였고, 과일과 안주는 간략하였으며, 술을 돌리는 횟수도 보다 적게 해서, 중절에 비한다면 몇 배나 적게 했다.

객관의 연회〈館會〉

사자가 객관으로 들어간 뒤에, 왕이 관리를 보내어 연회를 준비했는데, 이를 拂塵會(불진회)[1100]라고 했다. 그 뒤부터 닷새에 한 번씩 연회를 가졌는데, 節序(절서)[1101]와 만나게 되면 예우가 좀 더 많아졌다. 정사와 부사는 그 가운데에 앉아 자리가 좌우로 나뉘어졌는데, 國官과 伴筵(반연),[1102] 館伴 등은 동서로 나뉘어 손님 자리에 앉고, 都轄과 提轄 이하는 동쪽과 서쪽 序(서)[1103]에 나뉘어 앉았으며, 중절과 하절은 차례에 따라 양편 회랑에 앉았다. 술은 열다섯 차례만 돌리고, 밥이 되어 마쳤다

1100 '拂塵'이란 먼지를 씻는다는 뜻이니, '불진회'란 멀리서 온 사람에게 잔치를 열어 위로하는 연회를 말한다.
1101 계절. 절기. 또는 절기의 차례.
1102 '筵'은 酒席 혹은 연회 자리를 뜻하니, '伴筵'은 연회에 동반하는 관원들을 말한다.
1103 집의 동서쪽에 딸린 방. 행랑방. 『書經』 顧命의 「孔傳」에서 "東西의 廂을 序라고 한다"고 했다.

뜰에는 초롱을 밝히지 않고 단지 횃불만 피웠다. 이 외에도 過位(과위)의 禮(예)[1104]가 있었는데, 三節은 같이 가지 않고 단지 引接과 指使 등만 데리고 가서 심부름을 시켰다. 그 며칠 뒤에는 정사와 부사가 관반관을 객관의 樂賓館(악빈관)으로 초청하였는데, 요리하는 사람을 썼고, 과일과 안주, 그릇 등은 모두 御府(어부)[1105]에서 지급한 것이었다. 사방의 대자리에 귀한 노리개와 오래된 기물, 法書(법서),[1106] 뛰어난 그림, 특이한 향, 진기한 차 등을 늘여놓았는데, 아름답고 진귀함이 갖가지이고 정교하고 이채로움이 눈길을 빼앗았기 때문에, 고려 사람들 가운데 경탄하지 않는 이가 없었다. 연회가 한창 무르익었을 때, 좋아하는 바에 따라 원하는 대로 집어서 주었다.

표문의 바침〈拜表〉

사자가 宣命禮(선명례)[1107]를 마친 다음, 天寧節(천녕절)[1108]에 귀국하여 황제의 장수를 기원하려 한다는 뜻을 서신으로 알렸다. 왕은 介를 보내 서신으로 간곡히 만류하였으나, 사자는 군이 사양하였다. 왕은 점으로 좋은 날을 가려서 서신을 보내, 表章(표장)[1109]을 바치겠다고 알려왔다. 그 날이 되어, 정사와 부사가 三節人들을 거느리고 王府에 다다르니, 왕

1104 '過位'란 어느 처소로 가는 것을 말한다. 宋 葉適의 「忠翊郞武學博士蔡君墓志銘」에서, "故事에 의하면 館伴은 황제의 명령이 없으면 虜使의 位에 過하지 않는데, 황제가 군에게 명하여 過位해서 虜使를 타이르게 했다. 그러나 虜使가 군이 사양해서, 조칙을 내려 연회를 바꾸어 차와 술만 마시게 했다"고 했다.
1105 군왕의 물건을 넣어두던 곳집.
1106 모범이 될만한 書帖.
1107 황명을 전하는 의례. 여기서는 송 황제의 詔書를 고려 국왕에게 전달하는 의식을 말한다.
1108 송 황제의 생일.
1109 신하가 임금에게 올리는 상소문. 여기서는 고려 국왕이 송 황제에게 보내는 글을 말한다.

은 이를 맞이하여 읍하고 會慶殿으로 갔다. 회경전의 뜰 가운데에는 상을 배치하고 방석을 늘어놓았는데, 이는 조서를 받을 때의 의례와 같았다. 왕은 (송의 황제가 있는) 대궐을 바라보며 두 번 절한 다음, 홀을 꽂고 꿇어앉았고, 집사가 표문을 왕에게 주자, 왕이 표문을 받들고 무릎을 꿇은 채로 가서 정사에게 바쳤다. 정사도 무릎을 꿇고 표문을 받은 뒤에, 그것을 부사에게 주었다. 부사는 표문을 引接官에게 준 뒤에 자리로 갔다. 모임이 끝나자, 표문을 담은 상자를 채색 가마 속에 놓고, 의장병이 앞장서서 인도하여 객관으로 돌아갔다.

전별식⟨門餞⟩

拜表宴(배표연)[1110]이 끝난 뒤에, 神鳳門에 장막을 치고 손님과 주인의 자리를 배설하였다. 왕이 정사와 부사에게 이별주를 따라준 뒤에, (정사와 부사가) 좌석 옆에 서서, 먼저 상절을 인도하여 앞에 서게 하니, 왕은 친히 이별주를 뿔로 만든 큰 술잔에 따라 주었다. (상절이) 하직 인사를 하고 물러난 다음에는, 중절을 인도하여 층계에, 하절은 층계 아래에 세우고, 상절에게 한 예와 같이 술을 권하였다. 문 밖으로 물러나 정사와 부사가 말에 오르는 것을 기다렸다가, 삼절이 차례로 그 뒤를 따라 객관으로 돌아갔다.

서쪽 교외의 환송⟨西郊送行⟩

정사와 부사가 귀국하는 날, 일찍 순천관을 출발해서 얼마 안 가 서교

[1110] 표문을 올리는 의식에 뒤따르는 연회.

정에 다다랐다. 왕은 국상을 보내 그 안에 술과 안주를 갖추게 했다. 상
절과 중절은 동쪽과 서쪽 회랑에 서고 하절은 문밖에 섰다. 술이 열다섯
차례 돈 뒤에 마쳤다. 정사와 부사는 관반과 문밖에서 말을 세우고 작별
인사를 했다. 관반은 말 위에서 직접 술을 따라 사자에게 권하였고, 다
마신 다음에 각각 소매를 나누어 헤어졌다. 이에 앞서 接伴官과 送伴官
(송반관)¹¹¹¹은 객관에 도착하자 곧 헤어졌지만, 귀로에 오르게 되자 이곳
에서 다시 만나 군산도에서 큰 바다로 나갈 때까지 동행하였다.

제27권 관사(館舍)

신이 듣기에, 子産(자산)¹¹¹²이 鄭伯(정백)¹¹¹³의 재상이 되어 晉으로 갔
을 때, 진은 魯의 國喪을 이유로 들어 만나 주지 않았다고 한다. 이에 자
산은 그 관사의 담장을 모두 허물고 수레와 말을 들이게 하였다. 晉人이
그를 꾸짖자, 자산은 이렇게 대답했다. "(晉) 文公(문공)¹¹¹⁴이 盟主(맹
주)¹¹¹⁵가 되었을 때는 궁실이 나지막하고 누각〈觀〉이나 돈대〈臺〉, 정자

---

¹¹¹¹ '접반관'은 接伴使, 즉 외국에서 온 사신을 맞아 접대를 맡은 관원을 말하고, '송반
관'은 送伴使, 즉 외국 사신을 환송하는 일을 맡은 관원을 말한다.

¹¹¹² 기원전 580년경부터 522년까지 생존한 춘추 시대 鄭國의 저명한 정치가. 鄭 簡公 23
년에 正卿이 되어 집정하여, 정치, 경제적 개혁을 단행해서 성공했다. 그는 경작지의
경계를 정돈해서 丘賦 제도를 정립하고, 鼎에 刑書를 주조해서 성문법을 공포했다.
그는 "天道는 멀고 人道는 가깝다"는 관점에서 미신을 배척하기도 했다.

¹¹¹³ 춘추 시대 鄭 나라의 군주. '伯'은 鄭 나라 군주가 周王에게서 책봉 받은 爵稱.

¹¹¹⁴ 춘추 시대 晉의 군주. 獻公의 둘째 아들로, 이름은 重耳. 오랜 기간 망명 생활을 하
다가, 秦 穆公의 힘을 빌어 62세에 즉위했다. 그러나 여러 賢臣의 도움을 받아 齊 桓
公의 뒤를 이어 두 번째 覇者가 되었다.(『史記』39)

¹¹¹⁵ 춘추 시대의 覇者를 이르는 말. 패자는 '鳩合諸侯'하여 '會盟'을 주도하였기 때문에
'盟主'라 불렀다.

〈梱〉 같은 것이 없었지만 제후의 관사는 높고 크게 지어, 그 관사가 (晉)
公의 침전과 같았으며, 창고와 마구간을 수리해서 수레와 말을 둘 수 있
게 하고 손님용 하인을 따로 두어 시중들게 하니, 손님이 (관사에) 오면
마치 (집으로) 돌아온 듯하였다." 이에 진인은 부끄러워하며 어리석음을
사과하였다.[1116] 이러하니, 제후의 나라가 사방의 빈객을 접대할 때도 관
사를 마련해 주는 일을 먼저 해야 할 일로 삼았거늘, 하물며 外夷(외
이)[1117] 蕃服(번복)[1118]이 王人(왕인)[1119]을 접대하는 일이야 더 말할 필요가
없을 것이다. 생각건대, 고려인은 평소에도 공손하고 온순하였고 조정도
(고려를) 대할 때 체통을 잃지 않았기 때문에, 그들이 세운 사자 관사의
격식은 왕의 거처보다도 더 화려하고 사치스러운 면이 있다. 신은 이를
가상히 생각해서 館舍圖를 그려둔다.

순천관(順天館)

정사와 부사가 조서를 받들고 왕성의 宣義門으로 들어가서는, 곧 바
로 북쪽 3리쯤 가면 京市司에 다다르고, 다시 북쪽으로 돌아 5리쯤 가면
廣化門에 이른다. 여기서 다시 서쪽으로 돌아 2리를 가면 한 산등성이
를 지나게 되는데, 아주 높고 험하다. 여기서 북쪽을 향해 1리쯤 조금 더
가면 순천관에 다다르게 된다. 바깥문에는 榜文이 있고, 중문은 청색 비
단 옷을 입은 龍虎軍이 지키는데, 上節과 中節이 말을 타거나 내리는

1116 『春秋左傳』 襄公 31년 조에 기록된 故事.
1117 중국 밖의 夷狄이란 뜻.
1118 蕃畿. 周代에 王畿 밖을 5백 리씩 9구역으로 구획하였을 때, 가장 바깥에 있는 구역
    을 가리킨다. 『周禮』 「夏官」 大司馬에 의하면, "사방 천리를 國畿라 하고, 그 밖의
    사방 5백 리를 侯畿라 하였으며 …… 또 그 밖의 5백 리를 蕃畿라고 했다." 『說文』에
    의하면 "蕃은 풀이 무성한 것"이니, '蕃服'이란 중국의 바깥, 즉 夷狄 지역을 말한다.
    『周禮』 「秋官」 大行人에서도 "九州의 밖을 蕃國이라고 한다"고 했다.
1119 천자가 파견한 사신을 이르는 말. 천자를 '王'이라 한 전통에서 비롯된 말이다.

곳으로 쓰였다. 正廳은 기둥이 아홉 개나 있어 규모가 장대하고 제작 격식은 왕의 거처를 능가한다. 外廊(외랑)[1120]은 30칸으로, 다른 물건은 놓아두지 않고, 단지 관사에서 연회가 있을 때 중절과 하절이 늘어앉아 음식을 먹는 자리로 쓸 뿐이다. 뜰 가운데에는 두 채의 정자가 있는데, 그 가운데에 장막으로 방 세 칸을 만들었다. 예전에는 음악을 연주하던 곳이었지만, 지금은 王侯의 服制가 아직 끝나지 않았기 때문에, (음악 연주를) 다시는 볼 수가 없다. 정청의 뒤, 지나가는 길에는 樂賓亭(악빈정)을 세워 두었다. 좌우에 딸린 두 방은 정사와 부사의 거실로 삼았다. 內廊(내랑)[1121]은 각각 12개의 방이 있어, 상절관들이 나누어 거처하였다. 서쪽(내랑)처소의 남쪽 방은 館伴의 방이고, 그 북쪽 방에는 조서를 봉안해 두었다. 양쪽 序(서)[1122]는 道官이 거처하였다. 동쪽 처소에는 큰 집이 있어, 都轄과 提轄의 거처로 사용하고, 그 동쪽은 書狀官(서장관)[1123]의 거처로 사용하였다. 또한 매우 넓은 廊屋(낭옥)[1124]이 있어, 중절과 하절 이하 뱃사람들까지 거처하였는데, 북쪽 방을 더 높은 방으로 쳤다. 정사와 부사 이하에게는 房子(방자)[1125]를 배치하여 심부름을 시키도록 배려했다.

동쪽 처소의 남쪽에는 淸風閣(청풍각)을 만들고 서쪽 처소의 북쪽에는 산세에 기대어 香林亭(향림정)을 지었는데, 두 곳 다 들창을 열면 산을 마주보게 되어있고, 맑은 물이 감싸 돌며, 높은 소나무와 빼어난 초목들이 울긋불긋 음영을 뒤섞고 있다. 장막이나 그릇 종류는 갖추어지지 않은 것이 없다. 이에 앞서 王徽가 이곳을 건립하여 별궁으로 사용했는데, 元豊(원풍)[1126] 연간에 朝貢한 뒤부터 中朝에서 온 사자를 접대할 곳이 없

1120 가옥의 바깥쪽에 빙 둘러 지은 건물.
1121 안채의 바깥쪽에 빙 둘러 지은 건물.
1122 집의 동서쪽에 딸린 방, 즉 행랑방.
1123 정사와 부사의 아래에서 외교 문서를 작성하고 사절 일행의 감찰에 관한 일을 맡은 관원.
1124 殿堂 주위의 방, 즉 廊室.
1125 관아의 종.
1126 北宋 神宗의 연호, 1078-1085년.

었기 때문에, 이곳을 고쳐 관사로 삼고 順天이라 이름 지었던 것이다〈鄭刻에서는 이 조목이 빠졌다〉.

관사의 정청〈館廳〉〈鄭刻에서는 제목이 빠졌다〉

正廳은 다섯 칸이고, 양쪽 헐소청[1127]은 두 칸이다. 문짝이 없이 모두 터서 아홉 기둥을 세웠다〈정각에서는 이상의 17자가 없다〉. 현판에는 '順天之館(순천지관)'이라 썼다. 동서 양편의 층계에 모두 난간을 설치하고, 그 위에 비단에 수를 놓은 발과 장막을 쳐놓았다. 그 문양으로는 날아가는 난새[1128]와 둥근 꽃송이가 많았다. 사면에는 꽃을 수놓은 그림 가리개를 펼쳐놓고, 좌우에는 팔각형 氷壼(빙호)[1129]를 놓아두었다. 國官과 만나 관사에서 술 마시는 모임을 가질 때만 정청에 올랐다. 정사와 부사는 그 가운데에 앉고 그 밖의 손과 주인, 국관 등은 동서로 나뉘어 모시고 앉을 뿐이었다.

조서를 봉안하는 곳〈詔位〉

詔書를 봉안하는 곳은 樂賓亭의 서쪽, 館伴이 거처하는 곳의 북쪽에 있었는데, 다섯 칸짜리의 작은 殿閣으로, 그림과 장식이 화려하고 밝았다. 양쪽 행랑채는 예전에는 押伴(압반)[1130]과 醫官의 방이었지만, 이번에는 두 道官의 처소로서 각각 관직의 높낮이에 따라 나누어 거처했다. 정

[1127] 처마를 사방으로 빼서 만든 곁방.
[1128] 鸞. 봉황의 일종인 靈鳥. 털은 붉은 바탕에 五彩가 섞였고 소리는 五音에 맞는다는 새.
[1129] 얼음을 넣어 두는, 옥으로 만든 작은 병.
[1130] 押伴使. 외국의 사신을 수행하는 관원.

사와 부사는 관사에 들어간 뒤 제일 먼저 조서를 이 전각에 봉안하고, 왕이 점쳐서 길일을 택하여 조서를 받는 것을 기다렸으며, 그 당일에는 삼절관을 거느리고 뜰에서 절하였다. 도할과 제할은 조서를 마주 받들고, 상절이 앞에서 인도해서 관사를 나가 채색 가마 안에 안치하였고, 정사와 부사는 차례로 그 뒤를 따라갔다.

청풍각(淸風閣)

청풍각은 관사 정청의 동쪽, 도할관과 제할관 처소의 남쪽에 있었다. 그 규모는 다섯 칸이었으나, 아래 부분에 기둥을 쓰지 않고 단지 栱豆(공두)[1131]만을 쌓아올려 만들었다. 휘장은 치지 않았지만, 조각과 그림으로 장식하고 색칠해서 아름답게 꾸미며, 그 화려하고 사치스러움이 다른 곳에 비해 단연 뛰어났다. 이곳은 (송조에서) 하사해준 예물을 보관할 뿐이다. 崇寧(숭녕)[1132]과 大觀(대관)[1133] 연간에는 '涼風閣(양풍각)'이란 이름을 내걸었지만, 지금은 이 이름으로 바뀌었다.

향림정(香林亭)

향림정은 조서를 봉안하는 전각의 북쪽에 있었다. 樂賓亭 뒤에 산으로 오르는 길이 있었는데, 관사에서 백 보쯤 떨어진 산 중턱 등성마루에 세워져 있었다. 그 구조는 네 모서리 위에 火珠(화주)[1134]의 정수리를 만

1131 栱栱. 큰 목조 건물에서 기둥 위에 지붕을 받치도록 쌓아올린 구조물.
1132 송 徽宗의 연호, 1102-1106년.
1133 송 徽宗의 연호, 1107-1110년.
1134 火齊珠(화제주), 즉 寶珠의 일종으로, 구슬처럼 생긴 돌이라고도 한다.

들고 여덟 면에는 난간을 설치해서 의지해서 앉을 수 있게 했다. 비스듬히 누운 소나무와 괴이하게 생긴 바위에 女蘿(여라)[1135]와 칡넝쿨이 서로 비치고 어울려 있었다. 바람이 불어와 서늘해지면, 더운 기운이 있음을 느낄 수가 없었다. 정사와 부사는 한가로운 날이면 언제나 상절 등 관속들과 함께 그 위에서 차를 달이고 바둑을 두면서 하루 종일 담소하였는데, 이렇게 함으로써 마음과 눈을 즐겁게 하여 찌는 듯한 무더위를 쫓을 수가 있었다.

정사와 부사의 처소〈使副位〉

정사와 부사의 처소는 정청의 뒤에 있었는데, 그 가운데에는 큰 정자를 세웠다. 그 구조는 네 모서리 위에 火珠를 만들었다. 현판에는 '樂賓(악빈)'이라 쓰여 있었다. 정사의 처소는 동쪽에 있고, 부사의 처소는 서쪽에 있어, 각각 세 칸씩 차지하였다. 그 안에는 도금한 그릇들을 늘어놓고 수놓은 비단 휘장을 펼쳐 놓았는데, 아주 볼만했다. 뜰에는 화초를 넓게 심어 놓았다. 정북 방향에 있는 한 문을 통해 산에 오를 수 있었는데, 이는 곧 香林亭을 지나가는 길이었다.

도할관과 제할관의 처소〈都轄提轄位〉

도할관과 제할관은 한 집에서 함께 거처했다. 그 건물의 구조는 세 칸이고, 두 방을 마주 열게 되어 있었는데, 각각 관직의 서열에 따라 나뉘어 거처했다. 그 가운데는 모여서 식사하거나 손님을 만나는 곳으로 사

1135 여라. 소나무(에 기생하는) 겨우살이.

용했다. 앞에는 청색 휘장을 드리웠는데, 그 모양이 마치 주막의 표지로 세우는 기와 비슷했다. 방안에는 무늬 있는 비단으로 만든 홍색 장막을 쳐놓았는데, 예전에는 장막을 사용하지 않았지만 요즘은 사용하고 있었다. 평상 위에는 비단 보료를 깐 뒤에 다시 큰 방석을 더 얹어놓았고, 방석은 비단으로 가장자리를 꾸몄다. 향 그릇〈香奩(향렴)〉이나 술 그릇〈酒榼(주합)〉, 침 뱉는 그릇〈唾盂(타우)〉, 음식 그릇〈食匜(식이)〉 등과 같은 방안의 그릇들은 모두 은으로 만들었고, 물 담는 용기는 모두 구리로 만들었다. 필요한 물건은 모두 다 갖춰져 있었다. 건물 뒤에는 우물 벽돌로 못을 만들었는데, 시냇물이 산에서 내려와 그 못으로 들어가고, 물이 가득 차면 서장관의 처소 쪽으로 빠져나가는데, 콸콸거리는 소리가 났다. 시중 드는 사람은 정사나 부사(를 시중드는 사람)보다 한 등급 낮추었고, 그 밖의 물건들도 이와 같았다.

서장관의 처소〈書狀官位〉

서장관의 처소는 도할관과 제할관 처소의 동쪽에 있다. 그 건물은 세 칸짜리로, 규모는 (도할 제할관이 묵은 건물보다) 조금 줄였다. 이곳도 관직의 서열에 따라 나뉘어 거처했다. 그 뒤에는 못이 하나 있었는데, 서쪽과 통해져 있어, 남는 물은 동쪽에서 관사 밖으로 나와서 시냇물과 합쳐졌다. 방안에 쳐져 있는 발과 장막 따위는 도할관과 제할관 처소의 것과 대체로 비슷했고, 단지 은으로 된 것을 구리로 만든 것으로 바꾸었을 뿐이다.

서교정(西郊亭)

서교정은 宣義門 밖 5리 쯤 떨어진 곳에 있는데, 뜰과 지붕이 높기는 하지만 허술하게 지어져서, (침실은 없고 단지 식량만 갖추고 휴식을 취할 임시 처소만 있을 뿐이었다. 사자가 처음)¹¹³⁶ 도착할 때와 되돌아 갈 때, 이곳에서 맞아 위로하기도 하고 술을 마시며 전별하기도 했다. 하절관과 뱃사람들까지 이 안에 다 들어갈 수는 없었기 때문에, 문 맞은편에 큰 장막을 치고 늘어앉아 마시게 했다.

벽란정(碧瀾亭)

벽란정은 禮成港 강가에 있는데, 왕성에서 30리 쯤 떨어져 있다. 神舟가 강기슭에 닿자, 호위 군사들이 金鼓(금고)¹¹³⁷를 울리며 詔書를 맞이하여 인도해서 정자 안으로 들어갔다. 정자는 두 채가 있는데, 서쪽에 있는 정자는 右碧瀾亭이라 하여 조서를 봉안하고, 동쪽에 있는 정자는 左碧瀾亭이라 하여 정사와 부사를 접대하였다. 양쪽에 방이 있어 두 사절을 거처케 하니, 오고 가면서 각각 하룻밤씩 자고 갔다. 동서로 곧바로 뚫린 길이 있었는데, 왕성으로 통하는 길이었다. 좌우에는 민가가 열 여채 있었다. 사절이 성안으로 들어간 뒤에, 여러 배들이 모두 항구에 정박하였기 때문에, 뱃사람들이 순번을 나누어 이곳에서 지켰다.

객관(客館)

객관은 하나만 있는 것이 아니다. 順天館 뒤에 열 여 칸짜리 작은 관사가 있어 사자를 보내거나 소식을 알려주는 사람들을 접대한다. 迎恩館(영은관)은 남쪽 큰 길, 興國寺의 남쪽에 있다. 仁恩館(인은관)은 영은관

1136 이 문장은 본문에는 빠져있어, 宋澂江本을 보고 해석, 첨가하였음.
1137 軍中에서 쓰는 종과 북. 나아가기에는 鼓, 멎기에는 金을 쓴다.

과 나란히 있는데, 예전에는 仙賓館(선빈관)이라 하였다가 지금은 이 이름으로 바꾸었다. 이전에는 이런 곳에서 거란(契丹)의 사자를 접대하였다. 迎仙館(영선관)은 順天寺 북쪽에 있고, 靈隱館(영은관)은 장경궁의 서쪽에 있어, 狄人(적인)[1138] 女眞을 접대한다. 興威館(흥위관)은 奉先庫의 북쪽에 있는데, 예전에 醫官을 접대한 적이 있던 곳이다. 南門에서 兩廊 사이에 객관이 모두 네 곳 있어, 淸州館(청주관), 忠州館(충주관), 四店館(사점관), 利賓館(이빈관)이라 하였다. 모두 中國의 상인들을 접대하는 곳이다. 그러나 낮고 좁으며 허술해서, 순천관과는 비교가 되지 않는다.

제28권 임시처소의 비품〈供張〉 1

신이 듣기에, 周代의 관직인 掌次(장차)[1139]는 왕의 임시 처소에 관한 법도를 관장하여 장막 치는 일을 맡았으니, 諸侯가 朝覲(조근)[1140]하거나 會同(회동)[1141]할 때는 大次(대차) 혹은 小次(소차)[1142]를 쳤고, 師田(사전)[1143] 할 때는 장막을 치고 상을 차려 놓았다[1144]고 한다. 왕이 제후를 접대할

[1138] '狄'은 원래 중국의 북방에 위치한 역사공동체의 명칭이었으나, 여기서는 '夷狄'과 같은, 일반적 의미로 사용되었다.

[1139] 왕의 제사나 朝覲, 軍旅 등의 행사 때 시설을 관장하던 周代의 관직.

[1140] 제후가 천자를 알현함. 봄에 알현하는 것을 朝라 하고 가을에 알현하는 것을 覲이라 했다.(『周禮』「春官」大宗伯)

[1141] 周代에 제후가 모여 천자에게 알현함, 혹은 천자가 제후를 모아놓고 회견함. 『詩經』「小雅」車攻의 「毛傳」에서 "時見을 會라 하고, 殷見을 同이라 한다"고 했다.

[1142] '大次'와 '小次'는 크고 작은, 장막으로 된 임시 처소를 말한다.

[1143] 전장에 나가거나 사냥하는 일.

[1144] 『周禮』「天官」에 의하면, "掌次는 왕의 次(임시거처)에 관한 법을 관장하여, 장막 치는 일을 준비해서 왕이 上帝에게 제사를 지낼 때 氈案을 펴서 皇邸를 설치한다"고 하고, 또 "五帝에게 제사를 지낼 때는 大次와 小次를 친다"고 했다.

때는 그 예를 간략하게 할 수 있지 않을까 생각할 수도 있지만, 조근 혹은 회동, 사전 등의 예를 거행할 때도 임시로 거처할 막사를 치는 일을 이처럼 부지런하게 했는데, 하물며 海外에 있는 작은 제후가 王人을 존중하여 받들기 위해 장막을 치고 설비를 갖추는 데 어떻게 구차하게 할 수 있겠는가. 고려는 왕씨(가 나라를 세운) 이래로 대대로 本朝의 藩屛(번병)[1145]이 되었고, 主上(주상)[1146]이 고려를 진정시키고 위무할 때 그 은혜와 덕택이 매우 두터웠기 때문에, 사절이 그곳에 갈 때마다 임시 처소를 마련하기 위해 친 장막의 설비가 극히 화려하고 찬란했다. 은택이 四海(사해)[1147]에 미침을 노래한 '蓼蕭(육소)'[1148]의 시에서 "가죽 고삐를 늘어뜨리고, 수레 방울을 울려 화락한다"고 하였다. 의례에 쓰이는 물품이 예에 맞으니, 윗사람을 대접하려는 마음을 엿볼 수 있다. 이제 삼가 고려인이 사자를 공손하게 접대한 바를 서술하고, 임시 처소로 장막을 친 것을 그림으로 그려둔다.

홀치기 염색 장막〈纈幕〉

힐막은 옛날부터 있었던 것이 아니다. 예전의 儒者들은 비단을 홀쳐 매어서 염색해서 무늬를 만드는 것을 가리켜 '纈'이라고 하였는데, 고려에서는 요즘 와서 홀치기 염색하는 기술이 더욱 정교해졌다. 그 바탕은 본래 무늬 있는 비단인데, 무늬의 색이 황색과 백색이 섞여서, 눈부시게 아름다운 것이 가히 볼 만하다. 그 무늬 위에는 火珠가 있고, 사방으로

1145 울타리. 諸侯國은 天子의 울타리 같은 국가라고 해서 '藩國'이라고 한다.
1146 현재의 황제를 가리키는 말로, 북송 徽宗을 가리킨다.
1147 원래는 사방의 바다라는 뜻이나, 이미 詩書 시대에 온 천하, 즉 세계를 가리키는 말로 사용되었고, 나아가서는 중국의 사방 밖의 夷狄, 즉 四夷를 가리키기도 했다. 예컨대, 『爾雅』 釋地에서 "九夷와 八狄, 七戎, 六蠻을 가리켜 四海라고 한다"고 했다.
1148 '육소'는 『詩經』 「小雅」에 수록된 詩의 제목.

寶綱(보강)[1149]을 늘어뜨렸으며, 아래에는 蓮臺花座(연대화좌)[1150]가 있어, 마치 불교에서 말하는 浮屠(부도)[1151] 모양과 같다. 그렇지만 귀인들이 사용하는 것은 아니고, 단지 강가의 정자나 객관에 있는 屬官들의 처소에 설치되었다.

수놓은 장막〈繡幕〉

수막의 장식은 오색을 사이사이 섞어 만든 것이다. 가로로 깁지 않고 위에서 아래로 한 폭씩 늘어뜨렸다. 여기에도 비오리와 비상하는 난새, 꽃떨기 같은 문양이 있는데, 홍색과 황색이 돋보인다. 그 바탕은 본래 무늬 있는 홍색 비단이다. 오직 順天館의 조서를 봉안하는 전각과 정청, 정사와 부사의 처소에, 그리고 會慶殿과 乾德殿에서 공식 연회가 있을 때만 설치되었다.

수놓은 그림〈繡圖〉

수도는 홍색 바탕에 녹색 테두리를 둘렀다. 오색을 섞어 산꽃과 노니는 짐승들을 수놓았는데, 그 정교함이 수막을 능가한다. 여기에도 꽃과 대나무, 금수, 과실 등이 수놓아져 있는데, 하나같이 살아있는 듯 생기가 있다. 그 나라에서는 장막을 칠 때 열 여 폭마다 그림 하나씩 걸어 사이를 띄우지만, 건물의 한 가운데에 걸리게 하지는 않는다.

1149 보옥으로 장식한 줄. 宋澂江本에서는 '寶網'이라고 했다.
1150 연꽃 모양의 받침대.
1151 梵語 Buddha의 音譯. 부처. 여기서는 불상이나 불탑을 말한다.

앉는 걸상〈坐榻〉

좌탑은 네 모서리에 장식이 없고, 그 위에 청색 테두리를 두른 큰 자리를 까는데, 관사 안의 지나다니는 길 사이에 설치하여, 官屬(관속)과 從吏(종리)[1152]들이 휴식을 취하는 도구로 이용하였다.

연회용 상〈燕臺〉

연대의 모양은 중국의 几桉(궤안)[1153]과 같다. 네 모퉁이는 뾰쪽하지 않게 하고, 백색 등나무가 꽃 사이를 지나가(는 문양을 새겼으)며, 상면은 네 부분으로 나누어 붉은 칠로 장식하였고, 도금한 못으로 장식을 더하였다. 여기에 홍색 비단에 수놓은 휘장을 덮었는데, 사면으로 가지런히 늘어뜨린 (휘장의) 띠는 마치 깃털과 같다. 다만 王楷는 王俣의 상이 아직 끝나지 않았다고 해서 홍색을 자색으로 바꾸었을 뿐이다. 坐床(좌상)[1154]의 제도는 중국과 같지만, 높이와 크기가 3분의 1 정도 더 높고 크다.

불을 밝히는 등촛대〈光明臺〉

광명대는 등불과 촛불을 높이 떠받치는 도구다. 아래에 발이 세 개 있고, 가운데에 기둥이 하나 있는데, 그 형상이 마치 대나무와 같아서, 마디를 따라 서로 이어져있다. 그 위에는 쟁반 하나가 있고, 쟁반 가운데에

1152 '官屬'은 주요 관원에 딸린 하급 관리를 말하고, '從官'도 屬吏 혹은 하급 관리를 말한다.
1153 几案. 탁자 혹은 책상.
1154 坐牀이라고도 한다. 앉는 도구.

사발 하나를 놓았으며, 사발 가운데에 ○[1155]가 있어, 불을 밝힐 수 있다. 만약 등에 불을 키려면, 구리 항아리로 바꿔 기름을 담고 심지를 세운 다음, 작은 흰 돌로 눌러놓고, 붉은 색 깁으로 보쌈을 만들어 씌운다. 광명대의 높이는 4자⟨尺⟩ 5치⟨寸⟩이고, 쟁반의 너비는 1자 5치이며, 보쌈의 높이는 6치고 너비는 5치다.

붉게 칠한 소반⟨丹漆俎⟩

단칠조는 王官(왕관)[1156]이 평일에 사용한 것이다. 평상 위에 앉아, 그릇을 소반 위에 올려놓고 마주보며 먹는다. 따라서 마시고 먹을 때 소반 수의 많고 적음에 따라 높고 낮은 지위가 가려진다. 정사와 부사가 관사에 들어간 뒤부터, 매일 세 끼씩, 한 끼에 다섯 소반씩 음식을 대접받았고, 그 그릇은 모두 황금으로 도금되었다. 소반은 세로 너비가 3자, 가로는 2자고, 높이는 2자 5치다.

검게 칠한 소반⟨黑漆俎⟩

식사용 소반은 크기는 같고 단지 홍색과 흑색의 차이가 있을 뿐이다. 도할관과 제할관 및 상절은 관사 안에서 매일 세 끼씩, 한 끼에 세 소반씩 음식을 대접받았고, 중절은 한 끼에 두 소반씩 받았으며, 하절은 상을 붙여놓고 다섯 명이 한 자리에 나란히 앉아 먹었다.

[1155] 글자 한 자가 빠졌다.
[1156] 王府에 소속된 관원.

침상〈臥榻〉

와탑 앞에 또 작은 평상이 놓여 있고, 세 면에 난간이 세워져 있다. 화려한 비단으로 만든 보료가 깔려 있고, 그 위에 다시 큰 자리가 놓여 있는데, 왕골과 대로 짠 자리가 편안해서 夷風(이풍)[1157]이라는 느낌이 특별하게 들지는 않는다. 그러나 이것은 특히 국왕과 귀한 신분의 대신들을 예우할 때와 중국의 사자를 대우할 때에만 사용한다. 일반 백성들은 흙 침상을 사용하는 경우가 많아, 땅에 굴을 파서 불구덩이를 만들고 그 위에 눕는다. 아마도 이는 그 나라에서는 겨울 달이 몹시 추운데다가 솜옷 같은 것이 적기 때문인 것 같다.

무늬 돗자리〈文席〉

문석은 정교하게 짠 것과 거칠게 짠 것이 일정하지 않아, 정교하게 짠 것은 침상이나 평상 위에 깔고, 거칠게 짠 것은 땅에 편다. 돗자리 짜는 데 쓰이는 풀은 성질이 부드러워서, 접거나 굽혀도 손상되지 않는다. 흑백 두 색을 섞어서 무늬를 만들고, 청색과 자색으로 테두리를 두르는데, 처음부터 정해진 규정은 없다.

문 가리개 휘장〈門幃〉

문유는 청색 비단 세 폭으로 만들고, 위에는 들어 올리는 끈이 있어 가로로 나무를 꿰는데, 그 모양이 마치 주점의 깃발과 같다. 궁실 안에서

[1157] 夷狄의 풍습. 여기서는 고려 고유의 풍속을 말한다.

는 부녀자들이 햇빛을 가리는 도구로 사용한다.

제29권 임시처소의 비품〈供帳〉 2

수놓은 베개〈繡枕〉

수침의 형태는 백색 모시로 자루를 만들어 그 안에 향내가 나는 풀을 채우고, 양쪽 머리 부분은 금실로 수를 놓아 그 무늬가 오그라들었는데, 그 꽃무늬가 극히 정교하다. 여기에 다시 붉은 색 비단으로 장식을 더했는데, 그 모양이 마치 연꽃 같다. 삼절에게도 같은 등급의 베개가 공급되었다.

잠옷〈寢衣〉

침의는 홍황색(천)으로 겉을 만들고 백색 모시로 안을 대어 만들었는데, 안이 겉보다 커서 네 가장자리가 각각 한 자씩 남는다.

모시 치마〈紵裳〉

저상은 겉과 안이 6幅으로 만들어졌는데, 허리에는 가로로 두르는 비단을 사용하지 않고 두 개의 띠가 매여져있다. 삼절이 거처하는 곳에는 어디에나 紵衣와 함께 놓여져, 목욕할 때 사용하도록 해 놓았다.

모시 옷〈紵衣〉

저의는 속에 입는 홑옷이다. 夷狄의 풍속에서는 가선(=가장자리에 두른 선)이나 옷깃을 쓰지 않고, 왕부터 일반 백성까지 남녀 구별 없이 모두 이것을 입는다.

그림 부채〈畫摺[1158]扇〉

화탑선은 금과 은을 칠해서 꾸미고 그 나라의 산과 숲, 사람, 말, 여자 등의 형상을 그려놓았다. 고려인들은 이것을 만들지 못하고 일본에서 만든 것이라고 하는데, 그기에 그려진[1159] 의복 같은 물건을 보면 믿을 만한 이야기다.

삼나무 부채〈杉扇〉

삼선은 그다지 정교하지 않다. 단지 일본의 白杉(백삼)[1160] 나무를 종이같이 얇게 쪼개어서 채색 끈으로 꿰어 깃털처럼 즐비하게 해 놓은 것인데, 이렇게 해서도 바람을 일으킬 수 있다.

[1158] 宋澂江本에서는 '榻'이라 하였는데, 뒤에 따로 '摺扇' 항목이 있고 여기서는 그림 부채를 설명하고 있는 것으로 보아 榻이 옳다고 판단된다.
[1159] 본문에서는 '饋'라고 하고 宋澂江本에서는 '績'라고 하였는데, 뜻으로 보아 績를 취하는 것이 옳다.
[1160] 늘 푸른 교목의 한 가지.

흰색 쥘부채〈白摺扇〉

백접선은 대를 엮어 뼈대를 만들고 藤紙(등지)[1161]를 마름질해서 팽팽하게 켕긴다. 간혹 은이나 구리 못을 사용해서 장식한다. 대 수가 많은 것을 귀하게 친다. 남의 심부름을 하거나 일이 바쁜 사람은 이것을 가슴이나 소매 안에 넣고 다니는데, 그 쓰임이 아주 편리하다.

소나무 부채〈松扇〉

송선은 소나무의 연한 줄기를 섬세하게 잘라서 가늘고 길게 만들고 망치 따위로 두드리고 눌러서 실처럼 만든 뒤에, 그것을 짜서 만든다. 표면에는 꽃무늬가 있는데, 등나무를 짜는 기교보다 못하지 않다.

짚신〈草履〉

초리의 모양은 앞이 낮고 뒤가 높아서 형상이 이상하고 특이하지만, 그 나라 안에서는 남녀노소의 구별 없이 모두 그것을 신는다.

[1161] 등나무 껍질로 만든 종이.

제30권 음식물을 담는 그릇붙이〈器皿〉 1

신이 듣기에, 전대의 역사서에서 "東夷는 기물로 소반을 사용한다"[1162]고 하였다고 하는데, 지금도 고려 특유의 풍속은 여전히 그러하다. 그 제작 모양새를 보면 고졸하고 소박해서 자못 사랑스럽고 칭찬할 만하다. 음식을 담는 다른 그릇들도 왕왕 尊罍(준이)[1163]나 簠簋(보궤)[1164]의 형상을 지니고 있고, 연회에서 진열해 놓은 것 가운데에도 莞簟(완점)[1165]이나 几席(궤석)[1166]과 비슷한 것도 많다. 아마도 箕子의 아름다운 교화에 물들어서 三代(삼대)[1167]의 遺風과 비슷해진 것이리라. 삼가 그 개략을 간추려서 그림으로 그려둔다.

짐승 모양의 향로〈獸爐〉

새끼와 어미가 함께 있는 짐승 모양의 향로는 은으로 만들었는데, 조각 기법이 정밀하고 교묘하다. 큰 짐승은 웅크리고 앉아있고, 작은 짐승은 움켜잡는 형상을 취하고 있는데, 되돌아보며 벌리고 있는 입은 향을 내뿜는 입구로 사용한다. 會慶殿과 乾德殿의 공식 모임에서만 두 기둥 사이에 놓아두고, 詔書를 맞이할 때는 麝香(사향)[1168]을 태웠으며, 다른

1162 『後漢書』 85 東夷傳 서문에서 "東夷는 …… 기물로 俎豆를 사용한다"고 했다.
1163 술통과 술병, 술두루미.
1164 '보'는 바깥 모양은 네모지고 담는 안 부분은 둥근 제기로 稻粱을 담는다. '궤'는 바깥은 둥글고 안은 네모진 제기로 黍稷을 담는다.
1165 왕골자리와 대자리. 『詩經』 「小雅」 斯干에서 "밑에 莞을 깔고 그 위에 簟을 깐다"고 하였다.
1166 안석과 자리. 几에는 "제향할 때 희생을 올려놓는 기구"라는 뜻도 있다.
1167 중국사 상의 가장 오래된 세 시대, 즉 夏, 殷, 周 삼대를 가리킨다.
1168 궁노루 복부의 麝香膳에 있는 香囊에서 취한 흑갈색의 분말로서, 芳香이 강하여 향

공식 모임에서는 篤耨(독누)[1169]와 龍腦(용뇌),[1170] 旃檀(전단),[1171] 沈水(침수)[1172] 등의 향을 피우는데, 모두 御府(어부)[1173]에서 내려준 향이다. 향로 하나를 만드는데 은 30근씩 사용한다. 짐승 모양의 몸체는 좌대와 붙어 있는데, 높이가 4자고 너비는 2자 2치다.

물병〈水瓶〉

수병의 모양은 중국의 술 주전자와 비슷한데, 은 3근으로 만든다. 정사와 부사, 및 도할관과 제할관의 처소에 놓아두었다. 높이는 1자 2치고, (불룩한) 배 부분의 지름은 7치, 용량은 6되(升)다.

받침 있는 옥돌 술잔〈盤琖〉

반잔은 모두 중국의 것과 비슷하게 만들었는데, 다만 잔이 깊고 테두리를 금으로 둘러 오므렸으며, 잔을 받치는 쟁반이 작고 다리는 길다. 은으로 만들었지만, 간혹 도금하기도 했는데, 꽃문양을 새긴 기법이 교묘하다. 술을 권할 때마다 다른 잔으로 바꾸었는데, 잔이 바뀔 때마다 조금씩 그 용량이 많아졌다.

료 또는 약재로 쓰인다.
[1169] 향나무 이름. 篤祿이라고도 함.
[1170] 용뇌향과의 상록 교목인 龍腦樹에서 채취한 무색 투명의 板狀 結晶. 향료의 원료 또는 薰香, 방충제 등에 쓴다.
[1171] 檀香木. 높은 향기를 가졌다. 栴檀으로도 쓴다.
[1172] 沈香. 明 李時珍, 『本草綱目』木1, 沈香 조에 의하면, "(향)나무의 心節을 물에 놓으면 가라앉기 때문에 沈水라고도 한다."
[1173] 천자의 기물을 보관하는 창고로, 여기서는 宋帝의 창고를 이르는 말이다.

박산 모양의 향로〈博山爐(박산로)〉[1174]

박산로는 본래 漢代의 기물이다. 바다 가운데에 산이 있어 博山이라
고 불렀는데, 그 형태가 연꽃과 같아, 향로를 만들 때 그 형상을 취한 것
이다. 향로 아래에는 동이〈盆〉가 하나 있어, 산과 바다, 파도, 물고기와
용이 출몰하는 형상이 꾸며져 있는데, 이는 끓인 물을 담아 두어 향기를
옷에 풍기게 하는 용도로 갖춰진 것으로, 아마도 그 습기와 향기가 서로
붙게 해서 연기가 흩어지지 않게 하려는 것인 것 같다. 오늘 날 고려인
이 만드는 것은 그 위의 정수리 부분은 박산의 형상을 취하였지만 그 아
래에는 세 다리가 있어 원래의 모습을 많이 잃었다. 다만 그 교묘한 솜
씨만은 취할 만하다.

술통〈酒榼〉

주합은 대부분 휴대하고 다닐 수 있는 기물이다. 위 부분은 연꽃을 뒤
집어 놓은 모양으로 되어있고, 양쪽 귀에는 流〈유〉[1175]가 있으며, 드는 끈
이 고리로 연결되어 있는데, 사이사이에 도금이 되어 있다. 오직 술을 권
할 때만 특별히 사용하였는데, 술의 색깔과 맛이 모두 뛰어났다. 높이가
1자, 너비는 8치, 손에 드는 사슬의 길이는 1자 2치, 용량은 7되로 만들
어졌다.

[1174] 博山의 형상을 본떠 만든 향로.
[1175] 그릇이나 술잔 등의 주둥이. 『儀禮』士虞禮의 「鄭玄注」에서 "流는 匜(주전자 모양의
그릇)의 물을 쏟아내는 주둥이다"라고 했다.

검은 꽃무늬 대야〈烏花洗〉[1176]

오화세는 평소에는 사용하지 않고, 오직 정사와 부사가 (국왕을) 뵐 때만 사용했다. 약을 점찍어서 꽃무늬를 새겼는데, 검은 색 무늬에 흰색 바탕으로 되어 있다. 무게는 같지 않고, 표면의 너비가 1자 5치고, 용량은 1말 2되다.

얼굴에 바르는 약을 담은 병〈面藥壺〉

면약호는 오직 정사와 부사, 도할관, 제할관 등의 처소에서만 은으로 만든 것을 사용하고 나머지 다른 처소에서 사용하는 것은 구리로 만든다. 배가 둥글고 목은 길다. 뚜껑 모양은 약간 뾰쪽하다. 높이가 5치, 배의 지름은 3치 5푼(分), 용량은 1되다.

연꽃 모양의 술통〈芙蓉尊〉

술통의 형태는 위에 뚜껑이 있는데, 마치 막 피어나는 연꽃 봉오리 같다. 사이사이에 도금으로 장식했고, 목이 길고 배가 넓다. 높이가 2자고, 용량은 1말 2되다.

1176 '洗'는 낯이나 몸 등을 씻은 더러워진 물을 버리는 그릇. 『儀禮』士冠禮「鄭玄注」에 의하면, "洗는 손 씻는 그릇을 받들어 물을 버리는 그릇이다."

휴대용 병〈提瓶〉

제병의 모양은 주둥이가 길고 위가 뾰쪽하며, 배가 크고 바닥이 평평하다. 모서리가 여덟 개고, 사이사이에 도금을 했는데, 그 안에는 쌀미음이나 끓인 물을 담는다. 國官과 귀인들은 항상 시종하는 사람에게 그것을 들고 따르게 한다. 크기는 같지 않은데, 큰 것은 두 되가 들어간다.

제31권 음식물을 담는 그릇붙이〈器皿〉 2

기름 동이〈油盎〉

유앙의 모양은 술두루미와 비슷하다. 白銅으로 만들었는데, 그 위에는 뚜껑이 없지만, 기울어지거나 엎어질 때를 대비해서 나무 쐐기로 막았다. 높이는 8치, 배 부분의 지름이 3치고, 용량은 1되 5작(勺)이다.

깨끗한 물을 담아두는 병〈淨瓶〉

정병의 모양은 목이 길고 배가 크며, 옆에는 물이 나오는 주둥이가 하나 있고, 가운데에는 두 개의 마디를 만들어 轆轤(녹로)[1177]가 있게 하였다. 뚜껑의 목 중간에는 턱이 있고, 턱의 위에 다시 작은 목이 있어, 簪筆(잠필)[1178]의 형상을 취했다. 귀인이나 국관, 도관과 사찰, 민가에서 모

1177 수레바퀴가 지나가는 길, 궤도
1178 필요할 때 쓰기 위해 비녀처럼 머리에 꽂는 붓.

두 쓰지만, 물을 담을 때만 사용한다. 높이가 1자 2치고, 배의 지름은 4치, 용량은 3되다.

꽃병〈花壺〉

화호는 위는 뾰쪽하고 아래는 둥글게 만들어서, 마치 쓸개를 매달아 놓은 것과 비슷하다. 또 네모난 받침대가 있다. 사시사철 물을 담아 꽃을 꽂아 둔다. 예전에는 아주 잘 만들지는 못했는데, 근래에 와서 상당히 잘 만든다. 높이가 8치고, 배 지름은 3치, 용량은 1되다.

물솥〈水釜〉

수부는 모양이 鬲(격)[1179]이나 鼎(정)[1180]과 같고, 구리로 주조해서 만들었다. 짐승 모양의 고리 두〈鄭刻에서는 '셋'이라 하였다〉 개가 있어, 나무로 꿰면 등에 질 수가 있다. 고려인의 방언으로는 크고 작은 것을 가리지 않고 모두 '伆僕射(유복야)'라 한다. 관사 안에 있는 여러 방에 이것이 다 공급되었다. 높이가 1자 5치고, 너비는 3치, 용량은 1섬〈石〉 2말〈斗〉이다.

물 항아리〈水甖〉

수앵은 수부(=물솥)의 형상과 같지만 약간 작다. 또 구리로 만든 뚜껑이 있다. 물을 긷는 데 사용하는데, 중국의 水桶(수통)[1181]을 본뜬 것이다.

[1179] 발이 셋으로 굽었고 속이 비어 있는 솥으로 음식을 익히는 데 사용했다.
[1180] 발이 셋 달리고 귀가 둘 달린 음식을 익히는 데 쓴 솥.

위에는 두 개의 귀가 있어, 붙잡고 들 수 있다. 고려인들은 지거나 이는 것을 잘 하기 때문에, 이런 기물이 가장 많다. 높이가 1자, 배의 지름은 1자 2치, 용량은 1말 2되다.

보온병 〈湯壺〉

탕호의 형태는 꽃병과 같지만, 그보다는 약간 납작하다. 위로는 뚜껑을 덮고 아래에는 받침대를 놓아, 온기가 새나가지 않게 하였으니, 이 역시 옛날에 온기를 보전하기 위해 사용한 기물들의 일종이다. 고려인은 차를 달일 때 이 병을 많이 사용한다. 전체 높이가 1자 8치, 배의 지름은 1자, 용량은 2〈鄭 刻에서는 '1'이라 하였다〉말이다.

백동 대야 〈白銅洗〉

백동세의 형상은 오화세(=검은 꽃무늬 대야)나 은화세(=은색 꽃무늬 대야)와 비슷하지만, 단지 무늬나 채색이 없어서, 고려인들은 이를 가리켜 冰盆(빙분)이라고 한다. 또 한 등급의 赤銅洗(=적동으로 만든 대야)가 있지만, 제작 수준이 이보다 뒤떨어진다.

세발솥 향로 〈鼎爐〉

정로는 대체로 博山爐와 비슷하게 만들어졌지만, 위에는 꽃 모양의

1181 물을 담는 그릇. 물통.

뚜껑이 없고 아래에는 발이 세 개 있다. 오직 도관이나 사찰, 神祠 등에서만 사용한다. 높이는 1(정각에서는 '2'라고 하였다)자, 꼭대기의 너비는 6치고, 아래에 놓인 쟁반의 너비는 8치다.

난로⟨溫爐⟩

온로의 모양은 세 발 달린 솥⟨鼎⟩과 같지만, 낮게 처진 입술이 있고, 배 아래에는 발이 세 개 있는데, 짐승이 물고 있는 형상을 취하고 있다. 물을 담는 데 사용하고, 책상 위에 놓아둔다. 아마도 겨울철에 손을 따뜻하게 하는 기물인 것 같다. 표면의 너비는 1자 2치고, 높이는 8치다.

큰 종⟨巨鐘⟩

큰 종은 普濟寺에 있는데, 형체는 크지만 소리는 멀리 울리지 않는다. 위에는 螭紐(이뉴)[1182]가 있고 가운데에는 날아오르는 선녀가 한 쌍 있으며, "甲戌년에 주조했는데, 白銅 1만 5천 근을 사용했다"는 銘文이 새겨져 있다. 고려인이 말하기를, "옛 날에 이층 누각에 놓아두었더니, 그 소리가 契丹까지 들려 單于(선우)[1183]가 싫어하였기 때문에, 지금은 이곳으로 옮겨놓았다"고 했지만, 이는 분명 과장된 말이니, 반드시 그렇지는 않았을 것이다.

[1182] 교룡이 새겨진 종 매다는 부분.
[1183] '선우'는 원래 匈奴의 최고 군장을 가리키는 칭호였으나, 여기서는 거란의 군주를 지칭한다.

찻잔을 받치는 상〈茶俎〉

고려에서 생산되는 차는 맛이 쓰고 떫어서 입에 넣을 수가 없다. 중국의 臘茶(납차)[1184]와 龍鳳賜團(용봉사단)[1185]을 귀하게 여긴다. (송 황제가) 하사해 준 것 외에도 상인들도 왕래하며 판매했기 때문에, 근래에 와서는 차 마시는 것을 상당히 좋아하고 차 마시는 데 필요한 도구를 더욱 잘 만들게 되었다. 금으로 꽃과 새 문양을 그려 넣은 잔이나 비색의 작은 사발, 은으로 만든 화로, 찻물을 끓이는 세 발 솥 등은 모두 중국의 제도를 몰래 흉내 낸 것들이다. 연회가 열리면 언제나 뜰 가운데서 차를 달여서 은으로 만든 연꽃 모양의 뚜껑을 덮은 뒤에 천천히 걸어 나와 바치는데, 시중들며 도와주는 사람이 "차를 다 돌렸다"고 말한 다음에야 마실 수 있기 때문에, 언제나 다 식은 차를 마시지 않을 수 없다. 관사 안에 홍색 차상을 놓고 그 위에 차 도구들을 늘여놓은 다음, 홍색 깁으로 만든 보자기를 덮고, 매일 일찍이 세 번씩 차를 보내 주었다. 그리고 그 뒤를 이어 탕을 주었는데, 고려인들은 탕을 약이라고 말하면서, 사신들이 그것을 다 마시는 것을 보면 반드시 좋아하지만, 혹 다 마시지 못하면 자기들을 업신여긴다고 생각해서 반드시 원망하며 가기 때문에, 언제나 억지로 다 마시지 않을 수 없었다.

[1184] 차의 일종으로, 이른 봄에 채취하여 우려낸 찻물의 빛깔이 밀납을 녹인 것처럼 우유빛을 띠고 있다 하여 붙여진 이름이다.

[1185] 龍鳳團茶. 송대에 圓餅 모양으로 만든 貢茶로, 표면에 龍鳳의 문양이 있다. 宋 歐陽修의 『歸田錄』2에서 "茶의 품격에서 龍鳳보다 더 귀한 것이 없으니, 이를 團茶라고 하는데, 대저 8餅의 무게가 1근이다. 慶歷 연간에 蔡君謨가 福建路轉運使가 되어 처음으로 작은 조각의 龍茶를 만들어 바쳤는데, 그 품질이 絶精하였으니, 이를 小團이라 하는데, 대저 20餅의 무게가 1근이었고, 그 값은 금 2兩과 맞먹었다…… 궁인들이 왕왕 金花를 그 위에 새겼으니, 그 귀중함이 이와 같았다"고 했다.

질그릇 술 단지〈瓦尊〉

그 나라에는 찹쌀이 없어, 멥쌀에 누룩을 섞어서 술을 만드는데, 색깔이 무겁고 맛은 강해서, 쉽게 취하고 빨리 깬다. 왕이 마시는 술은 '良醞(양온)'[1186]이라고 하는데, 左庫(좌고)[1187]의 맑은 法酒(법주)[1188]로서, 역시 두 가지 등급이 있다. 瓦尊(와준)[1189]에 담아 황색 비단으로 봉한다. 대체로 고려인들은 술을 좋아하지만 좋은 술을 얻기는 어렵다. 일반 민가에서 마시는 술은 맛이 담박하고 색깔은 짙은데, 태연하게 마시면서 모두들 맛있게 여긴다.

등나무 술 단지〈藤尊〉

등준은 섬에 있는 州와 郡에서 올린 것으로, 안은 역시 질그릇 술 단지이지만 밖을 등나무로 둘레를 감아 싸서, 배 속에서 흔들려 서로 부딪혀도 깨지지 않게 하였다. 위에는 封緘(봉함)[1190]이 있어, 각 주군의 인장이 찍혀있다.

도기 술 단지〈陶尊〉

도기의 색 가운데서 청색은 고려인들이 翡色(비색)[1191]이라고 부른다.

[1186] 좋은 술이란 뜻인데, 왕이 마시는 술은 良醞署에서 제조했기 때문에, '양온'이라 했다.
[1187] 良醞署에는 左庫와 右庫가 있어, 왕이 마시는 '良醞'은 좌고에서 제조했다.
[1188] 官府의 법정 규격에 의해 빚은 술. 法醞이라고도 했다. 宋에는 法酒를 관장하던 法酒庫라는 관서가 있었다.(『宋史』 職官志 4)
[1189] 질그릇으로 만든 술 단지.
[1190] 포장하여 봉인함. 싸서 묶은 뒤에 표시함.

근래에 와서 제작 솜씨가 정교해지고 색깔과 광택이 더욱 좋아졌다. 술 단지의 모양은 참외와 같다. 위에는 작은 뚜껑이 있어, 연꽃에 오리가 엎 드린 형상을 만들었다. 이 외에도 주발과 접시, 사발, 꽃병, 湯琖(탕잔)[1192] 등을 만들 수 있지만, 모두 (중국의) 기물 만드는 제도를 몰래 모방한 것 이기 때문에, 생략하고 그리지 않는다. 다만 술 단지는 다른 기물과 달라 서, 특별히 밝혀둔다.

도기 향로〈陶爐〉

狻猊出香(산예출향)[1193]도 비색인데, 위에는 웅크린 짐승이 있고 아래 에서는 위로 향한 연꽃이 그것을 받들고 있다. 여러 기물 가운데서도 이 물건이 가장 정교하고 절묘하다. 그 외의 다른 것들은 越州窯(월주요)[1194] 의 오래 된 秘色(비색)[1195]이나 汝州窯(여주요)[1196]에서 요즘 생산되는 도 기와 대체로 비슷하다.

[1191] 翡翠(물총새)의 색.

[1192] 내열성 술잔. 뜨거운 물을 담는 잔.

[1193] 사자 모양의 향로

[1194] 월주에 있는 陶窯. '越州'는 지금의 浙江省 紹興縣에 있었던 州로, 南朝 宋에서 東揚 州에 會稽郡을 설치한 뒤, 唐代엔 越州라 했다가, 송대에는 越州 會稽郡으로 했다.

[1195] 越州의 官窯에서 생산된 磁器의 빛깔. 그 자기는 천자에게 바치던 것으로, 신하나 일반 백성들은 사용하지 못했다. 宋 趙令畤의 『侯鯖錄』 6에서, "지금의 秘色 磁器는 세상에서 말하기를 錢氏가 나라를 가졌을 때 越州에서 燒進하여 供奉物로 삼았는 데, 신하나 일반인을 사용할 수 없었기 때문에 秘色이라고 했다 한다"고 했다. 또 朝 鮮 李翼의 『星湖僿說』 4 萬物門, 秘色磁器 조에 의하면, "袖中錦에서 말하기를, 高 麗의 秘色이 天下의 제일이라고 했다"고 한다.

[1196] 여주에 있는 陶窯. '여주'는 河南省 臨汝縣에 있었던 州로, 경내에 汝水가 흘렀기 때 문에 붙여진 이름이다.

식탁 보쌈〈食罩〉

공식 모임에서 음식을 내올 때, 아래에는 쟁반으로 받치고 위에는 청색 식조로 덮는다. 다만 왕과 정사, 부사 등의 보쌈에는 홍색과 황색의 장식을 더해서, 정갈한 음식과 거친 음식을 구별하였다.

등나무 광주리〈藤筐〉

옛날에는 幣帛(폐백)[1197]을 보낼 때 상자나 광주리를 사용했는데, 지금도 고려에서는 이런 관행이 없어지지 않았다. 광주리는 白藤(백등)[1198]을 짜서 만드는데, 위에는 무늬를 섞어 꽃이나 나무, 새, 짐승 등의 형상을 만들고, 안에는 홍색과 황색의 무늬 있는 비단을 붙인다. 큰 것과 작은 것을 합쳐서 한 짝〈副〉이라고 한다. 그 값어치는 백금(=은) 한 근과 맞먹는다. 王府에서 사용하는 것이 가장 좋은데, 모두 郡과 邑에서 공납한 토산품이다. 나머지 관리들과 일반 민간에서 사용하는 것은 거칠고 엉성하게 만들어져서, 단지 예를 갖추기 위해 사용할 뿐이다.

죽 끓이는 솥〈鬻釜〉

죽부는 음식물을 끓이고 익히는 데 사용하는 기물로서, 철로 만든다. 그 위에는 뚜껑이 있고 배 아래에는 발이 세 개 있는데, 빙빙 돌린 무늬는 머리털처럼 가늘다. 높이가 8치, 너비는 1자 2치고, 용량은 2되 5작이다.

1197 예의를 갖추어 보내는 물건을 뜻하는데, 흔히 혼인 전에 신랑이 신부집에 보내는 綵緞을 일러 폐백이라 한다.
1198 껍질 벗긴 등나무.

물 독〈水瓮〉

수옹은 도기인데, 배가 넓고 목은 오무러졌지만 입은 조금 널찍하다. 높이가 6자고 너비는 4자 5치며, 3섬 2되가 들어간다. 관사 안에서는 구리로 만든 항아리가 사용되었는데, (구리 항아리는) 섬에서 바닷길을 이용해서 배에 물을 싣고 나를 때만 사용한다.

가마니〈草苫〉

초점의 용도는 중국에 있는 포대와 같다. 그 모양은 망태기와 같은데, 풀을 엮어 만든다. 쌀과 밀가루〈鄭刻에서는 '麵'이라고 하였다〉, 장작, 숯 등과 같은 것은 모두 여기에다 담는다. 산길을 갈 때는 수레가 불편하기 때문에, 가마니에 담아 노새나 말에 싣고 가는 경우가 많다.

칼과 붓〈刀筆〉

도필의 집은 나무를 깎아서 만드는데, 칸을 세 개 만들어 한 칸에는 붓을 넣고 다른 두 칸에는 칼을 꽂는다. 칼은 견고하고 예리하게 생겼는데, 그 중 한 칼은 조금 짧다. 散員(산원)[1199] 이하의 관리들과 祗應(지응),[1200] 房子(방자),[1201] 親侍(친시)[1202] 등은 모두 이것을 찬다.

[1199] 일정한 직무가 없는 벼슬자리.
[1200] 원래는 공손히 기다려 명령에 응한다는 뜻으로, 흔히 시종을 이르는 말로 사용되었다.
[1201] 지방 관청에 예속된 종의 하나.
[1202] 가까이에서 시종 드는 사람.

제33권 배〈舟楫〉

신이 듣기에, 바람이 물 위를 가는 것은 『周易』의 64卦[1203] 가운데서 '渙(환)' 괘[1204]에 해당하니, 서로 통하지 못하는 것을 배를 이용해서 서로 건널 수 있게 하는 것은 이 괘에서 의미를 취한 것이다. 후세에 성인들과 지혜로운 이들이 번갈아 만들고 갖가지 분야의 장인들이 장식을 더하였기 때문에, 용의 무늬와 鷁鳥(익조)[1205]의 머리를 조각한 배가 바람을 타고 물결을 가르면서 하루에 천리를 가고, 江河(강하)[1206]를 평지 걷듯이 가로질러 가게 하였으니, 간단하게 나무를 쪼개고 깎는 것만으로 배가 만들어지는 것은 아니다. 고려인은 바다 밖〈海外〉에서 나고 자라서 움직였다 하면 고래 같은 큰 물결을 건너야 하니, 배를 무엇보다 중시하는 것은 당연한 일이다. 이제 그 제도를 살펴보면, 간략하게 만들어서 그다지 정교하거나 치밀하지 않은데, 그들이 평소에 물을 편안하게 여겨 익숙해져 있기 때문인가, 그렇지 않으면 조악하더라도 간단함을 취하여 노둔하고 졸렬함을 고치지 않은 것인가. 이제 삼가 본 것을 그림으로 그려 둔다.

[1203] 『周易』의 64卦를 말한다. 陰陽을 하나의 온줄(一)과 두 도막줄(--)로 상징해서, 이 爻가 이리저리 어울려 나타내는 象을 卦라 한다. 3爻로 된 것을 卦, 또는 小成이라 하고, 그것이 여덟 가지가 있으므로 八卦라고도 한다. 6爻로 된 것을 重卦, 또는 大成이라 하며, 그것이 64가지가 있으므로 64卦라 한다.

[1204] 바람을 뜻하는 巽卦 아래에 있고 물을 뜻하는 坎卦의 위에 있는 괘로서, 흩어지는 象이다.

[1205] 백로와 비슷하며 몸집이 크고 날개는 흰데, 바람을 잘 견디는 성질이 있다 하여 그 모양을 뱃머리에 조각하거나 그렸다.

[1206] '江'은 長江, 즉 揚子江을 말하는데, 이 강은 중국 대륙의 중앙부를 橫流하는 큰 강으로, 전체 길이가 4989km나 된다. '河'는 黃河를 말하는데, 이 강은 양자강 다음으로 긴 강으로, 甘肅省과 山西省을 거쳐 河北省과 山東省을 貫流하여 渤海로 흘러 든다.

순라선〈巡船〉

고려는 땅이 東海(동해)[1207]와 접해 있지만, 배 만드는 방법이 아주 단순하다. 가운데에 돛대 하나를 세울 뿐, 위에는 누각이 없고, 노와 키를 두었을 따름이다. 사자가 군산도에 들어갔을 때, 문에는 이런 종류의 순라선이 10〈鄭刻에서는 '千'이라 하였다〉여 척 있었는데, 모두 깃발을 꽂고 있었고, 뱃사람과 나졸들은 모두 청색 옷을 입고서 뿔피리를 울리고 징을 치며 왔다. 각 배는 돛대 끝에 작은 깃발을 하나씩 세웠는데, 거기에는 '洪州都巡(홍주도순)' 혹은 '永新都巡(영신도순)', '公州巡檢(공주순검)', '保寧(보녕)', '懷仁(회인)', '安興(안흥)', '曁川(기천)', '陽城(양성)', '慶源(경원)'이라 써있었다. 또한 모두 '尉司'라는 글자가 있었지만, 실은 도둑을 잡는 관리들이다. 고려의 경역 안으로 들어갈 때부터 돌아올 때까지, 영접과 전별이 군산도에서 이뤄졌는데, 神舟가 대양으로 들어가는 것을 보고서야 자기네 나라로 돌아갔다.

관용 배〈官船〉

관선은 위를 띠로 덮고 아래에는 출입문을 내었으며, 주위에는 난간을 둘렀다. 가로지른 나무를 서로 꿰고 돋우어 내어서 누각을 만들었는데, 그 면적이 바닥보다 더 넓다. 널빤지를 쌓아서 배 몸체를 만들지 않고, 단지 통나무를 바루고 휘게 해서 나란히 늘어놓고 못을 박았을 뿐이다. 앞에는 矴輪(정륜)[1208]이 있고, 위에는 큰 돛대가 세워져 있으며, 베로 만든 돛이 20여 幅〈鄭刻에서는 '15幅'이라 하였다〉이 아래로 드리워져 있다. 그 가운데 5분의 1은 제각기 펼쳐져서 서로 봉합되지 않았는데, 이는 바

[1207] 중국인의 입장에서 보면 '東海'이지만, 한국인의 관점에서 보면 '西海'다.
[1208] 닻줄 감는 바퀴.

람의 흐름을 정면으로 막지 않기 위한 것이다. 사자가 고려의 경역으로 들어갔을 때, 동쪽에서 관선들이 왔는데, '接伴(접반)'이라 하기도 하고, 혹은 '先排(선배)', '管勾(관구)', '公廚(공주)'라 하였다. 10〈鄭刻에서는 '千'이라 하였다〉여 척의 배가 모두 크기가 같았는데, 접반선에만 장막을 설치해 놓았다.

소나무 배〈松舫〉

송방은 군산도에 있었던 배다. 뱃머리와 뱃고물이 모두 곧게 되어있고, 가운데에는 배의 지붕이 덮인 부분이 다섯 칸 있고, 그 위는 띠로 덮었다. 앞뒤로 두 개의 작은 방이 마련되어 있는데, 그 안에는 평상이 놓여있고 발이 드리워져 있으며, 가운데 널찍한 두 칸에는 비단 자리가 깔려있으니, 가장 화려하고 환하다. 오직 정사와 부사 및 상절만 이 배에 탄다.

장막 친 배〈幕船〉

막선은 세 섬에 모두 배치되어 있어, 중절과 하절의 使人들을 대접하는 데 사용되었다. 위에는 청색 베로 지붕을 만들고, 그 아래에는 긴 막대로 기둥을 대신하였으며, 네 모퉁이는 붉은 줄로 묶었다.

식사 접대〈饋食〉

사자가 고려 경내로 들어가자, 군산도의 紫燕州 등 세 州 모두 사람을 보내 식사를 접대하였는데, 편지를 가지고 온 관리는 자색 옷을 입고 僕頭를 썼으며, 그 다음 지위의 관리는 烏帽를 썼다. 음식은 10여 가지로, 국수가 가장 먼저 나왔고, 풍부하고 잡다한 해산물은 더욱 (진기하고 특이했다.)[1209] 그릇 종류는 금이나 은으로 만든 것이 많았지만, 청색 도기도 섞여 있었다. 쟁반과 상은 모두 나무로 만들고 검은 칠을 입혔다. 神舟가 정박한 채 섬에 가까이 가지 않으면, 반드시 介를 보내 배를 타고 사자에게 와서 식사를 대접하게 했다. 옛 관례에 의하면 사흘 동안 음식을 보내는데, 만약 기한이 지났는데도 바람에 막혀 가지 못하면 더 이상 음식을 대접하지 않는다.

식수 제공〈供水〉

바닷물은 맛이 아주 짜고 써서 입에 댈 수도 없다. 그래서 배를 타고 큰 바다를 건너려면, 반드시 물을 저장할 큰 함을 갖추어 맛 좋은 샘물을 많이 비축해서, 마실 것을 준비해야 한다. 대개 큰 바다에서는 바람은 그렇게 많이 걱정하지는 않아도 되지만, 물은 있고 없는 것이 생사를 결정한다. 고려인들은 華人(화인)[1210]이 서쪽에서 큰 바다를 가로질러 온 지 이미 며칠 되었기 때문에 필시 맛 좋은 샘물은 다 떨어졌을 것이라고 헤아려서, 큰 독에 물을 싣고 배를 타고 와서 맞이하였고, 각자 차와 쌀 등을 주면서 보답하였다.

1209 결락되어 있어, 宋澂江本을 보고 보완했다.
1210 華夏 혹은 中華의 사람이란 뜻으로, 中國人을 말한다. 중국인은 오래 전부터 스스로 '華夏' 혹은 '中華'라 자칭해 왔으니, '華'는 그 준말이다. 『左傳』定公 10년 조에서 "裔가 夏를 도모하지 않고 夷가 華를 어지럽히지 않는다"고 하고, 그 「孔穎達疏」에서 "中國은 큰 禮義를 갖고 있기 때문에 夏라고 칭하고 아름다운 服章을 갖고 있기 때문에 華라고 하니, 華와 夏는 하나다"라고 했다.

제34권 바닷길〈海道〉1

신이 듣기에, 바다는 모든 물의 어머니로서 천지와 마찬가지로 끝이 없기 때문에 그 수량도 천지와 마찬가지로 헤아릴 수가 없다고 한다. 조수의 왕래는 기일에 맞추어 어긋남이 없으니, 이는 천지의 지극한 증표가 된다.

옛 사람들은 일찍부터 조수에 대해 논하였는데, 『山海經』[1211]에서는 "(조수란) 海鰌(해추)[1212]가 동굴에 드나드는 주기"[1213]라고 하였고, 불교의 책에서는 "神龍寶(신룡보)[1214]의 변화"라고 하였으며, 寶叔蒙의 『海嶠志(해교지)』[1215]에서는 "달이 차고 기우는 것을 물이 따르는 것"이라고 하였고, 盧肇(노조)[1216]의 「海潮賦(해조부)」에서는 "해가 바다에서 나오고 들어가면서 충격을 주어 이루어지는 것"이라고 하였으며, 王充(왕충)[1217]의 『論衡(논형)』[1218]에서는 "물이란 땅의 혈맥이기 때문에 氣가 나아가고 물러나는 것을 따른다"고 하였는데, 이러한 논의는 모두 근거 없이 고집을 세운 말을 갖고서 편견에 집착한 것으로, 평론과 요량이 사실과 가깝거

1211 禹王 또는 伯益이 지은 것으로 전해지는 고대 중국의 지리서. 모두 18권으로 되어 있는데, 산천 초목과 鳥獸의 奇談이 기록되어 있다.

1212 큰 고래, 露脊鯨.

1213 이 이야기는 『山海經』이 아니라, 酈道元의 『水經注』에 나온다.

1214 '神龍'이란 신령스러운 용이란 뜻이고, '寶'는 그 영험함을 의미한다.

1215 '海嶠'는 바닷가의 산봉우리란 뜻.

1216 唐 武宗 會昌(841-846) 연간에 進士가 되어, 著作郎, 集賢院直學士, 宣州刺史 등을 역임했다. 저서로는 『文標集』이 있고, 『全唐詩』와 『全唐文』 등에 그의 詩文이 실려있다.

1217 後漢 초 會稽 사람으로, 班彪(班固의 父)에게서 사사했다. 가난해서 책을 구할 수 없자, 洛陽의 책방을 돌며 열람한 책을 모두 외운 것으로 유명하다. 儒家 등 諸子百家와 당시에 유행한 미신과 신비주의적 경향에 대해 신랄하게 비판한, 비판적 정신의 지식인이었는데, 그의 합리주의적 비판 정신은 저서인 『論衡』에 체계적으로 표현되어 있다.

1218 漢代 학자 王充이 지은 사상서로, 모두 30권인데, 諸子百家의 학설을 합리적이고 실증적으로 비판한 것으로 유명하다.

나 비슷하기는 하지만 사실을 정확하게 다 설명해 주지는 못하였다.

대체로 하늘은 물을 감싸고 물은 땅을 떠받들고 있는데, 一元(일원)[1219]의 氣(기)[1220]가 太空(태공)[1221] 가운데서 오르내리고, 땅은 물의 힘을 받아 스스로 지키면서 元氣(원기)[1222]와 함께 오르내리니, 서로 억누르기도 하고 들어올리기도 한다. 그럼에도 사람들이 이를 깨닫지 못하는 것은, 마치 배 안에 앉아있는 사람이 배의 움직임을 알지 못하는 것과 같다. 바야흐로 그 氣가 오르고 땅이 가라앉으면 바닷물은 넘쳐 올라 밀물이 되고, 그 기가 내려앉고 땅이 떠오르면 바닷물이 움츠러들어 내려가서 썰물이 된다. 하루의 12辰(신)[1223]을 계산해 보면, 子時(자시)[1224]부터 巳時(사시)[1225]까지는 그 기가 陽(양)[1226]이 되고, 양의 기가 스스로 오르내려서 낮에 운행한다. 午時(오시)[1227]부터 亥時(해시)[1228]까지는 그 기가 陰(음)[1229]이 되고, 음의 기는 다시 스스로 오르내림이 있어 밤에 운행한다. 하루 낮하루 밤 사이에 음과 양의 기를 합하면 모두 두 번씩 오르내리게 된다. 따라서 하루 사이에 밀물과 썰물이 모두 두 차례 있게 되는 것이다.

그러나 낮과 밤의 시각은 해와 관계되고, 오르고 내리는 횟수는 달에 따라 결정된다. 달이 子(자)[1230]에 오면 양의 기가 오르기 시작하고, 달이

[1219] 사물 현상의 시원이 되는 근본.

[1220] 우주 만물을 형성하는 물질적 始原. 송대 性理學에 의하면, 만유를 생성하는 形而上의 원리를 理라고 한다면, 그 形而下의 원리를 氣라고 한다.

[1221] 하늘과 땅 사이. 우주.

[1222] 만물의 근본이 되는 힘.

[1223] '辰'은 辰刻, 즉 시각.

[1224] 12辰의 첫째. 밤 11시부터 오전 1시까지의 동안. 혹은 24時의 첫째. 즉 밤 11시 반부터 오전 0시반까지의 동안.

[1225] 12辰의 여섯째. 곧 상오 9시부터 11시까지의 사이.

[1226] 太極이 나뉜 두 기운 중의 하나. 陰에 대하여 적극적, 남성적인 元氣. 곧 하늘과 봄, 여름, 낮, 태양, 임금, 군자, 아비, 남편, 덕, 바람, 불 등이 모두 陽에 속한다.

[1227] 12辰의 일곱째. 상오 12시부터 하오 1시까지.

[1228] 12辰의 12번째. 오후 9시부터 11시까지.

[1229] 태극이 나뉜 두 기운 중의 하나로서, 陽氣에 대하여 소극적, 여성적인 원기. 즉 땅, 가을, 겨울, 밤, 달, 비, 신하, 자식, 부인, 형벌, 안, 물 등이 陰에 속한다.

午(오)[1231]에 오면 음의 기가 오르기 시작한다. 따라서 밤의 밀물 때는 달이 모두 子에 오고, 낮의 밀물 때는 달이 모두 午에 온다. 또 해의 운행은 느리고 달의 운행은 빠른데, 빠른 것으로 느린 것에 대응하려면, 29.5度가 지날 때마다 달이 해가 있는 곳까지 오게 된다. 이렇게 해와 달이 만나는 것을 가리켜 合朔(합삭)[1232]이라고 한다. 따라서 매월 초하루 밤의 밀물 때는 해도 子에 오고, 매월 초하루 낮의 밀물 때는 해도 午에 오게 된다.

또한 낮은, 하늘 위에서 말한다면, 천체가 서쪽으로 돌고 해와 달이 동쪽으로 운행한다. 초하루부터 달이 빠른 속도로 동쪽으로 움직이다가 午時에 이르러 점차 느려지니, 밀물도 이에 대응하여 낮에는 느려지게 되기 때문에, 낮의 밀물은 초하루 이후에는 점차 늦어지다가 밤으로 들어가게 된다. 따라서 첫째 날은 午時에, 둘째 날은 오시 말에, 셋째 날은 未時(미시)[1233]에, 넷째 날은 미시 말에, 다섯째 날은 申時(신시)[1234]에, 여섯째 날은 신시 말에, 일곱째 날은 酉時(유시)[1235]에, 여덟째 날은 유시 말에 밀물이 이뤄진다. 밤은, 바다 아래에서 말한다면, 천체가 동쪽으로 돌고 해와 달은 서쪽으로 운행한다. 초하루부터 달이 빠른 속도로 서쪽으로 움직이다가 子時에 이르러 점차 느려지니, 밀물도 여기에 대응하여 밤에 느려지기 때문에, 밤의 밀물은 초하루 이후 점차 늦어지다가 낮으로 들어가게 된다. 이로 인해 첫째 날은 子時에, 둘째 날은 자시 말에, 셋째 날은 丑時(축시)[1236]에, 넷째 날은 축시 말에, 다섯째 날은 寅時(인

1230 12支의 첫째로, 방위로는 북쪽, 오행으로는 물(水), 동물로는 쥐, 달로는 동짓달, 시간으로는 밤 11시부터 새벽 1시까지에 해당한다. 여기서는 '북쪽' 방향을 의미한다.

1231 12支의 일곱째. 달로는 음력 5월, 시각으로는 正午, 방위로는 正南, 오행으로는 불(火), 동물로는 말에 해당한다. 여기서는 '정남' 방향을 의미한다.

1232 음력 매월 초하루를 전후하여 해와 달이 만나는 일을 말한다.

1233 12辰의 여덟째. 오후 1시부터 3시 사이의 동안.

1234 12辰의 아홉째. 하오 3시부터 5시 사이의 동안.

1235 12辰의 열째. 오후 5시부터 7시까지 사이의 동안.

1236 12辰의 둘째. 오전 1시부터 3시까지의 동안.

시)[1237]에, 여섯째 날은 인시 말에, 일곱째 날은 卯時(묘시)[1238]에, 여덟째 날은 묘시 말에 밀물이 일어난다.

뿐만 아니라, 계절에 따른 변화가 있고 氣도 성할 때가 있는가 하면 쇠할 때도 있기 때문에, 밀물이 밀려오는 것도 크고 작은 차이가 있게 된다. 卯月(묘월)[1239]과 酉月(유월)[1240]이 되면 음과 양이 서로 교차하는데, 氣는 교차할 때 성하게 나오기 때문에, 밀물이 커져서 다른 달과 유별나게 다르다. 초하루와 보름날이 지나면 천지가 변하는데, 氣는 변화가 있을 때 성하게 나오기 때문에, 밀물이 커져서 다른 날과 유별나게 다르다. 만일 바다에서 물고기나 짐승을 잡아서 죽이고 가죽을 벗겨 말린다면, 밀물 때는 그 털이 모두 일어나는데, 어찌 氣에 감응하여 스스로 그렇게 된 것이 아니겠는가.

물결을 일으키며 소용돌이치거나 모래와 흙이 서로 엉기고 산과 바위가 치솟는 것도 각각 그 형세가 따로 있다. 예컨대, 바다 가운데 있는 땅 중에서 취락을 모을 수 있는 것은 '洲(주)'라고 하니, '十洲' 따위가 그것이다. 洲보다 작으면서도 거주할 수 있는 것은 '島(도)'라고 하는데, '三島'와 같은 것이 그것이다. 島보다 작은 것은 '嶼(서)'라고 하고, 嶼보다 작으면서 풀과 나무가 있는 것을 '苫(섬)'이라고 하며, 섬이나 서와 같지만 그 바탕이 순전히 돌로만 되어있는 것을 '焦(초)'라고 한다.

선박이 한번 바다 문 밖으로 나가면, 하늘과 땅이 서로 적셔져서 아래 위가 하나같이 푸르게 되고, 그 옆에는 구름도 없고 먼지도 없다. 하늘과 땅이 쾌청하게 갤 때는 밝은 해가 중천에 뜨고 떠돌던 구름이 사방에서 거두어져, 마치 六虛(육허)[1241]의 밖에서 노니는 것처럼 황홀해서 말로 이루 다 표현할 수가 없다. 그런가 하면, 바람과 파도가 갈마들고 천둥 치

1237 12辰의 셋째. 오전 3시부터 5시까지의 동안.
1238 12辰의 넷째. 오전 5시부터 7시까지의 동안.
1239 음력 2월.
1240 음력 8월.
1241 上下와 四方. 六極이라고도 한다.

며 비가 내려 어두컴컴해지고 교룡이 출몰하고 신령한 동물들이 변화를 일으키면, 가슴이 두근거리고 담력이 떨어져서 말할 바를 모르게 된다. 따라서 기록할 수 있는 것은 단지 산의 형세나 조수의 물때 따위뿐이다.

고려의 바닷길은 예나 지금이나 다르지 않다. 옛날부터 전해진 바닷길을 알아보면 지금은 보이지 않는 것이 간혹 있고, 지금은 (문헌에) 기재되어 있지만 옛날 사람들은 말하지 않은 것이 간혹 있지만, 본디 달랐던 것은 아니다. 대개 항해하는 선박이 통행할 때는 항상 바람과 비의 향배를 보고 방향을 조절하게 되어있다. 그 바람이 서쪽으로 (배를) 끌어당기면 동쪽에 있는 섬들을 볼 수가 없고, 남쪽과 북쪽으로 당길 때도 역시 그렇다. 이제 조수 물때의 대강은 이미 앞에서 상세하게 논하였기에, 삼가 神舟가 지나간 島와 洲, 苫, 嶼 등을 순서대로 늘어놓고, 그림으로 그려둔다.

신주(神舟)

신이 곁에서 듣기로는, 神宗 황제께서 고려에 사자를 보낼 때, 일찍이 담당관에게 명하여 거대한 함선을 두 척 건조하게 하였는데, 그 하나는 '凌虛致遠安濟神舟(능허치원안제신주)'[1242]라 하고, 다른 하나는 '靈飛順濟神舟(영비순제신주)'[1243]라고 하였는데, 규모가 아주 웅장하였다. 황상께서는 황위를 이으신 뒤, 선황을 우러러 사모하여 효성스런 생각을 품고 있었다. 따라서 황상께서 고려인에게 은혜를 베푸신 것은 사실 熙寧(희녕)[1244] 연간과 元豊(원풍)[1245] 연간의 공적을 더욱 넓히려는 것이었다. 崇

[1242] 허공을 넘어 먼 곳까지 안전하게 건너가게 해주는 신령스런 배라는 뜻.
[1243] 신묘하게 날아서 순조롭게 건너가게 해주는 신령스런 배라는 뜻.
[1244] 北宋 神宗의 연호, 1068-1077년.
[1245] 北宋 神宗의 연호, 1078-1085년.

寧(숭녕)[1246] 연간부터 지금까지 빈번하게 사자를 보내 위무하였으니, 그 은혜가 융숭하고 예우가 두터웠다.

그 뒤 또 유사에게 명하여 다시 두 척의 배를 건조해서 그 규모를 더 크게 하고 이름을 더 높이게 하였으니, 한 척은 '鼎新利涉懷遠康濟神舟(정신이섭회원강제신주)'[1247]라 하고, 또 다른 한 척은 '循流安逸通濟神舟(순류안일통제신주)'[1248]라 하였는데, 그 높고 웅장함이 산악과 같았다. 물결 위를 떠 갈 때, 비단으로 만든 돛과 익조의 머리가 조각된 뱃머리는 교룡을 굴복시킬 만해서, 皇華(황화)[1249]의 위세를 밝게 드날리고 夷狄이 떨며 두려워하게 하였으니, 실로 고금을 통틀어 가장 뛰어난 배였다. 따라서 고려인이 조서를 맞이한 날 온 나라 사람들이 두려운 마음으로 바라보며 환호하고 감탄한 것은 당연한 일이었다.

객주(客舟)

옛 관례에 의하면, 조정에서 사자를 파견할 때마다 (출발) 기일에 앞서 福建(복건)과 兩浙(양절)[1250]의 監司(감사)[1251]에게 위촉해서 客舟(객주)[1252]를 모집하여 고용하게 하고, 다시 明州(명주)[1253]에 명해서 장식하게 하였

[1246] 北宋 徽宗의 연호, 1102-1106년.
[1247] 낡은 것을 개혁하여 새롭게 해서 먼 곳을 품기 위해 편안하게 건너가게 해 주는 신령스런 배라는 뜻.
[1248] 흐름을 따라 편안하게 건너가게 해 주는 신령스런 배라는 뜻.
[1249] 『詩經』「小雅」의 편명인 '皇皇者華'의 준말로서, 이 시편은 천자가 사신을 부를 때 부른 노래인데, 사신으로 가는 일이나 사신을 찬미하는 典故로 사용한다. 황제의 사신을 가리켜 '皇華使'라고도 한다.
[1250] 錢塘江 이남의 浙東과 이북의 浙西를 아울러 '兩浙'이라 하는데, 지금의 浙江省 경역과 대체로 일치한다.
[1251] 州郡을 감찰하던 관리. 憲司라고도 했다.
[1252] 원래는 여객을 실어 나르는 배라는 뜻이지만, 여기서는 神舟 이외에 따로 민간에서 모집한 배를 가리킨다.

는데, 대체로 神舟와 같이 형체를 갖추었지만 그보다는 작아서, 길이가 10여 장〈丈〉[1254]이고 깊이는 3장, 너비가 2장 5자〈尺〉로서, 2천 斛〈곡〉[1255]의 곡물을 실을 수 있다. 그 제작 방식은, 모두 통나무와 큰 다목〈枋〉을 혼합해서 포개어 만들었는데, 위는 저울대처럼 평평하고 아래는 칼날처럼 기울어져서, 물결을 헤치고 나갈 수 있는 능력이 뛰어나다.

가운데는 세 곳으로 나뉘어졌는데, 앞의 한 선창에는 艎板〈황판〉[1256]을 놓지 않고 단지 바닥에 부엌과 물독을 안치하였을 뿐인데, 이곳은 바로 두 돛대 사이에 해당하며, 그 아래는 무기를 보관하고 묵는 곳이다. 그 다음의 한 선창은 4개의 방으로 만들어져 있고, 또 그 뒤에 있는 한 선창은 '鷢屋〈교옥〉'[1257]이라고 하는데, 높이가 1장 정도나 되고 네 벽에 창문이 나있어 마치 집을 만든 것 같다. 위에는 난간을 만들어 놓았는데, 채색 그림이 화려한데다가 천막을 쳐서 장식을 더했다. 사자와 관속들이 각기 계급과 서열에 따라 나뉘어 거처한다. 위에는 대를 엮어 만든 뜸이 있는데, 평상시에는 포개어 쌓아두었다가 비가 오면 펼쳐서 빈 틈 없이 덮는다. 그러나 뱃사람들은 교옥을 높이는 것을 아주 싫어하니, 그것이 바람을 막아서 그렇게 하지 않는 것보다 불편하기 때문이다.

뱃머리의 양옆에 기둥이 있고, 그 가운데에는 수레바퀴가 있으며, 그 위에는 등나무 밧줄이 감겨져 있는데, 굵기가 서까래만하고 길이는 500자다. 이 밧줄로 닻돌[1258]을 내려뜨리는데, 닻돌 양옆에는 두 개의 나무 갈고리를 끼워놓았다. 배가 아직 큰 바다로 들어가지 않고 산 근처에서 정박할 때, 닻을 풀어 물 바닥에 닿게 하고 밧줄을 당겨두면, 배가 움직

1253 浙江省 鄞縣에 두었던 州. 경내에 四明山이 있어서 붙여진 이름이다.
1254 10자〈尺〉의 길이.
1255 휘, 즉 10말〈斗〉의 용량.
1256 '艎'은 나무로 만든 큰 배의 일종이다.『集韻』唐韻에서 "艎은 艅艎, 즉 吳 나라의 큰 배 이름이라"고 했다.
1257 '교'는 높은 집을 뜻한다.
1258 '矴石〈정석〉', 즉 닻으로 이용하는 돌.

이지 않는다. 만약 바람과 파도가 긴박하고 위급하게 되면 노는 닻을 더 내리는데, 그 쓰임은 큰 닻과 같지만 위치는 큰 닻의 양옆에 있다. 배가 움직이게 되면 그 바퀴를 감아서 닻을 거둬들인다.

뒤에는 正柂(정타)[1259]가 있는데, 크고 작은 키가 두 종류 있어, 물이 얕고 깊음에 따라 바꾸어 사용한다. 교옥의 뒤에는 위에서 아래로 꽂힌 키가 두 개 있는데, 이를 가리켜 '三副柂'라고 한다. 오직 큰 바다로 들어간 뒤에만 쓴다. 또 선박의 배 부분 양옆에 큰 대나무를 묶어 전대를 만들어서 파도를 막는다. 그것을 장착하여 싣는 방법은 물이 전대를 넘지 못하는 것을 경중의 척도로 삼는다. 대나무 전대 위에는 水棚(수붕)[1260]이 있다. 배마다 노가 10개씩 있어, 산을 열고 항구로 들어가거나 밀물을 따라 바다 문을 지나갈 때는 언제나 노를 울리며 간다. 그러나 뱃사공들이 뛰어오르고 소리를 지르며 온 힘을 다 써도, 배가 가는 것이 바람을 타고 빨리 가는 것보다는 못하다.

大檣(대장)[1261]은 높이가 10장이고 頭檣(두장)[1262]은 높이가 8장인데, 바람이 바르게 불면 베돛을 50폭 펼치고, 바람이 조금 기울어지면 利篷(이봉)[1263]을 써서 좌우로 날개를 펼쳐서 바람의 힘에 편승한다. 대장(=큰 돛대)의 꼭대기에 작은 돛 10폭을 더 달 수도 있는데, 이를 '野狐颿(야호범)'[1264]이라고 하고, 바람이 멎을 때 사용한다. 그러나 바람은 여덟 방향에서 불어오지만, 오직 머리 방향에서 정면으로 불어오면 배가 나아갈 수가 없다. 장대를 세워 새의 깃털로써 바람의 방향을 살피는데, 이를 五兩(오량)[1265]이라고 한다. 대개 正風(정품)[1266]은 만나기 어렵기 때문에, 베

[1259] 주 키.
[1260] 배 위에 만들어 놓은 누각, 혹은 다락집과 비슷한 구조물.
[1261] 큰 돛대.
[1262] 선두에 세운 돛대.
[1263] '篷'은 뜸, 즉 대를 엮어 배를 덮는 것을 말한다.
[1264] '野狐'는 들여우를 말하고, '颿'은 돛을 말한다.
[1265] 닭털 5-8냥을 높은 장대 끝에 매달아 놓고 풍향과 풍력을 관측하는 풍력풍향계.
[1266] 바르게 부는 바람.

돛을 사용하는 것은 사람의 뜻대로 접었다 폈다 할 수 있는 이봉을 사용하는 것보다 못하다.

바다를 통행할 때는 바다가 깊은 것은 두려워하지 않고 단지 얕아서 서게 될까 두려워하는데, 이는 배 바닥이 평평하지 않아서 조수가 빠지면 기울어지고 엎어져서 구할 수 없게 되기 때문이다. 그래서 항상 끈으로 납추를 늘어뜨려 점검해 본다. 배마다 노 젓는 뱃사공과 선원이 60여 명 있지만, 오직 수령을 믿고 의지한다. 수령은 바다 길을 익히 알고 하늘의 때와 사람의 일을 잘 헤아려 무리의 마음을 얻기 때문에, 갑자기 어려운 상황에 처하게 되더라도 모두가 한 사람처럼 호응하여 어려움을 이겨낼 수 있게 된다. 神舟의 길이와 너비, 높이, 크기 및 집기와 용기, 인원수 등은 모두 客舟의 세 배나 된다.

초보산(招寶山)[1267]

宣和 4년(1122) 壬寅年 봄 3월에 황제(=徽宗)께서 명을 내려 給事中 路允迪과 中書舍人 傅墨卿을 國信使와 副使로서 고려로 가게 하였다. 가을 9월에 고려 국왕 俁가 薨(홍)[1268]하여, 황제의 뜻에 따라 祭奠과 弔慰의 임무를 겸하여 가게 되었으니, 이는 元豊 연간의 고사를 좇은 것이다. 5년 癸卯年 봄 2월 18일 壬寅 일에 서둘러 배를 장식하고 수리하였다. 24일 戊申 일에 황제께서 명하여 睿謨殿(예모전)[1269]으로 가서 예물을 보게 하였다. 3월 11일 甲子 일에는 同文館(동문관)[1270]으로 가서 경계하

1267 浙江省 鎭海縣의 북동쪽에 있는 산. 본명은 候濤山.
1268 諸侯가 죽다.『禮記』「曲禮」下에 의하면, "天子가 죽는 것을 崩이라 하고, 諸侯가 죽으면 薨이라 하며, 大夫는 卒, 士는 不祿, 庶人은 死라고 한다."『新唐書』百官志 1에서는 "무릇 喪을 당하면, 三品 이상은 薨이라 하고, 五品 이상은 卒이라 칭하며, 六品부터 庶人까지는 死라고 칭한다"고 했다.
1269 송대 궁전의 이름. '睿謨'는 睿謨, 즉 제왕의 계책을 이르는 말이다.

고 타이르는 말을 들었다. 13일 丙寅日에 황제께서 崇政殿(숭정전)[1271]에 납시어 난간에 임하여 친히 전송하시면서 (황제의) 뜻을 직접 전하고 訓諭(훈유)[1272]를 내려 주셨으며, 14일 丁卯日에는 永寧寺(영녕사)에서 연회를 베풀어 주셨다. 이날 배를 풀어 汴京(변경)[1273]을 나갔다.

여름 5월 3일 乙卯 일에 배가 四明(사명)[1274]에 머물렀다. 이에 앞서 황제의 뜻을 얻어 두 척의 神舟와 여섯 척의 客舟가 함께 가게 되었는데, 13일 乙丑 일에 예물을 받들어 배 안으로 들였다. 14일 丙寅 일에는 供衛大夫 相州觀察使(상주관찰사)[1275] 直睿思殿(직예사전)[1276] 關弼(관필)을 보내어 구두로 황제의 뜻을 전하고, 明州의 청사에서 연회를 베풀어주었다. 16일 戊辰 일에 신주가 명주를 출발하여, 19일 辛未 일에 定海縣(정해현)[1277]에 도달하였다. 출발하기로 한 날에 앞서, 中使(중사)[1278]인 武功大夫 容彭年(용팽년)을 보내어 總持院(총지원)[1279]에서 도량(道場)[1280]을 열었는데, 7일간 밤낮으로 계속되었다. 그리고 御香(어향)[1281]을 내려 顯

1270 송대 四方館의 하나로, 靑唐과 高麗의 사신을 접대하던 곳이다. 송대 王應麟의『小學紺珠』에 의하면, "송대에는 都亭驛에서 遼를 접대하고, 都亭西驛에서는 西蕃과 阿黎, 于闐, 新羅, 渤海를 접대하였으며, 懷遠驛에서 交趾를 접대하고, 同文館에서 靑唐과 高麗를 접대했다"고 한다.
1271 송대 궁전의 하나로, 천자가 경서의 강론을 듣던 곳이다.
1272 가르쳐 타이르는 말씀.
1273 五代와 北宋의 도성. 河南省 開封市에 있었다. 汴水(혹은 汴渠)가 흐르기 때문에 붙여진 이름이다.
1274 浙江省 寧波市 남서쪽에 있는 산 이름. 道敎書에서 말하는 제9 洞天.
1275 '相州'는 北魏 때 河南省 臨漳縣의 남서쪽에 설치한 州로, 北周 때에 安陽縣으로 옮겼다. '觀察使'는 唐宋 시대에 州에 둔 벼슬로, 唐代에는 節度使니 道가 없는 州에 두었다가 중기 이후부터는 절도사가 겸식하였는데, 군사와 재무, 민속의 일을 관장했다. 그러나 宋代에는 유명무실해졌다.
1276 '예사전'이란 궁전을 관리하는 책임자. '睿思'란 제왕의 생각이란 뜻.
1277 송대에 浙江省 鎭海縣에 두었던 縣 이름. 후대에 鴉片戰爭이 일어난 곳으로 유명하다.
1278 환관 출신의 사신.
1279 정해의 절. '總持'는 범어 다라니의 의역으로, 선을 잃지 않고 악이 생기지 않게 하며 많은 덕을 갖추는 일을 말한다.
1280 불교나 도교에서 경을 외우고 예배하는 곳이나 그 행사를 말한다.
1281 황제가 사용하는 향.

仁助順淵聖廣德王祠(현인조순연성광덕왕사)[1282]에서 축원하게 하니, 신령
스런 동물이 나타났는데, 그 모양은 도마뱀과 같았지만, 실은 동해의 용
왕이었다. 사당 앞 10여 보 떨어진 곳, 鄞江(은강)[1283]이 끝나는 곳에 산
하나가 우뚝하니 바다에서 솟아있고, 그 위에 작은 浮屠(부도)[1284]가 있는
데, 예로부터 전해지는 바로는 바다로 나가는 배가 이 산을 바라보면 그
곳이 定海임을 알 수 있었다고 한다. 이런 까닭에 '招寶'라고 이름 지었
으니, 여기서부터 바야흐로 바다로 나가는 입구라고 할 수 있는 것이다.

24일 丙子 일에 여덟 척의 배가 쇠북을 울리며 기치를 펼치고 차례로
출발했다. 中使 關弼이 招寶山에 올라 황제께서 내린 향을 피우고 큰
바다를 바라보며 두 번 절하였다. 이날의 날씨는 쾌청했다. 巳時(사시)[1285]
에 동남풍을 타고 띠을 펼치며 노를 울렸는데, 물살이 소용돌이치며 빨
라져서, 뱀처럼 구불구불 나아갔다.

虎頭山(호두산)을 지나니, 항만 입구에 있는 七里山(칠리산)이 물에 감
싸여 있다. 호두산은 그 모양이 호랑이 머리와 비슷하다고 해서 그렇게
이름 지어진 것인데, 그 지리를 헤아려 보니 定海에서 20리나 떨어져 있
다. 물색은 鄞江과 다르지 않고 물맛이 조금 짤 뿐이다. 이곳은 온갖 내
가 다 모이는 곳이어서, 이곳까지 왔는데도 아직 맑아지지 않았다.

호두산(虎頭山)

호두산을 지나 수십 리를 가면 蛟門(교문)에 이른다. 대개 바다 가운데

1282 神祠의 이름.
1283 浙江省 鄞縣에서 바다로 들어가는 강.
1284 梵語 Budda의 音譯으로, 부처나 사탑, 혹은 불교를 뜻하는 말인데, 여기서는 사탑을
    가리킨다. 浮圖라고도 쓴다.
1285 12辰의 6째 시각. 곧 상오 9시부터 11시까지의 사이. 24시의 11째 시. 곧 상오 9시 반
    부터 10시 반까지의 사이.

두 산이 서로 마주 서 있고 그 사이에 물길이 있어 배가 통과할 수 있으면 모두 '門'이라고 하는데, '蛟門'이란 蛟龍이 사는 곳이란 뜻으로, '三交門'이라고도 한다. 그 날 申時(신시)[1286]가 끝날 무렵에 멀리 大謝山(대사산)과 小謝山(소사산)을 바라보며 松栢灣(송백만)을 지나 蘆浦(노포)에 다다라 닻을 던지고 여덟 척의 배가 함께 정박하였다.

심가문(沈家門)

25일 丁丑 일 辰時(진시)[1287]에 사방의 산이 안개에 덮였다. 서풍이 불어와, 뜸을 펼치고 뱀처럼 구불구불 바람의 흐름을 따라 갔더니, 가는 속도가 매우 느렸다. 뱃사람들은 이를 가리켜 '拒風(거풍)'[1288]이라고 했다. 巳時에 안개가 흩어져, 稀頭白峯(희두백봉)의 窄額門(착액문) 石師顔(석사안)을 나가 배를 띄웠고, 그 뒤에 沈家門에 다다라 닻을 던지고 정박했다. 심가문을 이룬 산은 교문과 모양이 비슷했지만, 사방의 산이 둥그렇게 에워 안으며 두 문을 마주 열었는데, 그 산세가 서로 잇닿아 있어, 여기까지도 昌國縣(창국현)[1289]에 속해 있다. 그 위에는 어부와 나무꾼 10여 집이 모여 살고 있는데, 그 가운데서 가장 힘 있는 집의 성씨를 따서 ('심가문'이라) 이름 지은 것이다.

申時에 바람이 불고 비가 내리면서 날이 어두워지고 천둥과 번개, 우박 등이 갑자기 내리치다가, 한참이 지난 뒤에야 그쳤다. 이날 밤에 산에 올라가 장막을 치고 땅을 쓴 뒤에 제사를 드렸는데, 뱃사람들은 이를 가리켜 '祠沙(사사)'라고 하지만, 실은 岳瀆(악독)[1290]을 주관하는 신으로, 배

1286 하오 3시부터 5시까지.
1287 오전 7시부터 9시까지.
1288 바람에 저항한다는 뜻.
1289 송대에 浙江省 舟山市의 옛 定海縣 지역에 두었던 縣.
1290 큰산과 물.

향하는 신위도 매우 많다. 배마다 각기 나무를 깎아 작은 배를 만들고, 불경과 말린 밥을 싣고 탑승자의 성명을 써서 그 안에 넣은 뒤에 바다에 던졌는데, 이는 푸닥거리로 액막이하는 술수의 하나다.

매잠(梅岑)

26일 戊寅 일에 서북풍이 아주 강하게 불었다. 사자가 三節人을 거느리고 작은 배로 해안에 올라 梅岑(매잠)[1291]으로 들어갔다. 옛날부터 이르기를, 梅子眞(매자진)[1292]이 은거하던 곳이어서 이 이름을 얻었다고 하는데, 신발 흔적과 표주박 자취가 돌다리 위에 남아있다. 깊은 산기슭 안에는 蕭梁(소량)[1293]이 세운 寶陁院(보타원)이 있는데, 그 전각에는 영험한 관음상이 있다. 옛날에 新羅의 상인이 五臺山(오대산)[1294]에 가서 (관음)상을 파내서 그 나라로 싣고 가려했지만, 바다로 나갔다가 암초에 걸려 배가 붙어서 나아가지 못했기 때문에, (관음)상을 암초 위에 도로 갖다 놓았는데, 보타원의 宗岳(종악)이란 승려가 그것을 맞이하여 전각에 봉안하였다. 그 뒤부터 바다에 배를 대고 왕래할 때는 반드시 (관음상에) 가서 복을 빌었더니, 감응하지 않은 적이 없었다. 吳越(오월)[1295]의 錢(전) 씨가 그 (관음)상을 성안의 開元寺(개원사)로 옮겼다. 요즘 매잠에서 받들어 모시는

1291 浙江省 普陀山의 별칭. 漢의 梅福이 丹藥을 만들던 곳이라 한다.

1292 梅福. 子眞은 字다. 漢 九江郡 壽春 사람으로, 벼슬은 南昌尉를 하다가, 王莽이 전횡하자 가족을 버리고 은거하여 신선이 되었다는 전설이 있고, 곳곳에 그와 관련된 유적이 있다.

1293 南朝의 梁을 말한다. 황실의 성이 蕭 씨이기 때문에 붙여진 이름이다. 502년에 蕭道成에 의해 건국되어 557년에 멸망했다.

1294 山西省 五臺縣 북동과 繁峙縣 북서쪽에 있는 名山.

1295 五代十國의 하나. 唐 昭宗 때 鎭海節度使 錢鏐가 後梁에서 책봉받은 吳, 越 일대에 세운 나라로, 도읍은 杭州에 있었다. 5王 84년만에 宋에 병합되었다.(『舊五代史』世襲傳 2)

관음상은 후대에 만든 것이다. 崇寧(숭녕)[1296] 연간에 (고려에 갔다 온) 사자가 조정에 보고해서, 새 편액을 절에 내려주고, 매년 승려의 수를 헤아려 늘려주고 장식을 더해 주었다. 옛 제도에 의하면 사자는 이곳에서 (무사 귀환을) 청하고 기도한다. 이날 밤에 승려들이 매우 엄숙하게 향을 피우고 불경을 외며 범패를 불렀고, 삼절 등 관리들과 병졸들도 경건하고 조심스럽게 예를 다하였다.

한밤중이 되자 별이 빛나고 바람에 깃발이 흔들리니, 사람들이 모두 기뻐 용약하며 "바람이 이미 정남쪽으로 바뀌었다"고 하였다. 27일 己卯일, 뱃사람들은 바람의 기세가 아직 안정되지 않았다고 해서 여전히 바람이 익기를 기다렸다. 바다 위에서 풍향이 다음 날까지 바뀌지 않는 것을 가리켜 '익는다〈熟〉'고 한다. 그렇지 않고 큰 바다 가운데서 갑자기 바람이 방향을 바꾸게 되면, 망연해져서 어느 방향으로 가야할지 모르게 된다. 바람이 익은 뒤에야 큰 바다로 나가야 하기 때문에, 바람과 구름, 그 날의 일진 등을 잘 살핀 뒤에 나아가게 된다. 申時에 정사와 부사가 삼절인과 함께 여덟 척의 배로 돌아왔는데, 이때가 되어서야 물색이 조금 맑아졌지만, 물결은 조금 일어서 배 안에서도 흔들리는 것이 느껴졌다.

해려초(海驢焦)

28일 庚辰 일, 해가 뜨고 하늘이 맑았다. 卯時(묘시)[1297]에 여덟 척의 배가 동시에 출발했다. 징사와 부사기 조복을 갖춰 입고 두 명의 道官과 함께 대궐을 바라보며 두 번 절하고, 어전에서 내린 神霄(신소),[1298] 玉清(옥청),[1299] 九陽(구양),[1300] 總眞(총진) 등 符籙(부록),[1301] 風師(풍사)[1302]와 龍

[1296] 徽宗 때의 연호, 1102-1106년.
[1297] 상오 5시부터 7시까지.
[1298] 九天에서 가장 높은 곳으로, 神仙이 사는 곳을 말한다.

王(용왕)[1303]에게 드리는 牒(첩),[1304] 天曹(천조)[1305]와 直符(직부)[1306]에게 보내는 引(인),[1307] 五嶽眞形(오악진형),[1308] 止風雨(지풍우)[1309] 등 13종의 부적을 바다에 던졌다. 이 일이 다 끝난 뒤에 뜸을 펼치고 갔다. 赤門(적문)을 나가서 한식경이 지나니, 물색이 점차 파랗게 되었다. 사방으로 바라보이는 산과 섬들이 조금씩 적어져서, 혹은 끊어진 구름 같기도 하고, 혹은 초생달 같기도 했다.

그 뒤에 해려초를 지났는데, 그 모양이 엎드린 당나귀 같았다. 崇寧 연간에 뱃사람 가운데 바다 짐승이 파도 사이에서 출몰하는 것을 본 사람이 있었는데, 그 모양이 당나귀 형상과 같았다고 한다. 물론 그것은 다른 사물이었을 것이고, 암초 위에 당나귀가 있었던 것은 아닐 것이다.

봉래산(蓬萊山)

봉래산을 바라보면 아주 멀리 있는데, 앞이 높고 뒤는 내려갔다. 우뚝 솟아 있는 것이 가히 볼만하다. 그 섬도 昌國縣의 경역에 속해 있다. 그 위는 극히 넓어서 씨를 뿌릴 수 있기 때문에, 섬사람들이 거주하고 있다.

1299 도교에서 말하는 三淸境의 하나로, 元始天尊이 산다는 곳을 말한다.
1300 태양이란 뜻으로, 도교에서는 純陽을 이르는 말이다.
1301 道士가 잡귀를 쫓고 재앙을 물리치기 위해 그린 그림이나 도형, 글 등을 말한다.
1302 風伯, 즉 바람을 관장하는 신.
1303 물에 사는 생물을 다스린다는 신.
1304 神에게 고하는 서약문.
1305 도교에서 말하는 천상의 관청.
1306 神의 한 종류. 漢代 王符의 『潛夫論』 巫列에서 열거되었다.
1307 통행증, 혹은 증명서.
1308 五嶽眞形圖, 즉 泰山 등 다섯 산에 신격을 부여하여 사람의 화복과 생사를 맡게 한 것으로 묘사된 符籙으로, 三天太上大道君이 지어 전한 것이라 한다. '진형'이란 본래의 형상이나 참다운 형체를 말한다.
1309 바람과 비를 그치게 하는 부록.

신선들이 산다는 三神山(삼신산)¹³¹⁰ 가운데에 봉래산이 포함되어 있는
데, 弱水(약수)¹³¹¹ 3만 리를 넘어서야 도달할 수 있다고 한다. 지금 손가
락을 가리키며 돌아 볼 수 있는 것은 아닐 터이니, 이는 응당 오늘 날 사
람들이 가리켜 (봉래산이라) 이름 지은 것일 뿐이다. 이곳을 지나면 다시
는 산이 보이지 않고, 다만 연이은 파도가 오르내리며 소용돌이치는 것
만 볼 수 있을 뿐이다. 배가 흔들리며 요동쳐서, 배 안에 있는 사람들 가
운데서 구토하고 현기증으로 쓰러져 제 몸을 가누지 못한 자가 십중팔
구였다.

반양초(半洋焦)

　　배가 봉래산을 지난 뒤에는, 물이 깊어 물색이 유리처럼 파래졌고 풍
랑의 기세가 더욱 거세졌다. 큰 바다 가운데에 돌이 하나 있었는데, '반
양초'라고 불렀다. 배가 암초에 부딪히면 전복되어 가라앉기 때문에, 뱃
사공들이 이를 가장 두려워하였다. 이날 오후에 남풍이 더욱 급해져서
野狐颿(야호범)¹³¹²을 더 올렸다. 돛을 만드는 뜻은 풍랑이 밀어닥쳐 배가
그 기세를 이기지 못할까 두려워하기 때문이니, 작은 돛을 큰 돛 위에
더 올려서 서로 도우면서 가게 하는 것이다.
　　이날 밤, 바다 가운데서 머무를 수는 없기 때문에, 오로지 별을 보면
서 앞으로 나아갔는데, 하늘이 캄캄해서 별도 볼 수 없으면 指南浮針(지
남부침)¹³¹³을 사용해서 남북의 방향을 헤아렸다. 밤이 되어 불을 밝히자,

1310　신선이 사는 것으로 전해지는 세 산. 『史記』 秦始皇本紀에서 "바다 가운데에 三神山
　　　이 있는데, 蓬萊, 方丈, 瀛州라고 하며, 僊人이 살고 있다"고 했다.
1311　옛날, 중국에서 신선이 살던 곳에 있었다는 물 이름. 浮力이 아주 약해서 기러기 털
　　　처럼 가벼운 물건도 가라앉았다고 한다.
1312　돛의 일종으로, 『高麗圖經』에만 나오는 말이다. '野狐'는 여우란 말이고, '颿'은 돛을
　　　말한다.

여덟 척의 배가 모두 이에 응하여 불을 밝혔다. 밤중에는 바람이 서북 방향으로 돌아서고 그 기세가 아주 거세었다. 뜸을 내렸는데도, 거센 파도와 바람에 흔들려서 병과 항아리가 모두 뒤집히고, 배에 탄 사람들이 모두 두려움에 떨며 겁을 먹었다. 동이 틀 무렵에야 조금 가라앉아, 사람들의 마음이 안정을 되찾고, 그 전처럼 돛을 펼치고 앞으로 나아갔다.

백수양(白水洋)

29일 辛巳 일, 하늘색이 흐리고 어둠침침하며, 바람의 기세가 안정되지 않았다. 辰時에 바람이 잦아들고 순해졌다. 다시 야호범을 올렸지만, 배가 가는 속도는 아주 느렸다. 申時가 지나면서 바람이 방향을 바꾸었고, 酉時(유시)[1314]에는 구름이 모여 비가 내리다가, 밤이 되어서야 그쳤다. 다시 남풍이 불어와, 백수양으로 들어갔는데, 그 수원이 鞅鞨(말갈)[1315]에서 나왔기 때문에 흰색이 되었다. 이날 밤에 불을 밝히니, 세 척의 배가 호응하였다.

황수양(黃水洋)

황수양은 곧 모래톱이다. 그 곳의 물은 혼탁하고 얕다. 뱃사람들은 "그 모래가 서남쪽에서 와서 큰 바다 가운데에 1천여 리나 가로놓인 것

1313 나침반.
1314 하오 5시부터 7시 사이.
1315 遼東 동부에 위치한 역사공동체의 명칭. 先秦 시대에는 肅愼이라 불렸고, 漢代에는 挹婁, 魏晉南北朝 시대에는 勿吉, 隋唐 시대에는 鞅鞨이라 불렸다. 宋代에는 女眞이라 불려졌는데, 徐兢이 『高麗圖經』을 쓰던 시기에는 거란의 遼를 멸망시키고 北宋까지 붕괴시키는 과정에 있었다.

으로, 곧 황하가 바다로 들어가는 곳이라"고 했다. 배가 가다가 이곳에 이르면, 닭과 수수로 모래에 제사 지낸다. 그간에 배를 운행하여 모래를 지나다가 피해를 입은 자들이 많았기 때문에, 물에 빠져 죽은 이들의 혼백을 위해 제사지낸다고 한다. 中國에서 句驪(구려)[1316]로 가는 길 가운데서 오직 明州道만 이곳을 경유한다. 登州(등주)[1317]의 版橋(판교)에서 건너가면 이를 피할 수 있다. 근래에 사자가 돌아오는 길에 이곳에 다다랐다가, 첫째 배가 얕은 곳에 거의 부딪힐 뻔했고, 두 번째 배는 오후에 세 개의 키를 모두 부러뜨렸다가, 종묘사직의 위엄과 영험함에 힘입어 살아서 돌아올 수 있었다. 그래서 뱃사람들은 언제나 모래톱을 지나는 것을 어렵게 여겨, 자주 납추를 이용해서 그 깊고 얕음을 신중하게 살펴보지 않을 수 없다.

흑수양(黑水洋)

흑수양은 곧 북쪽의 바다다. 그 색은 어둠침침한데, 깊은 곳으로 들어갈수록 먹과 같이 새카맣게 되어, 갑자기 그것을 보면 심지와 담력을 모두 잃게 된다. 성난 파도가 밀려와서 수많은 산처럼 솟아오른다. 밤이면 파도 사이가 선명하게 빛나는데, 그 밝기가 불과 같다. 배가 바야흐로 파도 위에 오를 때에는 바다에 있음을 느끼지 못하고 단지 하늘에 해가 밝게 빛니는 것만 볼 수 있을 뿐이다. 그러나 배가 우묵한 곳으로 내려가서, 앞뒤로 치솟은 물을 올려다 보면, 높은 파도가 천공을 가리고, 장과 위가 뒤집히고 숨만 겨우 쉬면서 넘어져서 구토하니, 낟알이 목구멍으로 내려가지 않는다. 피곤해서 요 위에 누우려면, 반드시 사방을 북돋아 올

1316 高句麗의 약칭으로, 여기서는 高麗를 가리킨다.
1317 山東省 蓬萊縣에 있던 州. 중국에서 요동이나 한국으로 갈 수 있는 가장 가깝고 쉬운 해로의 출발점이었다.

려서 가운데를 구유처럼 만들어야 한다. 그렇지 않으면, 기울어질 때 구르게 되어 몸을 다친다. 이때는 살아나기 어려운 萬死의 상태에서 벗어날 수 있기만을 빌게 되니, 가히 위험한 상황이라 할 수 있다.

제35권 바닷길〈海道〉 2

협계산(夾界山)

6월 1일 壬午 일에 동이 틀 무렵, 안개가 끼어 어두웠다. 동남풍을 탔다. 巳時에 안개가 사라지고, 바람이 서남 방향으로 바뀌어, 야호범을 더 펼쳤다. 정오에 바람이 사나와져서, 첫째 배의 큰 돛대가 우지끈 소리를 내며 휘어져 부러지려 해서, 큰 나무로 곁 대어 온전할 수 있었다. 未時가 지난 뒤에 동북쪽으로 하늘 끝을 바라보니, 구름처럼 희미한 것이 있어, 사람들이 그것을 가리켜 半托伽山(반탁가산)이라 하였지만, 분명하게 보이지는 않았다. 밤이 되자 바람이 잦아들어, 배가 아주 느리게 움직였다. 2일 癸未 일 아침에 안개가 끼어서 어둡고 서남풍이 불었으나, 未時가 지나면서 맑게 갰다. 정동 방향으로 병풍 같은 산 하나가 바라보였으니, 곧 협계산이었다. 華夷(화이)[1318]가 이곳을 경계로 삼고 있다. 처음 바라볼 때는 희미해서 잘 보이지 않았지만, 酉時가 지나면서 가까이 다가가니, 앞에 두 개의 봉우리가 있는데, 이를 雙髻山(쌍계산)이라고 한다. 뒤에는 작은 암초가 수십 개 있는데, 마치 달리는 말과 같은 형상이었다. 하얀 눈 같은 파도가 격렬하게 부서지고, 산에 부딪히면 더욱 높게 용솟

[1318] 中國과 夷狄. 여기서는 宋과 高麗의 國界를 가리킨다.

음치며 흩뿌려진다. 丙夜(병야)[1319]에 바람이 급해지고 비가 내려, 돛을 내리고 뜸을 걷어서 그 기세를 누그러지게 했다.

오서(五嶼)

오서는 도처에 있지만, 협계산 가까이 있는 것이 진짜 오서다. 定海의 동북쪽, 蘇州(소주)[1320] 앞 바다에 있는 群山島(군산도)와 馬島(마도)에도 모두 오서가 있다. 대개 뱃사람들은 바다의 산 위에 작은 산이 있는 것을 가리켜 '嶼(서)'라고 한다. 그래서 여러 곳의 다섯 산이 서로 가까이 있으면 모두 '五嶼'라고 하는 것이다. 3일 甲申 일, 밤새 내리던 비가 아직 그치지 않고 동남풍이 불었다. 오후에 이 오서를 지나갔는데, 오랫동안 바람과 파도가 (섬에) 부딪히며 솟구쳐 오르니, 그 높고 험하며 가파른 산의 풍광은 아주 볼만했다.

배도(排島)

이날 巳時에 구름이 흩어지고 비가 그쳤다. 사방을 돌아보니 맑게 갰다. 멀리 세 산이 나란히 늘어서 있는 것이 보이는데, 그 중의 한 산은 담장처럼 보였다. 뱃사람들은 그것을 가리켜 '배도'라고 했다. 또 '排垛山(배타산)'이리고도 했는데, 그 모양이 '射垛(사타)'[1321]의 형상과 같기 때문이다.

1319 三更. 하오 11시부터 다음 날 상오 1시 사이.
1320 江蘇省 蘇州市에 있었던 州.
1321 살받이. 과녁의 앞뒤와 양쪽에 화살이 날아와서 꽂히도록 쌓은 것.

백도(白島)

이날 오후에 동북쪽으로 아주 큰 산 하나를 바라보았는데, 연이어 잇닿아 있는 것이 마치 성곽과 같았다. 해가 비치는 곳은 옥과 같이 희었다. 未時가 지난 뒤에 바람이 불어, 배가 아주 빠르게 항행했다.

흑산(黑山)

흑산은 백산의 동남쪽에 있는데, 서로 바라볼 수 있을 정도로 아주 가깝다. 처음 바라볼 때는 아주 높고 험준했는데, 가까이 다가가니 산세가 중첩되어 있음을 볼 수 있었다. 앞에 있는 작은 봉우리는 가운데가 굴처럼 비어있고, 양쪽 사이에는 활등처럼 휘어들어 간 곳이 있어, 배를 숨길 수도 있게 되어있었다. 옛날 바닷길에서는 이곳이 사자의 배가 정박하고 묵었던 곳이었고 지금도 관사가 아직 남아있다고 한다. 그러나 이번 여정에서는 이곳에 닻을 던지지 않았다. 그 위에는 백성들이 사는 마을이 있다. 그 나라에서 큰 죄를 지어 죽음을 모면할 수 있었던 사람들 가운데 많은 이들이 이곳으로 유배 온다. 중국인 사자가 탄 배가 이를 때마다 밤에 산꼭대기에서 봉화를 밝게 피우고 여러 산에서 차례로 호응하여 왕성까지 이르는데, 바로 이 산에서 시작한다. 申時가 지날 때에 배가 그곳을 통과했다.

월서(月嶼)

월서는 둘인데, 흑산에서 아주 멀리 떨어져 있다. 앞에 있는 것을 大月嶼(대월서)라 하는데, 달처럼 둥그렇게 감싸고 있는 형상이다. 옛날부터 전해지는 바에 의하면, 그 위에 養源寺(양원사)가 있었다고 한다. 뒤에 있는 것은 小月嶼(소월서)라 하는데, 둘이 문처럼 서로 마주 보고 서 있어, 작은 배가 통행할 수 있다.

난산도(闌山島)

난산도는 天仙島(천선도)라고도 한다. 그 산은 높고 험준하며, 멀리서 바라보면 벽처럼 서있다. 앞에 있는 두 작은 암초는 거북이나 자라의 형상과 같다.

백의도(白衣島)

백의도는 세 산이 서로 이어져있는데, 앞에는 작은 암초가 붙어있다. 비스듬히 누운 노송나무와 무성하게 쌓여있는 차조기 풀이 파랗게 윤이 나서 가히 볼만하다. 白甲苫(백갑섬)이라고도 한다.

궤섬(跪苫)

궤섬은 백의도의 동북쪽에 있는데, 그 산은 다른 섬들에 비해 유별나게 크다. 여러 산이 서로 이어져 있고, 잘게 부서진 암초들이 그 주위를 에워싸고 있는데, 그 수는 이루 헤아릴 수 없을 만큼 많다. 밤에 조수가 세차게 부딪혀 와 눈 같이 흰 파도가 빠르게 밀려든다. 달은 지고 밤이 어두운데, 흩뿌려진 물방울이 불이 환하게 타오르는 것처럼 밝았다.

제36권 바닷길〈海島〉 3

춘초섬(春草苫)

춘초섬이 또 궤섬 밖에 있어, 뱃사람들은 '外嶼(외서)'라고 부른다. 그 위는 온통 소나무와 노송나무 종류로 덮여있어, 울창하게 보였다. 밤중에는 바람이 고요해서, 배의 항행이 더 둔해졌다.

빈랑초(檳榔焦)

빈랑초는 형상이 (빈랑나무[1322]와) 비슷해서 이름을 얻었다. 대개 바다 가운데 있는 암초들은 멀리서 바라보면 대부분 이런 형상을 취하고 있는데, 오직 춘초섬 가까이 있는 것만 뱃사람들이 빈랑초라고 부른다. 밤이 깊어지자 조수가 빠져, 배가 물을 따라 뒤로 물러나 거의 큰 바다로 다시 들어가려 해서, 배에 탄 사람들이 모두 두려워하며 빠르게 노를 저어 힘을 보태었다. 동이 틀 무렵까지도 여전히 춘초섬에 있었다.

4일 乙酉 일, 날이 쾌청하게 갰다. 바람이 고요하고 풍랑이 잦아들었다. 물색을 굽어보니, 거울 같이 맑고 푸르러서 바닥까지 볼 수 있었다. 바다 고기가 수백 마리 보였는데, 그 크기가 몇 丈이나 되는 것이 배를 따라 왔다 갔다 하며, 평온하게 지느러미를 치고 천천히 꼬리를 흔들며 유유자적하면서, 배가 지나가는 것도 전혀 아랑곳하지 않았다.

[1322] 종려과에 속하는 열대지방 상록 교목으로, 줄기는 가지 없이 곧게 자란다. 그 열매는 心腹痛이나 脚氣衝心, 積聚, 驅蟲 등의 한약재로 쓰인다.

보살섬(菩薩苫)

이날 오후에 보살섬을 지났는데, 고려인들은 일찍이 그 섬 위에서 기이한 일이 있었기 때문에 그렇게 이름 지어졌다고 한다. 申時가 지난 뒤에 바람이 고요해져서, 조수를 따라 앞으로 나아갔다.

죽도(竹島)

이날 酉時가 지난 뒤에, 배가 죽도에 다다라 닻을 던졌다. 그곳은 산이 여러 겹 중첩되었고, 숲의 나무는 푸르고 무성했다. 그 위에도 사람들이 살고 있었는데, 주민들 가운데는 우두머리가 있기도 했다. 산 앞에는 흰 암초가 수백 덩어리 있었는데, 크기가 모두 같지 않았고, 흡사 옥돌을 쌓아놓은 것 같았다.

사자가 돌아오는 길에도 이곳에 이르렀는데, 마침 그때가 中秋(중추)[1323]여서 달이 나왔다. 밤이 고요하고 물은 잔잔한데, 밝은 놀이 서로 비쳐 어울리고, 비스듬히 비치는 달빛은 천 丈이나 되어, 온 섬의 숲과 골짜기, 배의 기물들이 모두 금빛이 되었다. 사람들이 모두 일어나 춤을 추며 그림자를 희롱하고 술 마시고 피리를 부니, 마음과 눈이 기쁘고 상쾌해져서, 바로 앞에 큰 바다가 가로놓여 있는 것도 잊고 있었다.

1323 음력 8월 보름. 한가위.

고섬섬(苦苫苫)〈鄭刻에서는 '苦苫'이라 하였다. 39권 禮成港 조에서도 '苦苫苫'이라
하였다〉

5일 丙戌 일, 청명했다. 고섬섬을 지나갔는데, 죽도에서 멀리 떨어져
있지 않았고, 그 산의 형상도 비슷했으며, 역시 거주하는 사람이 있었다.
고려에서는 가시 같은 고슴도치 털을 가리켜 '고섬섬'이라 하는데, 이 산
숲의 나무가 무성하기는 하지만 크지는 않아, 바로 고슴도치 털과 같기
때문에 이렇게 이름 지어 진 것이다. 이날 이 섬에서 닻을 던졌는데, 고
려인들이 배에 물을 싣고 와서 바쳤기에, 쌀을 주어 사례하였다. 동풍이
크게 일어나 앞으로 나아갈 수가 없었기 때문에, 결국 여기서 묵게 된
것이다.

군산도(群山島)

6일 丁亥 일, 아침 조수를 타고 항행했다. 군산도에 이르러 닻을 내렸
다. 그 산은 12봉우리가 서로 이어져, 마치 성곽처럼 둘러싸고 있었다.
여섯 척의 배가 와서 맞아주었는데, 창을 들고 갑옷을 입은 병사들을 싣
고서, 징을 울리고 뿔피리를 불며 호위하였다. 따로 작은 배가 있어 녹색
겉옷을 입은 관리가 타고 있었는데, 홀을 바로잡고 배 안에서 읍하였지
만, 성명은 알리지 않고 돌아갔다. 군산도의 注事(주사)[1324]라고 한다. 뒤
이어 통역관인 閤門通事舍人(합문통사사인)[1325] 沈起(심기)가 와서 함께 하
였다. 同接伴 金富軾과 知全州(지전주)[1326] 吳俊和(오준화)가 사자를 보내

1324 主事, 즉 고려 시대에 中書省 등 여러 관아에 딸린 吏屬.
1325 '閤門'은 고려 시대에 朝會와 儀禮에 관한 일을 맡아 보던 관아였고, '通事舍人'은
      그 관에 딸린 정7품의 속관으로 통역의 일을 맡았다.
1326 全州의 장관으로, 州刺史에 해당한다.

遠迎狀(원영장)[1327]을 주었고, 정사와 부사는 예의를 차려 그것을 받았는데, 읍은 했지만 절은 하지 않았으며, 掌儀官(장의관)[1328]을 보내 접촉하는 데 그쳤다. 이어서 답서를 보냈다.

배가 섬의 연안으로 들어가자, 백여 명이 기치를 들고 늘어서 있었고, 동접반이 편지와 함께 아침 식사를 정사와 부사 및 三節에게 보냈다. 정사와 부사가 접반에게 國王先狀(국왕선장)[1329]을 보내자, 접반이 채색한 배를 보내 정사와 부사에게 群山亭(군산정)에 올라 만나자고 청하였다. 그 정자는 바닷가에 있고, 뒤로 나란히 서 있는 두 봉우리에 의지해 있는데, 유난히 높은 절벽은 수백 길이나 된다. 문 밖에는 관청 건물이 10여 칸 있고, 서쪽으로 가까이 있는 작은 산 위에는 五龍廟(오룡묘)와 資福寺(자복사)가 있다. 또 서쪽에는 崧山 行宮(행궁)[1330]이 있고, 그 좌우와 앞뒤에는 10여 가의 백성들이 살고 있다. 오후에 정사와 부사가 松舫(송방)[1331]을 타고 해안에 이르렀고, 삼절은 수종 인원을 이끌고 관사로 들어갔다. 접반과 郡守가 쫓아와서 맞이하였는데, 뜰에 香案(향안)[1332]을 설치하고 대궐을 바라보며 절하고 춤 춘 뒤에, 聖體(성체)[1333]에 대해 공손하게 문안하였다. 그 예가 끝난 뒤, 양 계단으로 나누어 당상에 올랐는데, 정사와 부사는 윗자리에서 차례대로 만나 두 번씩 절하였고, 그 뒤 조금 앞으로 나와 차례대로 늘어서서 다시 재배한 다음, 자리로 돌아갔다. 上節과 中節은 당위에서 차례대로 서서 접반과 읍하였다. 그 나라에서는 모두 雅揖(아읍)[1334]을 했다. 都轄官은 앞으로 나와서 인사말을 하고 두 번 절한 다음에, 앞서 한 예와 같이 군수에게 차례로 읍하고 물러

1327 밀리서 온 섯을 환영하는 글.
1328 儀禮를 관장하는 관리.
1329 송의 사자가 도착했음을 고려 국왕에게 먼저 알리는 서장.
1330 임금이 거동할 때에 임시로 머무는 별궁.
1331 소나무로 만든 작은 배.
1332 향로를 놓은 상.
1333 황제의 건강.
1334 규범에 맞는 읍이란 뜻으로, 중국식 읍을 가리킨다.

나 자기 자리로 갔다. 정사와 부사는 모두 남쪽을 향하고, 접반과 군수는 동서로 마주 향하였으며, 하절과 뱃사람들은 뜰에서 인사 "예" 하는 소리를 내며 경례하였다. 상절은 당상에서 자리를 나누어 앉고, 중절은 양쪽 행랑에서 나누어 앉았으며, 하절은 문의 양쪽 곁채에 앉고 뱃사람들은 문 밖에 앉았다.

장막은 아주 가지런하게 펼쳐져 있었고, 음식도 풍성하게 차려졌으며, 예의 바른 태도는 공손하고 조심스러웠고, 바닥에는 언제나 자리가 깔려 있었다. 그 풍속이 이와 같았으니, 역시 옛 날의 그것과 가까웠다. 술이 10여 배 돌았는데, 중절과 하절은 서열에 따라 그보다 조금씩 덜 돌았다. 처음 앉았을 때는 접반이 직접 술을 따라 바치고, 사자가 다시 잔을 되돌려 술을 권하였는데, 주연이 반쯤 진행된 뒤에는 사람을 대신 보내 술을 권하였고, 삼절은 모두 큰 뿔잔으로 바꿨다. 예가 끝난 뒤에, 상절과 중절이 서둘러 처음의 예와 같이 읍하였고, 정사와 부사는 송방에 올라 원래 탔던 큰 배로 돌아갔다.

횡서(橫嶼)

횡서는 군산도의 남쪽에 있다. 산 하나가 특히 크고, 案苦(안섬)이라고도 불렀다. 앞뒤에 수십 개의 작은 암초들이 둘러싸고 있는데, 돌다리가 있는 동굴 하나가 깊이가 여러 丈이나 되고 높이와 너비도 그만했다. 밀물이 밀려와 물을 치는 소리가 마치 천둥 치는 소리와 같았다.

제37권 바닷길〈海島〉4

자운섬(紫雲苫)

7일 戊子 일, 날씨가 쾌청했다. 아침 일찍 全州를 지키는 관리가 서신을 보내어 와, 사자에게 酒禮(주례)[1335]를 준비했으니 머물러 달라고 간곡히 만류했지만, 사자가 서신을 보내 굳이 사양하여, (주례는) 그만 두고 다만 그가 보내준 채소와 물고기, 조개 등을 받기만 하고 (중국의) 토산품을 주어 답례하였다. 午時에 배를 풀어 橫嶼에서 묵었다. 8일 己丑 일 아침 일찍 출발하였다. 남쪽으로 산 하나가 바라보였는데, 자운섬이라고 했다. 가로누운 산봉우리들이 서로 교차하며 쌓여있고, 그 뒤에 있는 두 산은 더욱 멀리 보였는데, 흡사 두 눈썹에 푸른빛이 엉겨 있는 듯했다.[1336]

부용산(富用山)

이날 오후에 富用倉山(부용창산)을 지나갔는데, 곧 뱃사람들이 芙蓉山(부용산)이라고 하는 곳이다. 그 산은 洪州(홍주)[1337] 경내에 있다. 그 위에는 창고가 있어 곡식이 쌓여있다. 또 많은 이들이 변방의 비상사태에 쓰기 위해 준비되어 있기 때문에 '富用'이라 이름 지어졌다고 한다.

[1335] 술자리에서 손님을 접대하는 예절을 말한다.
[1336] 본문에서는 "雙眉凝翠"라 했는데, '翠黛' 즉 눈썹 그리는 푸른빛의 먹, 또는 미인의 눈썹이라는 말로써 멀리 보이는 푸른 산을 형용할 수도 있다.
[1337] 충청남도 洪城郡에 있었던 州.

홍주산(洪州山)

홍주산은 또 자운섬의 동남쪽 수백 리 떨어진 곳에 있는데, 홍주는 그 산 아래에 세워졌다. 또 동쪽에 산이 하나 있어 금이 산출되는데, 마치 호랑이처럼 웅그리고 있어, '東源(동원)'이라고 부른다. 수십의 작은 산들이 성곽처럼 둘러싸고 있다. 그 산 위에는 깊은 못이 하나 있는데, 거울처럼 맑고 헤아릴 수 없을 정도로 깊다. 이날 申時에 배가 그곳을 지나갔다.

아자섬(鵶子苫)

아자섬은 軋子苫(알자섬)이라고도 한다. 고려인들은 삿갓을 '軋'이라고 하고, 그 산의 형상이 삿갓과 비슷하기 때문에, 이런 이름을 얻었다. 이날 酉時에 이 섬을 지났다.

마도(馬島)

이날 酉時가 지난 뒤에, 바람의 기세가 아주 커져서 배가 날듯이 갔다. 알자섬에서 눈 한번 깜짝할 사이에 마도에 도착해서 정박했다. 마도는 淸州(청주)의 경내다. 샘물이 달고 풀이 무성해서, 전쟁이 없을 때에는 나라의 관에 소속된 말을 이곳에서 무리 지어 기르기 때문에, 이런 이름을 가졌다. 그 주봉은 크고 깊은데, 왼팔로 둥글게 감싸 안는 형상이다. 그 앞에 돌부리 하나가 있어 바다로 들어갔는데, 세차게 물과 부딪혀 파도를 돌려보내고, 놀란 여울물이 소용돌이치며 치솟아 천 가지 만 가지 기괴한 모양을 만들어, 이름과 형상을 표현할 수가 없다. 그래서 배가 그 아래를 지나갈 때는 감히 가까이 가지 못하는 경우가 많으니, 암초에 부딪힐까 염려되기 때문이다. 객관이 있어, 安興亭(안흥정)이라고 한다. 청주의 知州인 洪若伊(홍약이)가 介紹(개소)[1338]와 통역관 陳懿(진의)를 함께 보내 와서, 全州 때처럼 예우했다. 해안에서 병졸들이 기치를 들고 줄지어 서서 맞이한 것은 군산도 때와 다르지 않았다. 밤이 되자 큰 횃불을 피워 허공을 휘황하게 비추었다. 그때 바람이 정말 사납게 불어 배 안이 흔들려서 거의 앉아 있을 수가 없었다. 사자는 부축을 받으며 작은 배로 해안에 올라, 群山亭에서 했던 것처럼 상견례를 가졌다. 그러나 酒禮는 받지 않고, 밤중에 사자의 배로 되돌아 왔다.

구두산(九頭山)

9일 庚寅 일, 날씨가 맑고 밝았으며, 남풍이 매우 강해졌다. 辰時에 마도를 출발해서, 巳時에는 구두산을 지났는데, 그 산은 봉우리가 아홉 개 있다고 한다. 멀리서 바라보아서는 아주 선명하지는 않지만, 숲이 울창하고 무성하였으며 깨끗하고 윤기가 있어, 보기에 좋았다.

제37권 바닷길〈海島〉 5

당인도(唐人島)

당인도는 그 이름(의 기원)이 분명하지는 않지만, 그 산이 구두산과 가

[1338] 주인과 빈객 사이에서 양자간의 말을 전달하는 사람.

깝다. 이날 午時에 배가 그 섬 아래를 지났다.

쌍녀초(雙女焦)〈鄭刻에서는 '雙文焦'라 하였다〉

쌍녀초는 그 산이 아주 커서 島嶼와 다를 바 없다. 앞에 있는 산 하나는 풀과 나무가 있지만 깊고 빽빽하지는 않다. 뒤에 있는 산 하나는 상당히 작고 중간이 끊어져서 문을 이루고 있지만, 그 아래에 暗礁(암초)[1339]가 있어 배가 통과할 수는 없다. 이날 巳時에 배가 당인도를 이어 이 암초를 지나갔는데, 바람의 기세가 점점 더 거세져서 배가 더욱 빠르게 항행했다.

대청서(大靑嶼)

대청서는 멀리서 바라보면 울창한 것이 마치 엉긴 눈썹먹처럼 검푸르기 때문에, 고려인들이 이렇게 이름을 지은 것이다. 이날 午時에 배가 (이곳을) 지나갔다.

화상도(和尙島)

화상도는 산세가 중첩되어 있고, 숲이 무성하고 골짜기가 깊다. 산중에는 호랑이와 이리가 많다. 옛날에는 언제나 불도를 배운 이가 그곳에 살고 있어 짐승들이 감히 가까이 가지 못했다. 지금의 葉老寺(엽노사)가

[1339] 물 속에 잠겨 있어 보이지 않는 암석.

그 유적이다. 그래서 고려인들이 이를 화상도라고 하는 것이다. 이날 未時(미시)[1340]에 배가 그 아래를 지나갔다.

우심서(牛心嶼)

우심서는 작은 바다에 있다. 봉우리 하나가 유별나게 솟아 있는데, 그 형상이 엎어놓은 사발과 비슷하지만 가운데가 약간 뾰쪽하기 때문에, 고려인들은 이를 가리켜 '牛心'(소 염통)이라고 한다. 다른 곳에서도 어디서나 이런 섬을 볼 수 있다. 형태가 이 산을 닮았지만 그보다는 약간 작은 것은 '鷄心嶼(계심서)'라고 한다. 이날 未正(미정)[1341]에 배가 이 섬을 지나갔는데, 남풍이 불고 비가 조금 내렸다.

섭공서(聶公嶼)

섭공서는 성씨 때문에 이름을 얻었다. 멀리서 보면 아주 뾰쪽하지만, 가까이 다가가면 담장처럼 보인다. 대체로 그 형태가 납작하지만, 종횡에 따라 보이는 것이 각각 다르다. 이날 未末(미말)[1342]에 배가 그 아래를 지나갔다.

1340 오후 1시에서 3시 사이.
1341 未時의 중간, 즉 오후 2시경.
1342 未時가 끝날 무렵, 즉 오후 3시 직전.

제39권 바닷길〈海島〉 6

소청서(小靑嶼)

소청서는 대청서의 형상과 같은데, 단지 그 산이 조금 작고 주위에 암초가 많을 뿐이다. 申時 초[1343]에 배가 그곳을 지나갔는데, 비가 차츰 세게 내렸다.

자연도(紫燕島)

이날 申正(신정)[1344]에 배가 자연도에 도달했으니, (이곳은) 곧 廣州(의 경역이)다. 산에 의지해서 관사를 지었는데, 그 현판에는 '慶源亭(경원정)'이라 쓰여 있었다. 정자의 옆에는 천막집이 수십 칸 지어져 있고, 그 곳에 살고 있는 백성들의 초가집도 많이 있었다. 그 산의 동쪽에 있는 한 섬에 제비가 많이 날아다니기 때문에 이렇게 이름이 지어졌다. 接伴 尹彦植(윤언식)과 知廣州 陳淑(진숙)이 介紹와 통역관 卓安(탁안) 등을 보내어, 편지를 가지고 와서 맞이하게 하였으며, 의장대의 의례도 융숭하게 베풀어졌다. 申時가 끝날 즈음[1345]에 비가 멎어, 정사와 부사가 해안에 올라 관사에 당도하였는데, 이때 차려낸 음식과 상견례는 全州에서 행한 예우와 같았다. 밤에 漏刻(누각)[1346]이 二刻(이각)[1347]에 내려갈 즈음에 배로 돌아갔다. 10일 辛卯 일 辰時에 서북풍이 불어, 여덟 척의 배가 움직이

1343 하오 3시 무렵.
1344 오후 4시 경.
1345 오후 5시 직전.
1346 물시계.
1347 二更. 오후 10시 전후 2시간.

지 않았다. 都轄 吳德休와 提轄 徐兢이 上節官들과 함께 다시 채색 배를 타고 관사로 갔는데, 濟物寺(제물사)를 지나다가 元豊 연간에 사신으로 왔던 고 左班殿直(좌반전직)[1348] 宋密(송밀)을 위해 飯僧(반승)[1349]한 다음, 배로 돌아왔다. 巳時에 조수를 따라 앞으로 나아갔다.

급수문(急水門)

이날 未時에 급수문에 도달했다. 그 문은 바다에 있는 섬 같지 않고, 흡사 巫峽(무협)[1350]의 강물 길과 같다. 산이 굴곡을 이루며 에워싸고 앞 뒤 산이 서로 쇠사슬처럼 이어져 있는데, 그 양쪽 사이가 바로 물길이다. 물살이 산골짜기에 억제되어, 놀란 파도가 해안을 두들기고, 구르는 돌들이 깎아지른 절벽에 구멍을 뚫는데, 요란하게 부딪히는 소리가 마치 우레와 같아서, 千鈞(천균)[1351]이나 되는 무거운 쇠뇌나 바람을 쫓듯 빠른 말로써도 그 빠르고 급한 물살을 제대로 비유할 수가 없다. 이곳에 이르러서는 뜸을 펼칠 수가 없고, 단지 노만 저어서 조수를 따라 앞으로 나아갈 수 있을 뿐이다.

합굴(蛤窟)

申時가 끝날 무렵에 합굴에 다다라 닻을 내렸다. 그 산은 그다지 높지도 크지도 않고, 백성들이 살고 있는 집도 많다. 산등성이에는 龍祠(용

[1348] 송대에 궁중에서 숙직하던 무관.(『宋史』 職官志)
[1349] 불공을 지낸 뒤에 승려들에게 식사를 대접하는 일. 『舊唐書』 李蔚傳에서 "懿宗이 불공을 드린 뒤에는 언제나 궁안에서 飯僧했다"고 했다.
[1350] 揚子江의 최대 협곡인 三峽의 하나.
[1351] 3만 斤. 1鈞은 30斤. 매우 무거운 무게.

사)[1352]가 있어, 뱃사람들이 오고 가면서 반드시 여기에서 제사를 드린다. 바닷물이 이곳에 이르러서는 급수문(의 물색)보다 더 황백색으로 변한다.

분수령(分水嶺)

분수령은 두 산이 서로 마주보고 작은 바다가 여기서부터 나뉘어져 흐르는 곳이다. 물색은 梅岑 때처럼 다시 흐려졌다. 11일 壬辰 일 아침에 비가 내리고, 午時에는 조수가 빠지면서 비가 더 많이 쏟아졌다. 국왕이 劉文志(유문지)를 보내어 先書(선서)[1353]를 전해왔기에, 사자가 예를 갖추어 그것을 받았다. 酉時에 앞으로 나아가서, 龍骨(용골)에 이르러 닻을 던졌다.

예성항(禮成港)

12일 癸巳 일 아침에 비가 그쳤다. 조수를 따라 예성항에 다다르자, 정사와 부사는 神舟로 옮겨 탔다. 午時에 정사와 부사가 都轄官과 提轄官을 거느리고 詔書를 받들고 채색 배를 탔다. 병기와 갑옷, 전마, 기치, 의장물 등을 갖춘 고려인 만여 명이 해안에 줄지어 서 있고, 구경하는 사람들이 담장처럼 둘러 서 있었다. 채색 배가 해안에 닿자, 도할과 제할이 조서를 받들고 채색 가마에 들어가고, 하절이 앞에서 인도하고 정사와 부사는 그 뒤를 따랐으며, 상절과 중절은 차례로 그 뒤를 따라 갔다. 碧瀾亭(벽란정)으로 들어가 조서를 봉안한 뒤에, 잠시 휴식을 취하였다. 그 다음 날, 육로를 따라 왕성으로 들어갔다.

1352 龍王에게 제사 지내는 사당.
1353 引導하는 문서.

신의 생각으로는, 바닷길은 정말 험난하다. 한 장의 잎새 같은 배를 타고 험난한 큰 바다를 거듭 건널 수 있었던 것은 오로지 종묘사직의 복으로 파도의 신을 순종케 한 덕분에 건널 수 있었으니, 그렇지 않았다면 어떻게 사람의 힘으로 건널 수 있었겠는가. 큰 바다에서는 바람으로 배를 달려가게 되는데, 만약 어쩌다가 비바람이 몹시 사납고 거칠어져서 다른 나라로 가게 되면 생사가 순식간에 달라질 수도 있다.

또 (사람들이) 싫어하는 3종의 위험이 있으니, 癡風(치풍)[1354]이라 하고 黑風(흑풍)[1355]이라 하고 海動(해동)이라 한다. 치풍이 불면 연일 성나서 외치는 소리가 그쳐지지 않고 사방이 분간되지 않는다. 흑풍은 회오리바람이 불시에 성을 내고 하늘 색깔이 어두컴컴해져서 낮과 밤을 분별할 수가 없다. 해동은 밑바닥을 뚫고 솟아오르는 것이 마치 활활 타오르는 불에 물을 끓이는 것과 같다. 큰 바다에서 이런 위험을 만나서 모면하는 경우는 많지 않다. 또 풍랑이 한 번 일면 배를 수 십여 리나 보내버리니, 몇 丈밖에 되지 않는 배가 파도 사이에 떠 있는 것은 털끝이 말 몸에 붙어있는 것만도 못하다. 그래서 바다를 건너는 자는 배가 크고 작은 것을 중요하게 여기지 않고 조심해서 실행하는 것을 우선으로 한다.

만약 위험한 상황을 만나게 되면, 지극한 정성에서 우러나오는 기도를 경건하게 올리는데, 애절하게 간구해서 감응하지 않는 경우는 없다. 근래에 사자가 가는 중에 두 번째 배가 黃水洋에 이르러 키 세 개가 모두 부러졌는데, 그때 마침 臣이 그 배에 타고 있었어, 함께 배를 탄 사람들과 같이 머리카락을 깎고 애절하게 간구하였더니, 상서로운 빛이 나타났다. 그런데 福州(복주)[1356] 演嶼(연서)[1357]의 神도 이에 앞서 기이한 현상을 드러낸 적이 있었다. 그래서 이날 배가 위험에 처했어도 다른 키로

1354 미친 바람이란 뜻으로, 중국에서는 福建省 泉州, 福州 등지에서 음력 7, 8월에 부는 북동풍을 일러 '치풍'이라고 했다.
1355 햇빛을 가리면서 맹렬히 부는 회오리 바람을 이르는 말이다.
1356 福建省 福州市에 있었던 州.
1357 福建省 莆田市 동쪽에 있는 섬.

바꿀 수 있었던 것이다.

키를 바꾼 뒤에도 배는 이전처럼 다시 기울어지고 흔들렸고, 밤낮이
다섯 번 지난 뒤에야 간신히 明州 定海에 도달하였다. 해안에 오르게
되었을 때, 온 배 사람들이 야위고 파리해져서 산 사람의 기색이 거의
없었으니, 그들이 얼마나 걱정하고 두려워했는지 가히 헤아려 알 수 있
다. 만약에 바닷길이 험난하지 않다고 한다면, 조정으로 돌아와 復命(복
명)¹³⁵⁸하고서 무거운 상을 받아서는 안될 것이다. 그렇다고 해서 반드시
죽는다고 할 수는 없다. 祖宗(조종)¹³⁵⁹ 이래로 여러 차례 사신을 보내었
지만, 아직 폭풍을 만나 물에 빠져서 돌아오지 못한 경우는 없었다. 오직
국가의 위망과 존엄을 믿고 충성과 신의에 의지한다면, 틀림없이 걱정할
필요가 없을 것이다. 이제 이 점을 서술하여, 뒤에 오는 이들에게 권고하
고자 한다.

근래에 사자가 행차할 때는, 가는 날에는 남풍을 타고 가고 돌아오는
날에는 북풍을 타고 온다. 처음 明州를 출발해서 그 해 5월 28일에 큰
바다로 나갔는데, 순풍을 얻어 6월 6일에 群山島에 도달하였다. 돌아오
는 길은, 7월 13일 甲子 일에 順天館을 출발해서 15일 丙寅 일에 다시
큰 배에 올랐고, 16일 丁卯 일에 蛤窟에 이르렀으며, 17일 戊辰 일에는
紫燕島에 다다르고, 22일 癸酉 일에 小靑嶼와 和尙島, 大靑嶼, 雙女焦,
唐人島, 九頭山 등을 지났는데, 이날 馬島에 정박했다. 23일 甲戌 일에
마도를 출발해서, 軋子苫을 지나, 洪州山을 바라보았다. 24일 乙亥 일
에는 橫嶼를 지나, 群山門으로 들어가서, 섬 아래에 정박했다. 8월 8일
戊子 일까지 모두 14일 동안 바람이 막혀 항행하지 못하다가, 申時가
지나서야 동북풍이 불어, 조수를 타고 큰 바다로 나가서, 苦苫苫을 지났
는데, 밤이 되어도 멈추지 않았다. 9일 己丑 일 아침에는 竹島를 지났는

---

¹³⁵⁸ 명령을 받고 일을 처리한 사람이 그 결과를 보고함. 反命.
¹³⁵⁹ 제왕의 조상. 『禮記』祭法에 의하면, "(殷人은) 契을 祖로, 湯을 宗으로 모셨고, (周人
은) 文王을 祖로, 武王을 宗으로 모셨다."

데, 辰時와 巳時에 갑자기 동남풍이 거세게 부는데다가 海動까지 만나, 배가 옆으로 기울어지려 했다. 사람들이 몹시 두려워해서, 북을 울려 여러 사람들을 불러 모았는데, 배가 다시 (원래 상태로) 돌아왔다. 10일 庚寅일에 바람의 기세가 더욱 사나와져서, 午時에 군산도로 다시 돌아갔다. 16일 丙申 일까지 다시 엿새가 지나고, 申時가 지날 무렵에 바람이 바로 잡혀져 곧 큰 바다로 출발했다. 밤에 죽도에 정박했다. 다시 이틀이 지난 뒤에도 바람이 막혀 가지 못했다. 19일 己亥 일 午時가 지날 즈음에 죽도를 출발해서, 밤에 月嶼를 지났다. 20일 庚子 일 아침에 黑山을 지나고 白山과 五嶼, 夾界山 등을 차례로 지났는데, 북풍이 세게 불어 뜸을 낮춰서 그 기세를 약하게 했다. 21일 辛丑 일에 沙尾를 지났는데, 午時 즈음에 둘째 배의 보조키 세 개가 부러졌고, 밤에 누각이 四刻(사각)[1360]으로 내려갔을 때는 중심 키도 부러졌다. 그러나 정사가 탄 배와 다른 배가 모두 위험에 처해진 것이 한 두 번이 아니었다. 13일 壬寅 일에 中華의 秀州山(수주산)[1361]이 바라 보였다. 24일 癸卯 일에는 東, 西胥山(서서산)을 지나고, 25일 甲辰 일에 浪港山(양항산)으로 들어가 潭頭(담두)를 지났다. 26일 乙巳 일 아침에 蘇州洋(소주양)을 지나, 밤에 栗港(율항)에 정박했다. 27일 丙午 일에 蛟門을 지나, 招寶山을 바라보고, 午時에 定海縣에 도착했다. 고려를 떠나서 明州 경내에 도달할 때까지 바닷길로 오는데 모두 42일이 걸렸다.

1360 四更. 새벽 2시에서 4시 사이.
1361 '秀州'는 浙江省 嘉興市에 있었던 州.

제40권 중국과 같은 문물〈同文〉

신이 듣기에, 正朔(정삭)[1362]은 천하의 통치를 아우르게 하고, 儒學(유학)[1363]은 천하의 교화를 아름답게 하며, 樂律(악률)[1364]은 천하의 조화를 이끌고, 度量權衡(도량권형)[1365]은 천하의 공정함을 보여주는 것이다. 이네 가지는 비록 서로 다른 것이지만, 반드시 천자의 법도와 합치되어야 하고, 그렇게 된 뒤에야 비로소 태평의 성대를 이룰 수 있게 된다. 聖人(성인)[1366]이 일어나면 반드시 歲正(세정)[1367]을 세우고 國是(국시)[1368]를 정하며, 한 시대의 음악을 새롭게 하고, 음률과 도량형기를 통일시킨다. 대개 至一(지일)[1369]로써 갖가지 다양한 행위를 바로잡는 것이니, 治道는 응당 이와 같아야 한다.

[1362] 정월과 朔日(초하루), 즉 한 해의 처음과 한 달의 처음, 혹은 정월 초하루를 말한다. 고대 중국의 제왕은 새로 왕조를 창건하면 歲首를 고쳐서 새 曆法을 천하에 공포하였는데, 이는 곧 인간 세상의 변화가 천문의 변화와 상응한다는 天人相關 관념에 근거한 것이다. 諸侯가 天子의 새 역법을 받아 사용하는 것은 곧 천자와의 군신 관계를 받아들인다는 정치적 의미를 갖는다. 따라서 正朔의 반포는 천하의 일원적 질서를 가져올 것으로 기대되었다.

[1363] 儒者의 학문. 즉 孔子와 孟子 등 儒者들이 중국의 전통적 '禮' 문화를 계승하여 체계화한 학문으로, 초기에는 천하를 敎化한다는 윤리학적, 정치사회학적 성격이 강하였으나 宋代 이후 新儒學에서는 형이상학적 학문으로 발전하였다.

[1364] 樂音의 音律. 음악의 가락. 고대 중국인은 음악을 통해 천하의 調和를 기대하였다.

[1365] 길이와 부피와 무게를 측정하는 표준.『書經』舜典에서 "度量衡을 같게 했다"고 하고, 그「孔穎達疏」에서는 "그 나라의 법 제도에서 度의 丈尺, 量의 斛斗, 衡의 斤兩 등을 모두 고르고 같게 했다"는 뜻으로 해석했다. 도량형기를 통일함으로써 비로소 천하의 통일이 완성될 수 있었으니, 秦이 천하를 통일한 뒤에 즉시 度量衡器를 통일한 것을 보아도 알 수 있다.

[1366] 덕이 지극한 사람이란 뜻이나, 여기서는 왕조를 처음으로 창건한 영웅적 인물을 가리킨다.

[1367] 한 해의 첫 달, 즉 歲首.

[1368] 만민이 인정한 국가의 大計. 漢 劉向,『新序』雜事2에서 "相國이 諸侯와 士大夫와 함께 國是를 정하기 바란다"고 했다.

[1369] 피차의 구별이 없고 시비의 뜻이 없으며 자연과 내가 합치하는 경지.

생각건대, 국가(=宋朝)가 (중국을) 크게 통일하여 萬邦에 군림하니, 華夏(=중국)와 蠻貊(=夷狄) 가운데 따르지 않는 나라가 없다. 비록 高句麗(고구려)[1370]는 그 경역이 海島에 있고 거대한 파도가 가로막고 있어 九服(구복)[1371] 안에는 들어있지 않지만, (중국의) 정삭을 받고 (중국의) 유학을 받들며, 음악의 조화로움은 (중국과) 같고 도량형의 제도도 (중국과) 같다. 虞 나라 舜의 時日(시일)[1372]이 동쪽을 복종시키고[1373] 伯(백)[1374] 禹의 덕택이 남쪽에까지 미쳐졌다고 하지만, 거론하기에 부족하다. 옛 사람들이 "書(=글쓰기)에서는 文(=문자)이 같고 車(=수레)에서는 軌(=바퀴 사이의 폭)가 같다"[1375]고 한 것을 지금 보게 된 것이다. 또한 圖志를 만드는 까닭은 다른 나라의 특이한 제도를 기록하기 위한 것인데, 만약 그 제도가 (중국과) 같다면 丹靑(단청)[1376]을 만들면서 혹이나 사마귀처럼 쓸데없는 것을 일삼을 필요가 어디 있겠는가. 그래서 삼가 그 나라의 정삭과 유학, 음악, 도량형기 가운데 중국과 같은 것을 조목 별로 나누어 기록해서 同文記를 만들되, 그림으로 그려두는 것은 생략할 것이다.

[1370] 宋澂江本에서는 '高句驪'라 했다. 여기서 '고구려'란 곧 高麗를 말한다. 徐兢은 고구려와 고려를 구별하지 못하였다.

[1371] 九畿와 같다. 『周禮』「夏官」 職方氏에 의하면, "九服의 邦國을 나누어, 사방 1천리를 土畿라 하고, 그 밖의 5백리는 侯服, 그 밖 5백리는 甸服, 또 그 밖 5백 리는 男服, 또 그 밖 5백 리는 采服, 또 그 밖 5백 리는 衛服, 또 그 밖 5백 리는 蠻服, 또 그 밖 5백 리는 夷服, 또 그 밖 5백 리는 鎭服, 또 그 밖 5백 리는 藩服이라 했다"고 한다.

[1372] 시각과 날짜.

[1373] 『尙書』 舜典에서 "계절과 달을 맞추고 날을 바로 잡았으며, 律과 度量衡을 통일시켰다"고 하였다.

[1374] 제후의 우두머리라는 뜻.

[1375] 『禮記』「中庸」에 나오는 말이다.

[1376] 丹書와 靑史. 곧 역사서.

정삭(正朔)

　唐의 劉仁軌(유인궤)[1377]가 方州(방주)[1378] 刺史가 되어 반포할 달력과 종묘의 諱(휘)[1379]를 청하면서, "遼海(요해)[1380]를 빼앗아 평정하고 본 조정의 정삭을 반포해야 한다. 군사로써 싸워 이기고 고려를 경략하게 되면, 그 추장들을 데리고 登封(등봉)[1381]의 모임에 가겠다"고 하였는데, 마침내 처음 한 말과 같이 되었기에, 史臣(사신)[1382]들이 이를 장하게 여겼다. 그러나 유인궤는 단지 그 힘을 굴복시켰을 뿐, 그 근본 마음까지 굴복시키지는 못했다. 왜 이렇게 말하는가 하면, 臣이 고려인이 중국을 섬기는 것을 살펴보면, 그들이 尊號(존호)[1383]를 내리고 정삭을 반포해 달라고 온 성의를 다하여 간곡하게 청하는 말이 입에서 끊어지지 않더니, 강한 오랑캐의 핍박을 받아 얼굴을 바꾸어 오랑캐를 따랐지만, 마음으로는 조정을 따라 해바라기처럼 기울고 개미처럼 사모하는 마음을 끝내 가슴속에서 흩뜨리지 않았으니, 어떻게 군사를 쓰는 것과 덕을 베푸는 것 사이에 순서가 있겠는가.

　그러나 가깝게 있으면 복속시키기가 쉽고 멀리 있으면 회유하기가 어려운 법인데, 고려의 경역에서 황제의 지경을 보면 큰 바다의 밖에 멀리 떨어져 있다. 그들이 오려면 큰 배를 띄워 순풍을 타고 밤낮을 도와 항행해도 10수일이 지나야 겨우 四明(=明州)에 도달할 수 있다. 바람이 혹

[1377]　당 高宗의 백제, 고구려 침공에 종군하고, 신라와도 전쟁을 치루었다. 벼슬은 尚書左僕射에 이르고 작위는 樂城縣男에 봉해졌다.(『舊唐書』84, 『新唐書』108)
[1378]　唐代에 廣西省 上林縣의 동쪽에 둔 州.
[1379]　先帝의 이름.
[1380]　遼東의 별칭.
[1381]　천하를 평정한 뒤에 泰山에 올라 天에 제사를 올려 成功을 고하는 의례.
[1382]　역사를 기록하는 신료.
[1383]　皇帝와 皇后, 先王, 宗廟 등을 존숭하는 칭호. 唐代 이후에는 황제 등의 칭호 앞에 다시 호칭을 더하였다. 그래서 宋 宋敏求의 『春明退朝錄』中卷에서 "尊號는 唐代에서 시작되었으니, 中宗은 應天神龍皇帝라 칭하고 後明皇은 開元神武皇帝라 하였고, 그 뒤부터는 모두 이와 같이 했다"고 한다.

시나 조금이라도 사나와지면 놀란 파도가 산처럼 솟아올라, 부엌의 솥이 기울어지고 쏟아져서 작은 물방울조차 남지 않게 되니, 밥을 지을 수가 없어 뱃사람들은 왕왕 식사를 끊기도 한다. 심하면 키가 부러지거나 돛대가 꺾여 배가 기울거나 뒤집어지는 변고가 순식간에 일어나니, 역시 위험한 일이다. 그러나 建隆(건륭)[1384]과 開寶(개보)[1385] 연간부터 신하로서 지켜야 할 충절을 다하기를 원하여, 조금도 게으름이 없이 지금에 이르렀다.

北虜(북로)[1386]와는 경역이 겨우 강물 한 줄기로 떨어져있을 뿐이어서, 虜人(노인)[1387]이 아침에 말을 타고 떠나면 저녁에 이미 鴨綠江에서 물을 마실 수 있다. (고려는) 일찍이 (거란에) 크게 패해 꺾여져서 신하로서 (거란을) 섬기기 시작하여, 그 연호를 統化(통화)[1388]와 開泰(개태)[1389] 연간까지 모두 21년 동안 사용하였다. 王詢(왕순)[1390] 때에 이르러 북로를 크게 격파하고 다시 中國과 통하였다. 이에 眞宗 황제 大中祥符(대중상부)[1391] 7년(1014)에 사자를 보내 정삭을 반포해 달라고 청하였고, (송) 조정은 이를 따랐다. 그 뒤부터 마침내 大中祥符라는 연호를 사용하고, 북로의 開泰라는 연호는 바꾸어 버렸다. 天喜(천희)[1392] 연간에 이르러 북로가 다시 고려를 격파하고 그 백성들을 거의 다 살육해서, 왕순이 나라를 버리고 蛤窟로 도망하기에 이르렀다. 북로는 성안에 8개월 머물렀으나, 마침 서북쪽 산에 있는 만 그루의 소나무가 모두 사람 소리를 내자 비로소 놀라고 두려워 군사를 이끌고 갔다. 이때 북로는 왕순에게 정삭을 받아들이

[1384] 宋 太祖의 연호, 960-963년.
[1385] 송 태조의 연호, 968-976년.
[1386] 북쪽 오랑캐라는 뜻으로, 契丹을 지칭한다.
[1387] 오랑캐 사람이란 뜻으로, 거란인을 가리킨다.
[1388] 遼 聖宗의 연호, 983-1011년.
[1389] 요 성종의 연호, 1012-1021년.
[1390] 고려 顯宗의 이름.
[1391] 1008-1016년.
[1392] 宋 眞宗의 연호, 1017-1021년.

도록 강요하였고, 왕순은 힘이 꺾여져 부득이 그것을 사용하지 않을 수 없었다. (그래서 고려는 太平(태평)¹³⁹³ 2년부터 17년¹³⁹⁴까지, 重熙(중희)¹³⁹⁵는 22년¹³⁹⁶까지, 淸寧(청녕)¹³⁹⁷은 10년까지, 咸雍(함옹)¹³⁹⁸은 10년까지, 太康(태강)¹³⁹⁹은 10년까지, 大安(대안)¹⁴⁰⁰은 10년까지, 壽昌(수창)¹⁴⁰¹은 6년까지 乾統(건통)¹⁴⁰²은 10년까지, 天慶(천경)¹⁴⁰³은 8년까지, 모두 100년 동안 (遼의 연호를) 사용했다.

그러나 耶律(야율)¹⁴⁰⁴이 大金에게 곤욕을 당하자, 고려는 마침내 北虜의 연호를 버렸다. 그러면서도 아직 (宋) 조정에 (정삭을 반포하는) 명을 청하지 못했기 때문에, 감히 (송조의) 정삭을 사용하지는 못했다. 그래서 단지 歲次(세차)¹⁴⁰⁵로 해를 기록하면서, 장차 명을 청하려 하고 있을 뿐이다. 우리 조정은 고려와 저토록 멀었지만, 북로는 고려와 이처럼 가까웠다. 그러나 고려가 북로에 붙은 것은 언제나 군사적 힘에 곤욕을 당했기 때문이어서, 북로가 조금만 느슨해지는 것을 보아도 그때마다 곧 저항하곤 했다. 聖朝(=宋朝)를 존중해서 섬기는 것에 대해 말한다면, 처음부터 끝까지 한결같이 정성껏 마음을 기울여 받들어 모셨으며, 비록 간혹 때때로 견제를 받아 원하는 대로 할 수 없게 되더라도 성조로 향하는 정성스런 마음은 금속이나 돌처럼 견고하였다. 이는 누대의 聖帝들께서 인

---

¹³⁹³ 遼 成宗의 연호, 1021-1030년.

¹³⁹⁴ 太平이란 연호는 1021년부터 1030년까지 사용했으므로, '17년'이란 '10년'의 誤記.

¹³⁹⁵ 遼 興宗의 연호, 1032-1055년.

¹³⁹⁶ 重熙란 연호는 1032년부터 1055년까지 사용했으므로, '22년'은 '24년'의 誤記.

¹³⁹⁷ 遼 道宗의 연호, 1055-1064년.

¹³⁹⁸ 요 도종의 연호, 1065-1074.

¹³⁹⁹ 요 도종의 연호, 1075-1084년.

¹⁴⁰⁰ 요 도종의 연호, 1085-1094년.

¹⁴⁰¹ 요 도종의 연호, 1095-1101년.

¹⁴⁰² 遼 天祚帝의 연호, 1101-1110년.

¹⁴⁰³ 요 천조제의 연호, 1111-1120년.

¹⁴⁰⁴ 遼 황실의 성씨. 遼은 耶律阿保機에 의해 건국되었다.

¹⁴⁰⁵ 干支를 좇아 이르는 해의 차례.

자함으로 편안케 하고 덕으로 품어주어 안으로부터 그 마음을 얻었음을 보여주는 것이니, 이는 실로 북로가 강포하여 겉으로 드러나는 것만을 힘으로 억제하는 것과는 다른 것이다. 『尙書』에서 "계절과 달을 맞추고 날을 바로 잡는다"[1406]고 하였다. 이제 북로가 이미 멸망하였고, 고려가 곧 사신을 보내 정삭을 청할 것으로 보이니, 만방의 계절과 달, 일을 모두 맞춰서 바로잡을 수 있을 것이다.

유학(儒學)

東夷는 천성이 어질고, 그 땅에는 君子의 나라와 不死의 나라가 있었다.[1407] 또 箕子가 책봉된 朝鮮 땅에서는 8條의 가르침을 평소에 잘 익혀서,[1408] 남자는 예의에 맞게 행동하고 부녀자는 단정한 몸가짐과 신의를 잘 지키며, 음식은 먹고 마실 때는 豆邊(두변)[1409]을 사용하고, 길을 가는 사람들은 서로 길을 양보하니, 머리를 누르고 발에 굳은살을 끼게 하

1406 『書經』「舜典」.

1407 『後漢書』 권85 東夷傳 서문의 다음과 같은 문장에서 인용된 말이다. "「王制」에서 이르기를 '東方을 夷라고 한다'고 하였다. 夷란 근본이란 뜻이니, (이는 夷가) 어질어서 생명을 좋아하는데, 만물은 땅에 근본을 두고 나온다는 것을 말한다. 그래서 (夷는) 천성이 유순하여 道로써 다스리기가 쉽고, 君子의 나라와 不死의 나라가 있기까지 한다"고 하였다. 그 本注에서는 "『山海經』에서 이르기를, '君子國은 衣冠과 帶劍을 갖추고 짐승을 먹으며 두 마리의 무늬있는 호랑이를 옆에 둔다'고 하였다……『산해경』에서 또 이르기를, '不死人은 交脛의 동쪽에 있는데, 그곳 사람들은 색이 검고 오래 살아 죽지 않는다. 모두 동방에 있다'고 하였다"고 주해했다.

1408 『三國志』 30「魏書」 東夷傳 濊條에서, "옛날에 箕子가 朝鮮으로 가서 八條之敎를 지어 가르쳤다"고 하고, 그 本注에서 "『漢書』 地理志에서 이르기를, '殷의 道가 쇠퇴하여 箕子가 朝鮮으로 가서 그 백성들에게 예의와 밭 갈고 누에치며 옷감 짜는 법을 가르쳤다. 樂浪 朝鮮의 백성들에게는 犯禁 八條가 있었는데, 다른 사람을 죽이면 즉시 죽음으로 갚고, 남에게 상해를 입히면 곡물로 갚으며, 남의 물건을 훔치면 남자는 籍沒해서 그 집의 奴로 삼고 여자는 婢로 삼는데, 스스로 贖하기를 원하면 한 사람에 50만을 낸다'고 했다"고 주해했다.

1409 祭器. '豆'는 나무로, '邊'은 대나무로 만들었다.(『書經』 武成의 「蔡沈集傳」)

는가 하면 머리카락을 땋고 橫幅(횡폭)[1410]을 두르며 아비와 자식이 잠자리를 같이 하고 친족이 㮚(=걸낭)을 같이 사용하는 등, 비루하고 괴이한 습속을 가진 蠻貊의 잡다한 부류와는 정말 다르다. 漢 武帝가 네 郡을 늘어 둔 뒤부터 臣妾이 되어 內屬하였고,[1411] 中華의 정교와 덕화가 일찍부터 점차 미쳐졌다. 비록 魏代로 바뀌고 晋代를 거치면서 때로는 쇠퇴하기도 하고 때로는 번성하기도 하면서 잠시 떨어져 있기도 했다가 갑자기 합쳐지기도 했지만, 마음속에 뿌리내린 의리는 없어진 적이 없었다.

唐 正觀(정관)[1412] 초에 太宗이 魏鄭公(위정공)[1413]의 말 한 마디를 써서 仁義로 다스렸고, 학교를 넓히고 儒者를 숭상하여 스승으로 삼았다. 당시 의논에 참여한 대신들은 오히려 의심을 품고 그 이로운 점을 알지 못했지만, 저 나라는 걸출한 자제들을 재빠르게 보내어 京師에서 가르쳐 달라고 청했다. 그 뒤 長慶(장경)[1414] 연간에 白居易(백거이)[1415]가 歌行(가행)[1416]을 잘 지어, 鷄林(계림)[1417] 사람들이 목을 길게 빼고 멀리 바라보며

[1410] 가로로 된 布帛을 말한다. 『晋書』四夷傳 倭人 조에 의하면, "그 남자는 橫幅을 옷으로 입는데, 단지 묶어서 서로 연결만 할뿐, 깁는 것이 없었다."

[1411] 『漢書』 6 武帝本紀 元封 3년 조에서 "朝鮮이 그 왕 右渠를 목베고 항복하여, 그 땅을 樂浪, 臨屯, 玄菟, 眞番郡으로 만들었다"고 하였다.

[1412] 貞觀. 당 太宗의 연호, 627-649년.

[1413] 魏徵(580-643). 鄭國公에 봉해졌기 때문에 魏鄭國이라 불려졌다. 당 太宗 때의 名臣으로, 諫臣으로 上奏한 것만 200여 통에 달했다고 한다. 太子太傅에까지 올랐고, 저서로는 『類禮』와 『群書治要』가 있다.

[1414] 唐 穆宗의 연호, 821-824년.

[1415] 字는 樂天(772-846)이고 號는 醉吟先生 또는 香山居士. 당대의 대표적 시인으로, 평이하고 명쾌하며 精切한 시풍으로 유명하다. 대표적 작품인 「長恨歌」와 「琵琶行」 등은 문사나 서민들 사이에 널리 애송되었다. 저서는 『白氏長慶集』 등이 있고, 벼슬은 刑部尙書에 이르렀다.

[1416] 樂府의 한 詩體로서, 뒤에 古詩의 한 체제로 발전하였는데, 음절과 격률이 비교적 자유롭고 5言, 7言, 雜言을 사용하여 형식도 다양하다. 宋 姜夔의 『白石詩話』에서 "體가 行書와 같아서 行이라 하고, 자유롭게 한다고 해서 歌라고 하니, 이 양자를 겸하여 歌行이라 한다"고 했다.

[1417] 金閼知가 나타났다는 전설의 숲으로, 慶州의 옛 이름이기도 했다. 여기서는 新羅를 지칭한다.

감탄하고 흠모하여〈鄭刻에서는 아래에 1백 자가 빠졌다고 하고, 抄本을 봐도 5행의 공백이 있다〉,[1418] ((금덩이 하나로 글 한 편을 바꾸어 규범으로 삼기까지 했으니, 그들의 마음 씀씀이를 알 수 있다. 倭(왜)나 辰國(진국)[1419] 등 다른 나라들을 살펴보면, 혹은 가로로 글을 쓰기도 하고 혹은 左畵(좌획)[1420]하기도 하며, 혹은 새끼줄을 묶어 의사를 전하기도 하고 혹은 나무를 새겨서 표지로 삼기도 하는 등, 각기 제도가 같지 않았지만, 고려인은 隸法(예법)[1421]을 본떠 베껴서 中華에서 바른 서법을 취하였다. 貨泉(화천)[1422]에 문자를 주조하고 인장에 글자를 새길 때조차도 감히 함부로 자체를 더하거나 빼지 않으니, 문물의 아름다움이 上國(상국)[1423]에 뒤떨어지지 않는 것은 당연한 일이다.

炎宋(염송)[1424]이 처음 일어나 그 文化(문화)[1425]가 멀리까지 미쳐지자, (고려가) 머리를 조아리고 관문을 두드리며 藩臣(번신)[1426]이 되기를 청하였다. 그 나라의 사자는 來朝해 올 때마다 나라의 풍광을 둘러보고 그 화평하고 깨끗한 모습을 부러워하고 탐내어, 돌아가서는 이를 전하니, 사람들이 더욱 힘쓰게 되었다. 淳化(순화)[1427] 2년에 궁정에서 천하의 士人들을 시험하였는데, 저 나라도 그곳 사람들을 賓貢(빈공)[1428]하

1418 이하 ((금덩이 …… 이에))의 문장은, 본문에는 결락되어 있어, 宋澂江本에서 보충한 것이다.
1419 宋本『史記』115 朝鮮列傳에서 "眞番 이웃의 辰國이 상서해서 천자를 뵈려해도 (조선이) 가로 막아서 통하지 못하였다"고 하고,『漢書』95 朝鮮傳에서도 "眞番과 辰國 운운"한 이후,『三國志』30 東夷傳 韓 조에서 "辰韓은 옛날의 辰國이다 …… 辰王이 月支國을 다스린다"고 해서, 三韓의 터전에 辰國이란 나라가 있었던 것으로 이해되기도 하지만, 현재 통용되는『史記』조선열전에서는 "眞番 이웃의 衆國 운운"했기 때문에, 진국의 존재 자체가 논쟁의 대상이 되고 있다.
1420 左劃. 왼쪽에서 오른쪽으로 획을 긋는 일반 관행과 달리, 오른쪽에서 왼쪽으로 획을 그음.
1421 隸書體를 쓰는 법.
1422 화폐.
1423 송의 中國이 고려의 韓國에 비해 상대적으로 높음을 자처하는 표현.
1424 盛大한 宋朝란 뜻으로, 자국을 자찬하는 표현.
1425 文物과 德化.
1426 울타리 역할을 하는 신하라는 뜻으로, 宋朝와 책봉-조공 관계를 갖는 국가를 말한다.
1427 宋 太宗의 연호, 990-994년.
1428 외국인이 入朝해서 貢物을 바치는 것을 말하는데, 여기서는 외국에서 인재를 바친

여 文藝(문예)[1429]를 바쳐왔다. 太宗 황제는 이를 가상히 여겨, 王彬(왕빈)과 崔罕(최한) 등을 그 (합격자) 수 안으로 기용, 발탁해서 進士로 급제시키고 將仕郎(장사랑)[1430] 守秘書省校書郎(수비서성교서랑)[1431] 직을 제수한 다음, 배를 태워 본국으로 돌려보냈다.[1432] 그때 국왕 王治(왕치)[1433]는 표문을 올려 감사의 말을 바치며 매우 감격해 했다. 神宗 황제는 속된 학문의 폐해를 근심하여, 三經(삼경)[1434]의 자구를 해석하여 천하의 우매함을 깨우치게 하였고, 특별히 조칙을 통해 그 서책을 내려 大道의 완전함을 볼 수 있게 하였다. 主上(주상)[1435]께서는 선제의 뜻을 훌륭하게 이어받아 舍法(사법)[1436]을 확대하여 넓혔으며, 또 고려에서 공부하러 온 자제 金端(김단) 등에게 科

다는 뜻이다.

[1429] 文物과 學藝. 또는 문학과 예술.

[1430] 唐宋 시대 종9품 下의 文散階.

[1431] 後漢 대에 蘭臺와 東觀에서 궁중의 典籍을 校勘하던 관직으로, 직위가 郎 또는 郎中이었는데, 元代까지 계속 존속했다. '秘書省'은 後漢 시대에 秘書監이 하던 일을 남북조 때 비서성을 두어 관장하게 한 것으로, 秘書監과 秘書郎, 校書郎 등의 속관을 두었는데, 明代 이후에는 翰林院으로 통합되었다. '守'는 품계가 낮은 관원이 품계가 높은 관원의 직무를 대리하는 것을 말한다.

[1432] 『宋史』487 外國列傳 高麗 조에 의하면, "(太宗) 雍熙 3년(986)에 사신을 보내와 朝貢했다. 또 본국의 학생 崔罕과 王彬 등을 보내 國子監에 들어가 학업을 익히도록 했다…… 淳化 3년(992)에는 황제가 諸道의 貢擧人을 친히 시험하면서 조서를 내려 고려의 賓貢進士 王彬과 崔罕 등을 급제시키고, 얼마 후에는 관직을 제수하여 본국으로 돌려보냈다."

[1433] 고려 成宗의 이름.

[1434] '三經'을 무엇으로 보는가 하는 문제에 대해서는 다양한 견해가 있다. 『漢書』五行志 下之下의 「顏師古注」에서는 "三經은 『易經』과 『詩經』, 『春秋』를 말한다"고 했고, 『四庫提要』 「三經附義」 6권에서는 『易經』과 『書經』, 『詩經』을 3經이라 했으며, 宋 王應麟의 『小學紺珠』三經 조에서는 『書經』과 『詩經』, 『周禮』를 3경으로 들었다. 唐代에는 大經(『禮記』, 『左傳』)과 中經(『詩經』, 『周禮』, 『儀禮』), 小經(『易經』, 『書經』, 『公羊傳』, 『穀梁傳』)을 3經이라 하기도 했다.

[1435] 현재의 황제 徽宗을 가리킨다.

[1436] 宋의 國子監은 처음에는 정원이 없었지만, 慶曆 4년(1044)에 太學을 세워 齋舍에 들어가 관비로 공부하는 內舍生의 정원을 200명으로 정하고, 청강생으로 外舍生을 두었으며, 神宗 熙寧 원년(1068)에 내사생 위에 上舍生을 더 둠으로써, 太學 三舍法이 정립되었다. 따라서 본문의 '舍法'이란 곧 태학 삼사법을 말한다. 그 뒤 元豊 2년(1079)에 태학의 규모와 3舍生의 정원을 크게 확대하여 외사생 2000명, 내사생 300명, 상사생 100명으로 증액하였고, 哲宗 때에 일시 삼사법이 폐지되었다가, 徽宗 때

名(과명)[1437]을 내려 귀국하게 했다.[1438] 이에)) 바람 부는 대로 쏠리듯이 따르고, 비를 맞아 우쩍 일어서듯이 교화되어, 온화하게 공경하며 삼가는 자세로 유학을 가슴에 간직하여 잠시도 잊지 않는다. 비록 燕과 韓의 동쪽 구석진 곳에서 살고 있지만, 齊와 魯의 기풍과 고상한 멋을 가지고 있다.[1439]

근래에 사자가 그곳에 가서 물어보고 알게 되었는데, 臨川閣에는 수만 권의 책이 수장되어 있고, 淸燕閣도 經史子集(경사자집) 4部[1440]의 책들로 채워져 있다. 國子監을 세우고 儒官(유관)[1441]을 골라 뽑아 잘 갖추었고, 黌舍(횡사)[1442]를 새로 드러내고, 太學의 月書季考(월서계고)[1443]의 제도를 많이 본받아서 여러 유생들의 등급을 매긴다. 위로는 조정 관리들의 위엄 있는 의용이 우아하고 언변과 문채가 넉넉하며, 아래로는 민간 마을의 좁고 지저분한 거리에도 經館(경관)[1444]과 書社(서사)[1445]들이 두셋씩 마주 보고 서 있다. 그 민간의 자제들 가운데 아직 결혼하지 않

에 外舍를 辟雍이라 하여 밖으로 옮겨 생도를 3000명으로 증액하고 齋舍도 1872楹을 지어 수용하였다. 그 뒤 다시 이를 폐지하고 元豊의 구 제도로 돌아갔다.

[1437] 과거 급제의 명예.

[1438] 『宋史』487 外國列傳 高麗 조에서 "士人 金端 등 5명을 太學에 들어가게 하고, 조정에서 그들을 위해 博士를 두었다"고 했고, 『高麗史』14 世家 睿宗 12년(1117) 조에서는 "進士 金端 등이 송의 관작을 받고 귀국했다"고 했다.

[1439] 春秋 시대에 齊와 魯 두 나라가 있었던 山東 지방은 孔子와 孟子 같은 儒者들이 모여 활동하던 곳으로, 중국의 전통적 禮 문화가 발흥하고 흥성한 곳이었다.

[1440] 『隋書』經籍志에서 비롯된 서적 분류법으로, 經書와 史書, 諸子, 文集 등 네 부류를 말한다.

[1441] 고려는 成宗 11년(992)에 京學을 國子監으로 개편하였는데, 국자감에는 3品 이상의 고관 자제를 가르치는 國子學과 5품 이상의 자제가 입학하는 大學, 7품 이상의 자제와 서인 자제가 들어가는 四門學, 그리고 법률을 가르치는 律學, 서예를 가르치는 書學, 수학을 가르치는 算學 등 전문학과가 있었고, 國子司業博士와 大學博士, 四門博士, 助敎 등이 교수하였다.

[1442] 學舍. 학교.

[1443] 한 달에 한 번씩 배운 것을 쓰게 하고 한 계절에 한 번씩 배운 것을 시험하는 것.

[1444] 經書를 파는 곳.

[1445] 책 파는 서점.

은 자들은 무리 지어 살면서 스승을 좇아 경전을 배우고, 조금 자라면 벗을 골라 동류끼리 절이나 도관에서 강습하며, 아래로는 卒伍(졸오)[1446]의 어린 아이들까지 鄕先生(향선생)[1447]에게 가서 배우니, 아아, 훌륭하구나.

　제후가 공을 이루는 것은 실은 천자의 위엄을 빌린 것이고, 제후가 덕을 베푸는 것은 실은 천자의 교화를 뒤따른 것이다. 중국의 입장에서 본다면 고려인은 바다 한 구석에 있는 일개 侯伯(후백)[1448]의 나라일 뿐이다. 오늘날 그들의 문물이 이처럼 풍성한 것은 대체로 스스로 조금씩 연마한 결과이니, 이 역시 훌륭하지 않은가. 비유하자면, 해와 달 등 三辰(삼진)[1449]은 元氣(원기)[1450]를 빌려서 형성돼 늘어서 있지만, 이들이 환하게 빛나 잘 드러나기 때문에 하늘이 곧 밝게 되는 것과 같고, 풀과 나무 등 갖가지 보배들은 元化(원화)[1451]에 의지해서 무성하게 피고 자라지만, 꽃이 피고 지기 때문에 땅이 아름답게 꾸며지는 것과 같다.

　그 나라에서 士人을 골라 뽑는 제도와 같은 것도, 비록 本朝(=宋朝)의 것을 본보기로 삼고 있기는 하지만, 전해들은 것을 계승하고 옛 것을 뒤따랐기 때문에, (중국과) 조금 다른 점이 없을 수 없다. (국자감에) 재학하고 있는 생도들은 매년 文宣王廟(문선왕묘)[1452]에서 시험을 보는데, 합격한 자는 貢士(공사)[1453]로 간주한다. 擧進士(거진사)[1454]는 한 해 걸러 한 차례씩 소속된 곳에서 시험을 치는데, 여기서 합격하면 貢擧된 자로 간주된다. 모두 350여 명이다. 공거가 다 이뤄지면, 다시 學士에게 명해서 迎恩

1446　周代 군대 편제의 단위. 『周禮』 「地官」 小司徒에서 "5인이 1伍가 되고, 5伍가 1兩이 되며, 4兩이 1卒이 되고, 5卒이 1旅가 된다"고 했다.
1447　자기 고장에서 글 가르치는 書生.
1448　侯爵과 伯爵. 諸侯의 범칭으로 사용되었다.
1449　해, 달, 별.
1450　만물의 근본이 되는 힘.
1451　造化의 큰 힘.
1452　孔子의 사당.
1453　薦擧된 士人이란 뜻으로, 여기서는 중앙정부의 고시에 응시할 수 있는 자격을 얻은 사인을 말한다.
1454　進士科 과거에 응시할 자격을 갖춘 士人.

館에서 전체를 시험하게 해서, 3,40명을 골라 뽑아 甲, 乙, 丙, 丁, 戊 등 다섯 등급으로 나눠 급제하게 한다. 이는 본조의 省闈(성위)[1455] 제도와 대략 같다. 왕이 직접 시험해서 관리를 뽑을 때는 詩와 賦, 論 등 세 가지 문제만 내고 당시 힘써야 할 정사에 대해 策問(책문)[1456]하지는 않으니, 이는 웃을 만한 일이다. 그 외에도 制科(제과)[1457]와 宏辭(굉사)[1458] 등의 科目이 있지만, 규정만 갖춰져 있을 뿐, 항상 시행한 것은 아니다. 대체로 봐서, 聲律(성률)[1459]은 숭상하지만 經學(경학)[1460]은 그다지 뛰어나지 못한데, 그들의 文章(문장)[1461]을 보면 唐代에 남겨진 폐해와 아주 비슷하다.

악률(樂律)

큰 음악은 천지와 조화를 이루는 것이니, 五聲(오성)[1462]의 발생은 五行(오행)[1463]에 근원을 두고 있고, 八音(팔음)[1464]의 구별은 八風(팔풍)[1465]에

[1455] 원래는 대궐 안, 宮中이란 뜻이나, 여기서는 唐宋 시대에 尙書省 소속의 禮部에서 주관한 進士試를 말한다. 禮闈라고도 한다.

[1456] 漢代 이래 賢良이나 文學 등을 選擧하는 과정에서, 지방에서 薦擧된 士人들을 황제가 직접 經義나 政事에 대해 문제를 내어 답하게 하는 시험 과정, 즉 '策試'를 말하며, 이에 대해 대답하는 것을 '對策'이라 한다.

[1457] 『書言故事』諸科類에서 "천자가 스스로 詔를 내려 制擧하는 것을 制科라고 한다"고 하였는데, '制擧'란 唐代에 과거 제도의 하나로서, 貢擧 이외에 천자가 科場에 친림하여 시험해서 뽑는 것으로, 宋代의 博學鴻詞科도 그 종류의 하나였다.

[1458] 制科 명칭의 하나로서, 唐, 宋, 金 시대에 임시로 시행한 시험 과목이다. 『金史』選擧志 1에 의하면, "宏詞科는 詔, 誥, 章, 表, 露布, 檄書 등을 시험하는데 모두 四六으로 하고, 誡, 諭, 頌, 銘, 序, 記 등은 古今體에 의거하거나 四六을 參用했다."

[1459] 한자의 발음에 대한 四聲의 규율, 또는 그 법을 따라 지은 詩賦나 문장.

[1460] 儒家의 경전을 연구의 대상으로 하는 학문.

[1461] 예악과 법도.

[1462] 宮, 商, 角, 徵, 羽의 다섯 音律. 五音이라고도 한다.

[1463] 만물을 생성하는 우주의 다섯 가지 원소, 즉 金, 木, 水, 火, 土. 오행은 相生과 相剋의 원리에 의해 우주 만물을 형성한다.

서 생겨났으며, 맑고 탁한 소리와 높고 낮은 소리는 모두 한 氣에서 나왔고, 손과 발로 춤추는 것도 그렇게 하려고 하지 않아도 그렇게 되는 것이다. 그래서 흙으로 만든 북채로 흙으로 만든 북을 쳐도 그 소리를 담았다가 그 화음을 토해 내기에는 충분하다. 따라서 이미 葛天氏(갈천씨)[1466] 시기부터 쇠꼬리를 잡고 노래를 불렀다는 기록이 문헌에 보이고, 그 후대의 성인들이 음악을 만들어 덕을 높였을 때에도, 금속과 돌, 흙, 가죽, 박, 나무, 실, 대나무 등과 같은 물질로 종과 경쇠,[1467] 노도,[1468] 북, 질나팔,[1469] 저,[1470] 생황,[1471] 우,[1472] 축,[1473] 어,[1474] 거문고, 큰 거문고,[1475] 관,[1476] 피리[1477] 등의 악기를 만들어, 연주하다가 멈추고 읊조리다가 쉬면서, 천지의 조화와 합치시키고, 하늘의 신과 토지의 신, 돌아가신 조부와 아버지 영혼 등과 통하는 경지에까지 이르렀다.

1464 여덟 가지의 악기, 즉 金(鐘), 石(磬), 絲(絃), 竹(管), 匏(笙), 土(壎), 革(鼓), 木(柷)을 가리킨다.
1465 八方의 바람, 즉 동방의 明庶風, 동남방의 清明風, 남방의 景風, 서남방의 涼風, 서방의 閶闔風, 서북방의 不周風, 북방의 廣莫風, 동북방의 融風 등을 가리킨다.
1466 전설시대의 제왕 이름. 『呂氏春秋』 古樂에 의하면, "옛날의 갈천씨 음악은 세 사람이 소 꼬리를 잡고 발을 내차며 八闋을 노래불렀다"고 한다.
1467 磬. 옥이나 돌로 만든 악기.
1468 鞀. 작은 북.
1469 塤. 壎. 흙을 구워서 만든 취주 악기의 하나로, 여섯 개나 여덟 개의 구멍이 뚫려 있는 卵形의 악기.
1470 篪. 가로 부는 관악기의 한 가지.
1471 笙. 열아홉 개 또는 열세 개의 대나무 대롱으로 만들며, 세워 놓고 가로 부는 관악기.
1472 竽. 笙簧 비슷한 피리의 일종으로, 옛날에는 서른여섯의 가는 대나무 管으로 되었으나 뒤에는 열아홉 개로 되었다.
1473 柷. 목제 타악기의 하나로서, 모양은 네모지고 한 가운데에 방망이를 넣어 좌우 양쪽을 친다.
1474 敔. 음악의 연주가 끝날 무렵에 타는 나무로 만든 악기. 범이 웅크린 형상이며, 등에 27개의 깔죽깔죽한 톱날 같은 것이 있는데, 나무로 된 채로 이를 타서 소리낸다.
1475 瑟. 琴은 1, 5, 7絃이 있고, 瑟은 15, 25, 50현 등이 있다.
1476 管. 피리의 일종. 蔡邕의 「月令章句」에서 "管이란 형태가 길이는 1자, 둘레가 1치, 구멍이 있고 바닥이 없는데, 그 악기는 지금 없다"라고 하였다.
1477 篴=笛. 대나무에 구멍을 뚫어서 부는 악기. 일곱 구멍, 다섯 구멍, 세 구멍 등의 종류가 있다.

蠻, 夷, 戎, 狄 등의 음악에서도 합주가 연주되었다. 鞮師(말사)[1478]가 있어 그 음악을 관장하고, 旄人(모인)[1479]이 있어 그 춤을 펼치며, 鞮鞻氏(제루씨)[1480]가 있어 그 노래와 피리 소리를 합하였다. 무릇 여러 사람들과 함께 음악을 즐겨 천하를 즐겁게 하였으니, 처음에는 夷狄과 華夏 사이에는 틈이 없었다. 음악을 한데로 거두고 널리 채집하는 것은 우리의 덕이 널리 미쳐짐을 보이기 위해서다. 『詩經』에서 "雅(아)를 연주하고, 南(남)을 연주하며, 籥(약)[1481]을 연주해도, 어지러워지지 않는다"[1482]고 하였는데, 이를 설명하는 이들은 雅는 夏樂(하악)[1483]이고 南은 夷樂(이악)[1484]이라 하였으니, 양자가 합주되어 조화를 이루고 천지의 中聲(중성)[1485]과 화합한 뒤에야 비로소 음악이 갖추어지게 된 것이다. 그러나 사방의 다른 지역은 음식의 맛이 다르고 의복의 제도가 다르며 용기의 쓰임새가 다르니, 음악도 같을 수가 없다. 그래서 동방(의 음악)을 鞮(말)이라 하고, 남방은 任(임), 서방은 侏離(주리), 북방은 禁(금)이라 하고,[1486] 각각 그 뜻이 있으니 서로 뒤섞일 수는 없다.

고려인은 東夷의 나라이니, 그 음악의 근본이 鞮에 있다고 할 것이다. 또 三代의 (음악) 제도를 가리켜 商은 大濩(대호)라 하고 周는 大武(대무)라 하였으며,[1487] 箕子는 商의 후예로서 周에 의해 朝鮮에 책봉되어, 鞮

1478 『周禮』「春官」에 의하면, "鞮師는 鞮樂을 관장하였는데, 祭祀 때에는 그 屬官들을 거느리고 그것을 춤췄다"고 한다.
1479 『周禮』「春官」에 의하면, "旄人은 散樂을 춤추고 夷樂을 춤추는 것을 가르치는 일을 맡았으니, 四方의 춤으로 벼슬하는 자들은 그에게 소속되었다"고 한다.
1480 고대 四夷의 歌舞를 관장한 樂官. 『周禮』「春官」에 의하면, "鞮鞻氏는 四夷의 樂과 그 聲歌를 관장했다."
1481 구멍이 셋 또는 여섯 개 있는 피리.
1482 『詩經』「小雅」鼓鍾.
1483 중국의 음악.
1484 오랑캐의 음악.
1485 中和의 소리. 『國語』「周語」下에서, "옛날의 神瞽는 中聲과 考하여 살펴서 제도를 만들었다"고 하고, 그 「韋昭注」에서는 "考는 합한다는 뜻이니, 中和의 소리와 합한다는 것을 말한다"고 했다.
1486 唐代 韓愈, 孟郊의 「雨中寄孟刑部幾道聯句」의 「方世擧注」에 나오는 문장이다.

樂 가운데 비루한 것은 고쳤을 것이니, 대호와 대무의 음악 전통이 응당 남아 있었을 것이고, 그 제작을 계승하여 지금까지 천년이 지났으니, (고려의 음악 가운데) 소리가 잘 어울리고 음률이 맞아서 취할만한 것이 있음은 당연한 일이다.

熙寧(희녕)[1488] 연간에 王徽(왕휘)[1489]가 상주해서 樂工을 (보내달라고) 청하여, 조칙을 내려 그 나라에 가게 하였는데, 여러 해가 지나서 돌아왔다. 그 뒤부터 (그 나라에서) 사신이 올 때마다 반드시 재물을 가지고 와서 악공과 기술자들을 받들어 스승으로 삼으니, 매번 관사에 보내어 가르쳐주게 했다. 근래에 공물을 바치기 위해 들어와서도 大晟雅樂(대성아악)[1490]을 내려달라고 청하고 또 燕樂(연악)[1491]을 내려달라고 청해서, 조칙을 내려 그 청을 모두 따랐다. 그래서 음악과 춤이 더욱 좋아져서, 보고들을 만하게 되었다.

현재 그 나라의 음악에는 2部가 있는데, 左部는 唐樂(당악), 즉 중국 음악이고, 右部는 鄕樂(향악), 즉 東夷의 음악이다. 그 나라 중국 음악의 악기는 모두 중국의 제도대로 만들어졌지만, 향악의 악기로는 북〈鼓〉과 판,[1492] 생황〈笙〉, 우〈竽〉, 필률,[1493] 공후,[1494] 오현금,[1495] 비파,[1496] 쟁,[1497]

1487 『莊子』天下篇에서 "黃帝는 咸池가 있었고, 堯는 大章, 舜은 大韶, 禹는 大夏, 湯은 大濩가 있었는데, 武王과 周公은 武를 지었다"고 했다.

1488 宋 神宗의 연호, 1068-1077년.

1489 고려 文宗의 이름.

1490 大晟府에서 정리하거나 작곡한 雅樂. '大晟府'는 北宋 徽宗 崇寧 연간에 설치된, 음악을 관장하던 관아. '雅樂'은 바른 음악이란 뜻으로, 종묘와 궁정에서 연주하던 음악이다.

1491 酒宴에서 연주하는 음악.

1492 板. 나무로 만든 박. 拍板.

1493 觱篥. 앞면에 일곱 개, 뒷면에 한 개의 구멍이 있는 피리의 일종.

1494 空侯=箜篌. 하프와 비슷한 현악기. 고조선 때 뱃사공 霍里子高의 아내인 麗玉이 지은 '箜篌引'이라는 詩歌가 전해진다.

1495 五絃琴. 줄이 다섯 개가 있는 거문고. 舜 임금이 탔다는 전설이 있다.

1496 琵琶. 긴 타원형을 세로로 쪼개 놓은 듯한 넓은 면에 4줄을 걸고 4개의 기러기발로 받친 현악기.

피리〈笛〉 등이 있지만, 형태와 제도가 〈중국과〉 차이가 있다. 큰 거문고〈瑟〉
는 기러기발을 아교로 고정시켜서 움직이지 않게 한다. 또 퉁소[1498]가 있
어, 管의 길이가 2자 남짓하고 胡琴(호금)이라고 부르는데, 몸을 굽혀 먼
저 이것을 불어 여러 〈악기의〉 소리를 불러일으킨다. 女伎(여기)[1499]는 下樂
(하악)이라 부르고, 모두 세 등급이 있다. 大樂司(대악사) 260명은 왕이 평
소에 늘 부린다. 그 다음으로 管絃坊(관현방) 170명이 있고, 그 다음으로
京市司(경시사) 100여 명이 있으며, 柘枝(자지)[1500]와 抛毬(포구)[1501]와 같은
기예도 있다. 그 나라의 百戲(백희)는 수백 명인데, 듣기로는 다들 아주
빠르고 날래다고 한다. 그러나 그때 王俁(왕우)[1502]의 상복 입는 기간이
아직 끝나지 않아, 악공들이 그 악기만 들고 있을 뿐, 연주는 하지 않았
기 때문에, 聲律(성률)[1503]을 들어 그 정도를 헤아려볼 수가 없었다.

권형(權衡)

『戴記(대기)』[1504]에서 "예악을 제정하고 도량형을 반포하여 천하가 크

1497 箏. 거문고 비슷한 13현의 악기.
1498 簫. 대나무 대롱을 나란히 묶어 만든 취주 악기의 한 가지. 길이 한 자 두 치, 한 자
    네 치, 한 자 다섯 치, 대롱의 수 열셋, 열여섯, 열일곱, 스물하나, 스물셋, 스물넷 등
    이 있다. 지금은 오로지 單管을 이른다.
1499 기녀의 기예.
1500 자지무(柘枝舞)의 준말. 唐代에 西域의 石國에서 전래된 무용으로, 처음에는 여성 한
    명이 추는 獨舞였으나, 뒤에 두 명이 추는 雙柘枝로 발전하여, 宋代에는 群舞가 되
    었다.
1501 抛毬樂. 唐代에 공을 던지며 술 마시기를 재촉할 때 부르던 노래로, 單調 30字로 시
    작되어 40자, 42자로 지어 부르다가, 雙調로 변하면서 글자 수가 187자로 늘어났다.
1502 고려 睿宗의 이름.
1503 소리와 음률.
1504 『小戴記』. 『禮記』의 별칭. 『文選』 陸倕, 「石闕銘」의 「李善注」에서 "『禮記』를 戴聖이
    傳하였기 때문에 『戴記』라고 한다"고 했다. 戴聖은 漢代에 九江太守를 지냈는데, 숙
    부인 德과 함께 后蒼에게서 禮를 배워 세칭 '小戴'라고 불리며, 그가 전한 49篇의 禮

게 다스려졌다"[1505]고 하고, 『魯語(노어)』[1506]에서는 "도량형을 신중하게 다루고 법도를 주의해서 살펴서 사방의 정치가 잘 이루어졌다"[1507]고 하였다. 대개 王者가 제후를 거느리어 제어할 때는 덕에 의한 교화와 형법에 의한 위엄에 근본을 두지만, 그 정치를 통일시키려 할 때는 특히 도량형을 우선으로 한다. (夏, 殷, 周) 三代가 융성했을 때는 반드시 王府(왕부)[1508]에서 嘉量(가량)[1509] 등의 (도량형)기를 내어 邦國(방국)[1510]에 널리 펴서 실행하도록 했다. 유능한 관리를 시켜 그것을 관장하게 하고, 적절한 때에 맞추어 그것을 공평하게 하였으며, (周王이) 巡狩(순수)[1511]할 때에도 한데 모아서 통일시킴으로써, 중앙과 지방, 가깝고 먼 곳 사이에 제도의 차이가 나지 않게 한 뒤에야, 천자의 정치가 제대로 행하여지게 되었다. 만약 사방의 제후들이 이 세 가지 가운데서 하나를 조금이라도 바꾸면, (爵位를) 낮추고 깎거나 죽이고 몰아내는 등, 법의 시행에서 용서함이 없었으니, 누가 도량형기의 사용이 末業(말업)[1512]이라 하여 소홀히 할 수 있었겠는가.

五度(오도)[1513]의 제도는 푼⟨分⟩[1514]에서 가르고⟨別⟩, 치⟨寸⟩에서 쪼개며 ⟨忖⟩, 자⟨尺⟩[1515]에서 헤아리며⟨嘆-口⟩, 길⟨丈⟩[1516]에서 펴고⟨張⟩, 인⟨引⟩[1517]에

는 『小戴記』라 불린다.(『漢書』 88)
[1505] 小戴 『禮記』 明堂位.
[1506] 『論語』를 가리킨다. 孔子가 魯人이기 때문에, 그의 언동을 기록한 『논어』를 이렇게 부른다.
[1507] 『論語』 堯曰.
[1508] 周 왕실의 관부.
[1509] 周代에 부피를 측량하던 量器
[1510] 周와 책봉-조공 관계를 가졌던 여러 성읍 국가들.
[1511] 고대 중국의 제왕들이 수렵을 통해 병사를 단련하고 한편으로는 제후국의 민정을 살피는 일.
[1512] 상공업을 천시하는 표현으로 농업을 本業이라 한 말과 대비됨.
[1513] 다섯 가지 길이의 표준.
[1514] 1尺의 100분의 1 길이.
[1515] 10寸의 길이.
[1516] 10尺의 길이.

서 늘여서〈伸(신)〉,[1518] 온갖 물건들의 길고 짧음을 재는 것이다. 五量(오량)[1519]의 제도는 약(龠)[1520]에서 시작해서〈躍〉, 홉〈合〉[1521]에서 합치고〈合〉, 되〈升〉[1522]에서 올려서〈登〉, 말〈斗〉[1523]에서 모아〈聚〉, 곡(斛)[1524]에서 견주어서〈角〉, 온갖 물건의 많고 적음을 재는 것이다. 五權(오권)[1525]의 제도는 수(銖)에서 시작해서〈始〉, 냥〈兩〉[1526]에서 둘로 나누고〈兩〉, 근〈斤〉[1527]에서 분명하게 구별하며〈明〉, 균〈鈞〉[1528]에서 헤아리고〈均〉, 석〈石〉[1529]에서 가득 채워〈終〉, 온갖 물건의 무겁고 가벼움을 재는 것이다.[1530] 그런데 이들 모든 도량형기를 반드시 구리로 본을 만든 것은 한 가지를 취해 다르지 않게 함으로써, 온 천하를 서로 같게 하고 풍속을 고르게 하려는 것이다.

그러나 애석하게도 周의 道가 동쪽으로 옮겨가면서, (주는) 정치의 실권을 상실하였다.[1531] 晉 나라에서 음률을 맞추던 자는 (원래 표준보다 더) 길게 한 자〈尺〉로 종을 만들어 쳤기 때문에 음악의 바른 소리를 잃었다. 齊 나라의 相國(상국)[1532]이란 자는 (원래 표준보다 더) 큰 말〈斗〉을 사용해

[1517] 10丈의 길이.

[1518] 원문에서는 "引於伸" 즉 "伸으로 끌다"고 하였지만, 오도의 하나는 伸이 아니라 引이므로, "伸於引"으로 교감되어야 한다. 이 문장은 원래 『漢書』律曆志 上에 나오는데, 그곳에서는 "信於引"이라 하였다.

[1519] 다섯 가지 양의 표준.

[1520] 한 홉의 10분의 1. 즉 1勺.

[1521] 10龠의 용량.

[1522] 10合의 용량.

[1523] 10升의 용량.

[1524] 10斗의 용량.

[1525] 다섯 가지 무게의 표준.

[1526] 24銖의 무게.

[1527] 16兩의 무게.

[1528] 30斤의 무게.

[1529] 120斤의 무게.

[1530] 이상의 문장은 모두 음과 뜻이 같은 글자를 이용해서 해석한 것이기 때문에, 본문의 한자를 〈 〉 혹은 ( ) 안에 표기해 놓았다.

[1531] 기원전 770년에 周가 西戎의 압력으로 關中에서 山東의 洛邑으로 옮기면서, 제후국에 대한 통제력을 상실하였다.

[1532] '相'은 원래 군주의 일을 돕는 사람을 가리켰는데, 秦漢 시대 이후에는 관료조직의

서 백성들에게 양곡을 지급해서 자기의 사사로운 은혜를 사들였다.[1533] 唐 나라에서 曆法(역법)[1534]을 연구하던 자는 玉衡(옥형)[1535]과 璇璣(선기)[1536]의 제도를 잃어버려, 천체의 운행과 三辰(삼진)[1537]의 움직임을 살필 수 없게 되었다.[1538] 이처럼 눈과 귀가 가까이 있는 곳에서도 바른 법도에 맞는 것인지를 제대로 살피지 못하는데, 하물며 멀리 바다 밖에 있는 나라에서 고래 같이 큰 파도를 헤치고 신기루 같은 섬을 건너가 (중국의 도량형과) 하나같이 같아지기를 기대한다면, 이 어찌 육지에서 배를 밀고 가는 것과 다를 바 있겠는가.

고려는 中華에서 3천여 리 떨어져 있는 나라로서, (중국의) 帝王이 지극하게 잘 다스리던 때부터도 羈縻(기미)[1539]의 영역에 있었을 뿐, (중국의) 도량형을 널리 펴서 (그곳에서도) 같은 도량형 제도를 실행하도록 한 적이 있었다는 말은 듣지 못했다. 우리 宋이 용처럼 일어나, 그 덕택이 높고 두텁게 미쳐져서, 하늘이 덮고 있는 곳 끝까지, 땅이 싣고 있는 곳 끝까지, (송의) 신하가 되지 않은 곳이 없었다. 이런 까닭에 고려인은 머리를 숙이고 중국을 향해 藩屛(번병)[1540]이 되기를 원하였으며, 중국의 도량형

최고 책임자의 관직명으로 相國 혹은 丞相, 宰相 등이 사용되었다.
1533 춘추시대 齊 景公의 大夫 田乞이 세금을 거둬들일 때는 작은 말을 사용하고 백성들에게 곡식을 줄 때는 큰 말을 사용해서 인심을 거두어, 결국 齊의 정권이 田氏에게로 넘어갔다는 고사.(『史記』46 田敬仲完世家)
1534 천체의 운행을 추산하여 歲時를 정하고 冊曆을 만드는 방법.
1535 옥으로 꾸민 천문 관측기.
1536 천체를 관측하는 데 쓰는 기계. 渾天儀.
1537 해, 달, 별.
1538 『新唐書』13 天文志 서문.
1539 '羈'는 굴레, '縻'는 고삐를 가리키는 말로, 漢 武帝 시대의 司馬相如가 「難蜀父老文」(『史記』所載)에서 "羈縻勿絶而已"(통제의 끈을 놓지만 않을 뿐이라는 뜻)라 한 뒤부터, 중국의 국가들이 夷狄에 대응할 때, 군사적 침공이나 郡縣化라는 강압적 방법보다는 관계를 끊지 않는 범위 안에서 일정한 자유를 허용하는 융통성 있는 방법을 선택하면서, 그 정책을 '羈縻'라 표현했다. 唐代의 '羈縻府州'도 이러한 정책의 산물이었다.
1540 울타리와 門屛이란 뜻으로, 흔히 왕실을 보호하는 諸侯를 가리키는 말로 사용되었다.

에서 바른 본을 취해서 표준으로 삼았다. 이는 이른바 자애로운 은덕이 흘러 넘쳐서 옛 제왕들이 미처 품지 못한 곳까지 품을 수 있게 되었다는 것이고, 군대의 정의로운 위세가 멀리까지 미쳐져서 옛 제왕들이 미처 제압하지 못했던 곳까지 제압하게 되었다는 것이다. 저번에 사신이 황명을 받들고 저 나라에 가서 연회에서 선물을 주는 예우를 받아본 적이 있고, 뱃사람들은 시장에 가서 그들이 교역하는 물품을 팔아본 적이 있어, 그들이 길이를 재는 방식과 용량을 헤는 셈, 무게를 나타내는 등급 등을 은연중에 알아내어, 중국의 법식과 몰래 비교해 보았더니, 털끝만한 차이도 없거나, 있다 해도 아주 조금 차이가 있었을 뿐이어서, 그 정성이 지극함에 대해 더욱 찬탄하게 되었다.

무릇 귀와 눈이 미치는 곳에서 조심하는 자는 귀와 눈이 미치지 않는 곳에서는 느슨해지고, 형벌의 위엄으로 제재하는 것을 두려워하는 자는 형벌의 위엄이 제재하지 못하는 곳에서는 넘보게 된다. 지금 고려로 가는 길은 아득히 멀고, 그 나라의 도읍도 먼 곳에 있어, 귀와 눈이 미쳐지는 곳이 아니다. 그런데 주상께서 빛나고 큰 덕을 품고 베풀어서 夷狄을 관대한 법도로써 대우하고, 또 시시콜콜 형벌의 위엄을 내세워 제재하지 않았기에, 저들이 (중국의) 도량형을 이처럼 조심스럽게 받들어 사용할 수 있는 것은 기꺼운 마음으로 정성스럽게 따른 것이지, 억지로 강요해서 그렇게 된 것은 아니다. 『書經』에서도 "고른 石(석)[1541]과 같은 鈞(균)[1542]이 王府에 있다"[1543]라고 하지 않았던가. 무릇 고른 石과 같은 鈞은 왕부에만 있는 것이어서, 사사로운 곳에서는 함부로 고쳐 만들 수 없으니, (고려의 도량형이) 우리의 법도와 같은 것 역시 당연한 일이다.

[1541] 120斤의 무게 단위.
[1542] 30斤의 무게 단위.
[1543] 『書經』「夏書」五子之歌.

「宋 故 尚書刑部員外郎(상서형부원외랑)[1544] 徐公 行狀(행장)」[1545]

증조부 상(爽)은 황제에 의해 秘書省(비서성)[1546] 校書郎(교서랑)[1547]으로
임명되었고, (사후에) 金紫光祿大夫(금자광록대부)[1548]로 追贈되었다.

증조모 섭씨(葉氏)는 建安郡太夫人(건안군태부인)[1549]으로 추증되었다.

할아버지 사회(師回)는 황제에 의해 朝議大夫(조의대부)[1550]로 임명되었
고, 光祿大夫(광록대부)[1551]로 추증되었다.

할머니 임씨(林氏)는 咸寧郡太夫人(함녕군태부인)으로 추증되었다.

아버지 굉중(閎中)은 황제에 의해 朝請大夫(조청대부)[1552] 直秘閣(직비
각)[1553]으로 임명되었고, 少保(소보)[1554]로 추증되었다.

어머니 갈씨(葛氏)는 衛國夫人(위국부인)으로 추증되었다.

[1544] 尙書省 刑部의 員外郎이란 뜻. '원외랑'은 정원 이외에 둔 郎官을 말한다. 晉 武帝가
員外散騎常侍와 員外散騎侍郎을 두어 원외랑이라 칭한 데에서 비롯되었다. 隋代 開
皇 3년(583)에 尙書省의 24司에 각각 한 명씩 두어 그 司의 장부를 맡겼고, 唐代에는
각 部의 정식 관원으로 삼아 郎中의 아래와 主事의 위로 대우하였다.

[1545] 사람이 죽은 뒤에 그 평생의 행적을 적는 漢文體의 하나.

[1546] 後漢 시대에 秘書監이 하던 일을 남북조 때 비서성을 두어 관장하게 한 것으로, 秘書
監과 秘書郎, 校書郎 등의 속관을 두었는데, 明代 이후에는 翰林院으로 통합되었다.

[1547] 後漢 대에 蘭臺와 東觀에서 궁중의 典籍을 校勘하던 관직으로, 직위가 郎 또는 郎中
이었는데, 元代까지 계속 존속했다.

[1548] 魏晉 시대 이후 金印과 紫綬를 받은 광록대부를 말한다.

[1549] '夫人'은 命婦에게 내리는 封號. 宋 高承의 『事物紀原』 封夫人 조에 의하면, "唐, 虞,
夏, 商 시대 公侯의 처는 夫人의 칭호가 없었다 …… 漢代 崔篆의 어머니 師 씨가 經
學과 百家의 말에 능통하여 王莽이 특별한 예우로 총애해서 義成夫人이라는 號를
내렸으니, 夫人을 봉한 것은 왕망 때부터 시작되었다"고 한다.

[1550] 隋代에 둔 文班의 散官 벼슬. 당대에도 따라 두었으며, 그 직위는 朝散大夫와 같다.

[1551] 漢代에 秦代의 中大夫를 고쳐 궁중에서 顧問 역할을 하게 한 관직으로, 隋唐 이후에
는 광록대부와 金紫光祿大夫, 銀靑光祿大夫 등 세 종류의 散官 직으로 구분되었다.

[1552] 隋唐 시대에 두었던 文散階의 하나. 『通典』 「職官」 文散官에서 "조청대부는 隋代에
설치한 散官으로, 漢代에 將軍과 公卿 가운데서 나이가 많고 덕이 높은 이를 골라
列侯로서 就第하여 特進, 奉朝請하게 한 뜻을 취한 것인데, 唐代에도 그대로 따랐
다"고 했다.

[1553] 송대에 秘閣에 둔 벼슬. 朝官이 겸직하였다.

[1554] 三師의 하나인 太保의 버금 벼슬.

公은 이름이 兢(긍)이고 자는 明叔(명숙)이며 성은 徐(서) 씨다. 윗대는 建州(건주)[1555] 甌寧縣(구녕현) 사람이었는데, 光祿(즉 할아버지) 대부터 비로소 和州(화주)[1556]의 歷陽(역양)으로 옮겨와 살았다. 秘閣(즉 아버지)이 鄂州(악주)[1557]의 法曹(법조)[1558]가 되었을 때, 밤에 꿈을 꾸었는데, 黃冠(황관)[1559]을 쓴 道士와 함께 큰못에서 놀았다. 그런데 도사가 품속을 뒤져 작은 칼집을 비각에게 주고 갔는데, 그것을 읽어보니 대개 丁令威(정령위)[1560]가 華表(화표)[1561]에 남긴 말이었다. 그 뒤 닷새가 지나 큰물이 성곽을 덮쳐서 官府가 모두 물을 피해 옮겼고, 비각도 黃鶴樓(황학루)[1562] 위에서 임시로 살게 되었는데, 바로 이날 밤에 공을 낳게 되었다.

공은 태어난 지 몇 달 만에 글자와 그림을 보고서는 좋아하면서 펄쩍 펄쩍 뛰었다. 10여 살이 되자 총명하고 뛰어남이 남달랐고, 과거 시험을

[1555] 唐代에 처음 설치된 州로, 宋代에는 建州 建安郡이라 했다가, 建寧府로 승격했다. 그 치소는 지금의 福建省 建甌縣에 있었다.

[1556] 漢代에 歷陽縣을 두었고 晉代에 歷陽郡을 두었는데, 北齊가 和州를 설치했다. 송대에는 和州 歷陽郡이라 했다. 清代에는 直隷州로 安徽省에 속했다.

[1557] 隋代에 湖北省 武漢市 武昌에 둔 州.

[1558] 州府에서 司法을 관장한 관리. 宋 高承의 『事物紀原』에 의하면, "漢代 公府의 掾史 가운데는 賊曹掾이 있어 刑法曹의 일을 주관하였는데, 역대 왕조에 모두 있었으니, 혹은 法曹라 하기도 했다."

[1559] 道士들이 쓰는 冠으로, 도사를 지칭하는 말로 쓰이기도 한다.

[1560] 漢代 遼東 사람으로, 神仙術을 배워 鶴이 되어 하늘로 올라갔다고 한다. 丁家鶴, 혹은 丁令, 丁鶴이라고도 한다. 晉 陶潛의 『搜神後記』에서, "정령위는 본래 遼東 사람인데, 靈虛山에서 도를 배운 뒤에 학이 되어 요동으로 돌아가, 城門의 華表柱에 앉았는데, 그때 한 소년이 활을 들어 쏘려고 하자, 학이 날아올라 공중에 배회하다가 말하기를, '정령위가 새가 되어, 집 떠난지 천년이 된 지금 다시 돌아오니, 성곽은 여전한데 사람은 예전 사람이 아니구나, 왜 仙術은 배우지 않고 무덤만 늘어져 있는가'라고 하면서, 마침내 하늘 높이 날아갔다. 지금 요동의 丁 씨들은 그 선조 시기에 신선이 되어 오른 자가 있다고 하면서도, 그 이름은 알지 못한다"고 했다.

[1561] '華表柱'의 준말로서, 궁성이나 성곽 등의 출입문 옆에 세워둔 돌기둥. 위정자에 대한 불평 등을 적도록 하기 위해 길가에 세워둔다. 堯 임금 때 세운 '誹謗의 나무'에서 유래했다.

[1562] 湖北省 武漢市 蛇山에 있었던 누각으로, 삼국 吳 黃武 2년(223)에 처음 지어졌지만, 여러 차례 중창되었는데, 천하절경으로 李白 등 여러 묵객들이 시를 남겼고, 黃鶴이나 신선과 관련된 전설이 많다.

준비할 때는 문장의 흐름이 그침이 없어, 견식이 있는 사람들은 그를 큰 그릇으로 중히 여겼다. 나이가 18살이 되어 太學(태학)[1563]에 들어가서는 기예를 겨루어 여러 차례 높은 등급을 차지했지만, 큰 시험(즉 科擧)에 응시해서는 번번이 실패했다. 政和 甲午(1114)년에 父任(부임)[1564]으로 將仕郎(장사랑)[1565]에 보임되어 通州(통주)[1566]에서 刑曹(형조)[1567]의 일을 맡게 되었다.

尙書郎(상서랑)[1568] 서인(徐禋)이 황제의 명을 받아 동남방 9路(노)[1569]의 광산에서 보석을 채련하는 임무를 맡게 되자, 공을 辟召(벽소)[1570]해서 幹辦公事(간판공사)[1571]로 삼았다. 이때 靜江(정강)[1572]에 黃麟(황린)이란 자가 있어 大理國(대리국)[1573]을 끌어들여 入貢하였는데, 조정에서는 이를 의

1563 漢代 이래로 도성에 두었던 최고 學府로, 儒家의 경전을 가르쳐 고급 관료를 양성하였다.
1564 아버지의 덕으로 벼슬하는 제도. 父蔭.
1565 從九品下의 文散官.
1566 五代의 周가 처음 설치하였는데, 宋은 통주 靜海郡이라 했다. 지금의 江蘇省 南通縣.
1567 刑事에 관한 일을 관장하는 관서.
1568 尙書省의 郎官. 後漢 시대에 孝廉으로 천거된 인재들 가운데서 尙書 侍郎 36인을 뽑아 정무를 처리하게 하였고, 魏晉 이후에는 尙書의 각 曹에 侍郎과 郎中 등을 두어 직무를 처리하게 하고, 尙書郎이라 하였다.
1569 송대 최상급의 지방 행정 구획. 唐의 道를 송대에 路로 고쳤는데, 元代 이후의 省에 해당한다.
1570 원래는 야전군 사령관인 將軍이 幕府의 幕僚를 초빙하여 선임하는 방식을 말하는데, 心情的이고 비강제적인 결합이라는 특성을 갖고 있었다. 그러나 後漢 시대부터는 公府나 州府 등 주요 관부에서도 장관이 그 屬僚를 선임하는 방식으로 辟召를 활용했다.
1571 송대에 둔 句當公事를 高宗의 이름인 '構'자를 避諱해서 고친 이름. 制置使나 總領, 安撫使, 鎭撫使, 轉運使, 提點刑獄公事, 都大提擧坑冶, 三衙長官 등의 屬官으로, 장관에게 위임받고 파견된 여러 가지 사무를 처리했다.
1572 唐代 光化 중에 靜江軍節度使를 두어 桂州에 치소를 두게 했다. 지금의 廣西省 桂林縣이다. 宋代에도 靜江軍節度를 두었다가, 靜江府로 승격시켰다.
1573 宋澂江本에는 '大禮國'이라 했다. 五代에서 宋代까지 雲南省 일대에 있었던 나라로서, 오대 後晉 天福 2년(937)에 段思平이 세웠다가 宋 寶祐 원년(1253)에 蒙古의 忽必烈에게 멸망되었다. 淸 顧祖禹의 『讀史方輿紀要』雲南1에 의하면, "開元 말에 南詔가 점차 강해져서 天寶 9년에 마침내 雲南 땅을 차지하고 국호를 大蒙이라 했다. 貞

심해서 서인에게 실상을 조사하게 했다. 황린은 궁중에서 총애 받는 환관들과 내통하여 그 권세가 五嶺(오령)[1574] 지역을 다 위태롭게 할 만 했기 때문에, 정강의 장수 周種(주종)이 적절하게 조처하지 못하게 될까 걱정하고 두려워했다. 이에 서인이 공에게 (이 일을) 위촉하였고, 공은 "이 일은 정말 쉽게 처리할 수 있다"고 하면서, 그 部曲(부곡)[1575]을 불러 앞으로 오게 해서는 나라를 세운 시기와 산천, 풍속 등에 관해 모두 따져 물었더니, 모두들 몰라서 대답하지 못하였고, 속인 죄상이 마침내 드러났다.

雍丘縣(옹구현)[1576]의 縣令 자리가 비어서, 조정의 명령으로 현령의 일을 대리하게 되었다. 그때 읍내에는 서로 맞고소를 해서 송사를 벌이는 형제가 있어, 오래 동안 계류되어 결정을 보지 못하고 있었는데, 공이 와서는 지키는 자를 시켜 자리 하나를 설치해서 형제가 같이 앉고 눕게 하며 먹을 때도 반드시 같은 식기를 사용하게 했다. 열흘이 지나자 형제가 감동하고 깨달아서 서로 붙잡고 울면서, "令君(영군)[1577]께서 우리에게 지극한 가르침을 주셨다. 스스로 새로워지기를 원하는데, 어찌 감히 잘잘못을 따지겠는가"라고 말했다. 그 뒤부터 형제는 다시 우애로 칭송을 받았고, 이로 인해 민간의 백성들도 감화되어 옥사와 송사가 점차 줄어들

元 10년에 국호를 南詔로 고치고, 大中 13년에는 大禮라고 다시 고쳤으며, 光化 4년에는 나라가 어지러워져서 大長和라 개칭했다. 後唐 天成 3년에는 국호를 大天興이라 하고, 그 다음 해에는 大義寧이라 했다. 石晉 天福 2년에 大理에 속해졌고, 宋 초에도 계속 되었다. 熙寧 8년 뒤부터 段 씨가 쇠퇴해져서, 元祐 원년에 高 씨가 즉위하여 大中國이라 국호를 바꾸었다. 元符 2년에 段 씨가 다시 일어나 국호를 後理國이라 했다. 淳祐 12년에 몽고 忽必烈이 大理를 멸망시켰다."

[1574] 揚子江 이남의 다섯 산, 즉 江西省의 大庾嶺, 湖南省의 騎田嶺, 호남성의 都龎嶺, 호남성의 萌渚嶺, 廣西省 興安縣의 越城嶺을 가리킨다. 혹은 嶺南으로 들어가는 다섯 갈래의 길을 가리키기도 한다.
[1575] 원래는 군대 편성의 단위를 가리키는 말이었으나, 後漢 말부터 豪族들이 군대를 직접 조직, 운영하면서 私兵 집단을 가리키는 말로 변질되었고, 隋唐 이후에는 개인이 부리는 종, 노비와 같은 천인을 지칭하게 되었다.
[1576] 춘추시대의 杞都요, 漢代에 처음으로 지금의 河南省 杞縣에 설치되었다.
[1577] 縣令을 높여서 이르는 말.

어 그치게 되었다.

京西部(경서부)[1578]의 使者가 황제에게 아첨해서 총애를 받아 벼슬하더니, 도망병 2백여 명을 보내 읍내에 집을 짓고 온갖 포학한 짓과 도둑질을 일삼아, 온 고을이 크게 소란해졌다. 공이 그들을 잡아서 다스렸지만, 사자가 황명을 받았다는 핑계를 내세우면서 읍내에 그 무리를 풀어놓았다. 이들은 북을 두드리며 소란스럽게 감옥으로 들어가서 묶여있던 자들을 모두 풀어 내보냈다. 공이 말하기를, "지위의 고하를 막론하고 三尺法(삼척법)[1579]을 준수해서 천자를 받드는 일은 공평하게 해야 한다. 그렇게 하지 않는다면, 내가 군주를 기만하는 것이다. 군주를 기만하고 다른 사람에게 아첨하는 일은, 나는 차마 할 수 없다"고 하였다. 이에 그 집을 몰래 에워싸고 흉악한 무리들을 다시 잡아서 소속을 듣고 법으로 다스려 한 사람도 풀려나지 않게 하니, 잘 다스린다는 평판이 널리 알려졌다.

鄭州(정주)[1580]의 原武縣(원무현)[1581] 일을 대리하기 위해 옮겨갈 때는 혼자서 수레를 타고 관청으로 갔다. 그때 숯 만드는 일을 맡아 관리하던 자가 그 아우의 귀한 신분과 세력을 끼고서, 공을 세우기 위해 함부로 잔학한 짓을 자행하면서 강가에 창고를 세우고 배를 만들었는데, 그 위세가 郡邑(군읍)[1582]까지 진동시켰다. 칼을 쓰고 포박 당한 이들이 길에 가득 찼는데도, 공에게 격문을 보내, 늦게 도착한 자와 명령을 무시하는 자를 치죄하라고 했다. 공은 개탄해 하며, "현령이 재능과 덕행이 없어 백성을 감싸주지 못하니, 차마 이 같은 극형에까지 이르게 할 수는 없

[1578] 송대에 설치된 京西路를 말한다. 그 경역은 지금의 河南省 洛陽縣 이서와 黃河 이남을 포괄했으며, 그 치소는 河南府, 즉 지금의 하남성 낙양현에 있었다.

[1579] 고대 중국에서 법률을 3자 길이의 竹簡에 썼던 관행에 유래하여, 법률을 가리킨다.

[1580] 隋代에 管州를 설치했다가 鄭州로 고쳤는데, 지금의 河南省 汜水縣 서북에 있었다. 송대에는 鄭州 滎陽郡이라 했다.

[1581] 漢代에 설치되었는데, 隋代에 河南省 陽武縣에서 하남성 河北道로 옮겼다.

[1582] 太守가 주재하는 郡의 治所.

다"고 말하고, 그 해악을 조목조목 써서 조정에 알리면서, 무고한 백성들 대신에 자신이 속죄하겠다고 자청하니, 해악이 이로 인해 그쳐지게 되었다.

전임 현령이 탐욕스럽고 포학하여 백성을 괴롭혔지만, 공은 백성들을 잘 쓰다듬고 어루만져주었기 때문에, 고을 사람들이 대궐에 가서 공이 정식 현령이 되기를 바라고 다투어 수레와 말을 준비해서 공의 가족을 맞이하려 하기까지 했다. 그러나 秘閣(즉 아버지)이 그것을 원하지 않아, 相國(상국)¹⁵⁸³에게 간곡히 아뢰어, 이 일은 중지되었다. 燕國의 鄭公(정공)이 동료들에게 "현령이 모두 徐兢과 같다면 천하가 잘 다스려지지 않을 이유가 어디 있겠는가"라고 말했다. 濟州(제주)¹⁵⁸⁴의 士曹(사조)¹⁵⁸⁵ 일을 맡도록 선발되었으나, 미쳐 考課(고과)¹⁵⁸⁶를 쓰기도 전에 모친상을 당하였고, 상복을 벗은 다음에는 元豐倉(원풍창)¹⁵⁸⁷을 살피는 관리로 임명되었다.

宣和 6년(1124)에 고려가 조공하러 와서 글씨를 잘 쓰는 사람을 구해서 그 나라로 데리고 갈 수 있게 해 달라고 황제께 청하였다. 그 뒤를 이어 給事中 路允迪을 보내 報聘(보빙)¹⁵⁸⁸하게 하였는데, 이때 공을 國信使의 提轄人船禮物官(제할인선예물관)¹⁵⁸⁹으로 삼았다. 이로 인해 공이 『高

1583 원래 춘추전국 시대부터 漢代까지 관료 기구를 통솔하는 최고위 관직으로 존속했으나, 후대에는 宰相의 존칭으로 사용되었다.
1584 山東省 巨野縣에 있었던 州로, 五代 周 시기에 처음 설치되었다.
1585 州府에서 工役을 담당한 佐吏. 宋 高丞의 『事物紀原』에 의하면, "北齊 때에 처음으로 士曹參軍이 있었는데, 지금은 오직 開封府에만 두었고, 나머지 州에서는 비록 司士가 있다 하더라도 散官으로 삼았다."
1586 관리의 근무 성적을 평가하여 승진과 좌천, 포상, 처벌 등에 반영하는 것을 말한다.
1587 官庫의 이름. 元豐庫. 宋 神宗이 契丹에게서 燕雲十六州를 회복할 계획으로 元豐 3년(1080)에 세운 창고로, 처음에는 尙書都省에 소속되었으나, 5년에 제도를 바꾸어 太府寺에 속하게 하여, 諸路와 諸司 및 常平倉과 坊場倉 등의 잉여 錢物을 받게 했다.
1588 다른 나라가 우호를 위해 방문해 준 데 대한 답례.
1589 '提轄'이란 管掌한다는 뜻. '제할인선예물관'이란 사절단의 인원과 배, 예물 등을 총괄해서 관장하는 관리라는 뜻이다.

麗圖經』40권을 편찬하니, 황제께서 札文(찰문)[1590]을 보내 그 책을 올리도록 하게 하라고 명했다. 공은 스스로 쓴 서문에서 다음과 같이 말했다.

"漢 나라의 張騫(장건)[1591]은 月氏(월지)[1592]에 사신으로 갔다가 13년이 지난 뒤에야 돌아와서도, 겨우 그가 지나간 나라의 지형과 물산에 대해서만 이야기할 수 있었을 뿐이다. 그런데 신은 고려에 한 달 남짓 있었을 뿐이고, 그나마 관사에는 병사들이 지키고 있었으며, 외출한 것도 겨우 5, 6번 밖에 되지 않았다. 수레와 말을 달리는 사이에, 술잔을 주고받는 연회석상에서 귀와 눈이 미친 바는 13년이라는 긴 시간과는 비교할 수도 없다. 그럼에도 불구하고 고려의 국가를 건립하고 정권을 수립한 체제와 풍속, 사물 가운데서 볼만한 것을 거의 빠뜨리지 않고 그림으로 그리고 차례를 갖추어 기록한 까닭은 감히 박식함을 자랑하거나 근거가 없는 일을 그럴듯하게 꾸며서 황상의 이목을 더럽히려는 것이 아니라, 그 실정을 주워 모아서 사신으로 중용해 주신 데 대해 만분의 일이라도 보답하기를 바라기 때문이다."

徽宗(휘종)[1593] 황제가 그 책을 보고 크게 기뻐하며 편전으로 불러서 대면하고, 同進士出身(동진사출신)[1594]을 내려주고 知大宗正丞事(지대종정

1590 상부에서 하부에 내리는 공문서. 조칙이나 지령을 직접 써서 내릴 경우도 '札'이라 한다.

1591 漢 武帝 建元 연간에 郎官이 되어, 西域의 月氏에 사신으로 갔다가 匈奴에 사로잡혀 13년간이나 억류된 뒤에, 다시 도망쳐서 귀국함으로써, 비록 월지와 함께 흉노를 공격한다는 당초의 전략은 실현되지 못했지만, 서방 세계에 대한 정보를 중국인에게 제공해서 漢의 西域 경영을 가능하게 했다. 大將軍 衛靑을 따라 흉노를 정벌한 공으로 博望侯에 봉해지기도 했다.(『史記』 111, 『漢書』 61)

1592 敦煌과 祁連 사이에서 유목 생활을 하다가 匈奴에게 쫓겨 서쪽의 塞種 옛 땅으로 옮겼는데, 서쪽으로 옮겨간 월지를 大月氏라 하고, 祁連山으로 들어가 羌人과 섞여 산 무리를 小月氏라고 했다.

1593 北宋의 제8대 황제로, 이름은 趙佶.

1594 과거 합격자의 칭호. 송대에는 進士 시험을 다섯 등급으로 나누어, 제5등으로 합격한 사람을 일컬었고, 明清 시대에는 세 등급으로 나누어 제3등으로 합격한 사람을 일컬었다. 『宋史』 選擧志2에 의하면, "御試를 보아서 …… 第一甲에게는 進士及第와 文林郎을 내리고, 第二甲에게는 進士及第와 從事郎, 第三, 第四甲은 進士出身을, 第

승사)[1595]로 발탁해서 掌書學(장서학)[1596]을 겸임하게 하였다가, 尚書刑部 員外郎으로 옮겼다. 그때 재상이 冊書(책서)[1597]를 통해 면직되자, (공이) 親嫌(친혐)[1598]의 죄로 먼 곳으로 좌천되어 池州(지주)[1599] 永豐(영풍) 縣監 일을 보다가 부친상을 당했다. 상복을 벗은 뒤에 沿江制置司(연강제치 사)[1600]의 參謀官을 제수 받았지만, 奉祠(봉사)[1601]의 직을 자청해서 南京 (남경)[1602] 鴻慶宮(홍경궁)[1603]을 책임지고 관리하였다. 이때부터 台州(태 주)[1604]의 崇道觀(숭도관)[1605] 일을 세 번 맡았다.

공은 천성이 명석하고 예리해서 일을 만나면 즉시 깨달았으니, 성가 신 일을 풀고 번거로운 일을 해결하는 지혜는 이야기하고 웃는 가운데 서 나왔다. 활시위를 당기고 자물쇠를 잠그듯이 신중하고 과묵해서, 다

五甲은 同進士及第를 내렸다.”

[1595] ‘大宗正’司의 丞職. 大宗正은 皇族에 관한 사무를 관장했다. ‘知事’란 관부의 행정사 무를 관장하는 직책.

[1596] 書法과 字學을 가르치는 직책.

[1597] 작위와 봉록을 내리거나 거둘 때의 칙서.

[1598] 나쁜 일과 가까이 함.

[1599] 唐代에 安徽省 경내에 둔 州. 소재지는 貴池市에 있었다.

[1600] ‘制置使’란 唐 宣宗 때 변경의 軍務를 관장시키기 위해 임시로 두었던 벼슬로, 송대 에는 변경의 정세에 따라 그 수를 늘리기도 하고, 작위가 높은 사람일 경우에는 制 置大使라 했다. 明清 시대의 總督과 격이 비슷했다.『宋史』職官志에서는 “제치사는 변경의 군사를 經劃하는 일을 맡았다”고 했다. ‘沿江’은 揚子江邊을 말한다.

[1601] 신을 받들어 제사지내는 일을 뜻한다. 송대에 늙어서 물러나는 관원에게 특전으로 주던 俸祿으로, 宮觀使나 判官, 都監, 提舉, 提點, 主管 등의 벼슬을 받았는데, 녹봉 만 있고 직무는 없었다. 제사를 주관하는 벼슬이기 때문에 붙인 명칭이다.

[1602] 宋 眞宗 연간에 應天府를 승격시켜 부른 이름.

[1603] 송대 궁전의 이름. 宋 王林,『燕翼詒謀錄』2에 의하면, “大中祥符 7년 정월 乙卯 일 에 조칙을 내려 應天府를 승격시켜 南京으로 삼고, 行宮 正殿을 세워 歸德으로 이름 을 지었으며, 聖祖殿은 鴻慶宮이라 했다.” ‘宮’은 왕왕 神仙의 주거를 가리키는 말로 쓰이기도 해서, 홍경궁에서도 道士들이 머무르면서 齋醮 행사를 주재했다.

[1604] 唐代에 浙江省 臨海縣에 둔 州. 清 顧祖禹의『讀史方輿紀要』浙江에 의하면, “台州 府는『禹貢』의 揚州였고, 춘추전국 시대에는 越 땅이 되었으며, 秦代에는 會稽郡에 속하였고, 兩漢 시대에도 계속되다가 …… 唐 武德 4년에 海州를 두고, 5년에 台州 라 고쳤는데, 이는 天台山 때문에 그렇게 이름을 지은 것이다.”

[1605] ‘崇道’란 도를 높이고 행한다는 뜻이고, ‘觀’은 道觀, 즉 도교의 사원을 말한다.

른 사람들이 (그 속마음을) 엿보거나 헤아릴 수가 없었다. 효성과 형제애는 천성에서 나온 것이었다. 적군이 淮甸(회전)[1606]을 침범해서 집을 信州(신주)[1607]의 弋陽(익양)[1608]으로 옮겼는데, 선조의 묘역이 멀리 떨어져 있다고 해서 슬픔과 사모하는 마음을 이기지 못하였다. 또 光祿(즉 할아버지)이 일찍이 饒州(효주)[1609]에서 佐僚를 지낸 적이 있고 秘閣(즉 아버지)도 일찍이 江東(강동)[1610]에서 漕運을 담당한 적이 있어, 그 사당이 德興縣(덕흥현)[1611] 靑雲寺(청운사)에 있었기 때문에, 공은 매년 철따라 사당에 가서 제사를 드리면서 조금도 게을리 하지 않았다. 친형인 지금의 敷文閣 直學士(부문각직학사)[1612] 徐林(서림)[1613]이 당시의 재상을 거역해서 남쪽 莆陽(보양)[1614]으로 좌천되자, 공은 천리를 멀다 하지 않고 달려가서 살폈는데, 오래도록 차마 떠나지 못하고 "수족이 상처를 입었는데 무슨 겨를에 처자를 돌보겠는가"라고 말했다.

공은 재기가 높이 뛰어났을 뿐만 아니라 베풀기도 좋아해서, 재물 보

1606 淮水 유역.

1607 唐代에 설치한 州로, 치소는 江西省 上饒縣의 북서쪽에 있었다.

1608 三國 吳 때에 葛陽縣을 설치했는데, 隋代에 弋陽江 가로 옮기고 弋陽縣이라 했다. 江西省 豫章道에 있었다. 익양강은 江西의 信江을 말한다.

1609 隋代에 鄱陽郡에 설치한 州로, 곧 철폐했다가, 唐代에 饒州로 회복되었으며, 宋代에는 饒州 鄱陽郡이라 했다. 지금의 江西省 鄱陽縣에 치소가 있었다.

1610 蕪瑚市와 南京市 사이의 揚子江 동쪽 지역을 이르는 말. 隋唐 이전에는 남북이 왕래하는 주요 나루가 있던 곳이다. 江左라고도 한다. 淸 魏禧의 『日錄』 雜說에서 "江東을 江左라 하고, 江西는 江右라 하는데, 왜 그런가 하면, 江北에서 보면, 江東은 왼편에 있고 江西는 오른 편에 있기 때문이다"라고 했다.

1611 唐代에 樂平縣을 두었다가, 五代 南唐이 德興縣으로 바꾸었다. 明淸 시대에는 江西 饒州에 속하였고, 民國 초에는 江西省 潯陽道에 속했다.

1612 '敷文閣'은 紹興 10년(1140)에 세워진 누각으로, 宋 徽宗의 御製 文集을 수장하였다. 學士와 直學士, 待制 등의 관직이 있었다.

1613 宋 吳縣 사람으로, 자는 稚山이고 호는 硯山居士. 徽宗 宣和 3년에 進士가 되어, 太府少卿, 江西轉運副使를 역임했다. 그러나 당시 집권하고 있던 秦檜를 탄핵한 죄로 興化軍을 쫓겨났다가, 나중에 다시 조정으로 들어가 刑部와 戶部, 吏部의 侍郎을 역임하고 龍圖閣學士에까지 올랐다. 서예에 능하여 篆書로 이름을 날렸다.

1614 興化軍.

기를 더러운 흙 보듯 했으며, 주위 사람들의 어려움을 자신을 위해 꾀하는 것보다 더 급한 일로 여겼다. 河南 少尹(하남소윤)[1615] 許滂(허방)이 공과 함께 彭蠡湖(팽려호)[1616]를 건넌 적이 있었는데, 허방이 탄 배가 뒤집혀지자, 공이 그를 건져 주어 그 가족 2백 명을 온전하게 해주었을 뿐만 아니라, 후하게 음식을 보내주게 했는데, 그 뒤에 허방이 사례를 보내 왔지만 공은 하나도 받지 않았다. 오랜 친구 宋浦(송포)가 어떤 일로 大理寺(대리시)[1617]에 내려 보내져서 46만 錢을 갚아야 했기 때문에 시장에서 구걸했다. 공은 지폐 가운데 茶券(차권)[1618]을 가지고 있었는데, 마침 그 액수가 돼서 내주어서 송포는 (처벌을) 면할 수 있게 되었다. 소원한 사람과 가까운 친척, 관계가 먼 사람과 가까운 사람을 가리지 않고, 외롭거나 곤궁한 처지에 있으면 누구나 공이 근심과 걱정거리에서 벗어나게 해주었고, 혼인이든 장례이든 공이 도와준 사례는 하나 둘로 헤아릴 수 있는 것이 아니었다.

공은 章句學(장구학)[1619]을 천하게 여겨, 고금의 전적을 섭렵해서 그 심오한 도리를 탐구하고 중요한 요점을 파악했는데, 아래로는 釋老(석로)[1620]와 孫吳(손오),[1621] 盧扁(노편)[1622] 등의 책과 山經(산경),[1623] 地誌(지

[1615] '河南'은 河南府로, 唐代에 河南省 洛陽市에 설치되었다. 장관은 府尹이고, '少尹'은 그 차관이다.

[1616] 江西省에 있는 鄱陽湖.

[1617] 형법을 주관하던 관서. 秦代와 漢初에는 廷尉라고 하다가, 漢 景帝 6년에 大理로 고쳤고, 北齊부터 大理寺라고 했다. 刑部와 都察院과 함께 三法司로 일컬어졌다.

[1618] 송대에 차를 국외로 반출할 수 있도록 관에서 허락하는 증명서.

[1619] 문장의 章과 句를 해석하는 학문으로, 漢代의 訓詁學을 이르는 말이다. 문장의 장구에만 구애되어 문장의 大義에는 통하지 못하는 폐단이 있어, '章句小儒'라는 말이 있다.

[1620] '釋'은 釋迦车尼, '老'는 老子를 뜻하니, 불교와 도교를 아울러 표현한 말이다.

[1621] '孫'은 孫子 즉 孫武, '吳'는 吳起를 뜻하니, 兵家를 총칭한 말이다.

[1622] 盧國의 扁鵲이란 뜻이다. 편작은 전국시대 渤海郡 출신의 名醫로, 盧國에서 살았다고 해서 盧醫라고도 칭했다. 성은 秦이고 이름은 越人이다. 長桑君에게 의술을 배워 秦의 太醫令이 되었으나, 다른 사람의 시기를 받아 죽음을 당했다.

[1623] 『山海經』의 준말이기도 하고, 산맥을 기록한 지리서의 범칭이기도 하다.

지),[1624] 方言(방언),[1625] 小說(소설)[1626] 등, 무엇 하나 꿰뚫어 통달하지 않은 것이 없었다. 귀인들 앞에서 손바닥을 치면서 일을 논할 때는, 언제나 온 좌석의 주의를 끌었다. 공의 문장력은 뛰어나고 민첩해서, 즉석에서 한 번 써 내려가면 중간에 끊임이 없어 스스로 멈추지를 못했다. 詩歌에 더욱 능하였다. 西楚霸王(서초패왕)[1627]의 사당을 지나가다가 28자를 남겼는 데, 中書舍人(중서사인)[1628] 韓駒(한구)[1629]가 이를 보고서는, "뒷사람이 붓을 댈 곳은 거의 없다"고 말했다. 그림은 神品(신품)[1630]의 경지에 들었는 데, 특히 산수화와 인물화는 아주 뛰어났다. 일찍이 장난삼아 평탄한 땅이 멀리 펼쳐진 풍경을 그리고 그 옆에 長句(장구)[1631]를 畵題(서제)[1632]로 써넣어 한구에게 주었더니, 한구가 그것을 꺼내 다른 사람에게 보여줄 때마다, "明叔(명숙)[1633]은 그림을 위해 시를 지었을까, 시를 위해 그림을 그렸을까"라고 말했다. 비록 붓을 적시고 먹을 갈기만 하면 눈 깜짝할 사이에 그림을 완성하기도 했지만, 흰 비단만 펼쳐놓고 한 해가 다 지나

[1624] 한 나라 또는 한 지역의 지형, 기후, 경계, 주민, 풍속, 산물, 교통 등을 기록한 책으로, 地理誌, 地理書, 輿地書, 地志라고도 한다.

[1625] 특정한 지역에서만 쓰이는 특유의 언어라는 뜻이지만, 漢의 揚雄이 지은 13권의 책이름이기도 하다. 『方言』은 당시 각 지방에서 조정에 파견한 사자들의 말을 수집, 기록한 책으로, 원 제목은 『輶軒使者絶代語釋別國方言』이다.

[1626] 원래는 단편적이고 자질구레한 이야기란 뜻이지만, 諸子百家 중의 一家를 이루기도 했고, 先秦의 神話, 傳說, 寓言, 위진남북조의 志怪, 唐代의 傳奇, 송대의 說話, 元明 이래의 章回體 小說 등이 이 부류에 속한다.

[1627] '西楚'는 項羽가 霸王에 올라 彭城에 도읍을 정하고 세운 나라의 이름으로, 팽성이 西楚에 속한다 해서 붙인 이름이다. 『史記』 項羽本紀에 의하면, "항우가 자립해서 서초패왕이 되어, 9개 郡을 다스리며 팽성에 도읍을 정했다."

[1628] 中書省의 속관으로, 詔勅을 작성하는 일을 맡았다. 삼국 魏 때에 처음으로 두었다.

[1629] 송 仙井鹽人으로, 자는 子蒼이고 호는 陵陽先生이었다. 徽宗 政和 초에 獻頌으로 入仕했다가, 다시 과거에 응시해서 進士出身에 급제했다. 中書舍人으로 權直學士院을 겸하였고, 高宗 때는 知江州를 지냈다. 蘇轍에게서 배워, 시와 詞章에 능했다. 저서로는 『陵陽集』이 있다.

[1630] 사람의 재주로는 만들 수 없는, 매우 뛰어난 작품을 말한다.

[1631] 七言古詩를 말한다. 후대에는 七言律詩도 '長句'라 했다.

[1632] 그림의 위나 옆의 여백에 쓰는 題詩.

[1633] 徐兢의 字.

가도록 돌아보지 않을 때도 있었다. 세상 사람들이 소장하고 있는 것들 가운데는 다른 사람 손에서 나왔거나 공이 지도해 준 것들이 많다고 한다.

공은 크고 작은 일의 구별 없이 모두 절묘하게 생각해서 일에 대처하였기 때문에, 다른 사람들은 아무리 지혜와 꾀를 다 짜내어도 그것을 이해하지 못했다. 음률에 통달해서 잘 알고 있었다. 또 휘파람도 잘 불어서, 간혹 피리로 가락을 맞추게 해서 함께 불면, 그 맑고 영롱한 소리가 오히려 피리 소리보다 더 아름다워, 마치 먼지가 날리고 장막이 움직이는 듯하고 난새와 봉황이 떼를 지어 모여드는 듯했다. 술을 마실 때는 두 말이나 마셔도 흐트러지지 않았고, 손과 대작하면 반드시 잔을 가득 채워 먼저 마셨으며, 술을 반쯤 마시고 나면 담론이 세차고 빨라지고, 혹은 翰墨(한묵)[1634]을 즐기고 혹은 피리를 불고 큰 거문고를 타기도 했으니, 세속에 얽매이지 않는 모습이 신선의 경지에서 사는 사람이 아닌가 하는 의심까지 들게 한다.

천하의 士人들이 공의 이름을 듣고는 친하게 사귀기를 모두들 원하였고, 미천하고 보잘 것 없는 사람이 집으로 찾아와도, 반드시 예의를 다 갖추어 대접하였고, 구하는 것이 있으면 크고 작은 것을 가리지 않고 응대해 주었다. 다른 사람에게 좋고 기쁜 일이 있으면, 마치 자기 일처럼 좋아하고 기뻐했다. 그래서 공이 가는 곳마다 사람들이 일치합동해서 그를 친밀히 사랑하였으니, 蠻貊조차도 그렇게 했던 것이다.

채마밭 수십 畝(무)[1635]를 가꾸어 '洗硯池(세연지)'[1636]라고 이름 지었는데, 경치가 그윽하고 좋아서 江南에 알려졌다. 스스로 '自信居士(자신거사)'라고 부르면서, 제사하는 일을 맡아 한 지가 20년이 되었다. 한가롭게 물러나 지내는 것을 편안하게 여겼으니, 그의 마음을 움직일 수 있는 것

[1634] 붓과 먹, 즉 문학. 筆墨이라고도 한다.
[1635] 고대 중국인이 전답을 측량하는 면적 단위. 6尺 사방을 1步라 하고, 100보를 1畝라 하는데, 秦代 이후로는 240보를 1무라 했다. 현대는 1무가 약 100평방미터.
[1636] 벼루를 씻는 못이라는 뜻.

은 아무데도 없었던 것 같았다. 단지 조상의 분묘는 돌아보며 사모해서, 그냥 두지 않았다.

紹興(소홍)[1637] 辛未년(1151)에 歷陽으로 돌아가 黃紙(황지)[1638]를 불태우고 귀향하였음을 고하려 하였는데, 吳門(오문)[1639]에 다다랐을 때 병이 들어 세상을 떠났다. 아아, 공이 품은 뜻이 이와 같았건만, 장년 시절부터 나라[1640]를 떠나 불우한 처지에 있었기 때문에 (그 뜻을) 펴볼 수가 없었다. 공은 비록 그러한 처지에 있으면서도 여유를 잃지 않았으니, 뜻 있는 인사들은 시대를 위해 개탄해 하고 안타까워하면서 혹은 눈물을 흘리기까지 했다. 공은 元祐(원우)[1641] 6년(1091) 5월 8일에 태어나 紹興 23년(1153) 5월 21일에 일생을 마쳤으니, 향년 63세였다. 여러 관직을 역임하여 朝散大夫(조산대부)[1642]까지 이르렀고 3品의 관복을 받았다. 陳氏(진씨)와 결혼했는데, (부인 진씨는) 宜人(의인)[1643]에 봉해졌고, 공보다 5년 늦게 세상을 떠났다.

자녀로는 아들이 3명 있었는데, 그 중 集(집)은 일찍 죽었고, 藏(장)은 右承直郎(우승직랑) 江南西路(강서서로)[1644] 轉運司(전운사)[1645] 幹辦公事(간판공사)[1646]로서 사촌형인 朝奉郎(조봉랑)[1647] 喆(철)의 뒤를 이었다가 공보다 13년 뒤에 죽었으며, 葴(겸)[1648]은 右迪功郎(우적공랑), 監淮西江東總

1637 南宋 高宗의 연호, 1131-1162년.
1638 칙령을 적던 황색 종이.『石林燕語』에서 "勅書用黃紙"라 하였다.
1639 蘇州 또는 그 일대. 춘추시대에 吳의 땅이었기 때문에 이른 말이다.
1640 國. 여기서는 京師를 말한다.
1641 北宋 哲宗의 연호, 1086-1093년.
1642 散官의 하나로, 隋代부터 문무 관리 가운데 덕망이 있는 이에게 주던 벼슬이다.
1643 문무관의 아내나 어머니에게 주던 封號로, 송대 政和 연간부터 시행되었다.
1644 송대의 지방 행정구역으로, 長江 하류의 북쪽과 淮水 이남 지역을 이르던 말이다.
1645 唐宋 시대에 군량의 수송과 교통에 관한 일을 맡아보던 관청으로, 뒤에는 변방과 도적, 형송, 금곡, 안찰 등의 일을 관장했다. 장관은 轉運使라고 했다.
1646 송대에 둔 句當公事를 高宗의 이름인 構자를 피휘하여 고친 이름이다. 制置使나 總領, 按撫使, 鎭撫使, 轉運使 등의 속관으로, 장관에게서 위임받고 파견된 여러 사무를 처리했다.
1647 諫官 품계의 하나 좌우 司諫을 조봉랑으로 삼고, 좌우 正言은 承議郎으로 삼았다.

領所戶部大軍庫(감회서강동총령소호부대군고)[1648]를 지냈다. 딸은 2명이 있었는데, 맏딸은 右奉議郞(우봉의랑), 知臨江軍新淦縣事(지임강군신감현사)[1650]인 次[1651]師文(차사문)에게 출가했고, 둘째 딸은 右宣敎郞(우선교랑), 知福州懷安縣事(지복주회안현사)[1652]인 李梫(이간)에게 출가했다. 손주로는 손자가 6명이었는데, 元老(원로)는 右修職郞(우수직랑)을 지냈고, 同老(동로), 明老(명로), 洋老(양로) 등이 있었으며, 籍(적)은 將仕郞을 지냈다. 그 중 한 명은 이름을 짓지 못했다. 손녀는 8명이 있었는데, 맏손녀는 左迪功郞 鄂州 州學敎授(주학교수)[1653] 劉壁(유벽)에게 출가했고, 둘째 손녀는 進士 朱縉卿(주진경)에게 출가했으며, 그 다음 손녀는 將仕郞 俞(果)에게 출가했다. 나머지는 출가하지 못했다. 아버지와 할아버지를 잃은 이들 여러 자손들이 공의 영구를 받들고 이 해 윤12월 초하루 乙酉 일에 弋陽(익양)[1654]의 玉亭鄕(옥정향)에 있는 龜峯(구봉)의 길한 들판에서 장사지냈다.

공의 집안에는 예전부터 騎省의 유물이 많이 있었다. 光祿大夫(광록대부)[1655]로 추증된 바 있는 큰아버지가 생시에 벼루 한 개를 보배롭게 여겼는데, 이 벼루의 옆에는 '鼎臣(정신)'[1656]이란 두 글자가 쓰여 있었다.

1648 宋澂江本에서는 '葰'이라 하였다.
1649 淮西 江東 지방 總領所의 戶部 大軍庫를 감독하는 관직. '淮西'는 淮水의 서쪽, '江東'은 長江 동쪽 지역, '戶部'는 호구와 조세를 관장하는 관서, '軍庫'는 군수품을 저장하는 창고를 말한다.
1650 臨江軍 新淦縣의 장관. 임강군은 송대에 江西省 淸江縣에 두었던 軍이고 신감현은 漢代에 江西省 淸江縣 북동쪽에 두었던 縣이다.
1651 宋澂江本에서는 '馮'이라 했다.
1652 福州 懷安縣의 장관. 복주는 唐代에 福建省 福州市에 둔 州고 회안현은 송대에 복건성 閩侯縣 지역에 두었던 현이다.
1653 州序, 즉 州에 설립한 학교의 교수.
1654 江西省 信江이 弋陽縣을 지나는 부분을 이르는 말이다. 익양현은 수대에 강서성 貴溪縣의 북동쪽에 둔 현이다.
1655 漢 武帝 때 秦代의 中大夫를 고쳐 궁중에서 고문 역할을 맡게 했다. 隋唐 대에는 散官 광록대부와 金紫光祿大夫, 銀靑光祿大夫로 구분하였다.
1656 원래는 三公(丞相, 御史大夫, 太尉, 혹은 大司徒, 大司空, 大司馬 등) 따위 大臣을 일

일찍이 여러 아이들에게 "본래의 가업을 이을 수 있는 자에게 응당 이것을 주겠다"고 말했는데, 그때 공은 갓 머리카락을 묶기 시작했지만 분발할 줄 알아서 篆籀(전주)[1657]에 있는 힘을 다 들이자, 큰아버지가 공에게 그 벼루를 주었다. 그런데 공이 태어났을 때 '十歲來歸(십세내귀)'[1658]의 징조가 있었기 때문에, 사람들은 공이 기성의 후신이라고 했다.

처음 少保(소보)[1659]가 공에게 咸寧(함녕)[1660]의 묘비를 쓰라고 시켰지만, 제대로 해내지 못했다. 그래서 부처에게 기도를 드린 뒤에 『般若心經(반야심경)』[1661]을 택해서 글씨 쓰기를 연습했는데, '實'자를 쓸 때 우연히 바람에 깃발이 날아 움직이는 것을 보고서 글씨의 윤곽과 기세에 대해 깨달았다. 그 뒤부터 천하의 무거운 이름을 독차지했다. 특히 공을 아끼고 칭찬하던 徽宗이 어느 날 궁중 안으로 불러들여 '進', '德', '脩', '業' 등 네 글자를 쓰게 하였는데, 글자의 너비가 한 丈이나 됐다. '業'자에 이르러, 공은 특별히 기묘한 변화를 일으켜, 붓을 움직여 차례대로 써 내려가다가 중간 획에서 잠시 멈추고, 마지막에는 길고 힘차며 반듯하고 곧게 떨어뜨리니, 마치 둥근 돌이 천 길 낭떠러지에서 떨어지는 것과 같았다. 황제는 놀라고 기이하게 여겨 잘 썼다고 칭찬했고, 좌우에 있던 사람

컫는 말이다. 그러나 여기서는 서긍의 조상, 徐鉉의 字를 가리킨다. 서현은 송 揚州 사람으로, 南唐에서 吏部尙書를 지내다가 宋으로 귀의하여 太子率更令, 散騎常侍 등을 지냈다. 小篆과 隷書를 잘 썼고 小學에 정통해서, 『說文』을 교정하고 『文苑英華』를 편집했다. 아우 徐鍇와 함께 文名이 높아 二徐로 불렸는데, 서현은 大徐, 서개는 小徐라 했다. 저서로는 『騎省集』이 있다.(『宋史』 441)

[1657] 大篆을 이름. 周 宣王의 太史인 史籀가 만들었다고 한다. 혹은 篆書體의 총칭.

[1658] 宋澂江本에서는 '于歲來歸'라 하였으나, '千歲來歸'로 바로잡는다. 이는 晋 陶潛의 『搜神後記』에서, 신선인 丁令威가 학이 되어 遼東으로 돌아가, "집 떠난 지 千年이 된 지금 다시 돌아오니, 성곽은 여전한데 사람은 예전 사람이 아니구나"라고 했다고 한 말에서 따온 것이다.

[1659] 서긍의 아버지를 말한다.

[1660] 서긍의 할머니를 말한다.

[1661] 『般若波羅蜜多心經』의 준말. 『大般若波羅蜜多經』의 요점을 간결하게 설명한 짧은 경전으로, 1권으로 되어있다. '般若'는 만물의 참다운 실상을 깨닫고 불법을 꿰뚫는 지혜를 말한다. 唐의 名僧 玄奘이 번역했다.

들도 모두 말을 잃었다. 그 붓놀림은 정통하고 능숙해서, 둥글게 돌거나 굽어서 꺾이는 획은 비록 밤에 등이나 촛불을 가리고 쓰더라도 털끝만큼도 차이가 나지 않았다. 眞書(진서)[1662]와 行書(행서)[1663]는 (필세가) 굳세고 아름다움이 탁월했고, 褚遂良(저수량)[1664]과 薛稷(설직),[1665] 顔眞卿(안진경),[1666] 柳公權(유공권)[1667] 등의 뭇 서체를 겸비했다. 만년에는 草書(초서)[1668] 쓰기를 좋아해서, 특히 懷素(회소)[1669](의 서체)에 가까이 다가갔다. 어려서부터 종횡으로 두루 섭렵하였으니, 그 쓰임이 끝이 없었다.[1670] 천하에서 글쓰기에 대해 말하는 자들은 공을 마루로 여겼다.

小學家(소학가)[1671]들의 평론에서는, "李斯(이사)[1672]가 小篆(소전)[1673]으

1662 楷書의 俗稱. 正書라고도 한다.
1663 한자 서체의 하나. 草書와 楷書의 중간 서체로, 획을 약간 흘려 쓴다.
1664 唐의 錢塘 사람으로, 자는 登善. 文史를 섭렵하고 楷書에 능했다. 벼슬이 尙書右僕射에 이르렀으나, 則天武后의 미움을 받아 愛州刺史로 있다가 죽었다.
1665 唐 蒲州 사람으로, 자는 嗣通이고, 封號는 晋國公. 進士로 입사해서 太子少保와 禮部侍郎에 올랐기 때문에, 세상에서는 그를 薛少保라 부른다. 太平公主의 역모에 연루되어 사사되었다. 隷書를 잘 써서 歐陽詢, 虞世南, 褚遂良과 함께 당 초기의 4대 서예가로 꼽혔다.(『唐書』 73)
1666 唐代 書道의 대가로, 특히 楷書와 草書에 능하였다. 자는 淸臣. 玄宗 때 太原太守가 되어 安祿山 난에 전공을 세웠고, 魯郡公에 봉해졌다. 저서에 『顔魯公集』이 있다.
1667 唐 京兆 사람. 자는 誠懸. 元和 연간에 進士로 입사해서 中書舍人, 太子少師, 河東郡公에 올랐다. 經術과 글씨에 뛰어났는데, 특히 楷書가 유명하다. 처음 王羲之의 서체를 배우고 歐陽詢과 顔眞卿의 필법을 얻어, 안진경과 함께 顔柳로 병칭되었다.(『唐書』 165)
1668 한자 書體의 하나로, 처음에는 隷書를 흘려 써서 草隷라 하였고, 漢 章帝가 이 서체를 좋아해서 章草라고도 불렸다. 晋의 王羲之, 王獻之에 이르러 붓을 떼지 않고 이어서 쓰는 連綿體가 생겨났고, 唐의 張旭, 懷素, 宋의 米芾에 이르러 더욱 흘려 쓴 시체가 나와 狂草라고 불리기도 했다.
1669 唐代의 고승으로, 속성은 長沙 錢 씨이고, 사는 藏眞. 玄奘의 제자로서, 草書에 능하였다. 저서에 『草書千字文』이 있다.(『宋高僧傳』 14)
1670 이 문장은 宋澂江本에는 없다.
1671 小學을 연구하는 학자. '소학'이란 文字學과 訓詁學, 音韻學을 통틀어 이른다.
1672 秦의 上蔡 사람으로, 荀卿에게서 학문을 배웠다. 秦에서 客卿이 되어, 秦始皇을 도와 중국을 통일하고, 丞相에 올라 法家의 통일정책을 실행하였다. 郡縣制를 실시하고 禁書令를 내리게 하였으며, 小篆을 표준으로 해서 문자를 통일하고 「倉頡篇」을 지어 규범으로 삼게 했다. 진시황이 객사하자 환관 趙高와 함께 조칙을 위조하여 태

로 바꾼 뒤, 秦, 漢 시대에는 그것을 계승할 수 있는 이가 없었다. 碑石이나 碣石(갈석)[1674]이 전하는 것에는 비단 필법으로 취할만한 것이 없을 뿐 아니라 偏旁(편방)[1675]도 어그러지고 잘못돼 있다. 魏, 晉 시대부터 唐代까지 오직 李陽冰(이양빙)[1676]만이 ‘獨步’라고 불려졌다”고 하였다. 하지만 이 학문이 중간에 끊어졌기 때문에 이양빙이 이런 이름을 얻은 것이 아니겠는가. 元次山(원차산)[1677]의 생질인 李康叔(이강숙)이 浯溪(오계)[1678]와 峿臺(오대)[1679]의 두 銘文을 정서해서 秦代의 필법을 상당히 터득했는데, 이양빙과 비교하면 하늘과 땅만큼이나 차이가 나지만 이름은 크게 드러나지 않았으니, 일에는 본래 행운과 불운이 있는 것인가. 騎省의 형제는 李斯의 학문을 이어 받아서 서술하였고, 그 小學(소학)[1680]이 심오하고 고상해서 능히 叔重(숙중)[1681]과 짝할 만했는데, 공이 다시 그것

자 扶蘇를 폐하고 二世를 황제로 세웠으나, 조고에 의해 腰斬에 처해지고 三族이 몰살되었다.(『史記』 87)

[1673] 秦代에 통용된 書體의 하나로, 大篆의 획수를 생략하여 만들었는데, 秦篆 또는 篆書라고도 한다. 漢 許愼의 『說文解字』 서문에 의하면, “秦始皇帝가 천하를 통일한 직후에 丞相 李斯가 문자를 같게 하자고 주장해서, 秦의 문자와 합치되지 않는 것은 없애게 했다. 이사는 「倉頡篇」을 짓고, 中車府令 趙高는 「爰歷篇」을, 太史令 胡母敬은 「博學篇」을 지었으니, 모두 史籒의 大篆을 취하여 혹은 많이 생략하거나 고쳤으니, 이른바 小篆이란 것이다.”

[1674] 비는 네모진 것, 갈은 둥근 것.

[1675] 한자 구성에서 오른쪽 부분을 偏이라 하고 왼쪽 부분을 旁이라 한다.

[1676] 唐 趙郡 사람으로, 字는 仲溫. 李白의 從叔이다. 벼슬은 將作監까지 올랐다. 篆書에 뛰어나 당대 3백년을 통틀어 으뜸이라고 평가되었으며, 李斯에 비견되기도 했다.

[1677] 元結. 唐 武昌 사람으로, 자는 次山이고 호는 猗玕子. 天寶 연간에 進士에 올라 容管經略使까지 올랐다. 韓愈 이전의 六朝騈儷體를 변혁하여 古文 부흥에 공이 컸다. 저서로는 『次山集』이 있다.(『新唐書』 143)

[1678] 湖南省 祁陽縣 남서쪽에 있는 시내. 唐代의 시인 元結이 이곳에 터를 닦고 살았다. 원결은 肅宗의 공덕을 칭송한 「大唐中興頌」을 지어 자신이 살던 오계의 절벽에 새겨 놓았는데, 이로 인해 공적을 새겨 놓은 비석을 ‘浯溪石’이라고 불렀다.

[1679] 湖南省 祁陽縣 남서쪽 浯溪에 있는 臺. 당대 시인 元結이 道州刺史로 있을 때 쌓고 「峿臺銘」을 지었다.

[1680] 漢代에는 文字學을, 隋唐 이후에는 문자학과 訓詁學, 音韻學을 통칭하는 말로 쓰였다.

[1681] 許愼의 字. 허신은 後漢 汝南 사람으로, 孝廉으로 입사해서 太尉南閣祭酒를 역임했다. 賈逵에게 古文經學을 배워 儒家의 고전에 정통해서, ‘五經無雙 許叔重’으로 이

을 계승하였으니, 그 뿌리가 실로 깊다.

李斯가 남긴 자취는 嶧山(역산)[1682]에서 불타버려, 이미 唐代에는 남아 있지 않았다. 歐陽文忠公(구양문충공)[1683]이 천하의 금석문을 모아서 아주 잘 갖추었지만, 泰山(태산)[1684]의 詔書(조서)[1685]는 겨우 수십 자만 남아있어, 大觀(대관)[1686] 연간에 河間의 劉跂(유기)[1687]가 산꼭대기에 올라 글자가 새겨진 돌들을 두루 살피고서야 비로소 그 전문을 얻게 되었다.[1688] 그러나 靖康(정강)[1689]의 변란[1690]을 당한지 불과 10여 년 밖에 되지 않아,

름이 났다. 그의 저서『說文解字』30권은 한자의 형상과 뜻, 음, 六書 등을 체계적으로 해설한 최초의 字解書로서 불후의 가치를 지닌다.(『後漢書』109)

[1682] 山東省 鄒縣의 남동족에 있는 산으로, 鄒山이라고도 한다. 秦始皇이 이 산에 올라 秦의 공덕을 기록한 비석을 세웠다. 송 歐陽脩의『集古錄跋尾』「秦嶧山刻石」에서, "始皇帝가 동쪽으로 巡狩할 때, 여러 신하들이 덕을 칭송하는 글을 썼는데, 二世 때에 丞相 李斯가 돌에 새겼다. 지금 역산에는 이 비석이 없다"고 했다.

[1683] 歐陽脩. 宋 吉州 사람. 자는 永叔이고 호는 醉翁, 六一居士, 畵舫齋. 시호는 文忠. 天聖 연간에 進士에 올라, 翰林學士, 知貢擧, 樞密副使, 參知政事 등을 역임했다. 嘉祐 연간에 古文을 창도하고 太學體를 배격하여 文風을 일신했다. 神宗 때 王安石의 新法에 반대하여 관직을 물러났다. 詩, 文, 詞의 각체에 능하여, 唐宋八大家의 한 명으로 일컬어졌다. 史學에도 조예가 깊어, 宋祁 등과 함께『新唐書』를 편찬하고,『新五代史』를 찬술했다. 저서에『歐陽文忠公集』과『集古錄』등이 있다.(『宋史』319)

[1684] 山東省 泰安市 북쪽에 있는 산. 五岳의 하나인 東岳으로, 고대 제왕들이 천하를 얻은 뒤에 封禪의 전례를 행한 곳이다. 岱山, 岱宗, 泰岱라고도 한다.

[1685] 중국을 통일한 秦王 政(始皇)이 즉위 28년(기원전 219)에 丞相 李斯 등과 함께 泰山에 올라 秦始皇의 중국 통일의 공적을 찬양하는 글을 돌에 새겼는데, 이를 '泰山石刻'이라고 한다. 뒤에 二世 황제가 郡縣을 순행할 때에 詔書와 수행한 신하의 성명을 그 뒷면에 새겨 넣었다. 모두 小篆體로 되어있고, 李斯가 썼다고 한다.

[1686] 北宋 徽宗의 연호, 1107-1110년.

[1687] 宋人으로, 자는 斯立이고 호는 學易老人. 元豊 연간에 進士에 올라 朝奉郞을 지냈다. 저서로는『學易集』이 있다.(『宋史』340)

[1688] 淸 錢泳의『履園叢話』「秦泰山石刻」에서는 "秦의 泰山 石刻은 唐代에 이미 없어졌고, 지금 전하는 것은 29자로, 二世의 글이다. 宋人 劉跂가 模搨한 것이 아직 223자 남아있고, 읽을 수 있는 것이 146자다.『集古錄』과『金石錄』에 의하면 여전히 40자가 있다. 本朝 乾隆 초에 碧霞元君廟가 불타서, 29자도 없어져버렸다"고 했다.

[1689] 北宋 欽宗의 연호, 1126-1127년.

[1690] 北宋 靖康 2년(1127)에 女眞의 金軍이 남하해서 송의 도읍인 汴京을 함락시키고 徽宗과 欽宗 등 두 황제와 수많은 대신들을 생포하여 북으로 연행한 사변으로, 중국인이 경험한 역사상 최고의 참변이었다. 이로 인해 북송은 즉시 멸망하고 중국은 여진

먹으로 뜬 탁본이 세상에 거의 남아있지 않았는데, 학자들이 "이사를 본받았다"면서 기만하고 있으니, 과연 얼마나 많은 사람들이 그것을 본적이나 있었겠는가.

공은 그 石刻(을 뜬 탁본)을 얻어 보물처럼 간직하면서, 자세히 조사하고 음미해서 李斯의 필법을 모두 터득했다. 그리고 다시 三代의 박[1691]과 종,[1692] 정,[1693] 이[1694] 등과 같은 기물을 상고하여 조사해서, 款識(관지)[1695]를 새겨 읽거나 뜻풀이할 수 있는 근거를 모두 갖게 되었다. 大篆으로 말하면 필력이 뛰어나고 고풍스러워, 그 중에서도 깊이 드러나는 부분은 끌로 파서 새긴 금석문들과 차이가 없어, 붓과 종이로 이뤄놓은 것이 아닌 것처럼 보였다. 여기서 더 바루고 녹이며 기르고 빚어서, 小篆으로 바꾸어 들어가 偏과 旁을 떼어 쪼개니, 글자를 만든 본래의 뜻과 (입술이 맞듯이) 꼭 맞았다. 아아, 전대의 옛 명필은 실로 손가락을 굽혀가며 셀 수 있을 정도이고, 九原(구원)[1696]에 묻힌 옛 사람이 깨어날 수도 없으니, 차라리 뒷날에 그를 이을 자가 있을 것인가.

공이 작고한 지 이제 15년이 되었다. 장사지낼 때는 갑작스러워서 비문을 새기지 못했다. 孝伯(효백)[1697]은 대대로 歷陽에서 살았고 공의 가문과는 인척 관계에 있었기 때문에, 공이 밟은 행적의 대략을 소략하게 뒤좇았으니, 뒤에 작자가 이를 기록하여 묘지명을 돌에 새겨 무덤 위에 두게 되기를 기다린다. 삼가 씀.

乾道(건도)[1698] 3년(1167) 4월 초 10일, 左迪功郎 寧國府(영국부)[1699]

의 金에 의해 점거, 지배되었으며, 江南으로 피난한 송의 잔여 세력이 南宋을 세워 사직을 연명하였다.
1691 鎛. 큰 종.
1692 鍾. 술병.
1693 鼎. 세발솥.
1694 彝. 종묘제기. 술병.
1695 款識. 鐘과 鼎 등 금석에 새긴 글자. '款'은 음각한 글자, '識'는 양각한 글자를 말한다.
1696 전국시대 晉의 卿大夫들이 묻힌 묘지 이름. 무덤이나 저승길을 뜻한다.
1697 필자 자신의 이름.

宣城縣(선성현)¹⁷⁰⁰ 主簿(주부)¹⁷⁰¹ 主管學事(주관학사)¹⁷⁰² 張孝伯(장효백)¹⁷⁰³이 쓰다

宋의 徐兢이 편찬한 『宣和奉使高麗圖經』은 靖康의 변란을 당해 이미 그 그림을 잃어버렸다. 乾道 3년(1176)에 조카 徐蕆이 澂江郡齋(징강군재)¹⁷⁰⁴의 仁和(인화) 趙氏(조씨) 小山堂(소산당)¹⁷⁰⁵에서 처음 출간했다. 또 高麗本이 있지만, 언제 출간했는지는 알지 못한다. 지금은 양자 모두 볼 수가 없다. 근세에 세상에 널리 전해지는 것은 明末의 海鹽(해염)¹⁷⁰⁶ 鄭休仲(정휴중) 重刊本이지만, 그 사이에 탈락된 글자가 무릇 수천 자에 달하고, 제27권 또한 내용의 순서가 뒤섞여 읽을 수가 없다. 같은 마을의 胡夏客(호하객)이 鈔錄(초록)¹⁷⁰⁷ 宋本을 대조하며 바로잡았지만, 역시 겨우 십 수 자만 교정했을 뿐이다. 우리 집에서 소장하고 있는 것은 비록 繕寫(선사)¹⁷⁰⁸가 정교하지는 않지만 비교적 잘 갖추어져서 결함이 없다.

---

¹⁶⁹⁸ 南宋 孝宗의 연호, 1165-1173년.

¹⁶⁹⁹ 송대에 安徽省 宣城縣 지역에 두었던 府.

¹⁷⁰⁰ 隋代에 안휘성 蕪湖縣 동남쪽에 두었던 縣.

¹⁷⁰¹ 각 관아에서 문서나 장부를 관장하던 하급 관리. 송대에는 처음 일을 맡은 벼슬로 두었는데, 지방에서는 知縣事를 보좌하는 벼슬의 하나였다.

¹⁷⁰² 교육 일을 주관하는 벼슬. '主管'은 송대에 어떤 전문적인 직무를 맡아보던 벼슬이었다.

¹⁷⁰³ 宋 和州 사람으로, 자는 伯子, 호는 篤素居士. 張祁의 조카. 孝宗 隆興 원년에 進士가 되어, 參知政事에까지 올랐다. 일찍이 韓侂胄에게 僞學 黨禁을 풀어주라고 권했다가 한때 貶斥되기도 했다.

¹⁷⁰⁴ 澂江郡守의 처소. 雲南省 澂江縣에는 唐代에 西寧州가 있었는데, 天寶 말에 蠻人의 땅으로 들어갔다가 南詔가 그 땅에 河陽郡을 두었다. 宋代 段씨 때는 羅伽部로 삼았다. 元代에는 內附를 받아 澂江路를 설치하였고, 明淸代에는 澂江府를 두고 河陽縣에 치소를 두었다. 民國 시기에 하양을 澂江으로 바꾸었다.

¹⁷⁰⁵ 작은 산당. '山堂'이란 隱士가 사는 산중의 집을 말한다.

¹⁷⁰⁶ 縣 이름. 춘추 시대 越 武原鄉으로, 漢代에 海鹽縣을 설치했으나, 順帝 때 호수로 잠겼는데, 지금의 浙江省 平湖縣 동남쪽에 있었다. 晉代에 지금의 치소로 옮겼고, 元代에는 州로 승격되었으나, 明代에 다시 縣이 되었다. 民國 시기에 절강성 錢塘道에 속했다.

¹⁷⁰⁷ 베껴 쓴다는 뜻.

그래서 鄭本과 대조하고 모아서 출간하여 세상에 내놓게 되었지만, 그 중에는 정본과 서로 다른 것도 있고 빠진 것도 조금 있다. 이에 옛 일에 널리 정통하고 집에 宋刻本을 소장하고 있는 이를 기다렸다가 틀린 곳을 바로잡고자 한다.

乾隆(건륭)[1709] 癸丑(1793)년 端陽(단양)[1710] 歙縣(흡현)[1711]의 鮑廷博(포정박)[1712]이
知不足齋(지부족재)에서 쓰다

[1708] 옮겨 씀. 또는 채록하여 편집함.
[1709] 淸 高宗의 연호, 1736-1795년.
[1710] 端午. 端五. 음력 5월 5일. 汨羅水에 몸을 던진 屈原을 애도하여, 강에 粽子를 던지거나 龍舟를 띄워 기리는 풍습이 전해진다.
[1711] 縣 이름. 漢代에 설치되었고, 唐代에는 歙州의 치소, 淸代에는 安徽省 徽州府의 治所가 되었다. 민국 초에는 안휘성 蕪湖道에 속했다.
[1712] 1728-1814년에 생존한 淸 安徽省 歙縣 사람. 자는 文이고, 호는 淥飮. 嘉慶 8년에 擧人이 되었다. 장서가 아주 풍부했다. 乾隆 38년에 四庫館이 열리자, 집에 소장하고 있던 善本 600여 종을 바쳤는데, 대부분이 宋元 시대의 舊籍으로, 천하 獻書의 으뜸이었다. 또『知不足齋叢書』를 校刻했다. 학문에 힘쓰고 詩를 즐길 뿐, 벼슬길은 찾지 않았다.『花韻軒咏物詩存』이 있다.(『淸史列傳』72)

『宣和奉使高麗圖經』

光緖 9년(1883) 『靜補隅錄』本[1]

（淸）蔣光照 校

徐兢 서문

簡汰(송본에서는 去라고 했다)其同於中國者.
蓋倣(倣 아래에 古자가 있다)聚米之遺制也.

徐葳 발문

里人徐周賓借(乞이라 했다)未歸.
或謂郡有北醫上宜(官이라 했다)生.

목록

제1권

始封 光武中興麗(罷라고 했다)遣邊吏.
而桂婁代(伐이라 했다)之.

제2권

世次. 旣以(已라고 했다)槩敍之于前矣.
王氏. 三年四年. 遣(連이라 했다)使來朝.

제3권

封境. 又與日本琉球(流求라고 했다)卌(聊이라 했다)羅黑水毛人等國. 遼
水東西(南이라 했다)四百里(이 구절은 송본에서는 注를 짓지 않았다). 唐貞(正이
라 했다)觀間.

形勢. 稍分爲兩岐(歧라 했다).

제4권

外門. 其城皆無(爲라고 했다)夾柱. 宣仁門通揚(暘이라 했다)全羅三州.

제5권

宮殿一. 梯航沓至(沓土라 했다) 古木交陰(蔭이라 했다).
乾德殿. 被(彼라 했다)使者至楷以拘.

제6권

延英殿閣. 或獻或酬(誧라 했다) 風俗之化源(原이라 했다)
別宮. 又有辰韓朝鮮長(常이라 했다)安樂浪下(卞이라 했다)韓金冠六宮.

제7권

冠服. 皆錦繡金銀首(自라 했다)飾. 革帶(帶 아래에 皆자가 있다)金珥.
王服紫羅勒中(巾이라 했다).
令官服. 一曰大對靈(盧라 했다). 次曰大大(太太라 했다)夫人使者. 次曰(曰자가 없다)衣頭大兄. 次曰(曰자가 없다)大兄. 次曰(次曰 2자가 없고 收자를 썼다)位使者. 次曰(曰자가 없다)上位使者. 次曰(曰자가 없다)小兄. 次曰(曰자가 없다)諸過節. 次曰(曰자가 없다)先人. 又有掌賓客(客 아래에 比자가 있다)鴻臚卿. 次曰(曰자가 없다)末客.

國相服. 判尙(尙 아래에 書자가 있다)吏部事.

제8권

人物. 閤門祇候高唐愈敏(閔이라 했다)仲衡. 閤門祇候尹仁勇(男이라 했다).
紫金魚袋李之美. 必惓惓(卷卷이라 했다)有傾葵之意.

제11권

金吾仗衛軍. 服紫寬袖彩(衫이라 했다).

제12권

左右衛牽攏軍. 烏紗軟絹(帽라 했나)

제13권

兵器. 圖(次라 했다)之於左.
儀戟. 各列十二枚(枝라 했다).
佩劍. 以象玉珧(珧라고 했다)

제14권

五方旗. 麗人駭觀. 頌目(頌自라 했다)愧其陋焉.

제15권

騎兵馬. 螺鈿爲鞍轎(轎 자가 없다).

제16권

官府. 不事(復이라 했다)馴雅.
倉廩. 大義倉舊在西(南이라 했다)門內.

제17권

祠宇. 則具專(車라고 했다)復冕圭親祠之. 然及期以祀(祠라고 했다)神爲名.

靖國安和寺. 半蘸灘磧曰(曰자 아래에 2格이 비었다. 宋本에서는 淸軒이라 했다). 過山門關(闉이라 했다).

興國寺. 大宋皇帝聖壽萬(萬자 아래 5格이 비었다. 송본에서는 "年觀其傾頌"이라 했다)之意. 出於誠心.

王城內外諸寺. 此文王翊德山("謂徽也"라 하고, 注는 없다)

제18권

釋氏. 其法崇(梁이라 했다)盛. 形制小而聲悲(愁라고 했다).
國師. 烏革鈴(鈐이라 했다)履.

沙彌比邱. 自幼(初라 했다)出家.

제19권

民庶. 山林居(至라고 했다)多.

제22권

庭燎. 皆於庭中(中 아래에 以자가 있다).
秉燭. 庭(廷이라 했다)中設紅紗燭籠.
治事. 已事則棄(棄 아래에 之자가 있다).

제23권

土産. 絶品者謂之絶(絁라고 했다). 而螺鈿之子(工이라 했다).

제24권

次使副. 從詔書入到副(到라고 했다).
終中節. 技術郭範(軏라고 했다)

제25권

弔慰. 緬惟永嘉(慕라고 했다).

제26권

私覿. 則見於別篇云(也라고 했다).
燕飲(儀라고 했다).

제27권

館廳. 自餘(爲라고 했다)賓主.
使副位. 上爲(出이라 했다)火珠.
西郊亭. 而營治草(草 아래에 20格이 비었다. 송본에서는 "創不設寢室 唯具食頓 而止 各有休憩之次 使者初"라고 했다).

제28권

纈幕. 下有蓮臺花座(亜라 했다).
光明臺. 甌中有(有 아래에 1格이 비었다. 송본에서는 비우지 않았다).

제29권

畵摺扇. 觀其所饋(饋라고 했다).

제31권

水釜. 水釜之制(形이라 했다). 可以負持(荷라고 했다).

제32권

瓦尊. 國無粳(秔라고 했다)米.

제33권

幕船. 以朱(采라고 했다)繩係之.

제34권

黑水洋. 不覺(見이라 했다)有海.

제35권

黑山. 昔海程云(亦이라고 했다)是使舟頓宿之地.

제36권

群山島. 沿岸乘(秉이라고 했다)旗幟. 國俗皆雅揖(五字作注)

제40권

同文. 雖高句麗(驪라고 했다)域居海島.
儒學. 引領嘆慕. 至以(以자 아래에 "一金易一篇 …… 於是靡然" 253자가 있다)

부록

行狀. 祿大夫(提行). 寓居(家라고 했다)黃鶴樓上. 俾偕坐(坒라고 했다)臥.

鼓噪(臬라고 했다)入獄. 蒸(烝이라고 했다)嘗不少怠. 林至忤(聖悟라고 했다)時宰. 常傾一坐(坚라고 했다). 或至於涕泳(流라고 했다)也. 曰藏(蔵이라 했다)曰蔵(茂이라고 했다). 而公之生. 有十(干이라 했다)歲來歸之兆. 雖夜屛鐙漏(燭이라 했다). 夭橫馳騁. 其用無窮(이 8자가 없다). 吻合制字本意(意 아래에 "縱橫馳騁其用無窮"의 8자가 있다).

『使高麗錄』

淸 『說郛』本

(宋) 徐兢

　　宣和 4년(1122) 壬寅年 봄 3월에 황제(徽宗)께서 명을 내려 給事中 路
允迪과 中書舍人 傅墨卿을 國信使와 副使로서 고려로 가게 하였다.
가을 9월에 고려 국왕 俁가 薨(훙)[1]하여, 황제의 뜻에 따라 祭奠과 弔慰
의 임무를 겸하여 가게 되었으니, 이는 元豊 연간의 고사를 좇은 것이
다. 5년 癸卯年 봄 2월 18일 壬寅 일에 서둘러 배를 장식하고 수리하였
다. 24일 戊申 일에 황제께서 명하여 睿謨殿(예모전)[2]으로 가서 예물을
보게 하였다. 3월 11일 甲子 일에는 同文館(동문관)[3]으로 가서 경계하고

---

[1] 諸侯가 죽다. 『禮記』「曲禮」下에 의하면, "天子가 죽는 것을 崩이라 하고, 諸侯가 죽
　　으면 薨이라 하며, 大夫는 卒, 士는 不祿, 庶人은 死라고 한다." 『新唐書』百官志 1
　　에서는 "무릇 喪을 당하면, 三品 이상은 薨이라 하고, 五品 이상은 卒이라 칭하며,
　　六品부터 庶人까지는 死라고 칭한다"고 했다.
[2] 송대 궁전의 이름. '睿謨'는 睿謨, 즉 제왕의 계책을 이르는 말이다.
[3] 송대 四方館의 하나로, 靑唐과 高麗의 사신을 접대하던 곳이다. 송대 王應麟의 『小
　　學紺珠』에 의하면, "송대에는 都亭驛에서 遼를 접대하고, 都亭西驛에서는 西蕃과 阿
　　黎, 于闐, 新羅, 渤海를 접대하였으며, 懷遠驛에서 交趾를 접대하고, 同文館에서 靑

타이르는 말을 들었다. 13일 丙寅日에 황제께서 崇政殿(숭정전)⁴에 납시어 난간에 임하여 친히 전송하시면서 (황제의) 뜻을 직접 전하고 訓諭(훈유)⁵를 내려 주셨으며, 14일 丁卯日에는 永寧寺에서 연회를 베풀어 주셨다. 이날 배를 풀어 汴京(변경)⁶을 나갔다.

여름 5월 3일 乙卯 일에 배가 四明(사명)⁷에 머물렀다. 이에 앞서 황제의 뜻을 얻어 두 척의 神舟와 여섯 척의 客舟가 함께 가게 되었는데, 13일 乙丑 일에 예물을 받들어 배 안으로 들였다. 14일 丙寅 일에는 供衛大夫 相州觀察使 直睿思殿 關弼(관필)을 보내어 구두로 황제의 뜻을 전하고, 明州의 청사에서 연회를 베풀어주었다. 16일 戊辰 일에 신주가 명주를 출발하여, 19일 辛未 일에 定海縣(정해현)⁸에 도달하였다. 출발하기로 한 날에 앞서, 中使(중사)⁹인 武功大夫 容彭年(용팽년)을 보내어 總持院(총지원)¹⁰에서 도량(道場)¹¹을 열었는데, 7일간 밤낮으로 계속되었다. 그리고 御香(어향)¹²을 내려 顯仁助順淵聖廣德王祠에서 축원하게 하니, 신령스런 동물이 나타났는데, 그 모양은 도마뱀과 같았지만, 실은 동해의 용왕이었다. 사당 앞 10여 보 떨어진 곳, 鄞江(은강)¹³이 끝나는 곳에 산 하나가 우뚝하니 바다에서 솟아있고, 그 위에 작은 浮屠(부도)¹⁴가 있

唐과 高麗를 접대했다"고 한다.

4 송대 궁전의 하나로, 천자가 경서의 강론을 듣던 곳이다.

5 가르쳐 타이르는 말씀.

6 五代와 北宋의 도성. 河南省 開封市에 있었다. 汴水(혹은 汴渠)가 흐르기 때문에 붙여진 이름이다.

7 浙江省 寧波市 남서쪽에 있는 산 이름. 道敎書에서 말하는 제9 洞天.

8 송대에 浙江省 鎭海縣에 두었던 縣 이름. 후대에 鴉片戰爭이 일어난 곳으로 유명하나.

9 환관 출신의 사신.

10 정해이 전. '總持'는 범어 다라니의 의역으로, 선을 잃지 않고 악이 생기지 않게 하며 많은 덕을 갖추는 일을 말한다.

11 불교나 도교에서 경을 외우고 예배하는 곳이나 그 행사를 말한다.

12 황제가 사용하는 향.

13 浙江省 鄞縣에서 바다로 들어가는 강.

14 梵語 Budda의 音譯으로, 부처나 사탑, 혹은 불교를 뜻하는 말인데, 여기서는 사탑을 가리킨다. 浮圖라고도 쓴다.

는데, 예로부터 전해지는 바로는 바다로 나가는 배가 이 산을 바라보면 그곳이 定海임을 알 수 있었다고 한다. 이런 까닭에 '招寶'라고 이름 지었으니, 여기서부터 바야흐로 바다로 나가는 입구라고 할 수 있는 것이다.

24일 丙子 일에 여덟 척의 배가 쇠북을 울리며 기치를 펼치고 차례로 출발했다. 中使 關弼이 招寶山에 올라 황제께서 내린 향을 피우고 큰 바다를 바라보며 두 번 절하였다. 이날의 날씨는 쾌청했다. 巳時(사시)[15]에 동남풍을 타고 뜸을 펼치며 노를 울렸는데, 물살이 소용돌이치며 빨라져서, 뱀처럼 구불구불 나아갔다.

虎頭山(호두산)을 지나니, 항만 입구에 있는 七里山(칠리산)이 물에 감싸여 있다. 호두산은 그 모양이 호랑이 머리와 비슷하다고 해서 그렇게 이름 지어진 것인데, 그 지리를 헤아려 보니 定海에서 20리나 떨어져 있다. 물색은 鄞江과 다르지 않고 물맛이 조금 짤 뿐이다. 이곳은 온갖 내가 다 모이는 곳이어서, 이곳까지 왔는데도 아직 맑아지지 않았다.

호두산을 지나 수십 리를 가면 蛟門(교문)에 이른다. 대개 바다 가운데 두 산이 서로 마주 서 있고 그 사이에 물길이 있어 배가 통과할 수 있으면 모두 '門'이라고 하는데, '蛟門'이란 蛟龍이 사는 곳이란 뜻으로, '三交門'이라고도 한다. 그 날 申時(신시)[16]가 끝날 무렵에 멀리 大謝山(대사산)과 小謝山(소사산)을 바라보며 松栢灣(송백만)을 지나 蘆浦(노포)에 다다라 닻을 던지고 여덟 척의 배가 함께 정박하였다.

25일 丁丑 일 辰時(진시)[17]에 사방의 산이 안개에 덮였다. 서풍이 불어와, 뜸을 펼치고 뱀처럼 구불구불 바람의 흐름을 따라 갔더니, 가는 속도가 매우 느렸다. 뱃사람들은 이를 가리켜 '拒風(거풍)'이라고 했다. 巳時에 안개가 흩어져, 稀頭白峯(희두백봉)의 窄額門(착액문) 石師顔(석사안)을

---

15 12辰의 6째 시각. 곧 상오 9시부터 11시까지의 사이. 24시의 11째 시. 곧 상오 9시 반부터 10시 반까지의 사이.
16 하오 3시부터 5시까지.
17 오전 7시부터 9시까지.

나가 배를 띄웠고, 그 뒤에 沈家門(심가문)에 다다라 닻을 던지고 정박했다. 심가문을 이룬 산은 교문과 모양이 비슷했지만, 사방의 산이 둥그렇게 에워 안으며 두 문을 마주 열었는데, 그 산세가 서로 잇닿아 있어, 여기까지도 昌國縣(창국현)[18]에 속해 있다. 그 위에는 어부와 나무꾼 10여 집이 모여 살고 있는데, 그 가운데서 가장 힘있는 집의 성씨를 따서 ('심가문'이라) 이름 지은 것이다.

申時에 바람이 불고 비가 내리면서 날이 어두워지고 천둥과 번개, 우박 등이 갑자기 내리치다가, 한참이 지난 뒤에야 그쳤다. 이날 밤에 산에 올라가 장막을 치고 땅을 쓴 뒤에 제사를 드렸는데, 뱃사람들은 이를 가리켜 '祠沙(사사)'라고 하지만, 실은 岳瀆(악독)[19]을 주관하는 신으로, 배향하는 신위도 매우 많다. 배마다 각기 나무를 깎아 작은 배를 만들고, 불경과 말린 밥을 싣고 탑승자의 성명을 써서 그 안에 넣은 뒤에 바다에 던졌는데, 이는 푸닥거리로 액막이하는 술수의 하나다.

26일 戊寅 일에 서북풍이 아주 강하게 불었다. 사자가 三節人을 거느리고 작은 배로 해안에 올라 梅岑(매잠)[20]으로 들어갔다. 옛날부터 이르기를, 梅子眞(매자진)[21]이 은거하던 곳이어서 이 이름을 얻었다고 하는데, 신발 흔적과 표주박 자취가 돌다리 위에 남아있다. 깊은 산기슭 안에는 蕭梁(소량)[22]이 세운 寶陁院(보타원)이 있는데, 그 전각에는 영험한 관음상이 있다. 옛날에 新羅의 상인이 五臺山(오대산)[23]에 가서 (관음)상을 파내서 그 나라로 싣고 가려했지만, 바다로 나갔다가 암초에 걸려 배가 붙어

18 　송대에 浙江省 舟山市의 옛 定海縣 지역에 두었던 縣.
19 　큰산과 물.
20 　浙江省 普陀山의 별칭. 漢의 梅福이 丹藥을 만들던 곳이라 한다.
21 　梅福. 子眞은 字다. 漢 九江郡 壽春 사람으로, 벼슬은 南昌尉를 하다가, 王莽이 전횡하자 가족을 버리고 은거하여 신선이 되었다는 전설이 있고, 곳곳에 그와 관련된 유적이 있다.
22 　南朝의 梁을 말한다. 황실의 성이 蕭 씨이기 때문에 붙여진 이름이다. 502년에 蕭道成에 의해 건국되어 557년에 멸망했다.
23 　山西省 五臺縣 북동과 繁峙縣 북서쪽에 있는 名山.

서 나아가지 못했기 때문에, (관음)상을 암초 위에 도로 갖다 놓았는데, 보타원의 宗岳(종악)이란 승려가 그것을 맞이하여 전각에 봉안하였다. 그 뒤부터 바다에 배를 대고 왕래할 때는 반드시 (관음상에) 가서 복을 빌었 더니, 감응하지 않은 적이 없었다. 吳越(오월)²⁴의 錢(전) 씨가 그 (관음)상 을 성안의 開元寺(개원사)로 옮겼다. 요즘 매잠에서 받들어 모시는 관음 상은 후대에 만든 것이다. 崇寧(숭녕)²⁵ 연간에 (고려에 갔다 온) 사자가 조 정에 보고해서, 새 편액을 절에 내려주고, 매년 승려의 수를 헤아려 늘려 주고 장식을 더해 주었다. 옛 제도에 의하면 사자는 이곳에서 (무사귀환을) 청하고 기도한다. 이날 밤에 승려들이 매우 엄숙하게 향을 피우고 불경 을 외며 범패를 불렀고, 삼절 등 관리들과 병졸들도 경건하고 조심스럽 게 예를 다하였다.

한밤중이 되자 별이 빛나고 바람에 깃발이 흔들리니, 사람들이 모두 기뻐 용약하며 "바람이 이미 정남쪽으로 바뀌었다"고 하였다. 27일 己卯 일, 뱃사람들은 바람의 기세가 아직 안정되지 않았다고 해서 여전히 바 람이 익기를 기다렸다. 바다 위에서 풍향이 다음 날까지 바뀌지 않는 것 을 가리켜 '익는다〈熟〉'고 한다. 그렇지 않고 큰 바다 가운데서 갑자기 바람이 방향을 바꾸게 되면, 망연해져서 어느 방향으로 가야할지 모르게 된다. 바람이 익은 뒤에야 큰 바다로 나가야 하기 때문에, 바람과 구름, 그 날의 일진 등을 잘 살핀 뒤에 나아가게 된다. 申時에 정사와 부사가 삼절인과 함께 여덟 척의 배로 돌아왔는데, 이때가 되어서야 물색이 조금 맑아졌지만, 물결은 조금 일어서 배 안에서도 흔들리는 것이 느껴졌다.

28일 庚辰 일, 해가 뜨고 하늘이 맑았다. 卯時(묘시)²⁶에 여덟 척의 배 가 동시에 출발했다. 정사와 부사가 조복을 갖춰 입고 두 명의 道官과

---

24 五代十國의 하나. 唐 昭宗 때 鎭海節度使 錢鏐가 後梁에서 책봉받은 吳, 越 일대에 세운 나라로, 도읍은 杭州에 있었다. 5王 84년만에 宋에 병합되었다.(『舊五代史』 世 襲傳 2)
25 徽宗 때의 연호, 1102-1106년.
26 상오 5시부터 7시까지.

함께 대궐을 바라보며 두 번 절하고, 어전에서 내린 神霄(신소),[27] 玉淸(옥청),[28] 九陽(구양),[29] 總眞(총진) 등 符籙(부록),[30] 風師(풍사)[31]와 龍王(용왕)[32]에게 드리는 牒(첩),[33] 天曹(천조)[34]와 直符(직부)[35]에게 보내는 引(인),[36] 五嶽眞形(오악진형),[37] 止風雨(지풍우)[38] 등 13종의 부적을 바다에 던졌다. 이 일이 다 끝난 뒤에 뜸을 펼치고 갔다. 赤門(적문)을 나가서 한식경이 지나니, 물색이 점차 파랗게 되었다. 사방으로 바라보이는 산과 섬들이 조금씩 적어져서, 혹은 끊어진 구름 같기도 하고, 혹은 초생달 같기도 했다.

그 뒤에 海驢焦(해려초)를 지났는데, 그 모양이 엎드린 당나귀 같았다. 崇寧 연간에 뱃사람 가운데 바다 짐승이 파도 사이에서 출몰하는 것을 본 사람이 있었는데, 그 모양이 당나귀 형상과 같았다고 한다. 물론 그것은 다른 사물이었을 것이고, 암초 위에 당나귀가 있었던 것은 아닐 것이다.

蓬萊山(봉래산)을 바라보면 아주 멀리 있는데, 앞이 높고 뒤는 내려갔다. 우뚝 솟아 있는 것이 가히 볼만하다. 그 섬도 昌國縣의 경역에 속해 있다. 그 위는 극히 넓어서 씨를 뿌릴 수 있기 때문에, 섬사람들이 거주하고 있다.

신선들이 산다는 三神山(삼신산)[39] 가운데에 봉래산이 포함되어 있는

---

27 九天에서 가장 높은 곳으로, 神仙이 사는 곳을 말한다.
28 도교에서 말하는 三淸境의 하나로, 元始天尊이 산다는 곳을 말한다.
29 태양이란 뜻으로, 도교에서는 純陽을 이르는 말이다.
30 道士가 잡귀를 쫓고 재앙을 물리치기 위해 그린 그림이나 도형, 글 등을 말한다.
31 風伯, 즉 바람을 관장하는 신.
32 물에 사는 생물을 다스린다는 신.
33 神에게 고하는 서약문.
34 도교에서 말하는 천상의 관청.
35 神의 한 종류 漢代 王符의 『潛夫論』 巫列에서 열서되었다.
36 통행증, 혹은 증명서.
37 五嶽眞形圖, 즉 泰山 등 다섯 산에 신격을 부여하여 사람의 화복과 생사를 맡게 한 것으로 묘사된 符籙으로, 三天太上大道君이 지어 전한 것이라 한다. '진형'이란 본래의 형상이나 참다운 형체를 말한다.
38 바람과 비를 그치게 하는 부록.
39 신선이 사는 것으로 전해지는 세 산. 『史記』 秦始皇本紀에서 "바다 가운데에 三神山

데, 弱水(약수)⁴⁰ 3만 리를 넘어서야 도달할 수 있다고 한다. 지금 손가락을 가리키며 돌아 볼 수 있는 것은 아닐 터이니, 이는 응당 오늘 날 사람들이 가리켜 (봉래산이라) 이름 지은 것일 뿐이다. 이곳을 지나면 다시는 산이 보이지 않고, 다만 연이은 파도가 오르내리며 소용돌이치는 것만 볼 수 있을 뿐이다. 배가 흔들리며 요동쳐서, 배 안에 있는 사람들 가운데서 구토하고 현기증으로 쓰러져 제 몸을 가누지 못한 자가 십중팔구였다.

배가 봉래산을 지난 뒤에는, 물이 깊어 물색이 유리처럼 파래졌고 풍랑의 기세가 더욱 거세졌다. 큰 바다 가운데에 돌이 하나 있었는데, '半洋焦(반양초)'라고 불렀다. 배가 암초에 부딪히면 전복되어 가라앉기 때문에, 뱃사공들이 이를 가장 두려워하였다. 이날 오후에 남풍이 더욱 급해져서 野狐𩗗(야호범)⁴¹을 더 올렸다. 돛을 만드는 뜻은 풍랑이 밀어닥쳐 배가 그 기세를 이기지 못할까 두려워하기 때문이니, 작은 돛을 큰 돛 위에 더 올려서 서로 도우면서 가게 하는 것이다.

이날 밤, 바다 가운데서 머무를 수는 없기 때문에, 오로지 별을 보면서 앞으로 나아갔는데, 하늘이 캄캄해서 별도 볼 수 없으면 指南浮針(지남부침)⁴²을 사용해서 남북의 방향을 헤아렸다. 밤이 되어 불을 밝히자, 여덟 척의 배가 모두 이에 응하여 불을 밝혔다. 밤중에는 바람이 서북 방향으로 돌아서고 그 기세가 아주 거세었다. 닻을 내렸는데도, 거센 파도와 바람에 흔들려서 병과 항아리가 모두 뒤집히고, 배에 탄 사람들이 모두 두려움에 떨며 겁을 먹었다. 동이 틀 무렵에야 조금 가라앉아, 사람들의 마음이 안정을 되찾고, 그 전처럼 돛을 펼치고 앞으로 나아갔다.

이 있는데, 蓬萊, 方丈, 瀛州라고 하며, 僊人이 살고 있다"고 했다.

40 옛날, 중국에서 신선이 살던 곳에 있었다는 물 이름. 浮力이 아주 약해서 기러기 털처럼 가벼운 물건도 가라앉았다고 한다.

41 돛의 일종으로 『高麗圖經』에만 나오는 말이다. '野狐'는 여우란 말이고, '𩗗'은 돛을 말한다.

42 나침반.

29일 辛巳 일, 하늘색이 흐리고 어둠침침하며, 바람의 기세가 안정되지 않았다. 辰時에 바람이 잦아들고 순해졌다. 다시 야호범을 올렸지만, 배가 가는 속도는 아주 느렸다. 申時가 지나면서 바람이 방향을 바꾸었고, 酉時(유시)[43]에는 구름이 모여 비가 내리다가, 밤이 되어서야 그쳤다. 다시 남풍이 불어와, 白水洋(백수양)으로 들어갔는데, 그 수원이 鞨鞨(말갈)[44]에서 나왔기 때문에 흰색이 되었다. 이날 밤에 불을 밝히니, 세 척의 배가 호응하였다.

黃水洋(황수양)은 곧 모래톱이다. 그 곳의 물은 혼탁하고 얕다. 뱃사람들은 "그 모래가 서남쪽에서 와서 큰 바다 가운데에 1천여 리나 가로놓인 것으로, 곧 황하가 바다로 들어가는 곳이라"고 했다. 배가 가다가 이곳에 이르면, 닭과 수수로 모래에 제사 지낸다. 그간에 배를 운행하여 모래를 지나다가 피해를 입은 자들이 많았기 때문에, 물에 빠져 죽은 이들의 혼백을 위해 제사지낸다고 한다. 中國에서 句驪(구려)[45]로 가는 길 가운데서 오직 明州道만 이곳을 경유한다. 登州(등주)[46]의 版橋(판교)에서 건너가면 이를 피할 수 있다. 근래에 사자가 돌아오는 길에 이곳에 다다랐다가, 첫째 배가 얕은 곳에 거의 부딪힐 뻔했고, 두 번째 배는 오후에 세 개의 키를 모두 부러뜨렸다가, 종묘사직의 위엄과 영험함에 힘입어 살아서 돌아올 수 있었다. 그래서 뱃사람들은 언제나 모래톱을 지나는 것을 어렵게 여겨, 자주 납추를 이용해서 그 깊고 얕음을 신중하게 살펴보지 않을 수 없다.

黑水洋(흑수양)은 곧 북쪽의 바다다. 그 색은 어둠침침한데, 깊은 곳으

---

43 하오 5시부터 7시 사이.
44 遼東 동부에 위치한 역사공동체의 명칭. 先秦 시대에는 肅愼이라 불렸고, 漢代에는 挹婁, 魏晉南北朝 시대에는 勿吉, 隋唐 시대에는 鞨鞨이라 불렸다. 宋代에는 女眞이라 불려졌는데, 徐兢이 『高麗圖經』을 쓰던 시기에는 거란의 遼를 멸망시키고 北宋까지 붕괴시키는 과정에 있었다.
45 高句麗의 약칭으로, 여기서는 高麗를 가리킨다.
46 山東省 蓬萊縣에 있던 州. 중국에서 요동이나 한국으로 갈 수 있는 가장 가깝고 쉬운 해로의 출발점이었다.

로 들어갈수록 먹과 같이 새카맣게 되어, 갑자기 그것을 보면 심지와 담력을 모두 잃게 된다. 성난 파도가 밀려와서 수많은 산처럼 솟아오른다. 밤이면 파도 사이가 선명하게 빛나는데, 그 밝기가 불과 같다. 배가 바야흐로 파도 위에 오를 때에는 바다에 있음을 느끼지 못하고 단지 하늘에 해가 밝게 빛나는 것만 볼 수 있을 뿐이다. 그러나 배가 우묵한 곳으로 내려가서, 앞뒤로 치솟은 물을 올려다 보면, 높은 파도가 천공을 가리고, 장과 위가 뒤집히고 숨만 겨우 쉬면서 넘어져서 구토하니, 낟알이 목구멍으로 내려가지 않는다. 피곤해서 요 위에 누우려면, 반드시 사방을 북돋아 올려서 가운데를 구유처럼 만들어야 한다. 그렇지 않으면, 기울어질 때 구르게 되어 몸을 다친다. 이때는 살아나기 어려운 萬死의 상태에서 벗어날 수 있기만을 빌게 되니, 가히 위험한 상황이라 할 수 있다.

6월 1일 壬午 일에 동이 틀 무렵, 안개가 끼어 어두웠다. 동남풍을 탔다. 巳時에 안개가 사라지고, 바람이 서남 방향으로 바뀌어, 야호범을 더 펼쳤다. 정오에 바람이 사나와져서, 첫째 배의 큰 돛대가 우지끈 소리를 내며 휘어져 부러지려 해서, 큰 나무로 곁대어 온전할 수 있었다. 未時가 지난 뒤에 동북쪽으로 하늘 끝을 바라보니, 구름처럼 희미한 것이 있어, 사람들이 그것을 가리켜 半托伽山(반탁가산)이라 하였지만, 분명하게 보이지는 않았다. 밤이 되자 바람이 잦아들어, 배가 아주 느리게 움직였다. 2일 癸未 일 아침에 안개가 끼어서 어둡고 서남풍이 불었으나, 未時가 지나면서 맑게 갰다. 정동 방향으로 병풍 같은 산 하나가 바라보였으니, 곧 夾界山(협계산)이었다. 華夷(화이)[47]가 이곳을 경계로 삼고 있다. 처음 바라볼 때는 희미해서 잘 보이지 않았지만, 酉時가 지나면서 가까이 다가가니, 앞에 두 개의 봉우리가 있는데, 이를 雙髻山(쌍계산)이라고 한다. 뒤에는 작은 암초가 수십 개 있는데, 마치 달리는 말과 같은 형상이었다. 하얀 눈 같은 파도가 격렬하게 부서지고, 산에 부딪히면 더욱 높게

---

[47]   中國과 夷狄. 여기서는 宋과 高麗의 國界를 가리킨다.

용솟음치며 흩뿌려진다. 丙夜(병야)[48]에 바람이 급해지고 비가 내려, 돛을 내리고 뜸을 걷어서 그 기세를 누그러지게 했다.

五嶼(오서)는 도처에 있지만, 협계산 가까이 있는 것이 진짜 오서다. 定海의 동북쪽, 蘇州(소주)[49] 앞 바다에 있는 群山島(군산도)와 馬島(마도)에도 모두 오서가 있다. 대개 뱃사람들은 바다의 산 위에 작은 산이 있는 것을 가리켜 '嶼(서)'라고 한다. 그래서 여러 곳의 다섯 산이 서로 가까이 있으면 모두 '五嶼'라고 하는 것이다. 3일 甲申 일, 밤새 내리던 비가 아직 그치지 않고 동남풍이 불었다. 오후에 이 오서를 지나갔는데, 오랫동안 바람과 파도가 (섬에) 부딪히며 솟구쳐 오르니, 그 높고 험하며 가파른 산의 풍광은 아주 볼만했다.

이날 巳時에 구름이 흩어지고 비가 그쳤다. 사방을 돌아보니 맑게 갰다. 멀리 세 산이 나란히 늘어서 있는 것이 보이는데, 그 중의 한 산은 담장처럼 보였다. 뱃사람들은 그것을 가리켜 '排島(배도)'라고 했다. 또 '排垛山(배타산)'이라고도 했는데, 그 모양이 '射垛(사타)'[50]의 형상과 같기 때문이다.

이날 오후에 동북쪽으로 아주 큰 산 하나를 바라보았는데, 연이어 잇닿아 있는 것이 마치 성곽과 같았다. 해가 비치는 곳은 옥과 같이 희었다. 未時가 지난 뒤에 바람이 불어, 배가 아주 빠르게 항행했다.

黑山(흑산)은 백산의 동남쪽에 있는데, 서로 바라볼 수 있을 정도로 아주 가깝다. 처음 바라볼 때는 아주 높고 험준했는데, 가까이 다가가니 산세가 중첩되어 있음을 볼 수 있었다. 앞에 있는 작은 봉우리는 가운데가 굴처럼 비어있고, 양쪽 사이에는 활등처럼 휘어들어 간 곳이 있어, 배를 숨길 수도 있게 되어있었다. 옛날 바닷길에서는 이곳이 사자의 배가 정박하고 묵었던 곳이었고 지금도 관사가 아직 남아있다고 한다. 그러나

---

48   三更. 하오 11시부터 다음 날 상오 1시 사이.
49   江蘇省 蘇州市에 있었던 州.
50   살받이. 과녁의 앞뒤와 양쪽에 화살이 날아와서 꽂히도록 쌓은 것.

이번 여정에서는 이곳에 닻을 던지지 않았다. 그 위에는 백성들이 사는 마을이 있다. 그 나라에서 큰 죄를 지어 죽음을 모면할 수 있었던 사람들 가운데 많은 이들이 이곳으로 유배 온다. 중국인 사자가 탄 배가 이를 때마다 밤에 산꼭대기에서 봉화를 밝게 피우고 여러 산에서 차례로 호응하여 왕성까지 이르는데, 바로 이 산에서 시작한다. 申時가 지날 때에 배가 그곳을 통과했다.

月嶼(월서)는 둘인데, 흑산에서 아주 멀리 떨어져 있다. 앞에 있는 것을 大月嶼(대월서)라 하는데, 달처럼 둥그렇게 감싸고 있는 형상이다. 옛날부터 전해지는 바에 의하면, 그 위에 養源寺(양원사)가 있었다고 한다. 뒤에 있는 것은 小月嶼(소월서)라 하는데, 둘이 문처럼 서로 마주 보고 서 있어, 작은 배가 통행할 수 있다.

闌山島(난산도)는 天仙島(천선도)라고도 한다. 그 산은 높고 험준하며, 멀리서 바라보면 벽처럼 서있다. 앞에 있는 두 작은 암초는 거북이나 자라의 형상과 같다.

白衣島(백의도)는 세 산이 서로 이어져있는데, 앞에는 작은 암초가 붙어있다. 비스듬히 누운 노송나무와 무성하게 쌓여있는 차조기 풀이 파랗게 윤이 나서 가히 볼만하다. 白甲苫(백갑섬)이라고도 한다.

跪苫(궤섬)은 백의도의 동북쪽에 있는데, 그 산은 다른 섬들에 비해 유별나게 크다. 여러 산이 서로 이어져 있고, 잘게 부서진 암초들이 그 주위를 에워싸고 있는데, 그 수는 이루 헤아릴 수 없을 만큼 많다. 밤에 조수가 세차게 부딪혀 와 눈 같이 흰 파도가 빠르게 밀려든다. 달은 지고 밤이 어두운데, 흩뿌려진 물방울이 불이 환하게 타오르는 것처럼 밝았다.

春草苫(춘초섬)이 또 궤섬 밖에 있어, 뱃사람들은 '外嶼(외서)'라고 부른다. 그 위는 온통 소나무와 노송나무 종류로 덮여있어, 울창하게 보였다. 밤중에는 바람이 고요해서, 배의 항행이 더 둔해졌다.

檳榔焦(빈랑초)는 형상이 (빈랑나무[51]와) 비슷해서 이름을 얻었다. 대개 바다 가운데 있는 암초들은 멀리서 바라보면 대부분 이런 형상을 취하고 있는데, 오직 춘초섬 가까이 있는 것만 뱃사람들이 빈랑초라고 부른다. 밤이 깊어지자 조수가 빠져, 배가 물을 따라 뒤로 물러나 거의 큰 바다로 다시 들어가려 해서, 배에 탄 사람들이 모두 두려워하며 빠르게 노를 저어 힘을 보태었다. 동이 틀 무렵까지도 여전히 춘초섬에 있었다.

4일 乙酉 일, 날이 쾌청하게 갰다. 바람이 고요하고 풍랑이 잦아들었다. 물색을 굽어보니, 거울 같이 맑고 푸르러서 바닥까지 볼 수 있었다. 바다 고기가 수백 마리 보였는데, 그 크기가 몇 丈이나 되는 것이 배를 따라 왔다 갔다 하며, 평온하게 지느러미를 치고 천천히 꼬리를 흔들며 유유자적하면서, 배가 지나가는 것도 전혀 아랑곳하지 않았다.

이날 오후에 菩薩苫(보살섬)을 지났는데, 고려인들은 일찍이 그 섬 위에서 기이한 일이 있었기 때문에 그렇게 이름 지어졌다고 한다. 申時가 지난 뒤에 바람이 고요해져서, 조수를 따라 앞으로 나아갔다.

이날 酉時가 지난 뒤에, 배가 竹島(죽도)에 다다라 닻을 던졌다. 그곳은 산이 여러 겹 중첩되었고, 숲의 나무는 푸르고 무성했다. 그 위에도 사람들이 살고 있었는데, 주민들 가운데는 우두머리가 있기도 했다. 산 앞에는 흰 암초가 수백 덩어리 있었는데, 크기가 모두 같지 않았고, 흡사 옥돌을 쌓아놓은 것 같았다.

사자가 돌아오는 길에도 이곳에 이르렀는데, 마침 그때가 中秋(중추)[52]여서 달이 나왔다. 밤이 고요하고 물은 잔잔한데, 밝은 놀이 서로 비쳐 어울리고, 비스듬히 비치는 달빛은 천 丈이나 되어, 온 섬의 숲과 골짜기, 배의 기물들이 모두 금빛이 되었다. 사람들이 모두 일어나 춤을 추며 그림자를 희롱하고 술 마시고 피리를 부니, 마음과 눈이 기쁘고 상쾌해져서, 바로 앞에 큰 바다가 가로놓여 있는 것도 잊고 있었다.

5일 丙戌 일, 청명했다. 苦苫苫(고심섬)을 지나갔는데, 죽도에서 멀리

---

51 종려과에 속하는 열대지방 상록 교목으로, 줄기는 가지 없이 곧게 자란다. 그 열매는 心腹痛이나 脚氣衝心, 積聚, 驅蟲 등의 한약재로 쓰인다.
52 음력 8월 보름. 한가위.

떨어져 있지 않았고, 그 산의 형상도 비슷했으며, 역시 거주하는 사람이 있었다. 고려에서는 가시 같은 고슴도치 털을 가리켜 '고섬섬'이라 하는데, 이 산 숲의 나무가 무성하기는 하지만 크지는 않아, 바로 고슴도치 털과 같기 때문에 이렇게 이름 지어 진 것이다. 이날 이 섬에서 닻을 던졌는데, 고려인들이 배에 물을 싣고 와서 바쳤기에, 쌀을 주어 사례하였다. 동풍이 크게 일어나 앞으로 나아갈 수가 없었기 때문에, 결국 여기서 묵게 된 것이다.

6일 丁亥 일, 아침 조수를 타고 항행했다. 群山島(군산도)에 이르러 닻을 내렸다. 그 산은 12봉우리가 서로 이어져, 마치 성곽처럼 둘러싸고 있었다. 여섯 척의 배가 와서 맞아주었는데, 창을 들고 갑옷을 입은 병사들을 싣고서, 징을 울리고 뿔피리를 불며 호위하였다. 따로 작은 배가 있어 녹색 겉옷을 입은 관리가 타고 있었는데, 홀을 바로잡고 배 안에서 읍하였지만, 성명은 알리지 않고 돌아갔다. 군산도의 注事라고 한다. 뒤이어 통역관인 閤門通事舍人 沈起(심기)가 와서 함께 하였다. 同接伴 金富軾과 知全州 吳俊和(오준화)가 사자를 보내 遠迎狀(원영장)[53]을 주었고, 정사와 부사는 예의를 차려 그것을 받았는데, 읍은 했지만 절은 하지 않으며, 掌儀官(장의관)[54]을 보내 접촉하는 데 그쳤다. 이어서 답서를 보냈다.

배가 섬의 연안으로 들어가자, 백여 명이 기치를 들고 늘어서 있었고, 동접반이 편지와 함께 아침 식사를 정사와 부사 및 三節에게 보냈다. 정사와 부사가 접반에게 國王先狀(국왕선장)[55]을 보내자, 접반이 채색한 배를 보내 정사와 부사에게 群山亭(군산정)에 올라 만나자고 청하였다. 그 정자는 바닷가에 있고, 뒤로 나란히 서 있는 두 봉우리에 의지해 있는데, 유난히 높은 절벽은 수백 길이나 된다. 문 밖에는 관청 건물이 10여 칸 있고, 서쪽으로 가까이 있는 작은 산 위에는 五龍廟(오룡묘)와 資福寺(자

---

53 멀리서 온 것을 환영하는 글.
54 儀禮를 관장하는 관리.
55 송의 사자가 도착했음을 고려 국왕에게 먼저 알리는 서장.

복사)가 있다. 또 서쪽에는 崧山 行宮(행궁)[56]이 있고, 그 좌우와 앞뒤에는 10여 가의 백성들이 살고 있다. 오후에 정사와 부사가 松舫을 타고 해안에 이르렀고, 삼절은 수종 인원을 이끌고 관사로 들어갔다. 접반과 郡守가 쫓아와서 맞이하였는데, 뜰에 香案(향안)[57]을 설치하고 대궐을 바라보며 절하고 춤 춘 뒤에, 聖體(성체)[58]에 대해 공손하게 문안하였다. 그 예가 끝난 뒤, 양 계단으로 나누어 당상에 올랐는데, 정사와 부사는 윗자리에서 차례대로 만나 두 번씩 절하였고, 그 뒤 조금 앞으로 나와 차례대로 늘어서서 다시 재배한 다음, 자리로 돌아갔다. 上節과 中節은 당위에서 차례대로 서서 접반과 읍하였다. 그 나라에서는 모두 雅揖(아읍)[59]을 했다. 都轄官은 앞으로 나와서 인사말을 하고 두 번 절한 다음에, 앞서 한 예와 같이 군수에게 차례로 읍하고 물러나 자기 자리로 갔다. 정사와 부사는 모두 남쪽을 향하고, 접반과 군수는 동서로 마주 향하였으며, 하절과 뱃사람들은 뜰에서 인사 예 하는 소리를 내며 경례하였다. 상절은 당상에서 자리를 나누어 앉고, 중절은 양쪽 행랑에서 나누어 앉았으며, 하절은 문의 양쪽 곁채에 앉고 뱃사람들은 문 밖에 앉았다.

장막은 아주 가지런하게 펼쳐져 있었고, 음식도 풍성하게 차려졌으며, 예의 바른 태도는 공손하고 조심스러웠고, 바닥에는 언제나 자리가 깔려 있었다. 그 풍속이 이와 같았으니, 역시 옛 날의 그것과 가까웠다. 술이 10여 배 돌았는데, 중절과 하절은 서열에 따라 그보다 조금씩 덜 돌았다. 처음 앉았을 때는 접반이 직접 술을 따라 바치고, 사자가 다시 잔을 되돌려 술을 권하였는데, 주연이 반쯤 진행된 뒤에는 사람을 대신 보내 술을 권하였고, 삼절은 모두 큰 뿔잔으로 바꿨다. 예가 끝난 뒤에, 상절과 중절이 서둘러 처음의 예와 같이 읍하였고, 정사의 부사는 송방에 올라 원

---

56 임금이 거동할 때에 임시로 머무는 별궁.
57 향로를 놓은 상.
58 황제의 건강.
59 규범에 맞는 읍이란 뜻으로, 중국식 읍을 가리킨다.

래 탔던 큰배로 돌아갔다.

橫嶼(횡서)는 군산도의 남쪽에 있다. 산 하나가 특히 크고, 案苫이라고도 불렀다. 앞뒤에 수십 개의 작은 암초들이 둘러싸고 있는데, 돌 다리가 있는 동굴 하나는 깊이가 여러 丈이나 되고 높이와 너비도 그만했다. 밀물이 밀려와 물을 치는 소리가 마치 천둥 치는 소리와 같았다.

7일 戊子 일, 날씨가 쾌청했다. 아침 일찍 全州를 지키는 관리가 서신을 보내어 와, 사자에게 酒禮(주례)[60]를 준비했으니 머물러 달라고 간곡히 만류했지만, 사자가 서신을 보내 굳이 사양하여, (주례는) 그만 두고 다만 그가 보내준 채소와 물고기, 조개 등을 받기만 하고 (중국의) 토산품을 주어 답례하였다. 午時에 배를 풀어 橫嶼에서 묵었다. 8일 己丑 일 아침 일찍 출발하였다. 남쪽으로 산 하나가 바라보였는데, 紫雲苫(자운섬)이라고 했다. 가로누운 산봉우리들이 서로 교차하며 쌓여있고, 그 뒤에 있는 두 산은 더욱 멀리 보였는데, 흡사 두 눈썹에 푸른빛이 엉겨 있는 듯했다.[61]

이날 오후에 富用倉山(부용창산)을 지나갔는데, 곧 뱃사람들이 芙蓉山(부용산)이라고 하는 곳이다. 그 산은 洪州(홍주)[62] 경내에 있다. 그 위에는 창고가 있어 곡식이 쌓여있다. 또 많은 이들이 변방의 비상사태에 쓰기 위해 준비되어 있기 때문에 '富用'이라 이름 지어졌다고 한다.

洪州山(홍주산)은 또 紫雲苫의 동남쪽 수백 리 떨어진 곳에 있는데, 홍주는 그 산 아래에 세워졌다. 또 동쪽에 산이 하나 있어 금이 산출되는데, 마치 호랑이처럼 웅그리고 있어, '東源(동원)'이라고 부른다. 수십의 작은 산들이 성곽처럼 둘러싸고 있다. 그 산 위에는 깊은 못이 하나 있는데, 거울처럼 맑고 헤아릴 수 없을 정도로 깊다. 이날 申時에 배가 그

---

60 술자리에서 손님을 접대하는 예절을 말한다.
61 본문에서는 "雙眉凝翠"라 했는데, '翠黛' 즉 눈썹 그리는 푸른빛의 먹, 또는 미인의 눈썹이라는 말로써 멀리 보이는 푸른 산을 형용할 수도 있다.
62 충청남도 洪城郡에 있었던 州.

곳을 지나갔다.

鴉子苫(아자섬)은 軋子苫(알자섬)이라고도 한다. 고려인들은 삿갓을 '軋'이라고 하고, 그 산의 형상이 삿갓과 비슷하기 때문에, 이런 이름을 얻었다. 이날 酉時에 이 섬을 지났다.

이날 酉時가 지난 뒤에, 바람의 기세가 아주 커져서 배가 날 듯이 갔다. 알자섬에서 눈 한번 깜짝할 사이에 馬島(마도)에 도착해서 정박했다. 마도는 淸州의 경내다. 샘물이 달고 풀이 무성해서, 전쟁이 없을 때에는 나라의 관에 소속된 말을 이곳에서 무리 지어 기르기 때문에, 이런 이름을 가졌다. 그 주봉은 크고 깊은데, 왼팔로 둥글게 감싸 안는 형상이다. 그 앞에 돌부리 하나가 있어 바다로 들어갔는데, 세차게 물과 부딪혀 파도를 돌려보내고, 놀란 여울물이 소용돌이치며 치솟아 천 가지 만 가지 기괴한 모양을 만들어, 이름과 형상을 표현할 수가 없다. 그래서 배가 그 아래를 지나갈 때는 감히 가까이 가지 못하는 경우가 많으니, 암초에 부딪힐까 염려되기 때문이다. 객관이 있어, 安興亭(안흥정)이라고 한다. 淸州의 知州인 洪若伊(홍약이)가 介紹(개소)[63]와 통역관 陳懿(진의)를 함께 보내 와서, 全州 때처럼 예우했다. 해안에서 병졸들이 기치를 들고 줄지어 서서 맞이한 것은 군산도 때와 다르지 않았다. 밤이 되자 큰 횃불을 피워 허공을 휘황하게 비추었다. 그때 바람이 정말 사납게 불어 배 안이 흔들려서 거의 앉아 있을 수가 없었다. 사자는 부축을 받으며 작은 배로 해안에 올라, 群山亭에서 했던 것처럼 상견례를 가졌다. 그러나 酒禮는 받지 않고, 밤중에 사자의 배로 되돌아 왔다.

9일 庚寅 일, 날씨가 맑고 밝았으며, 남풍이 매우 강해졌다. 辰時에 마도를 출발해서, 巳時에는 九頭山(구두산)을 지났는데, 그 산은 봉우리가 아홉 개 있다고 한다. 멀리서 바라보아서는 아주 선명하지는 않았지만, 숲이 울창하고 무성하였으며 깨끗하고 윤기가 있어, 보기에 좋았다.

---

[63] 주인과 빈객 사이에서 양자간의 말을 전달하는 사람.

唐人島(당인도)는 그 이름(의 기원)이 분명하지는 않지만, 그 산이 구두산과 가깝다. 이날 午時에 배가 그 섬 아래를 지났다.

雙女焦(쌍녀초)는 그 산이 아주 커서 島嶼와 다를 바 없다. 앞에 있는 산 하나는 풀과 나무가 있지만 깊고 빽빽하지는 않다. 뒤에 있는 산 하나는 상당히 작고 중간이 끊어져서 문을 이루고 있지만, 그 아래에 暗礁(암초)[64]가 있어 배가 통과할 수는 없다. 이날 巳時에 배가 당인도를 이어 이 암초를 지나갔는데, 바람의 기세가 점점 더 거세져서 배가 더욱 빠르게 항행했다.

大靑嶼(대청서)는 멀리서 바라보면 울창한 것이 마치 엉긴 눈썹먹처럼 검푸르기 때문에, 고려인들이 이렇게 이름을 지은 것이다. 이날 午時에 배가 (이곳을) 지나갔다.

和尙島(화상도)는 산세가 중첩되어 있고, 숲이 무성하고 골짜기가 깊다. 산중에는 호랑이와 이리가 많다. 옛날에는 언제나 불도를 배운 이가 그곳에 살고 있어 짐승들이 감히 가까이 가지 못했다. 지금의 葉老寺(엽노사)가 그 유적이다. 그래서 고려인들이 이를 화상도라고 하는 것이다. 이날 未時(미시)[65]에 배가 그 아래를 지나갔다.

牛心嶼(우심서)는 작은 바다에 있다. 봉우리 하나가 유별나게 솟아 있는데, 그 형상이 엎어놓은 사발과 비슷하지만 가운데가 약간 뾰쪽하기 때문에, 고려인들은 이를 가리켜 '牛心'(소 염통)이라고 한다. 다른 곳에서도 어디서나 이런 섬을 볼 수 있다. 형태가 이 산을 닮았지만 그보다는 약간 작은 것은 '鷄心嶼(계심서)'라고 한다. 이날 未正(미정)[66]에 배가 이 섬을 지나갔는데, 남풍이 불고 비가 조금 내렸다.

聶公嶼(섭공서)는 성씨 때문에 이름을 얻었다. 멀리서 보면 아주 뾰쪽하지만, 가까이 다가가면 담장처럼 보인다. 대체로 그 형태가 납작하지

---

64   물 속에 잠겨 있어 보이지 않는 암석.
65   오후 1시에서 3시 사이.
66   未時의 중간, 즉 오후 2시경.

만, 종횡에 따라 보이는 것이 각각 다르다. 이날 未末(미말)[67]에 배가 그 아래를 지나갔다.

小靑嶼(소청서)는 대청서의 형상과 같은데, 단지 그 산이 조금 작고 주위에 암초가 많을 뿐이다. 申時 초[68]에 배가 그곳을 지나갔는데, 비가 차츰 세게 내렸다.

이날 申正(신정)[69]에 배가 紫燕島(자연도)에 도달했으니, (이곳은) 곧 廣州(의 경역이)다. 산에 의지해서 관사를 지었는데, 그 현판에는 '慶源亭(경원정)'이라 써있었다. 정자의 옆에는 천막집이 수십 칸 지어져 있고, 그곳에 살고있는 백성들의 초가집도 많이 있었다. 그 산의 동쪽에 있는 한 섬에 제비가 많이 날아다니기 때문에 이렇게 이름이 지어졌다. 接伴 尹彦植(윤언식)과 知廣州 陳淑(진숙)이 介紹와 통역관 卓安(탁안) 등을 보내어, 편지를 가지고 와서 맞이하게 하였으며, 의장대의 의례도 융숭하게 베풀어졌다. 申時가 끝날 즈음[70]에 비가 멎어, 정사와 부사가 해안에 올라 관사에 당도하였는데, 이때 차려낸 음식과 상견례는 全州에서 행한 예우와 같았다. 밤에 漏刻(누각)[71]이 二刻(이각)[72]에 내려갈 즈음에 배로 돌아갔다. 10일 辛卯 일 辰時에 서북풍이 불어, 여덟 척의 배가 움직이지 않았다. 都轄 吳德休와 提轄 徐兢이 上節官들과 함께 다시 채색 배를 타고 관사로 가는데, 濟物寺(제물사)를 지나다가 元豊 연간에 사신으로 왔던 고 左班殿直(좌반전직)[73] 宋密(송밀)을 위해 飯僧(반승)[74]한 다음, 배로 돌아왔다. 巳時에 조수를 따라 앞으로 나아갔다.

---

67 未時가 끝날 무렵, 즉 오후 3시 직전.
68 하오 3시 무렵.
69 오후 4시 경.
70 오후 5시 직전.
71 물시계.
72 二更. 오후 10시 전후 2시간.
73 송대에 궁중에서 숙직하던 무관.(『宋史』 職官志)
74 불공을 지낸 뒤에 승려들에게 식사를 대접하는 일. 『舊唐書』 李蔚傳에서 "懿宗이 불공을 드린 뒤에는 언제나 궁안에서 飯僧했다"고 했다.

이날 未時에 急水門(급수문)에 도달했다. 그 문은 바다에 있는 섬 같지 않고, 흡사 巫峽(무협)[75]의 강물 길과 같다. 산이 굴곡을 이루며 에워싸고 앞뒤 산이 서로 쇠사슬처럼 이어져 있는데, 그 양쪽 사이가 바로 물길이다. 물살이 산골짜기에 억제되어, 놀란 파도가 해안을 두들기고, 구르는 돌들이 깎아지른 절벽에 구멍을 뚫는데, 요란하게 부딪히는 소리가 마치 우레와 같아서, 千鈞(천균)[76]이나 되는 무거운 쇠뇌나 바람을 쫓듯 빠른 말로써도 그 빠르고 급한 물살을 제대로 비유할 수가 없다. 이곳에 이르러서는 뜸을 펼칠 수가 없고, 단지 노만 저어서 조수를 따라 앞으로 나아갈 수 있을 뿐이다.

申時가 끝날 무렵에 蛤窟(합굴)에 다다라 닻을 내렸다. 그 산은 그다지 높지도 크지도 않고, 백성들이 살고 있는 집도 많다. 산등성이에는 龍祠(용사)[77]가 있어, 뱃사람들이 오고 가면서 반드시 여기에서 제사를 드린다. 바닷물이 이곳에 이르러서는 급수문(의 물색)보다 더 황백색으로 변한다.

分水嶺(분수령)은 두 산이 서로 마주보고 작은 바다가 여기서부터 나뉘어져 흐르는 곳이다. 물색은 梅岑 때처럼 다시 흐려졌다. 11일 壬辰 일 아침에 비가 내리고, 午時에는 조수가 빠지면서 비가 더 많이 쏟아졌다. 국왕이 劉文志(유문지)를 보내어 先書를 전해왔기에, 사자가 예를 갖추어 그것을 받았다. 酉時에 앞으로 나아가서, 龍骨(용골)에 이르러 닻을 던졌다.

12일 癸巳 일 아침에 비가 그쳤다. 조수를 따라 禮成港(예성항)에 다다르자, 정사와 부사는 神舟로 옮겨 탔다. 午時에 정사와 부사가 都轄官과 提轄官을 거느리고 詔書를 받들고 채색 배를 탔다. 병기와 갑옷, 전마, 기치, 의장물 등을 갖춘 고려인 만여 명이 해안에 줄지어 서 있고, 구경하는 사람들이 담장처럼 둘러 서 있었다. 채색 배가 해안에 닿자, 도

---

75 揚子江의 최대 협곡인 三峽의 하나.
76 3만 斤. 1鈞은 30斤. 매우 무거운 무게.
77 龍王에게 제사 지내는 사당.

할과 제할이 조서를 받들고 채색 가마에 들어가고, 하절이 앞에서 인도하고 정사와 부사는 그 뒤를 따랐으며, 상절과 중절은 차례로 그 뒤를 따라 갔다. 碧瀾亭(벽란정)으로 들어가 조서를 봉안한 뒤에, 잠시 휴식을 취하였다. 그 다음 날, 육로를 따라 왕성으로 들어갔다.

신의 생각으로는, 바닷길은 정말 험난하다. 한 장의 잎새 같은 배를 타고 험난한 큰 바다를 거듭 건널 수 있었던 것은 오로지 종묘사직의 복으로 파도의 신을 순종케 한 덕분에 건널 수 있었으니, 그렇지 않았다면 어떻게 사람의 힘으로 건널 수 있었겠는가. 큰 바다에서는 바람으로 배를 달려 가게 되는데, 만약 어쩌다가 비바람이 몹시 사납고 거칠어져서 다른 나라로 가게 되면 생사가 순식간에 달라질 수도 있다.

또 (사람들이) 싫어하는 3종의 위험이 있으니, 癡風(치풍)[78]이라 하고 黑風(흑풍)[79]이라 하고 海動(해동)이라 한다. 치풍이 불면 연일 성나서 외치는 소리가 그쳐지지 않고 사방이 분간되지 않는다. 흑풍은 회오리바람이 불시에 성을 내고 하늘 색깔이 어둑컴컴해져서 낮과 밤을 분별할 수가 없다. 해동은 밑바닥을 뚫고 솟아오르는 것이 마치 활활 타오르는 불에 물을 끓이는 것과 같다. 큰 바다에서 이런 위험을 만나서 모면하는 경우는 많지 않다. 또 풍랑이 한 번 일면 배를 수 십여 리나 보내버리니, 몇 丈밖에 되지 않는 배가 파도 사이에 떠 있는 것은 털끝이 말 몸에 붙어 있는 것만도 못하다. 그래서 바다를 건너는 자는 배가 크고 작은 것을 중요하게 여기지 않고 조심해서 실행하는 것을 우선으로 한다.

만약 위험한 상황을 만나게 되면, 지극한 정성에서 우러나오는 기도를 경건하게 올리는데, 애절하게 간구해서 감응하지 않는 경우는 없다. 근래에 사자가 가는 중에 두 번째 배가 黃水洋에 이르리 키 세 개가 모두 부러졌는데, 그때 마침 臣이 그 배에 타고 있었어, 함께 배를 탄 사람

---

[78] 미진 바람이란 뜻으로, 중국에서는 福建省 泉州, 福州 등지에서 음력 7, 8월에 부는 북농풍을 일러 '치풍'이라고 했다.

[79] 햇빛을 가리면서 맹렬히 부는 회오리 바람을 이르는 말이다.

들과 같이 머리카락을 깎고 애절하게 간구하였더니, 상서로운 빛이 나타났다. 그런데 福州(복주)[80] 演嶼(연서)[81]의 神도 이에 앞서 기이한 현상을 드러낸 적이 있었다. 그래서 이날 배가 위험에 처했어도 다른 키로 바꿀 수 있었던 것이다.

키를 바꾼 뒤에도 배는 이전처럼 다시 기울어지고 흔들렸고, 밤낮이 다섯 번 지난 뒤에야 간신히 明州 定海에 도달하였다. 해안에 오르게 되었을 때, 온 배 사람들이 야위고 파리해져서 산 사람의 기색이 거의 없었으니, 그들이 얼마나 걱정하고 두려워했는지 가히 헤아려 알 수 있다. 만약에 바닷길이 험난하지 않다고 한다면, 조정으로 돌아와 復命(복명)[82]하고서 무거운 상을 받아서는 안될 것이다. 그렇다고 해서 반드시 죽는다고 할 수는 없다. 祖宗(조종)[83] 이래로 여러 차례 사신을 보내었지만, 아직 폭풍을 만나 물에 빠져서 돌아오지 못한 경우는 없었다. 오직 국가의 위망과 존엄을 믿고 충성과 신의에 의지한다면, 틀림없이 걱정할 필요가 없을 것이다. 이제 이 점을 서술하여, 뒤에 오는 이들에게 권고하고자 한다.

근래에 사자가 행차할 때는, 가는 날에는 남풍을 타고 가고 돌아오는 날에는 북풍을 타고 온다. 처음 明州를 출발해서 그 해 5월 28일에 큰 바다로 나갔는데, 순풍을 얻어 6월 6일에 群山島에 도달하였다. 돌아오는 길은, 7월 13일 甲子 일에 順天館을 출발해서 15일 丙寅 일에 다시 큰 배에 올랐고, 16일 丁卯 일에 蛤窟에 이르렀으며, 17일 戊辰 일에는 紫燕島에 다다르고, 22일 癸酉 일에 小靑嶼와 和尙島, 大靑嶼, 雙女焦, 唐人島, 九頭山 등을 지났는데, 이날 馬島에 정박했다. 23일 甲戌 일에 마도를 출발해서, 軋子苫을 지나, 洪州山을 바라보았다. 24일 乙亥 일

---

80 福建省 福州市에 있었던 州.
81 福建省 莆田市 동쪽에 있는 섬.
82 명령을 받고 일을 처리한 사람이 그 결과를 보고함. 反命.
83 제왕의 조상. 『禮記』 祭法에 의하면, "(殷人은) 契을 祖로, 湯을 宗으로 모셨고, (周人은) 文王을 祖로, 武王을 宗으로 모셨다."

에는 橫嶼를 지나, 群山門으로 들어가서, 섬 아래에 정박했다. 8월 8일 戊子 일까지 모두 14일 동안 바람이 막혀 항행하지 못하다가, 申時가 지나서야 동북풍이 불어, 조수를 타고 큰 바다로 나가서, 苦苫苦을 지났는데, 밤이 되어도 멈추지 않았다. 9일 己丑 일 아침에는 竹島를 지났는데, 辰時와 巳時에 갑자기 동남풍이 거세게 부는데다가 海動까지 만나, 배가 옆으로 기울어지려 했다. 사람들이 몹시 두려워해서, 북을 울려 여러 사람들을 불러 모았는데, 배가 다시 (원래 상태로) 돌아왔다. 10일 庚寅 일에 바람의 기세가 더욱 사나와져서, 午時에 군산도로 다시 돌아갔다. 16일 丙申 일까지 다시 엿새가 지나고, 申時가 지날 무렵에 바람이 바로 잡혀져 곧 큰 바다로 출발했다. 밤에 죽도에 정박했다. 다시 이틀이 지난 뒤에도 바람이 막혀 가지 못했다. 19일 己亥 일 午時가 지날 즈음에 죽도를 출발해서, 밤에 月嶼를 지났다. 20일 庚子 일 아침에 黑山을 지나고 白山과 五嶼, 夾界山 등을 차례로 지났는데, 북풍이 세게 불어 뜸을 낮춰서 그 기세를 약하게 했다. 21일 辛丑 일에 沙尾를 지났는데, 午時 즈음에 둘째 배의 보조키 세 개가 부러졌고, 밤에 누각이 四刻(사각)[84]으로 내려갔을 때는 중심 키도 부러졌다. 그러나 정사가 탄 배와 다른 배가 모두 위험에 처해진 것이 한 두 번이 아니었다. 13일 壬寅 일에 中華의 秀州山(수주산)[85]이 바라 보였다. 24일 癸卯 일에는 東, 西胥山(서서산)을 지나고, 25일 甲辰 일에 浪港山(양항산)으로 들어가 潭頭(담두)를 지났다. 26일 乙巳 일 아침에 蘇州洋(소주양)을 지나, 밤에 栗港(율항)에 정박했다. 27일 丙午 일에 蛟門을 지나, 招寶山을 바라보고, 午時에 定海縣에 도착했다. 고려를 떠나서 明州 경내에 도달할 때까지 바닷길로 오는데 모두 42일이 걸렸다.

---

[84] 四更. 새벽 2시에서 4시 사이.
[85] '秀州'는 浙江省 嘉興市에 있었던 州.